ULLSTEIN

Das Buch

Suzanna und Barney leben eigentlich ganz gut in London. Sie hat einen kleinen Catering-Service, er ist Buchhalter in der väterlichen Firma. Aber so ganz zufrieden sind sie trotzdem nicht, denn die Geister der Vergangenheit drohen ihre Ehe zu zerstören. Da stolpern sie über eine Anzeige: Der Pub von Honeycote sucht einen neuen Pächter. Die beiden setzen alles auf eine Karte und wagen den Neubeginn. Aber auch andere zieht es in das idyllische Dorf in den englischen Cotswolds: beispielsweise die frisch geschiedene Ginny mit ihren jugendlichen Zwillingstöchtern, die überall lieber wohnen würden als auf dem Land. Oder Damien, der mit Geschäften in der Halbwelt reich geworden ist und sich nun ganz seinem dreijährigen Liebling Anastasia widmen will. Aber wenn die Neuankömmlinge ein verschlafenes Nest und züchtiges Landleben erwartet hatten, so werden sie bald eines Besseren belehrt: Heiße Flirts, böse Intrigen und pikante Geheimnisse gehören zum Alltag in Honeycote – und auch die Neuen mischen bald kräftig mit …

Die Autorin

Veronica Henry studierte Philologie in Bristol, leitete kurzzeitig eine Punk-Disko und ging dann zum Fernsehen, wo sie als Drehbuchautorin großen Erfolg hatte. Nach der Geburt ihrer beiden Söhne beschloss sie, Schriftstellerin zu werden. Veronica Henry lebt mit ihrer Familie in Worcestershire, England.

In unserem Hause ist von Veronica Henry bereits erschienen:

Sommer auf Honeycote

Veronica Henry

Landliebelei

Roman

Aus dem Englischen
von Ulrike Bischoff

Ullstein

Besuchen Sie uns im Internet:
www.ullstein-taschenbuch.de

Umwelthinweis:
Dieses Buch wurde auf chlor- und säurefreiem Papier gedruckt.

Ullstein ist ein Verlag der Ullstein Buchverlage GmbH, Berlin.
Deutsche Erstausgabe
1. Auflage September 2004
2. Auflage 2004

Titel der englischen Originalausgabe: *Making Hay*
(Penguin Books, London)
Übersetzung: Ulrike Bischoff
Redaktion: Ursula C. Sturm
Umschlaggestaltung: Cordula Schmidt, Hamburg
Titelabbildung: © Royalty-Free/Corbis
Gesetzt aus der Sabon
Satz: Pinkuin Satz und Datentechnik
Druck und Bindearbeiten: Ebner & Spiegel, Ulm
Printed in Germany
ISBN 3-548-25884-0

Meinen Eltern, Miles und Jennifer

Honeycote Ales

Kleine Brauerei in den Cotswolds,
Familienbetrieb, sucht für Dorfgasthof

Pächterehepaar

(vorzugsweise Koch/Köchin mit Partner)
mit originellen,
aber traditionsverbundenen Ideen.

Ansprechpartner: Keith Sherwyn,
Honeycote Ales, Honeycote, Eldenbury, Glos.

1

Suzanna trat einen Schritt zurück und musterte ihr Werk möglichst unvoreingenommen. Es war frustrierend zu wissen, dass sicher die Hälfte des vorbereiteten Essens nicht angerührt würde. Die Frauen, für die es gedacht war, machten höchstwahrscheinlich alle gerade Diät. Im Geiste würden sie die Parmesanküchlein mit gerösteten Kirschtomaten und Feta in Kalorien umrechnen und wegen ihres zu hohen Fettgehalts nicht anrühren. Vielleicht sollte sie in jedes Canapé ein Fähnchen mit dem Kaloriengehalt stecken? Trotzig schob sie eins in den Mund, um zu kosten: Der Teig war knusprig und butterig, die Tomate über Nacht im Backofen bei niedriger Temperatur zu üppiger Reife gebacken und mit einem winzigen Rosmarinzweig perfekt abgerundet. Zufrieden, weil der veranschlagte Preis gerechtfertigt war, wollte sie gerade den Deckel auf die letzte Packkiste drücken, um sie ins Auto zu tragen, als es an der Tür klingelte.

Verflixt. Sie war ohnehin schon spät dran und musste noch duschen. Ihr Haar war strähnig und ihre Haut fettig von den Kochdünsten, die sie in ihrer winzigen Küche verbreitet hatte. Sie schoss in die Diele, wo Körbe voller schneeweißer Tischtücher und Servietten bereit standen, und öffnete die Haustür.

»Katie?« Suzanna runzelte verwundert die Stirn. »Wieso bist du nicht im Büro?«

Ihre älteste Freundin stand mit niedergeschlagener Miene vor der Tür. Es war elf Uhr vormittags. Normalerweise hätte Katie um diese Zeit bereits ein Pensum erledigt, das manchen für den ganzen Tag reichen würde. Suzanna hatte nie recht verstanden, was sie eigentlich tat – es hatte etwas mit Umweltschutzbestimmungen zu tun –, aber mit Sicherheit war es anspruchsvoller, als einen Catering-Service zu führen und brachte ihr erheblich mehr Geld ein. Insgeheim wunderte sich Suzanna, dass sie Katie immer noch als Freundin genehm war. Andererseits wusste sie, dass sie immer Freundinnen bleiben würden. Sie hatten so viel zusammen durchgemacht. Es lag auf der Hand, dass Katie gerade in einer Krise steckte. Ihr BMW war vor dem Haus in zweiter Reihe geparkt und achtlos den Launen der Politessen von Twickenham ausgeliefert.

»Suzanna«, schluchzte Katie, die sonst nie weinte, und schlang ihre langen, geschmeidigen Arme um Suzannas Hals, »ich muss es dir als Erste sagen.«

Alles Mögliche schoss Suzanna durch den Kopf. Brustkrebs? Kündigung? Vater oder Mutter gestorben?

»Was ist los?«

Katie schaute sie an. Tränen befleckten ihre dezent perlgraue Nicole-Fahri-Bluse. Falls sie noch zur Arbeit gehen wollte, müsste sie vorher nach Hause fahren, um sich umzuziehen. Aber sie hatte sicher eine Stange passender Kleider im Büro.

Mühsam hauchte Katie:

»Ich bin schwanger.«

Einen Augenblick lang war Suzanna völlig perplex und musste sich zwingen, nicht vor Schreck einen Schritt zurückzuweichen. Auf diese Möglichkeit hatte sie sich zwar Hunderte Male vorbereitet, aber es war eines der Dinge, für die man nie wirklich gerüstet war. Trotz ihres inneren Aufruhrs brachte sie ein strahlendes Lächeln zustande.

»Das ist ja fantastisch. Ich bin wirklich stolz auf dich.«

Sie nahm ihre Freundin in die Arme und drückte sie wie aufmunternd an sich, wollte sich aber eigentlich nur Zeit verschaffen, ihre Fassung wieder zu gewinnen, kurz die Augen zu schließen und gegen ihre Tränen anzukämpfen. Katie weinte noch heftiger als zuvor, lachte aber gleichzeitig.

»Ich dachte, es würde dich aus der Bahn werfen. Ich habe mir solche Sorgen gemacht ...«

»Sei nicht albern. Du bist meine beste Freundin. Ich freue mich«, log Suzanna.

Katie wischte sich das Gesicht ab.

»Willst du die Patentante werden?«, krächzte sie.

»Selbstverständlich! Ich wäre tödlich beleidigt gewesen, wenn du mich nicht gefragt hättest.«

»Gott sei Dank. Ich habe die ganze Nacht nicht geschlafen. Ich wollte es dir gleich sagen, sobald ich es wusste. Aber ich konnte doch nicht einfach anrufen ...«

Suzanna drückte ihrer Freundin beruhigend die Hand und schaute auf die Uhr.

»Ich fürchte, ich muss dich jetzt rauswerfen. Sybilla hat ein Mittagessen bei mir bestellt.«

Katie rümpfte die Nase.

»Tu uns allen einen Gefallen und gib Arsen in ihren Kir Royal.«

Suzanna lachte. »Ich bringe sie auf keinen Fall um, bevor ich mein Geld bekommen habe. Du weißt doch, wie knauserig sie trotz ihrer Millionen ist.«

Suzanna, Katie und Sybilla hatten sich in Oxford kennen gelernt und zusammen in einem schmuddeligen kleinen Reihenhaus in Jericho gewohnt. Damals hatte Katie bereits im dritten Jahr Jura studiert, Sybilla war auf der Handelsschule gewesen und Suzanna hatte bei Browns gekellnert und mittags in einem angesagten Restaurant gekocht. Ein Jahr lang hatten sie zusammen gewohnt, sich um Kleider, Männer und das Essen im Kühlschrank gekabbelt und waren anschließend getrennte Wege gegangen. Beinahe zehn Jahre später war Suzanna Sybilla auf der High Street in Richmond über den Weg gelaufen und hatte erfahren, dass sie sich einen Millionär mit einem Haus am Richmond Hill geangelt hatte und dort mit ihren beiden Kindern, Hamish und Aurelia, einer philippinischen Haushälterin und einem tschechischen Au-Pair-Mädchen wohnte. Katie und Suzanna waren die ganzen Jahre über in Kontakt geblieben, aber Katie wollte mit Sybilla nichts mehr zu tun haben, da sie sie für eitel, faul, oberflächlich und geizig hielt – was sie ja auch tatsächlich war. Suzanna jedoch pflegte die Bekanntschaft, da Sybilla häufig Gäste empfing, aber selbst nicht kochen konnte. Sie wusste, dass Sybilla ihren Catering-Service, Decadent Dining, nur engagierte, weil sie mit einem beträchtlichen Rabatt rechnete. Den räumte sie ihr auch ein, nachdem sie die Preise vorher entsprechend höher kalkuliert hatte. Sie hatten eine stillschweigende Vereinbarung, so zu tun, als kennten sie sich nicht näher, wenn Suzanna ihre

Gäste bewirtete: So blieben die Grenzen gewahrt und sie konnten ihre Beziehung rein geschäftlich halten. Beiden war es lieber so. Die Vorstellung, mit Sybillas Freundinnen plaudern zu müssen, erfüllte Suzanna mit Schrecken, und Sybilla wäre nur ungern dabei erwischt worden, sich mit ihrem Personal gemein zu machen. Das heutige Mittagessen gab sie anlässlich ihres Geburtstags, ihres dreißigsten, wie sie Suzanna zugeflüstert hatte, daher sollte es etwas Besonderes sein. Allerdings durfte niemand wissen, dass sie dreißig wurde: also keine Geburtstagskerzen.

Als Katie fort war, atmete Suzanna ein Mal tief durch und schaute auf die Uhr: Fünf nach halb zwölf. Sie hatte absolut keine Zeit für einen Nervenzusammenbruch. Sie lief die Treppe hinauf, sprang rasch unter die Dusche und öffnete anschließend den Kleiderschrank im Flur, wo sie ihre frisch gewaschenen und gebügelten Kleider aufbewahrte. Ein Mittagsempfang verlangte legere Kleidung, also nahm sie ein weißes T-Shirt von einem Stapel, eine schwarze Jeans von einem anderen und eine Kochschürze mit Monogramm von einem dritten. Für förmlichere Anlässe besaß sie weiße Blusen und schwarze Samtröcke. Ihre schwarzen Wildlederschuhe passten zu jeder Gelegenheit. Entscheidend war, elegant und diskret, aber keinesfalls sexy zu wirken – nach ein paar Gläschen neigten Männer unweigerlich zu Annäherungsversuchen an das Catering-Personal, und das Letzte, was sie brauchten, war eine Ermunterung durch etwas zu viel Bein oder Dekolleté.

Sie senkte den Kopf und trocknete sich rasch die Haare. Ihr langes, glattes, braunes Haar mochte ein bisschen langweilig aussehen, aber es war dick, glänzend und geschmeidig. Nun flocht sie es geschickt zu einem Zopf, der verhindern sollte, dass die Spitzen in das Pesto baumelten. Sie blieb kurz an ihrem Frisiertisch sitzen und prüfte im Spiegel, ob ihre Gefühle ihr anzumerken waren. Nein, fand sie: Sie hatte gelernt, sie zu kaschieren. Das Gesicht, das ihr entgegensah, wirkte gelassen und ungerührt. Eine leere Leinwand. Ihre Augen waren grünlich braun wie bemooste Kiesel am Grund eines Flusses. Schokoladenbraune Sommersprossen sprenkelten ihren Nasenrücken, wie sorgsam in einer Kinderzeichnung gemalt. Die Haut darunter war porzellanhell, ein einzelnes Grübchen in der rechten Wange betonte ihren üppigen Mund, wenn sie lächelte – wovon im Augenblick jedoch nichts zu sehen war. Suzanna war nicht nach Lächeln zumute, am liebsten hätte sie sich auf ihr Bett geworfen und sich die Augen ausgeweint. Aber Geschäft war nun mal Geschäft und Sybilla gehörte eindeutig zu ihren besten Kundinnen. Geschickt trug sie einen dunkelgrauen Lidstrich auf, zog sich die Lippen mit einem matt pink-beige schimmernden Lippenstift nach und träufelte zwei Tropfen Bachblütenextrakt auf ihre Zunge in der Hoffnung, damit die nächsten Stunden zu überstehen.

Sybilla öffnete die Tür in einem babyrosa Chanel-Kostüm, das ihr babyblondes Haar und ihre babyblauen Augen zur Geltung brachte. Sie schob Suzanna in die dreißigtausend Pfund teure, maßgefertigte Küche aus Buche und Edelstahl, in der Suzanna sich mittlerweile besser auskannte als Sybilla, die gegen deren Reize offenbar immun war. Sie tauschten die gewohnten Küsschen aus – der einzige Hinweis auf ihre Freundschaft. Instinktiv wischte Suzanna sich den klebrig süßen Lippenstift von der Wange.

»Herzlichen Glückwunsch zum Geburtstag.«

»Nicht! Mein Gott! Dreißig! Das sieht man mir doch nicht an, oder?«

»Nein«, antwortete Suzanna wahrheitsgemäß. Sie sah nach den vierunddreißig Jahren aus, die sie tatsächlich auf dem Buckel hatte. Offenbar hatte Sybilla vergessen, dass sie vor dreizehn Jahren gemeinsam mit Katie ihren einundzwanzigsten Geburtstag in ihrem Häuschen in Oxford gefeiert hatten. Sie hatten einundzwanzig Mr.-Kipling's-French-Fancies-Küchlein aufgereiht, jedes mit einer Kerze versehen und gemeinsam vier Literflaschen Lambrusco geleert. Suzanna erinnerte sich noch gut, wie sie Sybilla das Haar zurückgehalten hatte, als sie sich hatte übergeben müssen, wollte sie nun aber nicht daran erinnern. Stattdessen schob sie sie hinaus, um von ihrem geistlosen Gebrabbel nicht abgelenkt zu werden.

Sie richtete das Essen auf großen weißen Servierplatten an und stellte sie auf den Esstisch, während der Schwarm Heuschrecken, den Sybilla als ihre engsten Freundinnen bezeichnete, im Wohnzimmer Champagner schlürfte. Sie hatte ein nettes, damenhaftes Büffet zusammengestellt: Ihre ganz persönliche trendige Hühnchenvariante mit Limone, Koriander und griechischem Yoghurt, gefolgt von einer sündhaften Kreation aus weißer Schokolade und Himbeeren, die hoffentlich nicht verschwendet war. Sie rechnete fest damit, dass die Heuschrecken nach ein paar Drinks ihre Willenskraft verlieren und ordentlich zugreifen würden. Nichts liebte Suzanna mehr als Menschen, die ihr Essen genossen. Ihre Firma hieß schließlich nicht umsonst Decadent Dining.

Eine halbe Stunde später hatten die Heuschrecken sich bedient und ihre Teller – deren Gewicht ihre zierlichen Handgelenke kaum zu tragen vermochten – in Sybillas edlen Wintergarten gebracht. Ihre Kiefer arbeiteten emsig, aber keine aß, sie redeten nur. Wie immer gelang es Sybilla, sich mit einer schockierenden Enthüllung in den Mittelpunkt zu rücken.

»Ich bin schon wieder schwanger.«

»Mein Gott!«, ertönte ein kollektiver Seufzer des Mitgefühls.

»Der verdammte Piers kann ihn einfach nicht in der Hose lassen.« Sybilla zündete sich ohne Rücksicht auf ihren Fötus oder die Gäste, die noch zu essen vorgaben, eine Zigarette an.

»Du solltest ihn sterilisieren lassen.«

»Dafür ist es jetzt wohl ein bisschen zu spät, oder? Was soll man die Stalltür schließen, nachdem ...«

»Und was jetzt?«

»Ich lasse es natürlich wegmachen. Diesen Alptraum mache ich nicht noch mal durch. Bei Aurelia war es schon schlimm genug, aber bei Hamish ...« Sybilla schauderte bei der Erinnerung. »Nein, ich habe mich entschieden. Am nächsten Freitag habe ich einen Termin. Bis Mittag habe ich es hinter mir – es geht schneller, als sich Strähnchen machen zu lassen.«

Sie strahlte, aber ihr Lächeln verblasste, als sie bemerkte, dass Suzanna hinter ihr stand und mit zitternden Händen eine Porzellanplatte mit winzigen Petit Fours umklammerte.

Die Platte fiel zu Boden, zersplitterte und winzige Krümel Baiser und Zuckerguss spritzten über die Terracottafliesen.

»Suzanna – es tut mir ja so Leid. Ich hatte keine Ahnung, dass du hier bist.«

»Offensichtlich. Sonst hättest du nicht so beiläufig über Kindesmord geredet.«

»Es tut mir Leid. Ich hätte doch nichts gesagt, wenn ich es gewusst hätte.« Sybilla stockte kurz, bevor sie weiterbrabbelte. Der Champagner machte sie noch taktloser und unsensibler als sonst. »Aber eigentlich hätte ich gedacht, dass du inzwischen drüber weg bist.«

»Was?«

»Es ist doch schon über ein Jahr her ...«

»Vierzehn Monate, drei Wochen und zwei Tage«, erklärte Suzanna ausdruckslos. Es war ganz still im Raum. Große Augen unter Botox-gestrafften Stirnen beobachteten das Drama.

»Ich meine, ich weiß, es war schrecklich – grauenhaft – und du wirst nie wirklich drüber wegkommen. Aber ...«

Sybilla stockte und suchte nach den richtigen Worten. Suzanna kämpfte gegen das Verlangen an, sie zu schütteln, bis ihre babyblauen Augen aus dem Kopf träten.

»Das Leben geht weiter, Suzanna.«

Suzanna musterte sie lange ausdruckslos, während sie überlegte, was sie tun sollte. Sie schlagen. Sie erstechen. Letzten Endes ging sie einfach.

Sybilla wandte sich abwehrend an ihre Freundinnen.

»Jemand musste es ihr einmal sagen.«

Alle nickten weise. Keine hatte eine Ahnung, worum es eigentlich ging.

»Sie hatte ein Baby. Vor etwa zwei Jahren. Es ... er ... starb, als er sechs Monate alt war.« Sybilla brachte es nicht über sich, es laut auszusprechen, und raunte: »Krippentod.«

Alle wichen entsetzt zurück. Sybilla schaute sich abwehrend um.

»Aber ich habe doch Recht. Das Leben geht weiter, oder etwa nicht?«

Als Barney mit dem Fahrrad von Richmond über die Brücke Richtung Twickenham nach Hause fuhr, fiel ihm ein, dass Suzanna heute ein Mittagessen für Sybilla ausgerichtet hatte, und er überlegte, wie es wohl gelaufen sein mochte. Manchmal nahm sie Sybilla mit Humor, manchmal nicht. In jedem Fall bedeutete es aber eine gute Einnahmequelle für sie. Außerdem lenkte es sie ab.

Er schmiedete Pläne für das Wochenende, das vor ihnen lag. Er wollte ausschlafen und sich im Radio John Peel und *Home Truths* anhören – er wusste nicht recht, was merkwürdiger war: dass Radio Four John Peel sendete oder dass er ihn sich anhörte. Anschließend würde er vielleicht ins Fitness-Studio gehen, denn obwohl er täglich mit dem Rad zur Arbeit fuhr, musste er etwas für sich tun, was ihm zu Hause nie gelang. Suzanna konnte zur Pilates-Gymnastik gehen, und anschließend würden sie ihre Fitness-Bemühungen bei einem Mittagessen am Fluss wieder zunichte machen.

Er dachte an den Zeitungsausschnitt, der ihm in der Brieftasche brannte. Suzanna hatte die letzte Ausgabe der Zeitschrift *Caterer and Hotelkeeper* im Bad liegen lassen, wo er sie eines Abends durchgeblättert hatte. Die Anzeige war ihm gleich ins Auge gesprungen: Vielleicht war es Schicksal. Er beschloss, sie Suzanna morgen beim Mittagessen zu zeigen, nachdem er sie mit einer guten Flasche Weißwein milde gestimmt hätte. Was auch passieren mochte, so konnte es nicht weitergehen. Es fraß den letzten Rest seiner Seele auf. Und wenn er sich nicht bald vom Schürzenzipfel löste, wäre es zu spät. Er wusste, dass seine Kündigung einen Aufruhr auslösen würde, aber er hatte ohnehin nie Steuerberater werden wollen.

Er hatte davon geträumt, Rockstar zu werden. Und beinah hätte er es auch geschafft: Mit ihrem verlorenen Kleine-Jungs-Aussehen, ihren bittersüßen Liedtexten und den Melodien, die unter die Haut gingen und sich im Ohr festsetzten, galten seine Collegefreunde und er 1985 als eine der heißesten Bands in Studentenkreisen. Die Mädchen schwärmten für ihr verwuscheltes Haar, ihre Sweatshirts mit den zu langen Ärmeln und die löchrigen Jeans. Barney war klar, dass er mit seinen großen braunen Augen, dem blonden Haar und dem nahezu perfekten Oberkörper, der durch sein zerrissenes T-Shirt lugte, Gefahr lief, dem Lead-Sänger Tim die Schau zu stehlen und er ahnte, dass seine Tage gezählt waren. Es ging um Machtspielchen und Selbstbestätigung, und Tim war ein intriganter Mistkerl, der nach dem Motto: »teilen und herrschen« vorging.

Zwei Tage, nachdem man sie als Vorgruppe für eine Top-Band aus den Charts engagiert hatte, bekam Barney eine schwere Rippenfellentzündung, die durch zu viele Proben bis spät in die Nacht noch verschlimmert wurde. Mit schlechtem Gewissen lag er nach Atem ringend im Krankenhaus und sorgte sich, dass sie womöglich aus der Tournee aussteigen müssten. Aber Jez, ihr Manager, beruhigte ihn: Sie stiegen nicht aus, sondern Barney wurde gefeuert und durch einen älteren, erfahreneren und eindeutig hässlicheren Bassisten ersetzt.

Sein einziger Trost war, dass die Band ohne ihn spurlos von der Bildfläche verschwand und sich innerhalb von sechs Monaten auflöste. Zweifellos hatte

Barney sie zusammengehalten, Barney, der ihrer Musik die nötige Tiefe und jedem Song das gewisse Etwas verliehen hatte, das ihn eingängiger machte als andere. Er besaß das Talent, aber nicht die nötigen Mittel oder das erforderliche Verhandlungsgeschick, um in der harten Welt des Rockgeschäfts zu überleben. Der Verrat warf ihn völlig aus der Bahn und tat höllisch weh.

Er fuhr zu seinen Eltern nach Richmond, um sich von seiner Krankheit zu erholen und seine Wunden zu lecken. Da er pleite war, nahm er das Angebot seines Vaters an, den Sommer über als Aushilfe in dessen Steuerberaterbüro zu arbeiten, während er sich über seine weiteren Zukunftspläne Klarheit verschaffte. Heute war ihm klar, dass sein Vater es ihm leicht gemacht hatte, indem er ihm ein bequemes Leben und eine unrealistisch gute Bezahlung bot, die jede Alternative weniger attraktiv erscheinen ließ. Letztlich hatte er eingewilligt, in Abendkursen die Prüfung zum Steuerberater abzulegen. Seitdem betreute er seine eigenen Klienten, und ehe er es sich versah, war er dreißig, verdiente gut und bezahlte ein Haus in Twickenham ab.

Es war eine merkwürdige Metamorphose. Eben noch hatte er auf der Bühne gestanden, in einer Welt aus Schweiß, Alkohol, Zigaretten und Adrenalin gelebt, begehrt, eingebildet und aufgeplustert. Im nächsten Augenblick trug er Anzug und Krawatte, benutzte Rasierwasser, lief mit einer Aktentasche herum und zahlte in eine Rentenversicherung ein. Er hatte immer angenommen, dass er eines Tages in sein früheres Leben zurückkehren, seine langweilig graue Larve abstreifen und als Schmetterling wiedererstehen würde, aber die Jahre vergingen. Mittlerweile war er sechsunddreißig und es war zu spät. Er war zu alt, um noch mit dem Aussehen eines verlorenen kleinen Jungen durchzukommen. Aber wenn er nicht so werden wollte wie sein Vater, musste er bald etwas unternehmen. Es war viel passiert, was ihm klar gemacht hatte, dass das Leben zu kurz war.

Barney schob sein Fahrrad in die Diele und hielt inne. Etwas stimmte nicht: Die Atmosphäre im Haus verhieß nichts Gutes. Sein Magen krampfte sich zusammen. Suzannas letzter Zusammenbruch lag zwei Monate zurück. Er hatte gedacht, sie hätten das Schlimmste hinter sich.

Er öffnete die Wohnzimmertür und sah, dass sie hoffnungslos mitten im tiefsten Sumpf steckten. Suzanna hockte auf dem Sofa und starrte ins Leere. Vor ihr stand ein Aschenbecher voller halb gerauchter Zigaretten und eine offensichtlich leere Flasche Rotwein. Ihr Blick wanderte zur Tür, als Barney hereinkam. Sie schaute ihn aus stumpfen Augen an.

»Katie ist schwanger. Und Sybilla auch. Aber sie lässt eine Scheißabtreibung machen.«

Barney zuckte zusammen. Er liebte ihre rauchige Stimme und ihre klare Aussprache, doch er hasste es, wenn sie fluchte. Es tat ihm in den Ohren weh.

Er ging zu ihr und nahm sie fest in die Arme, diese schöne Frau, die sein Kind zur Welt gebracht hatte, an deren Hand er sich geklammert hatte, als der winzige Sarg in das Grab gesenkt wurde. Er atmete ihren Geruch ein, presste seine Lippen auf ihre Haut, ihr Haar, tröstete sie zum hundertsten, tausendsten, millionsten Male und wünschte, er könnte den Schmerz aus ihr heraussaugen wie das Gift nach einem Schlangenbiss. Sie lag zusammengekauert in seinen Armen, nahezu bewusstlos vor Trauer und Schuldgefühlen, die sie selbst nach mehr als einem Jahr noch plagten. So konnte sie nicht weitermachen, verfolgt von Erinnerungen und gemartert von der Ironie des Schicksals. Barneys größte Angst war, dass Suzannas Kummer sie umbringen könnte, denn der Tod war ihrem Schmerz sicher vorzuziehen. Er könnte es nicht ertragen, sie auch noch zu verlieren.

Er hatte sie bei der Weihnachtsfeier eines seiner Klienten kennen gelernt, bei der sie das Catering übernommen hatte. Von weitem hatte er sie bewundert, ihre kühle, professionelle Art, ihr charmantes, aber zurückhaltendes Auftreten. Und ihr Essen war köstlich, nichts überraschend Originelles oder gewollt anderes, aber perfekt zubereitet. Nach der Party hatte er sie angesprochen und ihre Visitenkarte ergattert. Er hatte zwar nicht oft Verwendung für einen Catering-Service, aber sie war seit Jahren die erste Frau, die ihn faszinierte. Galant hatte er ihr am Ende des Abends geholfen, ihre Utensilien zum Wagen zu tragen, und sie überredet, noch schnell etwas mit ihm zu trinken.

Verwundert hatte sie erfahren, dass er Steuerberater war. Selbst nach über zehn Jahren kleidete er sich noch nicht danach, sondern bevorzugte Paul Smith und Hacketts. Halb verlegen, halb trotzig gestand sie ihm, dass sie noch nie eine Steuererklärung abgegeben hatte, seit sie sich selbständig gemacht hatte. Entsetzt erbot er sich, ihre Bücher in Ordnung zu bringen. Sie schaute ihn ein bisschen verständnislos an und erklärte, sie habe gar keine Geschäftsbücher.

Barney brauchte annähernd zwei Wochen, um sich durch das Durcheinander zu kämpfen und in die in fünf Jahren angesammelten Quittungen, Kreditkartenabrechnungen, Kontoauszüge und Kalendereintragungen eine gewisse Ordnung zu bringen. Sie hatte keine richtige Buchführung, keine Gewinn- und Verlustrechnung und keine Vorstellung, wie man Preise kalkulierte. Offenbar hatte sie die Kosten immer nur grob geschätzt, aber nie genau berechnet, und das Geld ausgegeben, sobald sie es eingenommen hatte: für Kleider, Schuhe, CDs ... Kram. Jedenfalls hatte sie keinen Penny gespart. Barney wunderte sich, dass eine Frau, die in der Küche so gut organisiert schien, in ihren Geschäften so chaotisch sein konnte.

Er reichte ihre Steuererklärung ein und hoffte, dass das Finanzamt Milde walten lassen mochte. Anschließend verschaffte er sich einen Überblick über den Stand ihrer Bankkonten, Lieferantenrechnungen, Kredit- und Kundenkarten, rechnete ihre Schulden zusammen und schleppte sie in die Bank, wo er für sie einen Kredit mit fünfjähriger Laufzeit aushandelte, mit dem sie ihre Schulden und hoffentlich auch noch die fälligen Steuern begleichen konnte. Danach ließ er sie sämtliche Kreditkarten zerschneiden bis auf zwei: eine für das Geschäft und eine für ihr Privatvergnügen, die nur einen sehr begrenzten Kreditrahmen besaß. Er erteilte ihr eine Lektion in Buchführung und zeigte ihr, wie sie alles ordentlich und effizient ablegen konnte. Den Umgang mit einem Computer versuchte er ihr gar nicht erst zu erklären, da sie keine Ahnung hatte, wie sie ein solches Gerät auch nur einschalten, geschweige denn darauf ein Formular ausfüllen sollte. Er hoffte allerdings, dass sie letzten Endes zumindest eine vage Vorstellung von Buchführung bekommen hatte.

Er war überzeugt, dass sie ihn für unerträglich langweilig halten musste, weil er nur von Jahreszinssätzen und der Wichtigkeit einer ordentlichen Buchführung redete. Aber sie war ihm ungemein dankbar und bestand darauf, im Gegenzug für ihn zu kochen. Sie tranken vier Flaschen Wein, die ihn locker genug machten, sie den ganzen Abend mit Anekdoten aus seiner kurzen, vertanen Jugend zu unterhalten. Sie wiederum erzählte ihm Geschichten von ihren abscheulichsten Kunden und ihrer Art, mit ihnen fertig zu werden. Sie war witzig, respektlos und unglaublich sexy. Barney war überzeugt, bei ihr keine Chancen zu haben. Schließlich gingen nicht viele Frauen mit ihrem Steuerberater ins Bett. Daher kam es für ihn völlig überraschend, als sie sich vorbeugte und ihn küsste. Ihre Lippen schmeckten nach dem Dessertwein, den sie gerade getrunken hatten. Von dort führte nur ein kurzer Weg ins Schlafzimmer und kein wesentlich längerer zum Traualtar.

Ein halbes Jahr später heirateten sie in kleinem, aber feinem Rahmen im Petersham Hotel. Barney bekam von seinem Vater angesichts dieser neuen Verantwortung eine beträchtliche Gehaltserhöhung. Als Barney die Gefängnistür zuschlagen hörte, empfand er es als einen geringen Preis dafür, eine so schöne Frau zu haben.

Das war nun nahezu fünf Jahre her. In der Zwischenzeit war viel passiert. Als Barney nun Suzanna in den Armen wiegte, traf er eine Entscheidung. Er würde ein Machtwort sprechen. Er musste die Initiative ergreifen und seine sanfte, behutsame Herangehensweise aufgeben. Sie brauchten eine Veränderung, einen Neubeginn, eine Chance, von vorn anzufangen. Und er meinte, die Lösung zu haben.

Drei Tage später öffnete Suzanna die Haustür und fand Sybilla davor, die sich verlegen hinter einem riesigen Blumenstrauß versteckte.

»Ich komme, um mich zu entschuldigen. Ich hätte niemals sagen dürfen, was ich gesagt habe. Aber du kennst mich doch – ich rede immer, bevor ich denke.«

Sie drückte Suzanna die Blumen in die Hand.

»Bitte. Vertragen wir uns wieder. Ich halte es so nicht aus.«

Suzanna lächelte. Es sah Sybilla ähnlich, ihre Fehler mit einer ostentativen Geste zu verbrämen. Jedes Mal, wenn sie sich geizig zeigte, machte sie es bei anderer Gelegenheit mit Großzügigkeit wieder gut. Suzanna war klar, dass sie nicht gehen würde, bevor sie ihre Entschuldigung angenommen hätte. Sie nahm die Blumen.

»Sie sind himmlisch. Danke.« Sie steckte die Nase in den Strauß. Sybilla scharrte ungeduldig mit den Hufen wie ein Rennpferd am Start. Suzanna beschloss, sie aus ihrer misslichen Lage zu erlösen und trat beiseite, um sie hereinzulassen. »Kaffee?«

Sybilla ließ sich nicht zweimal bitten. Sie stöckelte in ihren Russel & Bromley-Stiefeln mit den nadelspitzen Absätzen über den gefliesten Dielenboden in die winzige Küche. Der knapp neun Quadratmeter große Raum war mit schlichten Möbeln im Shaker-Stil, einem vierflammigen Gasherd und einem Backofen in Augenhöhe ausgestattet. Auf dem Fensterbrett des großen Panoramafensters mit Blick in den Garten drängten sich Töpfe mit frischen Kräutern, die erstaunlich gut gediehen. Abgesehen von einem großen Jahresplaner an der Wand voller Termine für Kindtaufen, Cocktailpartys und Geschäftsessen ließ nichts erkennen, dass diese Küche einer professionellen Köchin gehörte. Sybilla wunderte sich immer wieder, dass Suzanna ihre Köstlichkeiten in einem derart beengten Raum mit so wenigen Küchengeräten und ohne jede Hilfe kreierte – von einigen Aushilfskellnern und einem lächerlich altmodischen Butler abgesehen, die sie für größere Anlässe engagierte, managte sie Decadent Dining ganz allein. Suzanna erklärte, es sei alles eine Frage der Organisation. In der Garage hatte sie noch einen riesigen Kühl- und Gefrierschrank und einen großen Schrank, in dem ungewöhnliche Kuchenformen neben Madeleine-Förmchen und allen möglichen Gerätschaften standen, die sie nicht täglich brauchte, sowie ihr gesamtes Serviergeschirr und Accessoires wie leere Muscheln für Meersalz, japanische Mokkatässchen für Schokoladenmousse und Ähnliches.

Sybilla setzte sich auf einen Hocker an den Tisch, der an der Wand stand, und blätterte Suzannas Post durch. Sie war schamlos neugierig – ein Charakterzug, mit dem man entweder umgehen konnte oder nicht. Suzanna hatte gelernt, sich nichts daraus zu machen. Schon bald stieß sie auf eine Broschüre, deren Titelblatt ein entzückendes Foto von einem Cotswold-Pub zeigte.

»Was ist das? Das Honeycote Arms? Wollt ihr da ein romantisches Wochenende verbringen?«

»Nein.« Suzanna gab keine weiteren Erklärungen ab. Sybilla würde es ohnehin gleich selbst herausfinden. Sie schlug die Broschüre auf und blätterte sie begierig durch.

»Mein Gott! Ihr wollt einen Pub kaufen! Ich hätte ja so gern einen eigenen Pub! Ich investiere, wenn ihr Geld braucht. Ich frage Piers. Ich bin sicher, er kann es steuerlich absetzen …«

»Beruhige dich, Sibs. Wir kaufen ihn nicht.«

»Das solltet ihr aber. Es ist eine glänzende Idee. Die

Cotswolds sind einfach himmlisch. Und ihr wolltet doch immer ein eigenes Restaurant.«

Das entsprach der Wahrheit. Suzanna und Barney hatten früher oft darüber gesprochen, waren aber unweigerlich zu dem Schluss gekommen, dass sie die hohen Pachtzinsen und die Anfangsinvestitionen nicht aufbringen konnten.

»Wir kaufen ihn nicht, weil er nicht zu verkaufen ist. Sie suchen einen Pächter.«

Sybilla wirkte nicht sonderlich beeindruckt. Suzanna erklärte weiter:

»Er gehört einer kleinen Brauerei. Sie stand kurz vor der Pleite, als dieser neue Geschäftsführer kam. Er hat anscheinend eine Menge Geld investiert. Sie wollen den Laden wieder in Schwung bringen und fangen mit dem Honeycote Arms an, ihrem Aushängeschild. Sie suchen ein Pächterehepaar.«

»Ihr beide wärt geradezu ideal. Du bist die beste Köchin aller Zeiten und Barney ist so pingelig mit Zahlen, dass es überhaupt nicht schief gehen kann. Meine Güte, ich kann es gar nicht abwarten ...«

Suzanna musste lachen. Sie wusste, dass Sybilla den Pub im Geiste fix und fertig vor sich sah und schon einen Tisch zum Mittagessen reservierte. Für heute.

»Ich weiß nicht. Es gibt da unten eine Menge Konkurrenz. Und eigentlich haben wir keine einschlägigen Erfahrungen. Außerdem wäre es verdammt harte Arbeit.«

»Und im Augenblick arbeitest du nicht hart?«

»Schon.«

Es stimmte. Meist musste sie aus dem Haus, um eine Gesellschaft zu bewirten, wenn Barney von der Arbeit kam. Und an den Wochenenden hatte sie fast immer Aufträge. Es lag nicht daran, dass sie das Geld oder die Aufträge gebraucht hätte, um das Geschäft in Gang zu halten. Es ging vor allem darum, sie auf andere Gedanken zu bringen.

»Ich finde, ihr solltet es machen.«

»Wieso?«

»Weil ich zum ersten Mal, seit Ollie gestorben ist, erlebt habe, dass deine Augen leuchten.«

Lange herrschte Stille. Sybilla schaute sie trotzig an. Sie besaß eine erfrischende Aufrichtigkeit, auch wenn man die Wahrheit nicht immer hören mochte.

Als Barney ihr von der Idee erzählt hatte, war Suzanna anfangs skeptisch gewesen. Während sie darüber redeten, merkten aber beide allmählich, dass sie nichts zu verlieren hatten. Es war die Gelegenheit, auf die sie lange gewartet hatten, ohne das Risiko einer großen Investition. Nach einem ausgiebigen Mittagessen mit viel Alkohol hatten sie sich selbst dazu überredet.

»Ich muss zugeben, ich finde die Idee aufregend. Aber sie macht mir auch Angst. Es wäre ein völlig neues Leben. Wir würden alle zurücklassen, die wir kennen …«

»Ach, komm schon. Es ist ja nicht so, als würdet ihr nach Australien auswandern. Es sind maximal anderthalb Stunden …«

»Nur, wenn man fährt wie Piers.«

»Sieh es doch mal so: Hier geht es euch beiden hundeelend. Barney hasst es, als Steuerberater zu arbeiten. Du läufst mit einer Miene herum wie sieben Tage Regenwetter. Niemand lädt euch zu Dinnerpartys ein, weil alle wie verrückt Kinder kriegen und dich nicht kränken wollen.«

Suzanna legte den Kopf in die Hände.

»Hör auf! Ich will nichts mehr hören.«

»Es ist doch wahr. Alle mögen euch beide, aber …«

»Ich weiß. Ich bin eine Heulsuse. Ich bin gereizt. Du kannst dir gar nicht vorstellen, wie finster es manchmal in meinem Kopf aussieht.«

»Das ist doch verständlich. Mir würde es bestimmt genauso gehen. Vermutlich sogar noch schlimmer. Aber so kannst du nicht weitermachen.« Sybilla beugte sich nachdrücklich vor. »Bisher hat niemand den Mumm gehabt, es dir zu sagen. Barney behandelt dich wie ein rohes Ei. Seine Mum ist viel zu zugeknöpft und spießig, um über Gefühle zu reden. Deine Mum weiß nicht mal, auf welchem Planeten sie lebt. Aber ich bleibe dabei, was ich neulich gesagt habe: Das Leben geht weiter. Es muss.«

»Ich weiß. Ich habe mich gehen lassen. In Selbstmitleid geschwelgt ...«

Sybilla schüttelte heftig den Kopf.

»Nein, nein – mach das, was du durchgemacht hast, nicht klein. Keiner von uns kann das beurteilen. Aber zu deinem eigenen Besten brauchst du eine Veränderung. Eine Veränderung und eine Herausforderung. Die Bewirtung für blöde Cocktailpartys machst du mit links. Du bist eine Allerweltsköchin geworden. Kein Wunder, dass du ständig Trübsal bläst.«

Es war erstaunlich, wie vernünftig Sybilla manchmal sein konnte, wenn man bedachte, wie viel Unsinn sie zuweilen redete. Suzanna nahm die Broschüre und betrachtete den Pub. Er wirkte tatsächlich idyllisch mit seinem mürben, bröckelnden Cotswold-Stein und der wuchernden Glyzinie.

»Wahrscheinlich ist er grässlich und liegt an einer Hauptverkehrsstraße, auf der alle zwei Minuten riesige Laster vorbeidonnern.«

»Wetten, dass nicht. Ich finde, der ist wie für dich bestimmt. Ich glaube, es soll so sein.«

»O. k. Wenn es dich glücklich macht, fahren wir hin und schauen ihn uns an. Nur anschauen, verstanden?«

Sybilla lehnte sich mit einem zufriedenen Grinsen zurück. Sie gab nie auf, bevor sie bekam, was sie wollte. Suzanna schenkte ihnen beiden Kaffee ein, um auf ihre Kapitulation anzustoßen. Als Sybilla verlegen um Kamillentee bat, ahnte sie, dass etwas im Busch war. Sybilla lebte förmlich von starkem, schwarzem Kaffee. Was war nur los mit ihr? Noch etwas fiel ihr auf: Sie hatte bisher noch keine einzige Zigarette geraucht. Sie schaute Sybilla argwöhnisch an.

»Ich muss dir ein Geständnis machen.« Sybilla wirkte ungewöhnlich nervös. »Ich lasse es nicht wegmachen; ich bekomme das Baby.«

Mit Tränen in den Augen schaute sie Suzanna an. Ob es Freudentränen, Schuldgefühle oder nur ein Abwehrmechanismus war, wusste Suzanne nicht. Sie legte ihr beruhigend die Hand auf den Arm.

»Das ist kein Geständnis. Es ist fantastisch. Ich freue mich wirklich, Sib.«

Zum zweiten Mal innerhalb einer Woche hatte sie eine Freundin angelogen. Aber ihre wahren Gefühle konnte sie unmöglich zeigen: ihre wahnsinnige, krankhafte Eifersucht, weil sowohl Katie als auch Sybilla ein Baby bekamen ohne die panische Angst, dass es ihnen wieder genommen werden könnte. Ihr war klar, dass es eine irrationale Angst war. Man hatte ihr immer wieder gesagt, nur weil es ein Mal passiert sei, bedeute das noch lange nicht, dass es noch einmal geschehen würde. Aber im Augenblick konnte und wollte sie sich dieser Angst noch nicht wieder aussetzen. Und irgendwie bekräftigte Sybillas Geständnis sie in ihrem Entschluss. Sie konnte es nicht ertragen, dass ihre beiden besten Freundinnen im Abstand von einigen Wochen ein Kind zur Welt brachten. Das wäre zu viel Salz in offene Wunden. Sie wollte den Kontakt zu ihnen zwar nicht völlig abbrechen, aber während sie Sybilla umarmte und ihr Glück wünschte, beschloss sie, dass ein bisschen Distanz ihr die Dinge erleichtern würde.

Sobald Sybilla gegangen war, griff sie zum Telefon und rief bei Honeycote Ales an. Sie vereinbarte für das kommende Wochenende einen Termin, bei dem sie und Barney sich den Pub ansehen konnten. Anschließend ging sie ins Esszimmer, schaltete Barneys Computer ein und machte sich daran, ein Konzept für den Pub zu entwerfen. Seit sie ihre Angst vor dem Computer überwunden hatte, wusste sie gar nicht mehr, wie sie früher ohne das Gerät hatte auskommen können. Sie arbeitete bis zum Spätnachmittag. Als sie auf das Druckersymbol klickte, hörte sie Barney ins Haus kommen, lief in die Diele und begrüßte ihn mit einer Umarmung, die ihm den Atem raubte und sein Herz höher schlagen ließ.

2

Der Wagen schob sich leise und selbstgefällig durch das Zentrum von Honeycote, als dürfe kein Stäubchen es wagen, auf seiner glänzenden Motorhaube zu landen. Die Insassen waren durch die nachtschwarzen Scheiben zwar nicht zu erkennen, aber die Einwohner von Honeycote verdrehten dennoch die Augen: Sicher wieder so ein verdammter Popstar, der in den Cotswolds nach einem Landhaus mit vierundzwanzig Schlafzimmern als Zufluchtsort suchte.

Vom Fond des Wagens aus beobachtete Damian Wood seinen neuen Chauffeur und bemerkte anerkennend, dass er sich knapp an die Geschwindigkeitsbegrenzung hielt. Damien war in letzter Zeit drei Mal wegen zu schnellen Fahrens angehalten worden und zwei Mal, weil er während der Fahrt mit dem Handy telefoniert hatte – ein Wagen wie seiner erregte zwangsläufig die Aufmerksamkeit der Polizei –, daher hatte er es für ratsam gehalten, für seine beruflichen Fahrten einen Chauffeur einzustellen, um nicht weiter Punkte in der Verkehrssünderkartei zu sammeln. Rick Bradley entsprach voll und ganz seinen Vorstellungen.

Damien hatte von Anfang an klar gemacht, dass er ihn großzügig entlohnen würde, solange er pünktlich war, den Wagen makellos sauber hielt und alles, was er sah und hörte, für sich behielt. Er kaufte ihm einen schwarzen Anzug, den er im Dienst zu tragen hatte – es war zwar kein Designeranzug, nur einer von Next, doch er stand dem Jungen gut, der seine Rolle hervorragend ausfüllte. Damien legte größten Wert auf Äußerlichkeiten.

Nahezu den ganzen Vormittag hatte er überlegt, ob Rick wohl schwul war. Er war unglaublich hübsch, hatte lange Wimpern, einen Mund wie ein Botticelli-Engel und leicht zerzauste Locken, die er sich ständig mit einer lässigen, jahrelang vor dem Spiegel eingeübten Geste aus den Augen strich. Als sie jedoch vorhin an einem Zebrastreifen gehalten hatten, um ein junges Mädchen in zu kurzem Rock und zu hohen Absätzen über die Straße zu lassen, hatte Damien die Antwort auf seine Frage bekommen. Ricks Blicke waren dem Mädchen beiläufig, aber mit unverkennbarem Interesse gefolgt. Ohne Zweifel gehörte sein betörend androgynes Aussehen zu der Sorte, die nur die maskulinsten Männer auszeichnete: Jim Morrison, bevor er dick wurde; Michael Hutchence, bevor er starb. Im Grunde waren Damien Ricks sexuelle Neigungen gleichgültig, aber wenn man Vertrauen in einen Menschen setzte, musste man seine Vorlieben kennen.

In den nächsten Monaten würde er Ricks Dienste stark in Anspruch nehmen. Wenn er ihn nicht als Chauffeur brauchte, gab es im und ums Haus genug für ihn zu tun – Rasenmähen etwa, obwohl Reparaturen vorerst sicher keine anfielen, da das Haus nagelneu war.

Gleich bei seinem ersten Besuch in Honeycote hatte

Damien gewusst, dass es die ideale Zuflucht für sich und seine Tochter Anastasia war. Es war der letzte Ort, an dem man ihn, den überzeugten Großstadtmenschen und Penthouse-Prinzen, suchen würde. Er konnte sich nicht erinnern, wann er zum letzten Mal einen Ausflug aufs Land unternommen hatte, merkte aber, dass er sich darauf freute, Teil einer Dorfgemeinschaft zu sein. Er stellte sich vor, wie die Dorfbewohner in Scharen an seine Tür klopften: alte Damen mit Apfelbäckchen, die ihn mit selbst gebackenen Keksen willkommen hießen, ein zerstreuter Vikar, der ihn um eine Spende für die Reparatur des Kirchendaches bat (und sprachlos wäre angesichts seines großzügigen Schecks), attraktive junge Mädchen, die bei ihm putzen wollten – bis ihm einfiel, dass niemand bis an seine Haustür vordringen konnte.

Denn Honeycote Grove war eine geschlossene Wohnanlage unmittelbar außerhalb des Dorfes: fünf Luxushäuser – »Landhäuser« –, umgeben von einer zweieinhalb Meter hohen Backsteinmauer mit diskretem Stacheldraht, ferngesteuertem Tor, versteckten Kameras und Beleuchtung mit Bewegungsmeldern: für ungebetene Gäste undurchdringlich. Zu jedem Haus, erbaut im Stil eines Miniatur-Schlosses aus echtem Cotswold-Stein mit Zinnen, Spitztürmchen, Fenstern mit Mittelpfosten und Eichentüren mit Eisenbeschlägen, gehörte ein Grundstück von 2000 Quadratmetern Größe. Im Inneren boten sie modernsten Komfort. Jedes Schlafzimmer besaß ein eigenes Bad mit Massagedusche und Whirlpool, das Arbeitszimmer wies eine Galerie für die Bibliothek und die neuesten Telekommunikationseinrichtungen für die Arbeit zu Hause auf, und die Küche hätte den Anforderungen des anspruchsvollsten Profikochs genügt. Der Garten war ansprechend angelegt mit großen Bäumen und Büschen, einem Springbrunnen, einer Terrasse mit eingebautem Gasgrill, Flutlicht und Außenheizung. Alle Bewohner konnten den angrenzenden Park mit Swimmingpool, kleinem Fitness-Studio und Tennisplatz benutzen. Damien hatte das Haus bereits in der Planungsphase gekauft und sich die Farben für den Anstrich, die Fliesen und die Vorhänge selbst aussuchen können. Wie immer hatte er genau gewusst, was er wollte.

Das Schmuckstück des Hauses war Anastasias Zimmer, das dem Traum eines jeden kleinen Mädchens entsprach. Es lag oben in der Turmspitze, war in Bobonrosa und -lila gestrichen, hatte silberne Sterne an der Decke und ein Prinzessinnenbett mit weißen Tüllgardinen rundherum wie bei Schneewittchen. Er konnte es gar nicht abwarten, sie am Sonntag bei seiner Mutter in Weston-super-Mare abzuholen und ihr alles zu zeigen. Schließlich tat er das alles nur für sie. Wenn Anastasia nicht wäre ... Sie brachte Licht in sein ansonsten recht tristes Leben. Deshalb nannte er sie kurz Star.

Er nahm an, dass ihre Lebensumstände einen Außenstehenden recht merkwürdig anmuten mussten: Ein 32 Jahre alter Unternehmer, der mit seiner dreijährigen Tochter in einem der schönsten Dörfer, die er je gesehen hat, im größten Luxus lebte. Aber im Grunde waren sie Gefangene in ihrem eigenen Haus. Verfolgungswahn gehörte zu Damiens Schwächen, auch wenn er sich ständig ermahnte, sich zu entspannen. Einer seiner Lieblingssprüche lautete: Nur weil du paranoid bist, bedeutet das noch lange nicht, dass sie nicht hinter dir her sind.

Sie konnte unmöglich wissen, wo sie steckten. Er

hatte seine Spuren sehr sorgfältig verwischt. Aber bei Nicole wusste man nie. Er traute ihr nicht über den Weg.

Als der Wagen Honeycote hinter sich ließ und schnell Richtung Eldenbury fuhr, fiel Damien ein, dass er Rick einweihen musste. Natürlich nicht in alle schmutzigen Einzelheiten. Aber doch gerade so weit, damit er auf der Hut sein und darauf achten konnte, dass sie nicht verfolgt wurden. Und um Damien Bescheid zu geben, falls er etwas Verdächtiges sah oder hörte. Schließlich war es nur eine Frage der Zeit ...

Allein erziehender Vater zu sein hatte nicht gerade auf Damiens Wunschliste gestanden, aber es hatte sich herausgestellt, dass es das Einzige war, was ihm wahre Befriedigung verschaffte. Häufig fragte er sich, wer da oben wohl die Schachfiguren bewegt haben mochte, als er Nicole vor vier Jahren in Bristol begegnet war. Sie hatte als Oberkellnerin in einem schicken Restaurant gearbeitet, das er mit einem Kunden besucht hatte, und ihre Effizienz hatte ihn zutiefst beeindruckt. Es war allgemein bekannt, wie schwer gutes Personal zu finden war, das mit den Gästen umzugehen verstand. Sie beherrschte diese Kunst perfekt. Er beobachtete, wie drei angeberische PR-Fritzen am Nachbartisch eine Flasche Wein für 75 Pfund nahezu leer tranken und dann zurückgehen ließen, weil sie angeblich korkte. Widerspruchslos und ohne mit der Wimper zu zucken nahm sie die Flasche mit einer entzückenden Entschuldigung zurück, worauf die drei eine noch teurere Flasche bestellten und ihr ein großzügiges Trinkgeld gaben. Im Stillen zog Damien den Hut vor ihr. Er stand im Begriff, seine geschäftliche Ausrichtung zu verändern, und sah in ihr die ideale

Galionsfigur für sein nächstes Projekt: eine exklusive Bar in Cheltenham, nichts Halbseidenes. Nicole besaß den Grips und das entsprechende Aussehen, genau das richtige Maß an Eleganz und Stil. Unter seiner Leitung konnte sie es weit bringen. Sie beide konnten es weit bringen.

Er steckte ihr seine Visitenkarte zu und sagte ihr, sie solle ihn anrufen. Als sie es noch am selben Abend tat, war er überrascht. Er lud sie zum Abendessen ein, um mit ihr zu besprechen, welche Zukunftsperspektiven er ihr bieten und wie sie sich gegenseitig helfen könnten. Sie hatten kaum über die Konditionen gesprochen, als sie auch schon zusammen im Bett landeten und ihm klar wurde, dass er einen fatalen Fehler begangen hatte. Nachdem er sich in sie verliebt hatte, konnte er sie auf keinen Fall mehr einstellen. Arbeit und Vergnügen hielt er immer streng getrennt. An diese goldene Regel hatte er sich gehalten, seit er in das Geschäft mit der nackten Haut eingestiegen war.

Damals ahnte er nicht, dass Nicole ihn hereingelegt hatte. Sie hatte an eben diesem Nachmittag ihre Kündigung erhalten, weil sie einen Drogentest nicht bestanden hatte, den ihr strenger Arbeitgeber stichprobenartig hatte durchführen lassen. Oberflächlich mochte sie ihre Rolle zwar ausfüllen, aber im Grunde war sie ein Party-Girl, deren unersättlicher Hunger nach Sex, Drogen und Einkaufsorgien allmählich außer Kontrolle geriet. Zwei dieser Bedürfnisse war Damien durchaus bereit zu befriedigen, von den Drogen wusste er nichts. Er war erstaunlich blind für ihre Fehler, geblendet von ihrer Schönheit und ihrer magnetischen Anziehungskraft, aber schließlich war sie eine Meisterin der Verstellungskunst.

Anfangs machte sie ihn durchaus glücklich. Wenn

sie zusammen ausgingen, war er stolz wie nie. Sie waren ein perfektes Paar: Er mit seinem blonden, über die Augen fallenden Haar, das er alle zwei Wochen von einem Topfriseur schneiden ließ und täglich wusch und mit einer Pflegespülung verwöhnte; sie mit ihrer sinnlichen, schwarzen Lockenmähne, den funkelnden dunklen Augen und der zierlichen Figur. Sie waren modische Trendsetter, trugen immer die neuesten Designerkleider und ließen sich nie zwei Mal in denselben Sachen sehen; bis alle anderen sich den letzten Schrei zugelegt hatten, waren sie längst beim nächsten. Sie flogen zum Shopping immer Last Minute nach New York, um sicherzugehen, dass sie allen voraus waren und niemand im selben Outfit auftauchte wie sie. In dem kleinen Teich von Bristol waren sie ganz große Fische, was ihnen gut ein Jahr lang äußerste Genugtuung bereitete.

Mit der Zeit wurden jedoch Nicoles gefährliche Fehler offenbar: Hinter ihrer makellosen Fassade verbargen sich neurotische Macken, Jähzorn und Selbstsucht, die sich durch ihren Drogenkonsum nur verschlimmerten. Nichts, was Damien tat, war ihr genug. Sie war wie eine Vampirin, die sein Portemonnaie, sein Herz und seine Seele aussaugte. Als Nesthäkchen hatte ihre irische Familie sie verwöhnt, verhätschelt und jeder ihrer Launen nachgegeben, und nun erwartete sie von Damien dieselbe Aufmerksamkeit. Nach und nach verlor er jedoch die Geduld und reagierte gereizt, weil sie es nicht einmal annähernd schaffte, ihre Wohnung am Flussufer sauber zu halten oder Essen einzukaufen. Als sie sich eines Tages rundheraus weigerte, seine Anzüge aus der Reinigung zu holen, platzte ihm der Kragen. Nicole geriet in Panik, da sie merkte, dass ihr Goldesel Damien es ernst meinte, als er ihr sagte, sie solle sich endlich zusammenreißen oder verschwinden. In den nächsten Wochen hätte ihre Haushaltsführung selbst eine professionelle Hausfrau wie Martha Stewart beschämt. Wenn Damien nach Hause kam, gab es liebevoll (wenn auch vom Supermarkt) zubereitetes Essen, und er kam in den vollen Genuss der sündhaft teuren italienischen Dessous, die er ihr gekauft hatte. Das Ergebnis war, dass Nicole schwanger wurde. Damien fühlte sich zunehmend unbehaglich, als sie ihm diese Neuigkeit bei einem besonders intimen Abendessen (Ente à l'orange und Limonenmousse) eröffnete, und konnte sich des Gefühls nicht erwehren, dass sie ihn hereingelegt hatte. Schließlich war es der älteste Trick der Welt.

Die großartige Hochzeit feierten sie bei Kerzenlicht in einem Landhotel bei Bristol. Nicole trug ein weißes Samtkleid mit Marabufedern an Ausschnitt und Ärmeln, dessen raffinierter Schnitt ihren Bauch kaschierte, aber ihren Busen bestens zur Geltung brachte. Ihre Locken zierte ein Kranz aus Efeu und blutroten Rosen. Sie wirkte wie der Inbegriff märchenhafter Unschuld, Schneeweißchen oder Rosenrot. An der Art, wie alle seinem Blick auswichen, merkte Damien, dass die anwesenden Gäste am Erfolg seiner Ehe zweifelten. Zum Entsetzen der irischen Gäste trug er einen grünen Samtfrack. Ihrer Ansicht nach brachte es Unglück, in Grün zu heiraten. Damien fragte sich oft, was wohl geschehen wäre, wenn er sich für das rote Seidenjackett entschieden hätte, das er als Alternative ins Auge gefasst hatte.

Nicoles Schwangerschaft verlief ruhig und problemlos. Es gelang ihr weiterhin, Geld auszugeben, aber Damien fand, es diene einem guten Zweck, als er sah, wie sich das Kinderzimmer mit exquisiten französischen Babykleidern und den neuesten Hilfsmitteln füllte, die der jungen Mutter das Leben erleichtern sollten.

Als Anastasia geboren wurde, erlebte er, was Liebe war. Leider verspürte Nicole nicht die gleiche Bindung, sondern schien das Baby sogar abzulehnen. Sie verlangte eine Kinderschwester, gefolgt von einem Kindermädchen, aber Damien blieb hart. Wieso sollten sie Personal einstellen, obwohl Nicole nichts anderes zu tun hatte? Ein Baby sollte von seiner eigenen Mutter versorgt werden. Es kam zu grässlichen Wutausbrüchen und hysterischen Anfällen und letzten Endes trat Nicole regelrecht in den Streik, da sie sich den Pflichten der Mutterschaft nicht gewachsen fühlte. Sie überließ Anastasia ihrer eigenen Mutter, während sie einkaufen, im Fitness-Studio, im Schönheitssalon oder allabendlich auf Partys war und durch die Clubs zog. Damien ging völlig in seiner Arbeit auf und konnte nicht viel dagegen tun. Nicoles Mutter, eine egozentrische, überhebliche Hexe aus dem County Cork mit schwarz gefärbtem Haar und billigem Goldschmuck, den er vermutlich finanzierte, konnte er nicht ausstehen. Seine eigene Mutter war eine Seele von einem Menschen, aber bereits 76 Jahre alt und litt unter Arthritis. Er hatte ihr einen netten Bungalow in Weston gekauft, doch sie konnte sich unmöglich den ganzen Tag um ein Baby kümmern, so gern sie ihm auch geholfen hätte. Und so sehr er den Gedanken verabscheute, seine Tochter in Kathleen O'Connors Obhut zu wissen, war sie doch zumindest eine Verwandte, was man von einem Kindermädchen nicht hätte sagen können. Er hatte zu viele Horrorgeschichten in der Regenbogenpresse gelesen, um Anastasia einer Achtzehnjährigen anzuvertrauen, deren Loyalität lediglich dem Gehaltsscheck am Ende der Woche galt. Und so blieb es dabei, dass er Tag und Nacht arbeitete und Nicole ihren Vergnügungen nachging, bis Anastasia annähernd drei Jahre alt war.

Eines Abend kam er unerwartet früh nach Hause und stellte fest, dass in seinem Wohnzimmer abgesehen von Nicole zwei Champagner trinkende Gäste herumlümmelten, die völlig high waren. Er erkannte Sarita, eine von Nicoles Freundinnen, die sich als Model bezeichnete, aber nach Damiens Überzeugung eine Edelnutte war. Der Dritte im Bunde bestätigte seinen Verdacht. Es war Sebastian Chadwick, der sich für einen Mr. Big von Bristol hielt: ein übler Bursche, der von seiner drittklassigen Schulbildung nur Nachteiliges, nichts Vorteilhaftes mitgenommen hatte, nie richtig erwachsen geworden war, den Reichen und Erfolgreichen der Stadt in den Hintern kroch und sich einen Platz unter ihnen sicherte, indem er ihnen per Kurier belebende Substanzen in ihre eleganten georgianischen Stadthäuser lieferte. Diesen Service ließ er sich gut bezahlen, aber da er seinen Kunden kostbare Zeit und einen riskanten Ausflug in die Schmuddelviertel von Bristol ersparte, machte es ihnen offenbar nichts aus. Sebastian war dick, schweinchenrosa und ausgesprochen unattraktiv und gab den größten Teil seines Gewinns für leicht anrüchige sexuelle Gefälligkeiten aus. Das alles wusste Damien. Was er nicht wusste, aber nun erfahren sollte, war, wen er für diese Gefälligkeiten bezahlte.

Das Trio war so beschäftigt, dass ihn niemand hereinkommen hörte. Nicoles Augen glänzten von irgendwelchen Drogen, mit denen Sebastian sie vollgepumpt hatte. Damien sah, wie sie sich lasziv zur Stereoanlage schlängelte und *Love to Love You, Baby* von Donna Summer auflegte. Sie streckte die Hände nach einem Tanzpartner aus. Damien erwartete, dass Sebastian sich auf seine Schweinsfüßchen rappeln würde, aber es war Sarita, die Nicoles Hand nahm und sich in ihre Arme schmiegte. Entsetzt und fasziniert zugleich beobachtete er, wie Sarita und Nicole Sebastian eine Vorführung gaben: Einen professionell choreographierten Lesbentanz. Es war recht beeindruckend. Angeblich eine typische Männerfantasie. Damien hätte es vielleicht sogar genossen, wenn nicht seine eigene Frau im Rampenlicht gestanden und ihn nicht der abstoßende Anblick Sebastians abgelenkt hätte, der zwischen Fettfalten an seinem jämmerlich kleinen Schniedel herumfummelte.

Ein Wimmern am Ende des Flures riss Damien aus seiner Trance. Anastasia! Anastasia hatte die ganze Zeit in der Wohnung geschlafen und war offenbar durch den dröhnenden, hämmernden Bass geweckt worden. Nicole hätte sie gar nicht schreien hören können, weil das Babyphon ausgeschaltet war. Er schlich in das Kinderzimmer, packte ein paar Sachen und ein Paket Windeln und nahm Anastasia auf den Arm. Bevor er ging, schaute er noch kurz in die Abstellkammer, in der ein Monitor für die Videoüberwachung des gesamten Apartments stand. Mit einem Anflug von Übelkeit nahm Damien die Videokassette heraus, auf der die widerwärtige Vorstellung seiner Frau aufgezeichnet war. Er wusste nicht, ob sie bei einem Prozess als Beweismittel zugelassen würde, aber er war ziemlich sicher, dass sie für ihn noch von Nutzen sein konnte. Er wusste auch nicht, ob Nicole das, was sie tat, für Geld oder für den Kick machte, aber das spielte keine Rolle. Als Mutter war sie schlichtweg ungeeignet.

Damien rief Nicole eine Stunde später vom Haus seiner Mutter aus an. Sie hatte Anastasias Abwesenheit noch gar nicht bemerkt und geglaubt, sie schliefe. Als er sie gegen zehn Uhr abends erneut anrief, war sie völlig hysterisch und wusste nicht einmal mehr, wem sie ihre Tochter anvertraut hatte. Auch diesen Anruf zeichnete Damien auf. Er brauchte eine Menge Beweise, wenn er das Sorgerecht bekommen wollte.

Sobald Nicole begriff, dass sie ohne das Sorgerecht keine große Chance auf ansehnliche Unterhaltszahlungen hatte, wurde es hässlich. Erstaunlicherweise schob sie eine nicht diagnostizierte postnatale Depression als Entschuldigung für ihr Verhalten vor und erklärte, Damien habe kein Mitgefühl gezeigt, ja ihre elende Lage sogar noch verschlimmert. Ohne die Hilfe ihrer Mutter wäre ihre Situation völlig unerträglich gewesen. Nun sei sie natürlich geheilt und bereit, ihren Verpflichtungen nachzukommen. Am besten sei Anastasia bei ihrer Mutter aufgehoben, nicht beim Vater, der rund um die Uhr arbeite.

Damien erhielt das vorläufige Sorgerecht, da Nicole für untauglich erklärt wurde. Der Prozess würde beginnen, sobald die medizinischen Gutachten vorlagen. Damien war klar, dass Nicole genügend Tricks beherrschte und ausreichend zweifelhafte Kontakte besaß, um mit gefälschten Arztberichten aufzutrumpfen. Er wusste auch, dass sie genug über seine Geschäfte wusste, um einen Gegenangriff gegen ihn zu starten, und dass es auf eine gegenseitige Schlammschlacht hinauslaufen würde.

Die ganze Geschichte ließ ihn Bilanz über sein bisheriges Leben ziehen. Gut, er hatte eine Menge Geld mit dem Laster verdient, wie Pedanten es nennen würden. Zu seiner Rechtfertigung hatte er sich immer gesagt, dass das Laster auch blühen würde, wenn er nicht davon profitierte. Obwohl seine Einkommensquellen am Rande der Unmoral angesiedelt waren, hielt er sein persönliches Leben frei davon. Er war seinen Freundinnen immer treu geblieben und hatte das Angebot selbst nie in Anspruch genommen. Eigentlich lebte er fast wie ein Puritaner. Aber von nun an brauchte er in sämtlichen Lebensbereichen eine blendend weiße Weste.

Im Grunde wurden seine Geschäfte immer anrüchiger, je weiter man die M5 entlangfuhr. In Cheltenham hatte er Bars und Clubs, nichts Zwielichtiges – noch nicht. In Gloucester waren es Striptease-Lokale. Und in seiner Heimatstadt Bristol waren es Massagesalons, schäbig und absolut unterstes Niveau. Er kam zu dem Schluss, dass er sich von den Massagesalons trennen musste. Und von den Striptease-Lokalen ebenfalls: Sie waren zwar nicht illegal, würden aber vor Gericht keinen guten Eindruck machen. Ohnehin fühlte er sich zunehmend unbehaglich in diesem Milieu. Seit er Vater war, plagte ihn sein Gewissen. Jedes Mal, wenn eine neue Tänzerin vortanzte, konnte er ihr nicht in die Augen sehen, weil er wusste, dass auch sie einen Vater wie ihn hatte, der für seine Tochter Hoffnungen und Träume hegte wie er für Anastasia. Der Gedanke, dass sie sich womöglich eines Tages für eine Horde geiler alter Böcke an einer Stange winden würde, erfüllte ihn mit Abscheu. Wie konnte er also erwarten, dass die Töchter anderer ihm die Taschen füllten?

Hinzu kam seine größte Sorge: Dass Anastasia nie von anderen Kindern eingeladen werden könnte, wenn sich herumspräche, dass ihr Vater mit Fleisch handelte. Mit nacktem weiblichem Fleisch. Es wäre nur eine Frage der Zeit, bis es herauskäme, davon war er überzeugt. Damien wusste besser als jeder andere, wie klein die Welt war. Er brauchte sich nur die Videoaufzeichnungen der Überwachungskameras anzuschauen, die in all seinen Clubs installiert waren: Ständig tauchten dort bekannte Gesichter auf, Menschen, für die es ein Alptraum wäre, wenn ihre Besuche im »Faster Pussycat« oder »Diamondlife« bekannt würden.

Daher hatte er die Fühler nach einem Käufer ausgestreckt und praktisch sofort einen gefunden. Marco Dinari besaß in der Umgebung von Bristol mehrere gut gehende Pasta-Restaurants und Pizzerien. Er stand mit Marco in Verhandlungen, mit dem er früher bereits Geschäfte gemacht hatte. Sie vertrauten sich auf der Basis der »Ganovenehre«. Es ging nur noch darum, sich auf eine Summe zu einigen, die für beide zufrieden stellend war.

Darüber hinaus war er zu dem Schluss gekommen, dass die schmutzige Stadt kein geeigneter Ort für Anastasia war. Kein Kind sollte in einer Etagenwohnung aufwachsen, auch wenn es sich dabei um ein Luxusapartment handelte. Da er seine saubereren, weniger kompromittierenden Lokale in Cheltenham behalten wollte, hatte er beschlossen, in diese Gegend zu ziehen. Er hatte sich mit sämtlichen örtlichen Immobilienmaklern in Verbindung gesetzt und sie beauftragt, ein geeignetes Haus für ihn zu suchen.

Und nun waren sie in Honeycote, dem Inbegriff eines englischen Dorfes, das ihnen als Zufluchtsort und idyllischer Rahmen für ihr neues Leben dienen sollte. Vor zwei Tagen hatte Damien die Schlüssel bekommen und den Umzug aus Bristol beaufsichtigt. Bewusst hatte er keine Nachsendeadresse hinterlassen und Nicole nicht einmal mitgeteilt, dass er umzog.

Es würde vermutlich Wochen dauern, bis sie merkte, dass sie sich aus dem Staub gemacht hatten. Ihre Tochter interessierte Nicole nur als Eintrittskarte zu den Fleischtöpfen, der Groschen würde bei ihr also erst fallen, wenn sie käme, um sich Geld zu holen. Damien grinste zufrieden: Das Leben würde sich wesentlich einfacher gestalten, wenn dieses boshafte Weib nicht mehr ständig in der Nähe war.

Der Wagen erreichte Eldenbury, einen kleinen Marktflecken an der Straße von Oxford nach Evesham, der ursprünglich aus einem einträglichen Wollhandel entstanden war. Er wies ebenso wie Honeycote Naturstein in warmem Gold und eine bunt zusammengewürfelte Architektur auf, war aber etwas größer und besaß ein ordentliches Hotel, einen Spirituosenhandel, ein Delikatessengeschäft, ein paar richtige Läden und einen kleinen Supermarkt. Außerdem gab es den Bahnhof mit seiner magischen Zugverbindung in das nur 90 Minuten entfernte London.

Rick zeigte Damien den chinesischen Schnellimbiss, über dem er wohnte – und der den seltsamen Namen Golden Swallow, Goldene Schwalbe trug –, und den Schönheitssalon seiner Schwester Kelly.

»Sie zieht dieses Wochenende bei mir ein.« Er grinste leicht bedauernd. »Ade, Junggesellenleben. Hallo, Ringelblumen und leere Aschenbecher. Aber ich habe nichts dagegen. Sie wird sich um mich kümmern.«

Damien verspürte einen Anflug von Neid. Er hatte niemanden, der sich um ihn kümmerte. Nur Leute, die er dafür bezahlte.

Der Mercedes hielt am anderen Ende der Stadt. Die Hälfte der Straße war aufgerissen und vor einem Mann, der eine Kelle mit der Aufschrift STOPP hielt, hatte sich eine Autoschlange gebildet. Der Gegenverkehr war gerade durchgefahren, die Kelle auf die grüne Seite umgedreht und Rick wollte Gas geben, als noch ein Wagen von der Gegenseite durchflitzte.

»Wichser!«, fluchte Rick.

Damien schaute auf und sah einen dunkelhaarigen jungen Mann in einem offenen Austin Healey vorbeirasen.

»Hübscher Wagen«, stellte er fest.

»Der Kerl ist total bescheuert«, sagte Rick.

»Wer ist es denn?« Damien war immer neugierig, was Menschen betraf. Und ihre Beziehungen zu anderen. Mit Interesse bemerkte er Ricks wütende Miene. Er hatte eindeutig nichts für den Burschen übrig.

»Patrick Liddiard. Seiner Familie gehört Honeycote Ales. Er ist ein Arschloch.«

»Wieso?«

Rick erzählte ihm, dass seine Eltern zwanzig Jahre lang das Honeycote Arms gepachtet hatten. Im Laufe des letzten Jahres hatte die Brauerei das Lokal fast völlig verkommen lassen. Und nachdem Ted und Eileen nun an diesem Wochenende vorzeitig in den Ruhestand gingen, hatte Honeycote Ales verkündet, sie würden den Pub vollständig renovieren und neu eröffnen. Seiner Mutter hatten sie nicht einmal eine neue Fritteuse zugestanden und jetzt hatten sie vor, Tausende auszugeben.

»Patrick leitet den Umbau. Weiß der Himmel, wieso sie ihm das übertragen haben. Er vermasselt es mit Sicherheit.« Rick schaltete verbittert in den nächsten Gang.

Hinter der Geschichte steckte offenkundig mehr, aber Damien ließ die Sache vorerst auf sich beruhen und war froh, dass er Ricks Achillesferse entdeckt hatte. Er brüstete sich, ein Gespür für die Schwächen anderer zu besitzen. Denn nur so hatte man sie im Griff und konnte sie für seine Zwecke benutzen. Natürlich war ihm die Brauerei schon aufgefallen – sie lag von Honeycote Grove aus am anderen Ende des Dorfes und war zu riechen, wenn der Wind aus der richtigen Richtung wehte. Damien war zwar kein Fachmann für Bier, fand aber, dass Honeycote Ales einige Erkundigungen wert sei. Er wusste, dass kleine Brauereien heutzutage zu kämpfen hatten und die Großen raubgierig immer auf der Suche nach einer neuen Nische, einer weiteren Neuheit waren. Damien war sich nicht sicher, wie das zu seinen Vorhaben passte, aber er besaß ein Näschen für günstige Gelegenheiten. Wenn es ein Geschäft zu machen gab, würde er es herausfinden.

Doch bevor er an die Zukunft denken konnte, musste er sich um die Gegenwart kümmern. Er wollte sich mit Marco Dinari treffen, um sich mit ihm auf einen Preis zu einigen, bevor sie in der kommenden Woche die Verträge unterzeichneten. Damien konnte sich erst entspannt zurücklehnen, wenn das Geld tatsächlich auf seinem Bankkonto eingetroffen war. Den Gedanken an die Brauerei schob er vorerst beiseite, als sie nun nach Bristol fuhren.

3

Ginny Tait überlegte, ob es klug sei, den Shogun rückwärts in die Einfahrt zu setzen, und entschied sich dagegen. Der Parkplatz war kaum größer als der Wagen, die Torpfosten standen zu eng beieinander und über die Kartons und das Sammelsurium von Dingen auf der Ladefläche konnte sie nicht aus dem Heckfenster sehen. Also hielt sie vor Tinker's Barn am Straßenrand, stieg aus und öffnete die Heckklappe.

Ihre Zwillinge stiegen ebenfalls aus. Kitty, die sich gern passend für jeden Anlass verkleidete, trug einen Blaumann und einen Hermes-Schal im Piratenstil um den Kopf gebunden. Sasha, die den Umzug immer noch nicht wahrhaben wollte, präsentierte sich in weißer Jeans und makellosen Dunlop Green Flash Turnschuhen. Ginny hatte eine ausgebeulte Jogginghose und ein ausgebleichtes Sweatshirt an, das Haar im Nacken zusammengebunden und schon jetzt ein rot glänzendes Gesicht in Erwartung der bevorstehenden Anstrengung. Als sie ihr Spiegelbild in einer Fensterscheibe des Häuschens sah, schauderte sie angewidert. Kein Wunder, dass ihr Mann sie verlassen hatte. Sie schlug einen betont munteren Ton an.

»Sollen wir gleich anfangen oder zuerst eine Tasse Tee trinken?«

»Ihr beide fangt an. Ich mache Tee.« Sasha schlenderte zur Haustür, ohne die Nase aus der Zeitschrift *Now* zu nehmen, und zeigte keinerlei Interesse an ihrem neuen Zuhause. Kitty lächelte ihre Mutter mitfühlend an.

»Es sieht ... niedlich aus.«

Niedlich heißt winzig, übersetzte Ginny im Geiste. Sie wusste nicht, wie sie zu dritt zurechtkommen sollten. Sie hatte das Haus erst vor drei Tagen gefunden und es aus schierer Verzweiflung genommen. Für 450 Pfund im Monat. Nach dem Budget, das sie sich ausgerechnet hatte, blieben ihnen noch 550 Pfund zum Leben. Interessante Zeiten, dachte sie. Interessante Zeiten.

Die meisten ihrer Freundinnen hatten entsetzt reagiert, als sie hörten, dass sie eingewilligt hatte, das gemeinsame Haus zu verkaufen und auszuziehen, ohne auch nur einen Anwalt zu kontaktieren. Aber sie fand es sinnlos, Schwierigkeiten zu machen. David hatte sich entschieden. Und sie wollte einen Neubeginn. Als sie sich Tinker's Barn nun anschaute, wirkte das Haus allerdings nicht mehr ganz so reizvoll wie vor drei Tagen. Heute bemerkte sie das Unkraut, das in den Ritzen des Vorgartenwegs wuchs, die schmutzigen Fenster, die kaputte Wäscheschleuder, die einen halbherzigen Schleuderversuch unternahm. Macht nichts, sagte sie sich. Das ist alles halb so schlimm. Wenn sie die Ärmel aufkrempelten und anpackten, wäre schon morgen alles fertig für den Einzug. Und im Ärmelaufkrempeln und Anpacken war Ginny große Klasse.

Sasha kam mit finsterer Miene aus dem Haus.

»Da es nur zwei Schlafzimmer gibt, nehme ich an, dass wir uns ein Zimmer teilen müssen?«, fragte sie.

»Ja«, antwortete Ginny abwehrend. »Allerdings.«

»Also, ich hoffe, du überlässt uns das größere Zimmer.«

Ginny seufzte. Das musste sie wohl. In dem kleineren Zimmer hatten keine zwei Betten Platz. Es war nicht einmal acht Quadratmeter groß. Kleiner als der begehbare Kleiderschrank in ihrem bisherigen Haus. Sie schob die Erinnerung beiseite.

Sie hätte wohl merken müssen, dass David auf eine Midlife-Krise zusteuerte, als er sich ein MGF-Kabrio kaufte und ständig mit offenem Verdeck fuhr, wenn es nicht gerade in Strömen regnete. Die Oakley-Sonnenbrille war das nächste verräterische Anzeichen, besonders als er anfing, sie im Haar statt auf der Nase zu tragen. Ein drittes Zeichen waren die extra langen Koteletten. Es hatte Ginny in den Fingern gejuckt, sie ihm abzurasieren. Er sah einfach lächerlich damit aus.

Er war Zahnarzt und mit seiner Mundhygienikerin durchgebrannt. Was für ein unglaubliches Klischee. Was war so verlockend an einer Frau, die ihren Lebensunterhalt damit verdiente, anderen den Plaque von den Zähnen zu kratzen? Aber vermutlich brauchte man sich Faith Bywater nur anzuschauen, um die Antwort zu kennen. Sie hatte einen langen, kastanienrot gefärbten Bob, grüne Glupschaugen – Ginny fand, sie sah aus wie ein Fisch – und trug stets blütenweiße Kittel, durch die man ihre Strümpfe erahnen konnte. Effizienz, gepaart mit unterdrückter Sexualität. Sie konnte sich vorstellen, wie sie attraktiveren männlichen Patienten ihren Ausschnitt unter die Nase hielt und sie rügte, weil sie keine Zahnseide benutzten. Sie entsprach den Fantasien eines jeden Mannes mittleren Alters, einschließlich Davids, wie es schien. Als alles herausgekommen war, hatte Ginny sich mehr als vernünftig benommen. Kein hysterisches Tellerwerfen, keine bitteren Vorwürfe. Sie hatte geschluckt und ihn ein einziges Mal gefragt, ob sie es noch einmal versuchen könnten. Er war es den Zwillingen und ihr ja wohl schuldig, zumindest den Versuch zu unternehmen, diese überwältigende Leidenschaft zu überwinden? Er hatte ihren Blick gemieden und geantwortet:

»Ich kann nicht. Sie ist schwanger.«

Das Fischgesicht war offensichtlich schlauer, als Ginny ihr zugetraut hätte. Wie es aussah, hatten die beiden gemeinsam Pläne. Pläne, die für Ginny nichts Gutes bedeuteten. Sie hatten bereits ein Angebot für ein großes hochzeitskuchenförmiges Haus in Cheltenham abgegeben. Das Erdgeschoss sollte umgebaut werden, um dort Davids Praxis einzurichten. Und wenn Faith erst einmal ihr Baby zur Welt gebracht hätte, würde sie natürlich wieder anfangen, Plaque abzukratzen. In der ersten Etage wollten sie wohnen und das Dachgeschoss als Wohnung für ein Kindermädchen ausbauen.

Zuerst musste allerdings das gemeinsame Haus der Taits verkauft werden, damit David Kapital flüssig machen konnte. Das Fischgesicht hatte offensichtlich ihre eigene Immobilie gut verkauft und eine beträchtliche Anzahlung auf das neue Haus geleistet, aber David brauchte Geld für den Umbau und die neue Praxiseinrichtung, da er sich stärker auf kosmetische Zahnmedizin für ein zahlungskräftiges Publikum konzentrieren wollte und die Räumlichkeiten entsprechend ausstatten musste.

David erklärte nachdrücklich, er wolle fair sein, aber die Eröffnung der neuen Praxis und das kommende Baby ließen nicht viel Bargeld übrig ... Er behauptete, ihm falle es ebenso schwer wie Ginny. Er wünschte genau wie sie, das alles sei nie passiert, aber das Schicksal habe es nun mal so gewollt. Je schneller die neue Praxis in Gang käme, um so früher werfe sie Gewinn ab, den er in Form von Unterhaltszahlungen an Ginny und die Zwillinge weitergeben könne. Also hatten sie das Haus verkauft, die Hypothek abbezahlt und den mageren Rest halbiert. Die 110 000 Pfund, die Ginny danach auf der Bank hatte, reichten nicht, um eine anständige Wohnung zu kaufen, wenn sie nicht gerade auf den äußeren Hebriden oder in Frankreich läge. Das war allerdings verlockend ...

Sie bemühte sich nach Kräften, die Dinge positiv zu sehen. Als Chance für einen Neubeginn. Sie machte reinen Tisch und bekam Gelegenheit, zu sein, wer immer sie sein wollte. Schließlich war sie erst 43 Jahre alt. Doch dann musste sie lachen: Sie hatte lediglich eine völlig veraltete Ausbildung als Krankenschwester, mit der sie keine anständige Stelle bekommen würde, obwohl das ganze Land förmlich nach Krankenschwestern schrie. Außerdem musste sie sich um die Zwillinge kümmern. David hatte angeboten, ihnen ein Zimmer in seinem Hochzeitskuchenhaus einzurichten, wenn sie wollten, und so viel emotionale Unterstützung, wie er ihnen zu geben vermochte. Allerdings waren die beiden inzwischen 18 Jahre alt, wie er betonte. Als sie sein Angebot abgelehnt und beschlossen hatten, bei ihr zu bleiben, war Ginny gerührt, obwohl sie manchmal den Verdacht hatte, dass es an ihrer Weichherzigkeit lag. Sie räumte hinter ihnen her, sorgte für duftend frische Wäsche, kochte ihnen klaglos ein Essen, wann immer ihr Appetit und ihr geselliges Leben es erforderte, und stand ihnen rund um die Uhr als Taxidienst zur Verfügung. Sie konnte sich kaum vorstellen, dass das Fischgesicht gern ihr Dienstmädchen spielen würde, und David wäre viel zu sehr damit beschäftigt, Zähne zu bleichen, um ihr eine große Hilfe zu sein.

Alles in allem blieb ihr nichts anderes übrig, als eine Wohnung zu mieten, bis sie endgültig wusste, wie viel Kapital ihr blieb, und bis sie sich überlegt hatte, wie sie ihren Lebensunterhalt bestreiten sollte, denn das Geld würde auf keinen Fall für den Rest ihres Lebens reichen, so viel stand fest.

Durch einen reinen Glücksfall hatte sie das Haus in Honeycote gefunden. Eine ihrer Freundinnen arbeitete für eine Firma, die Ferienhäuser der oberen Preisklasse vermietete. Sie hatten Tinker's Barn kürzlich abgelehnt, weil die Ausstattung ihren gehobenen Ansprüchen nicht genügte, aber Ginnys Freundin versicherte ihr, es sei durchaus bewohnbar. Ginny hatte sich das Haus gleich angesehen und fand, dass es zwar winzig war, ihr aber ein Gefühl der Geborgenheit vermittelte.

Es gehörte zu einem kleinen umgebauten Bauernhof abseits der Hauptstraße von Honeycote und lag nur sechs Meilen von ihrem früheren Haus in Evesham entfernt. Im gut 25 Quadratmeter großen Erdgeschoss gab es ein Wohnzimmer, das durch eine Frühstücksbar von der offenen Küche getrennt war, aber durch die bodentiefen Fenster hell und luftig wirkte. Möbliert war es mit einem gemütlichen Holzherd, einem Seegrasteppich und zwei Sofas in »Schmuddelschick«, die zugegebenermaßen eher schmuddelig als schick waren. Oben unter dem Dach gab es ein Bad und zwei Schlafzimmer mit Holzfußböden und Veluxfenstern. Wenn man sich im Bett allzu schnell aufsetzte, stieß man sich den Kopf an der schrägen Decke. Aber sie waren warm und gemütlich. Ja, gemütlich waren sie auf jeden Fall.

Ginny musterte nachdenklich den Inhalt des Kofferraums und überschlug, dass sie noch mindestens drei Mal nach Evesham fahren musste, bevor sie ihre Sachen herübergeschafft hätte. Es dämmerte bereits und sie würde sicher den ganzen Abend brauchen, um das alte Haus sauber zu machen. Ihr war klar, dass sie es nicht allzu gründlich putzen brauchte – sie nahm nicht an, dass die nächsten Bewohner es ihr zu danken wüssten, wenn sie jedes Küchenregal peinlichst genau schrubbte –, aber sie konnte den Gedanken nicht ertragen, auch nur ein Stäubchen zu hinterlassen, über das sie die Nase hätten rümpfen können. Ironischerweise hatten die Vormieter von Tinker's Barn solche Bedenken offenbar nicht gekannt.

Im besten Oberschwesternton, der selbst ihre reizbarsten Patienten zur Räson gebracht hatte, gab sie ihren Töchtern Anweisung, das Auto auszuladen. Die Zwillinge kannten sie gut genug, sich in dieser Stimmung nicht mit ihr anzulegen. Sie mochten ihre Mutter zwar oft genug um den kleinen Finger wickeln, aber sie wussten, wann es ihr ernst war.

Damien lehnte sich in seiner Badewanne zurück und genoss den Wasserstrahl der Massagedüsen, der seine müden Muskeln knetete. Er war körperliche Anstrengung nicht gewohnt, meist war er von geistiger Gymnastik erschöpft. Aber heute hatte er den ganzen Tag die Möbel im Haus hin- und hergeschoben, bis alles zu seiner Zufriedenheit war. Neben ihm stand eine eiskalte Flasche Smirnow Ice. Aus den versteckt eingebauten Lautsprechern, die der Architekt umsichtig in jedem Raum hatte installieren lassen, drang Moby.

Für die meisten wäre das der Himmel auf Erden gewesen. Doch Damien war gereizt. Er fühlte sich wie ein kleiner Junge, der zum Geburtstag ein Fahrrad erwartet, stattdessen aber ein Geodreieck bekommen hat. Der Empfang, den die Einwohner von Honeycote ihm bereitet hatten, ließ sich bestenfalls als lauwarm bezeichnen. Sie waren ihm zwar nicht offen feindselig, aber doch zumindest argwöhnisch begegnet. Er hatte zwar nicht erwartet, dass die Leute ihm einen roten Teppich ausrollten oder vor ihm niederknieten, aber sie hätten wenigstens höflich sein können.

Da war zum Beispiel Coral, die Frau in der Post. Mit ihrer aprikotfarbenen Pudeldauerwelle und dem schlecht aufgetragenen Lippenstift durfte sie sich wahrlich kein Urteil über ihn anmaßen. Er war in die Post gegangen, um ein Stellenangebot für eine Putzfrau auszuhängen, worauf sie sich praktisch halb totgelacht hatte. Recht überheblich hatte sie ihn darauf aufmerksam gemacht, dass für eine Bezahlung, wie er sie bot, niemand in Honeycote auch nur aus dem Bett aufstünde. Die *Fremden* (ein böser Blick begleitete diesen Ausdruck) hätten die Immobilienpreise derart in die Höhe getrieben, dass Einheimische, die bereit wären, für ihn das Dienstmädchen zu spielen, es sich gar nicht mehr leisten könnten, im Dorf zu wohnen. Damien war gekränkt. Er fand acht Pfund Stundenlohn mehr als großzügig, und für die in den Himmel schießenden Immobilienpreise konnte man schließlich nicht ihn verantwortlich machen. Er hatte den Preis nicht festgesetzt, sondern lediglich bezahlt. Sie machte noch eine Bemerkung über das offenkundige

Sicherheitsbedürfnis in Honeycote Grove. Bevor die *Fremden* (wieder dieser viel sagende Blick) gekommen waren, hatte niemand seine Hintertür, sein Auto oder sonst etwas abzuschließen brauchen, behauptete sie. Womit sie unterschwellig andeutete, Leute wie Damien seien für die zunehmende Kriminalität verantwortlich.

Auch im Milchladen des Dorfes hatte es Schwierigkeiten gegeben. Wie sollten sie Damien seine Milch liefern, wenn man sie ostentativ aussperre? Sie weigerten sich, die Flaschen vor das Tor zu stellen. Wie sollten sie beweisen, dass sie die Milch tatsächlich geliefert hatten, falls sie gestohlen wurde? An diesem Punkt verlor Damien die Geduld und sagte, sie sollten es vergessen.

Mit seinen Nachbarn konnte er seine Erfahrungen nicht austauschen, weil es noch keine gab. Sein Haus war als Erstes bezugsfertig. In den übrigen vier Häusern von Honeycote Groves arbeiteten immer noch Zimmerleute, Installateure und Dekorateure. Sobald die anderen Bewohner einzogen, hatte er zumindest ein paar Verbündete und würde sich nicht allein für den Aufruhr unter den Einheimischen verantwortlich fühlen. Vorerst lebte er aber noch in völliger Isolation und wurde allein zur Zielscheibe in einer Abgelegenheit, die offenkundig das ganze Dorf erzürnte; ein Planungsskandal; ein Schandfleck in der Postkartenlandschaft von Honeycote. Er tröstete sich mit dem Gedanken, dass es blanker Neid sei, weil sie wüssten, dass er 800 000 Pfund für sein Haus hatte zahlen können und ein Bauunternehmer offensichtlich ein gutes Geschäft gemacht hatte, während sie vermutlich nicht einmal eine Baugenehmigung für einen selbst errichteten Gartenschuppen bekamen.

Vielleicht würden die Einheimischen sich ihm gegenüber netter verhalten, sobald sie Anastasia sahen. Kinder waren großartige Eisbrecher, sie ließen steinerne Herzen schmelzen. Morgen wollte er sie bei seiner Mutter abholen. Wenn sie erst einmal bei ihm wohnte, würde man ihn nach und nach schon akzeptieren. Bisher hatte ihm niemand das Gefühl vermittelt, hier willkommen zu sein. Nur Rick hatte ihn eingeladen. Damien war sich nicht sicher, ob er die Einladung zur Abschiedsparty seiner Eltern im Honeycote Arms annehmen sollte. Eigentlich wollte er keine allzu engen Kontakte mit seinem Angestellten; es war nicht gut, die Grenzen zu verwischen. Aber er war neugierig. Und einsam. Er wollte an einem Samstagabend nicht allein in seinem Schloss sitzen. Also hatte er ja gesagt. Wenn es ihm nicht gefiel, konnte er ja wieder gehen.

Rick drückte seine fünfte Camel an diesem Abend aus und dachte bedauernd an seine Kumpel, die sich um diese Zeit mit ihren Motorrädern an ihrem Lieblingslokal trafen. Jetzt war es zu spät, noch zu ihnen zu stoßen. Er hatte gehofft, die Reden wären bald vorbei und er könne sich davonschleichen, aber es zog sich in die Länge. Egal. Seine Eltern freuten sich sichtlich, dass er und seine Schwester Kelly auf ihrer Abschiedsparty waren, die gewissermaßen ja auch ihnen galt. Schließlich hatten die Bradleys 20 Jahre lang zum Inventar des Honeycote Arms gehört. An ein anderes Zuhause konnte er sich gar nicht mehr erinnern. Gut, er war vor zwei Jahren in die Wohnung über dem chinesischen Schnellimbiss in Eldenbury gezogen, weil er die Freiheit genießen wollte, jeden Abend ein anderes Mädchen flachzulegen, wenn ihm danach war, ohne sich vorwurfsvolle Blicke von seiner Mutter einzuhandeln. Aber es würde seltsam sein, sie nicht mehr in der Nähe zu haben, um sich von ihr die Wäsche waschen oder bekochen zu lassen, wenn er den ewigen Reis mit Hühnchen leid war. Er war mindestens zwei Mal wöchentlich in den Pub gekommen – und nicht nur, wenn er etwas von ihnen brauchte. Sie standen sich nahe. Er liebte seine Eltern.

Er schaute sich im Schankraum um und überlegte, ob er den Pub vermissen würde. Er war ihm so vertraut. In all den Jahren, die sie hier gelebt hatten, war kaum etwas verändert worden: der grün-golden gemusterte Teppichboden, die Pferdegeschirre, die wackeligen Tische mit ihren ringförmigen Flecken und Brandlöchern, die Dartscheibe, die sonnengebleichten, dunkelroten Samtvorhänge, der Geruch nach Desinfektionsmitteln, der den leichten Uringestank nie vollständig zu überdecken vermochte, der jedes Mal hereinwehte, wenn die Toilettentür geöffnet wurde, und auf der Tafel die Schrift seiner Mutter mit den üblichen Rechtschreibfehlern: »Lassagne, Chilli con carne, Hähnchencurry, alles mit Kartoffeln oder Reis«. Er wusste, dass die Handwerker am Montag kommen würden, um alles herauszureißen, weil einer seiner Kumpel zu dem Bautrupp gehörte. Rick und er hatten bereits eine Abmachung mit einem Trödler des Ortes getroffen: Die Wannen in sämtlichen Bädern der Gästezimmer hatten hinter der Formicaverkleidung Klauenfüße. Dafür dürften sie einige hundert Pfund bar auf die Hand bekommen. Anscheinend hatte jede Wolke einen Silberstreif.

Er schaute zu seinen Eltern hinüber. Es war merkwürdig, sie auf der falschen Seite der Theke zu sehen. Anfangs war es seiner Mutter ein bisschen peinlich gewesen, aber inzwischen hatte sie ein paar Gläser getrunken und wirkte entspannter. Sein Vater wurde immer lauter und lud Gott und alle Welt nach Forest Dean ein, wo sie sich ein Haus gekauft hatten und Zimmer mit Frühstück vermieten wollten. Rick fand eigentlich, dass seine Mutter sich etwas Ruhe verdient hätte, aber sie behauptete, jetzt auf einen Streich aufzuhören wäre ihr Tod und Fremdenzimmer mit Frühstück sei schließlich kein 24-Stunden-Job wie ein Pub. Ein Paar Betten beziehen, eine Pfanne Rühreier mit Speck braten, dann hatte man den Rest des Tages für sich. Rick vermutete, dass sie es sich gut überlegt hatten und mit ihren Plänen zufrieden waren. Sein Vater war fest entschlossen, den Rest seines Lebens mit Angeln zu verbringen, und seine Mutter meinte, sie wolle endlich Boccia spielen lernen.

Rick zwängte sich durch zur Theke, um sich noch ein Glas Bier zu holen. Es freute ihn, dass der Pub so voll war, auch wenn das Freibier sicher nicht ganz unbeteiligt daran war. Er betrachtete die Gäste, die sich an der Theke drängten, und wünschte, sie hätten sich in den letzten Jahren öfter blicken lassen, dann wäre es vielleicht anders gekommen.

Die Geschichte, die er Damien gestern erzählt hatte, war nur die Spitze des Eisbergs. Vor etwa anderthalb Jahren hatte die Brauerei seine Eltern beinahe auf die Straße gesetzt, weil sie dringend Kapital brauchte und das Honeycote Arms verkaufen wollte. Um fünf vor zwölf hatte sie schließlich in Keith Sherwyn einen Investor gefunden und der Pub war gerettet. Inzwischen hatten Ted und Eileen, denen der Schreck ihres Lebens noch in den Knochen steckte, sich jedoch damit abgefunden, fortzuziehen. Sie hatten den Pub noch ein Jahr weitergeführt, während sie das ideale Haus für ihren Ruhestand suchten, aber nun war es so weit:

Morgen wollten sie ausziehen. Und Honeycote Ales besaß den Anstand, eine Abschiedsparty für sie zu veranstalten. Sicher aus schlechtem Gewissen. Sie hatten verdammtes Glück gehabt, dass Ted auf die Nachricht vom Rauswurf hin keinen Herzinfarkt erlitten hatte. Seine Mutter hatte erbittert reagiert und darauf bestanden, auszuziehen, obwohl man ihnen die Pacht verlängern wollte. Sie konnte nicht mehr in der Angst leben, dass es jederzeit wieder passieren könnte, sagte sie. Sie wollte unabhängig sein und nicht den Rest ihres Lebens anderen nach der Pfeife tanzen müssen.

Als Rick sich wieder hinsetzte, schlug jemand laut auf einen Tisch, um eine Rede zu halten. Rick kippelte mit seinem Stuhl nach hinten, um besser zu sehen, und nahm einen Schluck Bier, während er zusah, wie Mickey Liddiard, der Geschäftsführer von Honeycote Ales, in die Mitte des Raumes trat. Er musste Mitte vierzig sein, zog aber mit seinen viel versprechend lächelnden Augen immer noch die bewundernden Blicke der Frauen auf sich. Rick wusste aus eigener Erfahrung, dass die Augen die wichtigsten Waffen eines Mannes waren, und Mickey hatte seine im Laufe der Jahre nur allzu oft eingesetzt, um sich in Schwierigkeiten zu bringen und wieder herauszulavieren.

Als Mickey die Aufmerksamkeit aller Anwesenden hatte, schaute er sich lächelnd im Schankraum um.

»Auf diesen Tag habe ich mich kein bisschen gefreut. Loyale Pächter zu verlieren ist der Alptraum jeder Brauerei, und loyalere Pächter als Ted und Eileen kann man nicht haben …«

Leider haben sie nicht die gleiche Loyalität erfahren, dachte Rick.

»… aber ich weiß, dass sie für sich, wenn auch nicht für uns, die richtige Entscheidung getroffen haben. Zwanzig Jahre an einem Ort sind eine lange Zeit, und sie haben es verdient, ihre Füße hochzulegen. Zu sagen, dass wir sie sehr vermissen werden, ist noch weit untertrieben. Das Honeycote Arms war so lange das Herz des Dorfes, und Ted und Eileen haben euch alle so oft herzlich willkommen geheißen und euch ein wohl verdientes Pint gezapft, dass nur schwer vorstellbar ist, andere könnten ihren Platz einnehmen. Wir haben lange überlegt, was wir ihnen schenken können, um unserer Anerkennung Ausdruck zu geben, und letzten Endes haben wir uns für etwas entschieden, das sie hoffentlich immer an ihre Zeit hier erinnern wird.«

Die Tür öffnete sich und Mickeys Sohn Patrick kam mit einem riesigen, unbeholfen verpackten Paket herein, das er auf den Tisch stellte. Leicht verlegen wickelten Ted und Eileen es unter Beifall aus. Es war ein Barometer; antik, teuer. Rick hielt es für eine völlig bescheuerte Idee. Wenn man wissen wollte, wie das Wetter war, brauchte man doch nur aus dem Fenster zu schauen. Mit dem Geld hätten sie mehr anfangen können.

Sein Blick folgte Patrick Liddiard durch den Schankraum. Der Kerl sah genauso gut aus wie sein Vater. Nur seine Augen waren nicht warm wie Mickeys, sondern blaue Eissplitter. Er wirkte arroganter denn je, wie er so an der Wand lehnte, in einer Hand ein Glas, in der anderen eine Zigarette. Rick fand, er sah aus, als bewerbe er sich bei einem Casting als nächster James Bond. Wann immer er Patrick erblickte, konnte er ein verächtliches Grinsen kaum unterdrücken.

Er sah hinüber zu Patricks Freundin Mandy: Schmale, kamelfarbene Hose, kurzärmeliger Kaschmirpulli, helle Wildlederstiefel mit hohen Absätzen, dezent lackierte Fingernägel und glänzendes dunkles Haar. Sie wirkte völlig fehl am Platz; sie gehörte in ein schickes Großstadtlokal, nicht in einen schäbigen Dorf-Pub, aber als Leiterin der PR-Abteilung der Brauerei musste sie wohl hier sein. Sie machte Fotos mit einer schicken kleinen Digitalkamera, vermutlich für die kleine Zeitschrift, die jetzt in sämtlichen Pubs von Honeycote Ales verteilt wurde. Rick nahm an, dass Patrick und Mandy noch anderswo ausgehen wollten, nachdem sie ihre Pflicht getan, ihren Pächtern den Kopf getätschelt und ihnen ein völlig nutzloses Geschenk überreicht hatten, um ihr Gewissen zu beruhigen.

Er schaute zu seiner Schwester Kelly hinüber, um die beiden zu vergleichen. Sie trug ein knappes Bustier und ihre falsche Burberry-Hose und hatte ihr Haar hochgesteckt. Sie wirkte glamourös und konnte es durchaus mit Mandy aufnehmen, fand Rick. Er war stolz auf Kelly, sie hatte sich gemausert. Obwohl sie erst 22 Jahre alt war, besaß sie schon ihren eigenen Schönheitssalon in Eldenbury. Irgendein reicher Knopf hatte ihr wohl geholfen. Rick wusste nicht, was sie dafür getan hatte, aber er war sicher, dass Kelly sich nicht verkauft hatte. Kelly hatte ihren Stolz und ihre Prinzipien. Sie war eine hervorragende Kosmetikerin und über Monate hinweg ausgebucht.

Kellys wehmütiger Blick zu Patrick hinüber war ihm nicht entgangen und hatte den Knoten der Verachtung in seiner Magengrube nur noch fester zusammengezogen. Merkwürdig, dass Kelly und Patrick früher mal ein Paar gewesen waren – der Erbe der Brauerei und die Tochter des Wirts. Sie hatten sich damals anscheinend ganz gut verstanden, obwohl sie kaum Gemeinsamkeiten haben konnten. Sie behauptete, es habe ihr nichts ausgemacht, als Patrick am vorletzten Weihnachtsfest mit ihr Schluss gemacht hatte, obwohl er auffällig bald mit Mandy zusammenkam. Es war kein Zufall, dass Mandys Vater eine Menge Geld in die Brauerei gesteckt hatte, dachte Rick. Aber das sah den Liddiards ähnlich. Sie benutzten Menschen für ihre Zwecke. Sie waren bereit, jeden zu opfern, um ihre eigene Haut zu retten. Patrick hatte Kelly fallen lassen wie eine heiße Kartoffel, sobald ihm etwas Besseres über den Weg gelaufen war.

Damals hatte Rick nichts davon erfahren, weil er so ein Hitzkopf war und seine Mutter befürchtete, er könne jemanden anstiften, sich Patrick vorzuknöpfen und ihm sein selbstgefälliges, hübsches Jungengesicht zu verschandeln. Aber Rick wusste, dass es Patrick auf Dauer nicht wehtun würde, wenn er ihn verprügelte, sonst hätte er es längst getan. Nein, bei Leuten wie Patrick hieß es abwarten, bis der geeignete Moment käme. Rick wartete schon seit Jahren darauf ...

Es war dunkel in dem Wandschrank unter der Treppe, schrecklich dunkel, und weil es dort Spinnweben gab, wusste Rick, dass auch Spinnen da sein mussten. Er hasste Spinnen, aber er bemühte sich nach Kräften, nicht daran zu denken. Er hatte keine Ahnung, wie lange er noch eingesperrt bleiben würde. Er wusste nicht genau, wann das Fest zu Ende sein sollte, und auf keinen Fall würde er an die Tür klopfen und damit allen zeigen, wie sehr er sich zum Narren hatte machen lassen.

Patrick Liddiard feierte seinen siebten Geburtstag und Lucy, seine Stiefmutter (die Patrick jedoch wie ihren eigenen Sohn behandelte) hatte für ihn und ein Dutzend seiner Freunde den Saal im Honeycote Arms gemietet. Als die Liddiards gekommen waren, um den Raum herzurichten, war Rick mit seinem Fahrrad im Pub-Garten herumgeradelt. Er war ebenso alt wie Patrick, und Lucy hatte darauf bestanden, dass er mitfeiern sollte. Er hatte sich bei seiner Mutter wortreich dagegen gewehrt, aber Eileen hatte ihn in sein Schlafzimmer geschleift, gewaschen, gekämmt und ihm die Fliege umgebunden, die er zur Hochzeit seiner Tante getragen hatte. Es war ihm schrecklich peinlich, als die anderen Kinder in Kordhose und Pullover kamen. Am liebsten wäre er im Boden versunken, als Patrick ihn – natürlich außer Lucys Hörweite – höhnisch »Pisser« nannte.

Nach dem Kegeln spielten sie Verstecken, während seine Mutter die Würstchen für ihre Hotdogs heiß machte. Rick hatte sich den Wandschrank unter der Treppe als Versteck ausgesucht und wusste genau, dass es Patrick war, der von außen den Riegel vorgeschoben hatte. Nun geriet er in Panik, als er sich plötzlich fragte, ob in dem Schrank wohl genügend Luft sei oder ob seine besorgten Eltern ihn in ein paar Stunden blau angelaufen und leblos finden würden. Er unterdrückte ein Schluchzen, weil es womöglich zu viel kostbare Luft verbrauchte, die ihm seiner festen Überzeugung nach allmählich ausging.

Schließlich ließ Ned Walsh ihn heraus; der gutmütige Ned mit den roten Wangen, der aus unerfindlichen Gründen Patricks bester Freund war und Ricks Abwesenheit bemerkt hatte. Er gab Rick sein sauberes Taschentuch, damit er sich die Tränen abwischen und die Nase putzen konnte, und ließ ihm genügend Zeit, sich zu fangen, bevor sie sich wieder zu den anderen gesellten. Patrick funkelte Rick wütend vom Kopfende des Tisches an, wo er über seine Gäste herrschte wie ein kleiner Prinz. In diesem Augenblick brachte Lucy einen riesigen Kuchen, dekoriert mit Cowboys und Indianern herein.

An Ricks Geburtstag, der einige Wochen zurücklag, war kaum Zeit geblieben zu feiern: In der Woche des Cheltenham Gold Cup war der Pub immer berstend voll mit Iren. Seine Mutter und sein Vater hatten bis in die frühen Morgenstunden die lärmenden Gäste bedient und waren hundemüde. Von Weihnachten mal abgesehen, machten sie in dieser Woche ihr Hauptgeschäft. Ihm blieb kaum Zeit, vor der Schule in aller Eile eine Geburtstagskarte zu öffnen, während Eileen den verkaterten Gästen pausenlos deftiges Frühstück servierte. Zum Abendessen gab es ein rasch gekochtes Geburtstagsessen bestehend aus Pommes frites und Würstchen und anschließend eine Eistorte aus der Tiefkühltruhe, in die seine Mutter einige alte Kerzen von Kellys Kuchen gesteckt hatte. Es gab keine Party, kein quer durch den Raum gespanntes Banner mit der Aufschrift HERZLICHEN GLÜCKWUNSCH ZUM GEBURTSTAG, keine Luftballons, keine Wundertüten ... Lucy sorgte dafür, dass Rick eine Wundertüte bekam. Er beobachtete, wie sie dem finster dreinschauenden Patrick Vorhaltungen machte, der seine dafür hatte opfern müssen.

Später schüttete er in seinem Zimmer seine Beute aus. Brausepulver und Lakritze, ein Plastikjojo, ein Stück von der Cowboy- und Indianertorte und eine Zaubertafel. Rick nahm zielstrebig den scharfen roten Stift und schrieb auf die Tafel: »Patrick Liddiard muss leiden«. Er schwor sich, dass er ebenso vor Angst schwitzen sollte wie Rick in dem Wandschrank, dass er sich ebenso gedemütigt fühlen sollte ...

Vor zwei Wochen hatte Rick die Zaubertafel wieder gefunden, als er sein Zimmer für die nächsten Pächter des Honeycote Arms ausräumte. Die Schrift war schon lange verblichen, doch die Wut und das Gefühl himmelschreiender Ungerechtigkeit wallte wieder hoch, als er sich an die gekritzelten Buchstaben erinnerte: Der Schwur eines Siebenjährigen, dem Unrecht geschehen war.

Rick wusste, dass der lang ersehnte Tag nun näher rückte. Der Einsatz war hoch genug. Und Patrick hätte nicht die geringste Ahnung, dass gegen ihn eine Vendetta im Gange war. Er konnte sich unmöglich noch daran erinnern, dass er Rick in den Wandschrank gesperrt hatte. Und sicher wusste er nicht, in welchen Aufruhr seine Familie Ted und Eileen gestürzt oder wie sehr er Kellys Gefühle verletzt hatte, als er sie abservierte. Der Mistkerl besaß einfach kein Gewissen. Es war an der Zeit, ihn von seinem hohen Ross zu stoßen.

Rick hatte sich noch nicht entschieden, wie er es anstellen wollte, aber er wusste, dass man Männer wie Patrick nur auf zwei Arten treffen konnte: mit einem Schlag gegen ihren Geldbeutel oder in die Eier. Am besten beides. Das würde seine kühnsten Träume übertreffen.

4

Suzanna stand zögernd in der Tür zu Olivers früherem Schlafzimmer. Barney war unten und klebte die letzten Kartons zu, die am nächsten Morgen verladen werden sollten. Wie im Flug waren die letzten Wochen mit Vorbereitungen vergangen, ihr altes Leben wegzupacken und ein neues anzufangen. Die meiste Zeit hatten sie damit verbracht, ihre Kunden über ihren bevorstehenden Umzug zu informieren – Barney gab seine Klienten an einen Kollegen im Büro seines Vaters ab, Suzanna empfahl eine junge Frau aus Wandsworth, die sie kannte. Außerdem hatte sie sämtlichen Top-Restaurants und Pubs von London – dem Eagle in Farrington, dem Atlas in Barons Court – Stippvisiten abgestattet, um sich so viel Anregung wie möglich zu holen. Ihre ausführlichen Notizen hatte sie gewissenhaft auf Barneys Computer abgetippt mit dem Hintergedanken, dass sie ein Kochbuch oder einen Restaurantführer für London schreiben könnte, wenn es hart auf hart käme. Nach langem Überlegen hatten sie beschlossen, ihr Haus in Twickenham nicht zu verkaufen, sondern zu vermieten, damit sie dorthin zurückkehren konnten, falls etwas schief ging. Und wenn sie Erfolg hatten, nun ja, dann würde vielleicht der Zeitpunkt kommen, an dem sie darüber nachdenken konnten, etwas Eigenes aufzubauen und sich einen Investor zu suchen. Sybilla hatte ihnen das Versprechen abgenommen, sich in diesem Fall zuerst an sie zu wenden.

Suzanna musste bei dem Gedanken lächeln, dass Sybilla sich als große Hilfe erwiesen hatte. Mehrmals hatte Suzanna der Mut verlassen, aber jedes Mal hatte Sybilla hinter ihr gestanden, sie angetrieben und moralisch unterstützt. Sie hatte ihnen auch praktisch geholfen. Nicht zuletzt, indem sie ihnen ihren Jeep zu einem lächerlich niedrigen Preis verkauft hatte mit der Begründung, der Wagen sei für sie völlig unnötig, da sie nur zwei Mal täglich den Richmond Hill hinunter und wieder hinauf fahren müsse, um die Kinder in den Kindergarten zu bringen. Für die raue Umgebung der Cotswolds sei er wesentlich besser geeignet. Barney hatte Tage damit zugebracht, ihn von Bonbonpapierchen, Chips-Tüten, Kekskrümeln und Zigarettenkippen zu säubern, denn Sybilla war trotz ihres gepflegten Äußeren entsetzlich unordentlich. Nun stand der Wagen in der Garage, beladen mit allem, was sie für ihr neues Leben brauchten. Sie hatten in einer therapeutischen, befreienden Großaktion entrümpelt und sich darauf geeinigt, neben dem Allernötigsten jeder nur eine Sache zum Vergnügen mitzunehmen. Bei Barney war das seine Stereoanlage und 200 CDs, bei Suzanna ihre umfangreiche Kochbuchsammlung, die sie eigentlich für die Arbeit benötigte und daher nicht als Vergnügen zählte, wie sie betonte.

Nun war es so weit. Früh am nächsten Morgen wollten sie endgültig ausziehen und Suzanna konnte kaum glauben, dass es nun tatsächlich vorbei war. Sie blieb an der Tür stehen und wusste nicht recht, was sie in diesem Zimmer erwartete. Sie wollte irgendwie Abschied nehmen. Eigentlich war es albern, weil es gar kein Kinderzimmer mehr war. Ein halbes Jahr nach der Beerdigung hatte sie sich aufgerafft und es gemeinsam mit ihrer Mutter ausgeräumt, die Olivers Sachen in einen Koffer gepackt und mit nach Hause genommen hatte. Suzanna konnte nicht mit ihnen leben, sie aber auch nicht wegwerfen. Ihre Mutter würde sie gut verwahren. Wenn sie sich die Sachen je wieder würde anschauen wollen, brauchte sie es ihr nur zu sagen, ohne dass ihre Mutter Fragen stellen würde. Nur ein Fotoalbum und seinen blauen Plüschhasen behielt sie bei sich. Eigentlich war es gar nicht sein blauer Plüschhase. Suzanna hatte mit sich gerungen, ob sie Oliver mit seinem Stofftier begraben sollte. Sie konnte die Vorstellung nicht ertragen, Oliver ohne das Kuscheltier zu wissen, aber auch ihr gab es Trost. Letzten Endes hatte sie einen Kompromiss gefunden. Da es den blauen Plüschhasen im Handel noch gab, kaufte sie sich ein Ersatztier und gab das Original dem Beerdigungsunternehmer.

Nachdem sie das Kinderzimmer mit ihrer Mutter ausgeräumt hatte, strich sie die Wände magnolienfarben und gestaltete es völlig neutral. Es war nun ein steriler, unpersönlicher Raum mit Holzblenden und Ikearegalen an den Wänden, doch Suzanna konnte sich des Gefühls nicht erwehren, dass es immer noch etwas von Oliver enthielt, kleine Lufttaschen, die er einmal eingeatmet hatte. Auf jeden Fall wollte sie davon Abschied nehmen.

Sie öffnete die Tür, ging hinein, schaltete das Licht ein und erwartete die übliche Woge der Verzweiflung.

Gewöhnlich gab sie sich ihrem Kummer hin und brach schluchzend zusammen. Doch dieses Mal kämpfte sie dagegen an. Sie durfte nicht zusammenbrechen. Barney würde es nicht ertragen. Und sie wollte ihren letzten Abend in diesem Haus nicht verderben. Sie schluckte, um den Kloß in ihrem Hals loszuwerden. Ausnahmsweise erstickte er sie nicht, sondern verschwand. Sie streichelte die Wand und nahm auf ihre Weise Abschied, falls noch etwas von Ollie hier sein sollte. Sie war sich nicht sicher, was es sein könnte. Seine Seele, sein Geist vielleicht – sie stellte ihn sich ähnlich vor wie Caspar, das freundliche Gespenst aus dem Zeichentrickfilm, das im Schatten lauerte. Sie erwartete, dass heiße Tränen ihr in den Augen brennten, doch erstaunlicherweise blieben sie aus. Sie war ganz ruhig. Und fühlte sich stark.

Sie schaltete das Licht aus, schloss die Tür fest hinter sich und ging nach unten.

Barney klebte in der Küche den letzten Karton mit Utensilien zu, die sie bis zum Schluss übrig gelassen hatten – Lieblingsbecher, Messer, ein paar Lebensmittel –, und stellte ihn in die Diele, um ihn morgen früh einzuladen. Ihm fiel ein, dass es erst der zweite Umzug seines Lebens war. Bis er das Haus in Twickenham gekauft hatte, hatte er bei seinen Eltern in einer schmucken Villa aus dem 19. Jahrhundert gewohnt, abgesehen von einem kurzen Intermezzo in der Wohnung eines Freundes in Westbourne Grove, als er in der Band gespielt hatte. Aber es machte ihm keine Angst. Es war eindeutig Zeit für eine Veränderung, wenn er nicht zum Langweiler in Nadelstreifen werden wollte, der samstags den Rasen mähte und sonntags den Wagen wusch.

Nicht dass diese Gefahr tatsächlich bestand. Barney hatte nach wie vor eine rebellische Ader, die verhinderte, dass er sich allzu stark anpasste. Jene Ader, die ihn trieb, an einem Sonntagmorgen bei voller Lautstärke Iggy Pop zu hören und regelmäßig nur so zum Spaß Sportwagen auszuprobieren, die für seine Zwecke völlig ungeeignet waren. Außerdem würde Suzanna niemals zulassen, dass er zum spießbürgerlichen Klischee verkäme.

Er fragte sich, wie sein Leben heute wohl aussähe, wenn er ihr nie begegnet wäre. Vermutlich wäre er mit einer anderen verheiratet, sicher mit einem netten Mädchen aus Richmond; vielleicht mit der Tochter eines Mandanten seines Vaters. Eine ambitionierte Blondine, die ihren Beruf hätte aufgeben wollen, um das Haus schick einzurichten und Kinder in die Welt zu setzen, die eine Privatschule besuchen müssten. Barney wäre für den Rest seines Lebens an den Schreibtisch gefesselt, um die Inneneinrichtung von Colefax & Fowler und die Schulgebühren zu bezahlen. Er schauderte. Suzanna und er waren zwar durch die Hölle gegangen, doch sie ließen sich gegenseitig die Freiheit, sie selbst zu bleiben, und verlangten nichts Unmögliches voneinander. Keiner wollte etwas auf Kosten des anderen.

Suzanna kam gerade herunter, als der Pizzaservice an der Tür klingelte. Barney öffnete.

»Das Übliche.« Der Junge drückte ihm die heiße Schachtel in die Hand. Suzanna überkam eine Woge der Rührseligkeit: Er war in den letzten Jahren zu einem festen Bestandteil ihres Lebens geworden. Sie hatten mindestens einmal wöchentlich Pizza kommen lassen.

»Das ist vorerst das letzte Mal«, sagte Suzanna traurig.

»Was – wollen Sie Diät machen?«, fragte er vorlaut, während Barney Geld aus der Hosentasche kramte, um ihn zu bezahlen.

»Wir ziehen fort. In die Cotswolds. Wir übernehmen einen Pub.«

»Cool«, sagte der Junge und war überwältigt, als Barney ihm fünf Pfund Trinkgeld in die Hand drückte und Suzanna ihn impulsiv umarmte.

Sie setzten sich an den Küchentisch und aßen ihre Pizza aus der Schachtel. Barneys Hälfte war mit Peperoni und Pilzen belegt, Suzannas mit Oliven und roten Zwiebeln. So war es immer. Sie mussten es bei der Bestellung nicht einmal mehr erwähnen.

»Ich wette, in Honeycote gibt es keinen Pizzaservice«, überlegte Suzanna.

»Nein«, sagte Barney. »Und bestimmt Channel Five auch nicht.«

»O je«, feixte Suzanna. »Keine schmutzigen Spätfilme mehr für dich.«

»Als ob ich die gucken würde«, antwortete er grinsend. »Außerdem muss ich ohnehin jeden Abend bis Mitternacht hinter der Theke schuften.«

Als sie fertig gegessen hatten, steckte Barney die leere Schachtel in einen schwarzen Müllsack und band ihn zu. Bis auf ihre Zahnbürsten und Schlafanzüge war alles fertig verpackt. Das Haus glänzte schon für die Mieter, die in der nächsten Woche einziehen sollten. Ihre Möbel blieben hier, ihre Sachen waren im Wagen oder auf dem Speicher verstaut.

Nun mussten sie nur noch ins Bett gehen und den Morgen abwarten.

Eine halbe Stunde nachdem Mickey Liddiard im Honeycote Arms verkündet hatte, dass die Getränke für den Rest des Abends auf Kosten des Hauses gingen, sah Rick Damien verlegen in der Tür stehen. Er bahnte sich einen Weg durch das Gedränge vor der Theke, um seinen neuen Arbeitgeber zu begrüßen.

Unterwegs stieß er mit Mandy zusammen. Da sie mit gesenktem Kopf an ihrer Kamera herumfummelte, war ihr Zusammenstoß unvermeidlich. Erschrocken schaute sie auf, während er die Arme ausstreckte, um sie zu halten.

»Tut mir Leid, Schätzchen«, sagte er dreist, aber charmant.

Er bedachte sie mit einem langen Blick, bevor er in der festen Überzeugung weiterging, dass die Wärme seiner Fingerspitzen auf ihren nackten Armen ihre Wirkung nicht verfehlt haben dürfte – er hatte sie leicht schaudern sehen. Als er sich umdrehte, schaute Mandy ihm nach. Diesen Blick kannte er. Um sich ein paar Pfund dazuzuverdienen, fuhr er manchmal samstags einen Oldtimer als Hochzeitswagen und es kam immer wieder vor, dass eine Braut ihn sehnsüchtig anschmachtete, ehe sie zum Altar trottete. Eine hatte er tatsächlich einmal flachgelegt – das war vielleicht ein Spaß gewesen! Es hatte seine ganze Überredungskunst erfordert, sie davon abzubringen, mit ihm durchzubrennen. Er zwinkerte Mandy anerkennend zu, worauf sie sich errötend abwandte. Rick grinste in sich hinein, als er mit ausgestreckter Hand auf Damien zuging.

Damien war überrascht, wie gut er sich an diesem Abend amüsierte. Er konnte sich nicht erinnern, wann er zuletzt als Gast einen Pub besucht hatte, aber die Atmosphäre im Honeycote Arms war ansteckend, was zweifellos auch mit dem Freibier zusammenhing. Wider Willen empfand Damien es als bittere Ironie, dass der einzige Ort, an dem er sich seit seiner Ankunft in Honeycote wohlgefühlt hatte, an diesem Abend den Betrieb einstellte. Ricks Vater Ted empfing ihn mit offenen Armen und drückte ihm ein Bier in die Hand. Später nahm er ihn beiseite und bat ihn im Vertrauen, ein Auge auf seinen Sohn zu haben (»Seine Mum ist krank vor Sorge. Wir waren immer da, um ihm aus der Patsche zu helfen, aber wir ziehen meilenweit weg ...«). Damien versicherte ihm, auf ihn Acht zu geben, obwohl er im Stillen überzeugt war, dass Rick durchaus selbst auf sich aufpassen konnte.

Er zwang sich, das ungewohnte Gebräu zu trinken, das seiner Ansicht nach faulig und schal schmeckte, aber er hätte es unhöflich gefunden, es stehen zu lassen. Sein Blick fiel auf eine junge Frau, die durch den Raum schwirrte wie ein Schmetterling. Die quirlige Blondine mit großen, unschuldigen blauen Augen ging von Gast zu Gast, plauderte hier, lachte da, machte einen Scherz, umarmte jemanden. Offensichtlich gehörte sie zum Inventar, denn sie kannte jeden und jeder kannte sie. Als er sah, wie sie Ricks Mutter umarmte, schloss er, dass sie Ricks Schwester Kelly sein musste, die bei ihm einziehen sollte, wie Rick erzählt hatte.

Er hatte Recht. Schließlich machte Rick sie miteinander bekannt. Kelly begrüßte Damien ebenso herzlich wie ihre Eltern, plauderte munter und fragte ihn offen und unverblümt über Honeycote Grove aus. Sie war die Erste, die sich beeindruckt zeigte.

»Stimmt es, dass alle Häuser einen Whirlpool haben?«, fragte sie mit großen Augen.

Damien grinste. »Sie wurden als Sonderausstattung angeboten. Ich habe keinen. Ich hatte ein bisschen Sorge, dass meine Tochter hineinfallen könnte, um ehrlich zu sein.« Als er Kellys Enttäuschung bemerkte, wollte er es plötzlich wieder gutmachen. »Aber ich kann immer noch einen einbauen lassen.«

»Ich finde Whirlpools toll. Stellen Sie sich nur vor, am Weihnachtsmorgen mit einer Tasse heißer Schokolade da drin zu sitzen!«

Wider Willen sah Damien Kelly mit Weihnachtsmannmütze auf den Locken im Whirlpool sitzen und ihre festen Brüste unter der Wasseroberfläche schweben; genauso, wie sie sich jetzt unter dem Top abmalten, das den Gesetzen der Schwerkraft trotzte. Verdammter Perverser, schimpfte er sich und konzentrierte sich krampfhaft auf ihre Augen. Sie erkundigte sich eingehend, was er beruflich mache, da Rick leider nicht damit herausrücken hatte wollen.

»Wir haben gedacht, Sie sind vielleicht Plattenproduzent oder Agent.«

»Ich fürchte, so aufregend ist es nicht.« Er fühlte sich geschmeichelt, dass man ihm etwas derart Glamouröses zutraute, und schilderte ihr seine Tätigkeit in einer bereinigten Fassung, die er sich zurechtgelegt hatte und die sich stärker auf Zukünftiges als auf Vergangenes stützte. Als er über seine Pläne sprach, weitere Restaurants und Gaststätten zu kaufen, stieß sie ihn fröhlich in die Rippen.

»Sie sollten den Laden hier kaufen.«

»Ich dachte, er soll renoviert werden. Und gibt es nicht schon einen neuen Pächter?«

Kelly schürzte die Lippen und zuckte die Achseln.

»Das Ehepaar, das den Pub übernimmt, hat so was noch nie gemacht. Die halten sich bestimmt keine fünf Minuten. Die Leute merken, wenn man keine Ahnung hat. Es hat sich schon rumgesprochen, dass es eine Katastrophe wird.«

Kelly sprach mit der Autorität eines Insiders. Es war erstaunlich, was die Leute einem alles erzählten, während man ihre Beine einer Wachsbehandlung unterzog oder ihre Fußnägel lackierte. Elspeth, die Empfangsdame von Honeycote Ales, hatte sie neulich auf den neuesten Stand gebracht. Sie wusste, dass der sichere Misserfolg ihrer Nachfolger den Bradleys ein gewisser Trost wäre.

Kellys Eröffnungen veranlassten Damien, sich interessiert im Pub umzusehen. Was er sah, wirkte wenig verlockend: Die meisten Gäste machten den Eindruck, als wollten sie gleich zur Hetzjagd oder zum Hahnenkampf. Aber Damien wusste nur zu gut, dass es oft bloß eine Frage des Geldes war, aus einer Kaschemme eine Goldgrube zu machen. Und wenn alles nach Plan lief, hatte er bald Geld wie Heu.

Eine halbe Stunde später beschloss Damien zu gehen. Er hatte einen interessanten Abend verbracht und hatte zufrieden festgestellt, dass einige, wenn nicht gar alle Einheimischen mit beiden Beinen fest auf dem Boden standen. Er trat zu Rick an die Theke, als Kelly gerade hinzukam.

»Ich habe Mum nach oben gebracht. Sie fängt gleich an zu weinen und das wäre ihr peinlich. Dad soll sich ruhig voll laufen lassen.«

Rick nickte. Kelly lächelte traurig.

»Es wird komisch sein, wenn Mum und Dad nicht mehr hier sind, nicht?«

»Sie sind ja nicht weit. Es ist doch nur eine Stunde bis Ross-on-Wye.«

»Ich weiß, aber ... ich werde sie vermissen.«

»Mach dir nichts draus. Du hast ja mich, dein großes Bruderherz, um das du dich kümmern musst.«

Die beiden umarmten sich. Damien schaute ein bisschen verlegen weg, da er es nicht gewohnt war, wenn Geschwister offen ihre Gefühle zeigten. Einen kurzen Augenblick lang fühlte er sich erneut wie ein Außenseiter.

In diesem Augenblick ging die Tür auf und Patrick Liddiard schlenderte wieder herein, das Jackett über einer Schulter, den Autoschlüssel in der Hand. Er warf einen vorwurfsvollen Blick in die Runde und sagte laut:

»Irgendein Blödmann hat mich mit einer schwarzen Limousine zugeparkt.«

Damien stand mit hochrotem Kopf auf und zog seinen Autoschlüssel aus der Tasche.

»Entschuldigung, ich fahre den Wagen weg. Als ich kam, war der Parkplatz voll. Ich musste in zweiter Reihe parken.«

Patrick hörte gar nicht zu, sondern nickte nur kurz und ging hinaus in der Annahme, dass Damien ihm auf dem Fuß folgte. Damien schluckte seinen Ärger hinunter. Im Laufe der Jahre hatte er gelernt, cool zu bleiben, wenn jemand ihn beleidigte, sonst hätte er in Anbetracht seiner Branche und seiner meist bezechten Kundschaft wohl sein halbes Leben im Krankenhaus verbracht. Allerdings hätte er bei Patrick beinah eine Ausnahme gemacht. Für wen hielt sich dieser arrogante Schnösel eigentlich, dass er ihn als Blödmann beschimpfte?

Doch er fuhr widerspruchslos seinen Wagen weg und schaute gleichmütig zu, wie Patrick röhrend vom Parkplatz fuhr. Mandy, die auf dem Beifahrersitz saß, besaß zumindest den Anstand, dankend die Hand zu heben. Als Damien seinen Mercedes in die frei gewordene Lücke parkte, kam er zu dem Schluss, dass

Patrick Liddiard ein kleiner Dämpfer eindeutig gut tun würde.

5

In Keeper's Cottage wachte Keith Sherwyn auf, als der Wagen seiner Tochter vor dem Haus hielt. Zum x-ten Mal war er an einem Samstagabend vor dem Fernseher eingeschlafen. Die meisten würden ihn deswegen wohl für einen armen Hund halten, aber er empfand es als Luxus. Seit anderthalb Jahren lebten er und seine Frau Sandra nun getrennt, aber er erinnerte sich immer noch mit Schaudern daran, wie sie ihn Samstag für Samstag auf grässliche Abendgesellschaften geschleift hatte. Und immer hatte er fahren müssen, weil Sandra bei Gin Tonic keine Grenze kannte, und sich selbst dann betrank, wenn sie sich bereit erklärt hatte zu fahren; daher hatte Keith gelernt, sich mit zwei Gläschen zu begnügen.

Er lächelte, als Mandy hereinkam und ihm einen Kuss auf die Stirn gab.

»Du bist früh zu Hause.«

»Wir wollten noch ausgehen, aber ich fühle mich ein bisschen grippig.«

Keith musterte sie argwöhnisch. Sie sah nicht im Geringsten krank aus.

»Alles in Ordnung?« Er fügte im Stillen hinzu: »zwischen dir und Patrick«, sprach es aber nicht aus. Er spürte in letzter Zeit gewisse Spannungen zwischen ihnen – vielleicht lag es daran, dass sie so eng zusammenarbeiteten.

»Klar.« Mandy strahlte ihren Vater an und ließ sich neben ihn auf das Sofa fallen. »Was guckst du dir an?«

»Ehm ... ich weiß nicht. Ich war eingeschlafen.« Er grinste sie verschämt an. Sie nahm die Fernbedienung und zappte durch die Kanäle. »Wie war es?«

»Toll. Das Barometer hat ihnen gefallen. Glaube ich zumindest. Ich habe ein paar schöne Fotos für die Zeitschrift gemacht. Als wir gingen, wurde es gerade ziemlich wild.«

Keith nickte. Er war nicht zur Abschiedsparty der Bradleys gegangen, weil er das Gefühl hatte, das neue Management zu repräsentieren. Er hatte sie zwar gedrängt, so lange im Honeycote Arms zu bleiben, wie sie wollten, aber er konnte sich des Gefühls nicht erwehren, dass die meisten in ihm den neuen Besen sahen, der gleich als Erstes die Bradleys hinausgefegt hatte. Und er wollte, dass sie den Abend genossen und sich ganz ungezwungen geben konnten. Das ging nicht, wenn der neue Chef ihnen auf der Pelle saß.

Eine leichte Welle der Erregung überlief ihn. Mit dem Abschied der Bradleys stand nun tatsächlich Phase eins bevor, wie er es nannte. Es war Zeit, kreativ zu werden. Das erste Jahr bei Honeycote Ales hatte er damit verbracht, alles abzusichern, totes Holz zu lichten, unnötige Schulden zu tilgen, neue Systeme einzuführen und nicht zuletzt alles auf Computer umzustellen. Ein freier Mitarbeiter aus dem Nachbardorf hatte ein Programm entwickelt, ohne Unsummen zu fordern. Jeder Pub besaß seinen eigenen Computer, der mit der Brauerei vernetzt war und Bestellungen direkt weitergab. Auf diese Weise lief nun alles erschreckend effizient. Es war unglaublich, wie eine gewisse Portion gesunden Menschenverstands und ein bisschen visionäre Kraft für ein wasserdichteres Schiff gesorgt hatten. Die größte Schwierigkeit für Keith bestand darin, seine neuen Ideen umzusetzen, ohne die alte Führung vor den Kopf zu stoßen – er hatte schon lange gemerkt, dass Mickey Liddiard weder ein geistiger Überflieger noch ein Schwerstarbeiter war und die letzten zwanzig Jahre verträumt hatte. Doch er war ein netter Kerl, der tat, was man ihm auftrug, und er machte sich auf Publicity-Fotos besser als Keith.

Nachdem es ihm nun gelungen war, die Brauerei ins 21. Jahrhundert zu befördern, ohne ihren Charme zu opfern, und den Betrieb mit rationalisierten Abläufen und effizientem, motiviertem Personal zu untermauern, hatte er den Eindruck, dass alles bereit war, um den Horizont zu erweitern. Er glaubte fest an den Grundsatz, dass man nicht laufen sollte, bevor man gehen konnte – er hatte zu viele Unternehmen gesehen, die zu schnell expandiert hatten und zusammengebrochen waren. Aber nun war es soweit, die Früchte eines anstrengenden, mühsamen Jahres zu ernten, in dem er seine kreative Ader kaum hatte einbringen können.

Die einzige Zerstreuung außerhalb der Brauerei hatte ihm sein Haus geboten. Er war schon bald auf Keeper's Cottage gestoßen – das ideale Heim für ihn und Mandy. Es war gemütlich, gut geschnitten, renovierungsbedürftig, aber nicht desolat – es hatte weder feuchtes Mauerwerk, noch brauchte es neue Elektroleitungen. Er hatte alles herausreißen lassen, bis der ursprüngliche Charakter des Hauses wieder zum Vorschein kam. Die Renovierung hatte fast ein Jahr gedauert, aber kurz nach Weihnachten waren sie endlich eingezogen. In ein makelloses, neues Haus einzuziehen passte hervorragend zu dem Gefühl des Neuanfangs, das immer mit einem Jahreswechsel einherging.

Allerdings hatte Keith der Versuchung widerstanden, loszulaufen und alles zu kaufen, was nötig war, um das Haus in ein Zuhause zu verwandeln. Stattdessen hatte er Mandy gebeten, sich um die Einrichtung zu kümmern, und ihr völlig freie Hand gelassen. Er hätte ohnehin keine Ahnung gehabt, wo er anfangen sollte, und sie besaß einen untrüglichen Instinkt. Er musste zugeben, dass das Ergebnis all seine Erwartungen übertraf.

Das Wohnzimmer mit seiner riesigen Kaminecke, den französischen Fenstern zum Garten und dem abgeschliffenen, lackierten Rüsterboden hatte sie völlig für sich sprechen lassen. Sie hatte lediglich einige Kelims auf den Boden gelegt, ein riesiges, kuscheliges Sofa mit moosgrünem Kordbezug hineingestellt und an die in neutralem, aber warmem Sandbraun gestrichenen Wände drei Architekturzeichnungen in breiten schwarzen Rahmen gehängt. Für die Fenster ließ sie schlichte Chenillevorhänge mit heraldischen Mustern anfertigen, die an schmiedeeisernen Stangen hingen. Als er es sich zum ersten Mal anschaute, war er über ihren guten Geschmack verwundert und fragte sich, von wem sie ihn mitbekommen hatte. In ihrem Haus in Solihull hatte Sandra die gesamte Einrichtung ausgesucht: eine scheußliche Kombination aus grünen Ledermöbeln, Protz und Rauchglas. Er musste lediglich die Schecks ausstellen. Früher hatte er seine Umgebung eigentlich nie wahrgenommen. Aber nun schwelgte er darin. Er liebte dieses Haus. Am besten gefiel ihm die Küche, eine Maßanfertigung aus alter, sehr rustikaler Eiche mit klobigen Griffen. Er war zwar kein besonders guter Koch, doch er hantierte gerne mit Töpfen und Pfannen und hatte Spaß an Experimenten. Zu Weihnachten hatte Mandy ihm ein Kochbuch von Jamie Oliver geschenkt, und er hatte angenehm überrascht festgestellt, dass er mit den meisten Rezepten durchaus zu Rande kam.

Gelegentlich machte er sich Gedanken, ob das Haus nicht vielleicht ein bisschen zu maskulin sei und sie ihr Bestreben, seine Wünsche zu erfüllen, nicht etwas zu weit getrieben habe, doch Mandy versicherte ihm, sie fühle sich wohl. Die wenigen Möbel waren ausgesprochen bequem, denn er hatte dafür gesorgt, dass sie das Beste an Stühlen, Sofas und Geräten kaufte. Und auch ihr Zimmer hatte sie selbst eingerichtet, sodass es ganz ihren Vorstellungen entsprach.

Alles in allem war Keith glücklich. Der Unterschied zu dem Leben, das er bis vor anderthalb Jahren geführt hatte, hätte größer nicht sein können. Wenn er jetzt aus dem Fenster blickte, sah er einen hübschen, wenn auch etwas verwilderten Garten mit knorrigen Apfelbäumen und einer großen Rosskastanie anstelle der erstickenden Vorstadt mit ihren hoch aufragenden Lebensbaumhecken, die die bedrückende Nähe der Nachbarn vergeblich zu kaschieren suchten. Er liebte es, nichts anderes zu hören als Vogelgezwitscher, das Rauschen des Windes in den Bäumen und vielleicht noch das ferne Rattern eines Treckers statt des dumpf dröhnenden Verkehrs, der durch Solihull floss.

Innerhalb kürzester Zeit hatte sich vieles von Grund auf verändert. Sein Ehestand, seine Lebensweise, sein

Haus, selbst sein Äußeres. Im letzten halben Jahr hatte er über sechs Kilo abgenommen, weil er sich gesünder ernährte und mehr bewegte. Er trug sein Haar kürzer, was ihn erstaunlicherweise jünger machte, und kleidete sich lässiger. Hatte er früher nur Anzüge getragen, um seine Autorität gegenüber seinen Angestellten herauszukehren, stellte er nun fest, dass er sich mehr Respekt verschaffte, wenn er sich sportlicher kleidete und, wo nötig, mit anpacken konnte. Keith machte es nichts aus, im Betrieb auszuhelfen, es gefiel ihm sogar. Er war fasziniert vom Brauvorgang, vom Eintreffen des Hopfens bis zum ritualisierten Zapfen. Eine befriedigendere Lebensweise konnte er sich nicht vorstellen.

Gelegentlich, wenn auch nur ganz selten, verspürte er allerdings den Wunsch, sein Glück mit jemandem zu teilen. Manchmal hätte er sich gern in lyrischer Ausführlichkeit darüber ausgelassen, was er den Tag über getrieben hatte, aber es war niemand da, dem er es hätte erzählen können. Manchmal, wenn er eine Flasche Wein aus seinem amerikanischen Luxuskühlschrank holte, erschien es ihm falsch, nur ein Glas einzuschenken.

Ohne jemandem davon zu erzählen, hatte er sich vor einigen Monaten, als seine Scheidungsurkunde kam, bei einer Partnerschaftsvermittlung eingeschrieben. Damals hatte er den Eindruck, das Richtige zu tun. Die Agentur, für die er sich entschieden hatte, war angeblich im oberen Marktsegment angesiedelt, da sie ein gewisses Jahreseinkommen bei ihren Klienten voraussetzte, aber im tiefsten Inneren war Keith klar, dass es in der Liebe nicht um Geld ging. Er nahm jedoch an, dass diese Maßnahme zumindest die »Goldgräber« fern hielt.

Eine grässlich selbstzufriedene Frau, die in einer

umgebauten Scheune neben ihrem Haus ein Büro eingerichtet hatte, führte das Vorgespräch mit ihm. Sie löcherte ihn schamlos anderthalb Stunden lang, bevor sie ihm gratulierte, er erfülle die strengen Kriterien für die Aufnahme in ihre Kartei. Während er den Scheck über 750 Pfund ausschrieb und damit den Anspruch auf die ersten drei Vermittlungen erwarb, hatte Keith überlegt, ob er ihr wohl auch noch dankbar sein müsse.

Es war grauenhaft. Gekünstelt. Unnatürlich. Nach drei Verabredungen beschloss er, sich nicht weiter zu demütigen. Die Erste betrank sich bis zur Bewusstlosigkeit und wetterte unablässig, was sie ihrem Exmann alles antun würde, wenn sie nur könnte. Die Zweite lud ihn zu einer spiritistischen Sitzung ein. Die Dritte erklärte mit drängendem Unterton, jeder Mensch habe gewisse Bedürfnisse, und zeigte ihm beim Dessert ihre Strapse. Bei jeder konnte er die Verzweiflung geradezu riechen. Keith wäre am liebsten davongelaufen.

Auch wenn er sich jemanden wünschte, der sein Leben teilte, war er bereit, sich Zeit zu lassen. Eine Partnerin wollte sorgfältig ausgewählt werden – zumal er beim ersten Mal eine derart falsche Wahl getroffen hatte. Er würde sich gewiss nicht marktschreierisch anbieten. Wenn es das Schicksal wollte, würde er schon einer Frau begegnen, davon war er überzeugt. Bis dahin war er auch so ganz zufrieden – wenigstens musste er auf niemanden Rücksicht nehmen.

Als Patrick in Honeycote House ankam, setzte er sich für zehn Minuten mit einem Glas Rotwein zu seinem Vater und Lucy, seiner Stiefmutter, an den Küchentisch. Nur aus Höflichkeit. Danach ging er nach oben, um zum ersten Mal an diesem Tag mit sich und seinen

Gedanken allein zu sein. Mandy hatte nicht gerade begeistert reagiert, als er sie vorhin zu Hause abgesetzt hatte: Eigentlich hatten sie weiterfahren wollen auf die Party eines Freundes in Winchcombe, aber Patrick wusste, dass er nicht sonderlich gesellig sein würde. Er war angespannt und nervös und wollte es nicht zugeben, was ihn noch gereizter machte. Er wollte allein sein und niemanden mit seiner brütenden, finsteren Stimmung belasten. Am allerwenigsten Mandy. Auf keinen Fall wollte er, dass seine Sorgen und Zweifel auf ihre Beziehung abfärbten.

Er legte sich aufs Bett und zündete sich einen Joint an, um sich schneller zu entspannen. Anders als bei seinem Vater zeigte Alkohol bei ihm keine Wirkung. Als der würzige Rauch die Ränder der Realität verschwimmen ließ, dachte Patrick über die vergangenen anderthalb Jahre und die ungewöhnlichen Ereignisse nach, die ihn da hingebracht hatten, wo er heute stand.

Es kam ihm vor wie eine Ewigkeit, aber erst am vorletzten Weihnachtsfest hatte sein Vater Mickey eine leidenschaftliche Affäre mit Kay Oakley, einer hiesigen Millionärsgattin, gehabt. Patrick wollte Kay dazu überreden, mit seinem Vater Schluss zu machen, aber noch ehe es dazu kam, hatte sie festgestellt, dass sie schwanger war. In dem daraus folgenden Chaos hatte Mickey Patricks geliebten Austin Healey gegen eine Backsteinmauer gefahren und sich dabei beinahe umgebracht: Eine recht drastische Ablenkung von seinen Missetaten, denn es gab noch weitere: seine Affäre mit Kay war beinah zur Bedeutungslosigkeit verblasst neben der Tatsache, dass die Brauerei kurz vor dem Bankrott stand.

Gott sei Dank war alles nochmal gut gegangen.

Kay bekam ihr Baby und versöhnte sich mit ihrem Mann Lawrence, Lawrence verkaufte sein florierendes Gartencenter mit hohem Gewinn und nun lebten die beiden offenbar glücklich und unverschämt luxuriös in Portugal. Keith Sherwyn war als edler Retter in der Not auf der Suche nach einer neuen Herausforderung aufgetaucht und hatte sich Hals über Kopf in Honeycote Ales verliebt. Hätte er nicht rechtzeitig eingegriffen, wären sie sicher inzwischen in der Hand des Konkursverwalters gelandet. Ihre zehn brauereieigenen Gaststätten wären verkauft und die Brauerei als »interessante Immobilie« angeboten worden. Ohne Zweifel wäre auch Honeycote House unter den Hammer gekommen. Patrick schauderte bei dem Gedanken, dass sie beinahe ihr gesamtes Vermögen verloren hatten. Aber Keith hatte ihnen nie unter die Nase gerieben, dass sein Geld die Brauerei gerettet hatte. Er respektierte, dass Patricks Ururgroßvater die Brauerei Honeycote Ales gegründet hatte, die sich seit 150 Jahren im Besitz der Familie Liddiard befand, und bestand eisern darauf, das Image des Familienbetriebs aufrechtzuerhalten. Diplomatisch und rücksichtsvoll sorgte er dafür, dass alle Entscheidungen gemeinsam getroffen wurden. Allerdings bestand kein Zweifel, wer das Ruder in der Hand hielt, und zwar nicht nur, weil er beträchtliches Kapital investiert hatte. Er besaß Weitblick, wusste, dass man etwas riskieren musste, und war durchaus bereit, Risiken einzugehen.

Als Keith in die Firma gekommen war, wurden die Zuständigkeiten aufgeteilt: Mickey würde als Produktionsleiter den Brauprozess beaufsichtigen und dafür sorgen, dass sie ausreichend Bier produzierten und es in einwandfreiem Zustand auslieferten. Er war der Beste für diese Aufgabe, da sie ein Ausmaß an Erfahrung und Sachkunde erforderte, das sich nicht über Nacht aneignen ließ; er kannte die Arbeiter mit ihren kleinen Macken und Fehlern und wusste mit ihnen umzugehen. Zudem war jedem klar, dass er seit seinem Unfall nicht mehr voll einsatzfähig war. Er wurde rasch müde und litt immer noch unter Kopfschmerzen, die ihn zwangen, der Arbeit fernzubleiben. Darüber hinaus hatte man ihm für zwei Jahre den Führerschein entzogen. Alles in allem war er in dieser Position also am besten aufgehoben. Keith war als Marketingdirektor zuständig für neue Vertriebswege und die Produktentwicklung – im Moment stand ein Biobier zur Debatte. Und Patrick war verantwortlich für die zehn brauereieigenen Gaststätten und ihre Pächter. Erst neulich hatte Keith erklärt, dazu gehöre auch die Aufsicht über die Umgestaltung des Honeycote Arms.

Vergangene Woche hatte Keith Patrick bei einem Mittagessen im Horse and Groom in Eldenbury mitgeteilt, seiner Ansicht nach sei er dieser Verantwortung mittlerweile gewachsen, und es war deutlich geworden, dass Patrick das gesamte Projekt von Anfang bis Ende leiten würde – natürlich nicht ohne Keith's Unterstützung, aber er solle auf keinen Fall ständig zu ihm gelaufen kommen, um zu fragen, welche Farbe die Servietten haben sollten.

Patrick hatte also ein gewisses Budget zur Verfügung und feste Termine einzuhalten: 40 000 für die Renovierung des Honeycote Arms innerhalb von vier Wochen – ein ehrgeiziges Projekt für einen jungen Mann, der früher nicht gerade für seine Arbeitsmoral berühmt war. Der Gerechtigkeit halber musste allerdings gesagt werden, dass sich Patrick im vergangenen Jahr sehr verändert und viel von Keith gelernt hatte.

Zu seiner eigenen Verwunderung hatte er festgestellt, dass die Arbeit ihm Spaß machte.

Ein solches Maß an Verantwortung war jedoch neu für ihn. Bestimmt wollte Keith ihn auf die Probe stellen. Er mochte und respektierte Keith sehr, aber er ließ sich nicht im Mindesten von seiner rauen Herzlichkeit und der Verletzlichkeit täuschen, die er gelegentlich als Trumpfkarte ausspielte. Keith war skrupellos; er wusste, was er wollte, und duldete keine Dummköpfe. Jetzt lag es an Patrick, ihm zu zeigen, aus welchem Holz er geschnitzt war. Er wusste auch warum: Er musste Keith beweisen, dass er gut genug für seine Tochter war.

Patrick liebte Mandy über alles. Tief im Inneren wusste er, dass sie das Mädchen war, das er einmal heiraten würde. Nachdem sich im Laufe des vergangenen Jahres die Dinge etwas beruhigt und Keith in der Brauerei angefangen hatte, brach für Mandy und ihn eine wundervolle Zeit an. Die Sherwyns waren in das nahe gelegene Kiplington gezogen und Patrick und Mandy hatten Stunden, Tage und Nächte zusammen verbringen können. Voller Stolz hatte er ihr im Healey oder zu Pferd die Gegend gezeigt, in der er geboren und aufgewachsen war. Sie waren durch dichte Wälder, über weite Felder und sonnengesprenkelte Wege geritten. Und obwohl sie in einem Vorort von Birmingham aufgewachsen war, lebte sie sich schnell auf dem Land ein. Aber es gab nicht nur Gummistiefel und Pferdemist. Gelegentlich gönnten sie sich ein Wochenende in ausgesprochen großstädtischer Umgebung, meist in London oder Bath. Mandy ging mit ihm einkaufen, wobei er tat, als habe er keinen Spaß daran, und anschließend aalten sie sich in den Whirlpools teurer Hotels und kamen unweigerlich zu spät zum Abendessen, wenn die erste Flasche Champagner des Abends ihre Wirkung tat. Außerdem hatten sie einige fröhliche Abende mit Patricks Schwester – Mandys ehemaliger Schulfreundin – Sophie und ihrem Freund Ned verbracht, dessen elterlicher Bauernhof neben Honeycote House lag. Zu viert gingen sie Bowling spielen, Eislaufen, zu Pferderennen und ins Kino.

Und eines Tages war er aufgewacht und hatte festgestellt, dass er zum ersten Mal im Leben einen Menschen wirklich liebte. Bisher waren seine Freundinnen oder Geliebten immer austauschbar gewesen oder hatten seinen Zwecken gedient. Kay hatte er nur zu seiner Geliebten gemacht, um sie von seinem Vater abzubringen. Mit Kelly war er befreundet gewesen, weil sie ihm Sex ohne Verpflichtungen bot – großartigen Sex. Selbst seine Freundin Mayday bemerkte eine grundlegende Veränderung an Patrick; Mayday, die punkige Kellnerin des Horse and Groom, die Patrick alles beigebracht hatte, was er über Frauen wusste, war schockiert, als er eines Abends einen Quicky ablehnte.

»Na, na, na«, sagte sie. »Dich muss es ja schlimm erwischt haben.« Sie grinste, aber Patrick wusste, dass sie ein bisschen gekränkt und ein bisschen traurig war, weil ihre fast zehnjährige Beziehung mit dem regelmäßigen, unverbindlichen Sex, den beide genossen hatten, nun der Vergangenheit angehörte.

Denn Mandy war die Richtige für ihn. Mandy sollte die nächste Mrs. Liddiard werden. Sie würde eines Tages an dem Gasherd stehen, an dem Lucy all die Jahre gestanden hatte, und die Betten von Honeycote House mit wunderschönen Babys füllen – denn wie sollten sie werden, wenn nicht wunderschön? Und wenn Mickey und Keith alt und grau wären, würde Patrick die Leitung der Brauerei übernehmen.

Aber zuerst musste er sich wie ein Ritter seine Sporen verdienen. Es war seine Aufgabe, dem Honeycote Arms wieder einen Namen zu verschaffen. Und Patrick wollte nicht einmal sich selbst eingestehen, dass er diese Aussicht beängstigend fand.

Rick hielt es für das Beste, zu bleiben, denn so konnte er seinen Vater im Auge behalten, der seinen letzten Abend und das Freibier, das man ihm von allen Seiten aufdrängte, offensichtlich in vollen Zügen genoss. Also fragte Rick Damien, ob es ihm etwas ausmachen würde, Kelly nach Hause zu fahren. Damien machte es ganz und gar nichts aus – er brannte auf eine Gelegenheit, mit ihr allein zu sein. Sie hatte ihn völlig in ihren Bann gezogen mit ihrem quirligen, überschwänglichen Wesen, ihrer offenen Art und nicht zuletzt mit der Tatsache, dass sie ihn anscheinend so mochte, wie er war. Nicht dass er ihre Anerkennung gebraucht hätte. Aber er war immer noch schockiert, dass die Leute offenbar die Nase über ihn rümpften. Dass Kelly es nicht tat, erwärmte ihn für sie.

Kelly war ganz hingerissen von Damiens Wagen. Sie schnupperte am Leder, strich bewundernd darüber und ließ sich in die bequemen Polster sinken. Damien freute sich über ihre Begeisterung und drückte so lange auf die Tasten der eingebauten Stereoanlage, bis er seine Jazzmusik genau auf die richtige Lautstärke eingestellt hatte: laut genug, um Atmosphäre zu verbreiten, aber leise genug, um sich zu unterhalten.

Auf der Heimfahrt wurde sie ein bisschen rührselig. Sie fragte sich, ob ihre Eltern ohne sie und Rick in Ross-on-Wye zurechtkommen würden. Damien sah beunruhigt, wie sie eine Träne fortwischte – was sollte er tun? Anhalten und sie trösten? Aber sie riss sich zusammen und entschuldigte sich, unter Tränen lachend.

»Tut mir Leid – ich hatte wohl ein Glas zu viel, fürchte ich. Ich trinke sonst kaum was.«

»Schon gut. Es ist doch verständlich, dass Sie sich Gedanken machen. Aber ich bin überzeugt, sie werden gut zurechtkommen.«

»Ich weiß. Aber ich kann nicht anders, als mir Sorgen zu machen. Um sie alle. Besonders um Rick. Ich bin froh, dass Sie ihn eingestellt haben.« Sie warf Damien einen verstohlenen Seitenblick zu. »Er ist ein guter Kerl.«

»Keine Sorge. Ich hätte ihn nicht genommen, wenn ich davon nicht überzeugt wäre.«

»Viele Leute halten ihn für einen Herumtreiber. Aber er bleibt sich selbst treu, wenn Sie wissen, was ich meine. Er macht nie etwas, nur weil er meint, er müsste es tun.«

Damien nickte. Beim richtigen Menschen war das eine bewundernswerte Eigenschaft. Im Augenblick interessierte er sich aber eigentlich nicht sonderlich für Rick, sondern wollte Kelly gerade über sie selbst ausfragen. Doch sie waren schon auf der Hauptstraße von Eldenbury. Er kämpfte gegen seine Enttäuschung an und hielt vor dem Golden Swallow. Es war ruhig in der Stadt, aber es hing noch der Geruch nach Pommes frites in der Luft, die an Nachtschwärmer verkauft worden waren.

Kelly belohnte ihn mit einem höflichen, aber bestimmten Kuss auf die Wange, der Sympathie, aber keine Einladung signalisierte, wie Damien mit einer gewissen Erleichterung registrierte.

»Danke, dass Sie mich nach Hause gebracht haben.«

»Schon O.K.«

»Und wenn Sie mal einen Babysitter für Ihre Kleine brauchen …«

Damien hatte ihr von Anastasia erzählt. Vermutlich hatte er sie damit sogar gelangweilt, denn wenn er die Chance bekam, von seiner Tochter zu reden, konnte er gar nicht mehr aufhören.

»Danke, das ist sehr nett von Ihnen.«

Er schaute ihr nach, bis sie die Haustür aufgeschlossen und sicher im Haus verschwunden war. Ehe sie die Tür schloss, winkte sie ihm zu und er lächelte, obwohl sie ihn unmöglich durch die Wagenscheibe sehen konnte.

Ein Weilchen lehnte er sich im Fahrersitz zurück und war überwältigt, wenn nicht sogar erschrocken über die Wirkung, die sie auf ihn hatte. Sie war warmherzig, unverdorben, offen, großmütig, ungekünstelt und bescheiden. Und außerdem hat sie fabelhafte Titten, dachte Damien. Er schämte sich ein bisschen bei diesem Gedanken, aber schließlich war er ein Mann. Ein Mann, der länger keine Frau gehabt hatte, als er zugeben mochte.

Damien rief sich zur Vernunft. Es war noch viel zu früh. Die Wunden, die Nicole ihm zugefügt hatte, waren nicht einmal ansatzweise verheilt. Ganz zu schweigen von seiner Scheidung, bei der ihm noch eine blutige Schlacht bevorstand. Jede Seite war dabei, sich zu rüsten. Auf keinen Fall durfte er Kelly da hineinziehen. Aber auf der ganzen Fahrt nach Honeycote Grove ging sie ihm nicht mehr aus dem Sinn. Und als er mit der Fernbedienung das Tor öffnete, wurde ihm klar, was er an ihr so attraktiv fand:

Sie war das genaue Gegenteil von Nicole.

Nicole war subversiv, verführerisch und machte süchtig: wie die Rauschmittel, die sie nahm. Ein tödliches Gift, das sich in den Körper fraß, eine Droge, die alles zerstörte, was ihr über den Weg lief.

Kelly war wie frische Luft, eine Sommerbrise, ein Schmetterling: warm, ehrlich, ohne Berechnung, unkompliziert. So wirkte sie zumindest. Damien mahnte sich, auf der Hut zu sein und nichts zu überstürzen. Er durfte nicht zwei Mal denselben Fehler begehen. Schließlich ging es jetzt nicht mehr nur um ihn.

Doch als er an diesem Abend ins Bett schlüpfte, stellte er sich einen weichen, warmen Körper vor, der hinter ihm lag, und blonde Locken auf seinem Kissen. Er erlaubte sich die ultimative Fantasie: diesen weichen warmen Körper in die Arme nehmen und die ganze Nacht kameradschaftlich an sich drücken zu können, nicht mehr und nicht weniger.

6

Der Sonntagmorgen dämmerte ohne Regen mit einer leichten Brise und gelegentlichen wässrigen Sonnenstrahlen herauf. Suzanna erwachte mit einem Kribbeln im Bauch. Zum ersten Mal seit Olivers Tod spürte sie beim Aufwachen nicht jene kalte, beklemmende Angst in ihrem Herzen.

Neben ihr wachte auch Barney auf und fühlte Panik in sich hochsteigen – schließlich hatte er den Anstoß zu ihrem Umzug gegeben. Und wenn es ein Riesenfehler war? Als er jedoch sah, dass Suzanna schon aufgestanden war und sich aufgeregt anzog, wusste er, dass es sich gelohnt hatte. Und sei es nur dafür. Meist lag sie mindestens zehn Minuten da und stierte an die Decke, bevor sie sich rührte. Er wusste nicht, was sie in solchen Zeiten dachte, und er hatte es aufgegeben, ihr Hilfe oder Mitgefühl anzubieten. Aber heute war sie schon vor ihm auf, zog ihre Cargo-Hose und den lavendelfarbenen Mohair-Pullover mit Kapuze an, den er ihr zum Geburtstag geschenkt hatte. Sie schaute zu ihm herüber und grinste.

»Tee?«

Barney überflutete eine Mischung aus Erleichterung, Jubel und Erregung. Er hatte Lust auf Champagner, aber die Fahrt nach Honeycote war lang. Wenn sie dort waren, konnten sie immer noch Champagner trinken.

Eine Stunde später versammelte sich ein Grüppchen auf dem Bürgersteig vor dem Haus Nummer 19 in der Burcot Road, während Barney und Suzanna mit den letzten Gepäckstücken herauskamen. Sybilla, in falschem Leopardenfellmantel und passendem Hut, war aufgeregt und rührselig. Auch Barneys Vater Gerald war gekommen, wofür Barney ihm dankbar war. Es hatte ziemlichen Wirbel gegeben, als er seinen Eltern seine Pläne mitgeteilt hatte. Sie fühlten sich in gewisser Weise offenbar betrogen, doch letzten Endes hatte sein Vater ihm, zwar etwas widerwillig, seinen Segen gegeben und erklärt, wenn es schief ginge, sei für ihn immer ein Platz im Büro frei. Barney behielt lieber für sich, dass er nur über seine Leiche wieder als Steuerberater arbeiten würde, aber er war froh, dass seine Eltern ihm alles Gute wünschten. Seine Mutter war heute Morgen nicht gekommen, weil sie es sich nicht hätte verkneifen können, ihn bis zur letzten Minute von seinem Vorhaben abbringen zu wollen. Und wahrscheinlich hätte sie geweint, was ihr schrecklich peinlich gewesen wäre. Stattdessen hatte sie Gerald eine Karte mitgegeben: »Viel Glück in eurem neuen Zuhause«, und eine Topfpflanze, von der Barney wusste, dass sie schon die erste Woche bei ihnen nicht überleben würde, aber er war dennoch gerührt.

Suzannas Mutter Iris stand in einem rostroten Samtcape und Schaffellstiefeln am Straßenrand. Ihre schweren Bernsteinohrringe zogen ihre Ohrlöcher lang. Suzanna umarmte ihre zerbrechlich aussehende Mutter mit einem Anflug von Bedauern. Sie würde sie schrecklich vermissen. Das Wunderbare an Iris war, dass sie sich nie einmischte, aber immer für sie da war; nie stellte sie das, was Suzanna tat, in Frage, vertrat jedoch stets eine eigene Meinung, die ihre Tochter zu schätzen wusste. Sie standen sich nah, ließen sich aber gegenseitig ihre Freiräume. Immerhin waren sie ausschließlich aufeinander angewiesen gewesen, als Suzanna aufwuchs.

Iris war allein erziehende Mutter und Lehrerin für Schauspiel, genauer gesagt, für Sprech- und Vortragstechnik. Sie war eine exzentrische, unabhängige Frau und hatte mit vierzig Jahren nach einer Urlaubsromanze mit einem Geiger des BBC-Orchesters erschrocken, aber zugleich erfreut festgestellt, dass sie schwanger war. Sie war bewundernswert gut mit der Situation fertig geworden und hatte weiter Mittelschichtkindern im Südwesten Londons eine deutliche Aussprache beigebracht, während Suzanna in den ersten Monaten in ihrem Körbchen schlief oder im Laufstall spielte und später konzentriert an einem winzigen Tischchen vor sich hinkritzelte, dabei aber nie den Unterricht störte.

Iris' einzige Schwäche war nach Suzannas Ansicht, dass sie sich zu wenig aus Essen machte. Sie war dünn wie ein Vögelchen, weil sie häufig einfach vergaß, etwas zu essen, wenngleich sie ihre Tochter nie vernachlässigte. Mit zwölf Jahren war Suzanna allerdings die ewigen Fischstäbchen, Spaghetti und Dosenpfirsiche leid geworden. Eines Tages hatte sie in einer Bücherkiste, die ihre leseverrückte Mutter auf einem Wohltätigkeitsbasar erstanden hatte, ein abgegriffenes Kochbuch von Elizabeth David entdeckt. Die faszinierenden Rezepte hatten ihr das Wasser im Mund zusammenlaufen lassen und sie hatte beschlossen, jeden Tag eines auszuprobieren. Das erste Omelett war kaum genießbar, aber schon nach drei Wochen verfügte sie über ein Repertoire, das ihr Essen nicht nur als Treibstoffzufuhr, sondern als Genuss nahe brachte.

Nun ließ es sie nicht mehr los. Sie stöberte in Antiquariaten nach gebrauchten Kochbüchern und verschlang sie von der ersten bis zur letzten Seite: Constance Spry, Prue Leith, Jane Grigson, Robert Carrier, Marguerite Patten und sogar Mrs. Beeton – von ihnen lernte sie sämtliche Grundlagen der Kochkunst. Veloutésoßen, Bechamelsoßen, Fonds, Hollandaise, Mehlschwitzen – von Tag zu Tag erweiterte sie ihr Repertoire. Bei ihren Experimenten in der Kochnische ihres Wohn-Schlafzimmers feierte sie einige spektakuläre Erfolge, erlitt gelegentlich aber auch ärgerliche Fehlschläge, doch Suzanna war klar, dass man am besten aus seinen Fehlern lernte, und sie gehörte nicht zu den Menschen, die ohne Weiteres aufgaben. Allabendlich sah Iris sich neuen Angriffen auf ihre Geschmacksnerven ausgesetzt und nahm allmählich etwas zu. Und ihre Tochter entwickelte sich zu einer perfekten autodidaktischen Köchin.

Mit achtzehn hätte sich für Suzanna eine Catering-Ausbildung an einem College angeboten, aber die Prospekte zeigten ihr, dass sie dort nicht mehr viel lernen würde und dieser Weg für sie eine Zeit- und Geldverschwendung wäre. Daher arbeitete sie in Restaurants – in so vielen Restaurants, wie sie nur konnte, um so viel Erfahrung wie möglich zu sammeln. Bald kam sie zu dem Schluss, wenn sie mit Kochen ihren Lebensunterhalt verdienen wollte, waren Unabhängigkeit und niedrige Fixkosten angesagt. Sie zog für einige Zeit nach Oxford, weil Iris drängte, sie solle sich unter junge Leute mischen und lernen, auf eigenen Füßen zu stehen, denn solange sie bei ihrer verrückten Mutter wohne, könne sie die Welt nicht kennen lernen. Suzanna gefiel es in Oxford, aber sie sehnte sich nach einer eigenen Wohnung und vermisste ihre Mutter mehr, als sie erwartet hatte. Iris weigerte sich jedoch, sie wieder in ihrer winzigen Etagenwohnung aufzunehmen, da sie es für unklug hielt, und so suchte Suzanna sich eine Wohnung in Richmond und gründete Decadent Dining.

Die Aussicht, nun mindestens anderthalb Stunden Fahrt von Iris entfernt zu leben, ließ schlagartig Panik in Suzanna aufkommen. In den letzten 18 Monaten war Iris immer für sie da gewesen, knapp fünf Minuten Autofahrt entfernt. Jederzeit hatte sie sich an ihrer Schulter ausweinen können, ohne Erklärungen abgeben zu müssen. In Honeycote hätte Suzanna nur noch Barney, und der hatte schon ein ganzes Becken ihrer Tränen über sich hinwegfluten lassen. Würde sie ohne ihre Mutter überleben? Iris versicherte ihr immer wieder, es gäbe schließlich noch das Telefon, aber das war kein Ersatz für eine Schulter, an der sie sich rückhaltlos ausweinen konnte.

Doch jetzt konnte sie nicht mehr zurück. Der Wagen war beladen, die Mieter ihres Hauses sollten morgen einziehen. Wenn sie es sich jetzt anders überlegte, hätten sie kein Dach über dem Kopf. Also nahm sie sich zusammen, versprach anzurufen, sobald sie angekommen seien, und setzte sich auf den Beifahrersitz. Als Barney den Motor angelassen hatte, der Wagen dröhnend anfuhr und die Abschiedsdelegation zu winzigen, heftig winkenden Gestalten schrumpfte, spürte Suzanna wieder die Erregung. Wenn sie sich etwas für Barney und sich hätte wünschen können, dann doch sicher das, was nun vor ihnen lag?

Als Suzanna und Barney auf den leeren Parkplatz des Honeycote Arms bogen, hielt der launische April eisigen Wind und endlosen Nieselregen als scharfen Kontrast zu dem strahlenden Sonnenschein bereit, den sie in Twickenham zurückgelassen hatten. Das verblasste Schild schaukelte im böigen Wind, als wolle es sich über sie lustig machen; die mit Brettern vernagelten Fenster starrten sie feindselig an. Der Stein besaß nichts mehr von der Wärme, an die sie sich von ihrem ersten Besuch erinnerten, und auch die Farbe schien in den vergangenen Wochen vollends abgeblättert zu sein. Das Gartentor schwang an rostigen Angeln hin und her, in dem morastigen, überwucherten Garten krächzte anklagend eine zerbrochene Schaukel, umgeben von leeren Konservendosen und modernden Gartenstühlen. Suzanna schaute Barney schaudernd an. Es wirkte fast wie aus einem Gruselfilm. Fehlte nur noch, dass aus dem Nichts eine bucklige Gestalt auftauchte und sie warnte, nicht vom Weg abzukommen.

Keith Sherwyn kam wie vereinbart um drei Uhr Nachmittag mit den Schlüsseln und begrüßte sie herzlich mit einem Korb voller Delikatessen aus den Cotswolds. Allerdings wollte er nicht gleich übers Geschäftliche reden, sondern riet ihnen, sich den Nachmittag Zeit zu nehmen, um sich häuslich einzurichten.

»Morgen ist immer noch Zeit für das Geschäftliche. Wir treffen uns um zehn Uhr in der Brauerei, wenn es Ihnen recht ist. Die Bauarbeiter sind um acht Uhr hier, um die Inneneinrichtung herauszureißen.«

Er lächelte die beiden herzlich an.

»Ich kann Ihnen gar nicht sagen, wie aufgeregt wir alle sind. Ich hoffe, Ihnen geht es ebenso. Ich weiß, im Augenblick sieht alles ein bisschen trostlos aus ... aber das Wetter ist nicht gerade auf unserer Seite.«

Gleich darauf war er verschwunden. Barney und Suzanna schauten sich an und wandten sich dem Pub zu. Keiner von ihnen wagte auszusprechen, was beide dachten.

Das Honeycote Arms war ein zweigeschossiges Gebäude, mehr breit als hoch und nur ein Zimmer tief. Rechtwinklig zum Haupthaus schloss sich ein großer Trakt mit Kegelbahn, Billardtischen und Dartscheiben an. Hinter dem L-förmigen Haus befand sich ein weiterer Parkplatz, flankiert von baufälligen Nebengebäuden. Die vier Gästezimmer – zwei mit Dusche, zwei mit Etagenbad – lagen über dem Schankraum, die Personalwohnung über der Kegelbahn. Sie bestand aus drei Schlafzimmern, einer winzigen Küche und einem kleinen Wohnzimmer im Erdgeschoss. Aus alledem ließe sich etwas machen, könnte man sagen. Im Augenblick wirkte es allerdings abbruchreif. Eine launische Bö trieb eine leere Chipstüte über den Parkplatz.

Barney bemühte sich um einen gewissen Enthusiasmus in der Stimme.

»Wollen wir reingehen und uns umsehen?«

Der leere Pub wirkte noch weniger einladend. Als Barney und Suzanna ihn besichtigt hatten, hatte er kurz vor der Schließung gestanden, aber immerhin noch eine gewisse Lebendigkeit ausgestrahlt. Nun, da sämtliche Möbel ausgeräumt waren, wirkte er nur noch heruntergekommen und schäbig. Es roch nach abgestandenem Bier, Zigarettenrauch und Frittierfett.

Barney musste schwer schlucken. Wie hatten sie je glauben können, diesen Laden in Schwung zu bringen? Er war hoffnungslos abgewrackt, finster und schäbig.

Sie hatten nur vier Wochen, um ein Wunder zu bewirken. Vier Wochen und ein knappes Budget.

Zu seiner Verwunderung machte Suzanna keinen niedergeschlagenen Eindruck. Sie hob den Teppich an, der an manchen Stellen von verschütteten Getränken so vermodert war, dass er in ihren Händen zerfiel, und strahlte ihn an.

»Darunter sind Fliesen. Das habe ich mir gedacht. Sie müssen verrückt gewesen sein, einen Teppich drüber zu legen!«

Die Toiletten waren der reinste Alptraum. Völlig abbruchreif. Grässliche PVC-Zellen mit Brandlöchern von Zigaretten auf Boden und Wänden. Gesprungene Waschbecken. Fleckige Bodenfliesen. Barney schätzte, dass allein ihre Renovierung den größten Teil ihres Budget auffressen würde. Heutzutage musste ein Lokal ordentliche Klos haben. Den Leuten machte es vielleicht nichts aus, wenn das Lokal ein bisschen rustikal war, doch das galt nicht für die Toiletten.

Die Küche wollte er gar nicht erst betreten. Ohne einen Blick hinein wusste er, dass alles mit einer dicken Fettschicht überzogen war – schmutzig war gar kein Ausdruck. Zum ersten Mal wirkte Suzanna eingeschüchtert.

»Scheiße. Hier ist mehr nötig als ein Spritzer Meister Proper.«

Als sie eine Schranktür öffnete, hielt sie gleich die ganze Tür in der Hand. Sie schaute Barney an und fing an zu lachen.

»Worauf haben wir uns da nur eingelassen?«

Barney fand es eigentlich nicht sonderlich komisch, aber da Suzanna gute Miene zum bösen Spiel machte, schloss er sich ihr an. Zögernd gingen sie nach oben. Beide hatten bei ihren bisherigen Besuchen nicht sonderlich auf die Wohnung geachtet.

Sie war grauenhaft. Offensichtlich hatte der Schäferhund der Bradleys ihr Schlafzimmer mitbewohnt, denn es war voller Hundehaare und die Tür wies tiefe Kratzer auf. Die Möbel waren nicht mehr zu retten und taugten nur noch für ein großes Feuer. Schaudernd warf Suzanna einen Blick auf das Bett.

Sie hatten darauf bestanden, im Pub zu wohnen, obwohl Keith ihnen für die Dauer der Renovierung ein Zimmer mit Frühstück in einem anderen Gasthof angeboten hatte. Aber Barney sah nicht ein, weshalb sie unnötig Geld ausgeben sollten, zumal er an Ort und Stelle sein wollte. Suzanna hatte sich ihm angeschlossen. Aber als es nun dämmerte und die nackte Glühbirne über ihren Köpfen schaukelte, wirkten die sich lösenden Tapeten und der abgenutzte Teppich doch recht verwahrlost.

»Flöhe«, sagte Suzanna.

»Hör bloß auf!«, antwortete Barney, der gerade überlegt hatte, ob es hier wohl Mäuse gab. Sie schauten sich die Schlafzimmer an, die den Kindern der Bradleys, Kelly und Rick, gehört hatten. Kellys Zimmer war winzig, aber offensichtlich vor nicht allzu langer Zeit renoviert worden. Es war in Pink gehalten und hatte einen struppigen Acrylteppichboden; da es aber sauberer wirkte als das Elternschlafzimmer, beschlossen sie, sich vorerst hier einzunisten.

Sie gingen zum Wagen, um ihre Sachen zu holen. Suzanna öffnete den Kofferraum und entdeckte zu ihrer Verwunderung oben auf dem Gepäck zwei große

Schuhkartons, einer mit rosa, der andere mit blauer Schleife. Die hatte sie gewiss nicht selbst eingepackt.

Überrascht öffneten sie die beiden Schachteln. Sie enthielten jeweils ein Paar Hunter-Gummistiefel in ihren Größen. Suzanna grinste: Diese Geste sah ganz nach Sybilla aus. Plötzlich ging ihr auf, was sie alles aufgaben. Menschen, die sie verstanden, die sie kannten, die sie mochten. Menschen, die sogar ihre Schuhgröße wussten …

Hier waren sie ganz allein.

Im Tinker's Barn am Ende der Straße hatten Ginny und die Zwillinge nach ihrer letzten Nacht in Evesham den ganzen Vormittag wie wild geputzt, während ihre irdischen Güter darauf warteten, ausgepackt zu werden. Schließlich fand Ginny das Haus bewohnbar. Den ganzen Nachmittag hatten sie sich gestritten, was sie wohin räumen sollten, und kamen gegen sechs Uhr zu dem traurigen Schluss, dass sie nicht annähernd genug Platz für ihre Sachen hatten. Auf dem Flur im Obergeschoss türmten sich verbeulte Kartons mit Kleidern, da die Kleiderschränke winzig waren. Die Zwillinge zankten sich: Sasha klang müde und den Tränen nahe, was sie immer besonders gehässig machte.

Sie beschloss, aus den wenigen mitgebrachten Lebensmitteln ein Abendessen zu kochen. Sie hatte sich bemüht, die Vorräte in ihrem alten Haus weitgehend aufzubrauchen, da es sinnlos war, unnötig Dinge hin und her zu transportieren. Außerdem hatte der Gedanke, sämtliche Küchenschränke aufzufüllen, etwas Therapeutisches. Die vorhandenen Zutaten ließen der Fantasie also nur begrenzte Möglichkeiten. Sie machte Spaghetti mit Tomaten aus der Dose, Thunfisch aus der Dose und Mais aus der Dose. Nicht sonderlich erbaulich, aber Ginny hatte an diesem Wochenende ohnehin schon genug um die Ohren gehabt.

»Ist das auch Biogemüse?« Kitty stocherte misstrauisch in ihrer Soße herum.

»Nein, Biogemüse können wir uns nicht mehr leisten. Wir sind in die Welt der Billigmarken verstoßen worden. Wenn du Gemüse aus Bioanbau haben willst, musst du es wohl selbst im Garten ziehen.«

Kitty schaute betreten drein, allerdings wusste Ginny nicht, ob es an der Gefahr einer langsamen Pestizidvergiftung lag oder an ihrem ungewöhnlich scharfen Ton. Sofort tat es ihr Leid. Sie setzte ein strahlendes Lächeln auf, während sie versuchte, Parmesan auf ihre Nudeln zu streuen. Ein dicker Klumpen eingetrockneten Käses stieß hörbar gegen den Deckel der Dose. Schnell stellte Ginny den Streuer ab, bevor jemand auf das Verfallsdatum schauen konnte.

»Sollen wir uns später das Dorf ansehen?«

Sasha bedachte sie mit einem vernichtenden Blick.

»Im Stockdunkeln? Was erwartest du dir davon? Eine Party mit Fatboy Slim, die die ganze Nacht durchgeht? Ich kann dir sagen, was es hier gibt: Einen Tante-Emma-Laden mit Poststelle, wo sie nicht mal Tampax haben, die uns bestimmt als Erstes ausgehen. Und einen Pub voller erbärmlicher, besoffener alter Bauern. Und das war's auch schon.«

Sasha schob ihren Teller fort und stapfte hinaus. Kitty verdrehte die Augen über den Ausbruch ihrer Schwester.

»Sie ist so ein Biest.«

»Sie ist eben völlig aus der Bahn geworfen. Ist ja auch kein Wunder. Es geht uns doch allen so.«

»Ich begreife nicht, wie du so vernünftig sein

kannst, Mum. Warum lässt du ihr immer alles durchgehen? Du bist viel zu nett.«

Deshalb hat mich ja auch mein Mann verlassen, dachte Ginny. Sie hatte den Fußabtreter für ihn gespielt und es ihm viel zu leicht gemacht. Vielleicht war es an der Zeit, andere Saiten aufzuziehen. Nur hatte sie keine Ahnung, wie. Und wem gegenüber. Sie konnte schließlich nicht bei ihren Töchtern anfangen, die gerade ebenso litten wie sie selbst. Wenn nicht sogar noch mehr.

Obwohl die beiden eineiige Zwillinge waren, konnten sie unterschiedlicher nicht sein. Mit ihren hohen Wangenknochen, den Stupsnasen und den großen, grauen Augen wirkten sie wie kleine Katzen. Äußerlich glichen sie sich sprichwörtlich bis aufs Haar: Zwar hatten beide Korkenzieherlocken, die bei ihrer Geburt weißblond, inzwischen jedoch zu einem hellbraun nachgedunkelt waren, wie Ginny mit Bedauern feststellen musste. Aber während Kitty ihre Lockenfülle wild über die Schultern wallen ließ oder mit einer großen Spange aufsteckte, konnte Sasha ihre Naturkrause nicht ausstehen und wandte Stunden und ein Vermögen auf, um es mit allen möglichen chemischen Mittelchen und mittelalterlich wirkenden Folterinstrumenten zu glätten, bis es aussah wie bei Jennifer Aniston.

Charakterlich waren die beiden jedoch der lebendige Beweis für das Versagen sämtlicher Horoskope. Allein schon hinsichtlich ihrer Kleidung waren sie völlig entgegengesetzt. Kitty pflegte einen eklektischen, exzentrischen und exotischen Schmuddellook und trug meist gebrauchte Kleider, die sie nach ihren Vorstellungen selbst umgestaltete. Am liebsten stöberte sie auf Flohmärkten herum. Sie konnte die schäbigste rosa Strickjacke ausgraben und anschließend mit großen silbernen Sternen versehen oder eine Armeejacke mit Spitze und glitzernden Goldbändern verschönern. Sasha dagegen würde sich Secondhandkleidern nicht einmal mit einer Kneifzange nähern, für sie musste alles unberührt, nach der neuesten Mode und vorzugsweise von Designern sein. Sie gab ebenso viel Geld für Modezeitschriften aus wie Kitty für Kleider und jammerte dann stundenlang, was sie sich alles nicht leisten könne.

Kitty war unbeschwert und hilfsbereit, Sasha dagegen nervös und anspruchsvoll, sodass Ginny sich manchmal bei dem vagen Wunsch ertappte, Sasha hätte es vorgezogen, bei David zu bleiben. In ihrer Verzweiflung hatte Ginny ihr sogar einmal gesagt, sie liebe sie sehr, aber manchmal falle es ihr überaus schwer, sie zu mögen. Sasha hatte nur die Achseln gezuckt und erklärt, das sei schon O.K., sie sei nicht darauf angewiesen, gemocht zu werden, schließlich käme niemand durch dieses verflixte Leben, nur weil er gemocht wurde – Madonna mochte ja schließlich auch keiner.

Während Ginny trübsinnig das kaum berührte Essen abräumte und die Reste in den Mülleimer schabte, wurde ihr klar, dass die Zwillinge den Umbruch in ihrem Leben doch wohl schwerer nahmen als erwartet. Schließlich war es ihr erster Umzug. Ihr ganzes Leben lang hatten sie in der großen viktorianischen Doppelhaushälfte gewohnt. Auch wenn das Haus nicht gerade luxuriös war, hatte es doch genügend Platz für mitgebrachte Freundinnen geboten. Es war immer ein lebhaftes, glückliches Zuhause gewesen. Ginnys Hoffnungen, diese Atmosphäre bald auch hier wieder zu schaffen, schwanden zunehmend. Bei aller Fantasie, ein Zuhause war es nicht.

Sie beschloss, ein Bad zu nehmen. Auf Zehenspitzen schlich sie am Zimmer der Zwillinge vorbei, wo sie hörte, wie Sasha jammerte und Kitty ihr befahl, den Mund zu halten. Zehn Minuten später lag sie bis zum Hals in Badeschaum – Gott sei Dank gab es ausreichend heißes Wasser – und übertönte das Gezänk der beiden mit *Led Zeppelin's Greatest Hits* aus Sashas Discman.

Ein großer Fehler. Oder, wie Sasha sagen würde, ein Riiiesenfehler. Kaum schmachtete Robert Plant, er müsse gehen, da kullerten Ginny dicke Tränen über die Wangen. Sie wusste nicht, ob der eindringliche Liedtext sie zum Weinen brachte oder die Erinnerungen, die die Musik weckte: Erinnerungen an sie und David in ihrer Wohnung in Birmingham, wo er sein Zahnarztstudium beendet und sie als Krankenschwester im Queen-Elisabeth-Hospital gearbeitet hatte. Ständig drehte sich der Plattenteller und die Musik lief auf voller Lautstärke, bis die Nachbarn sich beschwerten. Freunde gingen ein und aus, David kochte mit der Genauigkeit und Detailversessenheit eines Zahnarztes seine Spezialcurrys mit geheimnisvollen Gewürzen und undefinierbarem Gemüse aus den Ethno-Läden des Viertels. Es gab Bier und Wein ohne Ende und alle tanzten und sangen. Damals, bevor sie geheiratet hatten, war nichts wirklich wichtig. Sie arbeiteten schwer und genossen das Leben in vollen Zügen.

Die Wirklichkeit forderte erst ihr Recht, als sie nach Evesham zogen, wo David in eine Gemeinschaftspraxis eintrat und Ginny die Zwillinge bekam. Die Totaloperation, als nach der Entbindung Blutungen einsetzten, war zwar ein Schock, aber sie waren sich einig, dass sie dankbar sein mussten, zwei wunderbare Töchter zu haben, und den verlorenen Möglichkeiten nicht nachtrauern durften. Ginny nahm es als Mahnung, sich auf ihre beiden Mädchen statt auf ihre Karriere zu konzentrieren, und so kamen sie überein, dass sie ihren Beruf an den Nagel hängen sollte, bis die Mädchen erwachsen waren. Außerdem brauchte David viel praktische und moralische Unterstützung, da er eine eigene Praxis eröffnen wollte.

Wieso hatte er sie verlassen, nachdem sie für ihn so viel getan und so viel für ihn aufgegeben hatte? Hatte er absichtlich gewartet, bis die Zwillinge so gut wie erwachsen waren, weil er glaubte, das würde es ihr leichter machen? In Wahrheit machte es alles nur schlimmer. Denn ohne David und die Zwillinge war sie gar nichts. Weshalb hatte er sie überhaupt verlassen? Es gab kaum je Streit, denn ihre Rollen waren klar definiert: Ihre Zuständigkeiten hatten sich nie überschnitten, beide waren glücklich mit ihrem Leben und ihren Pflichten.

Nach langem quälendem Grübeln und Analysieren war Ginny zu dem Schluss gekommen, dass sie ganz einfach langweilig war. Sie ging effizient und gut organisiert durchs Leben. Nicht, dass sie nicht für Spaß zu haben war – sie wusste, dass andere ihre Gesellschaft genossen, dass sie einen trockenen Humor und beißenden Witz besaß, wenn ihr danach war. Aber sie war erschreckend vernünftig. Immer hatte sie für Notfälle Paracetamol und Pflaster in der Tasche. Sie nahm anderen die Autoschlüssel ab, wenn sie zu betrunken waren, um zu fahren. David musste sich mit ihr zu Tode gelangweilt haben. Wann hatte sie das letzte Mal spontan etwas Ungewöhnliches oder Ungezogenes getan? Selbst ihre Kleidung war praktisch und langweilig: Jeans. Fleece-Pullover in Grau oder Marine. Sie besaß zwar ein paar nette Kleider, um sich schick zu machen, aber ihr fiel auf, dass sie kaum Gelegenheit hatte, sie zu tragen. War das allein ihre Schuld? Seit wann ging David nicht mehr mit ihr aus? Meist luden sie Freunde zu sich nach Hause ein oder besuchten sie und ließen sich etwas aus dem indischen Restaurant bringen – David hatte schon lange aufgehört, seine Kochkünste zu demonstrieren und behauptet, in Evesham seien die Zutaten nicht zu bekommen. Die Männer tranken Dosenbier, die Frauen billigen Weißwein, während die Kinder oben zankten, schmollten oder laute Musik hörten.

Ginny biss die Zähne zusammen. Bloß nicht zurückdenken. Immer schön nach vorn schauen. Von nun an konnte sie tun und lassen, was sie wollte. Sie schaltete den Discman aus, wischte ihre Tränen fort, drehte den Heißwasserhahn auf und erstellte im Geiste eine Liste: eine Liste, die ihr Leben erträglich machen und ihr wieder ein gewisses Selbstwertgefühl verschaffen sollte.

NUMMER EINS: Einen Hund anschaffen. Sie hatte sich schon immer einen Hund gewünscht. Sie war mit Hunden groß geworden, aber nach ihrer Heirat kam ein Hund nicht mehr in Frage. David war allergisch gegen Hunde, behauptete er jedenfalls. Stark allergisch. Angeblich brauchte er nur mit einem Hund in einem Zimmer zu sitzen, und schon schwollen seine Augen an und seine Haut blühte auf wie ein Streuselkuchen. Ginny hatte das bei ihm zwar nie erlebt, aber es war in den letzten zwanzig Jahren völlig ausgeschlossen gewesen, einen Hund anzuschaffen. Jetzt konnte sie sich endlich einen halten – oder ein ganzes Dutzend, wenn sie wollte. Bevor sie dieses Haus gemietet hatte, hatte sie sich als Erstes vergewissert, dass Haustiere erlaubt waren. Sobald es sich einrichten ließe, wollte sie ins Tierheim fahren. Von allem anderen abgesehen, brauchten drei Frauen, die allein wohnten, einen Schutz, und sei es auch nur durch ein warnendes Bellen, wenn ein Fremder an die Tür kam. Sie würde ruhiger schlafen, wenn ein Hund im Haus wäre.

NUMMER ZWEI: Arbeit suchen. Geld war zwar ein guter Grund, aber eigentlich der unwichtigste. Sie wollte die Zwillinge nicht verwöhnen, aber sie benötigten bestimmte Dinge, die sie sich im Augenblick nicht leisten konnte, und mit einem kleinen Nebenverdienst könnte sie ihnen diese Dinge bieten, ohne es ihnen zu verübeln und das Gefühl zu haben, dass sie dafür Opfer bringen musste. Doch der wichtigste Beweggrund, sich eine Arbeit zu suchen, war, dass sie sich wieder als eigenständiger Mensch fühlen wollte. Sie hatte gern als Krankenschwester gearbeitet und ihre Sache verdammt gut gemacht. Aber sie plante nicht, wieder in ihren alten Beruf zurückzukehren. Er war mit zu großen Verpflichtungen verbunden, auch wenn die Zwillinge inzwischen schon fast erwachsen waren. Auf keinen Fall wollte sie nachts arbeiten. Und die Lage hatte sich verändert. Die Moral war im Keller. Die Arbeitsbedingungen im Pflegebereich waren bestenfalls frustrierend, schlimmstenfalls waren sie katastrophal. Sie hatte keinen Bedarf an noch geringerer Wertschätzung, als sie jetzt schon erfuhr. Wenn sie ihr Selbstwertgefühl stärken wollte, war die Krankenpflege vermutlich das Letzte, was sie in Betracht ziehen sollte. Aber was sonst? Ginny hatte keine Ahnung. Vielleicht sollte sie sich die Stellenanzeigen in der örtlichen Tageszeitung ansehen? Vielleicht fand sie dort ja eine Anregung?

NUMMER DREI (das jagte ihr die meiste Angst

ein): Einen Mann finden. Einen Kerl. Einen Begleiter. Einen Gesellschafter. Ginny fiel plötzlich auf, dass sie nie ohne einen Mann gelebt hatte, seit sie vierzehn war. Damals hatte sie ihren ersten festen Freund. Sie war nicht frühreif, nur reif für ihr Alter. Und sie fühlte sich wohl in der Gesellschaft von Männern, ihr gefielen die Vereinbarungen, die mit einer Partnerschaft einhergingen. Und sie hasste es, allein zu sein. Immer hatte sie sich danach gesehnt, Davids Schlüssel im Schloss zu hören, ob er nun um sechs, sieben, acht Uhr oder noch später nach Hause kam; sie hatte darauf gebrannt, sich mit ihm zu unterhalten, über die Ereignisse des Tages zu sprechen, das Fernsehprogramm zu diskutieren. Für Ginny gehörten einfach zwei zum Leben. Es machte für sie keinen Sinn, sich allein einen Film anzuschauen, zu essen, ins Bett zu gehen ... Nicht dass sie sexbesessen wäre. Aber in den letzten Monaten hatte sie festgestellt, dass sich nichts größer anfühlte als ein Doppelbett, in dem nur eine Person lag.

Deshalb brauchte sie einen Mann. Ob sie in einem Dorf wie Honeycote einen finden würde, wusste sie allerdings nicht. Passende Junggesellen hatten bei der Haussuche nicht zu ihren Auswahlkriterien gehört. Sie hatte lediglich ein Dach über dem Kopf gesucht. Zudem hegte sie den Verdacht, als »noch nicht ganz Geschiedene« in den ländlichen Gegenden Englands nicht sonderlich willkommen zu sein. Es bestand schließlich die Gefahr, dass sie skrupellos, raubgierig, wenn nicht sogar völlig verzweifelt war und ohne um Erlaubnis zu fragen mit dem Ehemann einer anderen durchbrannte.

Vielleicht könnte sie beim Tennis jemanden kennen lernen? Sie spielte recht gut, auch wenn sie seit einigen

Monaten keinen Tennisplatz mehr gesehen hatte. In den alten Club in Evesham wollte sie nicht mehr gehen – zu viele lose Zungen, neugierige Blicke und Freunde von David. Aber hier in der Umgebung gab es sicher auch einen Tennisclub. Vielleicht sollte sie ja ein paar Stunden nehmen, um Übung zu bekommen. Vielleicht sollte sie sich auf eine Affäre mit ihrem Trainer einlassen! Sie stellte sich einen kräftigen, sportlichen jungen Mann vor, der sie, eine erfahrene, geheimnisvolle Frau von Welt, unwiderstehlich fände – doch dann fiel ihr ein, dass sie sich Tennisstunden nicht leisten konnte. Ebenso wenig wie die Mitgliedschaft in einem Tennisclub. Oder ein hübsches Röckchen, unter dem sie ihren Slip aufblitzen lassen konnte.

OK. Die Reihenfolge lautete also: Zuerst der Hund, damit sie sich sicher fühlte, dann eine Arbeit, um ihr Selbstwertgefühl wieder herzustellen, und erst dann würde sie sich vielleicht stark genug fühlen, sich auf die große Männerjagd zu machen.

Von Entschlossenheit erfüllt, ging Ginny nach ihrem Bad nach unten, wo Sasha ihnen allen eine Tasse heißer Schokolade mit Marshmellows gemacht hatte; ein Familienritual, wenn nicht alles nach Plan lief.

Sasha nahm sie fest in die Arme.

»Entschuldige, dass ich so eine blöde Kuh war.«

Sofort wurde Ginny weich und hätte beinah wieder zu weinen angefangen. Das war typisch Sasha – erst raubte sie ihr mit ihren Launen den letzten Nerv, bis Ginny sie am liebsten auf den Mond schießen wollte. Aber wenn sie es anschließend wieder gutmachte, überwogen stets Liebe und Reue. Es war anstrengend, aber so war Sasha nun mal.

Ginny hatte insgeheim immer das schlechte Gewissen geplagt. Sie gab sich die Schuld dafür, dass Sasha so schwierig war. Sie hatte die beiden Zwillinge sechs Wochen lang gestillt, bis sie vor Erschöpfung und Schlafmangel nicht mehr konnte und die Hebamme ihr sagte, sie solle eines, am besten aber beide Kinder abstillen und ihren Mann in die Betreuung der Kinder einbeziehen. Widerstrebend hatte sie Sasha abgestillt und David überlassen, Kitty aber weiter gestillt und sie oft mit ins Bett genommen, wo sie dann bis zum Morgen in ihrem Arm schlafen durfte. Vielleicht hatte Kitty ja durch diese Nähe zur Mutter ein so ausgeglichenes, glückliches Wesen entwickelt, während Sasha sich abgelehnt fühlte, weil sie an einem harten Plastiksauger nuckeln musste und gleich darauf von ihrem strengen, disziplinierten Vater ins Bettchen gelegt wurde, der schließlich seinen Schlaf brauchte, um am nächsten Tag die richtigen Zähne zu ziehen.

Was die Folgen der Scheidung anging, so machte Ginny sich eindeutig mehr Sorgen um Sasha. Trotz ihrer Behauptungen, sämtliche Eltern ließen sich scheiden und eine glückliche Familie sei total uncool, wusste Ginny, dass es ihr sehr viel ausmachte. Ihr einziger Trost war, dass Sasha in einem Dorf wie Honeycote nicht viel Unsinn anstellen konnte.

Barney lag in dieser Nacht beinah zwei Stunden wach. Durch die undichten Fenster zog es genau auf sein Ohr und selbst die Daunendecke kam nicht gegen die Kälte an. Außerdem geriet er in Panik. Er war fest überzeugt, die falsche Entscheidung getroffen zu haben, und hatte ein schlechtes Gewissen, weil er fürchtete, Suzannas Schwäche und Empfindlichkeit ausgenutzt zu haben, um sie zu dem Umzug zu bewegen. Dabei hatte er es nicht aus Egoismus getan, sondern weil er ehrlich überzeugt war, dass es der einzige Weg war, ihre Ehe zu retten. Sie hätten noch jahrelang in ihren Parallelwelten leben können, weil sie sich eigentlich nie richtig stritten. Sie existierten lediglich einige Zeit nebeneinander, bis Suzanna einen ihrer Zusammenbrüche bekam, er sie aufrichtete und wieder auf den Weg brachte.

Er wusste, dass er der Stärkere sein musste. Es hieß zwar, der Tod eines Kindes sei für eine Mutter schlimmer, da sie die Schuld stärker empfinde, aber Barney fand, dass sich das nicht ermessen ließ. Für ihn war das Gefühl, sein eigenes Kind in den Armen zu halten, das Kostbarste, das es gab, ein unermessliches Hochgefühl, das größte Geschenk. Die Bindung des Vaters zu seinem Kind, sein Bedürfnis, es zu beschützen und zu ernähren, war sicher ebenso stark wie die Nabelschnur, die Mutter und Kind verband. Und was die Schuldgefühle betraf – wie oft hatte er Olivers kurzes Leben an sich vorüberziehen lassen und sich gefragt, ob die Entscheidungen, die er getroffen hatte, nicht schuld an seinem Tod waren und ob er ihn irgendwie hätte verhindern können. Warum hatte er den Drang zu pinkeln ignoriert, als er in jener Nacht aufgewacht war, und einfach weitergeschlafen? Wäre er zur Toilette gegangen, hätte er sicher nach Oliver geschaut, wie er es immer getan hatte. Vielleicht wäre das der Augenblick gewesen, in dem er seinen letzten Atemzug tat, vielleicht hätte er ihn noch retten können …

Nach anderthalb Jahren und einigen Therapiesitzungen war Barney jedoch klar, dass solche Gedanken niemandem halfen – weder Oliver noch ihm und Suzanna. Schuldgefühle waren destruktiv, ein Gift, das einen auffraß und letztlich in den Wahnsinn treiben konnte. Er wusste, dass Suzanna sich ebenfalls schuldig fühlte: immer wieder hielt sie sich vor, dass sie vor ihrer Schwangerschaft und vereinzelt nach Olivers Geburt mit Freunden geraucht hatte, dass sie ihn zu früh abgestillt hatte, dass sie ihn zwei Tage in der Woche einem Kindermädchen überlassen und kein Thermometer für das Schlafzimmer gekauft hatte. Sie waren jede erdenkliche Ursache in allen möglichen Varianten durchgegangen. Immer wieder hieß es, sie sollten sich keine Vorwürfe machen, doch es blieb einem ja wohl kaum etwas anderes übrig, wenn man sein eigenes Kind tot im Bettchen vorfand. Es gab niemanden, dem man die Schuld hätte zuschieben können, schließlich waren sie die Eltern. Letzten Endes lag die Verantwortung bei ihnen.

Barney hoffte, der Umzug nach Honeycote würde Suzanna helfen, wieder aufzublühen und zu der Frau zu werden, die er geheiratet hatte; einer Frau, die trotz all ihrer späteren Selbstzweifel eine wunderbare Mutter war. Denn er war überzeugt, dass sie nur überleben konnten, wenn sie noch ein Kind bekämen, sonst würden sie den Rest ihres Lebens mit Olivers Geist leben müssen. Bisher hatte er nicht gewagt, das Thema anzusprechen – es stand unausgesprochen zwischen ihnen. Suzanna war emotional noch zu instabil, um es als reale Möglichkeit mit ihr zu besprechen. So hielt er es einstweilen für reine Zeitverschwendung, auch nur daran zu denken.

Doch das Leben in Honeycote wäre so anders, ein völliger Neuanfang frei von Erinnerungen, dass sie es vielleicht überwinden würde. Und wenn nicht, dann fänden sie vielleicht wenigstens den Mut, sich zu trennen, obwohl Barney inständig hoffte, dass es nicht so ausgehen mochte.

Im Augenblick hegte er allerdings die Befürchtung,

dass sie sich mehr aufgehalst hatten, als sie tragen konnten, dass die Leitung des Honeycote Arms eine entmutigende, stressige und anstrengende Aufgabe war, kaum dazu geeignet, eine Ehe nach einer solchen Tragödie zu kitten. Wenn sie sich ständig abrackern mussten, um Zielvorgaben und Termine einzuhalten, was blieb ihnen noch an Zeit und Kraft füreinander übrig? Er musste verrückt gewesen sein zu glauben, dass sie es schaffen könnten. Vier Wochen, um alles aus dieser Bude herauszureißen und sie wieder aufzumöbeln? Panik überfiel ihn. Doch jetzt war es nicht mehr zu ändern. Sie hatten sich verpflichtet.

Barney seufzte. Eine Hälfte von ihm wollte unbedingt endlich schlafen, um das Karussell in seinem Kopf zu stoppen, die andere Hälfte wusste, je früher er einschliefe, umso eher müsste er sich am Morgen den Realitäten stellen, und je länger er diesen Augenblick hinauszögern konnte, umso besser.

Er legte einen Arm um Suzanna. Sie schlief tief und fest und wehrte sich nicht. Wäre sie wach gewesen, hätte sie sich unwillkürlich verkrampft und unmerklich zurückgezogen. Engen Körperkontakt wollte sie nur, wenn sie Trost brauchte, da sie wusste, dass Barney zu sehr Kavalier war, um die Notlage einer Frau auszunutzen. In solchen Augenblicken suchte sie seine Nähe. Aber in einem kalten, frisch bezogenen Bett, wo es für Mann und Frau nur natürlich wäre, sich einander zuzuwenden, lag sie da wie eine ferne, eisige Insel. Die wenigen Male, als er sie zu berühren versucht hatte, konnte er förmlich spüren, wie sie die Zähne zusammenbiss und sich wünschte, er möge sie in Ruhe lassen und einschlafen. Sie war nie so grausam, ihm das zu sagen. Aber ihr Schweigen sprach Bände und beschämte Barney, obwohl er wusste, dass es unfair war. Doch er würde ihr auf keinen Fall Vorhaltungen machen, seine ehelichen Rechte einfordern und ihr sagen, dass zwölf Monate ohne Sex absolut unzumutbar waren. Dafür liebte er sie zu sehr. Also fand er sich damit ab, kuschelte sich gelegentlich an sie, wenn sie schlief, und hoffte, dass das Eis eines Tages tauen würde …

7

Als Barney am nächsten Morgen vor Suzanna aufwachte, war er leicht benommen vom wenigen Schlaf, aber optimistischerer Stimmung. Er zog sich rasch an, schlich die Holztreppe hinunter, die von der Wohnung in den Spielsaal führte, und ging in den Schankraum. Vor der Besprechung in der Brauerei wollte er sich noch einmal gründlich umschauen und die ausführlichen Notizen durchgehen, die er sich in den letzten Wochen gemacht hatte. Ihm lag daran, nicht bei offenkundigen Fehleinschätzungen ertappt zu werden, die bei Honeycote Ales den Eindruck erweckten, sie hätten sich für das falsche Paar entschieden.

Barney war kein ausgesprochener Diplomat, aber er war realistisch genug zu wissen, dass man die Regeln beherrschen und die wichtigsten Spieler kennen musste, selbst wenn man kein falsches Spiel trieb. Er hielt Keith Sherwyn für einen Mann, der durchaus zu skrupellosen Entscheidungen fähig war: Sollte er den Eindruck gewinnen, dass sie der Aufgabe nicht gewachsen waren, würde er sie im Handumdrehen vor die Tür setzen. Mickey Liddiard war nachsichtiger, vermutete Barney. Er nahm an, dass Keith Mickey durchaus als Schwachstelle erkannt hatte. Wenn Barney einen Verbündeten brauchte, dann Keith. Seine Gesprächsführung und sein Scharfblick bei ihrem Bewerbungsgespräch hatten ihn beeindruckt und bewiesen, dass ihm kaum etwas entging.

Bevor Barney seinen Rundgang beginnen konnte, vernahm er ein lautes Scheppern und Rattern, das sich anhörte wie die Ketten von Marleys Geist aus Dickens Weihnachtsgeschichte. Er ging nach draußen und sah, dass ein großer Müllcontainer in die Einfahrt gestellt wurde. Drei Bauarbeiter schauten mit verschränkten Armen zu. Er überlegte, welcher wohl der Vorarbeiter war, und ging mit ausgestreckter Hand auf ihn zu.

»Barney Blake. Ich bin der neue Pächter.«

Kurz darauf machte er Tee, wohl wissend, dass es ein Fehler war, einen solchen Präzedenzfall zu schaffen. Aber er wollte sich freundschaftlich mit den Arbeitern unterhalten, um sich von Anfang an mit ihnen gut zu stellen, damit er nicht nur ein bedauerndes Kopfschütteln erntete, falls er sie irgendwann um eine Gefälligkeit bat. Ihm war klar, dass in den nächsten Wochen wahrscheinlich alle möglichen Schreckensmeldungen auf sie zukamen, und er wollte sich nicht über den Tisch ziehen oder hinters Licht führen lassen. Sie sollten ihn für einen netten Kerl halten – warum auch nicht, das war er ja schließlich! –, auch wenn das hieß, dass er endlos Tee kochen musste. Da Barney einen Hammer nicht von einem Meißel unterscheiden konnte, war er ihnen auf Gedeih und Verderb ausgeliefert.

Tony, der Vorarbeiter, schätzte, dass sie bis zum Wochenende alles herausgerissen haben würden und anschließend mit der eigentlichen Renovierung anfangen könnten. Sie beschlossen, im Spielsaal alles zu lagern, was eventuell wieder eingebaut werden sollte – etwa noch brauchbare Teile der Kücheneinrichtung, obwohl Barney den Eindruck hatte, dass sie nicht viel Brauchbares enthielt. Es war geplant, das Gebäude weitgehend in seinem Originalzustand zu belassen, da sie weder Zeit noch Geld hatten, um Wände herauszureißen. Die Bausubstanz war in Ordnung und Charakter und Seele des Hauses sollten erhalten bleiben, in erster Linie um die vorhandenen Stammgäste nicht zu verprellen. Denn das Honeycote Arms sollte zwar von Grund auf renoviert werden, aber auf jeden Fall seinen Status als Dorfschenke beibehalten und seine bisherige Klientel nicht einschüchtern. Sie wollten sich keinem Vorwurf wegen Kommerzialisierung und überhöhten Preisen aussetzen. Der Schankraum sollte daher sein bodenständiges Erscheinungsbild mit einigen kosmetischen Veränderungen beibehalten: Es würden weiterhin Dartspiele und Quizabende stattfinden, bei wichtigen Sportereignissen das Fernsehgerät hereingerollt werden und gut erzogene Hunde und schmutzige Gummistiefel willkommen sein. Das vorrangige Ziel einer brauereieigenen Gaststätte war es schließlich, Bier zu verkaufen, sonst war es sinnlos, sie weiterzuführen. Für diesen Teil des Pubs war Barney zuständig, der innovative Bereich war Suzannas Aufgabe. Es war daher wichtig für ihn, gute Kontakte zu den Einheimischen aufzubauen, zu den Jungs, die vielleicht nach dem Fußballtraining hereinschauten, zu den Bauern, die um elf Uhr vormittags ihren Durst stillen wollten, nachdem sie bereits die Arbeit eines Tages vollbracht hatten. Barney musste bei der Vorstellung grinsen, ein Rädchen im Getriebe einer

Dorfgemeinschaft zu sein. Er fragte sich, ob es im Ort wohl eine Cricket-Mannschaft gab oder ob er eine gründen sollte.

Er musste über sich selbst lachen, während er Zucker in den Tee gab. Seine Fantasie ging mit ihm durch. Bevor er auch nur anfangen konnte, an den Aufprall von Leder auf Korbgeflecht oder den Geschmack von Gurkensandwiches zu denken, lag noch eine Menge harter Arbeit vor ihm.

Oben in Kellys pink tapeziertem Schlafzimmer bereitete Suzanna sich seelisch darauf vor, die Bettdecke zurückzuschlagen und aufzustehen. Nachdem sie die halbe Nacht gefroren hatte, war es nun kuschelig warm im Bett. Sie war aufgewacht, als Barney aufgestanden war, blieb aber gemütlich liegen und gönnte sich den Luxus, noch einmal einzudösen. In der letzten Viertelstunde hatte sie sich gut zugeredet. Wozu hatten sie ihre Wurzeln gekappt und sich in dieses neue Projekt gestürzt, wenn sie schon an der ersten Hürde scheitern sollte? Sie durfte sich keine Szene, keine noch so kleinen Zusammenbrüche erlauben. Dafür blieb keine Zeit. Wie die Dinge lagen, brauchten sie Nerven wie Drahtseile.

Barney brachte ihr eine Tasse Tee, stark und aromatisch, wie sie ihn mochte. Er setzte sich auf die Bettkante und beobachtete amüsiert, wie seine Frau sich bemühte, sich aufzusetzen und wach zu wirken. Sie war kein Morgenmensch. Wichtige Dinge sagte er ihr erst, wenn sie eine Stunde auf war, geduscht und mindestens drei Tassen koffeinhaltiger Getränke getrunken hatte. Sie lächelte ihn benommen an. Ihr dichtes braunes Haar sah morgens immer aus wie ein Vogelnest. Behutsam strich er ihr die Ponyfransen aus den Augen, reichte ihr die Teetasse und drängte sie, schnell auszutrinken.

»Hopp, hopp. Um zehn müssen wir in der Brauerei sein und auf vollen Touren laufen.«

»Aber es ist doch erst acht, Barney.«

»Ich weiß. Aber die Bauarbeiter sind schon da. Und ich möchte, dass wir vor der Besprechung die ganzen Unterlagen noch mal durchgehen ...«

»Ich habe nachgedacht«, unterbrach sie ihn mitten im Satz, da sie mit den Gedanken offensichtlich anderswo war. Er schaute sie leicht verärgert an.

»Was?«

»Lass uns das hier für Oliver tun. Als eine Art ... Andenken an ihn.«

Barney war verdutzt und wusste nicht recht, was sie meinte, aber sie erklärte es ihm. Sie wollte Honeycote Arms zu einem Tribut an Oliver machen. Zum Andenken an ihn und das Glück, das er ihnen in seinem kurzen Leben gebracht hatte, wollte sie das Projekt erfolgreich durchziehen. Barney fand die Idee wunderbar. Sie stießen mit ihren Teetassen auf ihr Vorhaben an.

Suzanna trank ihren Tee voller Genugtuung, dass sie sich so geschickt überlistet hatte. Nun da der Erfolg des Pubs emotional mit einem derart hohen Einsatz verknüpft war, durfte sie ihr Vorhaben nicht scheitern lassen, weil sie sonst Olli gegenüber versagen würde.

Auch Barney war erleichtert. Zum ersten Mal nutzte sie Olivers Tod zu etwas Positivem, sah ihn als Grund, sich weiterzuentwickeln. Er hatte den Eindruck, dass sie schon ein gutes Stück vorangekommen waren.

Damien stolzierte durch den Gang der Grundschule Hazlehurst, wobei die Absätze seiner Oliver-Sweeney-

Schuhe herrisch auf den gebohnerten Bodendielen klapperten. Ein Hauch von Aftershave, passend zum Anzug, wehte hinter ihm her. Sein Aftershave passte immer zum Anzug: *Gabbana* zu Gabbana, *Armani* zu Armani. Damien war ein Perfektionist. Diese Eigenschaft hatte ihn dorthin gebracht, wo er heute war.

Als er die wuchtige rote Tür erreichte, die auf die Hauptstraße von Eldenbury führte, verließ ihn seine Entschlossenheit. Er war sicher, sie weinen zu hören. Zögernd blieb er stehen und wusste nicht recht, was er tun sollte – recht ungewöhnlich für ihn. Er schaute sich um. Ein Stück hinter ihm im Korridor unterhielten sich zwei Mütter in der hiesigen Uniform: ausgewaschene Jeans, Turnschuhe, ausgeleierte Sweatshirts und Perlenkette. Er ging zu ihnen und hüstelte nervös.

»Entschuldigen Sie – könnten Sie mir vielleicht einen Gefallen tun?«

Sie musterten ihn höflich, aber verdutzt, zwei Klone mit dem gleichen Blondton, dem gleichen Teint in der Farbe englischer Rosen. Er redete weiter und hoffte, dass seine Anspannung sich nicht unwillkürlich in einem Bristolakzent niederschlug.

»Ich habe gerade meine kleine Tochter in den Kindergarten gebracht. Es ist ihr erster Tag hier. Könnten Sie vielleicht kurz durch das Fenster schauen, ob alles in Ordnung ist?«

Einer der Klone lächelte verbindlich.

»Es ist der reinste Alptraum, sie zum ersten Mal allein zu lassen, nicht wahr? Aber hier ist sie gut aufgehoben. Ich bin überzeugt, dass es ihr prima geht.« Sie ging an die Tür der Rezeption. Damien blieb zurück, weil er Anastasia nicht sehen oder, noch schlimmer, von ihr gesehen werden wollte. »Wie sieht sie aus?«

Am liebsten hätte er gerufen, sie sei das schönste Kind der Gruppe, wahrscheinlich sogar der ganzen Welt. Aber das hätte sich völlig idiotisch angehört.

»Sie hat dunkles Haar. Mit einer roten Schleife.«

Der Klon linste durch das Glas im oberen Teil der Tür.

»Zebrafellschuhe?«

Damien nickte stolz. Er und Anastasia hatten die Schuhe gemeinsam ausgesucht. Der Klon grinste beruhigend.

»Ihr geht es gut. Sie sitzt am Play-dough-Tisch. Gehen Sie ruhig. Es hat keinen Sinn, sich zu quälen.«

Der andere Klon schaltete sich ein: »Sie heulen bloß aus Gewohnheit. Sobald man ihnen den Rücken kehrt, sind sie putzmunter.«

Mein Gott, waren diese Frauen hart. Hatten sie denn überhaupt keine Mütterlichkeit in sich? Ihm fiel es unglaublich schwer, Anastasia an diesem Morgen zurückzulassen. Er hatte sämtliche Kindergärten und Schulen im Umkreis von zehn Meilen unter die Lupe genommen, um genau die richtige Einrichtung für sie zu finden, obwohl es keine gab, die wirklich gut genug für sie war. Aber Hazlehurst hatte am besten abgeschnitten, das Personal war anscheinend ehrlich engagiert, die Atmosphäre fröhlich und warmherzig, und vor allem wurden die Kinder wie Kinder behandelt. Die Erzieherin im Kindergarten war eine mollige, knuffelige, unbekümmerte Frau, die sich heute Morgen alle Mühe gegeben hatte, ihn zu beruhigen. Offensichtlich hatte sie schon unzählige besorgte Eltern erlebt, die ihre Kinder zum ersten Mal allein ließen, auch wenn ein allein erziehender Vater vermutlich etwas ungewöhnlich war. Aber nun, da es Zeit war zu gehen, wäre Damien am liebsten durch die Tür gestürmt, um Anastasia auf den Arm zu nehmen und mit ihr den ganzen Tag in einem Märchenland zu verbringen, wo sie ihre Träume ausleben konnten.

Das ging jedoch leider nicht. Bis mittags musste er Vorstellungsgespräche mit zwei Stripperinnen erledigen, einer Bardame kündigen und gut 16 000 Pfund Bargeld auf die Bank bringen, bevor er bei seinem Treffen mit Marco Dinari dafür sorgte, dass er mit all diesen Dingen nie wieder etwas zu tun haben müsste. Daher lächelte er die Frau nun dankbar an und eilte hinaus, bevor er es sich anders überlegen konnte. In etwa einer Stunde wollte er anrufen und sich erkundigen, ob es ihr gut ging. Er hatte sich eigens ein zweites Handy angeschafft, damit der Kindergarten ihn im Notfall erreichen konnte, falls die Leitung auf seinem ersten Handy besetzt war, mit dem er ständig telefonierte.

Die beiden Klone schauten sich an und kicherten, sobald er außer Sichtweite war.

»Meine Güte – heutzutage nehmen die hier wohl jeden auf.«

»Haben Sie das gerochen?«

Beide wedelten vor ihren Nasen herum und grinsten verschwörerisch.

»Neureich«, sagten sie ihm Chor.

Damien, der hinter der Ecke stehen geblieben war, um zu lauschen, ob er seine Tochter weinen hörte, ballte wütend die Faust. Es machte ihn fertig. Fix und fertig. Heute Morgen hatte er eine geschlagene Dreiviertelstunde gebraucht, um zu entscheiden, was er anziehen sollte, und er hatte sich für den Inbegriff guten Geschmacks gehalten. Das war offensichtlich falsch, wie das Urteil dieser fetten, selbstzufriedenen Kühe zeigte.

»Was glauben Sie, was er beruflich macht?« Die Stimme der einen war sicher noch in der nächsten Grafschaft zu hören.

»Weiß der Himmel«, antwortete die andere. »Muss was Zwielichtiges sein. Oder er hat in der Lotterie gewonnen.«

Bei ihr klang das knapp eine Stufe besser als Massenmord. Damien trat verärgert auf die Straße und betete, dass die Kinder in Anastasias Kindergartengruppe nicht so gemein sein mochten wie ihre Mütter. Eilig ging er zum Wagen, wo Rick wartete, um ihn nach Bristol zu fahren. Er bemühte sich, nicht mehr an den unangenehmen Zwischenfall zu denken. Schließlich hatte er eine Menge zu erledigen, wenn er Anastasia pünktlich um drei abholen wollte.

Keith kam an diesem Morgen später als sonst zur Arbeit. Elspeth, die Empfangsdame und Sekretärin der Brauerei, strahlte ihn an und sprang auf, um ihm Kaffee zu holen. Beeindruckt sah er, dass sie bereits die Post geöffnet und in vier Stapeln sortiert hatte: dringend, nicht dringend, Ablage und Papierkorb. Er schaute sich gern die eingehende Post an, bevor andere sich darum kümmerten, selbst die Werbesendungen.

Er nahm eine Tasse Kaffee und ging in das Brauhaus. Einer der Männer schnitt gerade einen Sack Malz auf. Keith nahm ein Korn heraus, knabberte daran, um die Qualität zu prüfen, und nickte zustimmend. Er mochte den süßen Malzgeschmack, der dem Bier einen großen Teil seines Aromas verlieh. Der Sack wurde umgedreht und in das Mahlwerk geleert, das das Malz bald zu einem feinen Pulver zerkleinern würde.

Er ging vorbei an den glänzenden Kupferbottichen,

die groß genug waren, zehn Männer zu fassen, und die am Abend zuvor sicher gründlich gereinigt worden waren. Ein starker Hefegeruch lag in der Luft, solange der letzte Bräu gärte, bis er reif für das Fass war. Keith legte Wert darauf, jeden Bräu zu kosten, weil er nur so zu einem Fachmann werden konnte. Es gab für ihn einiges aufzuholen. Noch vor einem Jahr hatte er an einer Hand abzählen können, wie viele Pints echtes Ale er bis dahin getrunken hatte. Mickey und Patrick dagegen waren damit aufgewachsen und konnten auf Anhieb sagen, ob das Mischungsverhältnis unausgewogen, der Zuckergehalt zu hoch oder zu niedrig, Malz oder Hopfen nicht von bester Qualität waren.

Er ging in den Raum, den er kurz nach seinem Eintritt in die Firma zum Konferenzraum bestimmt hatte. Früher befand sich hier das Lager für Hopfen und Malz, das nun in einem Nebengebäude untergebracht war. Er hatte die unverputzten Backsteinwände streichen und einen großen Tisch für maximal acht Personen hineinstellen lassen. Die Ausstattung entsprach zwar nicht dem neuesten Stand der Konferenztechnik, aber es gab eine Kaffeemaschine und ein Flipchart, und für die heutige Sitzung hatte Keith sämtliche wichtigen Unterlagen in Schnellheftern an jeden Platz legen lassen. Eines Tages könnten sie sich vielleicht einen eigens für diese Zwecke gebauten Konferenzraum mit weichem Teppichboden, Designerleuchten und PowerPoint-Ausstattung leisten, aber bis dahin lag noch ein weiter Weg vor ihnen. Vorerst gab es Wichtigeres, wofür sie ihr Geld ausgeben mussten.

Keith setzte sich versuchsweise an das Kopfende des Tisches und fragte sich, ob er sich widerrechtlich Mickeys Platz aneignete, beruhigte dann aber sein Gewissen. Jemand musste die Führung übernehmen und von den Liddiards tat es keiner, da sie offenbar immer zu sehr mit anderen Dingen beschäftigt waren. Wohl weil sie ein aufregenderes Leben als er führten. Er musste zugeben, dass es für ihn kaum etwas anderes gab als die Arbeit.

Keith war nicht abergläubisch, aber er fragte sich doch, ob es einen Schutzpatron der Gaststätten gab und ob er ein Stoßgebet an ihn richten sollte. Nur er wusste, wie heikel die Finanzlage der Brauerei war. Das machte ihm zwar keine Angst, zumindest nicht besonders häufig, weil ihm klar war, dass die finanzielle Situation vieler erfolgreicher Firmen ebenso heikel war. Es gab eben kein todsicheres Unternehmen, keinen Profit ohne Risiko; man musste Geld ausgeben, um Geld zu verdienen. Aber ihnen rann das Geld im Augenblick durch die Finger wie Wasser, und es war sein Geld.

Keith wusste genau, was sie in den nächsten zwölf Monaten erreichen mussten. Die von ihm festgesetzten Zielvorgaben waren zwar nicht überzogen, ließen aber kaum Spielraum für Fehler. Ab und an, ganz selten, hatte er pessimistischere Augenblicke – wie jeder gute Geschäftsmann. Man musste eine klare Vorstellung von seinem möglichen Untergang haben, um einen Notfallplan zu entwickeln. Dann fragte er sich, was wohl passieren würde, wenn Barney Blakey sich als Trunkenbold erwiese, Suzanna spielsüchtig wäre oder sich gefährliche Bakterien in das Leitungslabyrinth der Brauerei einschlichen, die das ganze System kontaminierten und die Produktion zum Erliegen brächten. Außerdem konnte man einen Ausbruch der Maul- und Klauenseuche oder einen neuen 11. September nie ganz ausschließen. All diese Eventualitäten hätten mit Sicherheit schwerwiegende Auswirkungen auf ihre Gewinne und eine lediglich ausgeglichene Bilanz konnten sie sich nicht leisten. Sie brauchten beträchtliche Gewinne, um weiter in alle Betriebsbereiche der Brauerei zu investieren.

Keith hatte einen Fünf-Jahres-Plan aufgestellt. Anhand einer einfachen Gleichung ließ sich die Produktionsmenge ermitteln, die der maximalen Kapazität der Brauerei entsprach – also der Anzahl von Fässern, die pro Woche gebraut wurden – und die den Bedarf der zehn brauereieigenen Gaststätten sowie einen kleinen Überschuss für den freien Handel mit Arbeiterclubs, Sportvereinen und einigen wenigen freien Gaststätten deckte. Da die Brauerei im Augenblick nur zu zwei Dritteln ausgelastet war, mussten sie die Pubs auf Vordermann bringen, um den Absatz zu erhöhen. Patrick und er hatten ausgerechnet, dass sie es sich zeitlich und finanziell leisten konnten, im Laufe der nächsten fünf Jahre jedes halbe Jahr einen Pub zu renovieren (wenn alles nach Plan lief). Sie hofften, damit einen entsprechenden Anstieg des Gewinns und des Bierkonsums zu erzielen. Die Renovierungen erforderten eine Gratwanderung, um einerseits den Charakter des jeweiligen Pubs als traditionelles Stammlokal der Einheimischen beizubehalten, ihn andererseits aber für ein breiteres, finanzkräftigeres Publikum attraktiv zu machen. Das war zwar kein originelles Rezept, aber da rundherum eine alarmierende Anzahl von Pubs schließen musste, zu selbstgefällig, um Diversifizierungsmöglichkeiten zu suchen, war es der einzige Weg, der kein allzu hohes Risiko beinhaltete.

Das Honeycote Arms diente als Muster. Es sollte als Vorreiter ein bestimmtes Markenimage etablieren, wobei Keith entschlossen war, jedem Pächter individuelle Entfaltungsmöglichkeiten und einen gewissen Einfluss zu gewähren. Das Letzte, was er wollte, war eine Gaststättenkette mit identischem Erscheinungsbild, aber wenn sich aus einer eingeführten Marke Nutzen ziehen ließ – oder zumindest aus der Vorstellung, dass ein Pub von Honecote Ales gewissen Standards entsprach –, hatte er nichts dagegen.

Er setzte große Hoffnungen in Barney und Suzanna. Ihm war zwar klar, dass keiner von ihnen Erfahrungen als Gastwirt oder Restaurantbesitzer mitbrachte, aber sie alle drei besaßen Fachkenntnisse und Scharfblick auf anderen Gebieten. Und die Liddiards verfügten seit Generationen über Erfahrungen, die sie nicht besaßen. Keith war zuversichtlich, dass es nicht scheitern konnte und sie auf dem eingeschlagenen Weg ein gutes Auskommen für ihn, die Liddiards und die Blakes erwirtschaften würden. Doch er wusste, dass ein steiniger Weg vor ihnen lag, und hoffte inständig, dass er nichts übersehen hatte.

Anderthalb Stunden später gingen Barney und Suzanna Arm in Arm durch das Dorf. Honeycote wirkte wie der Traum eines jeden Touristen. Frühlingsblumen streckten scheu die Köpfchen aus dem Gras der breiten Randstreifen, die dank abwechselnder Aprilsonne und Regenschauern nahezu verwildert wirkten. Der schneidende Wind des Vortages hatte sich gelegt und die Sonne lugte zaghaft hervor, als wolle sie sich beim ersten Anzeichen von Ärger hinter der nächsten Wolke verziehen. Der heimische Naturstein, der gestern noch grau und abweisend gewirkt hatte, strahlte heute in einem warmen Ingwerton. Die Gebäude präsentierten sich nicht in einem einheitlichen Baustil, manche waren hübsch, solide und wohl proportioniert, andere wirkten bunt zusammengewürfelt und leicht baufällig mit Spitzbögen über Türen und Fenstern – georgianische Symmetrie neben Lebkuchenhauschaos. Nur der grobe Stein, manch ein beunruhigend eingesackter Dachfirst, ein vorgewölbtes altes Fenster und die leuchtend gelben Flechten auf allen Mauern verhinderten, dass diese Bilderbuchidylle kitschig wirkte. Zudem wohnten in den meisten Häusern offenbar Menschen, die der Natur in ihren Gärten weitgehend freien Lauf ließen: Es gab keine streng mit der Nagelschere gestutzten Rasen und Hecken, keine Beete mit Blumen in Reih und Glied, nur ein fließendes Grünen überall. Vermutlich erforderte diese Wirkung ebenso viel Pflege wie ein perfekt gestylter Garten.

Niemand hätte durch Honeycote schlendern können, ohne dem Charme des Ortes sofort zu erliegen. Selbst die Einwohner wirkten, als seien sie nach ihrem authentischen Erscheinungsbild handverlesen. Eine Dame in grüner Steppjacke führte ihre beiden eleganten Dalmatiner spazieren. Ein Postbote mit rosigen Wangen radelte mit einem prall vollen Briefsack die Straße hinauf. Es gab sogar einen Milchmann, der Milch in Flaschen auslieferte – wahrhaftig ein Novum, denn Barney und Suzanna hatten zeit ihres Lebens nur Milch in Pappkartons gesehen. Eine dicke Schildpattkatze lag auf einer Mauer und beobachtete sie aufmerksam aus halb geschlossenen Augen, als warte sie nur darauf, dem Rest des Dorfes zu berichten, dass sie die neuen Pächter des Pubs gesehen habe.

»Es ist wie in einer Filmkulisse«, stellte Barney fest, als das Bimmeln eines Türglöckchens verkündete, dass der Vikar gerade die Poststelle verließ. Ein weißer Sportwagen röhrte vorüber; der Fahrer hatte es offensichtlich eilig. Flüchtig sah Suzanna einen gut aussehenden dunkelhaarigen jungen Mann am Steuer und grinste.

»Bis hin zum umwerfend attraktiven Besitzer des Herrenhauses?«

»Und wo ist die Femme fatale?«, entgegnete Barney.

»Bin das nicht ich?«, fragte Suzanna grinsend. Barney schlug sich mit der Hand vor die Stirn, als wolle er sich für seine Vergesslichkeit rügen.

»Klar, wie dumm von mir. Atemberaubende junge Frau aus London lässt sich im Dorf nieder und bricht allen Männern im Umkreis von Meilen das Herz.«

Suzanna lehnte sich lachend an ihn und er spürte, wie sein Herz vor Freude hüpfte. Gerade hatte er einen Blick auf die alte Suzanna erhascht, die Geschichten über Leute aus der U-Bahn erfand, kunstvolle Fantasien über sie ersann und manchmal auch in ihre Rollen schlüpfte. Schon jetzt sah sie anders aus: ihre Augen funkelten und sie hatte rote Wangen von der frischen Landluft und dem anregenden Fußmarsch, während sie sich Geschichten über die übrigen Einwohner des Dorfes ausdachte.

Sie ließen die bunt gemischten Häuser und Cottages allmählich hinter sich und bogen in den schmalen Weg, der zu Honeycote Ales führte. Bald tauchte der herrliche viktorianische Brauereiturm auf, dessen Wetterfahne schon vor Jahren eingerostet war und stets Ostwind anzeigte. Unterhalb des Turms drängten sich die zahllosen übrigen Gebäude um einen gepflasterten Hof: Büros, Lager, ehemalige Stallungen und Remisen für Pferde und Wagen, allesamt völlig unverdorben durch mehr oder weniger dazu passende Anbauten oder Erweiterungen.

Es herrschte reges Treiben. Sie hörten das Stampfen

der Dampfmaschine, die den gesamten Brauvorgang mit Energie versorgte, das Rollen der Fässer durch den langen Tunnel zu den Lastwagen, die darauf warteten, beladen zu werden, das Rufen der Männer, die sich Anweisungen gaben. Barney sog anerkennend den malzigen Dunst ein, der in der Luft lag; Suzanna, nicht ganz so angetan, rümpfte die Nase, doch auch sie würde diesen Geruch mit der Zeit lieben lernen. Angesichts der Szenerie fühlte man sich um hundert Jahre zurückversetzt. Nur die modernen Fahrzeuge und ein Lastwagenfahrer, der mit einem Handy telefonierte, trübten die Illusion. Sie wirkten wie anachronistische Details, die dem Regisseur hätten auffallen müssen.

Sie gingen an dem weißen Sportwagen vorbei, der vorhin an ihnen vorübergebraust war. Der Fahrer war so nah wie möglich an das Gebäude heran gefahren, ohne auf die schraffierten Flächen zu achten, die die Parkplätze kennzeichneten.

»Glaubst du, er ist ein arroganter, skrupelloser Mistkerl, der von seinen Herrenrechten Gebrauch macht?«, spann Suzanna grinsend ihre Fantasien weiter.

»Nein«, antwortete Barney. »Wahrscheinlich ist er ein unfähiger Fatzke mit fliehendem Kinn und Sprachfehler.«

»Meine Güte, das hoffe ich nicht«, sagte Suzanna inbrünstig. Barney warf ihr einen amüsierten Seitenblick zu. Er hatte ganz vergessen, dass sie sich derart in ihren erfundenen Geschichten verlieren konnte, bis sie sie beinah selbst glaubte. Doch bevor sie ihr Märchen weiter ausbauen konnte, kam Keith Sherwyn mit ausgestreckter Hand auf sie zu und führte sie in die Wirklichkeit des Konferenzraums.

In Mandys provisorischem Büro, das bei einigen Angestellten, besonders bei Elspeth, gehörigen Groll geweckt hatte, dudelte das winzige Handy auf dem Schreibtisch die Melodie »Viva España«. Mandy seufzte. Es war der Klingelton ihrer Mutter. War sie einem Anruf von Sandra gewachsen? Sie musste das Gespräch annehmen, sonst würde das Telefon alle fünf Minuten klingeln.

»Hi, Mum«, sagte sie.

Sandra plapperte drauflos, ohne Luft zu holen. Sie und ihr Freund Leon (sie nannte ihn »Boyfriend«, trotz seiner 55 Jahre) waren offenbar auf eine wahre Goldgrube gestoßen. Sie wollten an der gesamten Costa del Sol höchst erträgliche Botox-Kliniken eröffnen und brauchten Personal. Sandra hatte sofort an Mandy gedacht. Wenn man auf eine Goldgrube stieß, war es wichtig, sie in der Familie zu halten und die Liebsten an der Ausbeute zu beteiligen. Mandy stellte sich schaudernd vor, wie ihre Mutter im weißen Kittel mit einer Botox-Spritze über ihre Patientinnen herfiel.

»Tut mir Leid, Mum, aber das ist nicht ganz mein Fall.«

»Woher willst du das wissen? Du hast mich ja noch nicht mal hier besucht.« Ihr Ton war vorwurfsvoll. »Das Leben ist herrlich hier, Mandy. Ständig Sonnenschein, unverschämter Luxus und wunderbare Menschen.«

Insgeheim hegte Mandy ihre Zweifel.

»Und es ist wirklich an der Zeit, dass du deine Nische im Leben findest. So lange du dich da draußen auf dem Land vergräbst und für deinen Vater arbeitest, findest du sie bestimmt nicht«, sprudelte Sandra unaufhörlich weiter heraus. »Du tappst in die gleiche Falle wie ich. Ich habe die besten Jahre meines Lebens in der Werkstatt meines Vaters gearbeitet. Und dann habe ich deinen Vater kennen gelernt. Das war natürlich mein größter Fehler. Fast zwanzig Jahre lang war ich praktisch eine Gefangene, eine Sklavin des Haushalts, die dafür sorgen musste, dass alles lief. Es ist nur gut, dass ich zur Vernunft gekommen bin. Erst jetzt bin ich richtig aufgeblüht. Ich habe meine Nische gefunden, Mandy, und ich möchte, dass du deine findest.«

Die Situation entbehrte nicht einer gewissen Ironie, denn wenn jemand Schuld daran trug, dass sie ihren Platz im Leben noch nicht gefunden hatte, so war es Sandra. Seit Mandy sich nach der Trennung ihrer Eltern entschlossen hatte, bei Keith zu bleiben, hatte Sandra mit allen Mitteln versucht, sie vom ihm wegzulocken und ihr Mitleid zu wecken. Über Monate hinweg musste Mandy sich mit den trunkenen Weinkrämpfen, Wutanfällen und leeren Selbstmorddrohungen ihrer Mutter herumschlagen, nachdem diese gemerkt hatte, dass es keinen Weg zurück mehr gab, weil Keith ihre Täuschungsmanöver durchschaut hatte und er die Scheidung wollte.

Dank einer Abfindung von einer halben Million gab sie schließlich Ruhe. Bis dahin hatte sie Mandy allerdings schon den letzten Nerv gekostet und ihr jede Energie geraubt, zu entscheiden, was sie nach ihrem höheren Schulabschluss anfangen sollte, ganz zu schweigen davon, ein Studium anzufangen. Nach den Umbrüchen des vergangenen Jahres wollte sie nur ein bisschen Stabilität. Keith riet ihr, sie solle sich Zeit lassen und nichts überstürzen, und bot ihr einen PR-Job in der Brauerei an. Seitdem hatte sich ein angenehmer Lebensrhythmus eingespielt: Sie hatte das Haus für ihren Vater eingerichtet, Patricks Gesellschaft genossen und ihre Arbeit gewissenhaft erledigt. Aber da nun alle anderen ihr Leben geregelt hatten, hielt sie die Zeit für gekommen, über ihre eigene Zukunft nachzudenken und sich zu überlegen, was sie als Nächstes tun wollte. Merkwürdigerweise war es ausgerechnet Sandra, die sich all die Jahre nie um die Bedürfnisse ihrer Tochter gekümmert hatte, die nun mit ihrem Fingerzeig genau ins Schwarze getroffen hatte.

Sandra plapperte endlos weiter wie ein Wasserfall. Mandy wusste nicht, was schlimmer war: eine am Boden zerstörte Sandra oder eine Sandra in Hochstimmung.

»Komm doch für einen kleinen Urlaub zu uns. Es ist herrlich. Ich bin gerade auf meiner Liege am Pool.«

Mandy sah Sandra in einem getigerten Sarong vor sich, wie sie mit vor Sonnenöl glänzender Haut ihre lackierten Fußnägel durch die größte Versace-Sonnenbrille bewunderte, die sie am Flughafen von Marbella hatte auftreiben können.

Mandy mochte zwar ihre Nische im Leben erst finden müssen, aber sie wusste genau, dass sie nicht in Puerto Banus war.

Sie blickte auf und sah Patrick in der Tür stehen.

»Hör zu, Mum, ich denke darüber nach, ja? Ich muss jetzt Schluss machen.«

Sie legte auf und lächelte Patrick an. »Hör mal, Mandy«, begann er in einem Ton, der ihr signalisierte, dass er etwas zu sagen hatte, was sie nicht hören wollte.

So nett er nur konnte, erklärte er ihr, dass sie bei der heutigen Besprechung nicht gebraucht werde. Suzanna und Barney hätten schon genug am Hals, er wolle sie nicht durch die Anwesenheit zu vieler Firmenvertreter einschüchtern und später bliebe noch genügend

Zeit, über PR-Fragen zu sprechen. Doch selbst dann dürften Suzanna und Barney eigene Vorstellungen bezüglich Öffentlichkeitsarbeit haben, fügte er hinzu. Selbstverständlich bräuchten sie bei der Umsetzung ihre Hilfe – und das bedeutete, Briefe kuvertieren, wie Mandy wusste. Damit wurde sie also zum Mädchen für alles degradiert.

Sie nahm die Eröffnung schweigend hin, ohne Theater zu machen, weil sie wusste, dass es sinnlos wäre. Sie hatte schon in der vergangenen Woche eine Niederlage erlitten, als sie unbedingt die Einrichtung des Pubs hatte übernehmen wollen. Sie wusste genau, was sie daraus machen wollte, weil sie lange darüber nachgedacht hatte. Sie hatte Recherchen angestellt, eifrig die Zeitschrift *Caterer and Hotelkeeper* studiert, nach Trends Ausschau gehalten und versucht herauszufinden, was funktionierte und was nicht. Sie hatte sogar auf einem großen Stück Karton einen Entwurf gezeichnet und mit Farb-, Stoff- und Fliesenmustern versehen. Patrick hatte sich ihre Vorschläge genauso geduldig angehört wie ihr Vater. Anschließend hatten beide ihr mehr oder weniger den Kopf getätschelt und erklärt, einen Pub zu renovieren sei harte Arbeit, die ihr sicher nicht schmecken würde. Ohne es offen auszusprechen unterstellten sie ihr, eine Prinzessin zu sein, die das Interesse verlieren würde, nachdem die Tapeten ausgesucht waren. Außerdem hätten die Blakes klare Vorstellungen, was sie aus dem Pub machen wollten, und Patrick und Keith wollten ihnen nicht auf die Füße treten.

Mandy fragte sich, wer hier eigentlich das Sagen hatte. Wenn sie den Blakes auf die Füße treten wollten, hatten sie jedes Recht dazu. Schließlich bezahlten sie die Rechnungen. Wenn sie Mandy die Verantwortung für die Renovierung hätten übertragen wollen, hätten sie es tun können. Doch niemand nahm sie ernst. Sie behandelten sie wie eine dumme Pute mit gutem Schulabschluss in Kunst und Kultur und einem reichen Daddy, der ihr die PR-Abteilung anvertraut hatte, damit sie Ruhe gab. Ansonsten wurde sie ignoriert. Man schob sie auf ein Abstellgleis, drängte sie an den Rand. Aber es hatte keinen Zweck, sich deswegen aufzuführen wie ein verwöhntes Kind.

Diese neue Mitteilung machte ihr nun unmissverständlich klar, dass hier einfach kein Platz für sie war, so gut sie in ihrem Job auch sein mochte. Es gab dafür weder persönliche noch taktische Gründe, davon war sie fest überzeugt. Es war auch kein negatives Urteil über ihre Talente oder Fähigkeiten. Sie war einfach im Weg, um es kurz zu sagen.

Ihre Beziehung mit Patrick machte alles nur noch schlimmer. Es war ganz einfach. Außerhalb der Brauerei, wenn sie zusammen in ein Restaurant, ins Kino oder in eine Bar gingen, verstanden sie sich blendend. Zwischen ihnen knisterte es immer noch, sie konnten gemeinsam lachen, hatten Spaß an denselben Dingen und respektierten gegenseitig die Meinung des anderen. Und der Sex war himmlisch. Patrick war Mandys erster Liebhaber, aber sie machte sich keine Illusionen, dass es bei ihm ebenso war. Wenn sie zusammen ausgingen, wurden sie oft von dem einen oder anderen Mädchen angesprochen, bei dem Mandy sich denken konnte, dass es eine von Patricks früheren Eroberungen war. Und das, was Patrick im Bett einfiel, lernte man nicht aus Büchern.

Aber sobald sie in der Brauerei waren, herrschte zwischen ihnen eine angespannte Atmosphäre. Ihre Anwesenheit schien Patrick beinah einzuschüchtern.

Mandy konnte daraus nur schließen, dass er sich von ihr bedroht fühlte, vielleicht weil ihr Vater die Brauerei gerettet hatte. Allerdings begriff sie nicht, wovor er eigentlich Angst hatte. Dass sie Geschäftsführerin und er gefeuert würde? Es war lächerlich, dass sie keine Möglichkeit fanden, zusammenzuarbeiten. Es war eindeutig eine Frage des Selbstwertgefühls, beschloss Mandy. Sie war froh, dass sie die Sache vernünftig sehen konnte, war aber zugleich auch gekränkt, dass ihre Beziehung für Patrick offenbar nicht stark genug war, einfach darüber zu stehen. Sie waren doch ein Team, oder nicht? Sie saßen alle in einem Boot und standen nicht in Konkurrenz zueinander. Es gab keinen Gewinner. Im Gegenteil – wenn sie nicht alle an einem Strang zogen, würden alle verlieren.

Seufzend schlug Mandy ihren Aktenordner auf und versuchte sich auf den Text für die neuen Flaschenbieretiketten zu konzentrieren. Viel verkauften sie nicht davon, da sie sich entschlossen hatten, es nicht über Supermärkte zu vermarkten – das taten zu viele –, aber viele freie Gaststätten und Restaurants hielten gern ein heimisches Flaschenbier auf Lager. Während sie sich bemühte, den Geist von Honeycote Ales in weniger als fünfzig Worten zu erfassen, kam ihr immer wieder derselbe Gedanke in den Sinn.

Alle wären ohne sie besser dran. Sie hätte ihre eigene Identität, Keith könnte man nicht vorwerfen, sie zu bevorzugen, Patrick würde sich nicht bedroht fühlen. Und Elspeth würde vermutlich eine Party geben.

Suzanna machte das Warten im Konferenzraum zunehmend nervös. Sie war förmliche Sitzungen nicht gewohnt. Bisher war sie ihr eigener Herr gewesen. Und die zahlreichen Tortendiagramme, Grafiken und

Zielvorgaben in den Unterlagen vor ihr fand sie beunruhigend. Das alles wirkte ungeheuer erwachsen und seriös. Als Keith hinausging, um Kaffeetassen zu holen, wandte sie sich in einem Anflug von Panik an Barney.

»Mein Gott, Barney, glaubst du, wir haben uns richtig entschieden? Was ist BGM?«

»Bruttogewinnmarge. Kümmere dich gar nicht darum, das ist alles Fachchinesisch und völliger Unsinn. Darüber musst du dir nicht dein hübsches Köpfchen zerbrechen.«

In Wahrheit musste sie sich natürlich durchaus damit befassen, aber wenn sie das im Augenblick wusste, würde sie davor sicher zurückschrecken. Er setzte darauf, dass sie das meiste im Laufe der Zeit lernen würde. Suzanna hatte eine rasche Auffassungsgabe, solange man ihr nicht das Gefühl gab, etwas um jeden Preis verstehen zu müssen. Es war seine Aufgabe, sie anzuleiten. Und von einem war er fest überzeugt: Der Erfolg dieses Projekts hing vor allem von ihr ab, auch wenn es ihr nicht ganz klar war.

»Ich habe Bedenken. Das schaffe ich unmöglich!«

Ach du Scheiße, dachte Barney. Sie geriet wirklich in Panik. Doch bevor er etwas zu ihrer Beruhigung sagen konnte, hörte er ein diskretes Hüsteln an der Tür. Beide schauten auf und erblickten einen dunkelhaarigen jungen Mann in einem Moleskin-Anzug, der sie entwaffnend anlächelte.

»Entschuldigen Sie, wenn ich störe.« Er kam herein und reichte formvollendet zuerst Suzanna die Hand. »Patrick Liddiard. Wir werden zusammen arbeiten.«

Es war der junge Bursche, der im Sportwagen an ihnen vorbei gerast war. Ein bisschen eingebildet, fand Barney; absolut umwerfend, fand Suzanna.

Fünf Minuten später musste Barney sein vorschnelles Urteil zurücknehmen, da Patrick ihnen charmant die Befangenheit nahm und Suzanna sich sichtlich entspannte, während all ihre Bedenken sich offenbar in Luft auflösten.

Als Ginny an diesem Morgen aufwachte, beschloss sie, dass sie unmöglich deprimiert sein konnte. Das Erste, was sie durch ihr Dachfenster sah, war ein strahlend blauer Himmel mit vereinzelten Wölkchen. Heute begann wahrhaftig ihr neues Leben. Gestern zählte nicht, weil der Tag sich so geschäftig und schwierig gestaltet hatte. Aber heute konnte sie den Luxus genießen, allein zu sein und sich zu sammeln, sobald sie die Zwillinge zum College gebracht hatte. Sie mussten die Abschlussprüfung wiederholen, da ihre Noten nicht ausreichten, um an den Universitäten aufgenommen zu werden, die sie anstrebten. Das war das Einzige, was sie David vorhielt: Beide Mädchen hatten nach der traumatischen Erfahrung, dass er die Familie verließ, bei den Prüfungen im Sommer ziemlich enttäuschend abgeschnitten. Das einzig Gute daran war, dass die beiden sich in Gesellschaft ihrer Schulfreunde wohl fühlten, allerdings fürchtete Ginny manchmal, ihr Leben könnte allzu gesellig werden, wodurch sie bei den bevorstehenden Prüfungen erneut schlecht abschneiden würden. Aber die beiden versicherten ihr, sie lernten eifrig, und ihre Noten schienen es zu bestätigen.

Sie setzte die beiden jammernden Mädchen am Bahnhof in Eldenbury ab, der nur zehn Minuten von Evesham entfernt war. Vom dortigen Bahnhof aus konnten sie zu Fuß gehen oder mit dem Bus fahren. Während des Frühstücks hatten die beiden ihr einzureden versucht, sie seien nach dem Umzug viel zu traumatisiert, um heute in die Schule zu gehen. Doch sie war hart geblieben, hatte allerdings versprochen, sie abends abzuholen, falls es regnen sollte.

Wieder zu Hause, duschte sie und zog ihre alte Lieblingsjeans und ihren indigoblauen Garnpullover mit Zopfmuster an, der bis über ihren Hintern reichte, und schlüpfte in ihre Turnschuhe. Sie beschloss, sich zu Fuß im Laden eine Zeitung zu holen und sie bei einer Tasse Kaffee zu lesen. Anschließend wollte sie versuchen, das Haus etwas gemütlicher zu gestalten. Und im Supermarkt einen Großeinkauf machen. Irgendwie hatte sie das Gefühl, wenn erst einmal der Kühlschrank gefüllt wäre, eine Schale Obst daneben und vielleicht eine Vase mit frischen Blumen auf dem Tisch stünde, würde das Haus schon bewohnter wirken. Weniger wie eine Übergangslösung. Vielleicht würden sie sich dann nicht mehr so stark als Mieter fühlen.

Als sie nach Honeycote hinein spazierte, fiel ihr wieder ein, was sie an diesem Ort gleich so anziehend gefunden hatte. Seit Jahren hatte sie aufs Land ziehen wollen. Schließlich war sie in einem kleinen Dorf in Worcestershire am Fuß der Malvern Hills aufgewachsen. Aber solange sie verheiratet war, stand diese Möglichkeit nicht zur Debatte. David hatte für eventuelle Notfälle höchstens zehn Minuten von seiner Praxis entfernt wohnen können. Mittlerweile war ihr allerdings klar, dass wohl die Hälfte der Wurzelbehandlungen und schmerzhaften Abszesse, um die er sich außerhalb der Sprechstunden hatte kümmern müssen, frei erfunden gewesen war. Er hatte nicht Zähne gefüllt, sondern Faith. Nun bekam Ginny also, was sie sich immer gewünscht hatte, obwohl die Zwillinge sich beschwerten, Honeycote liege am Ende der Welt.

Es würde ihnen sicher gut tun – sie sah es ohnehin nicht gern, wenn sie in den Pubs von Evesham herumhingen. Es gab annehmbare Bus- und Bahnverbindungen und sie hatte sich noch nie beklagt, wenn sie die Mädchen fahren oder abholen sollte. Außerdem würden sie ohnehin jedes zweite Wochenende bei David in Cheltenham verbringen, das sie mit seinen schickeren Bars und Clubs und besser sortierten Geschäften zufrieden stellen dürfte.

Sie wollte mit ihrer jüngsten Vergangenheit brechen, weil sie es für die einzige Möglichkeit hielt, sich eine neue Existenz zu schaffen. Sie wollte nicht im selben Supermarkt einkaufen, in dem sie früher für die ganze Familie eingekauft hatte; sie wollte auf der Straße keinen Leuten begegnen, die sie und David als Paar kannten. Honeycote war wie eine andere Welt, lag aber nur eine Viertelstunde Fahrt von ihrem alten Leben entfernt. Und in seiner altmodischen Pralinenschachtelperfektion bot ihr das Dorf sicher die Möglichkeit, jede beliebige Fantasie auszuleben. Natürlich war ihr klar, dass in Orten wie Honeycote ebenso schlimme Dinge passieren wie in jedem Großstadtslum. Aber als sie nun die Dorfstraße entlang ging, verlieh der unwiderstehliche Charme des Ortes ihrem Schritt neuen Schwung.

Sie kam am Honeycote Arms vorbei und sah einige Bauarbeiter, die ihr erstes Bier kippten, dabei den Pub begutachteten und im Geiste die anstehenden Arbeiten durchgingen. Ein Bauschuttcontainer stand bereit. Sie fragte sich, ob der Pub abgerissen oder nur renoviert werden sollte, und hoffte das Letztere: Ein Dorfgasthof machte den halben Reiz des Landlebens aus. Ginny trank zwar nicht viel, freute sich aber schon darauf, einer Dorfgemeinschaft anzugehören.

Sie ging in die Poststelle, wo ihr ein himmlischer Duft entgegenwehte: eine frische Lieferung Croissants, dänische Kuchen und Doughnuts wurde gerade ins Regal geräumt. Ginny liebte Süßes und liebäugelte mit einem Schokoladenhörnchen. Konnte sie da widerstehen? Sie wollte es nicht zur Gewohnheit werden lassen, fand aber, dass sie es sich verdient hatte. Schließlich hatte sie ein höllisches Wochenende hinter sich. Und durch den Fußmarsch hatte sie ja Bewegung – die Cornflakes, die sie am frühen Morgen gegessen hatte, lagen schon lange zurück.

Sie packte sich eine Auswahl Backwaren in eine Papiertüte und nahm die örtliche Tageszeitung. Die Aussicht auf die Stellenanzeigen ließ Schmetterlinge in ihrem Bauch flattern. Ungeduldig wartete sie in der Schlange und brannte darauf, nach Hause zu kommen und zu sehen, was die Zukunft für sie bereithielt. Vor ihr stand ein Mädchen in cremeweißer Reithose mit dunkelbraunem Wildlederbesatz. Ginny verspürte einen Anflug von Neid. Wenn ihr Hintern so aussähe, wäre David vielleicht nicht in Faiths Schoß geflüchtet.

Als das Mädchen sich umdrehte, sah Ginny, dass es eine Frau war, die sie kannte. Ginny zermarterte sich das Hirn – sie brüstete sich mit ihrem guten Namensgedächtnis –, bis ihr einfiel, dass es Lucy Liddiard war. Sie hatte einige Male bei Freunden in der Nähe von Broadway beim Tennis-Doppel mit ihr zusammen gespielt. Sie lächelte zaghaft, da sie sich nicht lächerlich machen wollte, falls Lucy sie nicht erkannt haben sollte, aber Lucy erwiderte ihr Lächeln. Mit schamloser Offenheit gestand sie, Ginny zwar zu kennen, sich aber nicht an ihren Namen zu erinnern.

»Ich kenne Sie vom Tennis, das weiß ich genau.

Aber Sie müssen entschuldigen: Was Namen angeht bin ich einfach ein hoffnungsloser Fall …«

»Ginny. Ginny Tait.«

»Ach, richtig. Lucy Liddiard. Ich wusste gar nicht, dass Sie hier in der Gegend wohnen.«

»Tue ich auch nicht. Ich meine, bis jetzt nicht. Wir sind gestern erst eingezogen.«

»Wirklich? Wo denn?«

Ginny sah, dass Lucy überlegte, in welches Haus sie gezogen sein könnte.

»Tinker's Barn. Wir haben es nur gemietet.«

»Ach ja. Es ist süß.«

Ginny merkte, dass Lucy ein bisschen verwirrt war. Tinker's Barn war beim besten Willen kein Haus für eine Familie. Sie erklärte:

»Ich habe mich gerade von meinem Mann getrennt.«

»Ach, Sie Ärmste. Das tut mir Leid.«

Ginny schob das Kinn trotzig nach vorn.

»Mir nicht. Er hat sich benommen wie ein Schwein.«

Sie wunderte sich selbst, dass sie so etwas sagte. Aber es entsprach der Wahrheit. Sie grinste bedauernd, um zu zeigen, dass sie keine Bitterkeit empfand, und merkte entsetzt, dass ihre Lippen zitterten und ihre Augen sich mit Tränen füllten. Zum ersten Mal hatte sie ihre Meinung in der Öffentlichkeit laut ausgesprochen und es tat teuflisch weh. Lucy legte ihr mitfühlend die Hand auf den Arm.

»Möchten Sie nicht auf einen Kaffee mitkommen? Das heißt, wenn Sie nichts Besseres vorhaben.«

»Nein. Ich habe nichts Besseres vor. Ich habe den Rest meines Lebens nichts zu tun …«

Meine Güte, sie klang wirklich verbittert und fertig. Offenbar hatte sie sich in den letzten vier Monaten etwas vorgemacht. In gewisser Weise war es ihr leicht gefallen, so zu tun, als sei alles normal, solange sie noch in ihrem Haus in Evesham gewohnt und David regelmäßig auf dem Heimweg von der Praxis vorbeigeschaut hatte. Aber nun hatte sie sämtliche Brücken hinter sich abgebrochen, war auf sich gestellt und trug allein die Verantwortung für ihr zukünftiges Glück. Sie würde auf keinen Fall die ihr angebotene Freundschaft ablehnen.

Lucy nahm sie im Wagen mit zu sich nach Hause. Als sie in die Einfahrt bogen, überfiel Ginny der blanke Neid: Honeycote House war ein Idyll, ein ausladendes Cotswold-Haus, ein Heim für eine Familie, das in eine Zeitschrift gehörte. Ihr wurde schlagartig klar, was ihr fehlte, als sie durch die Tür trat, der ausgelassene irische Wolfshund der Liddiards zur Begrüßung an ihr hoch sprang und Lucy die Post von der Fußmatte aufhob. Selbst ihre Post wirkte interessanter als Ginnys: Eine Postkarte aus Australien, ein dicker weißer Umschlag, der nach einer faszinierenden Einladung aussah, zwei abonnierte Zeitschriften und nichts, das wie eine langweilige Rechnung wirkte.

Lucy führte sie in das Gartenzimmer und ging Kaffee aufbrühen. Der herrliche Wintergarten an der Rückseite des Hauses war Ende des 19. Jahrhunderts angebaut worden und hatte einen roten Boden aus rautenförmigen Steinplatten. Er war mit abgenutzten Loom-Chairs und einer Chaiselongue mit verblichenem goldenem Samtbezug und unzähligen Kissen möbliert. In einem alten Bücherschrank stapelten sich Zeitschriften, Kitschromane und einige Dutzend Romane aus der orangefarbenen Penguin-Reihe. Es roch leicht feucht und erdig. Der Raum eignete sich hervorragend zum Entspannen, Lesen oder Briefe schreiben. Durch die Glastüren sah Ginny auf eine mit Cotswold-Naturstein gepflasterte Terrasse, von der einige Stufen auf den tiefer liegenden Rasen führten. Sie öffnete eine der Türen und sog die Aprilluft ein – durch den böigen Wind war es zu kühl, um draußen zu sitzen, aber die Frische war belebend. Der Wolfshund hatte sich neben ihr auf den Boden gelegt, und während Ginny ihn unter dem Kinn kraulte, genoss sie ihre Umgebung und fragte sich, was der Tag noch bringen mochte. Lucy kam mit einem Kaffeetablett wieder.

»Da haben Sie einen Freund fürs Leben gewonnen. Pokey liebt Aufmerksamkeit.«

»Sie ist ein wahres Prachtstück. Ich hätte selbst gern einen Hund«, sagte Ginny sehnsüchtig und dachte an die Wunschliste, die sie am Abend vorher aufgestellt hatte.

»Welche Rasse?«

»Das ist eigentlich egal. Ich will nur etwas Gesellschaft.«

»Die Labradorhündin meines Schwagers hat gerade Welpen bekommen. Keine reinrassigen, fürchte ich. Eigentlich weiß niemand so recht, was sie sind. Lola ist eines Abends ausgebüchst und hat jetzt sechs schwarze Wollknäuel geworfen. Ich weiß, dass James sie nur zu gern los wäre. Ich gebe Ihnen seine Telefonnummer.«

»Das klingt ideal«, sagte Ginny fröhlich.

Lucy schenkte Kaffee aus einer französischen Emaillekanne ein. Er war frisch, stark und wesentlich belebender als der lösliche Kaffee, den Ginny sich zu Hause gemacht hätte. Eine Weile unterhielten sie sich über Belanglosigkeiten. Lucy erzählte von ihrem

Plan, den alten Tennisplatz wieder instand zu setzen, von Sophie, ihrer ältesten Tochter, die für ein Jahr in Australien war und die sie sehr vermisste. Schließlich packte sie den Stier recht ungeniert bei den Hörnern.

»So, dann erzählen Sie mal. Er ist Zahnarzt, nicht wahr? Ihr Mann.«

Lucy war erfrischend offen und direkt, und so erzählte Ginny ihr die ganze traurige Geschichte. Sie hatte das Gefühl, wenn sie etwas aus ihrem Leben in Honeycote machen wollte, konnte sie Lucy gut als Verbündete gebrauchen, und bevor die Leute sich selbst zusammenreimten, was sie nicht von ihr wussten, konnte sie ihr auch gleich die schmutzigen Einzelheiten erzählen. Es war zwar Jahre her, seit Ginny in einem Dorf gelebt hatte, aber sie machte sich keinerlei Illusionen, was die Leute über eine alleinstehende Frau dachten.

Seit dem Tag, an dem David nach Hause gekommen war und ihr eröffnet hatte, dass er sie verlassen wolle, hatte Ginny sich gefragt, wie sie so begriffsstutzig hatte sein können. Es gab keinerlei Anzeichen, die sie gewarnt hätten: keine Meinungsverschiedenheiten, keine Unzufriedenheit und keinen Zusammenbruch der Kommunikation zwischen ihnen. Sicher, rückblickend erkannte sie die Signale. Aber für einen Zahnarzt gab es viele gute Gründe, nicht zu Hause zu sein. Neben seiner Arbeit gab es noch Tagungen und Golfturniere, die Übernachtungen auswärts erforderten und um die Ginny stets einen großen Bogen gemacht hatte. In gewisser Weise hatte sie Faith also freie Bahn gelassen.

Faith war annähernd zwanzig Jahre jünger als er, altersmäßig also den Zwillingen näher als ihm. Ginny konnte sich nicht vorstellen, worüber die beiden miteinander redeten, welche Gemeinsamkeiten zwischen ihnen bestanden und worauf ihre Beziehung aufbaute. David hatte es ihr ziemlich beschämt zu erklären versucht.

»Faith gibt mir das Gefühl, ein völlig neuer Mensch zu sein. Sie vermittelt mir das Gefühl, ich könnte die ganze Welt erobern. Sie hat mir klar gemacht, dass ich zu Dingen fähig bin, die ich mir nie erträumt hätte ...«

»Zum Beispiel?«

»Zum Beispiel die Praxis zu verlegen. Bisher hatte ich nie Zeit für Visionen. Und sie hat mir klar gemacht, dass es so vieles im Leben gibt, was ich noch nie gemacht habe, aber unbedingt mal ausprobieren sollte. Skilaufen zum Beispiel. Ich war noch nie Ski laufen.«

Ginny ärgerte sich. »Ich würde gern Ski laufen.«

»Davon hast du aber nie etwas gesagt. Und du hast nie etwas in der Richtung unternommen. Faith nimmt die Dinge in die Hand. Sie macht das Leben aufregend. Ich habe das Gefühl, das Leben zu leben und nicht nur im Leerlauf zu laufen.«

Na ja, dachte Ginny. Jetzt wusste sie Bescheid. Es würde ihr eine Lehre sein. Sie hatte ihn als gute Ehefrau und Mutter unterstützt, dabei hätte sie lieber zwei Wochen Urlaub in Courchevel buchen sollen, ohne sonderlich Rücksicht auf ihr Bankkonto zu nehmen.

David hatte sie gefragt, ob sie Faith kennen lernen und mit ihr über alles reden wolle, aber Ginny hatte ihn nur angeschaut, als sei er völlig verrückt.

»Ich glaube, du würdest sie mögen, Ginny.« Er versuchte verzweifelt, offen und erwachsen damit umzugehen, als ob es das besser machen würde, was Ginny ziemlich verletzend fand.

»Bitte, David. Erwarte nicht zu allem anderen noch, dass ich dir meinen Segen gebe. Ich bin überzeugt, sie ist bezaubernd – das hoffe ich sogar. Denn wenn sie es nicht ist, geht hier eine verdammt gute Ehe für nichts und wieder nichts in die Brüche. Und wenn sie der Schlüssel zu deiner glücklichen Zukunft ist, dann geh einfach.«

Das tat er auch. Er zog in Faiths »Apartment«, was Ginny eine reichlich anmaßende Bezeichnung für eine riesige alte Fabrikhalle am Fluss fand, die mit Gipskartonplatten unterteilt war. Sie blieb zurück – schockiert und wie vor den Kopf gestoßen, weil er sie beim Wort genommen hatte und somit nahezu zwanzig Jahre hingebungsvoller Ehe in Zurückweisung endeten. Dabei hasste er sie nicht einmal. Ginny hatte – durchaus bereitwillig, wie sie zugeben musste – ihren Beruf aufgegeben, um sich um Haushalt und Familie zu kümmern, die Zwillinge großzuziehen und David beim Aufbau seiner Ordination praktisch zu unterstützen. Das alles zählte nun nicht mehr. Die Praxis lief gut, die Zwillinge waren so gut wie erwachsen. Und nun machte er sich in seinem gelben Sportflitzer aus dem Staub.

Die Gründe lagen auf der Hand. Man brauchte sich Faith nur anzusehen. Sie war jung, energisch, sexy – sie hatte ihn zwischen ihre Nussknackerschenkel geklemmt und um den Verstand gevögelt. Ginny hatte mit dem Gedanken gespielt, ihn zu verführen, um ihn zurückzugewinnen, aber die Vorstellung, in aufreizenden Dessous über ihn herzufallen, fand sie einfach demütigend. Wenn all diese Jahre liebevoller Hingabe nicht zählten und es nur um Sex ging, dann war das ihr Untergang.

Sie fragte sich, was Faith von ihm wollte. David sah einigermaßen gut aus, war einigermaßen fit, einigermaßen erfolgreich, einigermaßen wohlhabend – aber alles eben nur einigermaßen. Vielleicht lag es an der Chemie. Der Reiz des Verbotenen trug sicher auch dazu bei. Nachdem David nun offiziell die Erlaubnis dafür hatte und bei ihr einzog, war es bestimmt nicht mehr so aufregend.

David drängte nicht auf Scheidung. Ginny ebenfalls nicht; der Gedanke an Scheidung hatte für sie den erschreckenden Beigeschmack des Scheiterns. Und wenn er es sich doch noch einmal anders überlegen sollte? Sie würde ihn zurücknehmen, das wusste sie, denn sie besaß einen ausgeprägten Familiensinn. Sie gehörte auch nicht zu den Frauen, die ihren Männern den Zwickel aus der besten Hose schnitten. Sie verhielt sich stoisch, passiv und wollte diese ganze Geschichte mit einem Minimum an Schmerz durchstehen.

Sie verhielt sich wie Polly Positive aus dem Comicstrip. Insgeheim gefiel es ihr, dass David sich offensichtlich über ihre Ruhe ärgerte, weil es ihn noch schlechter aussehen ließ. Und sie hätte wetten können, dass es Faith ebenfalls ärgerte, weil sie Ginnys Reaktion, beziehungsweise deren Ausbleiben sicher nicht verstehen konnte. Es schien ihr sogar, als hielte sie im Augenblick das Ruder in der Hand. Er hatte alle seine Trümpfe ausgespielt und sie gar keinen. Weil sie keinen hatte, aber das musste sie ihm ja nicht auf die Nase binden.

Nachdem Ginny die Schrecken der letzten Monate kurz geschildert hatte, fühlte sie sich wie ausgelaugt. Zu ihrer Verwunderung überschüttete Lucy sie weder mit ihrem Mitgefühl noch mit guten Ratschlägen. Ginny war es von ihren Bekannten gewohnt, dass sie

David als Mistkerl bezeichneten und sie für verrückt erklärten, weil sie sich von ihm mit Füßen treten ließ, oder ihr rieten, sie solle sich sofort den besten Scheidungsanwalt der Stadt nehmen. Sie fand das beleidigend – wenn sie selbst ihren Mann als Schwein bezeichnete, war das in Ordnung, aber sie wollte nicht, dass andere es taten, weil sie sich dann nicht besser, sondern schlechter fühlte. Und wenn sie einen Anwalt brauchte, war sie durchaus imstande, die Gelben Seiten aufzuschlagen und sich einen zu suchen.

Lucy machte ihr als Erste einen Vorschlag, den Ginny als einigermaßen konstruktiv empfand. Sie lud sie ein.

»Kommen Sie doch nächsten Samstag zum Abendessen. Ich habe das Ehepaar eingeladen, das das Honeycote Arms übernimmt. Und meinen Schwager und meine Schwägerin und unseren Partner, Keith.«

»Gern, danke.«

Als Ginny sich verabschiedete und erklärte, sie könne zu Fuß nach Hause gehen, das werde ihr gut tun, schaute Lucy ihr nachdenklich nach. Es war wirklich an der Zeit, dass Keith aus seinem Schneckenhaus kam. Und Ginny war perfekt. Warmherzig, freundlich, auf natürliche Weise recht hübsch und nicht geldgierig – das genaue Gegenteil von Keiths Exfrau. Sie fragte sich, ob Ginny schon bereit war, sich auf eine Romanze einzulassen. Obwohl sie sich nach außen tapfer gab, waren die Wunden vermutlich noch recht frisch. Das hieß allerdings nicht, dass sie die Gesellschaft eines anderen Mannes nicht genießen konnte. Und Keith war ein Gentleman, davon war Lucy überzeugt, nachdem sie ihn nun über ein Jahr näher kannte.

Auf dem Weg zurück in das Haus, in dem Ginny

sich hoffentlich bald auch zu Hause fühlen würde, war ihr Gang beschwingt. Der Vormittag mit Lucy hatte ihren Glauben an die Menschen wiederhergestellt und ihr klar gemacht, dass sie nach allem, was passiert war, Anspruch auf ein bisschen Spaß hatte. Sie beschloss, ihr Leben umzukrempeln und sich zu verändern, ohne Angst davor zu haben. Schließlich fing für sie ein völlig neues Kapitel an. Die Zwillinge kamen ganz gut allein zurecht und sie hatte zwar kein Geld, aber alle Zeit der Welt – sie konnte tun und lassen, was sie wollte.

Die Besprechung in der Brauerei lief für alle Beteiligten besser als erwartet. In erster Linie sollte sichergestellt werden, dass alle in etwa dieselben Vorstellungen hatten, was eindeutig der Fall war. Sie waren sich einig, dass sie sich am besten vom Pub fern hielten, so lange die Bauarbeiter mit den Abrissarbeiten beschäftigt waren. In der Zwischenzeit sollten Keith und Barney sich in der Brauerei zusammensetzen, um die praktischen Fragen der Betriebsführung zu besprechen, während Patrick und Suzanna, das kreative Team, sich auf den Weg machen sollten, um Möbel und Einrichtung sowie Lieferanten für das Restaurant auszusuchen.

Die ausführlichsten Diskussionen betrafen die Philosophie hinter der Speisekarte. Suzanna stand auf, um ihre Einstellung darzulegen, und Barney war stolz, da er wusste, dass ihr solche Auftritte eigentlich ganz und gar nicht lagen.

Sie bestand eisern darauf, Qualität und Stimmigkeit Priorität vor Neuheit einzuräumen und vertrat ein recht einfaches Rezept: rustikale englische Küche, schlichte Zubereitung, die das Aroma der Zutaten weitgehend für sich sprechen ließ, und möglichst viele Produkte aus heimischem, vorzugsweise biologischem Anbau. Das war zwar an sich kein besonders originelles Konzept, da immer mehr Restaurants sich zu diesen Prinzipien bekannten, aber für einen typischen englischen Landgasthof wie das Honeycote Arms bot es sich förmlich an und entsprach zudem der Tradition von Honeycote Ales. Karibische Küche, Thai-Fusion und Caliterra-Cuisine würden bei den meisten Gästen ihrer Zielgruppe ohnehin auf wenig Gegenliebe stoßen, auch wenn Suzanna nichts dagegen hatte, hier und da einem Gericht eine exotische Note zu verleihen, wenn sie es für angemessen hielt.

Leidenschaftlich und mit glänzenden Augen beschrieb sie ein Speisekartenbeispiel: Wildterrine mit Zwiebelchutney, gefolgt von rosa gebratenen Lammrippchen oder einem Risotto mit frischen Erbsen, Hühnchen und Wildpilzen. Wenn überhaupt, so sollte der Schwerpunkt auf Gemüse liegen. Sie hatte den Eindruck, dass zu viele Restaurants sich gegenseitig in der Erfindung ausgefallener Fleischgerichte übertrafen, zu denen sie lediglich mit Knoblauch abgeschmeckten Kartoffelbrei und grüne Bohnen servierten. Suzanna wollte die günstige Lage am Rand des Vale of Evesham mit seinem Füllhorn an frischem Obst und Gemüse nutzen. Zu jedem Fleischgericht sollten mindestens fünf verschiedene Beilagen im Preis inbegriffen sein: farblich und geschmacklich kräftige, gewagte, aber zugleich raffinierte Speisenkombinationen. Süßkartoffelpüree mit rubinrotem Mangold. Leuchtend orange Vichy-Karotten mit smaragdgrünem Frühlingssalat. Violetter Kohl mit gelben Kürbisschnitzen. Und abschließend Desserts mit Obst: Krümeltorte mit Cidreäpfeln, Kirsch-Karamelcreme,

Pfirsich- und Mandeltorte. Und eine Käseplatte mit heimischen Käsesorten.

Mittlerweile lief allen das Wasser im Mund zusammen und so einigten sie sich auf eine modern-rustikale englische Küche, wenn man es denn mit drei Worten umschreiben sollte. Ansonsten behielt Suzanna sich das Recht vor, zu servieren, was sie je nach jahreszeitlichem und örtlichem Angebot für angemessen hielt. Eine marktbestimmte Speisekarte, die täglich wechselte. Nichts Vorgefertigtes, nichts Tiefgefrorenes, nichts außerhalb der Saison aus anderen Klimazonen Importiertes.

Keith schloss die Sitzung mit einem herzlichen Dank.

»Ich habe das Gefühl, ich sollte eigentlich alle Anwesenden zum Mittagessen einladen«, sagte er, »aber leider gibt es hier in der Gegend kein anständiges Esslokal. Noch nicht«, strahlte er.

Patrick verließ die Besprechung mit dem Gefühl, dass ihm eine schwere Last von den Schultern gefallen sei. Nervös hatte er der ersten Begegnung mit den Blakes entgegengesehen. Keith und Mickey hatten ihm nach dem Vorstellungsgespräch mit den beiden unabhängig voneinander versichert, das Paar sei ideal für diese Aufgabe, aber Patrick hatte seine Zweifel gehegt. Leute aus London konnten so eingebildet und herablassend sein und waren imstande, sich weitschweifig über Ideen auszulassen, die in Notting Hill oder Soho funktionieren mochten, aber in der tiefsten Provinz der Cotswolds einfach nicht ankamen. Es war eine heikle Gratwanderung, Raffinesse einzuführen, dabei aber das Urige beizubehalten, das gerade den Reiz ausmachte. Er hatte gehofft, dass ihm keine Kämpfe bevorstanden. Nun war er beruhigt. Suzanna war einfach ein Schatz und auch Barney schien ein anständiger Kerl zu sein. Er hätte auf Mickeys und Keiths Urteil vertrauen sollen.

Er beschloss, nach Mandy zu sehen. Heute Morgen hatte sie ungewöhnlich still gewirkt und Patrick wollte sie beruhigen. Und sich entschuldigen, falls er ein bisschen kurz angebunden gewesen sein sollte. Nervosität machte ihn immer schroff. Er wusste, dass er in den letzten Wochen etwas gereizt war, seit Keith ihm gesagt hatte, was auf dem Spiel stand. Aber nun war er zuversichtlicher und wollte es bei ihr wieder gutmachen.

In ihrem Büro war sie nicht. Elspeth schaute ihn mit großen, unschuldigen Augen an und sagte in ihrer Kleinmädchenstimme, die Patrick nicht zu täuschen vermochte: »Ich weiß nicht, wo sie hingegangen ist. Sie war vorhin noch hier.«

Elspeh wusste nur zu gut, dass Mandy die Entwürfe für die Flaschenetiketten zum Drucker brachte, aber sie nutzte genüsslich jede Chance, sie auflaufen zu lassen. Wenn jemand die PR-Abteilung hätte übernehmen sollen, dann sie selbst. Schließlich war sie schon seit fünf Jahren bei Honeycot Ales, nicht erst seit fünf Minuten.

Damien war in Hochstimmung, als Rick ihn an diesem Nachmittag über die Autobahn nach Hause fuhr. Um zwölf Uhr Mittag hatte Marco Dinari die Verträge unterzeichnet, ohne auch nur den Versuch zu unternehmen, in letzter Minute den Preis noch herunterzuhandeln, was Damien gewundert hatte. Ihm war klar, dass es dafür einen Grund geben musste: entweder wusste Marco etwas, was Damien nicht wusste, oder er musste Unmengen Schwarzgeld waschen und sah darin den schnellsten Weg. Aber Damien war es egal. Endlich war er sein kleines Schmuddelimperium los. Ein gutes Gefühl: als hätte er sich einer finanziellen Darmspülung unterzogen. Er war sauber. Anständig.

Der Wagen rollte gegen halb drei nachmittags nach Eldenbury hinein. In einer halben Stunde wäre Anastasias erster Tag im Kindergarten zu Ende. Rick parkte am Straßenrand und Damien beschloss, sich die Wartezeit zu verkürzen, indem er sich das Städtchen ansah. Bisher hatte er noch keine Gelegenheit gefunden, seine Umgebung kennen zu lernen.

Vor einem imposanten kastenförmigen Gebäude mit dem dunkelgrünen Firmenschild JAMES LIDDIARD ANTIQUITÄTEN blieb er stehen. Ein Ausstellungsstück im Fenster raubte ihm den Atem: ein Schaukelpferd. Ein unglaublich schönes, grau geschecktes Schaukelpferd mit Mähne und Schwanz aus echtem Rosshaar, weiten Nüstern und rotem Ledersattel und -geschirr.

Er drückte die Messingklinke hinunter und öffnete die Tür. Als er die heiligen Hallen betrat, summte es diskret. Es war eine echte Antiquitätenhandlung, kein Laden voller ausrangierten Gerümpels. Abgesehen vom beruhigenden Ticken einer erlesenen Großvateruhr mit tanzenden Schäferinnen auf dem Zifferblatt war es still. Damien hüstelte leise für den Fall, dass der Ladenbesitzer das Summen nicht gehört hatte, und ging zu dem Pferd, um es sich näher anzuschauen. Es war ein Meisterwerk der Handwerkskunst mit raffinierten Details. Damien war überzeugt, dass es nur eines Fünkchens Magie bedurft hätte, es zum Leben zu erwecken, und musste über seine Einbildungskraft lachen. Das Preisschild am Zügel des Pferdes holte ihn rasch zurück in die Wirklichkeit: in dicker schwarzer Tinte verlangte es kühn viertausend Pfund.

»Schön, nicht wahr?«

Er drehte sich um und bemerkte einen Mann, vermutlich den Besitzer, der hinter ihm stand. Nach Damiens Schätzung war er wohl zehn Jahre älter als er und makellos gekleidet in kariertem Anzug und Seidenkrawatte. Der Mann reichte ihm die Hand.

»James Liddiard. Schauen Sie sich ruhig um. Ich bin hier, falls Sie Fragen haben.«

Damien schüttelte James die Hand. Es war offensichtlich, dass er zu der Sorte von Männern gehörte, zu denen die Leute in Honeycote aufschauten. Alles an ihm strahlte guten Geschmack und Zurückhaltung aus. Na ja, dachte Damien, wenn er den Rest seiner Einrichtung hier kaufte, konnte er nichts falsch machen. Man konnte durchaus Modernes und Antikes mischen. Das wusste er, weil er beim Friseur die Zeitschrift *World of Interiors* las.

Damien schaute sich um. Er entschied sich für einen schönen Schreibtisch mit unzähligen kleinen Schubladen, ein Gemälde von Venedig in leuchtenden Gold- und Blautönen und einen runden Eichentisch, der mit einer schlichten Vase Lilien, wie James sie auf seinem Schreibtisch stehen hatte, fantastisch in seine Diele passen würde.

Er schlenderte an den Schreibtisch, an dem James einen Katalog von Christie's durchblätterte. Hinter ihm an der Wand hing ein Farbfoto von einem Korb voller Wesen, die aussahen wie Anastasias Beanie Babies – lächerlich pelzige kleine Kreaturen mit riesigen Pfoten. Darunter stand, dass sie kostenlos in gute Hände abzugeben waren.

»Was sind das für welche?«, erkundigte er sich höflich.

»Bisschinger«, antwortete James. Als Damien die Stirn runzelte, weil er diese Rasse nicht kannte, musste er lachen. »Ein bisschen hiervon, ein bisschen davon. Meine Labradorhündin ist eines Nachts entwischt.«

Damien dachte nach. Ein Hund wäre lustig. Anastasia wäre sicher begeistert über einen Welpen. Und außerdem hasste Nicole Hunde aus ganzem Herzen. Sie hatte aufgrund einer unglückseligen Begegnung mit dem Dobermann der Nachbarn als Kind sogar Angst vor ihnen. Wenn etwas sie fern hielt, so war es ein Hund. Besser als sämtliche Schlösser, Riegel, Alarmanlagen oder Tore mit Fernbedienung.

Dann überlegte er es sich anders. Hunde brauchten Pflege und Zuwendung. Er wusste nicht, was die unmittelbare Zukunft bringen würde und wollte sich keine Gedanken machen müssen, rechtzeitig zu Hause zu sein, bevor der Hund überall hingemacht hatte. Das Schaukelpferd war wesentlich besser. Es brauchte keine Zuwendung.

»Nein danke«, sagte er entschieden. »Aber ich hätte gern das Schaukelpferd und noch ein paar andere Dinge.«

James bemühte sich, nicht verwundert zu blinzeln, als Damien kühl auf den Schreibtisch, das Gemälde und den Eichentisch deutete, sein Scheckbuch zückte, die Summe eintrug und sich höflich erkundigte, ob es möglich sei, ihm alles am Wochenende zu liefern, sobald der Scheck eingelöst war.

»Sind Sie von hier?«

»Ich bin gerade in Honeycote Grove eingezogen.«

James nickte. »Kein Problem.«

Wie Damien auffiel, zuckte James nicht mit der

Wimper und ließ durch nichts erkennen, dass er aus Damiens Adresse schloss, er habe mehr Geld als Verstand und Geschmack; er versprach lediglich, ihm alles am Samstag Vormittag zu liefern.

In Wahrheit war James völlig verdutzt, dass er nicht feilschen musste. Er wäre jede Wette eingegangen, dass dieser Modegeck in Dolce und Gabbana (das sah er an dem Etikett außen am Ärmel) versuchen würde, ihn über den Tisch zu ziehen. Egal. So leicht hatte er seit langem keine 20 000 Pfund mehr verdient.

Noch bevor James mit der Schule fertig war, hatte er beschlossen, nicht mit seinem Bruder Mickey in das Familienunternehmen einzutreten. Er wollte auf keinen Fall in eine Position geraten, in der er möglicherweise gezwungen wäre, sich gegen seinen etwas eigensinnigen Bruder zu stellen. Das würde nur Ärger geben. Stattdessen hatte er einen Antiquitätenhandel eröffnet, der erstaunlich gut lief. Richtige Antiquitäten, nicht das Gerümpel, das sich heutzutage dafür ausgab. Meist arbeitete er mit privaten Stammkunden zusammen, die größtenteils im Ausland lebten. Der Laden war eigentlich nur ein Ausstellungsraum für eine endlose Schar von Touristen, die in der Regel nur Glas oder Porzellan kauften.

Selten ließ ein Laufkunde eine solche Menge Geld da. James freute sich. Bisher hatte er sich noch nie über Geld Gedanken machen müssen, da er nur für sich zu sorgen hatte. Nicht dass er jetzt Geldsorgen hätte, aber er war frisch verheiratet und gerade Vater geworden. Seine Frau, Caroline, einst eine regelrechte Karrierefrau, machte keinerlei Anstalten, wieder zu arbeiten. Daher überschlug er sich förmlich, nett zu Damien zu sein. Keine Mühe war ihm zu groß. Gott, ich würde das Schaukelpferd glatt selbst auf dem Rücken hinschleppen, wenn ich müsste, sagte James sich im Stillen.

Das war ein echter Gentleman, dachte Damien, als er den Laden verließ. James Liddiard hatte ihn nicht von oben herab gemustert und sich für etwas Besseres gehalten. Er hatte ihn behandelt wie einen Ebenbürtigen. Mit einem Blick auf die Uhr stellte er fest, dass Anastasias Kindergarten in fünf Minuten zu Ende war. Er sprang noch rasch in die Bäckerei und kaufte einen Lebkuchenmann, bevor er sich zu den wartenden Müttern vor der roten Tür von Hazlehurst gesellte und wider besseres Wissen hoffte, dass Anastasias Klassenkameraden sie nicht ebenso als Außenseiter abgestempelt hatten wie ihre Mütter ihn.

Er hätte sich keine Sorgen zu machen brauchen. Als Rick sie nach Hause fuhr, ließ Damien sich grinsend von Anastasia ihren Tag schildern. Aufgeregt erzählte sie, dass sie mit Fingerfarben gemalt, auf französisch bis drei zählen gelernt und eine Geschichte über eine Maus gehört hatte, die eine Ballerina war, dass ein Mädchen namens Phoebe sich beim Mittagessen übergeben hatte, dass es eklige Käsemakkaroni und leckeren Kuchen mit Marmeladenfüllung gegeben hatte und sie in der Turnhalle ihre erste Rolle vorwärts geschafft hatte. Sämtliche Bedenken, ob er mit Hazlehurst die richtige Schulwahl getroffen habe, zerstreuten sich bald. Sie hatte einen wunderschönen Tag erlebt und fragte ihn nun, ob sie ihre Freundin Emily zum Tee mitbringen dürfe. Damien erklärte, sie dürfe schon am nächsten Wochenende kommen, falls ihre Mutter es erlaube, und schwelgte bereits in der herzerwärmenden Vorstellung, wie Anastasia und Emily auf das Schaukelpferd kletterten.

Nachdem Rick den Mercedes mit dem Schlauch abgespritzt hatte, kam er herein. Damien bot ihm ein Bud Ice an, das er dankbar annahm. Die beiden setzten sich auf die Terrasse, während Anastasia sich vor dem Fernseher in ihren Sitzsack lümmelte und an ihrem Lebkuchenmann knabberte.

Damien war zu dem Schluss gekommen, dass er Rick ins Vertrauen ziehen musste. Er hatte nichts dabei zu verlieren und konnte so selbst bestimmen, wie viel er ihm erzählte. Der Bursche besaß gerade das richtige Maß Diskretion und Eigeninitiative, um nützlich, aber keine Gefahr zu sein. Kelly hatte angedeutet, dass er sich ein bisschen treiben ließ, aber das lag sicher an seinem Alter und an der Tatsache, dass er auf Frauen ungemein anziehend wirkte. Warum sollte er sich schließlich in seinen besten Jahren abrackern, wenn er ebenso gut mit Gelegenheitsjobs und Gelegenheitsficks durchkam? Für Damien war eine solche Haltung nie in Frage gekommen, da er nicht mit Ricks Aussehen gesegnet war, aber er konnte durchaus nachvollziehen, wie verlockend es sein musste, sich auf seinen ästhetischen Lorbeeren auszuruhen.

Es beunruhigte Damien ein bisschen, dass er das Bedürfnis verspürte, sich einem andern anzuvertrauen. Für ihn war das ein Zeichen der Schwäche. Doch nun befand er sich auf unbekanntem Terrain. In seinem bisherigen Gebiet war er der unbestrittene König gewesen, hatte die Spielregeln und die Gegenspieler gekannt. Aber hier kannte er sich nicht aus und brauchte einen Führer. Zudem war er überzeugt, dass Rick ihm in der nächsten Phase seines Plans nützlich sein konnte.

Beflügelt durch den erfolgreichen Geschäftsabschluss dieses Tages hegte Damien einen Traum. Er wollte ein Hotel eröffnen, einen ländlichen Tummelplatz, allerdings keins jener vornehmen, gediegenen Landhotels, wie es sie in den Cotswolds bereits zu Genüge gab. Er wollte etwas Schickeres, Moderneres, wo Entspannung und Inspiration Hand in Hand gingen, wo man in Fantasien schwelgen konnte. Eine Kombination aus Anregung und Wohlbehagen, ideal für einen Blitz-Erholungsurlaub. Nichts Traditionelles, Gesetztes, Spießiges, wo man sich mit servilem Personal und Silberzeug herumschlagen musste, sondern ein Haus, das Eleganz mit lebendiger Geselligkeit und dekadentem Luxus verband. Ein Hotel, in dem erfolgreiche junge Unternehmer wie er ihre Batterien aufladen konnten, das Prominenten eine Zuflucht bot, in der sie sich abseits der Kameras entspannen und verwöhnen lassen konnten, ein angesagter In-Schuppen und für jeden, der jemand war, ein absolutes »Muss«.

Damien hatte schnell erkannt, dass die Umgebung von Honeycote als Standort ideal war. Es lag nur anderthalb Stunden von London entfernt, war aber von einer herrlichen Landschaft umgeben, die hervorragende sportliche Möglichkeiten bot: Golf, Jagd, Schießen, sogar Polo. Im Hotel sollte es einen Wellnessbereich, eine Bibliothek, ein Kino, ein Spielcasino und einen Nachtclub geben. Vielleicht sogar eines Tages ein Tonstudio und Schneideräume.

Es sollte eine Mischung unterschiedlicher Einflüsse werden. Das Hotel du Vin in Bristol hatte mit seinem eklektischen Mix aus Alt und Neu genau die richtige Atmosphäre. Das Babington House in Somerset hatte die richtige Philosophie und Klientel und war bei Künstlern und Medienvertretern beliebt. Damien wollte aus all diesen Zutaten etwas noch Ehrgeizigeres schaffen. Nur eines hielt ihn zurück: Geld. Er mochte zwar erfolgreich sein, aber hier ging es um eine Investition von mehreren Millionen. Und einen Partner wollte er nicht beteiligen. Damien hasste Kompromisse, war unbeirrt und zielstrebig.

Der einzige Mensch, den er je als Partner ins Auge gefasst hätte, war Nicole. Wenn alles glatt gelaufen wäre, hätten sie ein tolles Team abgegeben. Als zwischen ihnen noch alles in Ordnung war, hatten sie sich glänzend verstanden. Sie hatten den gleichen Geschmack, den gleichen Elan, die gleiche Vorliebe für die schönen Seiten des Lebens. Flüchtig stellte er sich ein Pressefoto von ihnen beiden vor, wie sie strahlend am Fuß einer geschwungenen Freitreppe standen und eine Auswahl der bekanntesten Promis in ihrem Traumhotel begrüßten, das sie gemeinsam aufgebaut hätten. Es wäre eine unheimliche Genugtuung gewesen, ganze Welten entfernt von den Hinterhöfen von Bristol, wo sie aufgewachsen waren. Sie wären der lebendige Beweis gewesen, dass man im Leben schaffen konnte, was man wollte, wenn man nur die nötige Energie und Zielstrebigkeit besaß.

Verärgert über sich selbst riss sich Damien aus seinen Träumereien. Er würde es nie zu etwas bringen, wenn er an der Vergangenheit klebte. Nicole war nicht zu retten. Sie hatte den Knopf für ihre Selbstzerstörung gedrückt. Es hatte keinen Sinn, zurückzublicken. Er musste nach vorn sehen. Und er konnte es aus eigener Kraft schaffen. Davon war er überzeugt. In den letzten fünf Jahren hatte er seinen Umsatz jährlich verdoppelt. Und nun brannte ihm, dank Marco Dinari, sein Geld ein Loch in die Tasche. Wenn er nicht Unmengen Kapitalertragssteuern zahlen wollte, brauchte er einen Trittstein. Er musste dieses Geld für sich arbeiten lassen und hatte auch schon eine Idee, wie.

Er würde das renovierte Honeycote Arms in den Ruin treiben. Ein feindliches Übernahmeangebot machen. Sein Vermögen aufstocken, sein Portefeuille erweitern und anschließend Investoren anlocken in dem beruhigenden Wissen, dass die Sache gut fundiert war und er ausreichende Sicherheiten für die Bank hatte.

Es gab natürlich jede Menge andere geeignete Projekte, um sein Grundkapital aufzustocken. Cheltenham war voll davon. Doch obwohl er erst kurze Zeit in Honeycote lebte, brannte er schon darauf, etwas zu tun, das diese hochnäsigen Einheimischen aufmerken ließe. Ein Restaurantbesitzer war allseits beliebt, welcher Schicht er auch angehören mochte. Jeder wurde in seinem Stammlokal gern vom Besitzer begrüßt. Es würde ihm unendlich viel Spaß machen, zuzusehen, wie all diese Leute, die in den letzten Tagen die Nase über ihn gerümpft hatten, um Anerkennung, einen Tisch, ein freundliches Wort des Wirts buhlten.

Allerdings hatte Damien nicht vor, das Lokal selbst zu betreiben. Wenn er es täte, wäre er nicht besser als sie. Er wollte lediglich dazugehören, sich willkommen, respektiert fühlen. Und er würde sie nicht so behandeln wie sie ihn. Er wollte einen Hort der Wärme schaffen, in erster Linie einen Treffpunkt für das Dorf, aber auch einen Pub, der als »erste Adresse« galt, von dem man mit Ehrfurcht sprach. Ein Lokal, das in Sonntagszeitungen empfohlen wurde und über Monate im Voraus ausgebucht war. Er wollte sich charmant bei Coral von der Post entschuldigen, weil doch alles ausgebucht wäre, und dann würde er aus dem Nichts doch noch einen Tisch hervorzaubern und es genießen, wie sie vor ihm am Boden kroch.

Aber zuerst musste er mehr über Honeycote Ales erfahren. Da er kaum etwas über das Dorf wusste, hatte er keine Ahnung, wo er mit seinen Erkundigungen anfangen sollte, außerdem wollte er keinen Verdacht erregen. Rick war dank seiner Herkunft und Beziehungen der perfekte Spion und Damien wusste mit Sicherheit, dass er sich den Liddiards nicht verpflichtet fühlte.

Er skizzierte ihm beiläufig seine Pläne, als sei es lediglich eine verrückte Idee, was es in diesem Stadium ja auch noch war.

»Können Sie für mich herausfinden, wie die Sache steht? Wie es finanziell aussieht? Wer das Ruder in der Hand hat? Wer am Geldhahn sitzt?« Er stockte. »Ich bin nur neugierig. Ich könnte mir gut vorstellen Besitzer des Lokals zu sein.«

Er grinste entwaffnend und wusste genau, dass er Rick nichts vormachen konnte.

Rick musterte Damien nachdenklich. Er kannte inzwischen die Lokale, die er betrieb und die Leute, mit denen er Geschäfte machte. Damien mochte zwar aussehen wie ein Zuhälter in Designerklamotten, aber er war knallhart. Er spielte in der Oberliga. Rick fischte zwar auch ab und an im Trüben, aber im Vergleich dazu war er eine kleine Nummer. Er hatte den einen oder anderen Kumpel, der mit Dope oder Ecstasy dealte und kannte Leute, die eine TÜV-Plakette aus dem Ärmel zaubern oder geklaute Quicksilver-Klamotten besorgen konnten. Aber Damien war ein anderes Kaliber. Wollte er sich darauf einlassen?

Dann fiel ihm die Verzweiflung seiner Eltern ein, als sie gedacht hatten, man würde sie auf die Straße setzen. Seine Mutter hatte sich vom Arzt Schlafmittel verschreiben lassen müssen, weil sie kein Auge mehr zugetan hatte, seit Mickey Liddiards Bombe geplatzt war. Seinen Vater hatte er die Treppe hinauftragen müssen, nachdem er die riesige Flasche Bells leer getrunken hatte, die am Ende der Theke hing. Er erinnerte sich lebhaft an Kellys verlorene Miene, als sie Mandy Sherwyn in Patrick Liddiards Wagen auf dem Beifahrersitz gesehen hatte, wo früher einmal ihr Platz gewesen war. Es wäre ja wohl die perfekte Rache an Patrick, wenn er dazu beitragen könnte, seinen Sturz zu bewerkstelligen ... Nur wusste Rick nicht recht, wie er an die Informationen kommen sollte, die Damien haben wollte.

Plötzlich erinnerte er sich an seine flüchtige Begegnung mit Mandy auf der Abschiedsparty seiner Eltern, bei der sie unter seiner Berührung unwillkürlich gebebt hatte. Sie war der Schlüssel. Meine Güte, es war perfekt! Er konnte sie benutzen, um an die Informationen zu kommen, die er brauchte, damit Patrick das Honeycote Arms verlor und vor seiner Familie und seinem zukünftigen Schwiegervater wie ein Narr dastand. Auge um Auge!

Rick grinste Damien an.

»Klar kann ich das für Sie rauskriegen. Kein Problem.«

Damien erklärte, es spiele keine Rolle, was es koste; wenn er für seine Recherchen Geld ausgeben müsse, solle er nur die Quittungen vorlegen und bekäme dann die Kosten von ihm ersetzt.

8

Am nächsten Morgen beobachtete Mandy von ihrem Bürofenster aus, wie Suzanna Blake zu Patrick in den Wagen stieg. Sie sah nicht sonderlich bedrohlich aus. Schlank, ja, aber nicht glamourös – sie trug eine khakifarbene Schlaghose, eine Jeansjacke und eine Baseballkappe. In der abgewetzten alten Aktentasche, die sie bei sich trug, befanden sich vermutlich ihre Pläne für den Pub. Als Patrick sich neben sie setzte und den Zündschlüssel ins Schloss steckte, begann sie angeregt zu reden und untermalte das Gesagte mit ihren Händen. Patrick hörte aufmerksam zu, lächelte und nickte offenbar zustimmend.

Mandy musste schlucken, um den Kloß im Hals los zu werden. Wenn er mit ihr zusammen war, hatte er in letzter Zeit meist eine Sorgenfalte zwischen den Augenbrauen. Er lachte kaum noch. Jetzt lachte er über etwas, das Suzanna gesagt hatte. Er setzte den Wagen zurück und fuhr dröhnend vom Parkplatz.

Mandy brach in Tränen aus.

Gekränkt, frustriert und gedemütigt wandte sie

sich vom Fenster ab. Sie bekam wohl bald ihre Tage. Es war sonst gar nicht ihre Art, so schwarz zu sehen. Aber sie wünschte, sie hätte mit Patrick im Wagen gesessen statt dieser Frau aus London mit ihrer rauchigen Stimme, die in der Brauerei schon als »scharfes Teil« bezeichnet wurde, wie Mandy gehört hatte. Nicht dass Suzanna eine Bedrohung für sie wäre. Zum einen war sie alt. Weit über dreißig. Und sie hatte nicht den Eindruck, dass Patrick auf ältere Frauen flog. Aber sie wollte selbst mit ihm Pläne schmieden, Ideen austauschen und zum Mittagessen in einem kleinen, abgelegenen Landgasthof einkehren, um sich Anregungen zu holen.

Jemand kam den Korridor herunter. Rasch fuhr Mandy sich mit den Fingern unter den Augen entlang und hoffte, dass ihre Tränen nicht die Wimperntusche verschmiert hatten. Elspeth reichte Mandy mit boshaftem Grinsen einen Brief zurück, den sie ihr vorhin gegeben hatte, um ihn postfertig zu machen.

»Da sind ein paar Rechtschreibfehler drin. Ist Ihnen das aufgefallen? Soll ich sie korrigieren?«

Mandy biss die Zähne zusammen und lächelte.

»Ja, danke, wenn es Ihnen nichts ausmacht.«

Vielleicht war sie tatsächlich zu nichts zu gebrauchen. Vielleicht wären alle ohne sie und ihre albernen Ideen besser dran. Vielleicht brauchten sie nicht mehr als Elspeth, das wandelnde Lexikon. Sie hätte doch mit Sophie nach Australien fahren sollen.

Heute Morgen hatte sie eine E-Mail von Sophie und Ned erhalten. Sie waren kurz nach Weihnachten nach Australien geflogen und hatten Mandy und Patrick zu überreden versucht, sie zu begleiten. Das war für Patrick natürlich nicht in Frage gekommen, da in der Brauerei zu viele Veränderungen bevorstanden.

Aber Mandy hätte mitfahren können. Ihr Vater hatte sogar gemeint, es würde ihr gut tun. Aber sie wollte nicht den Anstandswauwau spielen. Sie betrachtete das Foto, das die beiden gemailt hatten: Sie standen lachend am Strand, haselnussbraun und das Haar von Sonne und Salzwasser gebleicht.

Mandy klappte entschlossen ihren Laptop zu und nahm ihre Handtasche. Sie wusste nicht, wo sie hinwollte, aber sie brauchte Zeit nachzudenken. Ihre Abwesenheit würde ohnehin niemandem auffallen. Ihr Vater zeigte Barney Blake die wunderbare Welt der Braukunst und erging sich in lyrischen Ergüssen. Und Patrick machte sich gewiss keine Gedanken, wo sie steckte. Er hatte heute Morgen nicht einmal bei ihr hereingeschaut, um sie zu begrüßen. Einen Augenblick zog sie in Erwägung, das Angebot ihrer Mutter anzunehmen, schauderte dann aber. So schlimm war es auch wieder nicht. Aber sie brauchte etwas Abstand, um ihr Leben aus der richtigen Perspektive zu sehen und herauszufinden, seit wann und warum alles schief gelaufen war und wie sie die Dinge wieder ins Lot bringen konnte.

Sie huschte an Elspeth vorbei.

»Wenn jemand nach mir fragt, ich bin über mein Handy zu erreichen.«

Sie wusste, dass Elspeth das ärgern würde. Sie wusste nämlich immer gern, was los war.

Suzanna spürte prickelnde Erregung in ihrer Kehle aufsteigen. Sie konnte nicht fassen, was geschah: Sie ließ sich an einem herrlichen Frühlingsmorgen im offenen Sportwagen über eine Landstraße fahren und das nannte sich auch noch Arbeit. Heute waren Patrick und Suzanna »abseits der Piste« unterwegs, um geeignete Lieferanten zu suchen. Ihr erstes Ziel war ein Milchbauer in der Nähe, der sich auf heimische Käsesorten spezialisiert und Patrick von sich aus eingeladen hatte, eine neue Sorte zu verkosten.

Sie kamen auf eine lange, schmale Straße, so weit das Auge reichte von riesigen Feldern flankiert, über denen sich in der Ferne alte Bäume erhoben. Patrick schaltete grinsend einen Gang höher und trat auf das Gaspedal. Suzanna stieß einen Schrei der Begeisterung aus. Sie war sicher, dass sie jeden Moment abheben würden. Sie konnten nur deshalb so schnell fahren, weil die Straße vor ihnen völlig frei war – die einzige Gefahr bestand darin, dass ein Kaninchen tollkühn auf die Straße springen konnte. Schließlich verlangsamte der Wagen und gelangte an eine Kreuzung. Patrick schaute eine Spur verlegen herüber.

»Entschuldigung. Das muss ich einfach immer machen.«

»Es war aufregend. Der Wagen ist klasse.«

»Er hat meinem Großvater gehört. Dad interessiert sich nicht sonderlich für Autos, daher hat er ihn mir zu meinem 18. Geburtstag geschenkt.«

Suzanna unterdrückte ein Grinsen. Patrick sagte das so beiläufig, als bekämen alle zu besonderen Geburtstagen einen Oldtimer geschenkt. Irgendwie gelang es ihm jedoch, damit durchzukommen. In Oxford hatte Suzanna jede Menge junger Männer kennen gelernt, die mit einem silbernen Löffel im Mund zur Welt gekommen waren, hatte sie aber nie sonderlich attraktiv gefunden. Patrick war anders. Bestimmt konnte er arrogant und herablassend sein, wenn ihm danach war, aber im Augenblick wirkte er wie der personifizierte Charme. Selbst Barney, der sonst Privatschultypen eher argwöhnisch begegnete, hielt ihn offenbar für einen netten Kerl. Sie war froh, dass sie ein Team waren. Sie wusste, dass sie manchmal die Stimme der Vernunft brauchte, wenn sie sich all zu sehr mitreißen ließ, und von Barney konnte sie Kritik nicht immer vertragen. Patrick konnte ihr eine objektive Meinung entgegenhalten, wenn ihre Begeisterung mit ihr durchging. Suzanna kannte ihre Schwächen, ihren Enthusiasmus und ihre völlige Unfähigkeit, sich an ein festes Budget zu halten. Sie hatte Decadent Dining nur mit Gewinn führen können, weil Barney ihre Preispolitik und jeden Kostenvoranschlag streng kontrolliert hatte, bevor sie ihn abschickte.

Hatte die Umgebung sich bisher weit und flach präsentiert, so führte die Straße nun gewunden durch eine Hügellandschaft mit vereinzelten Cottages, Herrenhäusern und Bauernhöfen. Wieder staunte Suzanna, weil hier tatsächlich Menschen lebten, und sie stellte fest, wie glücklich sie sein müssten. Zu ihrer Verwunderung widersprach Patrick.

»Woanders ist das Gras immer grüner. Ich bin überzeugt, wenn Sie die Leute hier fragen würden, gäbe die Hälfte Gott weiß was darum, in London zu leben.«

Suzanna rümpfte die Nase.

»Ich vermisse es nicht. Kein bisschen.«

»Warum haben Sie sich eigentlich entschlossen, in die tiefste Provinz zu ziehen?«

Suzanna schaute ihn überrascht an. Er redete unbeirrt weiter.

»Ich kenne die offizielle Begründung. Den Mist, den Sie in Ihre Bewerbungsunterlagen geschrieben haben. Lebenslanger Wunsch, einen Pub zu führen, blablabla.«

Suzanna schluckte. Sie hasste Lügen. Aber sie tröstete sich, dass sie nur nicht die ganze Wahrheit gesagt hatten.

»Eigentlich war es wegen Barney. Er hasste den Job in der Kanzlei seines Vaters. Ich glaube, er dachte sich ›jetzt oder nie‹. Er wollte nicht als Steuerberater sterben.«

»Verständlich«, nickte Patrick. »Und sie haben so ohne weiteres alles aufgegeben und sind mit ihm gegangen?«

»Darum geht es ja wohl in einer Ehe, oder?«, erwiderte Suzanna leichthin.

»Es ist ein ziemlich drastischer Schritt.«

»Ich sehe es als eine Herausforderung. Außerdem habe ich alle Canapés, die es gibt, schon zigmal gemacht. Und hundert und eine Blätterteigvariante. Es wurde allmählich langweilig.«

Sie waren inzwischen an einem Bauernhof angekommen und Patrick schaute sie an. Suzanna wich seinem Blick aus. Er hatte Inquisitorenaugen, hellblau, durchdringend, stechend. Augen, die einem Geständnisse entlockten, an die man im Traum nicht gedacht hätte. Sie sprang aus dem Wagen, um ihre Gummistiefel einzuweihen, bevor Patrick noch tiefer bohren konnte.

Mandy raste durch eine Seitenstraße, die irgendwann auf ihren Heimweg einmünden würde. Nachdem sie der beklemmenden Enge ihres Büros entkommen war, fühlte sie sich schon besser. Sie angelte auf dem Beifahrersitz nach einer CD. *Survivor* von Destiny's Child war ihre gegenwärtige Kampfeshymne.

Sie schaute nur kurz nach unten, um die richtige Liednummer einzutippen. Als sie wieder auf die Straße sah, bemerkte sie, dass der Wagen vor ihr angehalten hatte. Sie trat auf die Bremse, umklammerte das Lenkrad und betete.

Es war seltsam. Auf einen anderen Wagen aufzufahren, klang ganz und gar nicht so wie im Film. Es war ein dumpfer Schlag ohne die melodramatischen metallischen Geräusche, die noch einige Sekunden nach dem Aufprall zu hören waren.

Mandy lehnte den Kopf an das Lenkrad und begann zu weinen. Sie hatte den Wagen erst seit fünf Monaten. Es war ein gebrauchter VW-Beetle in Silber. Sie hatte sich das Geld für die Anschaffung von ihrem Vater geliehen und zahlte ihm monatlich 200 Pfund von ihrem Gehalt zurück. Der Wagen war ihr ganzer Stolz, ihr persönlicher Freiraum. Und jetzt hatte sie nicht nur ihren eigenen Wagen zu Schaden gefahren, sondern auch noch weiß Gott was für Schäden an dem Wagen vor ihr angerichtet. Der Fahrer stieg aus. Sie stellte sich auf eine heftige Auseinandersetzung ein, drehte das Seitenfenster herunter und schaute in zwei lächelnde graue Augen.

»Es tut mir Leid, ich habe Sie – dich nicht gesehen«, stammelte sie.

Der Bursche zuckte die Achseln. Er war noch recht jung und trug einen schwarzen Anzug mit weißem T-Shirt darunter.

»Es ist doch bloß ein Auto. Bist du verletzt?«

Mandy, die mit einer Schimpftirade gerechnet hatte, wunderte sich, dass er sich um sie sorgte statt um seinen Wagen, einen Mercedes, wie sie nun erkannte. Mist. Wieso hatte sie nicht auf einen Nissan Micra auffahren können?

»Mir geht es gut.«

»Setz doch mal zurück, damit wir uns den Schaden ansehen können.«

Mandys Hände zitterten so stark, dass sie den Zündschlüssel nicht drehen konnte und den jungen Mann ans Steuer lassen musste. Hilflos stand sie daneben, umklammerte ihre Handtasche und fühlte sich wie ein kleines Mädchen.

Die Front ihres Wagens war eingedrückt. Der Mercedes hatte nicht einmal einen Kratzer. Zum dritten Mal an diesem Tag brach Mandy in Tränen aus.

»Mein Dad bringt mich um.«

»Es ist nicht so schlimm, wie es aussieht.« Er strich fachmännisch mit der Hand über die Motorhaube. »Das kann man ausbeulen lassen, kein Problem.«

»Im Ernst?«

»Ich habe einen Freund, der das bestimmt machen kann. Er arbeitet in einer Werkstatt in Evesham. Das kostet wahrscheinlich so um die 50 Mäuse.« Er grinste. »Und es erspart dir die ganzen Versicherungsformulare auszufüllen. Außerdem verlierst du so deinen Schadensfreiheitsrabatt nicht.«

Mandy schaute ihn stirnrunzelnd an. Sein Gesicht kam ihr bekannt vor. Die etwas zu langen Haare, die bis auf den Hemdkragen reichten und eigentlich weibisch hätten aussehen müssen, ihn aber nur noch männlicher wirken ließen. Der Mund.

»Ich kenne dich doch von irgendwoher.«

»Meine Eltern hatten das Honeycote Arms gepachtet.«

»Ach ja.« Sie lächelte. »Wie geht es ihnen?«

Das kümmert dich doch einen Dreck, dachte Rick. »Sehr gut. Eigentlich sind sie ganz froh, da raus zu sein. Sie vermieten jetzt Fremdenzimmer, und Dad hat seine Angelrute rausgekramt ...«

Mandy hörte gar nicht richtig zu, sondern musterte besorgt ihren Wagen.

»Könntest du deinen Freund für mich anrufen?«

»Klar. Aber du kannst dich auch in deinen Wagen setzen und mir nachfahren. Das müsste er eigentlich sofort machen können. Man wird hinterher nicht das Geringste sehen.«

Mandy folgte dem Mercedes vorsichtig durch Evesham und achtete sorgfältig auf einen ausreichenden Sicherheitsabstand, um die Vorstellung von vorhin nicht zu wiederholen. Schließlich bogen sie in ein Gewerbegebiet und hielten vor einer riesigen Autowerkstatt. In den Gestank nach Öl und Auspuffgasen mischte sich Zigarettenrauch, das Radio plärrte, Motoren heulten. Männer in Blaumännern liefen hin und her, scherzten, fluchten, hämmerten, klopften. Mandy hielt sich verlegen und schüchtern im Hintergrund, während Rick seinen Freund suchte und ihm den Schaden zeigte.

Nach reichlich Kopfschütteln und Zungenschnalzen und vielen Hmms und Aaahs reichten sie sich schließlich die Hände und Rick kam wieder zu Mandy.

»Er hat noch ein paar dringende Sachen zu tun, aber er schuldet mir einen Gefallen. Er sagt, er braucht zwei Stunden.«

Mandy schaute auf die Uhr. Zu zwei Stunden in Evesham fiel ihr nicht sonderlich viel ein. Der Ort war nicht gerade ein Einkaufsparadies.

»Sollen wir am Fluss etwas trinken gehen?«

Sie zögerte kurz. Es war sehr nett von ihm, nach allem, was er schon für sie getan hatte, aber sie wusste nicht recht, ob sie Lust auf Gesellschaft hatte. Der Vormittag war die reinste Katastrophe gewesen. Aber was sollte sie sonst machen? In Wühltischen stöbern?

»Musst du denn nicht zur Arbeit?«

»Nee. Mein Dienst fängt erst heute Nachmittag um drei an. Ich wollte gerade ins Fitness-Studio.«

»Wenn du sicher bist ...« Mandy war sichtlich bemüht, seine Pläne nicht zu durchkreuzen.

»Klar doch. Komm mit.«

Rick führte sie zum Mercedes und öffnete ihr die Beifahrertür. Er konnte sich ein Grinsen kaum verkneifen, als er an die Fahrertür ging. Wie ein Lamm ließ sie sich zur Schlachtbank führen.

Der Pub war ziemlich schäbig, besaß aber eine Gartenterrasse, die bis an den Fluss hinunter reichte. Sie fanden einen Tisch mit nicht allzu viel Vogelkot auf den Stuhlsitzen. Rick holte ihnen zwei Gläser heimischen, trüben Apfelwein, Schinkensandwiches und Kartoffelchips. Sie saßen in der Sonne und schauten zwei Schwänen zu, die lautlos durch das Wasser glitten. Es war seltsam idyllisch. Die Mischung aus Apfelwein, Wärme und der ungewohnten Situation machte Mandy ganz benommen. Als Rick sein Jackett auszog, fiel ihr Blick auf einen keltischen Kreis, der um seinen Bizeps tätowiert war und gerade noch unter dem Ärmel seines T-Shirts hervorlugte.

»Hat das wehgetan?«

Er schüttelte den Kopf und kniff ihr sanft in den Arm. »Etwa so viel.«

Sie kicherte. »Ist nicht wahr.«

»Ehrlich. Na ja, ein kleines Bisschen vielleicht, aber das geht schnell vorbei. Du solltest dir auch eins machen lassen.«

Sie strich mit dem Finger darüber, um zu prüfen, ob es zu spüren war, aber die Haut war ganz glatt. Unglaublich glatt und weich wie goldener Samt auf steinharten Muskeln. Mandy schluckte. Rick nahm ihre Gläser und stand auf.

»Noch ein Glas?«

»Ich sollte eigentlich nicht …«

»Wir haben noch mindestens eine Stunde Zeit. Kipper hat versprochen, mich auf meinem Handy anzurufen, wenn er fertig ist.«

»Na gut.«

Mandy merkte allerdings nicht, wie stark der Apfelwein war, den sie tranken. Er galt in der Umgebung als sicherer Zugang zum Höschen eines jeden Mädchens. Aber Rick wollte ihr gar nicht an die Wäsche. Zumindest noch nicht. Er wollte in ihren Kopf. Noch ein Glas würde ihr die Zunge lösen und sie zugänglich machen.

Nachdem Mandy ein weiteres Glas getrunken hatte, vertraute sie sich Rick an. Es tat gut, jemanden zu haben, bei dem sie sich ihren Ärger von der Seele reden konnte. Sie erzählte ihm, wie sehr es sie kränkte, dass man sie bei der Umgestaltung des Honeycote Arms ausgeschlossen hatte. Ihr kam gar nicht in den Sinn, dass sie eine Indiskretion beging, dazu war sie viel zu stark mit ihrem eigenen Groll beschäftigt.

»Es ist wirklich wichtig für Honeycote Ales. Dad steckt alles hinein, was er hat. Aber mir trauen sie offenbar nichts zu. Dabei kann ich mir nicht vorstellen, wieso sie glauben, dass die Blakes alles richtig machen werden. Sie haben noch nie einen Pub geführt. Und so einfach ist das wohl nicht, oder? Ich meine, du dürftest das ja wohl wissen.«

Rick nickte.

»Man muss schon ziemlich hart im Nehmen sein und lernen, sich von niemandem was gefallen zu lassen.«

»Ich weiß gar nicht, wieso ich mir überhaupt Gedanken mache. Mich geht es ja schließlich nichts an, stimmt's?« Sie trank den Rest Apfelwein aus.

»Weißt du, was ich glaube? Ich glaube, du musst mal raus aus allem.«

Mandy starrte ihn an.

»Wie meinst du das?«

»Da ist ein bisschen viel Familie in deinem Leben, oder nicht? Es läuft in beklemmend engen Bahnen. Ich meine, du wohnst bei deinem Vater. Du arbeitest für deinen Vater. Dein Freund arbeitet für deinen Vater. Du kommst nie aus Honeycote raus.«

»Wir wohnen in Kiplington.«

»Du weiß genau, was ich meine. Wann hast du dir das letzte Live-Konzert angehört? Oder wann warst du zuletzt mit deinen Freunden aus? Mit deinen eigenen Freunden, meine ich.«

Mandy mochte nicht zugeben, dass sie keine eigenen Freunde hatte. Es gab zwar die eine oder andere Schulfreundin, aber abgesehen von einer Postkarte dann und wann hatten sie den Kontakt kaum aufrechterhalten. Seit Ned und Sophie fort waren, bewegte sie sich nur noch in Patricks Bekanntenkreis.

»Ich weiß nicht«, antwortete sie lahm.

»Wann bist du das letzte Mal mit deinem Freund oder deinem Dad ausgegangen? Du musst raus und mal den Kopf frei kriegen.« Er merkte, dass er ein bisschen hippiemäßig klang und verdrehte spöttisch die Augen. »Du musst dich selbst finden, Mensch. Da draußen geht eine Menge ab, aber solange du in einem Kuhdorf wohnst, wirst du wohl kaum drüber stolpern. Ich muss es schließlich wissen. Ich habe lange genug hier gelebt.« Er beugte sich vor. »O.K., du hast vielleicht schicke Klamotten, trinkst jeden Abend

Champagner und fährst in tollen Autos rum. Aber glücklich bist du nicht, stimmt's?« Er unterstrich die Feststellung mit ausgestrecktem Zeigefinger. »Weil du die einfachen Freuden des Lebens verpasst.«

Mandy hatte zwangsläufig das Gefühl, sich verteidigen zu müssen.

»Zum Beispiel? Was verpasse ich denn?«

»Also ...« Rick dachte nach. »Warst du schon mal surfen?«

Mandy schüttelte den Kopf.

»Ich fahre in ein paar Wochen mit Freunden nach North Devon. Du solltest mitkommen. Dann würdest du mal was Neues sehen und hättest Zeit, nachzudenken. Und Surfen ist geil. Du wärst bestimmt gut ...«

Er musterte sie anerkennend von oben bis unten und grinste.

»Du hättest natürlich auch den besten Lehrer.«

Mandy schluckte verlegen und wusste nicht recht, ob er sich über sie lustig machen wollte. Gleich darauf wurde er wieder ernst.

»Ich hole uns besser mal Kaffee, wenn wir noch Auto fahren sollen. Der Apfelwein ist stärker, als man denkt.«

Anschließend fuhren sie zurück zur Autowerkstatt, um ihren Wagen abzuholen. Mandy war es ein bisschen peinlich. Ein Grüppchen Automechaniker in blauen Arbeitsanzügen saß beim Tee und zog sie wegen ihres Unfalls auf. Typisch Frau am Steuer, witzelten sie, aber Rick eilte ihr galant zu Hilfe und behauptete, er sei schuld gewesen. Aber seltsamerweise machten ihr die spöttischen Bemerkungen nichts aus.

Sie bedankte sich bei ihm und versuchte, ihm Geld zu geben, aber er wollte nichts davon wissen.

»Wie gesagt, Kipper war mir noch was schuldig.«

»Aber ich muss dir doch etwas dafür geben.«

Er grinste sie an.

»O.K. Wir machen einen Deal. Du gehst mit mir was trinken. Mit mir und meinen Freunden. Das ist deine Bezahlung.«

Er nahm ihr Handy, programmierte seine Nummer ein und zeigte sie ihr.

»So – ich habe sie unter Autoreparaturen eingegeben, damit niemand Verdacht schöpft.« Er grinste. »Ich schicke dir eine SMS. Am Samstag gehen wir mit einer ganzen Horde in den Pub. Das wird lustig.«

Hinterher überlegte Mandy, ob sie vielleicht weniger offen zu ihm hätte sein sollen. Aber er war ein so guter, mitfühlender Zuhörer und hatte ihr Dilemma offenbar gut verstanden. Außerdem spielte es wohl keine Rolle, was sie ihm erzählte. Seine Eltern arbeiteten schließlich nicht mehr für die Brauerei. Wahrscheinlich interessierte es ihn nicht im Geringsten, was sie zu erzählen hatte.

Mit schlechtem Gewissen fiel ihr auf, dass sie sich gar nicht nach ihm erkundigt hatte. Wieso fuhr er einen so großen, protzigen Mercedes? Er musste sie für eine egozentrische Tussi halten. Vielleicht war sie das ja auch. Aber es war so schön, dass jemand Zeit für sie hatte, anders als Patrick, der sich in letzter Zeit ausschließlich für sich selbst zu interessieren schien.

Und Rick hatte Recht mit dem, was er sagte. Oberflächlich betrachtet hatte sie alles. Aber was hieß das schon? Sie saß in der Falle. Gefangen in einem goldenen Käfig.

In Honeycote Grove bezahlte Damien anstandslos Mandys Werkstattrechnung und nahm begierig auf, was Rick ihm zu erzählen hatte.

»Es ist alles ziemlich knapp. Sie haben ein Vermögen für die Brauerei ausgegeben, seit ihr Vater den Laden übernommen hat, aber sie haben nicht viel Umsatz gemacht. Sherwyn hält finanziell die Fäden in der Hand. Die Liddiards haben kein Geld. Das weiß ich mit Sicherheit.«

»Die Neueröffnung des Pubs ist für sie also von größter Wichtigkeit?«

»Wenn es schief läuft, gehen sie den Bach runter.«

»Es ist nicht schwer, ein neues Restaurant in den Sand zu setzen. Wenn man nicht genau die richtige Mischung trifft, ist es der schnellste Weg, Geld zu verlieren.« Damien sprach aus Erfahrung. Er hatte in Bristol mehr neue Lokale nach einem halben Jahr verschwinden sehen, als er sich merken konnte. Und bei allen hatte er beobachtet, welche Fehler sie gemacht hatten, um sicher zu gehen, dass er sie selbst nie machen würde. Er fragte Rick weiter aus.

»Glauben Sie, Sherwyn hat genug Geld, um den Laden in Gang zu halten, wenn der Pub nicht läuft?«

Rick zuckte die Achseln.

»Das weiß ich nicht genau. Aber laut Mandy hat es seine Frau geschafft, einen dicken Batzen von seinem Geld abzubekommen. Ich glaube, er war nur froh, sie los zu sein.«

Das Gefühl kenne ich, dachte Damien.

»Aber wenn ich Mandy und Patrick auseinander bringen könnte, würde das eine tiefe Kluft aufreißen. Sie kann ihren Vater um den kleinen Finger wickeln, so viel steht fest. Wenn sie mit ihrem Typen Schluss macht, steigt Sherwyn beim ersten Anzeichen von Ärger bestimmt aus.«

»Was schätzen Sie, könnten Sie die beiden auseinander bringen?«

Rick wippte mit seinem Stuhl nach hinten und nahm einen Schluck Bier.

»Mit Vergnügen.«

Damien nickte zufrieden. In seinem Kopf arbeitete es unermüdlich: Er stellte Berechnungen an, überschlug Zeitpläne und fragte sich, wie lange er wohl warten müsste. Geduld hatte schon immer zu seinen Stärken gezählt.

Für Rick galt das allerdings nicht. Er beugte sich neugierig vor.

»Und was haben Sie jetzt vor? Warten, bis sie ihr ganzes Geld für die Renovierung des Pubs ausgegeben haben, und ihnen dann Ihre Jungs schicken?«

Damien grinste verkniffen.

»Etwas in der Art, ja.«

Er war darauf bedacht, nicht allzu sehr wie ein halbseidener Gangster zu wirken. Es war nicht gut, wenn Rick zu viel wusste. Nicht zuletzt zu seinem eigenen Besten. Er vermutete, dass Rick trotz seines hartgesottenen Auftretens im Grunde recht naiv war, und er wollte sich nicht anmerken lassen, wozu er fähig war.

Für Damien gehörte sein Plan zu einem ganz normalen Vorgehen. In der Welt, aus der er kam, war es gängige Praxis, ein Unternehmen, auf das man ein Auge geworfen hatte, zu umkreisen wie ein Aasgeier und sich darauf zu stürzen, sobald es einging. Und wenn ein bisschen Sabotage nötig war, um diesen Prozess zu beschleunigen, runzelte niemand die Stirn darüber. Das gehörte dazu und jeder musste ab und an damit rechnen. Letzten Endes überlebten immer nur die Stärksten. Jeder musste seinen Platz verteidigen.

So kannte Damien es sein Leben lang. Von klein an hatte er sich mit Schutzgelderpressern, Kredithaien und Leuten herumschlagen müssen, die zur Unzeit Gefälligkeiten einforderten, mit Menschen, die bedenkenlos seinen Erfolg zunichte machten, wenn er den ihren bedrohte. Selbst jetzt ließen manche Erinnerungen ihn noch schaudern. Etwa an den Mann, der seiner Mutter die schäbige Summe gegeben hatte, die sie vor seinem Vater hatte geheim halten können. Er mochte sich gar nicht ausdenken, was sie für diese mickrigen paar Mäuse hatte tun müssen.

Rick, der ihn verwundert anschaute, riss ihn aus seinen Gedanken.

»Wieso machen Sie das eigentlich?«

Damien lächelte.

»Weil es einfach ist. Weil es sich anbietet. Weil ich kann.«

9

Am nächsten Samstag machte Keith sich mit wohlverdienter, aber dennoch herrlicher Vorfreude fertig für den Abend bei den Liddiards. Er ging gern ins Honeycote House. Neben seinem eigenen Zuhause war es der einzige Ort, an dem er sich wirklich entspannen und ganz er selbst sein konnte. Das lag natürlich nur an Lucy. Keith vergötterte sie, auch wenn seine Gefühle für sie nichts Romantisches oder Sexuelles hatten. In seinen Augen war sie einfach der wunderbarste Mensch auf der Welt. Sie hatte ihm sein Selbstvertrauen wiedergegeben, nachdem seine Frau ihn verlassen hatte: Sie lud ihn in ihr Haus ein, machte ihn mit anderen Menschen bekannt, bekochte ihn und hörte ihm zu. Sie war für ihn etwas, das heutzu tage weitgehend aus der Mode gekommen war: eine gute Freundin. Dafür war er ihr ewig dankbar. In gewisser Weise hatte er Honeycote Ales ihretwegen gerettet. Natürlich war es kein reiner Akt der Nächstenliebe gewesen, aber sie war doch eine treibende Kraft. Er hätte sich nie veranlasst gesehen, ausschließlich für Mickey oder Patrick in die Bresche zu springen. Vielmehr hatte seine Wertschätzung für Lucys Loyalität in ihm den Ritter geweckt, der einer Dame in Not zu Hilfe eilte. In finstereren Momenten, wenn er in Panik geraten war, weil er sich eine solche Fehlinvestition aufgebürdet hatte, war es der Gedanke an Lucy gewesen, der ihn weitermachen ließ.

Er duschte, hüllte sich in eine Wolke *Polo* und zog eine nussbraune Kordhose und einen schwarzen Kaschmirpullover mit Rollkragen an. Noch vor einem Jahr hätte er nicht gewagt, etwas so eng Geschnittenes anzuziehen, aber sein damaliger Bauchansatz war inzwischen verschwunden und sein Bauch war relativ flach. Er rieb sein Haar mit einem Handtuch trocken. Er hatte es sich heute morgen in Eldenbury schneiden lassen – wesentlich kürzer als früher. Er warf einen Blick in den Spiegel und nickte zufrieden. Er sah eindeutig besser aus als früher – nicht gerade ein Magnet für junge Mädchen, aber nicht schlecht für einen Mann, der auf die fünfzig zuging. Er schnürte seine Wildlederschuhe zu und schaute auf die Uhr. Er überlegte, ob Mandy ihn in ihrem Wagen hinfahren könnte, da er nur zu gut wusste, dass er nicht imstande sein würde, selbst nach Hause zu fahren. Das war nach einem Besuch bei den Liddiards völlig ausgeschlossen. Allein schon der Gin Tonic zur Begrüßung reichte aus, um den Führerschein für ein Jahr zu verlieren.

Er beschloss, Mandy nicht zu fragen. Sie würde zwar nicht ablehnen, aber sein Gefühl sagte ihm, dass sie heute Abend lieber nicht nach Honeycote House wollte. Zwischen ihr und Patrick waren zunehmend Spannungen spürbar und er wollte sie auf keinen Fall demütigen, indem er sie auf sein Territorium drängte.

Keith machte sich Sorgen um seine Tochter. Sie wirkte blass, müde und unglaublich dünn. Wenn Keith darüber nachdachte, wunderte es ihn nicht. Sie war erst 19, aber sie hatte eine verantwortungsvolle Stellung inne, die sie mit ihrem Tatendrang und ihrem Einfallsreichtum recht anspruchsvoll gestaltete. Außerdem führte sie ihm den Haushalt, und obwohl Keith eine zuverlässige Putzfrau eingestellt hatte, nahm sie alles viel zu ernst für ihr Alter. Keith vermutete, dass ihr Instinkt, gepaart mit ihrem Perfektionismus, sie zu so einer peniblen Hausfrau machte. Sich selbst musste er auch einen gehörigen Teil der Schuld zuschreiben. Er war zutiefst betroffen, als er vor drei Wochen gesehen hatte, wie sie sich mit dem Wocheneinkauf abschleppte. Ihm war nie klar geworden, wie viel Zeit und Energie sogar ein Zwei-Personen-Haushalt kostete. An diesem Punkt hatte er die Dinge selbst in die Hand genommen. Er war gleich ins Internet gegangen und hatte den nächst gelegenen Supermarkt gesucht, der Bestellungen lieferte. Anschließend hatte er eine Einkaufsliste zusammengestellt und ließ nun jeden Samstagmorgen einen Wochenvorrat an Brot, Milch, Käse, Obst, frischen Suppen und Pasta mit Soßen bringen. Das war eine Aufgabe weniger, um die Mandy sich kümmern musste.

Im Augenblick hatte Keith allerdings den Eindruck, auch wenn er ihr jeden Grund zur Sorge nähme, würde sie sich einen neuen suchen. Sie wirkte, als laste die ganze Welt auf ihren Schultern. Und das konnte er nicht mit ansehen. Sie sollte die schönsten Jahre ihres Lebens genießen – ihre Jugend, ihre Schönheit, ihre Freiheit. Wahrscheinlich brauchte sie Urlaub, aber Keith hatte keine Zeit, sie an einen schicken Mittelmeerort zu entführen, damit sie ausspannen und sich erholen konnte. Er konnte sich unmöglich frei nehmen, bevor das Honeycote Arms wieder eröffnet war und reibungslos lief, und es konnte durchaus bis zum Herbst dauern, bevor sie alle Schwierigkeiten gemeistert hatten.

Vielleicht sollte er einmal mit ihr reden. Oder noch besser: Er würde mit Patrick reden. Er würde den beiden einen schönen Wochenendtrip bezahlen. Barcelona. Herrliches Wetter, gutes Essen, leicht zu erreichen. Schöne Geschäfte. Seiner Erfahrung nach blühten die meisten Frauen bei angenehmem Klima und einem kleinen Einkaufsbummel auf.

Er beschloss, selbst zu fahren. Er konnte den Wagen bei den Liddiards stehen lassen und am nächsten Morgen abholen. Er würde sich dann ein Taxi rufen. Jim, der örtliche Taxiunternehmer, war mehr als ausgelastet. Samstag Abend zwischen zwölf und zwei konnte er jeden Preis verlangen, da auf dem Land offenbar niemand auf Alkohol verzichten konnte, aber immer weniger Leute ihren Führerschein riskieren wollten. Das brachte Keith auf eine Idee: Vielleicht sollte er an den Wochenenden jemanden einstellen, der die Gäste des Honeycote Arms nach Hause fuhr. Er war überzeugt, dass der dadurch erhöhte Alkoholkonsum die Kosten mehr als abdecken würde, denn er hatte häufig beobachtet, dass der Pro-Kopf-Konsum stieg, wenn mehrere Leute an einem Tisch tranken. Wenn beispielsweise an einem Vierertisch zwei Personen tranken und die anderen beiden fuhren, schafften sie höchsten zwei Flaschen Wein. An einem Vierertisch, an dem alle Alkohol tranken, wurden dagegen ohne Weiteres fünf Flaschen plus Aperitif, Likör oder Cognac getrunken, weil die Leute sich gegenseitig anstachelten.

Erfreut notierte Keith sich diese Idee in seinem *Mulberry*-Terminplaner, den Mandy ihm zu Weihnachten geschenkt hatte, nahm eine Flasche St. Joseph aus dem Weinregal und ging aus dem Haus.

Mandy wartete, bis sie die Haustür zuschlagen hörte, bevor sie vom Bett aufstand und ihren Kleiderschrank öffnete.

Immer wieder sagte sie sich, dass absolut nichts gegen das einzuwenden war, was sie vorhatte. Es war völlig normal, dass neunzehnjährige Mädchen mit einer Clique von Freunden ausgingen. Dass sie außer Rick eigentlich keinen aus dieser Gruppe kannte, spielte keine Rolle. Sie sagte sich, dass es lediglich eine unverbindliche Einladung sei, keine Verabredung. Und dass sie nur hinging, weil sie sich langweilte. Weil sie etwas Abwechslung brauchte. Und weil Patrick zu einem förmlichen Cricket-Dinner ging, zu dem sie als Frau nicht eingeladen war.

Sie wusste nicht recht, was sie anziehen sollte. Sie wollte nicht zu schick oder zu aufgedonnert aussehen. Sie entschied sich für eine Diesel-Jeans mit Rissen, Stiefel und ein Top mit Lochstickerei und flocht sich das Haar zu zwei Zöpfen. Sie stellte zufrieden fest, dass sie cool, aber nicht einschüchternd aussah, nahm ihr Handy und schrieb Rick eine SMS. Ihr Finger lag zögernd auf der Taste, bevor sie sie trotzig abschickte.

Eine Minute später signalisierte ein Piepton, dass sie eine Nachricht hatte. Rick wollte wissen, ob er sie abholen solle. Sie überlegte. So bräuchte sie sich keine Gedanken machen, wo sie parken konnte und wie viel sie trinken durfte. Sie beantwortete seine SMS und schickte ihm ihre Adresse. »CU um 8«, bestätigte er.

Sie fragte sich, was für ein Auto er wohl haben mochte. Der Mercedes gehörte sicher seinem Chef.

Vermutlich fuhr er einen alten Ford Fiesta mit überquellendem Aschenbecher und Hunderten Strafzetteln wegen Falschparkens.

Zwanzig Minuten später lockte ein dumpfes Röhren vor der Haustür sie ans Fenster. Ihr blieb der Mund offen stehen. Was sein Fahrzeug betraf, hatte sie völlig daneben getippt.

Rick saß in verwaschener Jeans mit Riss am Knie, Che-Guevara-T-Shirt und schwarzer Lederjacke auf einer Harley-Davidson. Er sah aus wie der Alptraum eines jeden Vaters: ein Teufel in Engelsgestalt, dessen Hobby es war, unschuldige Mittelschichtjungfrauen zu schänden und über Nacht in drogensüchtige Rockerbräute zu verwandeln.

»Wow.« Mandy strich bewundernd über den glänzenden Chrom.

Er grinste.

»Wahrscheinlich muss ich sie den Rest meines Lebens abbezahlen. Hast du schon mal auf einem Motorrad gesessen?«

Mandy schüttelte den Kopf. Lügen war zwecklos.

»Kein Problem. Leg einfach deine Hände um meine Taille, entspann dich und geh mit.«

Das war einfacher gesagt als getan, denn plötzlich fielen Mandy sämtliche Horrorgeschichten über Motorräder ein, die sie je gehört hatte. Allerdings war ihr klar, dass sie nicht kneifen konnte, wenn sie nicht wie eine Spaßbremse dastehen wollte. Außerdem gehörte Motorradfahren wahrscheinlich zu den Dingen, die man einmal erlebt haben musste, auch wenn man es nie wieder tat. Mit heftig pochendem Herzen setzte sie den Helm auf, den Rick ihr reichte, und stieg hinter ihm in den Sattel. Gott sei Dank war ihre Diesel-Jeans weit geschnitten und sie hatte keine Schuhe mit hohen Absätzen angezogen. Sie schlang die Arme um seine Taille und sog den Duft seiner Jacke ein. Leder, Öl und Eukalyptus.

Sie kam sich wagemutig, rebellisch und sehr verwegen vor. Dabei hatte sie bis jetzt noch gar nichts gemacht. Eine Mischung aus Angst und Jubel stieg ihr in die Kehle, als Rick die Maschine startete und aus der Einfahrt rauschte, dass der Kies nur so spritzte.

Sie hatte das Gefühl, ihr Magen käme gar nicht mit, und hätte am liebsten geschrieen, er solle anhalten. Als sie die Augen schloss, wurde es nur noch schlimmer. In einer Kurve lehnte er das Motorrad so weit nach links, dass sie sicher war, sie würden gleich umkippen, doch als sie sich gerade für den Aufprall wappnete, saßen sie schon wieder aufrecht. Bäume, Tore und Häuser rasten vorbei. Köpfe drehten sich nach ihnen um.

Schließlich bog Rick auf den Parkplatz eines ländlichen Pubs. Mandy kannte das Lokal nicht, denn es gehörte nicht zur Brauerei, aber es standen noch ein halbes Dutzend andere Motorräder davor und an den Tischen vor dem Pub saßen viele Leute und tranken Bier.

Rick nahm seinen Helm ab und fragte sie grinsend:

»Wie war's?«

Mandy strahlte ihn mit leuchtenden Augen an und konnte vor Begeisterung kaum sprechen.

»Fantastisch.«

Sie hatte angebissen.

In Tinker's Barn bereute Ginny, dass sie so heiß gebadet und nun ein hoch rotes Gesicht hatte. Dank der anschließend allzu dick aufgetragenen Foundation wirkte ihr Gesicht wie eine lächerliche Clownsmaske und sie musste alles wieder abwaschen. Sie widerstand der Versuchung, gegen die aufkommende Panik ein Glas Weißwein zu trinken, weil Alkohol ihre Wangen erst recht zum Glühen brachte, was ihr Dilemma nur noch verschlimmert hätte. Sie fragte sich, ob die Zwillinge wohl etwas von diesem grünen Zeug hatten, das angeblich den Teint beruhigte, beschloss aber, sie nicht um Rat zu fragen, weil es nicht dabei bleiben würde. Besser sie ließ ihr Gesicht für zehn Minuten in Ruhe und zog sich an.

Die Kleider für den heutigen Abend hatte sie hauptsächlich nach Sicherheitskriterien ausgesucht. Lässige Kleidung hatte Lucy gesagt, was alles heißen konnte. Daher hatte sie sich für ein halbweg schickes, aber nicht zu aufgedonnertes Outfit entschieden. Eine schwarze Samtbluse, figurbetont durch eine Spur Lycra. Eigentlich sollte sie hauteng sitzen, aber Ginny hatte sie zwei Nummern zu groß gekauft, weil sie nicht den Mut zu hautengen Tops besaß und Schlabber-Look bevorzugte. Dazu trug sie einen knöchellangen grauen Jerseyrock, der, wie sie fand, gut zu ihren schwarzen Wildlederstiefeletten mit den, für ihre Verhältnisse, recht hohen Absätzen passte.

Sobald sie angezogen war, fönte sie ihr Haar ausnahmsweise mit der Rundbürste aus, bis es ihr glatt und glänzend auf die Schultern fiel. Sie hatte sogar eine Haarkur benutzt, allerdings nicht die Zeit gefunden, mit der Küchenschere die gespaltenen Spitzen zu schneiden. Ihr Gesicht war immer noch leicht gerötet, aber da sie nicht ewig warten konnte, legte sie Makeup auf. Erst als sie damit fertig war, öffnete sie ihre Kleiderschranktür, um das Ergebnis zu begutachten.

Sie heulte verzweifelt auf, worauf gleich die Zwillinge hereinplatzten. Offensichtlich hatten sie wie die Aasgeier vor der Tür darauf gelauert, was sie anziehen würde. Sie waren ganz aufgeregt, weil ihre Mutter ausgehen wollte.

»Ich sehe aus wie eine Vogelscheuche. Wie eine Bibliothekarin.«

Kitty und Sasha musterten ihre Mutter prüfend und schauten sich dann an.

»Hör mal, Mum, du siehst gut aus. Du brauchst nur einen kleinen ... Sex-up.«

»Sex-up? Das klingt wie aus einem dieser grässlichen Rap-Songs.«

Die Zwillinge schauten sich wieder an. Ginny witterte ein Komplott.

»Auf die Gelegenheit warten wir seit Jahren«, gestand Kitty.

»Es ist O.K., wir machen nichts Abgedrehtes, du kannst uns vertrauen«, beruhigte Sasha sie.

Und so fand Ginny sich ihren beiden Töchtern ausgeliefert, die sie anwiesen, sich bis auf die Unterwäsche auszuziehen. Doch selbst die ließ die beiden schaudern. Sasha holte einen schwarzen Spitzen-BH mit einer Schleife in knalligem Pink am Ausschnitt und einen passenden G-String.

»Die habe ich mir im Ausverkauf zugelegt, aber sie sind zu groß. Dir müssten sie gerade passen.«

Zögernd nahm Ginny die Wäsche. Sie hatte sich in String-Tangas nie wohl gefühlt. Einmal hatte sie einen Dreierpack bei Marks & Spencer erstanden, sie fühlten sich aber an als säße sie den ganzen Tag auf Stacheldraht. Sasha bestand jedoch darauf.

»Wenn du dich drunter sexy fühlst, strahlt das durch.«

»Ich will gar nicht sexy aussehen. Ich will einfach

nur ... nett aussehen«, knurrte Ginny, tat aber, was die Mädchen ihr sagten. Als sie sich im Spiegel betrachtete, konnte sie sich ein Grinsen nicht verkneifen. Eigentlich sah sie gar nicht schlecht aus. Sie hatte immer noch eine gute Figur, wenn auch um die Mitte ein bisschen fülliger, als ihr lieb war. Aber zumindest wirkte sie von hinten nicht wie ein Sumoringer.

»Du hättest dir wenigstens die Beine rasieren können«, schimpfte Kitty.

»Das war nicht nötig. Ich wollte doch einen langen Rock anziehen.«

»Also Netzstrümpfe kannst du jetzt nicht tragen, sonst sieht man die Haare überall durch. Egal, dann musst du dich eben mit Blickdichten begnügen«.

Das fand Ginny auch besser so. Wenn es so weiterginge, würde sie bald aussehen, als sei sie auf Kundenfang, überlegte sie, während Sasha sie in ein enges schwarzes Spitzen-T-Shirt mit langen Ärmeln zwängte. Dank des BHs hatte sie darin ein beeindruckendes, aber keineswegs zu offenherziges Dekolleté. Kitty holte einen dunkelroten, schräg geschnittenen Seidenrock, zu dem sie ihr kniehohe schwarze Wildlederstiefel verordneten. Anschließend machten die Zwillinge sich über ihr Haar her, das sie toupierten und frisierten, bis Ginny schon fürchtete, es müsse aussehen wie ein Vogelnest. Aber schließlich kämmten sie es glatt und steckten es hoch bis auf einige ausgesuchte Strähnen, die lose herunterhingen. Abschließend kümmerten sie sich um ihr Make-up: ein paar Tupfer dunkel- und hellgraue Lidschatten, getönte Feuchtigkeitscreme, mattierender Puder und Highlights mit Rouge. Den krönenden Abschluss bildeten eine dreireihige, eng anliegende Jettkette, passende Ohrringe und tiefroter Lippenstift.

Zum zweiten Mal an diesem Abend sah Ginny in den Spiegel und schrie auf. Sie erkannte die Frau nicht wieder, die ihr entgegenblickte. Sie sah eindeutig glamourös aus. In den kniehohen Stiefeln wirkten ihre Waden unglaublich schlank und elegant. Das Make-up und die Frisur brachten in ihrem sonst eher rundlichen Gesicht die Wangenknochen zur Geltung. Das eng anliegende Oberteil und der verspielte Rock wirkten schlank und fließend. Sie sah aus wie eine selbstbewusste, sexy Frau, die wusste, was ihr stand. Auch wenn sie in Wahrheit weit davon entfernt war.

Unten klopfte es an der Haustür.

»Das ist Dad, der uns abholt.«

Die Mädchen suchten hektisch ihre Sachen zusammen. Sie sollten bei David zu Abend essen. Ginny ging mit an die Tür, um sich von ihnen zu verabschieden, und hoffte, dass David nicht aus dem Wagen steigen möge. Aber er kam an die Tür und musterte sie mit einem Ausdruck, den sie nicht recht einordnen konnte, aber als Abscheu deutete.

»Was hast du denn an?«

»Sieht sie nicht fantastisch aus? Dreh dich mal, Mum.«

Schrecklich verlegen hielt Ginny ihre Arme seitlich neben ihren Körper, damit David sie in all ihrer Pracht bewundern konnte, und verspürte brennende Scham angesichts seiner entsetzten Miene.

»Sehr schön. Sehr ... Moulin Rouge.«

Offensichtlich fand er, dass sie wie eine Nutte aussah.

Sobald die Mädchen fort waren, lief sie wieder vor den Spiegel, um sich noch einmal kritisch anzuschauen. David hatte Recht. Sie sah albern aus. Unmöglich konnte sie in dieser Aufmachung auf einer Dinnerparty erscheinen. So viel Selbstbewusstsein besaß sie nicht. Den Zwillingen würde sie nichts davon erzählen. Sie hatten sich so süß bemüht und waren so aufgeregt und stolz auf ihr Werk.

Als sie sicher sein konnte, dass die Luft rein war, zog sie die schwarze Samtbluse über das enge T-Shirt, nahm die Halskette ab, wischte den roten Lippenstift weg und ersetzte ihn durch ihren üblichen, langweilig unauffälligen Farbton. Sie fühlte sich auch so noch wie ein völlig anderer Mensch und hatte Schmetterlinge im Bauch. Sie war aufgekratzt wegen ihrer ungewohnten Aufmachung, aber sie hatte auch etwas Angst vor diesem Abend. Es war seit Jahren das erste Mal, dass sie allein eingeladen war.

Barney lag auf dem Bett und wartete darauf, dass Suzanna aus der Badewanne kam und sich anzog. Er hatte unter der Dusche Stunden gebraucht, um den Putz- und Mörtelstaub abzuwaschen. Selbst auf seinen Zähnen hatte sich eine Staubschicht abgesetzt, er hatte sie heute Abend schon zweimal putzen müssen. Aber es war vollbracht. Sie hatten alles, was sie nicht mehr haben wollten, herausgerissen, und heute Nachmittag war der letzte Müllcontainer abgeholt worden.

Er und Suzanna hatten gejubelt, als der grauenhafte Teppichboden, mit dem der ganze Pub ausgelegt war, endlich eingerollt und fortgeschafft wurde. Den ganzen Tag hatten sie die Fliesen geschrubbt, die darunter zum Vorschein gekommen waren. Barney hatte sich bei einem örtlichen Bauhof erkundigt und mehrere Dosen Lösungsmittel bekommen, um die Klebstoffrückstände zu entfernen. Es war harte Arbeit. Ihre Fingerknöchel waren rot und wund, und beim Anblick ihrer Fingernägel hätte selbst die beste

Maniküre die Lanze gestreckt. Als sie sich aber den Erfolg ihrer Mühen anschauten, jubelten sie. Schon jetzt herrschte im Pub eine völlig andere Atmosphäre: Nachdem sie die schweren, dunklen Teppichböden und Vorhänge und das hässliche braune Furnier der Theke entfernt hatten, wirkte alles viel heller.

Nun hatten sie freie Bahn, der Spaß konnte anfangen. Und damit auch die eigentliche Schwerstarbeit. Abreißen war einfach. Es blieben ihnen noch drei Wochen, um alles zu organisieren: die Küche, das Restaurant, das Personal, eine Speisekarte, die Gästezimmer, das Image. Barney bemühte sich, all das auszublenden, da er sich unweigerlich überfordert fühlte, wenn er darüber nachdachte, was sie zu bewältigen hatten. Er wollte den heutigen Abend genießen, sich entspannen und die Menschen kennen lernen, für die er arbeitete – oder mit denen er arbeitete? Wahrscheinlich war es für eine ganze Weile der einzige Abend, an dem er etwas abschalten konnte.

Ihm stockte der Atem, als Suzanna nur in ein Badetuch gehüllt aus dem Bad kam. Er roch das *Laura-Mercier*-Schaumbad, das sie benutzt hatte: Ihre Haut verströmte den Duft warmen Honigs. Mit halb geschlossenen Augen schaute er ihr beim Anziehen zu. Sie schlüpfte in eine rosa Strickjacke mit Spitzenbesatz und winzigen Perlmuttknöpfen. Dazu zog sie einen gekräuselten Rüschenrock aus grauer Seide mit asymmetrischem Saum an sowie zierliche Riemchensandalen im gleichen Farbton wie ihre Strickjacke. Das Haar band sie zu einem Pferdeschwanz hoch, zupfte die Spitzen zurecht und besprühte sie mit Haarspray, bevor sie eine rosa Seidenblume darin befestigte. Sie steckte ihren Lippenstift, einen Kamm und ein Päckchen Zigaretten in ein Basttäschchen, das mit bunten Strohblumen verziert war. Es konnte ebenso gut aus der Kostümkiste eines kleinen Mädchens wie aus einer exklusiven Boutique in einer Seitenstraße von Richmond stammen und ein Vermögen gekostet haben. Bei Suzanna wusste man das nie.

Barney fand, sie sah hinreißend aus. Kein bisschen aufgedonnert, obwohl sie die obersten Knöpfe ihrer Strickjacke offen gelassen hatte und ihre Absätze gefährlich hoch waren. Vielmehr wirkte sie frisch, jung und unglaublich sexy. Am liebsten hätte er sie in die Arme genommen und geküsst. Vor Jahren hätte er das sofort getan. Sie hatten sich oft geliebt, bevor sie ausgegangen waren, sie noch feucht von der Dusche, er frisch rasiert und halb angezogen. Aber das war lange her.

Er streckte den Arm aus und grinste.

»Komm her.«

Zaghaft lächelnd kam sie auf ihn zu. Er streichelte seitlich über ihren Oberschenkel: eine zärtliche Geste, hoffte er, kein lüsternes Grapschen. Durch die Seide spürte er ihre warme Haut.

»Du siehst umwerfend aus.«

Sie lächelte. »Vielen Dank.« Sie wich zwar nicht zurück, doch er spürte ihr Widerstreben, sich seiner Berührung hinzugeben, es war eine kaum merkliche Verkrampfung. Vielleicht war er überempfindlich, vielleicht hatte er es auch erwartet. Vielleicht sollte er sie einfach zu sich herunter ziehen, ohne an die möglichen Folgen zu denken. Sie brauchten erst in einer halben Stunde bei den Liddiards zu sein. Es war doch genau das, was ein bildhübsches Ehepaar an einem milden, verheißungsvollen Frühlingsabend tun sollte. Sich leidenschaftlich lieben. Denn sie liebten sich immer noch, auch nach allem, was passiert war.

Aber Barney hatte zu viel Angst, den Augenblick zu verderben. Er hatte Angst vor einer Zurückweisung, Angst, dass die Jalousien herunterrasseln würden. Wenn er es gar nicht erst versuchte, konnte sie ihn nicht abweisen.

Entschlossen schwang er die Beine vom Bett und stand auf.

»Sollen wir zu Fuß gehen? Es ist ein herrlicher Abend. Wenn wir später müde sind, können wir mit dem Taxi nach Hause fahren.«

Er meinte, die Erleichterung in ihren Augen zu sehen. Er wandte sich ab, damit sie nicht merkte, wie verletzt er war, und nahm seine Jacke vom Haken an der Schlafzimmertür.

Auf der Rückfahrt nach Cheltenham grübelte David über das nach, was er eben gesehen hatte. Hätte er nicht ihre Stimme gehört, er hätte nicht geglaubt, dass es Ginny war. Wie hatte sie sich innerhalb so kurzer Zeit derart verändern können? Lag es an der Landluft? Er fand, sie sah ... fantastisch aus. Elegant, wissend und ein bisschen exotisch. Jünger, aber zugleich auch erfahrener. Verärgert stellte er fest, dass er einen Anflug von Bedauern verspürte. Er wünschte, er würde heute Abend mit ihr ausgehen, statt die Zwillinge mit in diesen Vorhof der Hölle zu nehmen, in den sich das Haus am Marlborough Crescent zunehmend verwandelte.

Die Praxis war mittlerweile eingerichtet, sie sah elegant aus und lief bereits. Zu seiner Erleichterung kamen die meisten seiner Privatpatienten aus Evesham nun nach Cheltenham, da er einwandfrei arbeitete. Er hatte teure Anzeigen in einem lokalen Lifestyle-Magazin geschaltet, in den besten Wohnvierteln Werbeprospekte verteilen lassen und konnte nach und nach mehr Patienten verzeichnen.

Aber die Praxisräume hatten stark an ihrem Budget gezehrt. Es war nichts übrig, um den Rest des Hauses zu renovieren, und Faith wurde zunehmend hysterisch, weil ihr klar wurde, dass die Fußbodenheizung, die Teppichböden und die moderne Einbauküche, an die sie ihr Herz gehängt hatte, nicht mehr vor der Geburt des Babys zu realisieren waren. David hatte ein Machtwort sprechen müssen. Das Haus mochte zwar nicht dem Standard von *House and Garden* entsprechen, war aber durchaus bewohnbar – die Küche war erst fünf Jahre alt und voll funktionstüchtig, wenn auch nicht unbedingt nach ihrem Geschmack. Faith nörgelte ständig herum, weil sie das Dachgeschoss ausbauen lassen wollte, um dort ein Schlaf- und ein Spielzimmer für das Baby, ein Bad und ein Zimmer für ein Au-Pair-Mädchen einzurichten. David wies sie in die Schranken: Das Baby würde in der Kammer neben ihrem Schlafzimmer schlafen und mit dem Au-Pair-Mädchen galt es zu warten, bis er genug Geld verdient hatte, um alles nach ihren Wünschen umbauen zu lassen. Auf keinen Fall wollte er noch mehr Schulden machen. Faith hatte eine Panikattacke bekommen und David hatte gegen das dringende Bedürfnis ankämpfen müssen, ihr eine runterzuhauen – genau das hätte sie gebraucht, aber ihm war klar, dass es unentschuldbar wäre, eine Schwangere zu schlagen.

Kein Zweifel: Die Flitterwochen waren vorbei. Er konnte kaum fassen, dass Faith dieselbe Frau war, die ihm das Gefühl vermittelt hatte, ein Gott zu sein. Die ihm, wie sie es nannte, die Kraft verliehen hatte, seine Möglichkeiten voll auszuschöpfen. Die ihn nach den Sternen hatte greifen lassen. Und die mit ihm Dinge anstellte, wie sie nur Abonnentinnen von *Cosmopolitan* kennen konnten.

Nun hatte er eine erschreckend hohe Hypothek am Hals und weniger Sex als je zuvor in seinem Leben. Aus der Traum, vorbei die Utopie, die er Ginny beschrieben hatte, als er seinen Entschluss, sie zu verlassen, zu rechtfertigen versucht hatte. Ginny, die sich ohne zu klagen mit ihrer ziemlich grauenhaften melaminbeschichteten Küche begnügt hatte. Nachdem sie im Fernsehen eine Heimwerkersendung gesehen hatte, war sie sogar hingegangen und hatte versucht, sie zu lackieren und mit neuen Türgriffen zu versehen. Die Küche hatte hinterher allenfalls schlimmer ausgesehen als vorher, da der Lack nicht gleichmäßig aufgetragen war, aber sie hatte nur gelacht. David plagten Gewissensbisse, als ihm sein Versprechen einfiel, eine neue Küche zu kaufen, sobald etwas Geld übrig sei. Bevor es dazu kommen konnte, war Faith aufgetaucht. Faith, die mit einer zehnmal besseren Küche, als Ginny sie je besessen hatte, nicht zufrieden war. Faith, die einen Edelstahlherd mit pyrolitisch selbstreinigendem Backofen und einen Elektro-Wok haben wollte. Und eine Zwei-Trommel-Waschmaschine für die ganze Wäsche, die es zu waschen galt, sobald das Baby da war. Er hatte noch vor Augen, wie Ginny sich über die Waschmaschine mit separater Schleuder beugte und Unmengen Babywindeln hervorzog wie ein Zauberer Taschentücher aus seinem Zylinder. Wahrscheinlich hatte Faith in ihrem ganzen Leben noch keine Waschmaschine mit separater Schleuder gesehen.

Er schob eine CD von Craig David in den CD-Spieler und glaubte im Rückspiegel zu sehen, dass die Zwillinge sich amüsiert anschauten. Sofort meinte er, sich rechtfertigen zu müssen.

»Was gibt's? Was ist dagegen einzuwenden?«

»Nichts, Dad. Sehr groovy.«

Worüber beschwerten sie sich? Es war doch sicher gut, einen Vater zu haben, der den Finger am Puls der Zeit hatte und die neueste Musik kannte? Oder wäre es ihnen lieber, er würde sich Barbara Streisand anhören, verdammt noch mal? Trotzig drehte David die Musik lauter, trat aufs Gaspedal und raste über Seitenstraßen nach Cheltenham. Dabei hatte er es eigentlich nicht eilig, nach Hause zu kommen. Er sollte nämlich kochen, da Faith behauptete, es werde ihr immer noch schlecht, wenn sie Essen zubereite, obwohl sie schon weit über den sechsten Monat hinaus war. Sie hatte ihn aufgeklärt, dass die morgendliche Übelkeit durchaus über den magischen Zeitraum von drei Monaten hinaus auftreten konnte, und hatte ihm zum Beweis den entsprechenden Abschnitt in ihrem Handbuch *Mutter-Kind-Ratgeber* unter die Nase gehalten. David war allerdings überzeugt, dass es sich um eine Art Komplott schwangerer Frauen handelte, um sich vor unliebsamen Arbeiten zu drücken. Das Abendessen war ein logistischer Alptraum: Faith hatte eine lange Liste von Nahrungsmitteln aufgestellt, die ihr Sodbrennen oder morgendliche Übelkeit verursachten (offenbar schlossen sich Sodbrennen und morgendliche Übelkeit nicht gegenseitig aus), Kitty bestand nach wie vor darauf, dass nur Bioprodukte über ihre Lippen kamen und war halbe Vegetarierin, was immer das heißen mochte, und Sasha war einfach heikel und aß nichts, was auch nur im Entferntesten nach Knochen oder Fett aussah.

Er hätte am liebsten ein fettes, saftiges, blutiges Steak mit Pommes frites und einem Salat aus Spinat und Brunnenkresse gegessen, aber das kam für niemanden außer ihm in Frage. Ginny liebte Steaks. Es war das Einzige, was sie perfekt kochen konnte. An Geburtstagen und Hochzeitstagen hatte sie immer für sie beide ein Lendensteak gekauft. Bei dem Gedanken daran lief David das Wasser im Mund zusammen. Doch dann stellte er sich seufzend auf Pasta ein. Schon wieder. Wenn es so weiterging, würde er bald Penne kacken.

Die Aussicht auf ein Abendessen in Honeycote House hätte Ginny nicht nervös machen müssen, da Lucy und Mickey die ungezwungensten Gastgeber der Welt waren und mühelos dafür sorgten, dass ihre Gäste sich bei ihnen wohl fühlten. Es gab keinerlei Protokoll oder Förmlichkeit. Mickey führte sie auf die Terrasse, um die letzten Sonnenstrahlen zu genießen, und drückte ihr ein Glas Champagner in die Hand – wozu fragen, was sie trinken wollte? Wer lehnte schon echten Schampus ab?

Keith Sherwyn genoss bereits die Aussicht. Mickey machte die beiden miteinander bekannt und entschuldigte sich kurz – ein strategischer Rückzug, um den beiden Gelegenheit zu geben, das Eis zu brechen. Sowohl Mickey als auch Keith trugen Pullover und Kordhose; angesichts der lässigen Kleidung der Männer war Ginny in Panik geraten, hatte dann aber erleichtert festgestellt, dass Lucy einen schicken Seidenrock in orange und eine Wickeljacke aus Kaschmir trug.

Keith und Ginny plauderten etwa zehn Minuten über Unverfängliches. Keith war sorgsam darauf bedacht, allzu persönliche Themen zu meiden. Sobald er Ginny gesehen hatte, war ihr sein Herz zugeflogen. Da Lucy ihm kurz ihre Geschichte erzählt hatte, bevor sie eingetroffen war, konnte er sich vorstellen, wie verletzlich sie sich fühlen musste. Er bemühte sich, in seinem Geplauder die richtige Mischung zu treffen, um nicht wie ein egozentrischer Langweiler zu klingen und ihr genug Gelegenheiten für eigene Gesprächsbeiträge zu bieten, ohne dass sie sich genötigt sah, ihm etwas zu erzählen, was offene Wunden hinterließ. Er sah, dass sie nervös war – sie kippte ihren Champagner hinunter und war offensichtlich nicht an Alkohol gewöhnt, denn binnen kürzester Zeit glühten ihre Wangen. Keith nahm sich vor, dafür zu sorgen, dass sie beim Abendessen genug Wasser trank. Die Liddiards waren hoffnungslos, wenn es darum ging, ihre Gäste mit Wasser zu versorgen; er hatte oft genug nach ihren Einladungen an Dehydrierung gelitten.

Angeregt von der Aussicht, die sich ihnen bot, unterhielten sie sich über Gartenpflege, die, wie beide gestehen mussten, unbekanntes Terrain war, über das sie gern mehr wissen würden. Anschließend wandte sich das Gespräch der unglaublichen Vielfalt und Nützlichkeit des örtlichen Postamts zu. Schon bald war Keith völlig hingerissen. Sie war süß! Das eher strenge Outfit in schwarz und rot fand er fantastisch, auch wenn er merkte, dass sie sich offenbar nicht recht wohl darin fühlte – sie zupfte ständig an der schwarzen Samtbluse, um ihren Ausschnitt zu bedecken. Ihr Gesicht war sanft und rund, seine leichte Fülle verhinderte die ersten Falten. Früher war sie sicher einmal blond gewesen, vermutete Keith, aber inzwischen war ihr Haar zu einem hellen Mauston nachgedunkelt. Vor allem ihre großen, runden Augen machten sie so hübsch. Sie leuchteten wie unzählige winzige Saphirsplitter, wie funkelndes Sonnenlicht, das auf dem Mittelmeer tanzt. Augen, die einem sagten, man sei faszinierend. Augen, die über jeden deiner Witze, aber nie über dich lachten. Augen, die jeden Kummer verstanden und Trost versprachen.

Keith merkte, dass er Gefahr lief, sie mit offenem Mund anzustarren, und bemühte sich rasch, das Gespräch auf das Pferderennen zu bringen, das in der kommenden Woche in Kiplington stattfinden sollte, wo er wohnte. Ginny gab zu, dass sie Angst vor Pferden hatte, aber er versicherte ihr, bei Point-to-Point-Rennen gehe es weniger um Pferde als vielmehr ums Trinken, Wetten und die Geselligkeit.

»Honeycote Ales sponsert das letzte Rennen. Das haben wir schon immer gemacht.«

»Wow.« Ginny wirkte beeindruckt.

»Es klingt ziemlich großartig, aber es geht nur um ein Preisgeld von ein paar Hundert Pfund. Wir nehmen es als Vorwand, ein Zelt zur Bewirtung von Gästen aufzustellen. Cocktails und Canapés. Im Grunde geht es um ein bisschen PR für die Umgestaltung unseres hiesigen Pubs.«

»Ich habe gesehen, dass er abgerissen wird.«

»Nicht ganz, hoffe ich. In drei Wochen soll die Neueröffnung sein. Jedenfalls müssen Sie am Samstag kommen. Ich lade Sie ein.«

Ginny wirkte ein bisschen eingeschüchtert und unsicher, aber Keith bemühte sich nach Kräften, sie zu beruhigen.

»Es ist alles ganz zwanglos. Und es wird sicher ein Riesenspaß, das verspreche ich Ihnen. Und anschließend machen wir ein Picknick.«

Mist, dachte Keith. Ich habe es getan. Ich habe eine Frau, die ich wirklich mag, um eine Verabredung gebeten. Hoffentlich hatte er sie nicht zu sehr bedrängt, zuzusagen. Ihm war klar, dass Mickey sein Glas zweimal nachgefüllt hatte, während er sprach, und dass der Alkohol ihn mutig gemacht hatte. Sie schien sich allerdings über die Einladung zu freuen; er hoffte nur, dass er nicht wie ein aufgeblasener Angeber rübergekommen war, der über Geländejagdrennen schwafelte, obwohl er selbst vor einem Jahr zum ersten Mal eins gesehen hatte. Und von Honeycote Ales als ›wir‹ zu reden! Hatte er das Recht dazu? Schließlich war es nicht sein Urgroßvater, der das Unternehmen gegründet hatte. Verdammt, dachte Keith. Für wen halte ich mich eigentlich? Für einen Landadeligen?

Lucy leerte gerade eine Tüte Kartoffelchips in eine Schüssel und warf einen Blick aus dem Küchenfenster, als ein Aston Martin sich in die Einfahrt schlängelte und neben Keiths Land Cruiser hielt. Mickeys Bruder James kam mit seiner Frau Caroline. Lächelnd beobachtete Lucy, wie Caroline, feierfreudig wie eh und je, aus dem Wagen stieg. Ihre nach der Entbindung recht fülligen Kurven hatte sie in ein Kleid gezwängt, das eindeutig noch aus der Zeit vor ihrer Schwangerschaft stammte. James war mit hellblauem Hemd und cremefarbener Hose makellos gekleidet. Als sie eine große Gestalt mit einer Magnumflasche Champagner hinten aus dem Wagen steigen sah, blieb Lucy jedoch vor Schreck der Mund offen stehen.

»Scheiße!«, fluchte sie. »James hat den großen Dunklen mit den Grapschfingern mitgebracht. Ich bringe ihn um …«

Der große Dunkle mit den Grapschfingern hieß so, weil er 1,90 groß war, umwerfend aussah und seine Hände nicht bei sich behalten konnte. Er wurde auch der schändliche Bertie genannt, hatte heute seine unglaublich langen Beine in eine stahlgraue Samthose und glänzende schwarze Chelsea-Stiefel gesteckt und trug dazu ein weites, weißes Baumollhemd, das hinten über den Hosenbund hing und an den Manschetten nicht zugeknöpft war. Seine dunkle Mähne war aus dem Gesicht gekämmt. Er sah aus wie ein Pirat, der sich einiges einfallen ließ, bevor er einen über Bord warf.

James entschuldigte sich in aller Form bei der Gastgeberin für den ungebetenen Gast.

»Es tut mir Leid. Er kam heute Nachmittag mit einer Lieferung für den Laden, anschließend haben wir ein paar Gläser getrunken und ... ehrlich gesagt, ich dachte, es macht dir nichts aus.«

»Da irrst du dich. Er hat mir gerade noch gefehlt«, zischte sie. »Ich habe jemanden für Keith eingeladen. Ich wollte versuchen, die beiden zu verkuppeln.«

»Ich werde ihm sagen, er soll die Finger von ihr lassen.«

»Dann musst du sie ihm schon abhacken. Du kennst doch Bertie – er ist hinter allem her, was zwei Beine hat. Und die arme Ginny ist ihm sicher nicht gewachsen.«

»Wer ist Ginny? Eine von deinen lahmen Enten?«

»Sie ist keine lahme Ente. Sie ist sehr nett. Und sie hat eine schwere Zeit mit ihrem Mann hinter sich, deshalb will ich auf keinen Fall, dass Bertie sie missbraucht.«

»Wen soll ich nicht missbrauchen? Ich verspreche, deinen Töchtern nicht zu nahe zu kommen.« Bertie schlang einen Arm um Lucys Taille und küsste sie nonchalant auf die Wange. Lucy schaute ihn so streng an, wie sie nur konnte – das Ärgerlichste an Bertie war nämlich, dass er einen zum Lachen brachte. Man konnte ihm einfach nicht böse sein. Sie drückte ihm die Schüssel Chips in die Hand und sagte ihm, er solle sich nützlich machen. Wenn er die Hände voll hatte, konnte er wenigstens nichts anderes damit anstellen.

Als kurz darauf Barney und Suzanna kamen, wurde eine weitere Flasche Champagner geöffnet. Ginny knabberte Kartoffelchips in dem vergeblichen Bemühen, ihrem Magen eine gewisse Grundlage zu verschaffen, aber es war etwa so, als schließe sie dic Stalltür, nachdem das Pferd ausgebrochen war. Erleichtert sah sie, dass Suzanna drei Tupperdosen mit Canapés mitgebracht hatte, was wohl vorher mit Lucy abgesprochen war.

»Ich habe die ganze Woche experimentiert. Wenn ich sie nicht mitbringe, müssen Barney und ich sie ganz allein essen.«

Barney tätschelte seinen Bauch.

»Gott sei Dank habe ich eine Menge körperlicher Arbeit, sonst wäre ich rund wie ein Fass. Sie lässt mich jeden Tag etwas Neues probieren – auch Puddings!«

Lucy arrangierte die Canapés auf einer riesigen Platte mit Weidenmuster und führte ihre Gäste ins Wohnzimmer, wo Mickey allen Champagner nachschenkte und einen Toast aussprach.

»Ich kann Ihnen sagen, wir sind nicht die Einzigen, die gespannt sind auf das Honeycote Arms. Das ganze Dorf hält den Atem an. Also: Viel Glück!«

Suzanna und Barney beantworteten von allen Seiten Fragen nach dem Fortschritt der Arbeiten, bis Lucy protestierte, dass die beiden heute einen freien Abend hätten. Auf Suzannas Bitte, ihnen Haus und Garten zu zeigen, machte Lucy mit den beiden einen Rundgang.

Die Blakes verliebten sich wie jeder, der es sah, auf

Anhieb in Honeycote House. Es war so englisch, so ungekünstelt, einfach perfekt.

»Ach Barney«, seufzte Suzanna, als sie auf der Terrasse standen und den Duft der ersten Rosen einsogen. »Vielleicht haben wir auch eines Tages ein Haus wie dieses ...«

Barney hob eine Augenbraue. Solche Häuser konnte man nicht kaufen, heutzutage nicht mehr.

»Wenn du das willst, musst du schon Patrick heiraten«, scherzte er. Suzanna stieß ihn grinsend mit dem Ellbogen in die Rippen.

»Vielleicht kein so großes. Nur ein ganz kleines.« Sie zeigte mit Daumen und Zeigefinger wie klein.

Barney trank einen Schluck Champagner. An diesen neuen Lebensstil konnte er sich durchaus gewöhnen. Er hatte das Gefühl, von Twickenham unendlich weit weg zu sein. Während Suzanna und Lucy im Kräutergarten Ableger plünderten, genoss er die Aussicht, die nach einer anstrengenden Woche alles wieder ins rechte Licht rückte. Sie hatten eindeutig das Richtige getan, dachte er.

Im Wohnzimmer hatte Keith Ginny sich selbst überlassen, um sich mit James zu unterhalten. Als der listige Bertie sich nun an sie heranmachte, geriet sie in Panik. Seine Anwesenheit war überaus beunruhigend. Er roch so köstlich, dass sie ganz schwach in den Knien wurde. Trotz ihrer hohen Absätze reichte sie ihm gerade mal bis an die Brust, und wenn sie ihn anschauen wollte, musste sie den Kopf in den Nacken legen.

»Erzählen Sie mir drei interessante Dinge über sich.« Von jedem anderen hätte diese Aufforderung unverschämt gewirkt, aber er hatte etwas Spitzbübisches an sich, das diesen Eröffnungszug durchaus akzeptabel machte. Ihr fiel jedoch rein gar nichts ein. Er zündete sich eine Zigarette an und blies den Rauch in die Luft. Während sie noch verzweifelt nach einer Antwort suchte, sagte er: »Entschuldigung. Ich bin mal wieder viel zu direkt. Das kommt daher, dass ich eigentlich furchtbar schüchtern bin. Und die Kunst der höflichen Konversation habe ich noch nie beherrscht. Drei Dinge genügen, sie müssen nicht interessant sein. Name, Dienstgrad, Identifikationsnummer, etwas in der Art.«

Ginny konnte sich denken, dass er seine Aufforderung als unerfüllbar erkannt hatte, da sie unmöglich etwas Interessantes über sich zu erzählen haben konnte. Sie riss sich zusammen und tat ihr Bestes.

»O.K. Mein Mann ist mit einer Frau durchgebrannt, die halb so alt ist wie er und bald ein Kind von ihm kriegt. Ich wohne mit meinen Zwillingen in einem Haus, das ein besserer Stall ist. Und diese Woche habe ich festgestellt, dass ich auf dem Arbeitsmarkt nicht zu vermitteln bin.«

Bertie musterte sie kopfschüttelnd. »Hat er schon gemerkt, dass er einen Fehler gemacht hat?«

»Was?«

»Ihr schwachsinniger Ehemann. Wenn er wegen einem jüngeren Modell gegangen ist, droht ihm doch nur eine schwere Verletzung des Gehörgangs. Er wäre besser bei Ihnen geblieben: Sie machen einen ziemlich friedfertigen Eindruck.« Er betrachtete sie eingehender, als suche er bei einem Rennpferd Anzeichen von Launenhaftigkeit, bevor er es kaufte.

»Friedfertig, aber langweilig.«

»Also das ist ja wohl ausschließlich seine Schuld. Schließlich ist der Mann selbst dafür verantwortlich, die besten Seiten bei einer Frau zum Vorschein zu bringen.«

Ginnys Augenbrauen schossen beinahe durch die Decke. Sie war sich nicht sicher, ob Bertie sie aufziehen wollte. Doch er redete weiter, ohne auf sie zu achten.

»Außerdem kann ich mir nicht vorstellen, dass Sie auf dem Arbeitsmarkt nicht vermittelbar sind.«

Bertie sah aus, als würde er sie bereitwillig für gewisse Dienstleistungen bezahlen. Es war ein ungewohntes Gefühl für Ginny, aber allmählich begriff sie, was er damit meinte, ein Mann müsse die besten Seiten einer Frau zum Vorschein bringen. Sie erzählte ihm, wie sie die Stellenanzeigen in der Lokalzeitung durchforstet hatte.

»Ich könnte als Pflegehelferin in einem hiesigen Altersheim arbeiten, allerdings für ein Almosen. Oder ich könnte mich zur Fahrlehrerin ausbilden lassen, aber ich vermute, dafür müsste ich zunächst einmal eine Menge Geld auf den Tisch legen, da ich einen Wagen bräuchte. Ich könnte vielleicht als Spenglerin arbeiten, bin mir aber nicht sicher, was das eigentlich ist. Ich könnte Eier verpacken oder Hähnchen mästen. Für alles andere bin ich entweder zu alt, uberqualifiziert oder unterqualifiziert.«

»Wer sagt denn, dass Sie für andere arbeiten müssen? Machen Sie sich selbständig.«

»Womit denn? Ich wüsste gar nicht, wie ich das anfangen sollte.«

»Was können Sie gut?«

Ginny musste lange nachdenken.

»Bügeln. Bügeln kann ich ganz ausgezeichnet.«

Bertie wirkte verdutzt.

»Kein Mensch bügelt gern, oder?«

»Ich schon.« Ihr drittes Glas Champagner ließ sie leidenschaftlich emphatisch klingen. »Ich liebe es, einen verknitterten Lappen zu nehmen und ihn in ein frisches, jungfräuliches Kleidungsstück zu verwandeln, das aussieht wie neu. Ich mag den Geruch frisch gebügelter Wäsche, das Zischen von Dampf, das Gefühl, etwas geleistet zu haben. Und dabei kann man sich im Kopf die ganze Zeit mit etwas anderem beschäftigen.«

Gott, sie war wohl wirklich betrunken. Wie langweilig musste man sein, um Vorträge über die Freuden des Bügelns zu halten? Aber Bertie wirkte durchaus interessiert.

»Da haben Sie es. Ich sage Ihnen, Sie könnten Unsummen dafür verlangen, dass Sie den Leuten hier aus der Gegend die Wäsche bügeln.«

Ginny lachte.

»Seien Sie nicht albern.«

»Nein, wirklich. Als Erstes können Sie meine Wäsche bügeln. Mir gefällt die Vorstellung, dass Sie gedankenverloren meine zerknitterten Hemden bügeln.«

Ginny spürte, dass er diese Fantasie gern noch weitergesponnen hätte, aber da rief Lucy sie ins Esszimmer und der Augenblick ging vorüber.

10

In Honeycote Grove starrte Damien finster in seinen Garten hinaus. Die Außenbeleuchtung schaltete sich automatisch ein, sobald die Sonne unterging, und beleuchtete die Farne und Lilien, die die Landschaftsgärtner gepflanzt hatten. Er konnte sich nach draußen setzen und etwas trinken, überlegte er. Mit der Wärme, die der Heizstrahler auf der Terrasse produzierte, hätte man das gesamte Mietshaus heizen können, in dem er aufgewachsen war. Aber er sah keinen Sinn darin.

Er quälte sich. Zum ersten Mal im Leben hatte er keine Ahnung, was er tun sollte. Seit dem Abend, an dem er Kelly im Honeycote Arms begegnet war, wollte er sie wiedersehen, wusste aber nicht recht, wie er es anstellen sollte. Der gesunde Menschenverstand sagte ihm, er solle einfach zum Telefonhörer greifen und sie fragen, ob sie mit ihm ausgehen wollte, doch er konnte den Gedanken nicht ertragen, abgewiesen zu werden, auch wenn es höflich geschehen sollte.

Aber welche Alternativen hatte er? Auf ihr Angebot zurückzugreifen, als Babysitterin für seine Tochter einzuspringen? Aber was sollte er in der Zeit machen? Stundenlang in der Gegend herumfahren? Er könnte vielleicht warten, bis sie käme, und dann behaupten, seine Verabredung sei abgesagt worden. Und wenn sie dann gleich wieder nach Hause gehen wollte?

Er schenkte sich einen Wodka ein, trank ihn in einem Zug aus und gab sich einen Ruck. Er würde sie anrufen – sie musste unter Ricks Nummer zu erreichen sein – und ganz spontan vorschlagen: »Ich habe die neue George-Clooney-DVD. Eine Schwarzkopie aus den Staaten. Wollen Sie nicht etwas vom Chinesen mitbringen und sich den Film mit mir anschauen?«

Egal, wie er es sagte, er klang wie ein eingebildeter Pinsel.

Lucy hatte eine riesige Lammkeule gebraten, die sie mit Kartoffelgratin und jungen Möhren mit Grün servierte. Anschließend gab es einen marokkanischen Mandelkuchen, abgeschmeckt mit Orangenblütenwasser, karamellisierte Clementinen und Crème fraîche. Gleichzeitig kam eine herrliche Käseplatte auf den Tisch, da sie wusste, dass manche sich nichts aus süßen Nachspeisen machten und andere beides mochten. Es gab einen reifen Chaumes, der unter der samtig orangefarbenen Kruste zerlief, eine Scheibe Torte di Dolcelatte und einen unverschämt reifen Cheddar.

Es war ein einfaches Essen, das mit Umsicht zubereitet und vor allem völlig entspannt serviert wurde – unter Lucys ruhig gelassener Führung lief alles wie von selbst, ohne Anspannung in der Küche, ohne hektische Synchronisation der einzelnen Gänge. Suzanna fand, wenn sie auch nur einen Teil dieser Atmosphäre im Restaurant des Honeycote Arms erzeugen könne, hätte sie es schon halb geschafft.

Der Alkohol floss in Strömen. James musste noch fahren und bewahrte offenbar einen kühlen Kopf, während alle anderen sich betranken. Er war sogar sehr amüsant und brachte alle mit der Schilderung seiner Ehe, der Vaterschaft und den sechs noch nicht stubenreinen Welpen zum Lachen.

»Drei bin ich über den Laden schon los geworden. Jetzt müssen nur noch drei weg. Manchmal frage ich mich, ob ich nicht lieber Hunde züchten soll, statt mit Antiquitäten zu handeln.«

Caroline protestierte wortreich. Sie fand, sie sollten einen behalten, aber James blieb eisern. Ginny meldete sich zu Wort, mutig geworden nach einer gehörigen Portion Gavi di Gavi.

»Ich nehme einen. Allerdings müssen Sie mir sagen, wie ich ihn erziehen soll. Ich habe keine Ahnung. Aber ich wollte schon immer einen Hund haben.«

»Kommen Sie vorbei und schauen Sie sie sich an. Sie können sich einen aussuchen und ich gebe Ihnen die entsprechenden Anweisungen. Außerdem gibt eine alte Dame jeden Mittwoch im Gemeindesaal Kurse in Hundeerziehung. Sie bringt es Ihnen schon bei.«

Ginny wurde ganz aufgeregt. Eigentlich war es lächerlich, die Aussicht auf einen kleinen Hund so spannend zu finden. Vielleicht lag es aber auch an dem ganzen Abend, dass sie sich so fühlte. Alle waren charmant, geistreich und interessant, ohne sie einzuschüchtern. Das Essen war das Beste, das sie seit … nun ja, seit Monaten gegessen hatte, abgesehen von dem Abend, als David sie ins Petit Blanc eingeladen hatte, um mit ihr »einiges zu besprechen«, und damals hatte sie kaum gemerkt, was sie aß, weil sie sich darauf konzentrieren musste, was sie sagen sollte. Jetzt entwickelte sie wahrhaftig ein geselliges Leben!

Zum Abschluss des Essens gab es dicke Brocken hausgemachten Fondant, den Lucys Tochter Georgina gemacht hatte, dazu tranken sie starken, bitteren Kaffee, der das Herz rasen machte. Als Lucy alle Männer einen Platz weiter rücken ließ, saß Bertie plötzlich neben Ginny. Den ganzen Abend hatte er unverhohlen mit Caroline geflirtet und versucht, ihr Weintrauben in den Ausschnitt zu werfen, mit denen sie ihn anschließend fütterte. In Ginnys Augen war so ein Benehmen unerhört, aber offensichtlich hielten es alle anderen für völlig normal, da niemand mit der Wimper zuckte und James sich nicht im Geringsten bedroht zu fühlen schien. Ginny war überzeugt, Bertie würde es langweilig finden, neben ihr zu sitzen und knöpfte verstohlen ihre Bluse zu für den Fall, dass er auf die Idee kommen sollte, sein Ballspiel fortzusetzen, aber er schien ehrlich erfreut über ihre Gesellschaft.

»Hallo, Mrs. Tiggywinkle.«

Sie war sicher, dass er sie aufziehen wollte, stellte allerdings fest, dass es ihr gefiel. David hatte sie niemals gehänselt. Er nahm das Leben, sich und andere Menschen immer sehr ernst.

Caroline schwärmte in den höchsten Tönen von den Freuden der Mutterschaft.

»Ich hatte gedacht, ich würde es verabscheuen. Ich hatte gedacht, ich würde nach sechs Wochen wieder zurück an meinen Schreibtisch wollen, aber jetzt finde ich allein schon den Gedanken an Arbeit grauenhaft. Ich bin gerne Mama! Ich finde es herrlich, einen Vorwand zu haben, mich bis mittags nicht anzuziehen. Ich kuschele mich gern mit dem Baby auf das Sofa und schaue mir das Morgenprogramm im Fernsehen an, während ich es stille. Ich will noch mindestens drei Kinder haben.«

Sie bedachte James mit einem schelmischen Grinsen, aber er ging gar nicht darauf ein, da er Carolines beschwipste Traumtänzereien kannte und besser als jeder andere wusste, wie verkatert sie am nächsten Morgen sein würde. Mickey reichte den Portwein herum.

»Du bist nicht die Einzige, die unbedingt Junge kriegen will. Lucy redet ständig davon, noch eins zu kriegen.«

Alle schauten Lucy verwundert an, die verlegen die Achseln zuckte.

»Empty-Nest-Syndrom, schätze ich. Bei der Vorstellung, dass Honeycote House leer sein könnte, gerate ich richtig in Panik.«

»Ein bisschen drastisch, noch ein Baby zu kriegen, findest du nicht? Wieso nehmen wir nicht zahlende Gäste auf?« Mickey war offensichtlich nicht begeistert von der Idee.

»Unsinn«, schnaubte Caroline. »Nur zu, Lucy. Wenn wir den richtigen Zeitpunkt erwischen, könnten wir unsere nächsten Babys gemeinsam kriegen.« Sie schenkte sich Port ein, ohne auf James Mahnung zu achten, dass sie es morgen bereuen würde. Dann wandte sie sich Suzanna zu.

»Und wie stehts mit Ihnen? Wollen Sie keine Kinder? Oder sind Sie mit Ihrem Beruf verheiratet?«

In der nun folgenden tiefen Stille pochte Barney das Herz bis zum Hals. Aller Aufmerksamkeit richtete sich auf Suzanna, die den Kopf lässig auf die Hand stützte und nonchalant in die Runde lächelte.

»Ich habe noch jahrelang Zeit. Ich bin erst 32. Zeit genug, mir darüber Gedanken zu machen, wenn das Honeycote Arms einen Michelinstern hat.«

Alle lachten, als sie den heiligen Gral aller ehrgeizigen Köche erwähnte. Im ganzen Land gab es nur drei Pubs, die einen Michelinstern hatten. Keith lächelte sie stolz an.

»Ich freue mich zu hören, dass Sie die richtigen Prioritäten setzen.«

Caroline hob mahnend den Finger.

»Warten Sie ab. Plötzlich fängt Ihre biologische Uhr an zu ticken, da können Sie gar nichts machen.«

Suzanna schaute sie fest an.

»Dem Problem stelle ich mich, wenn es so weit ist.«

In diesem Augenblick stieß Caroline ihr Portweinglas um, und im darauf folgenden Chaos geriet das Thema in Vergessenheit. Barney strich Suzanna über den Nacken, um ihr zu zeigen, dass er sie verstand, aber da sie nicht auf ihn achtete, war sie offenbar nicht sonderlich aus der Fassung geraten.

Kurze Zeit später erklärten Suzanna und Barney, sie seien völlig erschöpft, und verabschiedeten sich unter vielen Küsschen, Dankesbezeugungen und Angeboten, ihnen beim Pub zu helfen. Lucy borgte Suzanna für den Heimweg ein Paar Turnschuhe. Barney trug einen Karton voller Ableger für den Garten des Pubs.

Als sie die Einfahrt hinuntergingen, schwärmte er von dem Abend.

»Das war ein herrlicher Abend, nicht?«

»Wunderschön«, sagte Suzanna. »Lucy ist eine fantastische Köchin. Und ein ganz reizender Mensch …«

Sie lehnte sich Halt suchend gegen Barney und hoffte, er würde glauben, sie habe zu viel getrunken. Als sie die Hauptstraße entlang gingen, betete Suzanna, dass sie ihre Elendsstimmung in den Griff bekommen möge. Der Kloß im Hals war da, der Panikkloß, und so viel sie auch schluckte, sie wurde ihn nicht mehr los.

Sie wusste nicht, wie sie es geschafft hatte, beim Dinner nicht die Fassung zu verlieren. Nicht zusammenzubrechen, als Caroline sie wegen ihrer biologischen Uhr in die Zange genommen hatte. Nicht loszuschreien, als Caroline endlos davon schwärmte, es sich mit Henry vor dem Fernseher gemütlich zu machen. Suzanna hatte es ebenfalls geliebt, ostentativ bis elf Uhr im Schlafanzug vor dem Vormittagsprogramm herumzulümmeln und mit Ollie Kekse zu knabbern. Stattdessen hatte sie eine Schau abgezogen und alle erfolgreich getäuscht, ohne sich ihren Schmerz anmerken zu lassen.

Barney hatte Bescheid gewusst. Er hatte es verstanden. Sie hatte sein Mitgefühl gespürt, ihn aber nicht anschauen können, weil sie sonst zusammengebrochen wäre. Sie musste stark sein. Sie durfte nicht alles verderben. Nicht jetzt, wo alles so gut lief.

Verzweifelt wünschte sie sich, sie könnte sich umdrehen und ihn in den Arm nehmen, aber wenn sie erst einmal anfing zu weinen, könnte sie nicht mehr aufhören.

In Honeycote House bestand Caroline darauf, noch mehr Champagner zu trinken, weil es seit Henrys Geburt ihr erster Abend außer Haus war. James warnte sie erneut, dass ihr am nächsten Tag hundeelend sein würde, da sie Alkohol nicht mehr gewohnt war, aber sie wollte nichts davon hören und weigerte sich, das Mineralwasser anzurühren, das er ihr aufzudrängen versuchte. Ihre Mutter passte zum ersten Mal auf das Baby auf, und sie war fest entschlossen, sich zu amüsieren, angespornt von Bertie. Da Keith und Ginny ebenfalls nicht ablehnten und alle sehr entspannt waren, ließ Mickey einen weiteren Korken knallen. Als alle Gläser gefüllt waren, schlug Bertie vor:

»Lasst uns ›Ich habe noch nie ...‹ spielen.«

Lucy stöhnte. Bertie wollte immer ›Ich habe noch nie‹ spielen, weil er gern prahlte und es einfach nichts gab, das er noch nie getan hatte.

Die Regeln waren einfach. Der Reihe nach musste jeder aufstehen und etwas sagen, das er noch nie getan hatte. Wer es ebenfalls noch nie getan hatte, stand auf, die anderen blieben sitzen. Es war ein unsinniges Spiel, aber ungemein faszinierend. Die einzige wichtige Regel lautete, dass man nicht lügen durfte. Es fing immer ganz harmlos an – »Ich habe noch nie Austern gegessen«, »Ich habe noch nie Blackpool besucht« –, aber es dauerte nie lange, bis sich das Spiel unweigerlich dem Thema Sex zuwandte. Dann wurde es interessant.

Sobald sie Keith und Ginny das Spiel erklärt hatten, konnte es beginnen. Ginny war nervös, als sie an die Reihe kam. Sie empfand es als eine Art Test, wie interessant sie war. Was sollte sie sagen? In Wahrheit war ihre Liste endlos, es gab eine Unmenge von Dingen, die sie noch nie getan hatte. Aber was sollte sie zugeben, ohne völlig unerfahren zu klingen?

Sie stand auf.

»Ich habe noch nie ...«

Alle schauten sie erwartungsvoll an. Sie trank einen Schluck Champagner, um sich Mut zu machen.

»... mit einem anderen als meinem Mann geschlafen.«

Stille. Ginny hatte das Gefühl, etwas völlig Falsches gesagt zu haben.

»Meinen Sie, vor oder nach der Ehe?«, hakte Caroline nach.

»Weder noch«, antwortete Ginny mit Nachdruck.

»Ach so, na dann. In dem Fall rühre ich mich nicht von der Stelle«, erklärte Caroline munter. »Jeder weiß, dass ich ordentlich auf die Pauke gehauen habe, bevor ich James kennen lernte.«

Keith und Lucy waren die Einzigen am Tisch, die aufstanden. Keith war vor Verlegenheit ganz rot, trug es aber mit Fassung. Lucy wirkte verschämt.

Zu Recht, dachte Caroline am anderen Ende des Tisches. Sie fand es höchst interessant, wer sich bei diesem Spiel nicht an die Regeln hielt. Schließlich wusste sie genau, dass Lucy erst wenige Monate vor seiner Hochzeit mit James geschlafen hatte. Lucy und Mickey waren in eine Ehekrise geraten, als die Brauerei in Schwierigkeiten steckte und Mickey zu viel trank. Kein Wunder, dass Lucy damals bei ihrem Schwager Trost gesucht hatte. Als wahrer Gentleman hatte James Caroline von diesem Ausrutscher erzählt, ehe er um ihre Hand anhielt. Mit dieser Information in der Tasche beschloss Caroline nun, den Advocatus Diaboli zu spielen. Sie wollte keinen Ärger machen, sondern Lucy einfach ein bisschen zappeln sehen, weil alle sie für einen Engel hielten. Alkohol machte Caroline immer provokativ.

»Was – du meinst, du hast immer nur mit Mickey geschlafen? Das glaube ich dir nicht, Lucy! Kein Geknutsche mit einem Stallburschen, als du 17 warst?«

»Bestimmt nicht«, versicherte Lucy lächelnd. »Dafür muss man sich ja wohl nicht schämen, oder?«

»Ich glaube sogar, das war vermutlich mein größter Fehler«, wand Ginny ein. Plötzlich richteten sich aller Augen auf sie. »Hätte ich ein bisschen mehr Erfahrung gehabt, dann hätte er mich vielleicht nicht verlassen.«

Sie konnte nicht fassen, dass sie das gesagt hatte. Sie musste sturzbetrunken sein.

»Na ja, es ist nie zu spät«, schaltete Bertie sich ein.

Patrick sah angewidert zu, wie die meisten seiner Freunde beim Cricket-Dinner anfingen, den Hanswurst zu spielen. Ohne Ned hatte er keine Lust, sich wie ein Idiot aufzuführen. Er vermisste seinen Freund, mit dem er gemeinsam jeden Blödsinn hatte anstellen können. Nicht dass sie je derart außer Rand und Band gerieten wie diese Bande hier.

Vielleicht sollte er zu Mandy ins Keeper's Cottage fahren. Etwas Zeit füreinander könnte ihnen nur gut tun. Von einer heißen Nummer ganz zu schweigen.

Er schickte ihr eine SMS, aber sie antwortete nicht. Sicher lag sie schon im Bett. Wenn er sich beeilte, könnte er es gerade noch rechtzeitig zu Portwein und Käseplatte nach Hause ins Honeycote House schaffen. Vielleicht aber auch nicht.

Ratlos schaute er sich um und zog die nächstbeste Weinflasche zu sich herüber. Wenn er schon nicht gegen sie ankam, konnte er sich ihnen ebenso gut anschließen.

Eine halbe Stunde später schlief Caroline von der ungewohnten Menge Alkohol am Tisch fast ein und James entschuldigte sich, dass sie schon gehen mussten. Er bot Bertie und Ginny an, sie nach Hause zu fahren, was beide dankbar annahmen. Keith wirkte ein bisschen enttäuscht, weil er gehofft hatte, Ginny in seinem Wagen mitnehmen zu können, aber er hatte nicht den Mut, sich einzuschalten und das bereits getroffene Arrangement über den Haufen zu werfen.

Also verabschiedete er sich in dem sicheren Wissen, dass er Ginny am nächsten Samstag sehen würde.

Bertie bestand darauf, Ginny bis an die Haustür zu bringen. James verdrehte die Augen – er kannte dieses Ritual bei Bertie und wusste, dass sie geschlagene zehn Minuten auf ihn würden warten müssen, während er versuchte, ihr mit seinem Charme buchstäblich das Höschen auszuziehen. Caroline war völlig k.o. und schlief auf dem Rücksitz. Er lächelte liebevoll bei der Erinnerung an die Zeiten, als sie die Nächte durchgefeiert und von jeder Party als Letzte nach Hause gegangen waren. Die Mutterschaft hatte erstaunliche Auswirkungen auf die Ausdauer.

Bertie brachte Ginny bis an ihre Haustür, schaute sie an, nahm ihre Hand und streichelte die Innenseite ihres Handgelenks.

»Ich habe Sie heute Abend gar nicht richtig kennen lernen können. Gehen Sie mal mit mir essen?«

»Das wäre schön.«

Meine Güte, zwei Einladungen an einem Abend. Sie machte sich nicht schlecht. Ihr war bewusst, dass Bertie sehr dicht bei ihr stand. Sie atmete den Duft von *Acqua di Parma* ein und schloss unwillkürlich die Augen, als er sich vorbeugte und ihr einen Abschiedskuss auf den Mundwinkel gab, wo ihr Lächeln begann. Als sie sie wieder aufschlug, sah er ihr tief in die Augen. Sie hielt seinem Blick stand und wünschte inständig, er möge sie noch ein mal küssen, dieses Mal richtig. Bertie verstand es hervorragend, Körpersprache zu deuten.

Als ihre Lippen sich trafen, musste Ginny sich an die Wand lehnen. In ihrem Inneren taten sich Dinge, die sie nie für möglich gehalten hätte. Es fühlte sich an, als schmelze in ihr ein großer Becher Eiscreme und sickere als köstliche Pfütze in ihr Höschen. Vielmehr in Sashas Höschen. Mein Gott, was geschah nur mit ihr? Seine Hände lagen um ihre Taille, seine Lippen streiften ihr Ohrläppchen. Sie schauderte, als er raunte:

»Soll ich nicht mit reinkommen und dich ins Bett bringen?«

Meine Güte, was dachte sie sich eigentlich dabei? Sie musste verrückt sein, vor ihrer eigenen Haustür mit einem völlig Fremden herumzuknutschen. Auf der anderen Straßenseite hörte sie den Motor von James Wagen surren. Und wenn er sie sehen konnte? Was würde er von ihr denken?

Sie bemühte sich, streng auszusehen, aber das Lächeln wollte nicht von ihren Lippen weichen.

»Nein. Auf keinen Fall.«

Er bedeckte ihr Kinn, ihren Hals mit hauchzarten Küssen, die sie fast zum Schreien brachten. Sie legte den Kopf in den Nacken und grub die Zähne in die Unterlippe – halb hätte sie sich am liebsten hingegeben, halb wollte sie unbedingt die Kontrolle behalten.

Zwei Gesichter am Fenster brachten sie zur Besinnung. Mist, die Zwillinge. Wieso waren sie schon zu Hause?

»Entschuldigung, ich muss gehen.« Sie hatte schon die Hand am Türknauf, um aufzusperren. Er schickte sich an, ihr zu folgen, aber ihr Blick ließ ihn erstarren – es war ihr strengster Oberschwesternblick.

»Ich meine es ernst.«

Er hob beschwichtigend die Hände.

»O.K. Aber du kommst mir nicht für immer davon. So schnell gebe ich nicht auf.«

»Davon bin ich überzeugt«, antwortete sie schnippisch und verschwand im Haus.

Kitty und Sasha starrten sie mit in die Hüften gestemmten Armen an.

»Wer war das denn?«, fragten sie im Chor.

Ginny grinste. »Der schändliche Bertie. Ich glaube, ich hätte ihn abschleppen können.«

Die Zwillinge schauten sich entsetzt an, bevor sie ihre Mutter angrinsten.

»Toller Erfolg«, sagte Sasha.

»Respekt«, sagte Kitty.

Ginny hob warnend den Finger.

»Ich bin eindeutig hundertprozentig nicht interessiert. Mit dem gibt es nichts als Ärger, das sieht man ihm schon von weitem an.«

Die Zwillinge verschränkten gleichzeitig die Arme und schüttelten den Kopf.

»Diese Chance darfst du dir nicht entgehen lassen, Mum.«

»Er ist umwerfend.«

»Nein. Ich werde ihn nicht mal mit der Kneifzange anpacken. Und ihr beiden ebenso wenig, möchte ich hinzufügen.«

Das brachte sie auf einen Gedanken. Sie durfte nicht zulassen, dass Bertie ein Auge auf die Zwillinge warf. Sie wären verlockende Beute für einen Schürzenjäger wie ihn.

Sie ging in ihr Schlafzimmer, zog ihre Partykleider aus und faltete sie fein säuberlich zusammen, wie um sich selbst daran zu erinnern, dass sie eine vernünftige, erwachsene Frau war und alles im Griff hatte. Anschließend schminkte sie sich ab, putzte sich die Zähne, zog ihren Schlafanzug an und schlüpfte ins Bett. Zum Glück hatten die Mädchen ihre Heizdecke eingeschaltet, und so fühlte sie sich warm und behaglich wie in einem Kokon, als sie einschlief.

Im Honeycote Arms war Barney gerade in einen zufriedenen, weinseligen Schlummer gesunken, als ein Geräusch ihn weckte. Erschrocken fuhr er auf und erkannte niedergeschlagen, dass Suzanna in ihr Kissen schluchzte.

Sofort streckte er den Arm aus, um sie zu trösten, aber sie schob ihn fort.

»Schon gut. Alles in Ordnung. Ehrlich. Ich habe nur einen schlechten Moment ...«

Bei diesen Worten schluchzte sie nur noch heftiger und warf sich in seine Arme.

»Es tut mir Leid!«

»Ich weiß, ich weiß.«

Er tätschelte hilflos und verzweifelt ihr Haar. Er war so erleichtert gewesen, weil ihr Leben in Honeycote bisher so gut gelaufen war. Er hatte geglaubt, sie kämen voran und hätten die Geister der Vergangenheit zurückgelassen. Wären auf dem Weg der Besserung. Doch nein. Es war nur eine vorübergehende Besserung gewesen. Als er sie an sich drückte und spürte, wie der Schmerz aus ihr herausquoll, hatte er das Gefühl, am Rand eines finsteren Abgrunds zu stehen.

Die Geister waren wieder da.

11

Barney hoffte inständig, der Schlaf möge die Verzweiflung vertrieben haben, doch als er am nächsten Morgen aufwachte, wusste er instinktiv, dass Suzanna ebenfalls wach war, aber so tat, als schliefe sie noch. Ihre finstere Stimmung war fast schon körperlich spürbar. Sie war wieder in eine ihrer »schwarzen Wolken« gerutscht, jene heimtückischen, unüberwindlichen Anfälle von Depression, die er zu fürchten gelernt hatte. Es gab keine Heilung; es war unmöglich, sie da herauszuholen. Selbst ein mehrfacher Millionengewinn in der Lotterie könnte sie nicht aufheitern.

Mehrmals hatte er sie zu überreden versucht, Medikamente zu nehmen, die sie bei ausgeglichener Stimmung hielten, war aber auf taube Ohren gestoßen. Sie erklärte, sie müsse etwas fühlen, statt alles mit Pillen auszublenden. Das gehöre zur Trauerarbeit. Barney hatte den Eindruck, dass sie sich unnötig quälte, aber sie blieb hartnäckig. Aus unerfindlichen Gründen hatte sie immer einen Bogen um verschreibungspflichtige Medikamente gemacht.

Schon merkwürdig, dass sie sich Alkohol und Zigaretten erlaubte, die nachweislich schädlich waren, aber Medikamente ablehnte, die doch eine heilende Wirkung haben sollten. Sie hatte auf einer Entbindung ohne Narkose bestanden, was Barney mehr als seltsam fand. Wieso sollte eine Frau sich den Schmerzen einer Niederkunft aussetzen, obwohl es Mittel dagegen gab? Dafür bekam sie schließlich keine Medaille. Und warum wollte sie nun unter Depressionen leiden, obwohl es pharmazeutische Möglichkeiten dagegen gab? Es kam ihm beinahe so vor, als habe sie masochistische Züge. Oder – das war Barneys persönliche Theorie – als wolle sie sich für Olivers Tod bestrafen, als wäre ihr Leiden eine Art Wiedergutmachung.

Er fragte sich, was den jetzigen Schub ausgelöst haben mochte. War er hormonell bedingt? War sie von der harten Arbeit der vergangenen Woche erschöpft? Machte sich der Aufruhr des Umzugs plötzlich bemerkbar oder hatte sie gestern Abend nur zu viel getrunken? Carolines taktlose Fragen waren nur der Auslöser gewesen. In einer stabileren Verfassung hätte Suzanna sie vielleicht problemlos weggesteckt.

Es war sinnlos, die Ursachen zu analysieren. Die schwarze Wolke war da und Barney musste versuchen, sie so schnell wie möglich da herauszuholen. Aus Erfahrung wusste er, dass diese trübsinnige Stimmung Tage oder Wochen anhalten konnte, aber sie hatten keine Zeit. Einen Augenblick lang wallte Ärger in ihm hoch. Das konnte er nun wirklich nicht gebrauchen. Verdammt – er erlaubte sich auch nicht den Luxus von Depressionen, dabei hatte er dasselbe Trauma durchgemacht. Natürlich würde er das nie laut aussprechen, es störte ihn sogar, dass ihm so ein Gedanke überhaupt in den Sinn kam. Aber er fühlte sich bereits überfordert, wenn er daran dachte, wie viel Arbeit in der nächsten Woche auf ihn wartete. Um sie zu bewältigen, musste er auf vollen Touren laufen. Und Suzanna musste ebenfalls voll auf der Höhe sein. Das ganze Projekt hing entscheidend von ihr ab, da sie von ihnen beiden die Kreative war, die dem Honeycote Arms eine Seele geben sollte. Wenn er von einem Bus überfahren werden sollte, wäre er im Grunde zu ersetzen, aber sie nicht.

Barney machte sich nicht vor, dass er viel dazu beigetragen hatte, sie dorthin zu bringen, wo sie heute waren. Sowohl Mickey als auch Keith war es bei ihren Vorstellungsgesprächen an den Augen abzulesen gewesen, wenn Suzanna das Wort ergriffen hatte: Sie war es, die vor Ideen, Kreativität und Begeisterung nur so sprühte und ihrem Traum Leben eingehaucht hatte. Sie war leidenschaftlich, getrieben, zielstrebig, gleichzeitig aber auch offen, empfänglich für Vorschläge und Ideen anderer. Es gelang ihr jedoch immer, jedem Unterfangen mit einer kleinen Veränderung ihren Stempel aufzudrücken, der ihren unnachahmlichen, eigenen Stil ausmachte. Sie hatten sich wegen Suzanna für die Blakes als Pächter entschieden, nicht wegen Barneys Versicherungen, dass er Ahnung von Gewinn- und Verlustrechnung, Portionskontrolle und den Feinheiten der einschlägigen Vorschriften hatte.

Mit dieser Vermutung unterschätzte Barney sich allerdings, denn letztlich waren sie ein Team. Keiner konnte es ohne den anderen schaffen: Sie waren Yin und Yang, die zwei Hälften eines Ganzen; beide besaßen Fähigkeiten und Eigenschaften, die sich perfekt ergänzten. Aber die schwarze Wolke brachte dieses Zusammenspiel in Gefahr. Barney erinnerte sich, wie Suzanna vor acht Monaten drei Tage im Bett geblieben war und er eine Taufe absagen musste, für die sie das Catering übernommen hatte. Da es unentschuldbar war, einen Auftrag so kurzfristig platzen zu lassen, hatte er behaupten müssen, sie habe eine Gürtelrose, denn alles weniger Schwerwiegende hätte ihrem Ruf geschadet.

Barney blieb noch eine Weile still liegen, um zu überlegen, was er tun sollte. Er musste die Augen schließen. Kellys Schlafzimmer machte ihn völlig fertig: Die pinkfarbenen Wände vermittelten ihm das Gefühl, in einer Barbie-Welt zu leben. Er suchte verzweifelt nach einer Lösung. Suzannas Mutter Iris gelang es manchmal, sie aus dieser Wolke zu holen, aber dazu hätte er nach Richmond fahren müssen, um sie zu holen, und wo hätte sie schlafen sollen? Sie begnügten sich mit ihrer Unterkunft nur, weil sie es sich selbst ausgesucht hatten. Einer 72-Jährigen konnte man das hier nicht zumuten.

Plötzlich hatte er eine Idee. Das perfekte Ablenkungsmanöver! Manchmal, ganz selten, ließ sie sich mit etwas völlig Neuem aus ihrem Trübsinn reißen. Er schlüpfte aus dem Bett, nahm seine Kleider und schloss leise die Tür hinter sich, um sie nicht zu stören.

Er hoffte, der Dieselmotor des Jeeps würde sie nicht aufschrecken. Und wenn schon, sie würde sicher glauben, er hole die Zeitungen. Sie lasen immer den *Independent* und die *Mail* – die eine, um die grauen Zellen anzuregen, die andere, um sich über Klatsch, Mode und die Kochrezepte in der Beilage *You* auf dem Laufenden zu halten. Er hielt jedoch nicht an der Poststelle, die sonntagmorgens für zwei Stunden öffnete, um Zeitungen und Croissants zu verkaufen, sondern fuhr geradewegs nach Eldenbury, wo er das Haus von James und Caroline suchte. Da war es, ein herrliches

Gebäude, das mit der Schmalseite zur Hauptstraße lag. In der einen Hälfte war der Laden untergebracht, in der anderen die Wohnung. Er hatte sich von seiner spontanen Idee so mitreißen lassen, dass ihm erst, als er den Türklopfer betätigte, der Gedanke kam, ob zehn Uhr nicht zu früh war. Doch dann fiel ihm ein, dass sie ein Baby hatten. Sie waren sicher schon seit Stunden auf.

Caroline öffnete die Tür. Barney entschuldigte sich:

»Es tut mir Leid, dass ich störe ...«

Sie winkte ihn munter und gelassen herein, ohne eine Erklärung für sein Kommen abzuwarten.

»Kommen Sie rein, kommen Sie rein. James ist schon weg – er muss die Gemälde irgendeiner alten Schachtel begutachten. Mich hat er hier gelassen, damit ich mich um meinen Kopf und das Baby kümmere. Warum hat mir gestern Abend niemand gesagt, ich soll mit dem Trinken aufhören?«

Sie schaute ihn mit gespielter Entrüstung an, wirkte jedoch nicht sonderlich leidend, obwohl er in ihr kaum den sexhungrigen Vamp vom Vorabend wieder erkannte. Vom tiefen Ausschnitt und der wilden roten Lockenmähne keine Spur. Sie hatte das Haar zu einem unordentlichen Pferdeschwanz zusammengebunden und trug ein hellblaues Sweatshirt, schwarze Leggings und Schaffellpantoffeln. Auf ihrer linken Schulter prangten verdächtige Flecken. Grinsend bemerkte sie, wie Barney sie misstrauisch musterte.

»Entschuldigen Sie die Designer-Kotze. Henry besteht darauf, das halbe Fläschchen wieder von sich zu geben.« Sie führte ihn in die Küche, die wie ein Bombentrichter aussah. Das Frühstück stand überall verstreut, im Spülbecken weichte das Geschirr vom

Vorabend ein – oder wohl eher das Geschirr vom Vorvorabend, da sie gestern eingeladen waren. Der *Sunday Telegraph* lag auf dem Tisch ausgebreitet. Auf dem Abtropfbrett warteten leere Babyfläschchen. Caroline schnitt eine Grimasse. »James bringt mich um, wenn ich nicht aufräume, bevor er nach Hause kommt. Seine Putzfrau weigert sich zu putzen, wenn ich nicht in die Gänge komme. Aber es ist wie durch Zuckersirup zu waten, wenn man ein Baby hat und versucht irgendwas zu erledigen. Tagsüber schläft Henry so gut wie nie. Wenigstens schläft er nachts durch, ich darf mich also nicht beklagen. Eigentlich ist er ein Engel. Nicht wahr, mein Kleiner?«

Sie warf ein Kusshändchen in Richtung Boden. Als Barney nach unten schaute, schnürte es ihm die Kehle zu. Ein knallbunter Babysitz, wie Oliver ihn besessen hatte. Und darin gurgelte zufrieden ein herrlich pausbäckiges Baby mit roten Locken.

Er stolperte rückwärts, als habe er einen Schlag bekommen. Vor Schreck bekam er keine Luft. Er hatte sich nie daran gewöhnt, wie plötzlich und unerwartet es einen treffen konnte. Er hatte gedacht, er habe es überwunden. Nun ja, nicht direkt überwunden – über so einen Verlust kam man nie ganz hinweg. Aber er hatte gedacht, er könne damit umgehen. Zumindest in der Öffentlichkeit. Im Stillen erlebte er immer noch schmerzliche Momente, aber er hatte wirklich geglaubt, er habe sich im Griff. Dem war jedoch offenbar nicht so. Das würde ihn lehren, selbstgerecht andere zu verurteilen.

Caroline schaute ihn besorgt an.

»Barney? Was ist?«

Barney brachte kein Wort heraus. Ein erstickter Laut drang aus seiner Kehle.

»Ist alles in Ordnung?«

Barney strich sich über das Gesicht. Nichts war in Ordnung. Ganz und gar nicht. Er schwamm in einer Mischung aus Elend, Selbstmitleid und Verzweiflung. Auf der einen Seite hätte er am liebsten Carolines Baby in den Arm genommen, um noch einmal so ein weiches, warmes, zappelndes Bündel zu spüren, auf der anderen wäre er am liebsten aus dem Haus gestürzt und nie wieder gekommen.

Bei Barneys ersticktem Keuchen war Caroline sofort an die Spüle gelaufen, um ihm ein Glas Wasser zu holen. Besorgt reichte sie es ihm und sah erschrocken, dass er schluchzend zusammenbrach.

Er deutete auf das Baby.

»So eins hatten wir auch.«

»Ein Baby?«

»Eine Wippe. Für unser Baby.«

Caroline wirkte völlig verdutzt. Barney rang um Fassung.

»Scheiße, es tut mir Leid. Sie müssen mich für einen kompletten Idioten halten.«

»Was für ein Baby?«

Ihre Vereinbarung, niemandem etwas von Oliver zu sagen, kam ihm plötzlich grauenhaft vor. Jetzt war die Katze aus dem Sack, und Barney merkte, dass er es Caroline erzählen wollte. Er schnappte mühevoll nach Luft.

»Wir hatten einen kleinen Jungen. Oliver. Er ist mit sechs Monaten gestorben.«

»Mein Gott.«

»Krippentod. Sie sagen, er hätte nichts davon gespürt, er sei einfach eingeschlafen und nicht wieder aufgewacht …«

Das sagte er hauptsächlich, um sich selbst zu überzeugen. Wie oft hatte er sich damit gequält, sich Olivers letzte Augenblicke auszumalen. Einen Moment lang glaubte Barney, er würde wieder anfangen zu weinen. Nur mit größter Willenskraft gelang es ihm, die Tränen zurückzuhalten. Inzwischen hatte auch Caroline feuchte Augen.

»Das ist ja schrecklich. Etwas Schrecklicheres kann ich mir gar nicht vorstellen.« Sie drückte ihm mitfühlend den Arm. »Es tut mir so Leid.«

Barney lächelte sie dankbar an und kam sich vor wie ein Trottel. Er konnte nicht fassen, dass er einfach so damit herausgeplatzt war. Er hielt es für das Beste, nichts mehr zu sagen. Caroline, der plötzlich etwas eingefallen war, schlug sich mit der Hand auf den Mund.

»Scheiße – und das nach allem, was ich gestern Abend gesagt habe. Ich habe Suzanna ihre biologische Uhr unter die Nase gerieben. Mein Gott ... warum hat mir denn niemand gesagt, ich soll den Mund halten?«

Mit schlechtem Gewissen setzte sie sich neben Barney.

»Schon gut. Woher sollten Sie es auch wissen?«

Caroline schaute ihn an.

»In der Brauerei weiß niemand davon, stimmt's?«

Barney merkte, dass Caroline keineswegs die durchgeknallte und zum Partygirl mutierte Mutter war, die sie gern vorspielte. Sie war klug und scharfsinnig und er konnte sich nur allzu gut vorstellen, dass die Interessen der Brauerei ihr am Herzen lagen. Hilflos zuckte er die Achseln.

»Suzanna und ich waren übereingekommen, nichts davon zu sagen. Es erschien uns irgendwie einfacher so. Wir wollten nochmal ganz von vorn anfangen.«

»So tun, als ob es nie passiert wäre?«

»Nein, das geht nicht. Eigentlich war es wegen Suzanna. Sie hat es sehr schwer genommen.«

Caroline schauderte.

»Wer würde das nicht?«

»Ich glaube, sie wollte eine Chance, neu anzufangen. Ein neuer Mensch werden. Nicht als tragische Figur abgestempelt sein. Ich glaube, sie hatte Angst, dass die Leute nur auf Anzeichen eines Nervenzusammenbruchs warten würden, wenn sie von Oliver wüssten. Oder dass sie ständig Rücksicht nähmen.«

»Das verstehe ich, aber finden Sie nicht, dass es so etwas wie eine Täuschung ist, wenn Mickey und Keith nicht voll im Bilde sind?« Caroline klang besorgt.

»Ich wäre Ihnen dankbar, wenn das unter uns bleiben könnte. Zumindest vorerst. Ich glaube, Suzanna könnte nicht damit umgehen, wenn alle Bescheid wüssten – nicht gerade jetzt. Der Umzug und alles – es war ziemlich viel Stress.«

Caroline willigte ein, wenn auch zögernd. Sie bot Barney an, sich bei ihm auszuweinen, wann immer ihm danach sei. Barney war unglaublich gerührt von ihrer großzügigen Art. Das Reden hatte ihm gut getan. Auf den ersten Blick mochte Caroline zwar recht abschreckend wirken, aber sie war ehrlich und sagte, was sie dachte, eine Eigenschaft, die ihm gefiel, weil er den Eindruck gewann, ihr vertrauen zu können.

Er wollte gerade gehen, als ihm einfiel, weshalb er ursprünglich gekommen war.

»Fast hätte ichs vergessen: Ich wollte einen Welpen haben.«

»Kein Problem. James wird sich freuen.«

»Man kann doch nicht aufs Land ziehen und keinen Hund haben. Und für den Pub ist es ein Stück Sicherheit.«

»Ich kann Ihnen nicht versprechen, dass aus ihnen gute Wachhunde werden. Ihre Mutter würde einen bestenfalls tot lecken. Kommen Sie und schauen Sie sich die Hunde selbst an.«

Sie führte ihn über den Hof in eine Garage, wo eine schokoladenbraune Labradorhündin ein Häufchen zappelnder, gefleckter Fellknäuel säugte.

Barney suchte sich einen Welpen aus, der die Farbe des Brotaufstrichs Marmite hatte. Das erschien ihm gleich ein passender Name.

»Marmite«, murmelte er und grub das Gesicht in das weiche Fell.

»Am besten nehmen Sie ihn gleich mit«, sagte Caroline. »Dann pinkelt einer weniger hier rum.«

Auf dem Heimweg hielt Barney bei der Tierfutterhandlung und kaufte einen schönen Weidenkorb, eine Hundedecke, zwei Edelstahlnäpfe, ein Halsband mit Leine und einen Vorrat von dem Hundefutter, das Caroline ihm empfohlen hatte. Als er den Welpen mit seinem Korb in den Kofferraum stellte, wurde ihm klar, dass er zwar den Hund umsonst bekommen, aber für die Ausstattung über hundert Pfund ausgegeben hatte.

Als er nach Hause kam, sah er überrascht, dass Suzanna tatsächlich aufgestanden war. Sie saß im Spielsaal, in dem sie ein provisorisches Büro eingerichtet hatten. Man hatte ihnen einen Raum in der Brauerei angeboten, aber Barney war es lieber, wenn mindestens einer von ihnen ständig vor Ort war, nachdem die Abrissarbeiten nun beendet waren und die eigentliche Renovierung begann. Man konnte nicht darauf vertrauen, dass Bauarbeiter und Dekorateure mit ihrer Arbeit vorankamen, wenn ihnen nicht ständig jemand im Genick saß. Außerdem gab es Lieferungen zu prüfen und Entscheidungen zu treffen. Sie hatten daher alles, was sie im Spielsaal abgestellt hatten, in die Nebengebäude geräumt und den Raum mit Telefon, Computer und einem großen Tisch für Besprechungen ausgestattet. Dort studierte Suzanna gerade Rezepte und Speisekarten konkurrierender Lokale und Preislisten von Lieferanten. Sie schaute Barney argwöhnisch an.

Er stand in der Tür, den zappelnden Welpen im Arm.

»Was ist das?«, fragte sie.

Barney ging zu ihr und beugte sich herunter. Der Welpe sprang munter auf den Boden.

»Er ist für dich. Er heißt Marmite.«

Suzanna schaute mit feindselig starrer Miene zu ihm auf.

»Ich will keinen Babyersatz.«

Es trat eine gespenstische Stille ein, während beide schockiert ihre harsche Antwort nachhallen ließen.

»Es ist kein Babyersatz«, sagte Barney. »Es ist ein kleiner Hund, verdammt. Ich dachte, er würde dich davon ablenken, dich nur mit dir zu beschäftigen.«

Er machte auf dem Absatz kehrt und marschierte hinaus.

Suzanna wurde rot vor Scham. Sie war wirklich ein Biest. Aber niemand schien zu begreifen, wie leicht man in eine Abwehrhaltung geriet. Ihre Reaktionen waren Reflexe, Schutzmechanismen. Wenn sie diese Barriere nicht aufbaute, würde sie zusammenbrechen.

Das Hündchen schaute sie an. Seine Pfoten waren lächerlich groß; es sah aus wie ein kleiner Junge in den

Pantoffeln seines Vaters. Es watschelte zu ihr, hockte sich hin und pinkelte trotzig auf den Boden, ohne den Blick von ihr abzuwenden.

»Du kleines Mistvieh!«, schimpfte sie völlig hingerissen. Sie hob ihn mit einer Hand auf und rieb ihre Nase an seiner.

»Hallo, Marmite«, flüsterte sie.

Wie hatte sie nur so gemein zu Barney sein können? Er hatte Marmite mit derart hoffnungsvoller Miene vor ihr auf den Boden gestellt und sie hatte so brüsk reagiert, weil sie völlig überrascht war, weil sie immer noch an dem Trauma des vergangenen Abends knabberte. Es hatte sie schon ihre gesamte Kraft gekostet, heute Morgen überhaupt aufzustehen, aber sie hatte sich dazu gezwungen und sich gesagt, dass sie trotz allem weitermachen musste. Und nun hatte sie ihre guten Vorsätze mit ihrer Stichelei zunichte gemacht.

Sie nahm Barney seine scharfe Reaktion nicht übel. Vielmehr machte sie ihr Angst, weil er sonst immer so geduldig war.

Mit Marmite auf dem Arm machte sie sich auf die Suche nach ihm. Er war im Keller, umgeben von Röhren, Fässern, Eimern und Flaschen mit Bleichmittel. Suzanna schluckte.

»Ich ... weiß gar nicht, was ich zu meiner Entschuldigung sagen soll. Er ist ein ganz süßer Kerl und ich habe ihn gar nicht verdient. Ich habe dich nicht verdient ... und du hast mich nicht verdient. Ich habe mich abscheulich benommen.«

Barney schaute sie ernst an, sehr ernst. Ihr Herz pochte. War es das? War sie dieses Mal zu weit gegangen?

Er reichte ihr einen großen roten Eimer mit Desinfektionsmittel und einen riesigen Schrubber.

»Geh schrubben«, grinste er. Vor Erleichterung hätte Suzanna beinah den Hund fallen lassen.

In der Nacht nach dem Abendessen bei den Liddiards träumte Ginny nur wirres Zeug. Mehrmals meinte sie neben sich auf dem Kopfkissen einen dunklen Kopf zu sehen, der sie mit funkelnden Augen anstarrte und tief und heiser lachte. Am nächsten Morgen wachte sie wie erschlagen auf und sagte sich, die ungewohnte Menge Wein und das üppige Essen müssten ihr wohl schwer im Magen gelegen haben, denn das Bett war eindeutig leer und sie trug ihren grauen Flanellschlafanzug. Darin hätte sie auf keinen Fall all das angestellt, was sie geträumt hatte. Aber es war ihr durchaus real vorgekommen und die Bilder gingen ihr noch den ganzen Tag durch den Kopf. Was sie wirklich beunruhigte, war die Frage: Wenn sie tatsächlich ihrer Fantasie entsprangen, woher kamen diese Ideen bloß? Sie hatte den Eindruck, dass Bertie sie verhext und seine schamlosen Gedanken in ihren Kopf gezaubert hatte.

Als sie um zehn Uhr nach unten stolperte, hatten die Zwillinge bereits im Postlädchen Croissants geholt. Wieso waren sie eigentlich schon zu Hause? Eigentlich hätten sie über Nacht bei David bleiben sollen. Sasha guckte rebellisch, als Kitty erklärte:

»Sasha hat was zu Faith gesagt, da ist sie durchgedreht. Dad hielt es für das Beste, uns nach Hause zu bringen.«

»Armer Kerl. Stell dir vor, mit dieser neurotischen Kuh leben zu müssen.« Sasha strich trotzig Erdbeerkonfitüre auf ihr Croissant. Ginny bemühte sich um eine strenge Miene.

»Was hast du denn zu ihr gesagt, Sasha?«

»Ich habe sie nur gefragt, ob sie sicher ist, dass es keine Zwillinge werden. Sie ist unglaublich dick.«

»So dick ist sie gar nicht«, wandte Kitty ein.

»Es war ein Witz! Mein Gott, versteht hier eigentlich keiner mehr einen Witz?«

Ginny verkniff sich ein Grinsen. Jede Frau, die nicht ganz so neurotisch auf ihr Gewicht achtete wie Faith, hätte diese Stichelei wegstecken können. Dennoch wies Ginny ihre Tochter zurecht, weil sie wusste, dass man ihre Späße durchaus als Bosheit auffassen konnte und Sasha nicht immer klar war, wie sehr sich andere ihre Bemerkungen oft zu Herzen nahmen.

Nachdem Ginny zwei Croissants mit einer Alka-Seltzer und drei Tassen Tee heruntergespült hatte in der Hoffnung, den Restalkohol aus ihrem Blut zu waschen, fühlte sie sich stark genug, ein Thema anzuschneiden, das ihr seit dem Aufstehen im Kopf herumspukte. Es war ein Gesprächsfetzen vom Vorabend, auf den sie sich zu konzentrieren versuchte, um die Erinnerung an Berties Küsse zu verdrängen, die sie in Wackelpudding zu verwandeln drohten.

»Ihr wisst doch, dass ich einen Job gesucht habe und nichts Passendes finden konnte? Also, jemand hat vorgeschlagen, ich soll einen Bügelservice aufmachen. Was haltet ihr davon?«

Es entstand eine kleine Pause.

»Ich würde lieber für Geld vögeln als die Wäsche anderer Leute zu bügeln«, erklärte Sasha mit Nachdruck.

»Vielen Dank, dass du uns das mitteilst, Sasha. Leider kommt das nicht in Frage«, antwortete Ginny brüsk. Sie kritzelte ein paar Zahlen auf einen Zettel.

»Ich schätze, ich könnte für einen Korb Bügelwäsche 20 Pfund verlangen. Für jeden Korb würde ich etwa eine Stunde brauchen, maximal anderthalb Stunden. Zwei Körbe pro Tag wären 200 Pfund in der Woche. Ich wäre mein eigener Herr, hätte die Tage für mich und könnte abends bügeln. Oder wenn ich mich beeile, könnte ich um elf Uhr morgens fertig sein ... egal. Wichtig ist, dass ich es mir einteilen kann, wie ich will.«

Kitty runzelte die Stirn. »Ich finde es unfair, dass du arbeiten musst.«

Ginny war gerührt.

»Ich möchte arbeiten. Ich möchte ein bisschen unabhängiger sein. Ein bisschen eigenes Geld verdienen, damit ich nicht jedes Mal, wenn ich etwas haben möchte, zu eurem Vater kriechen muss.«

Ihr fiel auf, dass sie in Scheidungsjargon verfiel, obwohl sie offiziell gar nicht in Scheidung lebten. »Euer Vater«. Sonst hatte sie ihn immer als »Dad« bezeichnet. Sasha schwenkte solidarisch ihr Messer.

»Erzähl mir nichts von Kriecherei. Er ist ja so ein Geizkragen. Und weißt du, was Faith für ihren neuen Kinderwagen ausgegeben hat? Sechshundert Mäuse! Ich habe ihm gesagt, dafür hätte er uns glatt ein Auto kaufen können.«

»Halt den Mund, Sasha. Hier geht es um Mum, nicht um uns.« Kitty wandte sich an Ginny: »Probier es doch einfach mal aus. Du hast doch nichts zu verlieren. Und wenn es dir nicht gefällt, kannst du ja wieder aufhören.«

Kitty hatte Recht. Sie hatte nichts zu verlieren. Dankbar für die Unterstützung lächelte sie ihre Tochter an. Sasha schaltete sich ein:

»Ich mache dir ein Plakat. Das kannst du im Postladen aufhängen.«

Ginny hob eine Augenbraue. »Ich dachte, du fändest die Idee nicht gut?«

»Ich meinte doch nur, dass *ich* es nicht machen würde. Niemand würde mich auch nur in die Nähe seiner Bügelwäsche lassen. Aber du bist ein richtiges Bügelgenie.«

Ginny schmunzelte. Sasha war schon immer ein Meister des indirekten Kompliments gewesen.

»Na dann los.«

Schlagartig wurde Ginny aktiv, nahm eine erfrischende Dusche und zog sich an, da sie darauf brannte, ihr neues Projekt in Angriff zu nehmen. Ihr fiel ein, wie Bertie sie genannt hatte, und so bat sie Kitty, in den alten Büchern von Beatrix Potter die Geschichte von Mrs. Tiggywinkle herauszusuchen. Sie fand ein Bild von der alten Igelin mit einem Wäschekorb unter dem Arm und scannte es in ihren Computer. Sasha experimentierte mit Schrifttypen und Farben herum, bis ein ansprechendes Werbeplakat in A4-Format entstanden war. Anschließend kaufte Ginny im Supermarkt ein halbes Dutzend viereckige Weidenkörbe, die sie an ihre zukünftigen Kunden verteilen würde, um die Wäschemenge zu kontrollieren, die sie ihr gaben. Sie war überzeugt, dass die Leute die Größe eines Korbes recht unterschiedlich auslegen würden. Außerdem passten sie hervorragend zu dem Image, das sie sich aufbauen wollte: eine traditionelle, altmodische Dienstleistung. Außerdem wollte sie garantieren, dass sie die Wäsche binnen 48 Stunden zurückbringen würde. Es hatte schließlich keinen Sinn, seine Bügelwäsche außer Haus zu geben, wenn sie dann wochenlang nur herumläge.

Ein neues Bügeleisen kaufte sie sich auch, das brauchte sie ohnehin, und dazu ein neues Bügelbrett.

Die Quittungen heftete sie in einem Ordner mit der Aufschrift »Geschäftliches« ab, obwohl sie im ersten Jahr wohl kaum so viel verdienen würde, dass sie ihr Einkommen versteuern musste. Aber man konnte nie wissen. Sie war vielleicht keine Anita Roddick, aber schließlich fing jeder mal klein an. Wer weiß, vielleicht würde sie bis zum Jahresende ein multimillionenschweres Unternehmen aufbauen.

»Du bist ja so gut gelaunt.«

Keith strahlte.

»Ja.«

Er und Mandy aßen gemeinsam Pilze auf Toast als eine Art Brunch, da keiner von ihnen vor elf Uhr aus seinem Zimmer gekommen war. Keith war wieder ins Bett gegangen, nachdem er die Vorhänge zurückgezogen hatte, um die herrliche Aprilsonne hereinzulassen, und wollte eigentlich die Sonntagszeitung lesen, aber seine Gedanken waren immer wieder zu Ginny geschweift. Noch nie hatte er sich auf Anhieb so für einen Menschen erwärmt. Und sie erweckte den Eindruck, dass sie jemanden brauchte, der sich um sie kümmerte. Er erinnerte sich an Lucys Schilderung, und da auch er verlassen worden war, konnte er nachfühlen, was sie durchgemacht hatte.

Keith wollte sich keine allzu großen Hoffnungen machen. Wahrscheinlich standen die Männer Schlange, um sie zu trösten, nicht zuletzt der schändliche Bertie. Keith hatte gesehen, mit welch raubgierigem Interesse er Ginny beobachtet hatte, und traute ihm nicht über den Weg. Bertie hatte ihm einige Ziegelsteine verkauft, als Keith sein Haus renoviert hatte, und ein Großteil hatte sich als unbrauchbar erwiesen. Das sei jedoch laut Bertie völlig normal und spiegele sich im Preis wider. Aber Keith hatte sich nicht einwickeln lassen. Dieser zerstreute, langhaarige englische Gentleman konnte ihm keine Sekunde etwas vormachen.

»Möchtest du mit mir nach Barton Court kommen und ein paar Sachen für den Garten holen?«

Mandy schüttelte den Kopf.

»Nein danke. Ich glaube, ich werde erst mal baden.«

Keith runzelte die Stirn. Sie wirkte müde, was er merkwürdig fand, da sie gestern Abend, als er ging, auf dem Bett gelegen und in einer Zeitschrift geblättert hatte. Er fragte aber nicht nach, weil sie ihm womöglich den Kopf abreißen würde, wenn er sich allzu besorgt zeigte. Sie war in letzter Zeit recht launisch. Er fragte sich, ob es sich dabei um eine verspätete pubertäre Phase handelte, denn als Teenager war sie nie sonderlich widerborstig gewesen. Aber er meinte nicht das Recht zu haben, in sie zu dringen und sie auszufragen. Flüchtig befielen ihn Gewissensbisse – fehlte ihr vielleicht eine Mutterfigur, eine Frau im Haus? Andererseits vermutete er, dass sie nicht vermissen konnte, was sie nie gekannt hatte: Seine Exfrau Sandra hatte ganz und gar nichts Mütterliches an sich.

Der Gedanke brachte ihn wieder auf Ginny. Sie schien die typische Mutter zu sein: sanft, verständnisvoll, immer für einen da, ohne einen zu sehr zu bemuttern. Er rief sich erneut in Erinnerung, dass er den Ereignissen nicht vorgreifen durfte. Bestimmt hatte Ginny mit ihren Zwillingen genug um die Ohren und war nicht unbedingt wild darauf, ihre Brut zu erweitern.

Er nahm sein Schlüsselbund. Eine Runde durch das örtliche Gartencenter würde ihn ablenken. Er wollte sich Gartenmöbel anschauen, da das Wetter inzwischen warm genug war, um abends draußen zu sitzen. Er dachte an einen schönen Tisch mit Stühlen und vielleicht eine Hollywoodschaukel.

Mandy atmete erleichtert auf, als Keith fort war. Sie wollte mit ihren Gedanken allein sein und ungestört über den vergangen Abend nachdenken. Sie war schon gegen halb sieben am Morgen aufgewacht, war aber entschlossen im Bett geblieben und hatte sich an die Überreste ihrer nächtlichen Träume geklammert, bis sie ihren Vater unten rumoren hörte und sich widerstrebend in die Realität zurückholen ließ.

Sie war gestern Abend kurz vor ihrem Vater nach Hause gekommen – sie hatte nicht riskieren wollen, dass er einen Herzinfarkt erlitt, wenn sie früh um drei auf dem Soziussitz eines Motorrads vorfuhr. Rick hatte sie ganz selbstverständlich zu Hause abgesetzt, ihr einen Kuss auf die Wange gegeben, flüchtig ihren Arm gestreichelt und ihr gesagt, sie solle auf sich aufpassen, bevor er dröhnend in der Dunkelheit verschwunden war.

Ohne zu wissen warum, hatte sie sich irgendwie beraubt gefühlt. In seiner Gegenwart empfand sie einerseits eine unmittelbar bevorstehende Bedrohung, ein Gefühl, das ihr zwischen Herz und Bauch hin und her flatterte wie ein verirrter Schmetterling und sie vor Sehnsucht ganz schwach machte. Andererseits fühlte sie sich bei ihm unglaublich geborgen, als sei er immer da, um auf sie aufzupassen. Es war beinah wie im Märchen, wo sie die Rolle des in Not geratenen Ritterfräuleins spielte und er den tapferen Prinzen, der sie vor allem Unheil bewahrte. Mandy wusste, dass das lächerlich war; ihr drohte kein Unheil, und falls doch, wären ihr Vater und Patrick die Ersten, die sie davor beschützen würden. Doch obwohl sie sich das immer wieder sagte, ging ihre Fantasie weiter mit ihr durch. Sie war wie besessen.

Dabei hatte Rick keinerlei Annäherungsversuche unternommen. Ganz im Gegenteil. Er hatte sie rein platonisch wie eine Bekannte behandelt und sie beiläufig seinen Freunden vorgestellt, die sich nichts weiter dabei dachten und sie als eine von ihnen akzeptierten. Alle schienen blendend miteinander auszukommen. Die Mädchen waren ebenso freundlich wie die Jungen. Sie behandelten Mandy weder als Eindringling noch als Bedrohung und maßen ihrer Kleidung keinerlei Bedeutung zu. Das war Mandy nicht gewohnt.

In den letzten anderthalb Jahren hatte sie sich daran gewöhnt, von anderen beneidet zu werden, weil sie gut aussah, mit Patrick zusammen war, einen reichen Vater oder eine gute Stellung hatte. Sie hatte es anderen nie unter die Nase gerieben – schließlich konnte sie nichts dafür, dass sie so vieles besaß, was andere sich wünschten. Sie gewann den Eindruck, dass man ihr deswegen mit Misstrauen begegnete und sie auf Abstand hielt. Als ob niemand reich, hübsch und dennoch nett sein könnte. Obwohl Mandy in sicheren Verhältnissen lebte, hatte sie daher oft das Gefühl, nicht dazuzugehören. Deshalb hatte sie sich ein bisschen in sich zurückgezogen, auch wenn sie wusste, dass sie dadurch wahrscheinlich hochmütig wirkte. Aber sie wusste nicht, wie sie die Barriere durchbrechen sollte.

Sophie war ihre einzige echte Verbündete gewesen, der einzige Mensch, dem sie rückhaltlos vertrauen konnte und der sie verstand. Sie vermisste sie schrecklich, weil sie mit ihr offen und ehrlich reden konnte. Denn obwohl Sophie in die Gesellschaft hineingeboren war, die Mandy immer ein bisschen nervös machte, hatte sie ihre Schwierigkeiten mit ihrer Kleidung, ihrer Figur und mit Jungen und suchte Mandys Rat. Sie schrieben sich im Augenblick zwar ständig E-Mails, aber im anonymen Cyber-Space ließ sich schlecht über Ängste und Sorgen reden. Für solche schwesterlichen Gespräche mussten sie gemütlich im Schlafzimmer hocken und sich gegenseitig die Fußnägel lackieren. So sehr Mandy sich auch bemühen mochte, bisher hatte sie niemanden gefunden, der Sophies Platz einnehmen konnte.

Die Mädchen in der Brauerei saßen in der Mittagspause bei Nudelterrine oder Slimfast-Mahlzeiten zusammen und redeten über Sex und Diäterfolge, doch sobald Mandy hereinkam, verfielen sie in frostiges Schweigen. Unausgesprochen unterstellten sie, dass sie sich keine Gedanken um überschüssige Pfunde oder die Treue ihres Freundes machen brauchte und daher nicht zu ihnen gehörte. Wenn sie mit Patrick darüber sprach, begriff er gar nicht, wieso sie sich überhaupt mit ihnen anfreunden wollte. Aber Mandy wollte von allen gemocht werden und war schockiert, dass sie ohne ersichtlichen Grund abgelehnt wurde.

Sie sah sich in eine völlig neue Welt geworfen und wusste nicht recht, wo ihr Platz war. Durch ihren Vater und ihren Freund stand sie ganz oben in der Hackordnung, aber ihre Position in der Brauerei war nicht einflussreich genug – sie fühlte sich nicht annähernd so akzeptiert wie Keith und Patrick. Sie stand allein da, strampelte sich ab in dem Versuch, sich zu behaupten, und verdrückte an neun von zehn Tagen einsam in ihrem Büro ihr Sandwich.

Wenn sie mit Patrick und seinen Freunden oder Bekannten ausging, die er seit Jahren kannte, fühlte sie sich ein bisschen wie ein Fisch auf dem Trockenen. Sie waren selbstverständlich nett und höflich, aber alle außer ihr hatten so viel gemeinsam und kannten sich so lange, dass Mandy kaum wusste, worüber sie mit ihnen reden sollte. Ständig ging es um Insiderwitze und Leute, von denen sie noch nie gehört hatte. Meist saß sie stumm mit einem starren Lächeln am Tisch und bemühte sich verzweifelt, alles amüsant zu finden und gute Laune zu versprühen, doch oft redeten die anderen nur über sie hinweg oder auf sie ein. Oder die Männer versuchten, sie zu begrapschen, wenn Patrick nicht hinschaute. Darüber durfte man sich aber offenbar nicht aufregen, sondern musste herausgeben, so gut man konnte. Als ein eindeutig verheirateter Freund von Patricks Vater ihr bei einer Dinnerparty einen unsittlichen Antrag machte, war sie entsetzt. Patrick hatte aber nur lachend erklärt: »Typisch Nigel«. Wenn das typisch war, wollte Mandy allerdings nichts mit ihnen zu tun haben.

Der einzige von Patricks Freunden, in dessen Gegenwart Mandy sich wirklich wohl fühlte, war Ned. Der große, kräftige, fröhliche, gutmütige Ned, der sie nie im Leben anmachen würde und jedem, der es versuchte, ordentlich eins auf die Nase gegeben hätte. Aber er war mit Sophie Tausende Meilen weit weg.

Ricks Freunde kennen zu lernen, war für Mandy daher eine Offenbarung. Sie waren ganz anders. Sie kümmerten sich nicht um Geld oder Kleider. Sie wollten lediglich Spaß haben. Sicher, sie stellten ihr Fragen, aber nicht aus Neugier, sondern aus Interesse. Und sie bezogen sie in ihre Gespräche ein und schätzten ihre Meinung. Sie wurde um ihrer selbst Willen akzeptiert, nicht weil ihr Vater reich war. Und als sie über ihren bevorstehenden Wochenendausflug nach

Devon sprachen, baten sie sie, mitzukommen. Mandy sagte lachend, sie würde es sich überlegen.

Den ganzen Sonntag konnte sie kaum an etwas anderes denken.

Gegen sechs Uhr abends rief Ginny Lucy an, um sich bei ihr für den netten Abend zu bedanken.

»Wie haben Sie sich mit Keith verstanden?«

Mit schlechtem Gewissen merkte Ginny, dass sie den ganzen Tag keinen Gedanken an Keith verschwendet hatte.

»Ich fand ihn reizend. Er hat mich zu dem Geländejagdrennen am nächsten Wochenende eingeladen.«

»Großartig. Ich hätte Sie ohnehin eingeladen, aber ich freue mich, dass Sie mit Keith hingehen. Er ist ... ein sehr guter Freund von uns.«

Mehr wollte sie dazu nicht sagen. Es gab nichts Schlimmeres, als Menschen in eine Beziehung zu drängen. Sie fuhr fort:

»Was ich von Bertie allerdings nicht behaupten kann. Es tut mir so Leid – er kann so eine Nervensäge sein. Er ist wie ein schlecht erzogener Hund, man muss ihm einfach ordentlich eins auf die Nase geben.«

Ginny gelang es, die Bemerkung mit einem Lachen abzutun.

»Keine Sorge, ich bin damit fertig geworden. Vermutlich bin ich sowieso viel zu alt für ihn.«

»Lassen Sie sich von seinem jungenhaften Äußeren nicht täuschen. Bertie ist schon fast vierzig und alt genug, dass er es eigentlich besser wissen müsste.«

»Hat er nie geheiratet?« Ginny bemühte sich krampfhaft, gelassen und nicht allzu erfreut zu klingen, dass Bertie ihr altersmäßig näher war, als sie gedacht hatte.

»Er war mit dem nettesten Mädchen der Welt verlobt. Tor Lyndhurst. Die hatte er eigentlich gar nicht verdient, eine wahre Heilige. Aber es kam nie zur Heirat.«

Plötzlich fiel Lucy auf, dass Ginny sie an Tor erinnerte. Eine ältere, etwas molligere Tor. Mittlerweile musste Tor allerdings etwa im gleichen Alter sein wie Ginny. Sie hielt es jedoch für besser, das nicht zu erwähnen. Hastig wechselte sie das Thema.

»Sie kommen also am nächsten Wochenende. Fantastisch. Wir reichen Getränke und Häppchen im Gästezelt.«

»Soll ich etwas mitbringen?«

»Nein, nein – das ist Sache von Honeycote Ales – alles wird geliefert. Weiß Gott, warum wir das machen, ich bin sicher, wir können es uns nicht leisten. Aber egal, bringen Sie nur eine Regenjacke mit. Es wird bestimmt regnen, das tut es immer.«

Lucy legte auf. Als Ginny einhängte, wünschte sie, sie hätte die einzige Frage gestellt, die sie unmöglich stellen konnte: Kam Bertie ebenfalls?

Lucy biss sich auf die Lippe, nachdem sie aufgelegt hatte. Sie war immer noch wütend auf James, weil er Bertie mitgebracht hatte, obwohl der Abend recht gut verlaufen war. Doch nun, da ihr Ginnys Ähnlichkeit mit Tor aufgefallen war, machte sie sich Sorgen.

Bertie war seit nunmehr zehn Jahren nur noch ein Schatten seiner selbst. Sicher, er war immer noch ein Lebemann, ein Witzbold und Partylöwe, aber er war nicht mehr mit dem Herzen bei der Sache. Er hatte sich nie davon erholt, dass seine Braut ihn vor all den Jahren am Traualtar hatte sitzen lassen. Lucy kam es so vor, als sei Bertie alles in allem trotz seines fröhlichen Auftretens eine tragische Figur. Eigentlich war er Zeit seines Lebens vom Pech verfolgt gewesen.

Bevor er den Spitznamen der schändliche Bertie erhielt, hieß er überall nur der arme Bertie. Nicht offiziell natürlich, aber jeder nannte ihn so.

Sein Vater, Vincent Meredith III, ein ungemein reicher amerikanischer Industrieller, war in den fünfziger Jahren nach England gekommen und hatte sich in Christina Lake verliebt, eine strahlend schöne Debütantin mit Rehaugen und wenig Hirn. Er eroberte sie im Sturm, feierte mit ihr eine märchenhafte englische Hochzeit und ließ sich in London nieder, um seine britischen Geschäftszweige auszubauen. Leider nahm dies seine Zeit zu stark in Anspruch. Christina brauchte vor allen Dingen Aufmerksamkeit, die bei ihrem Aussehen und ihren exhibitionistischen Neigungen nicht schwer zu finden war. So wurde sie zum Mittelpunkt des gesellschaftlichen Lebens in London. Auf ihrem Kaminsims stapelten sich die Einladungen, denen Christina zwangsläufig ohne Begleitung ihres Mannes folgte. Es gab Gerede über Flirts, wenn nicht gar Affären mit unzähligen Männern. Schon vor ihrer Ehe war sie ein echter Feger gewesen, und da sie nun ein beträchtliches Vermögen zur Verfügung hatte, kleidete sie sich stets nach der neuesten Mode, wurde zur Trendsetterin, lieferte ständig Anlass für Klatsch und Tratsch, stand im Rampenlicht und war unbeständig wie ein atemberaubender Schmetterling.

Als Bertie zur Welt kam, entstand eine kurze Pause in ihrem geselligen Leben, aber schon bald warf sie sich wieder ins Getümmel. Allerdings musste sie mittlerweile ihrer Lebensfreude mit Pillen und Alkohol nachhelfen. Schwangerschaft und Entbindung hatten ihren Tribut gefordert; ohne Hilfsmittel konnte sie ihre frühere Hochstimmung nicht wieder erreichen. So kam es zu einigen Faux pas, denn sie hatte die Dosierung nicht im Griff: entweder übertrieb sie es und wurde aggressiv oder sie brach ohnmächtig zusammen.

Schließlich teilte eine barmherzige Seele Vincent mit, das seine Frau sich zum Gespött der Leute machte, die nicht länger bereit seien, das hinzunehmen. Ihr Verhalten, das früher amüsant gewesen war, galt nur noch als peinlich. Da Vincent es für die einzige Möglichkeit hielt, seine Frau aus der Umgebung zu entfernen, die den Rahmen für ihr geselliges Leben bildete, kaufte er ein riesiges Anwesen in den Cotswolds und zog mit ihr dorthin.

Auf dem Land, das für Christina keinerlei Reize bot, verkümmerte sie zusehends. Sie kannte keine Menschenseele und hatte weder Lust zu jagen noch die Herrin des Landsitzes zu spielen. Bertie erinnerte sich, wie sie unglücklich durch das Haus geisterte und eine Zigarette nach der anderen rauchte. Manchmal schlief sie mit einer brennenden Zigarette auf dem Sofa ein, die er ihr dann abnahm und sorgsam im Kamin ausdrückte. Das Leben mit seiner Mutter war die reinste Achterbahnfahrt. Manchmal stand sie erst mittags auf. Manchmal blieb sie überhaupt den ganzen Tag im Bett. An guten Tagen zog sie ihm zuweilen seinen besten Mantel an, rief ein Taxi, ließ sich an den Bahnhof bringen und fuhr mit dem ersten Zug nach Paddington. Gemeinsam verbrachten sie dann den Tag bei Harrods, wo Bertie in der Obhut der Kellnerin im Restaurant große Eisbecher löffelte, während seine Mutter ein Kleid nach dem anderen anprobierte. Später fuhren sie, beladen mit Tragetaschen für sie und Pfefferminz und Lakritz für ihn, gerade rechtzeitig nach Hause, damit sie ihre Einkäufe im Kleiderschrank verstecken konnte, bevor Vincent mit dem nächsten Zug zurückkam. Denn er bemühte sich nach Kräften, sich um sie zu kümmern.

Doch Christina hatte keine Gelegenheit, ihre schicken Kleider anzuziehen.

An einem eisigen Morgen zu Beginn der Weihnachtsferien schlich Bertie gegen zehn Uhr mit einem Tablett mit Tee und Lebkuchen in ihr Zimmer in der Hoffnung, dass sie guter Laune aufwachen würde und er sie überreden könnte, mit ihm Stechpalmenzweige holen zu gehen. Manchmal war sie lustig, überschüttete ihn mit Aufmerksamkeiten und Küssen und sie lachten viel. Bisher war sie in diesen Ferien guter Laune gewesen. Außerdem hatte Bertie im Radio gehört, dass es vielleicht schneien sollte. Ihm gefiel die Vorstellung, dass seine Mutter in einem ihrer herrlichen Pelzmäntel mit ihm Schlitten fahren würde.

In ihrem Schlafzimmer roch es abgestanden und muffig. Durch die schweren Vorhänge war es nachtdunkel. Er wusste, dass sein Vater nicht hier geschlafen hatte, denn er hatte ihn am frühen Morgen aus einem der Gästezimmer kommen und seine Manschetten zuknöpfen sehen. Bertie zog vorsichtig einen der Vorhänge auf, gerade weit genug um zu sehen, wo er ging, aber nicht zu weit, um Christina nicht zu blenden. Er hielt den Atem an. Der versprochene Schnee fiel in dicken Flocken, die unverkennbar liegen blieben.

Behutsam schlich er auf Zehenspitzen ans Bett und stellte das Tablett auf den Nachttisch. Dabei stieß er ein Fläschchen um, aber da es leer war, richtete es keinen Schaden an.

Er beugte sich über sie, um nachzusehen, ob sie

wach war. Sie sah wunderschön aus, ihre langen Wimpern lagen auf den Wangen. Aber sie wirkte sehr blass.

»Mummy? Mummy? Das errätst du nie!«

Sie wäre sicher nicht böse, dass er sie weckte. Nicht, wo es doch schneite …

In den nächsten Wochen schienen alle Erwachsenen in seiner Gegenwart nur zu flüstern. Sollte er mit zur Beerdigung gehen? Wo sollte er Weihnachten verbringen? Sollte er wieder in die Schule gehen? Von da an hieß er der arme Bertie. Er wusste nur, dass in seinem Leben ein Licht verloschen war. Und dass ihm von *Chanel*-Duft übel wurde, unglaublich übel. Er hatte das Fläschchen aus ihrem Schlafzimmer stibitzt, bevor es ausgeräumt wurde, und wenn er sich an sie erinnern wollte, schraubte er den Deckel ab und schnupperte. Es war, als ob sie bei ihm im Zimmer wäre. Als könne er die Hand ausstrecken und über ihre Locken, ihre Lippen streichen.

Dreißig Jahre später verfolgte ihn der Duft von *Chanel* immer noch. Die Schule hatte er mit Mühe und Not geschafft, doch ohne jede Hoffnung, an einer namhaften Universität aufgenommen zu werden. Sein Vater, der schier an Bertie verzweifelte und wieder zurück nach Amerika wollte, traf eine Abmachung mit ihm. Er vermachte ihm Dower House, das zu seinem Gut in den Cotswolds gehörte – den Rest verkaufte er – sowie 20 000 Pfund als Startkapital für ein Unternehmen und ein kleines Jahreseinkommen. Nachdem er so sein Gewissen beruhigt hatte – Bertie hatte schließlich genug zum Leben, was auch geschehen mochte –, flog Vincent nach Chicago zurück.

Bertie erwies sich als recht guter Geschäftsmann. Das Geld seines Vaters investierte er in eine mobile Disco mit zwei Plattenspielern und einer riesigen Plattensammlung und ließ sich als Discjockey für Gesellschaftspartys engagieren. Das Unternehmen wuchs, bis er schließlich zwei Zelte zur Vermietung besaß, ständig ausgebucht war und endlos hübsche Mädchen kennen lernte. Ende der achtziger Jahre war er von den ganzen Partys mit Kokain, Champagner und Koitus uninterruptus ziemlich ausgelaugt. Die meisten waren überzeugt, dass ihn sein Lebenswandel irgendwann umbringen würde. Er wusste anscheinend nie, wann er aufhören musste. Seinen Führerschein hatte man ihm abgenommen, in den meisten Pubs und Clubs von London, selbst in solchen, die sträflichstes Benehmen duldeten, hatte er Hausverbot. Er war offenbar entschlossen, sich völlig auszubrennen. Eines Abends wurde er als Discjockey für den 21. Geburtstag einer Börsenmaklertochter in Putney engagiert. Als er dort die ältere Schwester des Geburtstagskinds kennen lernte, war es um ihn geschehen.

Tor Lyndhurst war fröhlich, vernünftig und auf die etwas mollige Art einer englischen Rose hübsch. Allerdings hatte sie Milchflaschenbeine und so gut wie keinen Schick – jedenfalls war sie weit entfernt von den magersüchtigen Modepüppchen, mit denen Bertie üblicherweise verkehrte. Sie war ein Mädchen, das bei einem Picknick nie den Korkenzieher vergaß, pünktlich zwei Tage nach einer Einladung einen Dankesbrief abschickte und immer weiße Unterhosen trug, weil schwarze »schlüpfrig« waren. Trotz alledem war sie lustig und kein Spielverderber, sondern tolerierte Ausgelassenheit und schlechtes Benehmen, ohne mitzumachen.

Es schien äußerst unwahrscheinlich, dass Bertie sich ausgerechnet in sie verliebte. Er hatte sich noch nie verliebt. Jeder Frau, die er je angerührt hatte, hatte er erklärt, sie dürfe nichts von ihm erwarten. Und er hatte Wort gehalten. Nie rief er an, nie dachte er an einen Geburtstag oder sonstige gesellschaftliche Verpflichtungen. Er lebte für den Augenblick und schien sich an nichts zu erinnern, was in der Vergangenheit lag. Ob es an seiner eigenen Entscheidung oder am Drogenmissbrauch lag, wusste niemand. Seinem geselligen Leben schien es jedenfalls nicht zu schaden. Letzten Endes wurde es mit Bertie nie langweilig. Man war gerne in seiner Gesellschaft. Außerdem war er unglaublich großzügig.

Vielleicht lag es an der Tatsache, dass sie das völlige Gegenteil seiner Mutter war. Vielleicht lag es daran, dass sie die Einzige war, die ihn nicht sehnsüchtig anschaute und beschloss, ihn zu ändern. Jedenfalls war Tor das erste Mädchen, das Bertie jemals anrief und um ein Rendezvous bat. Das erste Mädchen, dem er Blumen schickte.

Mit Sicherheit war sie das erste Mädchen, dem er je einen Heiratsantrag machte.

Tor hielt Bertie monatelang auf Abstand, da sie instinktiv ahnte, dass er nur Ärger bringen konnte, und fest überzeugt war, dass er ihrer bald überdrüssig werden würde. Doch das Gegenteil war der Fall: Seine Zuneigung wuchs beständig. Tor legte unterdessen einige Grundregeln fest. Solange er mit ihr zusammen bleiben wollte, durfte er keine Drogen anrühren. Mit Alkohol hatte sie keine Probleme, aber er durfte in betrunkenem Zustand nicht fahren. Sie hatte nichts gegen Partys, erklärte sie ihm. Es sei lediglich eine Frage des Überlebens. Zur Verwunderung der meisten änderte Bertie tatsächlich seine Lebensweise, was viele aber auch ärgerte, da er im Rausch dazu neigte, sie in Bars und Restaurants freizuhalten. Seine Verwandlung grenzte an ein Wunder.

Er verbrachte mehr Zeit im Dower House. Es war ein hübsches kleines Cottage im Stil der Strawberry-Hill-Gotik, umgeben von einem knapp einen Hektar großen Park. Solange Bertie London unsicher gemacht hatte, hatte das Haus praktisch leer gestanden, doch als er nun dort einzog, stellte er zufrieden fest, dass es entzückend war. Es war mit Antiquitäten möbliert, die sein Vater vor seiner Rückkehr nach Amerika aus dem Herrenhaus hatte herüberschicken lassen, keine wirklich wertvollen Stücke, aber immerhin einige schöne Möbel und Gemälde. Tor und er renovierten Dower House liebevoll, bis Bertie das Haus seiner Wohnung in London vorzog und es kaum abwarten konnte, am Wochenende über die A40 hinauszufahren.

Tor brachte ihn auf die Idee, einen Handel mit alten Baustoffen aufzumachen. Im ganzen Land breitete sich gerade eine regelrechte Renovierungswut aus und Bertie war bei den Arbeiten am Dower House auf den Geschmack gekommen, authentischen Baumaterialien nachzujagen. Das Geschäft blühte. Schließlich vermietete er seine Wohnung in Fulham und zog ganz in die Cotswolds, um das Unternehmen so weit auszubauen, dass er eine Frau und irgendwann vielleicht auch Kinder ernähren könnte. Wie sich herausstellte, war er zur rechten Zeit am rechten Ort, besaß ein Händchen für die richtigen Kontakte sowie ein Näschen für zum Abbruch anstehende Gebäude und Kunden, die alte Backsteine, Dachziegel, Torpfeiler und Fensterrahmen brauchten. Er sicherte sich ein

Gelände neben dem Bahnhof Eldenbury und schon bald wurden ihm seine Materialien aus den Händen gerissen, bevor sie auch nur von der LKW-Flotte, die er angeschafft hatte, abgeladen waren.

Bertie lud Tor zu einer Heißluftballonfahrt ein, bei der er sie fragte, ob sie seine Frau werden wolle. Es war unglaublich kitschig, das war ihm klar, aber da er bisher nie viel für romantische Gesten übrig gehabt hatte, neigte er nun zur Übertreibung. Als er ihr den Verlobungsring seiner Mutter gab, einen herrlichen Diamanten mit Smaragdschliff, wusste sie, dass er es ernst meinte. Als sie ja sagte, weinte er, umarmte sie und versprach ihr das Blaue vom Himmel herunter: ewige Liebe, Kinder, Treue, alles, was sie wollte. Lachend bat sie ihn, das Rauchen aufzugeben. Sofort warf er sein Päckchen Zigaretten über Bord.

Tor gehörte nicht zu den Mädchen, die viel Aufhebens machten. Sie wusste, was ihr stand, und machte sich am besten selbst zurecht. Die meisten ihrer Freundinnen und Bekannten ließen an ihrem Hochzeitstag scharenweise Visagisten und Frisöre kommen, aber sie beschloss, ihr Make-up selbst aufzulegen. Professionelle Schönheitsberater versuchten immer, einem Dinge aufzuschwatzen, die man gar nicht wollte, wie Konturenstift und Puder, die Tor zehn Jahre älter machten, wie sie fand. Sie war auf eine natürliche Weise hübsch und brauchte nicht viel künstliches Zutun. Sie brauchte lediglich Hilfe, um ihr Haar aufzustecken, bevor sie den Schleier anlegte.

Zum letzten Mal saß sie als Miss Lyndhurst an ihrer Frisierkommode und bewunderte ihr Spiegelbild. Ihre Dessous würden Bertie gefallen: ein Korsett, das sie sehr eng schnüren lassen musste, bevor sie ihr Hochzeitskleid anzog. Es war eine Maßanfertigung, die ihr Dekolleté betonte und ihre Taille schmaler machte. Es würde sie umbringen, aber schließlich war es nur für einen Tag. Für den wichtigsten Tag ihres Lebens.

Ihre Mutter klopfte. Ein Paketdienst hatte ein Päckchen für die Braut abgeliefert. Tor nahm an, es handele sich um das Geschenk eines geladenen Gastes, der nicht kommen konnte; sie zermarterte sich das Hirn, aber ihr fiel niemand ein, von dem es sein könnte. Das Päckchen verriet nichts über den Absender. Die längliche Schachtel in goldenem Papier enthielt ein Fotoalbum mit cremeweißem Ledereinband – ein Hochzeitsalbum. Tor schlug es auf und stellte verwundert fest, dass es bereits Fotos enthielt.

Auf der ersten Seite prangte die Aufnahme eines strahlenden Bertie. Sie erkannte den Anzug, den er am Abend seines Junggesellenabschieds getragen hatte. Auf die gegenüberliegende Seite hatte jemand in schwarzer Schönschrift geschrieben: »Berties Junggesellenabschied«. Sie fand die Idee ganz reizend. Das Album musste von einem der Gäste beim Junggesellenabend stammen, der eine Kamera mitgenommen und es geschafft hatte, aufrecht stehen zu bleiben und Fotos zu machen.

Es gab Aufnahmen von allen Männern beim Abendessen.

Bertie hielt eine Rede.

Bertie brachte einen Toast aus.

Bertie schnupfte eine Linie Koks …

Die nächste Aufnahme zeigte einen größeren Bildausschnitt. Tor erkannte, dass die Kokainlinie auf einem Bauch lag. Das nächste Foto zeigte, dass der Bauch einem schönen, nackten Mädchen gehörte. Auf dem nächsten Foto war ein weiteres Mädchen neben

Bertie zu sehen, das sich anschickte, die nächste Kokainlinie zu schnupfen, die schon bereit lag.

Tor ließ das Album fallen wie eine heiße Kartoffel.

Sie sah in den Spiegel und wusste, dass sie auch das nächste Mal, wenn sie ihr Spiegelbild betrachten würde, noch immer Miss Lyndhurst wäre. Vermutlich für den Rest ihres Lebens. Sie hatte das Gefühl, dass ihr das Herz zersprang, als sie ihre Unterwäsche auszog, in ihren Bademantel schlüpfte und ihre Mutter zu sich rief.

Lucy dachte an den Hochzeitstag, der mittlerweile über zehn Jahre zurücklag. Bertie und James waren langjährige Freunde. Sie hatten gemeinsam das Internat besucht und James hatte nach dem Tod von Berties Mutter vom Hauslehrer den Auftrag erhalten, ein Auge auf ihn zu haben. Da James schon damals ein gewissenhafter Bursche war, wurde er Bertie ein treuer Gefährte. Als Kinder ritten sie in den Ferien zusammen auf Ponies aus und als Heranwachsende jagten sie gemeinsam den Mädchen hinterher. Sie waren völlig gegensätzlich: Bertie drängte James zu mehr Verwegenheit, während James Bertie von seinen wildesten Streichen abhielt. Sie ergänzten sich hervorragend.

Nachdem Bertie nach London gezogen war, besuchte James ihn oft dort. Als er kurze Zeit bei Sotheby's arbeitete, wohnte er bei Bertie. Auch in späteren Jahren quartierte er sich immer bei ihm ein, wenn er auf Einkaufstour ging, und kam oft tagelang nicht nach Honeycote zurück. Da sie mittlerweile in verwandten Branchen tätig waren, ohne sich Konkurrenz zu machen, lieferten sie sich häufig gegenseitig Ratschläge und Kontakte und fuhren gemeinsam zu Auktionen und Versteigerungen von Landhäusern.

James, Mickey und Lucy waren denn auch zu der Hochzeit eingeladen. Die Sonne spiegelte sich funkelnd in der Themse, als sie durch Putney zur Kirche fuhren.

Dort warteten sie. Und warteten und warteten. Schließlich kam Tors Mutter, bleich vor Schreck, und es sprach sich leise herum, dass die Hochzeit abgesagt war.

Lucy war überzeugt, dass Bertie sich nie richtig davon erholt hatte. Aber es war seine eigene Schuld. Der Ärger zog ihn an wie das Licht die Motten. Er kam nicht gegen sich selbst an und hatte den Preis dafür bezahlt. Sie mochte sich gar nicht ausmalen, welchen Schaden dieses Erlebnis bei Bertie angerichtet hatte. Das Leben, das er seither führte, bestand aus unzähligen Widersprüchen. Er fuhr zu wochenlangen Saufgelagen nach London und sah völlig ausgelaugt aus, wenn er in die Cotswolds zurückkam. Oder er veranstaltete wilde Partys im Dower House, zu denen seine Freunde aus London kamen und das Haus verwüsteten. James' Putzfrau Mrs. Titcombe, die auch bei Bertie sauber machte, erzählte ihm entrüstet vom Zustand des Hauses. Der Tropfen, der das Fass zum Überlaufen brachte, war, dass sie eines Morgens ein Paar beim Sex auf dem Billardtisch überraschte. Bertie fand das lustig, bis sie ihm erklärte, sie weigere sich, weiter für ihn zu putzen.

Bertie hatte aber auch eine düstere Seite. Häufig schloss er sich nach wochenlangen Partys wie ein Einsiedler in Dower House ein, kam tagelang nicht heraus und ging nicht ans Telefon, obwohl er offensichtlich zu Hause war. Insgeheim vermutete Lucy, dass er in diesen Zeiten unter Entzugserscheinungen litt. Zwar hatte er nie in Lucys Gegenwart Drogen genommen, aber sie war schließlich nicht auf den Kopf gefallen. Immerhin hatte er eine Menge zu vergessen. Offenbar verfügte er aber stets über gerade noch genug Verstand, Selbstbeherrschung und Willenskraft, um sich immer wieder zu fangen.

Doch so gern Lucy Bertie hatte, sie wollte nicht, dass er ein Auge auf Ginny warf. Unter seinem anziehenden, verführerischen Äußeren lauerten trübe, finstere Strömungen, die gefährlich tief waren und einen nach unten ziehen konnten. Keith verdiente Ginny. Der liebenswürdige, nette Keith, der die Liebe einer guten Frau brauchte. Je länger man Ginny von Bertie fern halten konnte, umso besser.

Doch das war vielleicht leichter gesagt als getan.

12

Du unerträglicher, arroganter Mistkerl!« Suzanna war hin und her gerissen zwischen maßloser Wut und dem verzweifelten Bemühen, nicht zu lachen. Um ihren Ärger noch zu steigern, stand Patrick mit verschränkten Armen vor ihr und grinste.

»Du weißt genau, dass ich Recht habe!«

Sie waren in einem riesigen Stoffgeschäft und standen vor einem Ballen sonnengelber Seide, die mit Hummeln bestickt war. Suzanna stampfte mit dem Fuß und wusste, dass sie sich wie ein trotziges Kind benahm.

»Aber mir gefällt er. Und die Hummeln können das Emblem des Honeycote Arms werden, wir könnten sie auf die Speisekarten drucken ...«

Patrick schüttelte bestimmt den Kopf.

»Affektiert. Cotswoldmäßig. Widerlich.«

»Willst du etwa behaupten, ich hätte keinen Geschmack?«

»Nein, ich glaube nur, dass du dich von einem überteuerten Stoff hast hinreißen lassen, der dir in einem halben Jahr zum Hals heraushängt.«

Suzanna schaute ihn aus schmalen Augen an und merkte wütend, dass er natürlich Recht hatte.

»Und was sollen wir deiner Ansicht nach nehmen, du Anwalt des guten Geschmacks?«

»Den, den du als Erstes ausgesucht hast. Den schlichten, einfachen, geschmackvollen Baumwollstoff, der zu der Wandfarbe passt, die wir bestellt haben.«

»Das könnten wir auch noch ändern.«

»Vertraue deinem ersten Eindruck, deinem Instinkt.«

Suzanna gab widerwillig nach, da sie wusste, dass es an ihr war, einzulenken. Sie und Patrick entwickelten allmählich eine Form der Zusammenarbeit. Beide hatten feste Ansichten, aber Respekt voreinander, was manchmal für Auseinandersetzungen sorgte, aber das Leben eindeutig interessant machte. Sie hatten probeweise Speisekarten erarbeitet, lange überlegt, ob sie vor dem Essen kostenlose Knabbereien (sie hatten sich auf einen Korb hausgemachte Brötchen geeinigt) und zum Kaffee Petits Fours reichen sollten (Suzanna hatte einzeln verpackte Edelpralinen wie Hershey's Kisses vorgeschlagen, da sie köstlich schmeckten, hervorragend zu Kaffee passten und keine Extraarbeit für sie bedeuteten). Sie hatten auch schon ein Logo ausgesucht: schlichte, eckige, fette Großbuchstaben mit leicht akzentuierten Querstrichen beim Namen des Pubs und einen etwas weniger dramatischen Schrifttyp für Speisekarten, Weinkarten und allgemeine Informationen. Vor allem aber hatten sie alles, was sie bisher ausgesucht hatten, preislich kalkuliert – eine langweilige Aufgabe – und zusammengestellt, um es in der kommenden Woche bei der Besprechung der Fortschritte vorzulegen, bei der es endgültig genehmigt oder verworfen werden sollte. Keith hatte deutlich klar gemacht, dass er bei dieser Besprechung knallhart vorgehen werde – keine Sentimentalitäten, keine Diskussionen –, daher hatten Suzanna und Patrick schnell gelernt, Prioritäten zu setzen und Kompromisse zu schließen. Für die wenigen Extravaganzen, für die es sich ihrer Ansicht nach lohnte, waren sie bereit, den Kopf hinzuhalten.

Sie waren kreuz und quer durch das ganze Land gefahren. Heute hatten sie in der Nähe von Oxford Fliesen für die Toiletten und Badezimmer, Lampen und schließlich Vorhangstoffe ausgesucht. Suzanna musste zugeben, dass sich in ihrem Kopf alles drehte. Natürlich plagte sie ein wenig das schlechte Gewissen, weil sie den angenehmen Part übernehmen durfte, während Barney die Plackerei am Hals hatte, andererseits fand sie es ein bisschen beängstigend, die endgültigen Entscheidungen zu treffen, weil man nie recht wusste, wie alles zusammen letzten Endes wirken würden.

Seufzend schob sie die Hummeln wieder ins Regal.

»Gehen wir Mittagessen.«

Wenn sie unterwegs waren, bemühten sie sich, so viele Pubs wie möglich auszuprobieren, die nach einem ähnlichen Konzept arbeiteten wie sie. Meist aßen sie nur eine Suppe oder ein Sandwich, hatten aber Gelegenheit zu beobachten, wie das Lokal geführt wurde, sich Anregungen zu holen oder Fehler zu bemerken. Heute kehrten sie in einem Restaurant ein, von dem Suzanna in der Sonntagszeitung gelesen hatte. Sie bestellten Risotto, weil Suzanna fest überzeugt war, dass sich an diesem Gericht die Qualitäten des Kochs ablesen ließ. War es matschig, versalzen oder breiig, ging der Daumen nach unten. Heute jedoch erlebten sie eine angenehme Überraschung: Fest, buttrig und saftig. Suzanna hatte die Speisekarte aufmerksam studiert, sich heimlich Notizen gemacht und die arme Kellnerin mit Fragen gelöchert.

»Meine Güte, entspann dich«, sagte Patrick. »Wir liegen gut in der Zeit. Wir haben alles erledigt, was wir heute vorhatten. Gönnen wir uns doch ausnahmsweise mal eine Pause.«

Nach einem Glas Wein schaffte es Suzanna tatsächlich abzuschalten. Sie unterhielten sich angeregt, Patrick erzählte ihr Klatsch aus dem Dorf: wer in Honeycote die wichtigsten Leute waren, von wem Ärger zu erwarten war, von wem sie mit Annäherungsversuchen rechnen musste, wer ein Säufer war. Er war amüsant, besaß einen bissigen Witz und die Gabe, Charaktere gut zu beschreiben. Suzanna wurde allmählich neugierig, mehr über ihn, seine Träume und Ziele zu erfahren. Er wirkte beinahe zu großstädtisch für seine Umgebung, ganz und gar nicht wie jemand, der den Rest seines Lebens in einem winzigen Ort wie Honeycote verbringen wollte.

»Und was ist mit dir?«, erkundigte sie sich. »Willst du auf Dauer bei der Brauerei bleiben? Hast du kein Verlangen, herumzukommen und etwas von der Welt zu sehen? Oder nach London zu ziehen?«

Patrick verzog das Gesicht.

»Ich hasse London. Schon seit je her. Ich begreife einfach nicht, was die Leute daran finden. Die Stadt ist dreckig, es gibt keine Parkplätze, überall lungern Diebe, Bettler und Drogensüchtige herum ...« Er musste über sich selbst lachen. »Ich weiß, ich höre mich an wie ein verknöcherter alter Kauz, aber ich kann der Stadt einfach nichts abgewinnen.«

Er erzählte ihr, dass London ihn an seine Mutter

Carola, Mickeys erste Frau, erinnerte und an die ersten Jahre seines Lebens, die er mit ihr in verwahrlosten Hippie-Wohngemeinschaften verbracht hatte, bis Mickey ihn nach Honeycote House zurückgeholt hatte. Als Mickey Lucy heiratete, verwandelte sich das Leben des kleinen Patrick in eine Art Himmel auf Erden. Ordentliches Essen, kleine Hunde, Ponys, Versteckspielen. Und dann auch noch Schwestern: eine richtige Familie! Patrick hatte dieses Paradies nie wieder verlassen wollen und immer in der Angst gelebt, wieder zurückgeschickt zu werden in eine Welt voller Linsen, Almosen und Patschuli-Gestank. So war er immer noch hier.

Nachdenklich nahm Suzanna den letzten Rest Risotto auf ihre Gabel.

»Ich finde Honeycote ziemlich idyllisch. Warum sollte jemand dort weg wollen? Und deine Familie ist fantastisch – da stimmt einfach alles.«

Patrick überlegte, ob er ihr die Wahrheit sagen sollte. Dass das Leben in Honeycote nicht immer so war, wie es nach außen schien. Dass auch hier Schlimmes passierte. Warum sollte er ihr die Illusionen nehmen? Andererseits war es nur fair, wenn sie die ganze Geschichte erfuhr. Schließlich setzten sie gemeinsam alles aufs Spiel mit dem Honeycote Arms, und Patrick fand, dass er die Karten offen auf den Tisch legen sollte. Also erzählte er ihr von den turbulenten Zeiten, die Honeycote Ales im vergangenen Jahr durchgemacht hatte: Von der Affäre seines Vaters, der schließlich Patricks Wagen zu Schrott gefahren und sich dabei beinah umgebracht hätte, von Patricks Sorge, dass Lucy Mickey nicht verzeihen und um sie herum alles bröckeln und zusammenbrechen würde, dass die Brauerei womöglich Bankrott ging. Entsetzt und verwundert über die dramatische Geschichte hörte Suzanna zu und konnte kaum fassen, dass die Leute, die sie kennen gelernt und bewundert hatte, sich derart ungeheuerlich benehmen konnten.

»Das zeigt nur, dass die Menschen nicht immer so sind, wie es scheint«, erklärte Patrick trocken. »Jeder hat seine Geheimnisse. Die einen kleinere, die anderen größere.«

Suzanna nahm die Dessertkarte und studierte sie aufmerksam. Grinsend schaute sie auf.

»Himbeercreme«, sagte sie entschieden.

Als sie am Spätnachmittag nach Hause kam, fand sie Barney tief und fest schlafend auf dem Sofa liegen, mit Marmite auf dem Schoß. Von draußen wehte der Duft frisch geschnittenen Grases herein und erklärte seine Erschöpfung: Er hatte den Rasen gemäht, der unter dem Wechselbad von Sonne und Regen in der letzten Zeit in die Höhe geschossen war. Das Bild erinnerte sie an so manches Mal, als sie samstags von einem Catering-Auftrag nach Hause gekommen war. Meist war Barney vor der Rugby-Übertragung im Fernsehen eingeschlafen und behauptete, wenn er aufwachte, er sei nur kurz eingenickt. Einmal hatte sie ihm die Zehennägel rot lackiert, nur um ihm zu beweisen, dass er in diesem Zustand nicht das Geringste mitbekam.

Sie überlegte, ob sie ihn wecken sollte, beschloss aber, ihn schlafen zu lassen. Schließlich hatte er sich nicht in Pubs und Restaurants herumgetrieben. Der arme Barney musste sich um den langweiligen Papierkram kümmern. Sie hatten vorher nicht geahnt, wie viele Vorschriften und Verordnungen bei der Ausstattung eines Restaurants oder Pubs zu beachten waren: Es gab endlose Gesundheits- und Sicherheitsbestimmungen und Barney legte stets größten Wert darauf, sich minutiös an die Vorschriften zu halten, um jedem Ärger vorzubeugen, denn davon hing schließlich seine Lizenz ab. Sie hatten keine Zeit, sich lange mit irgendeinem Aufsichtsbeamten herumzustreiten, der seine Macht genoss. Folglich war es Barneys Aufgabe, allen anderen auf die Finger zu schauen, damit sie ebenso gewissenhaft arbeiteten wie er. Dagegen war ihm Rasenmähen sicher wie eine Entspannung erschienen.

Sie fand, er sah umwerfend aus: Sein Oberkörper zeigte nach dem Nachmittag an der frischen Luft die erste Sonnenbräune, die Bauchmuskeln waren immer noch straff vom Training im Fitnesscenter, das mittelblonde Haar war zerzaust, die ausgewaschene Jeans hatte einen Riss am Knie. Suzanna musste schlucken und wünschte verzweifelt, sie hätte den Mut, ihn mit einem Kuss zu wecken, mit einem Kuss, der zu Aufregenderem führen könnte …

Stattdessen ging sie in die Küche und versuchte, die köstliche Himbeercreme nachzumachen, die sie mittags gegessen hatte. Seufzend sann sie darüber nach, dass sie ihre Gefühle nur noch beim Kochen auszudrücken vermochte. Wenn das so weiterginge, würde Barney als enthaltsamer Dickwanst enden.

13

Der Samstagmorgen des Geländejagdrennens war feucht und windig, ließ aber auf Sonnenschein hoffen. Keith bereitete in der Küche sein Picknick so sorgfältig vor wie ein Chirurg eine Operation. Im CD-Spieler lief *The Best Opera Album in the World ... Ever*. Sein brandneuer Picknickkorb mit dem gemusterten Baumwollfutter stand auf dem Küchentisch. Am Abend zuvor hatte er Geschirr, Gläser und Besteck in die Spülmaschine geräumt, da er alles blitzblank und sauber haben wollte.

Nun öffnete er den Kühlschrank und holte die Einkäufe von gestern heraus. Er war nach Stratford gefahren – die Kleinstadt war ihm wesentlich lieber als Cheltenham – und hatte im Käsegeschäft eine köstliche halbe Stunde lang verschiedene Sorten probiert, bevor er sich für eine kleine Auswahl entschieden hatte. Anschließend hatte er bei Marks & Spencer Räucherlachsmousse, Sahnetörtchen, blaue Weintrauben, Pfirsiche und Birnen gekauft. Er wusch und trocknete das Obst, schob einige Flaschen weißen Burgunder in Neoprentaschen, um sie kühl zu halten, und packte zwei Flaschen Holunderblütenlikör ein. Alles war fertig bis auf die zwei frischen Baguettes, die er im Postlädchen holen wollte. Er klappte den Korbdeckel zu und schloss die Lederriemen. Der Weidenkorb knarrte beruhigend, die Wolken rissen auf und Sonnenschein strömte in die Küche. Lesley Garret trällerte triumphierend vor sich hin. Keith rückte seine Krawatte zurecht, schaute in seine Brieftasche, ob er genug Bargeld bei sich hatte, und legte die Autoschlüssel bereit.

Er hatte mit Ginny verabredet, sie um halb zwölf abzuholen, bis dahin hatte er noch eine Stunde Zeit.

Wenn die Episode mit der Partnerschaftsvermittlung im vergangenen Jahr ihn etwas gelehrt hatte, so war es, sich in seiner eigenen Gesellschaft wohl zu fühlen. Mehr durfte er wohl nicht erwarten, bis wieder eine Frau in sein Leben trat. Und nun hatte er, wie es aussah, eine mögliche Kandidatin kennen gelernt. Als er sich an die Frühstückstheke setzte und mit den Fingerspitzen leicht auf die Granitplatte trommelte, beschloss er, es mit Ginny locker anzugehen und sich nichts von der verzweifelten Bedürftigkeit anmerken zu lassen, die seine früheren Verabredungen ausgestrahlt hatten. Nichts war abschreckender. Selbstbewusst und lässig musste er sich geben.

Er schaute auf die Uhr. Fünf Minuten waren vergangen, seit er zum letzten Mal nachgesehen hatte. Er könnte sich eine Kanne Kaffee machen, aber dann müsste er gleich wieder zur Toilette, sobald sie bei dem Geländejagdrennen ankämen. Er griff zur Zeitung, konnte sich aber nicht darauf konzentrieren.

Selbstbewusst und lässig. Wem wollte er eigentlich etwas vormachen?

Endlich hatte sich der große Zeiger einmal rund um

das Ziffernblatt geschleppt. Um zehn nach elf belud er den Wagen: Picknickkorb, Picknickdecke mit wasserdichter Rückseite, zwei Wolldecken für den Fall, dass es kalt werden sollte, Regenschirme, zwei Thermosflaschen – eine mit Tee, eine mit Kaffee –, Fernglas, Gummistiefel, vier Klappstühle.

Zwanzig nach elf. Für die Fahrt nach Honeycote brauchte er fünf Minuten, drei weitere, um im Postladen Brot zu holen. Wenn er jetzt losfuhr, müsste er pünktlich da sein. Er drehte den Schlüssel im Zündschloss und ließ den Motor an.

Ginny wachte am Samstagmorgen in einer luxuriös optimistischen Stimmung auf, in der sie zu schwelgen gedachte. Es war ein Gefühl, als hätte sie sämtliche Prüfungen bestanden und könne nun das Leben genießen, weil sie es sich nach getaner schwerer Arbeit verdient habe. Es hatte lange auf sich warten lassen, dieses Gefühl. Zuweilen hatte sie geglaubt, es gebe keinen Ausweg aus dem Trübsinn. Sie war zwar nie so richtig verzweifelt gewesen, aber in ihrem Leben hatte eine Leere geherrscht, die sie matt und träge machte, als sei alles zu anstrengend und sinnlos. Gähnende Langeweile nannte sie das.

Aber nun war eine Wende eingetreten. Sie hatte eine aufregende Woche hinter sich und musste zugeben, dass sie das alles nur sich selbst zu verdanken hatte. All die Zeitschriftenartikel, die sie gelesen hatte über positives Denken, den Stier bei den Hörnern packen und sich Herausforderungen zu stellen, waren keine bloßen Klischees.

Sobald die Zwillinge am Montagmorgen in die Schule gefahren waren, hatte Ginny eine Liste mit Aufgaben, die ihr Leben verändern sollten aufgestellt.

Als Erstes ging sie in die Poststelle und bezahlte mit feierlicher Miene fünfzig Pence für das Privileg, einen Monat lang ihr Plakat ins Schaufenster hängen zu dürfen – obwohl ziemlich offensichtlich war, dass nie ein Aushang entfernt wurde und es wahrscheinlich ewig dort hängen bleiben würde. Eine Annonce für zwei schlappohrige Zwergkaninchen hing schon acht Monate dort. Vermutlich hatte inzwischen jedes schon zwei Würfe Junge bekommen. Ginny klebte ihr Plakat an eine möglichst auffällige Stelle, ohne andere zu verdecken, und erntete ein aufmunterndes Kopfnicken von der Frau hinter dem Schalter.

»Die Leute werden Schlange stehen, das sage ich Ihnen.«

Anschließend ging sie nach Hause und sortierte, statt auf das Klingeln des Telefons zu warten, sämtliche Kleidungsstücke aus, in denen sie sich dick oder ungepflegt fühlte oder die sie seit einem halben Jahr nicht mehr getragen hatte. Das hätte sie wohl vor dem Umzug tun sollen, aber damals hatte sie nicht den Mut dazu aufgebracht. Ihre Kleider waren das einzig Konstante gewesen, ein Schutzpanzer, von dem sie sich nur ungern getrennt hätte. Nun stopfte sie jede ergraute Unterhose, jedes unförmige T-Shirt und jeden fusseligen Fleecepulli entweder in die Mülltonne oder in einen Sack für die Altkleidersammlung. Anschließend räumte sie sich ein Budget von 200 Pfund ein und ging nicht zu Marks & Spencer, wo sie normalerweise landete, sondern zu Next. Eine Grundausstattung, sagte sie sich, sie brauchte eine Grundausstattung, die ihrem neuen Leben als unabhängige Geschäftsfrau mit aufregendem Privatleben und der Verheißung auf ein Liebesleben entsprach.

Sie kaufte sich zwei Jeans – eine dunkelblaue im

Capristil mit einem kleinen Schlitz oberhalb des Knöchels, und eine lässigere, leicht verwaschene – sowie zwei figurbetonte T-Shirts, eins weiß, eins schwarz, und eine adrette weiße Bluse mit dreiviertellangen Armen und Perlmuttknöpfen, die im Kleiderschrank keiner Frau fehlen durfte, wie ihr einfiel.

Unter den Sonderangeboten entdeckte sie eine hellblaue Wildlederjacke im Jeansstil. Die Verkäuferin zeigte ihr einen winzigen Fleck auf einer der Taschen, weswegen die Jacke auf 30 Pfund heruntergesetzt war. Ginny probierte sie an und war begeistert. Sie hatte befürchtet, darin ein bisschen wie ein Mannweib aus einer Gefängnisserie auszusehen, aber sie wirkte unglaublich feminin. Sie schlug den Kragen hoch und hätte beinahe anerkennend gepfiffen.

Dieses Schnäppchen ließ sie alle guten Vorsätze vergessen und ihr Budget heillos überziehen. Bei Monsoon erstand sie kurzerhand einen langen, geblümten Rock und einen cremeweißen Seidenpulli in Tunikaschnitt. Dann zog es sie aus alter Gewohnheit zu Marks & Spencer, aber wo sonst sollte man Unterwäsche kaufen? Drei Büstenhalter und neun passende Slips weiter beendete sie ihren Kaufrausch mit einem Paar brauner Wildlederschuhe, die zu Rock und Hose passten und daher, wie sie sich einredete, eher eine Ersparnis als einen Luxus darstellten.

Außerdem kaufte sie noch eine Schildpattsonnenbrille, die sie erstaunlich veränderte. Sie wirkte beinah glamourös. Sie schob sie sich auf den Kopf und sah, dass dies die ideale Lösung war, solange sie sich das Haar wachsen ließ. Besser als jedes Haarband.

Zu Hause hängte sie ihre Einkäufe auf Kleiderbügel und betrachtete sie eingehend. Sie hatte den Rat sämtlicher Modezeitschriften befolgt und mehr als ein halbes Dutzend brandneuer Outfits erstanden, wenn sie alle Teile miteinander kombinierte und mischte. Und das alles für unter 300 Pfund. Na gut, sie hatte ihr Budget um 50 Prozent überzogen. Aber wann hatte sie sich zum letzten Mal etwas gegönnt? David hatte sich schließlich einen Sportwagen, ein neues Haus und eine neue Praxis geleistet.

Am Dienstag rief sie James und Caroline an und erkundigte sich, ob noch einer der Welpen da sei. Sie luden sie ein, sofort zu kommen, um sie sich anzuschauen. In Denham House herrschte Chaos – Henry brüllte, weil er gestillt werden wollte; aber die Liddiards ließen alles stehen und liegen, um sie willkommen zu heißen. James genoss offensichtlich die Gelegenheit, dem Durcheinander zu entfliehen, und führte sie in die Garage.

»Ich kann mich immer noch nicht daran gewöhnen. Ich schätze, ich habe zu lange allein gelebt. Aber ich möchte es um keinen Preis mehr missen.«

Es waren noch zwei Welpen da, ein Rüde und eine Hündin. Ginny hob die Hündin aus dem Korb und spürte sofort eine Verbindung. Das Hündchen leckte sie liebevoll, schob seine kleine nasse Schnauze in Ginnys Armbeuge und wedelte heftig mit dem Schwanz.

»Wie wollen Sie sie nennen?«, fragte James.

»Hope«, antwortete Ginny und überlegte, ob es sich albern anhören würde, wenn der kleine Hund ihr je entwischen sollte und sie seinen Namen brüllen müsste. Aber es war ihr egal.

Am Mittwoch hatte sie einen Termin im Schönheitssalon von Eldenbury, wo ein hübsches junges Mädchen namens Kelly ihr versicherte, dass eine Wachsbehandlung der Beine ein winziges bisschen wehtun könnte, aber in jedem Fall so lohnend sei, dass sie sich hinterher nie wieder die Beine rasieren würde. Ginny schämte sich, als sie ihre wolligen Beine entblößte. Früher hatte sie sich die Beine alle paar Tage mit Davids Rasierapparat rasiert, der jetzt nicht mehr greifbar war. Nun ja, sie hatte sich einfach nicht genug für ihr Äußeres interessiert, um sich einen eigenen Rasierapparat zu kaufen. Kelly hatte Recht, anfangs zupfte es unangenehm, wenn die Haare an den Wurzeln ausgerissen wurden, aber die unglaublich glatte Haut hinterher war es wert. Kelly bestand darauf, auch ihre Bikinizone einer Behandlung zu unterziehen. Obwohl das richtig wehtat, empfand Ginny eine nahezu masochistische Freude. Da sie blond und nicht sonderlich behaart war, hatte sie sich nie um die wenigen Härchen gekümmert, die seitlich aus ihrem Slip herauslugten, aber als sie nun fort waren, fühlte sie sich glatt, gepflegt und *umsorgt* ... Es war lange her, dass sie sich umsorgt gefühlt hatte.

Anschließend zupfte Kelly ihr die Augenbrauen und färbte ihr die Wimpern, was ihrem Gesicht schlagartig etwas Markantes verlieh. Kelly zeigte ihr, wie sie einzelne Härchen außerhalb der natürlichen Brauenlinie auszupfen und die Brauen anschließend mit einem alten Wimperntuschebürstchen in Form bringen konnte. Es folgte eine Gesichtsbehandlung, um die abgestorbenen Hautpartikel zu entfernen und ihrem matten Teint etwas Warmes, Gesundes zu verleihen. Ihr völlig verändertes Aussehen machte Ginny klar, wie sehr sie sich in den letzten Jahren vernachlässigt hatte. Sie schimpfte innerlich mit sich, dass sie sich derart hatte gehen lassen und fasste den Entschluss, einmal im Monat den Schönheitssalon zu besuchen, ganz egal, was auch geschehen mochte. Bevor sie ging, vereinbarte sie gleich den nächsten Termin.

Bis Freitag hatte sie dank der Spaziergänge mit Hope ein paar Pfund abgenommen und sechs feste Kunden für ihren Bügelservice gewonnen. Und nun lag sie im Bett und hatte einen Tag in angenehmer Gesellschaft vor sich. Am Abend zuvor hatte Keith angerufen, um sich zu vergewissern, dass sie immer noch mitkommen wollte, und ihr zu sagen, sie brauche nichts mitzubringen außer sich selbst. Und Hope.

Sie sprang aus dem Bett, duschte und warf einen Blick aus dem Fenster, um nach dem Wetter zu sehen, bevor sie sich überlegte, welches ihrer neuen Outfits sie anziehen sollte. Sie entschied sich für die dunkelblaue Jeans, weil sie elastisch war und schlank machte. Dazu zog sie das weiße T-Shirt und die Wildlederjacke an. Ihr war klar, dass man sich nicht allzu schick anziehen durfte, aber sie wollte auch nicht ungepflegt aussehen. Erfreut stellte sie fest, dass das keineswegs der Fall war. Ihr Haar war gerade lang genug, es im Nacken zusammenzubinden. Sie wirkte recht jugendlich und schick.

In diesem Augenblick brach der Teufel los. Sie hatte das Telefon klingeln hören, aber eines der Mädchen war an den Apparat gegangen. Nun platzte Sasha empört ins Schlafzimmer, dicht gefolgt von Kitty.

»Das war Dad. Faith hat ein Wehwehchen im kleinen Zeh, darum kann er uns nicht holen.«

Ginny seufzte. Sie hatte gehofft, die beiden den ganzen Tag los zu sein. Sasha steigerte sich in einen ausgewachsenen Wutanfall hinein.

»Ich wollte in Cheltenham einkaufen gehen.«

»Das kannst du doch. Ich bringe euch an die Bushaltestelle.«

»Ich hab kein Geld. Dad wollte uns was geben.«

Ginny hob abwehrend die Hände.

»Schau mich nicht so an. Ich habe nichts mehr. Ihr habt mich ausgeplündert. Ich habe euch beiden Karten für euer Handy gekauft und euch Taschengeld gegeben …«

»Du hast diese Woche fast 300 Pfund für Klamotten ausgegeben. Ich habe die Kassenbons gefunden.«

Sasha war wütend. Ginny gelang es, trotz ihrer Entrüstung ruhig zu antworten.

»Es ist das erste Mal seit Jahren, dass ich mir etwas geleistet habe. Und jetzt bin ich pleite.«

»Das ist so ungerecht. Wir sitzen hier ohne Geld auf dem platten Land fest, wo man rein gar nichts unternehmen kann …«

»Kommt doch mit.«

»Was … zum Pferderennen?«

Bei Sasha klang es wie eine Volkstanzveranstaltung.

»Warum denn nicht? Die frische Luft würde euch gut tun.«

Sasha verdrehte die Augen. Als ob das die Sache attraktiver machen könnte. Da als Alternative aber nur übrig blieb, den ganzen Nachmittag fernzusehen, willigte sie widerstrebend ein. Kitty tröstete sie.

»Es sind bestimmt jede Menge gut aussehender Jungs da. All die Jockeys …«

»Zwerge.«

»Amelia Locke findet, dass es eine gute Gelegenheit ist, Jungs abzuschleppen. Außerdem können wir uns im Bierzelt besaufen.«

»Womit denn?«

Sasha schaute ihre Mutter flehend an.

»O.K., O.K. Ihr kriegt jede einen Zehner von mir. Aber beklagt euch nicht, wenn der Kühlschrank nächste Woche leer ist.«

Entnervt schob Ginny die Mädchen aus ihrem Schlafzimmer. Sie wollte unbedingt ihre Sonnenbrille ohne Publikum ausprobieren, um sich zu versichern, dass sie nicht lächerlich aussah. Sie setzte sich kurz auf ihr Bett und hatte das Gefühl, als hätte jemand die Luft aus ihr abgelassen. Zum Teufel mit David. Er müsste doch wissen, dass die Zwillinge sich darauf freuten, ihn zu besuchen, auch wenn sie so taten, als seien sie erwachsen und bräuchten ihren Dad nicht. Besonders Sasha. Sie war zwar nicht ausgesprochen sein Liebling, aber sie hatte schon immer sehr an ihrem Vater gehangen. Er konnte recht gut mit ihren Stimmungsschwankungen umgehen und sie wieder auf den Boden holen, wenn sie in die Luft ging, oder aufmuntern, wenn sie schmollte. Ginny, die ziemlich geradeheraus war, fand das alles viel zu verwirrend und anstrengend.

Sie stand entschlossen auf. Darüber wollte sie sich jetzt keine Gedanken machen. Wieso sollte sie Schuldgefühle haben, wenn David die Mädchen enttäuschte? Wieso sollte sie sich den Tag dadurch verderben lassen? Shit happens, wie Sasha zu sagen pflegte. Außerdem hatte sie ihnen eine durchaus akzeptable Alternative angeboten. Geländejagdrennen waren ein wesentlicher Bestandteil des Dorflebens. Sie würden lernen müssen, sich daran zu beteiligen.

Wow, dachte Ginny. Ich werde noch hart auf meine alten Tage. Selbstsüchtig. Warum auch nicht? Sie grinste über ihre eigene Unverfrorenheit, schob sich die Sonnenbrille auf die Nase, bedachte sich mit einem geheimnisvollen Lächeln und bewunderte ihr Profil. Ganz Jackie Kennedy. Wenn Jackie Kennedy blond gewesen wäre.

Zum ersten Mal in ihrem Leben war sie durchaus

zufrieden mit ihrem Aussehen. Sie schob sich die Sonnenbrille auf den Kopf, als sie Keith draußen hupen hörte, und warf ihrem Spiegelbild ein selbstbewusst strahlendes Lächeln zu. Dann rief sie die Zwillinge, nahm Hopes Leine und lief die Treppe hinunter, um ihn zu begrüßen.

Bei dem Geländejagdrennen quetschten sich unzählige Autos auf den Hang, um nebeneinander mit Blick auf die Rennstrecke zu parken. Die Bewirtung im Bierzelt übernahm normalerweise das Honeycote Arms, aber da Barneys Name noch nicht offiziell über der Tür stand und der Pub sich im Umbruch befand, war einer der anderen Pächter der Brauerei eingesprungen. Das weiße Zelt überragte eine Fülle kleinerer Zelte und Verkaufsstände, die von Jahr zu Jahr ein vielfältigeres Angebot brachten. Der Geruch von Rostbraten und frisch gebackenen Donuts hing in der Luft. Vor der Hüpfburg bildeten sich bereits Schlangen. Eltern bemühten sich verzweifelt, ihre kleinen Kinder zu unterhalten, die schon darauf brannten, von der Leine gelassen zu werden. Der Ansager kämpfte mit der Lautsprecheranlage, die rauschte und knisterte und wie jedes Jahr im entscheidenden Moment ganz ausfiel.

Das Bierzelt war bereits voller Jugendlicher, die zu den Osterferien nach Hause gekommen waren und ihre Freunde wiedertreffen wollten. Ginny war erleichtert, als die Zwillinge ohne Murren im Zelt verschwanden. Sie ging mit Keith in das Zelt von Honycote Ales, wo es für die zahlreichen geladenen Gäste Pimms, Bier und Chipolata-Würstchen an Spießen gab. Plakate und Handzettel verkündeten die bevorstehende Neueröffnung des Honeycote Arms. Keith stöhnte.

»Damit haben wir uns endgültig festgelegt. Ich hoffe, wir schaffen es bis zum Eröffnungstermin. Wenn nicht, stehen wir ganz schön dumm da.«

Ginny hielt sich schüchtern zurück, als sich ringsum uralte Bekannte begrüßten, aber Mickey und Lucy gaben sich alle Mühe, sie allen vorzustellen. Keith gestand, dass ihn ihr großer Bekanntenkreis anfangs ebenfalls eingeschüchtert hatte, räumte allerdings ein, er fühle sich nach über einem Jahr nicht mehr wie ein Neuankömmling. Als Caroline und James mit Henry in einem schicken, geländegängigen Buggy herüberkamen, sie begrüßten und viel Aufhebens um Hope machten, hatte sie schon das Gefühl, mit dazuzugehören.

Champagnerflaschen wurden herumgereicht und Plastikbecher eingeschenkt. Anscheinend galt es, sich so schnell wie möglich zu betrinken. Ginny hielt es für besser, sich zurückzuhalten. Doch dann dachte sie, was soll's? Sie würde die Zügel lockern, sie war in Feierlaune. Mit einer Hand hielt sie Hopes Leine fest – der Welpe war zum ersten Mal in der Öffentlichkeit und entsprechend aufgeregt – und nahm mit der anderen ein Glas Sekt von Mickey an. Die Leute in Honeycote taten scheinbar nichts anderes als Champagner zu trinken. Aber daran konnte sie sich durchaus gewöhnen.

Suzanna und Barney trafen mit Marmite an der Leine ein und staunten über die neue Erfahrung. Als Städter wunderten sie sich nicht schlecht über die unerschütterliche Entschlossenheit des ganzen Dorfes, sich in Regen und Schlamm zu amüsieren, ganz zu schweigen von dem Wind, der einem durch die Jacke pfiff. Kiplington Hill war mit Abstand der zugigste Hügel in der näheren Umgebung. Die beiden hatten eine anstrengende Woche hinter sich. Am Freitag musste Suzanna zugeben, dass sie völlig erledigt war, und Barney schwor, in seinem ganzen Leben keinen Pinsel mehr in die Hand zu nehmen. Beide freuten sich darauf, einen Tag aus allem herauszukommen und etwas anderes zu sehen. Als sie in das Honeycote-Ales-Zelt kamen, sahen sie, dass Ginny bereits mit Hope da war. Die beiden Welpen stürzten sich aufeinander und rangen verspielt miteinander. Ginny begrüßte sie überschwänglich und fand, dass sie ebenso überwältigt wirkten wie sie selbst bei ihrer Ankunft.

»Kommen Sie, ich mache Sie mit meinen Zwillingen bekannt.«

Kitty und Sasha hatten bereits genug vom Bierzelt und waren in das Zelt der Liddiards gekommen, ohne dass jemand sie daran gehindert hätte. Ginny winkte sie herüber. Barney konnte nicht umhin zu bemerken, dass sämtliche Männeraugen im Zelt ihnen folgten. Sie waren ebenso langbeinig wie die Pferde, die auf der Koppel paradierten. Kitty trug etwas, das aussah wie der Unterrock ihrer Großmutter, dazu eine Weste aus falschem Kaninchenpelz und alte Cowboystiefel. Sasha hatte ihren Pullover ausgezogen und um die Hüfte gebunden und präsentierte sich trotzig in einem T-Shirt mit roten Handabdrücken auf den Brüsten und dem Schriftzug »Pornostar« darunter. Ginny schauderte, gab sich aber alle Mühe, es zu ignorieren, als sie die Blakes vorstellte.

»Das sind Barney und Suzanna. Sie haben den Dorfpub übernommen.«

Sashas Augen leuchteten.

»Haben Sie vielleicht noch Jobs zu vergeben?«

Sasha war schon immer sehr direkt gewesen. Sie

hielt nichts davon, abzuwarten, bis sie gefragt wurde. Ginny rief begeistert:

»Mein Gott, eine tolle Idee! Ich weiß gar nicht, wieso ich noch nicht selbst darauf gekommen bin. Ständig jammern die beiden, dass sie kein Geld und nichts zu tun haben.«

Kitty verkniff sich den Einwand, dass sie gar nicht jammerte – sie war es gewohnt, mit Sasha über einen Kamm geschert zu werden. Barney und Suzanna sahen sich an.

»Nächste Woche fangen wir an, uns um Personal zu kümmern«, gab Barney zu. »Wir brauchen Bedienungen an der Theke und Kellnerinnen. Wenn ihr wirklich interessiert seid, könnt ihr ja mal zu uns kommen.«

»Aber nur, wenn wir nicht irgendwelche grässlichen Klamotten anziehen müssen und Sie uns nicht mit dem Mindestlohn abspeisen«, erklärte Sasha bestimmt.

Die Zwillinge vereinbarten mit den Blakes, im Laufe der folgenden Woche zu einem förmlichen Bewerbungsgespräch in den Pub zu kommen, obwohl schon alles klar zu sein schien. Barney konnte seine Freude kaum verhehlen. Die Mädchen waren umwerfend, allerdings nicht auf die stereotype Art draller Bardamen. Ihm war klar, dass es einen Pluspunkt bedeutete, hinter der Theke eine Augenweide zu haben. Er war kein Sexist, nur Realist. Ein hübsches Gesicht und ein mitfühlendes Ohr würden geplagte Geschäftsleute auf dem Heimweg anlocken und dazu bringen, sich ein allabendliches Pint anzugewöhnen. Zwei hübsche Gesichter waren noch besser, zumal wenn sie gleich aussahen. Was für eine Attraktion! Allerdings würde er dafür sorgen müssen, dass sie vorher richtig angelernt wurden. Das Mädchen mit dem Pornostar-T-Shirt machte den Eindruck, als könne sie recht aufsässig werden. Aber sie hatten noch zwei Wochen Zeit und er war sicher, das reichte aus, um sie einzuweisen.

Erfreut ließ er Suzanna mit Patrick über Berufliches reden und ging an den Sammelplatz, um sich die Pferde des nächsten Rennens anzuschauen und eine Wette abzuschließen. Er hatte zwar keine Ahnung, worauf es ankam, aber so war es interessanter, als blindlings mit dem Finger auf einen Namen zu tippen.

Damien wusste nicht recht, was er von dem Geländejagdrennen halten sollte.

Zum einen war es kalt genug, sich den Hintern abzufrieren, aber das machte anscheinend niemandem etwas aus. Zum anderen durfte er nicht viel trinken, weil er Rick den Tag frei gegeben hatte und selbst fahren musste. Außerdem musste er auf Anastasia aufpassen. Oft genug hatte er Nicole vorgehalten, dass sie trank, wenn das Kind in ihrer Obhut war. Er konnte sich ja nun schlecht als Heuchler erweisen.

Anastasia hatte ihn angebettelt, mit zu der Geländejagd zu kommen, weil ihre Freundin Emily auch kam. Emilys Eltern hatten ihm zudem in einem Briefchen geschrieben, sie würden sich freuen, wenn er sich auf einen Drink zu ihnen gesellen würde. Als er sich anzog, hatte er ein Bild vor Augen, dass es bei Pferderennen elegant zuginge – im Fernsehen hatte er Übertragungen von Ascot und dem Gold Cup gesehen –, aber nun wurde ihm klar, dass seine champagnerfarbene Wildlederjacke und die cremeweiße Leinenhose lächerlich fehl am Platz waren. Im Grunde trugen alle Grün. Grüne Wachsjacken, grünen Tweed, grünen Kord, grüne Wolle, grüne Gummistiefel, grüne Hüte. Und das wichtigste Accessoire war ein Hund, vorzugsweise klein und rauhaarig oder ein Labrador. Damien wusste, dass er sich einen der Welpen von James Liddiard hätte holen sollen. Wieder einmal kam er sich vor wie ein Angeber, der in seinem besten Sonntagsstaat auffiel, während alle anderen anscheinend angezogen hatten, was heute Morgen gerade bei ihnen auf dem Boden herumgelegen hatte.

Zu seinem Unbehagen trug auch die Tatsache bei, dass er Wetten hasste. Keiner der Leute hier schien zu ahnen, dass sie das Leben ruinieren konnten. Er erinnerte sich noch, wie oft seine Mutter weinend in der Küche gesessen hatte, wenn sein Vater einen ganzen Wochenlohn auf einen todsicheren Tipp gesetzt und verloren hatte. Ihren Lohn, nicht seinen, denn sein Vater war arbeitslos. Er erinnerte sich, wie er ihn von den Buchmachern hatte fortholen müssen. An den Zigarettengestank, der schon zehn Schritte vor der Tür des Wettbüros zu riechen war. An die Art, wie alle gebannt auf die Fernsehschirme starrten, bis das Rennen vorbei war und sie ihre Gewinne holten. Oder auch nicht, was meist der Fall war.

Anastasia traf offenbar auf Schritt und Tritt Bekannte aus dem Kindergarten. Man hatte ihn bereits am Kofferraum eines Wagens zu einem lauwarmen Kaffee im Plastikbecher eingeladen. Alle machten einen recht freundlichen Eindruck, aber Damien wusste nicht recht, worüber er sich mit den Leuten unterhalten sollte. Selbst auf harmlose Fragen konnte er keine klaren Antworten geben. Er wollte weder über seine Ehe, noch über seine Geschäfte oder seine Pläne und Zukunftsperspektiven reden und wirkte daher verschlagen und ausweichend. Aber ihm fiel für sein Leben kein unverfängliches Gesprächsthema ein.

Er passte einfach nicht hierher.

In das Mietshaus, in dem er aufgewachsen war, hatte er gepasst. Der monströse, graue Häuserblock am Rand von Bristol hatte ihn sein Leben lang einzukerkern gedroht, schon die tristen Mauern schienen ihn zu verhöhnen, dass es keinen Ausweg gäbe. In der Schule war er schlecht, weil die Schule schlecht war. Er hätte ein angehender Shakespeare oder Michelangelo sein können, ohne es je zu erfahren, weil niemand sich dafür interessierte, ob er schreiben oder zeichnen konnte. Sie interessierten sich nicht einmal dafür, ob er atmete. An dem Tag, an dem er die Schule mit dem Stacheldraht auf den Mauerkronen und der abblätternden Farbe verließ, schwor er sich, einen Ausweg zu finden. Eine Fluchtmöglichkeit für sich und seine Mutter. Seine Mutter liebte er in dem Maß, wie er seinen Vater hasste. Seine Mutter hätte er auf ein Podest erhoben und seinen Vater in die Gosse gestoßen, wenn er gekonnt hätte.

Und er hatte es geschafft. Er hatte es geschafft, weil er nichts zu verlieren hatte. Langsam und allmählich hatte er sein kleines Imperium aufgebaut. Mittlerweile war er jemand. Ein bekanntes Gesicht. Aus dem Nichts besorgte man ihm in Restaurants einen Tisch. Champagnerflaschen tauchten auf. Man respektierte ihn.

Jedenfalls in Bristol. Hier, kaum fünfzig Meilen entfernt, war er ein Niemand. Die Leute lächelten, aber ihre Augen schauten durch ihn hindurch. Sie stellten Fragen, aber die Antwort interessierte sie keinen Deut. Für sie sagte seine Adresse schon alles: Ein ganz gewöhnlicher Kerl. Für sie spielte es keine Rolle, dass er genug Geld auf der Bank hatte, um die meisten von ihnen zehn Mal aufzukaufen.

Ein Freudenschrei von Anastasia riss ihn aus seinem Selbstmitleid. Sie hatte Emily und ihre Eltern entdeckt, die im Kofferraum ihres Discovery ein Picknick veranstalteten. Die Davenports waren ganz offensichtlich echte Einheimische. Sarah hatte keine Spur von Make-up aufgelegt und ein einfaches Gummiband im mausgrauen Haar. Sie trug Jeans, einen Fleecepullover und Gummistiefel. Tom hatte ein rotes, joviales Gesicht und war genauso angezogen wie seine Frau. Offenbar waren sie ganz zufrieden damit, grauenhaft auszusehen. Alles wirkte schäbig: ihr Wagen, ihre beiden Jack Russels, das Picknick und sie selbst. Sie begrüßten so gut wie alle, die vorbeigingen, und die meisten blieben auf einen Plausch, einen Drink oder ein kaltes Würstchen stehen.

Tom schüttelte Damien begeistert die Hand. Sarah drückte ihm eine leere Eiscremedose voller sich kräuselnder Marmite-Brote in die Hand.

»Wir haben von Emily schon alles über Star gehört. Sie sind die besten Freundinnen. Star muss unbedingt mal zum Reiten zu uns kommen.«

»Das wird ihr sicher gefallen.« Damien hielt es für unhöflich, kein Sandwich zu nehmen, und pickte heimlich die Hundehaare heraus.

»Pritzelwasser?«, bellte Tom. Damien schaute ihn verständnislos an. Zur Erklärung hielt Tom eine Flasche Sekt hoch.

»Ist nur Tesco, aber gut. Ich bin kein Champagner-Snob. Sie?«

Damien verschwieg, dass er immer nur Dom Perignon trank. Eines Tages würde er sich mit alledem schon noch auseinander setzen, dachte er benommen.

»So«, sagte Tom herzlich, »und in welcher Branche arbeiten Sie?«

Am liebsten hätte Damien geantwortet: »Nutten«,

nur um Toms Miene zu sehen, konnte es sich aber gerade noch verkneifen.

»Gaststätten. Ich hoffe, dass ich bald in der Gegend ein Restaurant eröffnen kann.«

»Doch wohl nicht das Honeycote Arms?«, fragte Tom. »Ich dachte, das gehört den Liddiards.«

Grinsend stopfte Damien sich den Rest des Sandwichs in den Mund, um nicht zu viel zu verraten, so verlockend es auch war. Er dachte an den Handzettel, den er auf seiner Windschutzscheibe gefunden hatte. Es blieben nur noch knapp zwei Wochen bis zur großen Wiedereröffnung des Honeycote Arms. Er würde abwarten, bis der Pub lief, und dann zuschlagen. Es war ein bisschen wie bei den Türmen aus Bauklötzen: Er würde den entscheidenden Klotz ganz unten herausziehen und zuschauen, wie alles in sich zusammenfiel. Danach bräuchte er diesen Leuten nichts mehr zu beweisen, sie würden ihn so respektieren, wie er es sich ersehnte.

Am Sammelplatz versuchte Keith vergeblich, Ginny zu erklären, nach welchen Kriterien sie ein Pferd für ihre Wette aussuchen sollte.

»Eigentlich habe ich selbst keine Ahnung«, gab er zu. »Ich glaube, ein bisschen ist es ein Glücksspiel.«

Lachend schaute Ginny in ihre Rennbroschüre und musterte dann jedes Pferd eingehend, bewunderte die glänzenden Flanken, die stolz gewölbten Nacken und die weiten Nüstern. Die Tiere kauten buchstäblich auf der Gebissstange vor Ungeduld. Die Jockeys gaben sich gelassen, sicher um ihre Nervosität zu kaschieren. Ginny fand die Aussicht erschreckend, in vollem Tempo über einen Parcours zu rasen und über erbarmungslose Hindernisse zu springen – das erforderte körperliche Höchstleistungen und Unerschrockenheit. Sie begriff nicht, warum jemand so etwas aus freien Stücken machen wollte.

Sie hatte keine Ahnung, woran man einen potentiellen Gewinner erkannte, und das Wettformular war das reinste Kauderwelsch. Sie musste sich bei ihrer Auswahl also entweder an den Farben der Jockeys oder den Namen der Pferde orientieren. Kastanienbraun mit grauen Streifen, pink mit weißen Punkten, smaragdgrün – nichts sprach sie sonderlich an oder schien ihr wie ein Omen.

Keith deutete mit dem Finger auf Merry Divorcee.

»Die da hat beim letzten Mal ganz gut abgeschnitten, auf ähnlichen Bodenverhältnissen.«

Ginny fand den Namen, die fröhliche Geschiedene, eigentlich ganz passend, auch wenn sie noch nicht geschieden war. Sie zog eine Zehn-Pfund-Note aus der Tasche.

»Zehn Pfund auf Sieg«, sagte sie trotzig.

Barney beschloss auf What's Your Poison zu wetten, weil er den Namen für einen angehenden Wirt ganz lustig fand. Er wollte fünf Pfund setzen. Insgeheim dachte er sich, wenn er gewänne, würde das Honeycote Arms ein Erfolg. Er schob sich zwischen die Wettenden, die sich vor dem Totalisator drängten, als ihm jemand auf die Schulter tippte.

»Sie sind der neue Pächter vom Honeycote Arms?«

»Ja.«

Eine unglaublich raue, abgearbeitete Hand schob sich in seine.

»Jonty Hobday. Ich habe überlegt, ob Sie jemand für die Küche brauchen.«

»Also, ja, schon.« Barney war verdutzt. Der Rennplatz erwies sich offenbar als Jobbörse. Wie sich herausstellte, war Jonty der Hufschmied des Ortes. Er hatte ein sommersprossiges Fuchsgesicht und den Haarschnitt, der zur Zeit anscheinend ein Muss war: rundum millimeterkurz geschoren. Die jahrelange Arbeit im Freien hätte eigentlich ihre Spuren hinterlassen müssen, aber sein Gesicht wirkte erstaunlich jugendlich; nur seine Hände verrieten, dass er jenseits der 35 war.

Die Ausbreitung der Maul-und-Klauen-Seuche im vorletzten Jahr hatte ihn schwer getroffen. Da er fest entschlossen war, sich nicht unterkriegen zu lassen, und eine Frau und zwei Kinder ernähren musste, hatte er in Abendkursen eine Catering-Ausbildung gemacht und in diversen Pubs der Umgebung gearbeitet, um Erfahrungen zu sammeln. Kochen hatte ihn schon lange interessiert und außerdem verwöhnte er seit Jahren Freunde mit gastronomischen Meisterleistungen. Seine Grillabende waren legendär.

Auch wenn er nicht viel offizielle Erfahrung vorweisen konnte, hatte Barney den Eindruck, dass er für das Honeycote Arms genau der Richtige war. Er konnte viel von Suzanna lernen und dabei seine eigene Begeisterung einbringen. Wenn er einen oder zwei Abende in der Woche als Küchenchef einsprang, konnte er wertvolle Erfahrungen sammeln und selbst experimentieren. Montags und Dienstags, wenn es in der Küche ruhig zuging, konnte er weiter für einige ausgewählte Kunden Pferde beschlagen. Und wer wäre besser geeignet, unter reichen Leuten Werbung für ein neues Lokal zu machen, als ein Hufschmied?

Sie vereinbarten, dass Jonty im Laufe der Woche in den Pub kommen sollte, um über die Konditionen zu sprechen und Suzanna kennen zu lernen, aber im Grunde war die Sache abgemacht. Als sie sich die Hand schüttelten, verkündete der Ansager aufgeregt über Lautsprecher, dass What's Your Poison gesiegt hatte. Obwohl Barney nicht dazu gekommen war, seine fünf Pfund auf das Pferd zu setzen, empfand er es als gutes Omen. Er zog mit Jonty ins Bierzelt und spendierte ihm zu Feier des Tages ein Pint.

Er war so damit beschäftigt, auf sich zu trinken, dass er gar nicht auf die nächste Durchsage achtete: What's Your Poison war wegen überzogenen Peitscheneinsatzes disqualifiziert worden – damit hieß der Sieger Merry Divorcee.

Mandy stapfte in ihren Gummistiefeln zwischen den endlosen Reihen parkender Autos umher und steckte Handzettel für die Eröffnung des Honeycote Arms unter die Scheibenwischer. Die Idee für die Handzettel stammte von Patrick und war allseits auf großen Beifall gestoßen, da vermutlich 90 Prozent ihres Zielpublikums zu der Geländejagd kam. Wenn es aber Patricks Idee war, warum musste sie dann den ganzen Tag hier durch den Schlamm waten? Ihr Vater hatte sie so behutsam wie möglich darauf hingewiesen, dass der für PR Zuständige in einem kleinen Betrieb nun einmal selbst mit anpacken musste. Also stand sie nun hier mit 2000 Handzetteln im A5-Format, die es zu verteilen galt.

Eigentlich ärgerte Mandy sich hauptsächlich über Suzanna. Sie war im Honeycote-Ales-Zelt, umringt von allen, die sie unbedingt kennen lernen wollten. Schon jetzt hatte man sie offenbar in den Status einer Göttin erhoben, weil sie gut aussah und kochen konnte. Mandy sagte sich immer wieder, dass sie in ihr keine Bedrohung zu sehen brauchte. Suzanna hatte in Barney einen umwerfenden, knuffeligen Mann mit zerzausten blonden Haaren und verschmitzten braunen Augen. Dennoch war Mandy beunruhigt, weil Suzanna und Patrick so viel Zeit miteinander verbrachten.

Noch entnervender war die Tatsache, dass Mandy sich nicht einmal durchringen konnte, Suzanna nicht zu mögen. Sie hatte sich in der vergangenen Woche mit ihr getroffen, um für die Handzettel ein Mustermenü zu entwerfen und die Bewirtung im Honeycote-Ales-Zelt zu besprechen. Suzanna war mit so viel Begeisterung bei der Sache gewesen, hatte Mandy viele Komplimente über ihre Arbeit gemacht, ohne unaufrichtig zu klingen, und sie in einigen Punkten sogar um ihre Meinung gebeten: Farbproben, Vorhangstoffe, Papier- oder Stoffservietten, Hintergrundmusik, und wenn ja, welche? Mandy gewann den Eindruck, dass Suzanna Wert auf ihre Meinung legte und sie tatsächlich ein Wort mitzureden hatte – genau das, was ihr eigener Freund und ihr Vater ihr verwehrten. Obwohl es ganz und gar nicht Mandys Absichten entsprach, war sie sehr schnell warm mit Suzanna geworden. Eben deshalb war sie ja so besorgt. Wenn sie schon ihrem Charme nicht widerstehen konnte, wie sollte Patrick es dann schaffen?

Seufzend trottete sie weiter. Sie wollte gerade einen Handzettel unter den Scheibenwischer eines Mini Cooper stecken, als der Beifahrer ausstieg. Es war Rick. Auf der Fahrerseite stieg Kelly aus und schaute argwöhnisch zu, wie Rick Mandy begrüßte. Mandy war wie vom Donner gerührt. Die ganze Woche hatte sie sich vorgestellt, wie sie ihm irgendwann zufällig über den Weg laufen würde, und nun stand er hier, wo sie ihn zu allerletzt erwartet hatte. Er gab ihr einen herzlichen Kuss auf die Wange.

»Hey. Schön, dich zu sehen.«

Sie stammelte einen Gruß.

»Ich hätte nicht gedacht, dass das hier deine Szene ist.«

»Machst du Witze? Bier, Weiber und Wetten? Komm, wir gehen zusammen einen trinken.«

Mandy schüttelte den Kopf. Es war viel zu gefährlich. Außerdem gefiel ihr nicht, wie Kelly sie anschaute.

»Tut mir Leid – erst muss ich diese hier noch alle los werden.«

Rick musterte die Handzettel schräg von der Seite.

»Die kannst du auch gleich in die Mülltonne werfen. Da enden sie sowieso.«

»Ich kann doch nicht ...«

»Du bist viel zu gewissenhaft.«

Mandy dachte einen Moment lang, er würde ihr seine Hilfe anbieten, aber sie merkte, dass Kelly sie so schnell wie möglich loswerden wollte. Allerdings fragte er sie, ob sie später mit ausgehen wolle – seine Freunde trafen sich in Cheltenham, um durch die Clubs zu ziehen. Sie antwortete, sie wolle es sich noch überlegen, und schaute ihm nachdenklich nach, als er ging. Es bedurfte ihrer ganzen Selbstbeherrschung, nicht hinter ihm herzulaufen. Zum Teufel mit dem Honeycote Arms. Sie war doch nicht deren Dienstmädchen!

Sie rief sich zur Ordnung. So durfte sie nicht denken. Man brachte es nicht weit, wenn man sich zu schade war, sich die Hände schmutzig zu machen. Patrick würde noch weniger von ihr halten, wenn sie sich jetzt drückte. Sie würde ihre Arbeit hier auf dem

Parkplatz fertig machen, anschließend zu ihm gehen und sich unter die Gesellschaft mischen.

Als es zu regnen anfing, war sie gerade am anderen Ende des Parkplatzes. Sie hätte kaum weiter vom Zelt entfernt sein können. Bis sie dort ankam, war sie völlig durchnässt. Lautes Geplauder schlug ihr entgegen. Suzanna und Patrick waren von einer Schar von Speichelleckern umringt, die sicher auf eine Einladung zum Eröffnungsabend hofften. Niemand bemerkte Mandy. Alle waren ordentlich beschwipst. Selbst ihr Vater hatte seinen Arm um Ginny gelegt und strahlte wie ein Honigkuchenpferd.

Nach seinem Bier mit Jonty machte Barney sich auf die Suche nach Suzanna, um ihr von seinem Erfolg zu berichten. Sie unterhielt sich gerade mit einem jungen Mann mit blonden Locken und Milchbubigesicht. Er wirkte wie zwölf, war aber schon siebenundzwanzig.

»Das ist Toby. Er führt eine Weinstube in Cheltenham, möchte sich aber beruflich verändern.«

Toby war offenbar ein überaus gutmütiger Bär mit wenig Hirn. »Genau der richtige Stellvertreter für mich«, dachte Barney. Er könnte ihm an ruhigeren Tagen das Lokal überlassen und ihn vielleicht ausbilden, sodass er später einen der anderen Pubs übernehmen konnte, wenn einer frei wurde. Er besaß genügend Erfahrung, um keine Belastung zu sein, ohne dabei eine Bedrohung darzustellen.

Hinterher musste er mit Suzanna darüber lachen, dass sie offenbar mit einem Schlag das gesamte Personal für den Pub gefunden hatten.

»Ich dachte, wir hätten heute einen freien Tag. Aber ich habe in zwei Stunden mehr geschafft als in der ganzen letzten Woche.«

»Das ist wohl das Dorfleben, schätze ich«, antwortete Suzanna.

Sie war wie berauscht von der Aufmerksamkeit, den guten Wünschen und Gratulationen, die sie bekommen hatte. Alle sprachen über das Honeycote Arms: Sie konnten die Eröffnung kaum abwarten und freuten sich darauf, ein anständiges Esslokal in der Nähe zu haben und nicht mehr bis nach Cheltenham oder Stratford fahren zu müssen.

»Es kann gar nicht schief gehen«, sagte sie mit leuchtenden Augen zu Barney.

»Anscheinend nicht«, bestätigte er und entspannte sich zum ersten Mal, seit sie nach Honeycote gekommen waren.

Sasha gab sich alle Mühe, sich nicht zu amüsieren. Sie war sauer, weil ihr Vater sie heute Morgen versetzt hatte. Ihrer Ansicht nach hatte Faith wegen nichts ein Riesentheater gemacht und ihr Vater hatte nachgegeben, um seine Ruhe zu haben. Sasha konnte Faith nicht ausstehen, weil sie ihren Vater gemein behandelte. Auf ihre Weise hatte Sasha das Gefühl, ihren Vater beschützen zu müssen, auch wenn sie das nicht hinderte, selbst ab und an gemein zu ihm zu sein. Aber das war ihr Vorrecht. Faith hatte kein Recht, ihren Dad wie einen Sklaven zu behandeln. Wieso ließ er sich das gefallen?

Sie streifte mit Kitty über den Rennplatz, bis sie Patrick Liddiard sah und ihre Augen aufleuchteten.

»Na, das ist doch mal ein geiler Typ«, sagte sie zu Kitty.

Entschlossen ging sie auf ihn zu.

»Das kannst du doch nicht machen.« Kitty packte ihren Arm.

»Wart's ab.«

Etwas in der Miene ihre Schwester ließ bei Kitty sämtliche Alarmlampen aufleuchten. Sie musterte sie vorwurfsvoll. »Du hast was genommen, oder?«

»Du lieber Himmel«, stöhnte Sasha gedehnt. »Du hast doch wohl nicht erwartet, dass ich diesen blöden Zirkus ohne chemische Hilfsmittel durchstehe, oder?«

»Wo hast du das Zeug her?«

Sasha grinste. »Midge hat es mir gegeben. Für schlechte Zeiten.«

Innerlich geriet Kitty in Panik. Ihre Schwester war schon in ihren besten Zeiten unberechenbar, umso mehr, wenn sie sich langweilte. Wenn dazu noch die Aussicht auf Geknutsche kam, drohte Ärger. Sasha war immer auf Aufmerksamkeit aus und konnte Langeweile nicht ertragen. Im College war sie zudem in schlechte Gesellschaft geraten, eine Clique mit Sex-and-Drugs-and-Rock-and-Roll-Mentalität, die immer auf der Suche nach einem neuen Thrill war und von Midge angeführt wurde.

Kitty war zwar nicht prüde, aber doch vorsichtiger als Sasha und fühlte sich für ihre Schwester verantwortlich. Heute Nachmittag würde sie alle Hände voll zu tun haben. Die meisten Jungs im Bierzelt sahen nicht so aus, als würden sie ein Angebot von Sasha ablehnen. Kitty seufzte. Ihr Leben lang zockelte sie hinter ihrer Schwester her und versuchte, Katastrophen abzuwenden. Heute würde es nicht anders sein.

Damien stand seit Stunden in der Schlange vor dem Eiswagen. Endlich war er an der Reihe und reichte Star gerade ein Eishörnchen mit buntem Zuckerstreusel, als Rick ihn überschwänglich begrüßte. Hinter ihm stand Kelly. Damiens Herz machte einen Purzelbaum. Ihr Anblick verschlug ihm prompt die Sprache.

»Ich bin überrascht, Sie hier zu sehen«, brachte er schließlich hervor. Es war ihm tatsächlich immer noch ein Rätsel, aus welchem Grund jemand freiwillig in eisiger Kälte herumstand, um zuzusehen, wie eine Horde Pferde ihren Schwänzen hinterherjagte.

»Mum und Dad haben früher immer den Ausschank im Bierzelt gemacht. Seit wir denken können, waren wir jedes Jahr hier. Mit alten Gewohnheiten bricht man nicht so schnell.« Rick zündete sich mit Mühe im böigen Wind eine Zigarette an. »Außerdem ist es bestes Abschleppgebiet.«

Damien hatte bislang noch kein einziges Mädchen gesichtet, das abzuschleppen sich gelohnt hätte. Bisher waren ihm nur fade, blonde Landpomeranzen über den Weg gelaufen, die durch ihn hindurchgeschaut hatten. Sie waren nicht sein Typ.

Da war Kelly ein ganz anderes Kaliber. Sie beugte sich eben zu Star hinunter und bewunderte ihre Barbie-Gummistiefel. Mit ernster Miene zeigte Anastasia ihr das Pocket Pony, das Damien ihr gekauft hatte. Kelly begutachtete es eingehend und unterhielt sich ausführlich mit ihr über sämtliches erhältliche Zubehör. Damien beobachtete sie aus einer gewissen Entfernung. Seine Erinnerung hatte ihn nicht getäuscht. Sie war tatsächlich sehr hübsch mit ihren großen blauen Augen, dem knackigen kleinen Hintern in der hautengen Designerjeans mit den Bleichflecken. Silberne Plateau-Turnschuhe und graue Jacke mit falschem Pelzbesatz am Kragen. Eine Planet-Hollywood-Kappe, unter der strohblonde Locken hervorlugten. Sie richtete sich auf und strahlte Damien an. Perfekte weiße Zähne. Das war gut. Er legte großen Wert auf gute Zähne.

»Ihre Tochter ist ein kleiner Engel.«

Damien schmolz noch weiter dahin. Jeder, der Anastasia bewunderte, hatte bei ihm auf Anhieb einen Stein im Brett. Über Lautsprecher wurde das letzte Rennen angesagt, gesponsert von Honeycote Ales.

»Komm, das schauen wir uns an.« Kelly streckte Anastasia ihre Hand hin, die sie eifrig ergriff. Die beiden tollten den Hang hinunter, gefolgt von Rick und Damien, der sein Glück noch gar nicht fassen konnte.

Unten am Geländer hob Kelly Anastasia auf ihre Schultern, als kenne sie sie schon ihr Leben lang. Damien nutzte die Tatsache, dass alle auf die Pferde schauten, um sich Kelly anzusehen, ihr strahlendes Lächeln, ihre lebhafte Miene, ihre gespannte Aufmerksamkeit und ihre Unbefangenheit. Ihm fiel auf, dass sie sich auf ihre Weise ebenso wohl in ihrer Haut fühlte wie die Davenports, und er beneidete sie darum.

Dabei merkte er gar nicht, dass Rick, der nicht auf den Kopf gefallen war, ihn seinerseits interessiert beobachtete. Rick war eben ein Licht aufgegangen: Damien und Kelly ... Wieso war er nicht schon vorher darauf gekommen? Sie würden sich blendend verstehen. Er kannte Damien mittlerweile lange genug, um zu wissen, dass er gut genug für seine Schwester war. Dass er sich um sie kümmern würde, wie sie sich um ihn. Tief im Inneren war ihm klar, dass Kelly sich vor allem einen Mann und ein Heim wünschte. Die Tatsache, dass Damien bereits verheiratet war, übersah er geflissentlich – offenbar war seine Frau längst von der Bildfläche verschwunden, wer immer sie auch sein mochte.

Ein Verehrer würde Kelly zweifellos gut tun. Sie

arbeitete im Augenblick viel zu viel, um ihren Schönheitssalon zu etablieren, und die meisten Kundinnen musste sie selbst behandeln, weil sie sich kaum Hilfe leisten konnte. Zudem machte sie ihre Sache so gut, dass viele sich lieber von ihr als von einer anderen behandeln ließen – sie war sehr gefragt. Und da Rick mit ihr zusammenwohnte, wusste er, dass sie in ihrer Freizeit nicht sonderlich viel Spaß hatte. Sie vermisste ihre Eltern schrecklich. Sie war immer schon beider Liebling gewesen, auch wenn sie sie nicht wirklich verwöhnt hatten. Aber sie war viel Zuwendung gewöhnt und gab auch viel zurück.

Eine Verabredung mit Damien würde sie auf andere Gedanken bringen. Er würde sie verwöhnen, ihr etwas bieten. Und es konnte durchaus sein, dass mehr daraus wurde ...

Rick zwang sich zur Ruhe. Er durfte nichts überstürzen. Aber eine süße Rache wäre es schon. Er erlaubte sich einen angenehmen Blick in die Zukunft. Einen Blick in Patrick Liddiards Gesicht, wenn ihm klar würde, dass Rick seine Freundin vögelte und Kelly den neuen Besitzer des Honeycote Arms heiratete.

Dann würde das Blatt sich wenden.

Zehn quälende Minuten hatte Kitty in der Schlange vor dem Klowagen gewartet. Da sie Sasha nicht hatte überreden können mitzukommen, hatte sie sie mit der strikten Anweisung, sich nicht von der Stelle zu rühren, im Bierzelt gelassen. Als Kitty zurückkam, war Sasha verschwunden.

»Ich bin nicht das Kindermädchen meiner Schwester«, sagte Kitty sich immer wieder, bevor sie sich seufzend aufmachte, um den Rennplatz abzusuchen. Die Sonne war wieder herausgekommen, was die Stimmung hob und zusammen mit dem allseits fließenden Alkohol eine regelrechte Jahrmarktsatmosphäre aufkommen ließ. Kitty schlängelte sich zwischen abgegrasten Picknicks, stöbernden Hunden und allein gelassenen Kindern durch, bis sie tatsächlich wie durch ein Wunder ihre Schwester fand, die sich gerade von einem johlenden Trio rotbäckiger junger Männer hinten in einen zerbeulten Land Rover Defender helfen ließ. Als sie Kitty erblickten, johlten sie noch lauter. Sie waren schon ordentlich angetrunken. Kitty bemerkte, dass einer von ihnen ungläubig von ihr zu Sasha und wieder zurück schaute und offensichtlich nicht recht wusste, ob er vielleicht doppelt sah.

Sie versuchte vergeblich, Sasha zum Aussteigen zu überreden – ihre Schwester war anscheinend fest entschlossen, einen draufzumachen.

»Sie tun dir bestimmt was in deinen Drink und vergewaltigen dich allesamt«, zischte Kitty.

»Na und, jedenfalls habe ich dann mit Sicherheit mehr Spaß als du«, entgegnete Sasha zuckersüß und kurbelte trotzig das Seitenfenster hoch.

Seufzend schaute Kitty zu, wie die Jungs in den Land Rover stiegen, den Motor aufheulen und die Reifen im Morast durchdrehen ließen. Sie nahm an, dass sie eigentlich ganz nette Burschen waren, die sich allerdings nach beträchtlichem Bierkonsum aufführten wie die Wilden. Als der Wagen holpernd davonfuhr, sah Kitty auf dem Heck einen Aufkleber, der verkündete: JUNGBAUERN TUN'S IN GUMMISTIEFELN. Kitty schüttelte missbilligend den Kopf, musste sich aber ein Grinsen verkneifen. Sasha würde am nächsten Tag ausrasten, wenn ihr klar würde, mit wem sie unterwegs gewesen war. Sie stand nicht auf Jungbauern. Sie waren ganz und gar nicht ihr Fall.

Kitty trottete zurück, um ihre Mutter zu suchen. Keith schenkte ihr gerade aus einer Thermoskanne Tee in eine Porzellantasse, die er aus seinem Picknickkorb geholt hatte. Alle anderen begnügten sich mit Plastikbechern. Ginnys Augen funkelten, wie Kitty es lange nicht gesehen hatte.

»Ich habe 50 Pfund gewonnen!«

»Cool. Was hast du damit vor?«

»Ich habe sie schon ausgegeben.« Sie zeigte Kitty ein elegantes geflochtenes Lederhalsband mit Leine, das sie für Hope gekauft hatte. »Wo ist Sasha?«

»Mit ein paar Freunden weggefahren«, antwortete Kitty knapp ohne weitere Erklärungen. Wenn sie Sasha nicht hatte aufhalten können, hätte Ginny es ebenfalls nicht geschafft. Es hatte keinen Zweck, sie zu beunruhigen.

»Möchtest du mit uns Essen gehen?«

»Nein. Setzt mich einfach zu Hause ab. Ich passe auf Hope auf.«

Die flüchtige Erleichterung in Ginnys Miene entging Kitty nicht und sie konnte nicht umhin, ein bisschen gekränkt zu sein. Ginny nahm sie in die Arme und drückte sie an sich. Kitty schmiegte sich eine Weile an sie und genoss die Wärme. Sie wünschte, sie wäre wieder klein und ihre Familie wäre intakt. Es war so eigenartig, dass Dad mit Faith zusammen war. Und wie es aussah, fing ihre Mutter nun etwas mit Keith an.

Kitty gab sich alle Mühe, es ihr nicht zu verübeln. Ihre Mutter hatte ein bisschen Spaß verdient. Dad hatte ihr übel mitgespielt. Kitty begriff immer noch nicht, warum er sie wegen Faith verlassen hatte. Die beiden schienen ständig zu streiten. Dad und Mum hatten sich nie gestritten, nicht richtig.

Sex. Es ging immer nur um Sex. Kitty war fest entschlossen, diese Erfahrung für sich so lange wie möglich hinauszuzögern. Das Leben war auch so schon kompliziert genug. Sie wollte ihrer Mutter aber auch nicht die Tour vermiesen. Wenn sie etwas mit Keith anfangen wollte, würde sie ihr nicht in die Quere kommen.

Caroline war erschöpft, als sie Henrys Buggy den Hang hinaufgeschoben hatte. Endlich erreichte sie den Toilettenwagen und überlegte gerade, wie sie den Buggy die Treppe hinauf bugsieren sollte, als Suzanna herunter kam.

»Würden Sie bitte einen Moment auf Henry aufpassen? Ich platze gleich.«

Ohne eine Antwort abzuwarten, lief sie die Treppe hinauf.

Suzanna kniete sich neben den Buggy und schaute Henry an. Unter seiner lustigen Plüschmütze mit Ohren quollen rötliche Locken hervor. Er bedachte sie mit einem gespielt bösen Blick, wie nur Babys es können, und trat mit seinem nackten Fuß nach ihr. Spielerisch packte sie das Füßchen und wurde mit einem gurgelnden Lachen belohnt. Als sie es losließ, trat er wieder, als wolle er sie auffordern, es noch einmal zu fangen. Sie wackelte mit den Fingern.

»Na, warte!« Wieder schnappte sie sein Füßchen und wieder lachte er.

Dieses Mal ließ sie seinen Fuß nicht los, sondern küsste ihn und blies sanft und neckisch auf seine Zehen. Er strahlte vor Vergnügen.

Als Caroline die Treppe herunter kam, ließ Suzanna Henrys Fuß abrupt los und sprang erschrocken und mit schlechtem Gewissen zurück. Caroline könnte ja denken, sie hecke einen psychotischen Kindesraub aus. Dann fiel ihr jedoch ein, dass Caroline natürlich keine Ahnung hatte.

Doch weshalb schaute sie sie dann so merkwürdig an, mit einer Mischung aus Kummer, Mitgefühl und Hilflosigkeit?

»Schon gut«, sagte Caroline leise. »Ich weiß Bescheid. Barney hat es mir erzählt.«

»Ach«, sagte Suzanna verdutzt und merkte wütend, dass ihr Tränen in die Augen schossen.

»Kommen Sie her«, sagte Caroline und umarmte sie. »Ich finde, Sie sind unglaublich tapfer.« Beinah hätte sie mitgeweint. »Ich würde sterben, wenn Henry was passieren sollte. Ich kann mir gar nicht vorstellen, wie schrecklich das sein muss. Aber ich bin sicher, es wird besser.«

Suzanna fühlte sich eingehüllt in eine unendliche Wärme, die ihr Kraft verlieh. Ihr fiel auf, dass sie sich zum ersten Mal mit einer Frau ihres Alters, mit einer anderen Mutter austauschte. Nach Ollies Tod hatte sie die anderen Mütter aus ihrer Schwangerschafts- und Stillgruppe nicht mehr sehen wollen. Und da sie als Erste in ihrem Freundeskreis ein Kind bekommen hatte, hatte keine ihrer Freundinnen sie richtig verstehen können. Aber Caroline verstand.

»Sie können mir ruhig sagen, dass ich mich nicht einmischen soll«, sagte Caroline, »aber ich finde, Sie sollten es den Leuten erzählen. Wirklich. Besonders …« Sie war nicht sicher, ob sie weiterreden sollte. »Besonders Patrick. Ich finde, Sie sollten es ihm sagen. Sie arbeiten so eng mit ihm zusammen. Ich finde, er sollte Bescheid wissen.«

»Ich weiß«, antwortete Suzanna. »Es ist nur so … schwer.«

»Schwer?«, fragte Caroline. »Es ist ein Alptraum.

Ich bewundere Sie ehrlich. Ich finde es fantastisch, dass Sie hergekommen sind, um ein neues Leben anzufangen.«

»Ich bin nicht tapfer«, erklärte Suzanna. »Ich bin nur eine gute Schauspielerin.«

»Ich an Ihrer Stelle wäre längst im Irrenhaus«, sagte Caroline. »Ich würde mich gleich frühmorgens betrinken und den ganzen Tag Valium, Prozac und weiß Gott was schlucken.« Sie grinste verlegen. »Es tut mir wirklich Leid, dass ich neulich Abend eine so große Schnauze hatte. Jedes Mal, wenn mir einfällt, was ich gesagt habe, zucke ich zusammen.«

»Kein Problem. Ehrlich«, beruhigte Suzanna sie.

»Das ist übrigens noch ein guter Grund, es den Leuten zu erzählen«, fuhr Caroline fort. »Damit sie nicht ständig ins Fettnäpfchen treten. Ich glaube, sie würden es Ihnen hoch anrechnen, wenn sie Bescheid wüssten. Im Grunde sind die Leute ziemlich nett. Sie möchten helfen. Das können sie aber nicht, wenn sie nicht Bescheid wissen.«

»Ich weiß nicht recht«, erklärte Suzanna. »Ich möchte nicht, dass alle ständig Rücksicht nehmen.«

Auf dem Rückweg zum Honeycote-Ales-Zelt überlegte Suzanna, ob Caroline nicht Recht hatte. Vielleicht machte sie es sich nur selbst schwer, wenn sie den Leuten nichts erzählte und ihnen ständig etwas vormachen musste.

Barney machte es das Leben eindeutig schwerer, da er der Einzige war, dem sie nichts vormachen musste, auch wenn sie sich verzweifelt bemühte, alles für sich zu behalten.

Nach dem letzten Rennen schauten Damien, Kelly und Rick zu, wie Lucy Liddiard als Vertreterin von Honeycote Ales dem Sieger die Trophäe überreichte. Sie war sehr attraktiv in ihrer pinkfarbenen, dreiviertellangen Hose und einem weiten Sweatshirt, fand Damien. Sie wirkte, als überreiche sie tagtäglich Trophäen.

Er bemerkte Kellys feuchten Blick, gab sich einen Ruck und legte ihr die Hand auf die Schulter.

»Was ist?«, fragte er besorgt.

»Nichts. Mum hätte es gefallen. Ich habe sie zu überreden versucht, heute zu kommen, aber sie wollten nicht. Das hat mir deutlich gemacht, dass sie wirklich fort sind.«

Damien drückte zaghaft ihre Schulter, worauf sie ihn dankbar anlächelte. Sein Herz schlug schneller und einen wilden Augenblick lang hätte er ihr am liebsten gesagt, wenn es nach ihm ginge, würde das Honeycote Arms in einem Jahr ihm gehören und dann würde er dieses Rennen sponsern. Und ihre Eltern wären als Ehrengäste in das Bewirtungszelt eingeladen. Flüchtig stellte er sich vor, wie Kelly in einem italienischen Kostüm, das sie gemeinsam ausgesucht hätten, den Cup überreichte …

Aber er sagte nichts. Er wollte seine Pläne nicht gefährden.

Nach der Geländejagd ging ein ganzer Trupp von Honeycote Ales noch thailändisch essen, manche, um ihre Wettgewinne zu feiern, andere, um ihren Kummer zu ertränken. Mandy stellte gekränkt fest, dass Patrick neben Suzanna saß. Sie war nicht sicher, ob er sich den Platz absichtlich ausgesucht oder ob es sich zufällig so ergeben hatte. Sie ermahnte sich, nicht albern zu sein, und setzte sich neben Mickey, den sie sehr mochte. Innerlich wünschte sie sich dennoch, sie hätte den Mut, einfach aufzustehen und zu gehen.

Natürlich tat sie es nicht. Vielmehr ging sie zur Toilette und schickte Rick eine SMS, dass sie es nicht schaffe, mit ihnen durch die Clubs zu ziehen. Als sie wieder an den Tisch kam, versuchte sie halbherzig, ihr Hühnchencurry zu essen. Das einzig Herzerwärmende war, dass ihr Vater sich offenbar mit seiner neuen Begleiterin so gut verstand. Mandy fand Ginny sehr nett, war allerdings nicht sonderlich angetan von ihren Töchtern. Zum Glück waren sie nicht mit zum Essen gekommen. Mandy konnte sich denken, dass ihr Vater am Ende noch für sie bezahlt hätte. Schnorrer erkannte sie auf den ersten Blick und Sasha gehörte eindeutig dazu, Kitty vielleicht nicht.

Nach dem Kaffee hatte Patrick offensichtlich ein schlechtes Gewissen, denn er bot an, Mandy nach Hause zu bringen.

»Ich habe den Eindruck, dein Vater wäre ganz gern mit Mrs. Tait allein.« Er fuhr mit der Hand an ihrem Rückgrat hinauf und streichelte mit dem Daumen ihren Nacken. »Lass uns zu dir fahren.«

Mandy riss sich aus ihrer brütenden Stimmung. Auch wenn Patrick sich in den letzten Wochen abscheulich benommen hatte, musste sie zugeben, dass er im Bett manches wieder gutzumachen verstand. Sie gingen in ihr Schlafzimmer. Er war erstaunlich zärtlich und küsste sie am ganzen Körper, bis sie vor Erwartung ganz schwach war. Sie zog ihn an sich und wollte von ihm genommen werden. Vielleicht könnte er die Fantasien, die allmählich zur Folter wurden, aus ihr herausbumsen. Schließlich hatte sie früher einmal nur von Patrick geträumt, der für sie damals unerreichbar gewesen war. Seltsam, dass man das, wonach man sich sehnte, plötzlich nicht mehr wollte, wenn man es erst einmal bekommen hatte. In der Schule hatte es Mädchen gegeben, die wochenlang hinter einem Jungen hergejagt waren und ihn fallen ließen, sobald sie ihn gekriegt hatten. Sie hatte sie immer wegen ihres wankelmütigen Verhaltens verachtet. Und nun benahm sie sich genauso. Doch als Patrick in sie eindrang, stöhnte sie vor Lust und fragte sich, wieso sie überhaupt einen anderen wollte. Patrick wusste genau, wie er sie befriedigen konnte …

Plötzlich hörten sie Keiths Land Cruiser in die Einfahrt biegen. Mandy schob Patrick von sich, rutschte unter ihm hervor und griff in Panik nach ihren Kleidern. Patrick musste lachen.

»Meine Güte, glaubst du, er denkt, wir spielen hier oben Schach?«

Er wollte sie wieder an sich ziehen, aber Mandy entwand sich seinem Griff. Es war ihr immer unangenehm, mit Patrick zu schlafen, wenn ihr Vater im Haus war. Entnervt zog Patrick seine Hose an und sie gingen nach unten, um mit Keith Kaffee zu trinken, obwohl sonnenklar war, was sie getrieben hatten.

Nachdem Patrick fort war, zog Mandy ihren Schlafanzug an und ging ins Bett. Aber sie konnte nicht schlafen. Sie war immer noch erregt von Patricks Zärtlichkeiten. Sie tat etwas, was sie noch nie zuvor getan hatte. Sie schob ihre Schlafanzughose hinunter und legte zögernd einen Finger zwischen ihre Beine. Vor Schreck darüber, wie gut es sich anfühlte, wäre sie beinah aufgefahren. Behutsam erkundete sie das seidig weiche Fleisch, das sich anfühlte, als tauche sie den Finger in warmen Honig, und genoss die Wärme, die sich in ihrem Schoß ausbreitete. Es war ein fantastisches Gefühl, alles im Griff zu haben. Verrucht, aber fantastisch. Mehrmals brachte sie sich bis kurz vor den Höhepunkt und zog sich spielerisch wieder zurück.

Sie wusste, was sie wollte. Sie stellte sich Ricks Körper vor, malte sich aus, wie er sich aus seinem engen weißen T-Shirt und der Jeans pellte, mit seiner glatten Haut, den straffen Muskeln und dem Tattoo vor ihr stand. Sie nahm, wortlos, gekonnt ... Mandy wölbte stöhnend den Rücken, während sie sich vorstellte, dass er in sie eindränge, und schrie unwillkürlich vor Lust auf.

Keuchend lag sie auf dem Bett. So etwas hatte sie noch nie erlebt. Lag es daran, dass sie ihre Lust selbst in der Hand gehabt hatte? Oder hatte ihre Fantasie sie angespornt?

Sie verspürte ein schlechtes Gewissen. Galt das, was sie getan hatte, als Untreue? Schockiert über ihr Verhalten, bemühte Mandy sich einzuschlafen. Sie war doch immer so ein braves Mädchen gewesen.

14

Suzanna wartete auf eine günstige Gelegenheit, Patrick die Wahrheit zu sagen. Sie hatte lange über das nachgedacht, was Caroline ihr gesagt hatte, und war zu dem Schluss gekommen, dass sie Recht hatte. Sie und Patrick hatten in den letzten Wochen so viel Vertrauen ineinander gesetzt, dass es unfair wäre, ihm ihr Geheimnis weiter zu verschweigen.

Sie waren zu einer Auktion in einem Vorort von Birmingham gefahren, bei der Küchengeräte mehrerer bankrotter Restaurants und Pubs versteigert wurden. Patrick bemühte sich, das nicht als böses Omen zu interpretieren. Sie ersteigerten einige wesentliche Teile: einen Profi-Gasherd, einen Kühlraum, eine Glasspülmaschine und eine Geschirrspülmaschine, alles kaum gebraucht, in bester Verfassung und für knapp die Hälfte des Preises, den sie normalerweise hätten zahlen müssen. Nachdem sie die Anlieferung der Geräte arrangiert hatten, gingen sie in die ziemlich heruntergekommene Bar neben dem Auktionssaal, um ihren Erfolg bei einem Drink zu feiern. Mit einem Eiersandwich und einem Gin-Tonic für jeden von ihnen setzten sie sich an ein rundes Tischchen. Suzanna atmete tief durch.

»Ich muss dir etwas sagen.«

Patrick schaute sie beunruhigt an. Offensichtlich handelte es sich um etwas Schwerwiegendes.

»Du bist doch wohl nicht schwanger?«

»Nein.« Sie lachte ironisch auf. »Weit davon entfernt. Wir ... hatten ein Baby. Oliver. Er ist gestorben. Krippentod, vor etwa zwei Jahren. Deshalb sind wir hergekommen. Um neu anzufangen.«

Patrick wandte erschüttert den Blick ab; ihm fehlten die Worte. Er hatte Suzanna vertraut, ihr Dinge erzählt, die er noch niemanden erzählt hatte. Und sie hatte ihm ein noch viel größeres Geheimnis vorenthalten.

Zuerst reagierte er barsch und gekränkt, weil sie ihm offenbar nicht vertraut hatte.

»Warum hast du uns das nicht gleich von Anfang an gesagt?«

Suzanna hielt seinem vorwurfsvollen Blick stand.

»Auf dem Bewerbungsformular war kein Platz«, sagte sie leichthin.

»Werd jetzt nicht flapsig. Außerdem war Platz.« Er zitierte wörtlich: »*Gibt es persönliche Umstände, über die wir informiert sein sollten?*«

»Ich dachte, damit wäre so etwas wie ein Bankrott oder ansteckende Krankheiten gemeint.«

»Nein! Damit war alles gemeint, was wir in Erwägung ziehen sollten.«

Sie hob abwehrend das Kinn.

»Wenn du glaubst, dass wir unter Vorspiegelung falscher Tatsachen hergekommen sind, können wir ja wieder verschwinden.«

»Nun geh doch nicht gleich so in die Defensive. Ich

meine doch nur, dass wir ein kleiner Familienbetrieb sind, der sich zugute hält, dass er sich um seine Mitarbeiter kümmert. Ihr hättet es uns sagen sollen.«

»Ich glaube nicht, dass es euch etwas angeht. Oder dass es für die Frage, ob wir unsere Sache gut machen, eine Rolle spielt.«

Patrick seufzte.

»Suzanna, ich will mich nicht streiten. Ich frage dich doch nur danach, weil mir etwas daran liegt. Weil mir etwas an dir liegt. Zum Teufel mit dem Pub ...«

Sie zog unwirsch eine Zigarette aus der Schachtel und steckte sie sich mit zittrigen Händen in den Mund. Er zückte sein Feuerzeug und sie packte sein Handgelenk, um die Flamme ruhig zu halten. Der Gasgeruch drehte ihr den Magen um. Sie inhalierte tief in der Hoffnung, dass die Zigarette sie beruhigen und ihre Stimme nicht zittern mochte.

»Hierher zu kommen hatte nur einen einzigen Zweck: zu vergessen. Ich will nicht daran erinnert werden. Ich will kein Mitleid und kein Verständnis. Das ist Geschichte. Aus. Vorbei. Vergiss, dass ich es dir erzählt habe. Ich fand lediglich, dass du Bescheid wissen solltest. O.K.?«

Patrick schaute sie an. Er konnte nicht fassen, dass eine so lebendige, lebhafte und kreative Frau eine solche Tragödie hinter sich hatte. Im Laufe der letzten Wochen hatte er sie respektieren und bewundern gelernt. Sie steckte voller Ideen und trat so sicher auf. Sie war voller Begeisterung und Entschlossenheit, ohne je dogmatisch zu sein. Sie wusste, was sie wollte, und setzte sich durch, ohne sich aufzuführen wie ein verwöhntes Balg, ein Biest oder ein Berserker. Sie konnte mit einem Lächeln ihre Fehler eingestehen. Er hatte viel von ihr gelernt, vor allem, wie man mit Menschen umging und mit Charme, statt mit Gewalt erreichen konnte, was man wollte. Er hatte geglaubt, sie inzwischen zu verstehen – aber offensichtlich hatte er nicht die geringste Ahnung! Die ganze Zeit über klaffte eine große Wunde in ihrem Inneren und er hatte nichts davon gemerkt.

Er schämte sich. Er wollte die wahre Suzanna kennen lernen und nicht mit einer Fassade arbeiten.

»Wie war er?«, fragte er sanft.

»Er war ein Baby. Sechs Monate.«

Sie zuckte die Achseln, als sei das alles. Patrick schwieg, da er wusste, dass sie das Schweigen brechen würde. Sie schaute auf die Tischplatte und zupfte an den Rändern der Formicabeschichtung.

»Er gab mir Babyküsse, indem er seinen Mund auf meine Wange drückte und sich nicht rührte. Er hatte gerade gelernt, in die Hände zu klatschen ... Verdammt – ich will nicht darüber reden. Das ist Privatsache, Patrick.«

Sie war wütend. Auf sich. Auf Patrick. Auf Barney. Auf Ollie. Auf Gott, wer immer dieser Mistkerl sein mochte. Heiße Tränen schimmerten in ihren Augen, eine rollte ihr über die Wange. Patrick wischte sie mit dem Daumen fort und legte seine Hand auf ihre.

»Erzähl weiter.«

Also erzählte sie ihm alles. Dass Oliver Käse verabscheut, aber Avocados gemocht hatte. Wie er in ihrem Lieblingsstrampler mit den Fröschen auf dem Bauch gelegen, sich gereckt und gegähnt hatte. Wie er gelacht hatte, wenn man auf seine Haut pustete.

Und dann erzählte sie ihm von dem grauenhaften Morgen, der zunächst angefangen hatte wie ein ganz normaler Morgen. Von ihrer Erleichterung, dass er die ganze Nacht durchgeschlafen hatte, weil er am Tag zuvor einen leichten Schnupfen hatte. Wie sie seine Milch angewärmt hatte, bevor sie ihn weckte ... Von der Polizei, dem Arzt, dem Sozialdienst, den Fragen – und dem völligen Fehlen jeglicher Antworten. Von der Beerdigung. Den Tagen danach, als das Telefon unablässig klingelte und alle sich erkundigten, wie es ihr ging.

Von der grässlichen Leere in den sechs, sieben Monaten danach, als das Telefon nicht mehr klingelte, zumindest nicht mehr so oft, und man von ihr erwartete, dass sie damit fertig würde und wieder zu einer Art Normalität zurückkehrte, obwohl doch alles keinen Sinn mehr zu haben schien.

Schließlich atmete Suzanna tief und stockend durch und schaute Patrick an.

»Und deshalb sind wir hier.«

Sie lächelte, aber ihr Kinn bebte heftig.

»He«, sagte Patrick leise und drückte sie fest an sich, als sie in Schluchzen ausbrach. Er streichelte ihr Haar und wünschte, er könnte etwas tun, um ihren Schmerz zu lindern, aber er war schließlich auch nur ein Mensch. Endlich hörte sie auf, zog sich verlegen lachend von ihm zurück.

»Entschuldigung. Das wollte ich nicht, aber du hast gefragt.«

»Ich weiß. Und ich bin froh, dass du es mir erzählst hast.« Er zog ein weißes Taschentuch heraus. »Deine Wimpertusche ist ganz verschmiert. Komm.«

Sie hielt still wie ein kleines Kind, während er ihr die schwarzen Streifen unter den Augen fort wischte. Dann setzte sie sich wieder und Patrick bestellte ihnen beiden einen Weinbrand.

»Weißt du was? Nachdem ich dir das erzählt habe, geht es mir besser.« Stirnrunzelnd fiel ihr etwas auf.

»Eigentlich bist du der Erste, dem ich es überhaupt jemals erzählt habe. Alle anderen, die ich kenne, waren da, als es passierte. Bisher musste ich nie so von Anfang an darüber reden ...«

Sie trank einen großen Schluck aus ihrem Glas.

»Der arme Barney will auch nicht immer davon hören. Es hat ihn ebenso betroffen wie mich, aber er kommt anscheinend besser damit zurecht. Ich weiß allerdings nicht, wie es tief in seinem Inneren aussieht ...«

Sie grinste schief.

»Ich fürchte, ich verlange ihm emotional ziemlich viel ab. Manchmal glaube ich, Barney würde mir am liebsten sagen, ich soll endlich mit dem Mist abschließen und weiterleben, aber das traut er sich nicht.« Sie drückte vehement ihre Zigarette im Aschenbecher aus. »Um ehrlich zu sein, manchmal möchte ich mir selbst am liebsten sagen, dass ich mit dem Mist abschließen und weiterleben soll.«

Patrick konnte sich nicht einmal annähernd vorstellen, wie es für Barney sein musste, eine solche Tragödie durchzumachen und auch noch seiner Frau zu helfen, sie durchzustehen. Er konnte sich denken, wie viel Zuwendung Suzanna brauchte. Obwohl sie in gewisser Weise unglaublich stark war – sogar stahlhart, wenn sie wollte –, gab es offenbar noch eine andere Seite, die ständiger Unterstützung bedurfte. Er beneidete Barney durchaus nicht.

»Hör zu, du kannst mich jederzeit als Sandsack benutzen, wenn dir danach ist. Das macht mir nichts. Mir ist es lieber, wenn du es an mir auslässt. Barney und du, ihr habt sicher schon genug Druck auszuhalten.«

Beinah bereute er dieses Angebot, sobald er es

gemacht hatte. Er konnte zwar gut mit Frauen, Gefühlsausbrüchen und Tränen umgehen, hatte aber im Augenblick auch ohne Suzanna schon genug um die Ohren. Aber das gehörte wohl alles dazu. Das Letzte, was er jetzt brauchen konnte, war, dass sie zusammenbrach. Es stand zu viel auf dem Spiel.

Im Spielsaal des Honeycote Arms fühlte sich Barney allmählich wie im Gefängnis. Er erstickte förmlich in Papierkram. Aus dem ganzen Land trudelten Rechnungen und Lieferscheine ein und zeichneten genau die Routen nach, die Suzanna und Patrick in den letzten Wochen zurückgelegt hatten. Allerdings hatten die beiden offensichtlich keinen Taschenrechner bei sich gehabt: Die Rechnungsbeträge addierten sich zu einer erschreckenden Summe. Barney war wütend und kam sich vor wie ihr Vater. Er würde ihnen ordentlich Bescheid stoßen müssen. Dass Suzanna in Geld- und Budgetfragen völlig hoffnungslos war, wusste er, aber er hatte angenommen, als Vertreter der Brauerei, der angeblich die Kasse im Blick behalten sollte, hätte Patrick sie ein bisschen besser in Zaum gehalten.

Allerdings wusste er, wie leicht man sich von Suzannas Begeisterung mitreißen ließ, wie überzeugend sie sein konnte. Sie manipulierte zwar niemanden, aber wenn sie eine Vision hatte, wollte man daran teilhaben. Ihm fiel ein, wie sie das Komitee geleitet hatte, das in ihrer Straße die Party zum Jahrtausendwechsel organisiert hatte. Anfangs war eine schlichte Feier mit Punsch und Würstchen am Spieß geplant, doch letzten Endes lief es dann auf einen extravaganten Kostümball mit Feuerwerk, Festmenü und Champagner hinaus. Niemand hatte sich beschwert, alle hatten sich von ihren Plänen mitreißen lassen, und je höher die Preise stiegen, umso mehr Eintrittskarten wurden verkauft, bis die Leute längst getroffene Verabredungen absagten, um das Fest nicht zu versäumen.

Patrick war eindeutig ebenfalls nicht imstande, ihrem sirenenhaften Charme zu widerstehen. Als Barney die Rechnungen addierte, die bisher eingetroffen waren, wurde ihm heiß und kalt. Schon jetzt war mehr als die Hälfte ihres Budgets aufgebraucht, dabei war in den Gästezimmern noch kein Schlag getan und weder die Bauarbeiter noch die Innenausstatter waren bezahlt. Außerdem mussten sie noch Lebensmittel einkaufen und den Eröffnungsabend bestreiten, an dem Barney eigentlich gehofft hatte, Freibier ausgeben zu können. Diese Aussicht wurde allerdings zunehmend unwahrscheinlicher.

Er steckte bis zum Hals in Tarifverträgen, Umsatzsteuerbestimmungen, Gesundheits- und Sicherheitsvorschriften und Arbeitszeitregelungen. Von überall her trafen Kostenvoranschläge und Preislisten für alles Erdenkliche vom Tischtuch bis zum Speiseöl ein, die er vergleichen und in der bevorzugten Reihenfolge abheften musste. Es war fast so schlimm wie die Arbeit als Steuerberater. Aber er sagte sich, dass er sich nicht entmutigen lassen durfte. Sie hatten von Anfang an gewusst, dass ihnen harte Arbeit bevorstand.

Er brauchte etwas, um vorübergehend abzuschalten. Eigentlich hätte er einen Drink vertragen können, aber Barney hatte sich im Stillen vorgenommen, wenn er Gastwirt würde, nie Trost im Alkohol zu suchen. Das hieß keineswegs, dass er in Gesellschaft nichts trinken durfte, aber nie wenn er allein war.

Er ging zu dem alten Klavier, das die Bradleys zurücklassen hatten. Oder vielmehr ihre Vorgänger, nach dem Aussehen zu urteilen. Er vermutete, dass seit Jahren niemand mehr darauf gespielt hatte. Vor gut zwanzig Jahren mochte es einen wesentlichen Bestandteil des Pubs ausgemacht haben, war aber nun schon lange ausrangiert. Da Barney die Idee ganz reizvoll fand, es irgendwann wieder zu Ehren kommen zu lassen, hatte er in der vergangenen Woche einen Klavierstimmer aus den *Gelben Seiten* herausgesucht. Er konnte sich zwar nicht recht vorstellen, dass die Stammgäste des Honeycote Arms herumstanden und sangen, aber vielleicht wäre ab und an ein bisschen diskrete Klaviermusik im Hintergrund eine Attraktion. Er hätte nichts dagegen, selbst in die Tasten zu greifen, aber das wäre dann wohl doch etwas übertrieben.

Obwohl der telefonische Kostenvoranschlag ihm die Haare zu Berge stehen ließ, hatte Barney den Klavierstimmer hergebeten und aus seiner eigenen Tasche bezahlt. Ein Klavier war genau das, was er zur Entspannung brauchte. In letzter Zeit vermisste er seine Musik. Er wusste nicht, warum. Seit er mit Suzanna zusammen war, hatte er kein Instrument mehr angefasst. Vermutlich wäre sie überrascht, ihn spielen zu hören. Sie wusste zwar, dass er früher in einer Band gespielt hatte, aber das war nur affektiertes College-Gedudel. Eigentlich hatte er eine fundierte musikalische Ausbildung im Klavierspielen erhalten. Dafür hatte seine Mutter gesorgt. Plötzlich war er ihr enorm dankbar dafür. Eltern zwangen einen zu so manchem, bei dem man sich jahrelang nach dem Warum fragte, und irgendwann wurde einem schlagartig klar, dass sie Recht hatten.

Mit einem Mal gab es ihm einen Stich – ob er wohl jemals wieder Vater sein würde? Er wünschte es sich von ganzem Herzen. Aber Suzanna war noch nicht so weit, diese Möglichkeit überhaupt in Betracht zu ziehen. Wie viel Zeit sollte er ihr geben, bevor er sie auf dieses Thema ansprach?

Er setzte sich zögernd auf den Klavierhocker und legte die Hände auf die Tasten. Er vermutete, dass es ebenso war wie beim Fahrradfahren – man verlernte es nie, aber er war sicher ein bisschen eingerostet. Er schlug ein paar Tasten an und stellte erfreut fest, dass die Töne kristallklar klangen. Beim letzten Versuch hatte es geklungen wie eine wütende Katze, die jemand getreten hatte. Der Klavierstimmer hatte gute Arbeit geleistet, auch wenn Barney insgeheim fand, dass er für den Preis ein neues Klavier hätte kaufen können.

Seine Hände glitten über die Tasten.

Es machte ihm Spaß. Er spielte eines seiner früheren Lieblingsstücke, »Every Time We Say Goodbye«. Er spielte es langsam, sinnlich und improvisierte über das Thema. Während er spielte, hörte er mit einem Mal eine tiefe, rauchige Stimme den Text dazu singen; sie schlang sich sinnlich um seine Noten wie eine Pelzstola um den Hals eines Filmstars. Es jagte ihm Schauer über den Rücken, aber er wagte nicht, sich umzusehen, weil er den Augenblick nicht verderben wollte. Sie waren vollkommen im Takt, in Harmonie, in Einklang miteinander.

Als der letzte Ton verklang, drehte er sich um. Dort stand eine von Ginnys Zwillingstöchtern.

»Das war fantastisch«, sagte er voller Ehrfurcht.

Sie zuckte verlegen die Achseln.

»Sie haben gesagt, ich sollte mal vorbeischauen. Wegen des Kellnerinnenjobs.«

»Vergiss das Kellnern. Hat dir schon mal jemand gesagt, was für eine wunderbare Stimme du hast?«

»Ich weiß, dass ich singen kann, denke ich.«

»Hast du noch nie etwas daraus gemacht? In einem Chor? Oder einer Band?«

»Ich mache mir nichts aus Chorälen. Und die einzigen Bands, die ich persönlich kenne, sind Schrott. Sie spielen nur Trash Metal und kennen zusammen höchsten drei Akkorde.«

»Erstaunlich«, sagte Barney.

Sie wollte offenbar nicht darüber reden. Es interessierte sie weitaus mehr, ob der Job, den Barney versprochen hatte, noch zu vergeben war. »Suchen Sie immer noch Personal?«

Barney erinnerte sich an die Zeit, als er selbst ein Teenager und ständig pleite war.

»Klar. Ich habe auf dich gezählt. Und auf deine Schwester.« Er schaute sie an. »Entschuldigung, es muss nervig sein, wenn die Leute euch das ständig fragen, aber welche von beiden bist du?«

Sie grinste.

»Kitty. Ich bin Kitty.«

Barney schaute sie nachdenklich an. Er konnte sie sich in einem langen Samtkleid mit einer Kamelie im Haar vorstellen. Er am Klavier, sie singend. Billie Holiday. Ella Fitzgerald. Nina Simone. Sie würden alle umhauen.

»Hast du je daran gedacht, live zu singen? Wir könnten Jazz-Abende veranstalten.«

In ihrem Blick lag ein Anflug von Panik.

»Ich weiß nicht recht. Ich habe noch nie öffentlich gesungen.«

»Du hättest durchaus das Zeug dazu. Du bist gut. Wirklich gut.«

Da sie keineswegs überzeugt wirkte, ließ Barney das Thema fallen. Wenn sie im Pub arbeitete, bliebe noch genug Zeit, sie zu überreden. Er hatte ohnehin keine Zeit, zusätzlich zu all seinen Pflichten noch den Barpianisten zu spielen.

Als Patrick von der Auktion zurückkam, dachte er über Mandy nach. Aus unerfindlichen Gründen hatte Suzannas Enthüllung ihn aufgerüttelt. Sie zeigte ihm, dass nach außen hin alles in Ordnung scheinen konnte, während es unter der Oberfläche gefährlich brodelte. Er hatte mit einem Mal den Eindruck, dass er und Mandy schon lange keine Zeit mehr allein miteinander verbracht hatten. Er beschloss, in seinem Healey nach Kiplington zu fahren und mit ihr auszugehen. Er konnte einen schönen Abend außer Haus gebrauchen. Es war an der Zeit, einmal von dem beklemmenden Stress abzuschalten, den es bedeutete, den Pub zu organisieren, und nichts weiter zu sein als ein unbekümmerter junger Mann, der einen netten Abend mit seiner Freundin verbrachte. Früher waren sie ständig ausgegangen, vor allem, als Ned und Sophie noch da waren. Seit sie nur noch zu zweit waren, fiel es schwerer, sich aufzuraffen. Doch irgendwie hatte Patrick das Gefühl, dass es höchste Zeit war, sich aufzuraffen.

Er bog links in einen schmalen, wenig befahrenen Weg ein, der eine Abkürzung nach Kiplington darstellte. Er führte einen steilen Hang hinunter in einen verwunschenen Weiler namens Little Orwell, der im Grunde nur aus einem alten Bauernhof und ein paar Tagelöhner-Katen bestand und den Eindruck machte, als sei die Zeit stehen geblieben. Nicht einmal ein Briefkasten oder ein Laternenpfahl zeugten vom 21. Jahrhundert. Der süße Duft von Kühen und Maiblumen lag in der Luft. Es war idyllisch.

Patrick sah überrascht, dass eins der Cottages zum Verkauf stand. Da war wohl jemand verstorben. Er hielt an. Es war ein winziges, baufälliges Häuschen, aber hinreißend. Neugierig parkte er am Straßenrand und trat durch das Holztor in der Mauer, das in den dazugehörigen Garten führte. Er war völlig verwildert, doch selbst Patrick erkannte unter den wild wuchernden Rosen, Klematis und Lavendelbüschen die Überreste eines schönen Bauerngartens.

Verwundert stellte er fest, dass die Hintertür unverschlossen war. Das ganze Haus war uralt und hatte nur ein Zimmer unten und eins oben; die Küche war kaum der Rede wert und bestand lediglich aus einer Edelstahlspüle und einem altmodischen Herd in einem Raum, der sich bestenfalls als Abstellkammer bezeichnen ließ. Ein Badezimmer gab es nicht, nur eine Toilette neben dem Kohlenschuppen, die über einen schmalen Durchgang zu erreichen war.

Runde, altmodische Lichtschalter, die sich nur schwer drehen ließen. Brüchiges Linoleum auf einigen Böden. Steinfliesen auf anderen. Winzige, schmiedeeiserne Kamine. Ein überwältigender Modergeruch. Der letzte Bewohner war angesichts dieser Wohnverhältnisse vermutlich an Lungenentzündung gestorben. Doch als Patrick die zerlumpten Gardinen beiseite schob, strömte die Spätnachmittagssonne herein und ließ das kleine Wohnzimmer in einem goldenen Licht erstrahlen, das sämtliche Mängel kaschierte. Es wirkte ungemein anheimelnd, wie ein … Zuhause, dachte Patrick, der sonst eigentlich nicht zu Sentimentalitäten neigte.

Patrick zog sein Handy heraus und wählte die Nummer des Immobilienmaklers, die draußen auf dem Schild stand.

»Sie haben in Little Orwell ein Haus zur Versteigerung ausgeschrieben. Wie hoch ist der Richtpreis?«

Einhundertvierzigtausend Pfund. Einhundertvierzig Riesen, dabei konnte man hier kaum eine Katze am Schwanz herumschwingen. Das Haus war abbruchreif. Ein Fall für den Bulldozer. Aber so war das nun mal in den Cotswolds. Man bezahlte einen Aufpreis für den Geruch von Kuhmist.

Patrick dachte ernstlich darüber nach. Es war an der Zeit, dass er sich eine eigene Wohnung suchte. In Honeycote House war er ein besserer Untermieter. Ein Untermieter, der keine Miete zahlte. Eigentlich sollte er sich schämen, aber dort zu wohnen war so viel einfacher als ... ja, als was? Als seinen Hintern in Bewegung zu setzen und etwas dagegen zu unternehmen?

Er war schließlich kein Jugendlicher mehr. Er war ein Mann. Gut, eines Tages würde er Honeycote House erben. Da aber Mickey und Lucy gesund und munter waren, wenn man von dem Autounfall seines Vaters absah, könnte Patrick durchaus weit über die Fünfzig sein, bevor das Haus ihm gehörte. Bis dahin konnte er unmöglich dort wohnen bleiben wie ein verzärteltes Muttersöhnchen in Strickjacke, das sich ab und zu mal eine Dose Champignoncremesuppe wärmte.

Dieses Häuschen könnte buchstäblich ihr Liebesnest werden. Mandy und er könnten es an den Wochenenden gemeinsam renovieren. Sie könnten zusammen hier einziehen, falls Mandy schon bereit dafür war. Oder seinetwegen auch erst nach der Hochzeit. Denn Patrick ging davon aus, dass sie eines Tages heiraten würden, auch wenn er sie noch nicht ausdrücklich gefragt hatte. Im Augenblick hatten sie keinen Platz für sich allein – Sex bei ihr zu Hause machte sie nervös und in Honeycote House war sie auch nicht gerade versessen darauf, obwohl Patrick ihr immer wieder versicherte, dass Mickey und Lucy sehr tolerant waren. Und sie gehörte nicht zu den Mädchen, die man im Auto vögelte.

Langsam ging er durch das Haus und schmückte es in Gedanken bereits aus. Er wollte in Bettwäsche aufwachen, die sie zusammen ausgesucht hatten, Kaffee aus Bechern trinken, die sie gekauft hatten, in den Garten gehen und nach den Rosen schauen, die sie gepflanzt hatten. Beinah musste er über sich und das Bild häuslichen Glücks lachen, das er sich da zusammenfantasierte. Ehe er es sich versah, würde er hier in Pantoffeln mit Pfeife im Mund Bilder malen. Ein Hund! Sie brauchten einen Hund. Er fragte sich, ob James wohl noch Welpen übrig hatte.

Schließlich mahnte er sich, das Cottage in Little Orwell noch einmal in aller Ruhe mit objektivem Blick anzuschauen. Für den Preis könnte er ein brandneues Haus mit vier Zimmern, Küche und Bad bekommen, an dem nichts mehr zu tun wäre. Aber dieses Häuschen hatte etwas Besonderes. Verwundert spürte Patrick Schmetterlinge im Bauch und ein stechendes Gefühl, das stärker war als Begierde. Er *musste* es einfach haben.

Auch wenn er bei dem Gedanken schauderte, konnte er den Healey verkaufen und das Geld für die Anzahlung verwenden. Für den Wagen würde er ohne Weiteres zwanzigtausend bekommen. Über den Rest müsste er eine Hypothek aufnehmen. Allerdings hatte er keine Ahnung, wie er das anstellen sollte und was es kostete. Cowley, ihr früherer Banker, hätte das bestimmt für ihn geregelt und seine Beziehungen spielen lassen, aber er war kürzlich in den Vorruhestand gegangen. Im Augenblick reiste er mit seiner Frau durch das schottische Hochland und hatte in seiner letzten Postkarte geschrieben, er freue sich schon auf ein Essen im Honeycote Arms.

James. Er würde James fragen. James war vernünftig, kannte sich mit Geld aus und würde ihm nicht mit emotionaler Erpressung oder irgendwelchem Familienmist kommen. Patrick hatte James Meinung immer geschätzt. An seinen Vater wollte er sich nicht wenden, denn so sehr er ihn auch liebte, machte er sich doch keine Illusionen über dessen Geschäftssinn. Selbst im fortgeschrittenen Alter von 45 Jahren hatte Mickey noch die Vorstellung, dass Geld einfach aus dem Nichts auftauchte, wenn man es brauchte, und auch wenn heutzutage gewisse Anstrengungen notwendig waren, um sich seinen Lebensunterhalt zu verdienen, hielt er zu viel Arbeit für schädlich.

Sein Onkel und Pate James hatte Patrick immer gemocht und den Jungen aus einiger Entfernung im Auge behalten, ohne ihn zu gängeln. Seit Henrys Geburt war sein Verantwortungsgefühl gegenüber Patrick zu seiner Verwunderung nur noch gewachsen. Vielleicht weil er jetzt selbst Vater war, fiel ihm auf, dass Mickey in mancher Hinsicht zu wünschen übrig ließ und Patrick keineswegs richtig auf das Leben und seine möglichen Härten vorbereitet war. James wusste, dass Mickey kein Engel war. Sein Bruder benahm sich zuweilen unmöglich und unverantwortlich, und falls James dazu beitragen könnte, diese Mängel auszugleichen, würde er es tun. In den letzten Jahren hatte er beobachtet, wie Patrick sich bemühte, erwachsen zu werden und das Leben zu meistern, und er fand, dass er sich recht gut gemacht hatte, auch wenn seine Methoden gelegentlich recht ungewöhnlich waren. Schließlich hätte aus ihm auch ein verschwenderischer Taugenichts werden können. Als Patrick nun zu ihm kam, um ihn wegen des Häuschens in Little Orwell um Rat zu fragen, befand er, dass der Junge einen Tapetenwechsel brauchte, und bot ihm an, ihm das Geld zu leihen.

Anfangs war Patrick entsetzt und hoffte, James glaube nicht, er sei des Geldes wegen zu ihm gekommen. Er hatte lediglich seinen Rat gesucht. Aber James tat seine Befürchtungen ab.

»Es ist wirklich Zeit, dass du von zu Hause ausziehst. Du bist 24. Du brauchst deine eigenen vier Wände. Einen Ort, um …«

»Ungestört zu vögeln«, sagte Patrick.

James grinste. Hinter seiner kühlen englischen Reserviertheit steckte ein heißblütiger Mann.

»Genau. Wenn es in ein paar Wochen zur Versteigerung kommt, wirst du Bargeld brauchen. Das ist kein Problem – ich kann es dir leihen, und wenn du das Haus hast und es auf deinen Namen eingetragen ist, kannst du ja eine Hypothek darauf aufnehmen.«

»Ich bin nicht sicher, ob ich mir das leisten kann.«

Patrick hatte in der Brauerei im Internet gesurft. Es war für ihn eine völlig neue Welt, aber er hatte sich auf den Websites einiger Baugesellschaften die Hypothekenzinsen errechnen lassen. Bei seinem gegenwärtigen Einkommen konnte er sich maximal einen Kredit von 100 000 Pfund leisten.

»Na ja, wenn das so ist, ist es wohl an der Zeit, dir von dem Maze zu erzählen«, sagte James.

Patrick verstand nicht, was er meinte.

»Was ist der Maze?«

»Es ist ein Gemälde. Von Paul Maze. Ich habe es dir zur Taufe geschenkt.«

Patrick nickte. Das Bild hing in seinem Schlafzimmer, so lange er denken konnte: ein impressionistisches Seestück in lebhaften Farben von der Küste Cornwalls mit fröhlichen Booten, die auf dem Wasser tanzten. Er mochte dieses Bild; wenn er schlechte Laune hatte, stellte er sich immer vor, in eins der Boote zu springen und in den Sonnenuntergang und ein anderes Leben zu segeln.

»Ich habe auf den geeigneten Augenblick gewartet, um es dir zu sagen. Ich habe es kurz nach deiner Geburt bei einer Auktion ersteigert, es war fast geschenkt. Ich hatte so ein Gespür, dass es im Wert steigen würde. Hätte ich gewusst, wie sehr, hätte ich es dir vielleicht nicht so schnell gegeben, sondern dir stattdessen einfach einen Taufbecher geschenkt.« James grinste schief. Patrick wünschte, er würde endlich zur Sache kommen. »Jedenfalls schreiben sie in Antiques Roadshow, dass Paul Maze sehr gefragt ist. Ich schätze, bei einer Auktion würde es zwischen 30 000 und 50 000 erzielen.«

Patrick war sprachlos.

»Und es hängt in meinem Schlafzimmer? Scheiße, James, das hättest du mir wirklich sagen können.«

»Machst du Witze? Bei allem, was im letzten Jahr passiert ist, hielt ich es für besser, wenn niemand wusste, dass die Lösung in deinem Zimmer an der Wand hing. Dieses Gemälde ist dein Erbe. Du sollst damit machen können, was du willst.«

James wollte seine Befürchtung nicht aussprechen, dass Mickey es in seiner verzweifelten Lage im Handumdrehen von der Wand genommen und verscherbelt hätte. Das Gemälde hätte die Brauerei ohnehin nicht retten können, sondern nur den Bankrott um einige Wochen hinausgezögert, daher plagte ihn keineswegs das schlechte Gewissen, weil er es für sich behalten hatte.

»Ich kann es nicht verkaufen«, erklärte Patrick. »Ich hänge an dem Bild.«

»Sei realistisch, Patrick. Was ist dir lieber? Ein Gemälde oder ein Haus?«

»Aber es war ein Geschenk. Von dir. Ein Taufgeschenk. Man verkauft doch nicht seine Taufgeschenke.«

»Mir würde es nichts ausmachen, das versichere ich dir. Ich habe es als Investition für dich gekauft. Gut, es ist ein ganz nettes Bild. Aber was nützt dir ein Gemälde, wenn du keine Wand hast, an die du es hängen kannst?«

Patrick war der ganze Vorschlag nicht geheuer, aber James erklärte ihm ganz pragmatisch, Sentimentalität sei in diesem Fall fehl am Platz. Letzten Endes vereinbarten sie, dass James ihm das Gemälde für 30 000 Pfund abkaufen und den Rest des Verkaufserlöses als Zins auf den restlichen Kredit für das Cottage in Little Orwell behalten sollte, wenn er es verkaufte. Patrick konnte ihm gar nicht genug danken.

»Ich hoffe nur, dass du für Henry eines Tages das Gleiche tun wirst.«

»Na klar. Wenn ich kann«, erklärte Patrick.

»Ich meine, ich hätte gern, dass du sein Taufpate wirst«, sagte James.

Patrick war verblüfft.

»Caroline und ich haben lange darüber diskutiert. Eigentlich müsste ich Mickey fragen, aber ich bin so spät Vater geworden, dass er ein bisschen zu alt für einen Taufpaten ist. Daher finden wir, dass du ein besserer Pate wärst. Ich weiß, dass Mickey es uns nicht übel nehmen wird. Ich bin sogar sicher, dass er sich freuen wird.«

Patrick hatte einen Kloß im Hals, als er das Angebot annahm. Er liebte seinen Cousin Henry, auch wenn er nicht recht wusste, was er mit ihm anfangen sollte, da er zum ersten Mal mit einem Baby in Berührung kam. Aber er war hingerissen von seinem Lachen und seinem Gezappel und vergaß nie, ihm einen völlig ungeeigneten Schokoladenhasen oder irgendein Aufziehspielzeug mitzubringen, das Caroline wahnsinnig machte.

Auf dem Weg nach Hause wusste er nicht recht, was er empfand. Das Cottage in Little Orwell gehörte so gut wie ihm. Er hatte in seinem Zimmer ein Gemälde hängen, das ein kleines Vermögen wert war. Aber vor allem war er stolz, dass James ihn für gut genug hielt, Pate seines Sohnes zu werden. Das hätte er in seinen kühnsten Träumen nicht gedacht.

15

Eine Woche vor dem Eröffnungsabend sollte es im Honeycote Arms einen Probelauf geben. Morgens hängten Barney und Suzanna feierlich das Schild mit seinem Namen über die Tür. Sie traten zurück und bewunderten die frisch gemalten schwarzen Lettern, die Barney als Lizenzinhaber auswiesen.

»Ich bin so stolz auf dich«, sagte Suzanna, weil sie wusste, wie hart er hatte arbeiten müssen, um sich durch die ganzen Vorschriften und Bestimmungen zu kämpfen und die strengen Auflagen zu bestehen. Das alles hatte er ganz allein bewältigen müssen, da er keinen Teampartner hatte wie sie, und sie war überzeugt, dass es tödlich langweilig gewesen sein musste, auch wenn er in diesen Dingen recht fit war.

Barney grinste verlegen.

»Es ist schon ein tolles Gefühl«, gab er zu. »Ich hätte im Traum nie geglaubt, einmal meinen Namen über einer solchen Tür stehen zu sehen. Schade, dass wir nicht einfach verschwinden und irgendwo feiern können.«

»Führe mich ja nicht in Versuchung«, sagte Suzanna. »Ich habe noch so viel zu tun, dass mir ganz übel wird.«

»Ist dir klar, dass das jetzt unser Leben ist«, fragte Barney. »Dass wir ab nächste Woche mit dem Lokal verheiratet sind? Dass unser Leben uns nicht mehr allein gehört.«

»Das war es doch, was wir wollten, oder?«, sagte sie leichthin.

»Bist du sicher, dass wir das Richtige getan haben?«

Suzanna rümpfte die Nase.

»Frag mich morgen noch mal. Dann habe ich vielleicht eine bessere Vorstellung davon ...«

An diesem Tag hatte Mandy Geburtstag. Sie wurde 20. Als sie aufwachte, war sie ungewöhnlich niedergeschlagen. Beim Frühstück machte Keith viel Aufhebens um sie: Er stellte ihr frisch gepressten Orangensaft und ein Schälchen Erdbeeren und Blaubeeren mit griechischem Joghurt zurecht. An ihrem Glas lehnte eine witzige Glückwunschkarte mit einem Scheck. Sie war ein bisschen enttäuscht. Keith hatte normalerweise glänzende Geschenkideen. Aus Geld machte sie sich nichts. Ihr fiel ein, wie er ihr zum vorletzten Weihnachtsfest Monkey geschenkt hatte, das Pferd, das sie sich schon immer gewünscht hatte. Es war das schönste Geschenk, das sie je bekommen hatte.

Keith fuhr zur Arbeit, bevor sie sich auch nur angezogen hatte. Es sei ein großer Tag für den Pub, erklärte er. Und was war mit ihr, dachte Mandy? Auch für sie war es ein großer Tag. Es entging Keith nicht, dass sie trübsinnig wirkte.

»Heute Abend feiern wir zusammen. Zumindest bekommst du garantiert ein gutes Essen.«

Im Stillen dachte Mandy, dass sie mit Sicherheit an allem ersticken würde, was Suzanna gekocht hatte. Aber sie sagte nichts.

Als sie in die Brauerei kam, gab Patrick ihr eine Geburtstagskarte, wie sie in der Poststelle des Dorfes verkauft wurden: billig und geschmacklos. Lieber wäre ihr gewesen, er hätte gar nichts gemacht. Zumindest besaß er so viel Anstand, sich bei ihr zu entschuldigen, weil er nicht die Zeit gefunden hatte, ihr ein richtiges Geschenk zu besorgen.

»Es tut mir wirklich Leid. Es war alles so chaotisch. Nach der Eröffnung des Pubs gehen wir beide mal zusammen in die Stadt und suchen dir etwas aus.«

Nach dem Pub. In letzter Zeit kam sie anscheinend immer erst nach dem Pub.

Mandy war zutiefst gekränkt. Sie gehörte zu den Menschen, die Geburtstage wichtig nahmen. Sie vergaß bei anderen nie einen Geburtstag und gab sich immer große Mühe, eine nette Karte zu finden, die etwas mit dem Geburtstagskind zu tun hatte. Und ein richtiges Geschenk. In ungewöhnlichem Geschenkpapier mit Bändern und Schleifen. Schließlich war es der Tag des Jahres, an dem ein Mensch sich als etwas Besonderes fühlen sollte.

Sie fühlte sich heute nicht als etwas Besonderes. Es war unverkennbar, worauf sich aller Aufmerksamkeit richtete. Zu allem Überfluss entdeckte Elspeth die Karte, die Patrick Mandy überreicht hatte, und musterte sie geringschätzig. Mandy wünschte, sie hätte die Karte gleich in den Papierkorb geworfen.

Im Pub herrschte Chaos und gereizte Stimmung. Überall krochen noch Handwerker herum, erledigten letzte Kleinigkeiten und behinderten andere bei ihrer Arbeit. Schließlich wurde klar, dass der Speisesaal nicht fertig würde, also stellten sie im Spielsaal ein paar alte Tischplatten auf Böcken auf. Barney fragte sich, was sie wohl ohne den Spielsaal gemacht hätten, der ihnen mittlerweile als Konferenzraum, Unterrichtszentrum, Büro und Aufenthaltsraum diente.

Suzanna lief zu Höchstform auf, als das neu eingestellte Personal einschließlich Kitty und Sasha zu einem Einführungsgespräch eintraf. Sie legte unmissverständlich dar, was sie von ihnen erwartete und was sie dafür bekamen. Alle lauschten ihren Ausführungen aufmerksam, selbst Sasha. Barney war beeindruckt, wie mühelos es ihr gelang, die Zuhörer in ihren Bann zu ziehen.

»Wir bezahlen euch gut – über Tarif –, aber dafür erwarten wir euren unbedingten Einsatz. Ihr seid Teil des Pakets, für das die Leute zahlen, wenn sie herkommen. Selbstverständlich erwarte ich, dass ihr höflich und aufmerksam seid, aber das ist noch nicht alles. Ich möchte, dass ihr Eigeninitiative entwickelt. Jeder, der auf eine Frage keine Antwort weiß und erst einen anderen fragen muss, hat seine Hausaufgaben nicht gemacht. Ich möchte, dass ihr eine Stunde, bevor das Lokal öffnet, hier seid. Ich möchte, dass ihr sämtliche Gerichte kostet, damit ihr sie aus eigener Erfahrung beschreiben könnt. Ich möchte, dass ihr begreift, wie die Speisekarte zusammengestellt ist und warum, damit ihr wisst, ob sich etwas ändern lässt, auch ohne mich oder Jonty fragen zu müssen.

Ich möchte, dass ihr den Gästen in die Augen schaut. Redet sie mit Namen an – die müsstet ihr aus der Reservierung ersehen können. Sorgt dafür, dass ihr sie wiederkennt, wenn sie das nächste Mal kommen. Seid gesprächig, aber nicht aufdringlich. Seid enthusiastisch, aber nicht aufgesetzt. Hilfsbereit, ohne euch einzumischen. Aufmerksam, aber nicht lästig. Wenn Gäste ihre Gläser selbst nachschenken wollen, lasst sie ruhig. Ihr müsst merken, ob Gäste für sich bleiben oder die Bedienung um sich herumspringen lassen möchten. Ihr müsst wie Chamäleons sein, die sich den individuellen Bedürfnissen eines jeden Gastes anpassen.«

Sie schaute sich um. Alle wirkten leicht eingeschüchtert. Sie grinste.

»Kein Grund zur Panik. Das kommt mit der Erfahrung. Ihr braucht nur genau zu beobachten.«

Sie demonstrierte ihnen die Tischetikette: wo sie zu stehen hatten, wenn sie Bestellungen aufnahmen; wie sie sich merken konnten, wer was bestellt hatte (»das Letzte, was ich will, ist, dass meine Bedienungen dastehen und fragen: ›Wer ist das Perlhuhn?‹«); wie sie prüfen sollten, ob ein Tisch makellos gedeckt war, bevor jemand daran Platz nahm; wie sie die Gäste aufmerksam im Auge behielten, ohne mit unnötigen Fragen zu stören, ob alles in Ordnung sei.

»Ich weiß, das alles klingt ein bisschen banal, aber es sollte ungezwungen wirken. Das Wichtigste ist für mich, dass jeder Gast sich *entspannt* ... Wir haben eine herrliche Umgebung, das Essen ist meine Sache«, sie schnitt eine Grimasse, »und wenn ihr euren Job richtig macht, müssten wir es schaffen.«

Alle nickten feierlich, und als Suzanna mit einer Handbewegung andeutete, dass sie mit ihren Ausführungen fertig war, applaudierten sie spontan.

Gegen Mittag piepste Mandys Handy. Sie hatte eine SMS erhalten. Ein Bildtext mit einem Geburtstagskuchen. Von Rick. Sie rief ihn sofort an.

»Woher weißt du das?«

»Tja ...« Sein Ton war neckisch, aber er sagte ihr nicht, dass er in ihrem Führerschein nachgeschaut hatte, als sie neulich aus waren und sie kurz zur Toilette gegangen war. »Was machst du heute Nachmittag?«

»Arbeiten, schätze ich.«

»Mach dich aus dem Staub und triff dich lieber mit mir. Ich möchte dir dein Geschenk geben.«

Mandy dachte darüber nach. Es würde ohnehin niemand merken. Alle waren viel zu sehr damit beschäftigt, wie kopflose Hühner herumzurennen und den heutigen Abend vorzubereiten. Wieso eigentlich nicht? Er war schließlich der Einzige, der sich die Mühe gemacht hatte, ihr ein Geschenk zu besorgen.

Er führte sie durch Seitenstraßen, bis sie an einen Laden mit zwei Schaufenstern kamen. AMERICAN TATTOO PARLOUR verkündete ein Schild. Mandy erschrak, als ihr dämmerte, was Rick vorhatte.

»Das kann ich nicht!«

»Doch, du kannst.« Rick zog einen Zettel mit einem chinesischen Schriftzeichen aus der Tasche. »Hier. Das habe ich für dich ausgesucht. M für Mandy. Nur ein ganz kleines. Genau hier.«

Er schob ihr T-Shirt hoch und berührte ihre nackte Haut unmittelbar über dem Hüftknochen. Sie hielt den Atem an. Einerseits fand sie die Vorstellung ungeheuer erregend, andererseits jagte sie ihr Angst ein. Sie schüttelte lachend den Kopf. Fünf Minuten lang versuchte Rick nach Kräften, sie zu überreden.

»Nur ein ganz, ganz Winziges. Es tut auch nicht weh, versprochen. Col ist Spitze – er hat uns allen eins gemacht. Ich halte dir auch die Hand.«

Sie konnte unmöglich kneifen. Es war so süß von

Rick, an sie zu denken. Er hatte das Tattoo eigens für sie ausgesucht und sich mehr Gedanken über sie gemacht als jeder andere. Sie lächelte tapfer.

»O.K.« Sie atmete tief durch und folgte ihm in den Laden.

Als Mandy wieder herauskam, war sie wie berauscht von dem leicht verruchten Thrill dessen, was gerade geschehen war. Trotz Ricks Beteuerungen hatte es wehgetan, aber seltsamerweise hatte sie sich bald an den Schmerz gewöhnt. Es hatte sich gelohnt. Das schwarze Tattoo sah fantastisch aus auf ihrer glatten Haut, auch wenn es noch ein paar Tage lang ein bisschen rot und wund bleiben würde. Vorerst hatte sie eine Bandage und eine Tube Salbe bekommen, die sie auftragen sollte, um sicherzustellen, dass es sich nicht entzündete.

»Du gehst jetzt besser wieder zurück. Sonst wundern sie sich noch, wo du steckst.«

Das war Mandy eigentlich gleichgültig. Wenn sie nicht gedacht hätte, dass ihr Vater sich Sorgen machen könnte, wäre sie einfach fort geblieben. Als sie seufzte, wusste Rick, dass es keine sonderliche Überredungskunst erfordert hätte, sie zu bewegen, mit ihm in den Sonnenuntergang zu verschwinden. Aber er wollte sich ihrer absolut sicher sein, bevor er zupackte. Noch war es zu früh. Er wollte nicht, dass sie es sich in letzter Minute noch anders überlegte und ihm durch die Finger schlüpfte.

Rick brachte sie an ihren Wagen. Sie bedankte sich noch einmal für das Tattoo. Sie war so dankbar, dass es schon fast bemitleidenswert war. Ganz leise spürte er Gewissenbisse, als er von ihr fort ging. Es war wohl ein bisschen hinterhältig, ihr zu sagen, es sei ein M, obwohl es in Wahrheit ein R war. Er grinste in sich hinein und überlegte, wie lange Patrick wohl brauchen würde, bis er herausfand, dass seine Freundin so gut wie gebrandmarkt war.

Nachdem Rick gegangen war, saß Mandy in ihrem Wagen. Ihr drehte sich alles im Kopf. Immer wenn er sie berührte, war es, als springe ein Funke über. Sie konnte den Blick nicht von ihm wenden, von seiner unglaublich goldbraunen Haut, die sich so seidenweich anfühlte. Sie schloss die Augen und stellte sich vor, seinen Oberkörper an ihrer nackten Brust zu spüren. Sofort rief sie sich zur Ordnung. Sie quälte sich doch nur selbst. Rick war lediglich ein Freund. Er hatte noch keinerlei Annäherungsversuche unternommen. Sie musste akzeptieren, dass sie einem uralten Klischee entsprachen und nur gute Freunde waren.

Ihr Blick fiel auf die Bandage, die ihr Tattoo bedeckte, und plötzlich überfiel sie Panik. Was, wenn andere davon erfuhren? Sie konnte es nicht ewig verstecken. Sie musste völlig verrückt sein.

Doch dann wurde ihr klar, dass sie für Rick wahrscheinlich alles tun würde. Alles, was er verlangte …

Um halb sieben Uhr abends wurde Suzanna schlagartig klar, dass nun der Zeitpunkt gekommen war, an dem sie ihre Versprechungen einlösen musste. Eine erschreckende Aussicht. Sie hatte zwar schon in unzähligen Küchen gearbeitet und Hunderte Male große Mengen Gäste bewirtet, aber das hier war etwas völlig anderes. Der Erfolg hing im Wesentlichen von ihr ab. Sie mochten eine schöne Umgebung, aufmerksames Personal und eine fabelhafte Weinkarte haben, aber wenn das Essen den Ansprüchen nicht genügte, konnten sie alles vergessen.

Sie hatten sämtliche Bekannten eingeladen, auf die sie sich auch für den Fall verlassen konnten, dass etwas schief ging. Mickey und Lucy, James und Caroline, Keith und Ginny, Jontys Frau, Tobys Eltern und Neds Eltern, die neben den Liddiards wohnten. Außerdem hatten sie in der Brauerei vier Abendessen für je zwei Personen verlost. Und auch Graham Cowley, der ehemalige Bankier der Brauerei, und seine Frau waren als Dank für seine langjährige Unterstützung eingeladen.

Da das Haus nicht voll besetzt war, hatten sie nur eine eingeschränkte Speisekarte zusammengestellt, aber Suzanna wollte eine gewisse Auswahl anbieten, um die Generalprobe so realistisch wie möglich zu gestalten. Allen das gleiche Gericht zu servieren hätte keine Herausforderung geboten. Außerdem ging es nicht nur um einen Probelauf für sie, sondern auch für die Bedienungen, die sich erst noch aufeinander einspielen mussten. Sie wollte wissen, ob die Abläufe funktionierten und ob alle sich an ihre detaillierten Anforderungen hielten.

Es gab gebratenes Perlhuhn in Apfelsahnesoße, Lammkeule, glasiert in Wein mit roten Johannisbeeren sowie Rinderfilet mit Wiesenchampignons und Schalotten. Als Beilagen wurden dazu an jedem Tisch große Schüsseln mit Kartoffelgratin, Püree aus Wurzelgemüse, Grünkohl, Karotten und frische Erbsen gereicht, alles aus heimischem Bioanbau und so frisch, dass man beinah noch die Erde schmeckte, aus der sie stammten.

Es herrschte Chaos, weil alle zur gleichen Zeit eintrafen und bedient werden mussten. Da das Essen kostenlos war, konnte niemand sich beschweren, aber manche der Gäste machten sich einen Spaß daraus, den Querulanten zu spielen.

In der Küche lief erstaunlicherweise alles wie am Schnürchen. Nachdem die Probegäste das Dessert, einen Aprikosen-Brotpudding, vertilgt hatten, brachte Suzanna das restliche Essen für ihr hungriges Personal heraus. Barney öffnete so schnell er konnte eine Flasche Wein nach der anderen. Allmählich vermischten sich Personal und Gäste und es wurde ein feucht-fröhlicher Abend.

Jemand hatte eine Karaoke-Maschine mitgebracht, die Barney nun an seine Verstärkeranlage anschloss. Die Gäste ließen sich nicht lange bitten; als Erste ging Caroline ans Mikrofon. James wand sich, als sie *It's Raining Men* sang, dankte aber Gott, weil sie wenigstens nicht versuchte, Geri Halliwells Spagat auf dem Tisch nachzuahmen, was er ihr durchaus zugetraut hätte. Dann lauschten alle gebannt, als Kitty *Killing Me Softly* zum Besten gab. Hinterher trat ehrfürchtige Stille ein.

»Sie sollte sich für die nächste *Superstar*-Sendung melden«, nuschelte jemand.

»Auf keinen Fall. Dafür ist sie viel zu gut. Sie braucht einen Agenten oder Manager …«

Barney konnte den Blick nicht von ihr wenden. Er war wie gebannt von ihr. In seinem Kopf überschlugen sich die Gedanken. Sie hatte zweifellos etwas Besonderes.

Es herrschte ein Gefühl von Kameraderie und Siegesgewissheit, alle waren in Hochstimmung. Kitty, Sasha und Jonty standen auf einem Tisch und dirigierten *We are the Champions*, wobei alle im Chor mitgrölten, völlig außer Rand und Band. Es war bereits eine Menge getrunken worden.

Bevor der Abend zu sehr außer Kontrolle geriet, stand Patrick auf und klopfte mit dem Löffel an sein Glas.

»Meine Damen und Herren, ich möchte gern einen Toast ausbringen, solange Sie noch einigermaßen bei Sinnen sind. Es gibt jemanden, den wir bei alledem vergessen haben. Wenn Sie bitte alle ihre Gläser füllen würden ...«

Das ließ niemand sich zwei Mal sagen, und es entstand ein ziemliches Gewirr, als die Gäste sich Champagner einschenkten, der wie aus dem Nichts aufgetaucht war. Mandy lächelte. Er hatte also doch daran gedacht. Als sie hereingekommen war, hatte Patrick sie kaum begrüßt und nur finster angeschaut, weil sie ein bisschen zu spät kam.

»Wo warst du?«, hatte er gefragt, die Antwort aber gar nicht abgewartet. Also hatte sie mit ihrem Geheimnis dagesessen und sich gewünscht, sie wäre anderswo.

Patrick erhob sein Glas.

»Ich denke, wir sind uns einig, dass alle sich abgerackert haben, um diesen Abend zu etwas Besonderem zu machen. Aber es gibt eine Person, ohne die all das nicht möglich gewesen wäre. Daher bitte ich euch das Glas zu erheben auf – die Küchenchefin!«

»Auf die Küchenchefin!«, grölten alle und prosteten Suzanna zu, die lachend protestierte und bei all der Aufmerksamkeit errötete.

Mandy schaute fort, zwinkerte mit den Augen und hoffte, dass Elspeth nicht bemerken mochte, wie aufgewühlt sie war. Die blöde Kuh hatte sie heute schon zwei Mal nach ihren Geburtstagsgeschenken gefragt. Beim ersten Mal hätte sie ihr am liebsten eins auf die Nase gegeben; beim zweiten Mal hätte sie beinahe ihr

Top hochgezogen und ihr Ricks Tattoo gezeigt. Mein Gott, wenn sie doch nur bei ihm sein könnte.

Zwanzig Minuten später überraschte Kitty ihre Schwester Sasha und Jonty, die auf dem Flur vor den Toiletten heftig miteinander knutschten. Seine Frau Meggy war im dritten Monat schwanger und hatte die Gesellschaft nach dem Dessert verlassen, da sie wusste, dass Jonty erst Stunden später betrunken nach Hause taumeln würde. Sie hatte sich an die feucht-fröhlichen gesellschaftlichen Verpflichtungen ihres Mannes gewöhnt und war nur froh, dass er eine erstaunlich gute Konstitution besaß und anscheinend nie einen Kater hatte.

Als Jonty Kitty sah, verschwand er fluchtartig in der Herrentoilette. Kitty stemmte die Hände in die Hüften und trat zu Sasha.

»Was zum Teufel machst du da?«

Sasha grinste.

»Wonach sieht es denn aus?«

»Verdammt, Sasha – hast du seine Frau denn nicht gesehen? Er ist verheiratet!«

Sasha schwieg. Offensichtlich hatte sie keine Ahnung. Schließlich zuckte sie trotzig die Achseln.

»Dann knöpf dir ihn vor, nicht mich. Ich bin frei.«

»Hör mal, Sasha, verheiratete Männer sind absolut tabu!«

»Wieso denn?«

»Hast du denn gar kein Gewissen? Keine Moral?«

»Wozu? Die hat doch sonst auch niemand. Dad nicht, denn es ist ja wohl nicht gerade moralisch, mit seiner Mundhygienikerin durchzubrennen. Und schau dir Mum an, sie flirtet schamlos mit allem, was Hosen anhat.«

»Sie amüsiert sich nur ein bisschen.«

»Na und, das tue ich auch.«

»Also, das ist ja wohl was völlig anderes. Was glaubst du wohl, was Jontys Frau dazu sagen würde, wenn sie es erfährt?«

»Das muss ja wohl in erster Linie ihre Schuld sein. Sonst wäre er gar nicht so scharf drauf. Wahrscheinlich ist er seit Monaten nicht mehr zum Zug gekommen.«

»Ach ja, und wie ist sie dann schwanger geworden?«

Für einen Augenblick verschlug es Sasha die Sprache. Kitty zeigte mit dem Finger auf sie.

»Siehst du, du bist offensichtlich nicht ganz im Bilde. Sie erwartet ihr drittes Kind.«

Sasha wirkte, als habe sie jemand geohrfeigt. Als sie das Gesicht abwandte, sah Kitty, dass sie mühsam gegen ihre Tränen ankämpfte. Trotzig fuhr Sasha sie an:

»Woher zum Teufel soll ich das denn wissen? Mein Gott, Kitty, steh nicht da und halte mir Predigten wie die Jungfrau Maria. Ich sage dir doch auch nicht, was du tun sollst.«

Ratlos schüttelte Kitty den Kopf und ließ Sasha stehen.

Sasha schaute ihrer Schwester nach und folgte dann Jonty auf die Herrentoilette. Er stand zitternd in einer der Kabinen, die noch keine Türen hatten. Sasha drückte ihn gegen die Wand, stützte beide Hände seitlich neben seinem Kopf ab und presste ihren Unterleib mit teuflischem Grinsen gegen seinen.

»Das können wir nicht machen! Nicht hier!«

»Wieso nicht?«

Vor Angst spürte Jonty, wie er in sich zusammenschrumpfte. Er hob die Hände, um sie wegzustoßen. Sie verdrehte die Augen.

»Große Klappe, nichts dahinter. Ich dachte, ihr Hufschmiede seid angeblich ein Gottesgeschenk für Frauen?«

»Wirklich?«

Ihre Augen verengten sich zu schmalen Schlitzen.

»Wieso hast du mir nicht gesagt, dass du verheiratet bist?«

Jonty wirkte in die Ecke gedrängt.

»Ich dachte, das wüsstest du. Alle wissen es.«

Sasha warf den Kopf in den Nacken und marschierte hinaus. Jonty seufzte erleichtert auf. Er hatte sich für einen Moment hinreißen lassen. Bei dem Gedanken an seine Frau Meggy, die inzwischen wohl weich, warm und mollig im Bett lag, plagte ihn sein Gewissen. In Zukunft würde er besser aufpassen müssen.

Im Spielsaal ging es hoch her. Wer vernünftig war wie Cowley, der ehemalige Filialleiter der Bank, war nach Hause gegangen, alle anderen machten mit. Suzanna war ungemein erleichtert, dass der Abend zum vollen Erfolg geraten war, und trank nach Kräften, um den Vorsprung der anderen aufzuholen. Das war natürlich ein Fehler, da sie keine Übung im Trinken hatte, aber sie wusste auch, dass sie auf lange Zeit keine Chance haben würde, sich gehen zu lassen. Außerdem wollte sie ihrem Personal zeigen, dass auch sie nur ein Mensch war.

Als die Karaoke-Version von *Something Stupid* aufgelegt wurde, sprang sie auf und zerrte Patrick unter Protest auf die Bühne. Inzwischen sangen alle so laut mit, dass sie übertönt wurden, aber die beiden hatten mit ihrer übertriebenen Vorstellung die Lacher auf ihrer Seite.

Nur Mandy fand es nicht sonderlich komisch. Besonders als Elspeth zu ihr trat und boshaft sagte: »Sind sie nicht ein schönes Paar?« Wie konnte Patrick es wagen, sie öffentlich derart zu demütigen? Elspeth lachte sich halb tot. Nun gut, wenn er so versessen auf Suzanna war, brauchte sie sich das nicht zwei Mal sagen zu lassen.

Sasha saß am Ende des Tisches und betrank sich systematisch. Verdammter Jonty. Und verdammte Kitty, für wen hielt sie sich eigentlich? Erst zog sie die ganze Aufmerksamkeit mit ihrer Singerei auf sich und dann wagte sie es auch noch, ihr eine Predigt zu halten. Es war einfach ungerecht. Tränen brannten ihr in den Augen. Ihr ganzes Leben war eine einzige Katastrophe. Sie hatte ihrer Mutter noch nicht gesagt, dass sie kurz davor stand, aus ihrem College-Seminar zu fliegen.

Es war alles Dads Schuld. Sie hatte ihn am Spätnachmittag in der Hoffnung angerufen, dass er ihr viel Glück für den heutigen Abend wünschen würde. Es mochte zwar nur ein Job als Kellnerin sein, aber Väter sollten einem doch wohl moralische Unterstützung geben, oder nicht? Sie hatte furchtbare Angst, dass sie Bestellungen verwechseln oder etwas vergessen könnte. Natürlich war ihr das nicht passiert, aber das war noch lange keine Entschuldigung für ihren Vater, sie am Telefon einfach abzuwimmeln, weil Faith über Schwangerschaftswehen klagte, was immer das sein mochte. Sasha hoffte, dass sie tödlich waren.

Kurz vor Mitternacht kam Ginny nach Hause. Sie konnte sich nicht erinnern, wann sie sich zuletzt so gut amüsiert hatte. Sie machte es sich auf dem Sofa gemütlich und ließ den Abend im Geiste noch einmal vorüberziehen. Die Zwillinge hatten sich als hervorragende Kellnerinnen erwiesen. Das Essen war himmlisch und hatte viel Spaß gemacht. Verwundert hatte Ginny festgestellt, dass sie die meisten Gäste kannte und die Partyatmosphäre überaus ansteckend war. Keith hatte sie zu der Eröffnung am kommenden Wochenende eingeladen. Natürlich hatte sie bereits eine offizielle Einladung erhalten, aber es war nett, in Begleitung hinzugehen und nicht nur als Mutter der Bedienung.

Sie fand es unglaublich, wie gut sie alle sich in Honeycote eingelebt hatten. Sie hatte befürchtet, sie könnten sich einsam fühlen und langweilen, aber weit gefehlt. Es war beinah so, als lebten sie schon immer hier. Und ihr Geschäft lief blendend. Sie dachte an die Körbe voller Bügelwäsche, die auf sie warteten, und verkniff sich ein Stöhnen. Morgen würde sie sicher mit einem Brummschädel zu kämpfen haben, aber sie musste sich trotzdem an die Arbeit machen. Ein großes Glas Wasser und Schlaf waren die einzige Lösung.

Als sie durch das Wohnzimmer ging, sah sie den Anrufbeantworter blinken. Irgendwie ahnte sie, dass das, was sie hören würde, ihre Hochstimmung wie eine Seifenblase platzen lassen würde. Sie drückte auf die Play-Taste. Davids Stimme sprang sie richtiggehend an.

»Ginny. Ich dachte, du solltest wissen, dass das Baby da ist …« Ein leicht verlegenes Räuspern. »Fünf Stunden mit Lachgas, Sauerstoff, Betäubung und Epiduralanästhesie …« Gut, hoffentlich hat es weh getan, dachte Ginny boshaft. »… Mutter und Kind sind wohlauf, 3685 Gramm. Und … hm … wir haben sie Chelsea genannt. Chelsea May.«

In seinem Ton lag etwas Verzweifeltes, als flehe er sie an, nicht zu lachen. Offensichtlich hatte nicht er den Namen ausgesucht.

»Jedenfalls dachte ich, du könntest es vielleicht den Mädchen sagen. Ich weiß, dass sie heute Abend arbeiten.« Wieder eine Pause. Eine Pause, die er wohl nicht recht zu füllen wusste. Er schien um Worte zu ringen, als ob er noch etwas sagen wollte, aber er beließ es bei einem abrupten »Wiederhören«.

Während Ginny das Band zurückspulte, überkamen sie Zweifel. Verdammter David. Es war nicht ihm zu verdanken, dass sich für sie und die Mädchen alles zum Besten wendete. Es war alles so unnötig gewesen. Was sie betraf, war an ihrer Ehe nichts auszusetzen gewesen. Im Hinterkopf hegte sie wohl immer noch die Hoffnung, dass er eines Tages seinen Fehler einsehen und zu ihnen zurückkommen werde.

Aber mit Chelseas Geburt hatte David sämtliche Brücken hinter sich abgebrochen. Er hatte nun seine eigenen lebendigen, atmenden, 3685 Gramm schweren Fesseln. Es gab kein Zurück mehr.

Barney musste Suzanna praktisch nach oben ins Bett tragen. Zum Glück wurde sie sehr anhänglich, wenn sie betrunken war. Im Laufe des Abends hatte sie heftig mit Patrick geflirtet, aber davon fühlte Barney sich nicht bedroht. So war Suzanna nun mal. Eigentlich freute er sich sogar, dass sie sich völlig entspannte und Spaß hatte.

Sie war eindeutig immer noch in Partystimmung. Kichernd begann sie einen verspielten Striptease – ein weiteres Anzeichen dafür, dass sie schon recht blau war. Sie wirkte zwar ein bisschen unbeholfen, aber dennoch reizend. Barney musste schlucken, als sie ihr Kleid zu Boden fallen ließ, aus dem Stoffhäufchen stieg, sich umdrehte, um den BH zu öffnen, und ihm einen koketten Blick über die Schulter zuwarf, während sie die Träger herunterschob. Mit wiegenden Hüften stöckelte sie in ihren Riemchensandalen auf ihn zu und schüttelte den Kopf, sodass ihr Haar locker über ihre Schultern fiel. Ihre Haut schimmerte hell im Dämmerlicht, ihre Augen leuchteten, als sie ihn an den Revers packte.

»Komm her, du. Lass uns feiern.«

Es war unverkennbar, was sie meinte. Sie versuchte ihn aufs Bett zu ziehen, aber er widersetzte sich. So wollte er es nicht. Nicht beim ersten Mal. Er wollte, dass sie genau wusste, was sie tat. Er würde ihren Schwips nicht ausnutzen.

Trotz ihrer Proteste und der Tatsache, dass er ohne Weiteres hätte nachgeben können, zog Barney Suzanna das Nachthemd an und deckte sie resolut zu. Im Nu war sie eingeschlafen. Barney lächelte liebevoll. Sie würde morgen einen scheußlichen Kater haben, aber nach dem Erfolg des heutigen Abends hatten sie es sich beide verdient, auszuschlafen.

16

Am letzten Wochenende vor der Eröffnung gab es für Suzanna und Barney nicht viel zu tun – es herrschte die sprichwörtliche Ruhe vor dem Sturm. Die Wände des Speisesaals erhielten ihren letzten Anstrich, der Klempner kümmerte sich um die Installation der Toiletten, die Gästezimmer wurden mit Teppichboden ausgelegt und ihre Wohnung wurde endlich frisch gestrichen. Sämtliche Möbel, Lampen und sonstige Einrichtungsgegenstände standen bereit und warteten nur darauf, dass alles fertig wurde. Bis dahin konnten sie kaum etwas anderes tun, als nicht im Weg zu stehen.

»Warum fährst du nicht über das Wochenende zu deiner Mutter?«, schlug Barney vor.

Suzanna überlegte. Hier zu bleiben würde sie nur nervös machen. Sie konnte nicht gut abwarten. Sie brannte darauf, alles einzurichten.

Unausgesprochen stand dahinter der Gedanke, dass sie beide ein bisschen Abstand vom anderen brauchen konnten und dies die letzte Chance sein dürfte, die sich ihnen dazu in der nächsten Zeit bot. In der vergangenen Woche hatte rundum gereizte Stimmung, ja Panik geherrscht: Wichtige Lieferungen, die fest zugesagt waren, trafen nicht ein, ein Wasserrohrbruch in einer der Toiletten im ersten Stock ruinierte den frischen Anstrich im Schankraum und der Kühlraum, den Patrick und Suzanna bei der Auktion ersteigert hatten, weigerte sich hartnäckig zu kühlen und musste in letzter Minute durch eine Neuanschaffung ersetzt werden.

»Ich behalte hier die Arbeiten im Auge. Du könntest mit Sybilla einen Einkaufsbummel machen und für Mittwoch etwas zum Anziehen kaufen.«

»Ich dachte, wir dürften kein Geld mehr verplempern?« Suzanna runzelte die Stirn, immer noch gekränkt, weil er ihr die Schuld an dem kaputten Kühlraum gegeben hatte.

»Hat man dafür nicht Kreditkarten?« Barney zwinkerte ihr zu. Er hatte zwar vor Jahren ihre sämtlichen Kreditkarten zerschnitten, wusste aber, dass Suzanna einen heimlichen Vorrat an Kundenkarten verschiedener Geschäfte besaß, die ihre Rechnungen an die Adresse ihrer Mutter schickten.

Suzanna dachte an ihre Mutter, die sich über ihren Besuch sicher freuen würde. Sie wusste, dass Iris sie beide schrecklich vermisste, auch wenn sie es niemals zugeben würde. Sie führte zwar ein hektisches, geselliges Leben, hatte sie aber mindestens zwei Mal wöchentlich gesehen, als sie noch in Twickenham wohnten, und für die Gesellschaft der eigenen Familie gab es nun mal keinen Ersatz. Ihre Mutter wollte zur Eröffnung kommen, aber Suzanna war klar, dass sie sich an diesem Abend um kaum jemanden besonders würde kümmern können. Ein gemütliches Wochenende mit Iris und ein heilsamer Einkaufsbummel mit

Sybilla waren genau das, was sie brauchte. Es wäre herrlich, ausnahmsweise keine Farbe riechen und kein Gehämmer hören zu müssen.

Und manchmal, ganz selten, fand man erst, wenn man sich aus einer Situation löste, die Gelegenheit, sich ein klares Bild davon zu machen.

Als Barney am Samstag Morgen Suzanna im Jeep davonfahren sah, fühlte er sich ein bisschen wie ein Teenager, dessen Eltern über das Wochenende verreisten. Nicht dass er ein wildes Gelage oder ähnliches geplant hätte, aber die Möglichkeit stand ihm immerhin offen.

Er beschloss, mit Marmite, der ständig die Handwerker terrorisierte, zum Postamt zu gehen. Dem Klempner hatte der Hund bereits sein Pausenbrot weggefressen – was erwartete der Mann, wenn er ein leckeres Schinkensandwich auf der Fensterbank liegen ließ? Er würde sich die Samstagsausgabe der *Times* holen, die er der Sonntagsausgabe vorzog, weil man zumindest eine realistische Chance hatte, sie von Anfang bis Ende zu lesen.

Kitty kaufte gerade im Postlädchen Milch und Brot. Barney begrüßte sie strahlend. Er mochte Kitty. Aus ihr wurde sicher eine hervorragende Kellnerin. Bei Sasha war er sich da nicht so sicher; er vermutete, dass sie durchaus imstande wäre, einem Gast bei der geringsten Provokation die Suppe in den Schoß zu schütten. Aber Kitty war aufmerksam und tüchtig.

»Danke für die harte Arbeit neulich Abend. Es lief wirklich gut.«

»Es hat Spaß gemacht. Ich kann's kaum erwarten, dass es Mittwoch wird.«

»Ich schon«, antwortete Barney nachdrücklich.

»Ihr habt dieses Wochenende bestimmt viel zu tun.«

»Nein. Eigentlich nicht. Suzanna ist zu ihrer Mutter gefahren und ich drehe Däumchen.«

»Ich ebenfalls. Mum ist mit Keith ausgegangen, und Sasha ist gestern Nacht nicht nach Hause gekommen.«

Kitty sprach ihre ärgsten Befürchtungen, dass Sasha trotz aller Warnungen vermutlich eine heiße Affäre mit Jonty hatte, nicht aus, weil sie das absolut nicht billigen konnte und überzeugt war, dass auch Barney es nicht gutheißen würde. Sasha hatte schlagartig eine Kehrtwende vollzogen: Nachdem sie früher mit »Erbsenpflückern« oder »Rübenköpfen« nicht das Geringste zu tun haben wollte, flog sie nun anscheinend auf alles, was Hosen trug und auch nur im entferntesten ländlich aussah. Dieses radikale Umdenken hatten offensichtlich die Jungbauern bewirkt.

Nachdenklich legte Barney einen Karton Orangensaft in seinen Einkaufskorb.

»Hör mal – hättest du Lust, etwas aufzunehmen? Nur zum Spaß? Ich habe meine alte Anlage als Staubfänger im Pub rumstehen. So hätten wir beide was zu tun ...«

Barney hoffte inständig, dass es nicht nach einer abgedroschenen Anmache klang. Es war als ehrliche Einladung gemeint. Er war wirklich gespannt, wie Kittys Stimme auf Band klingen würde.

Zu seiner Freude wirkte sie begeistert.

»Das wäre echt cool. Bist du sicher, dass du nicht zu viel zu tun hast?«

»Bestimmt. Ich bringe nur eben das Zeug nach Hause. Dann sehen wir uns in einer halben Stunde?«

Barney ging schnell zurück in den Pub und freute sich, dass er etwas zu tun hatte, was ihn ablenken würde. Allein hätte er doch nur den ganzen Tag über Kalkulationen und ihre hohen Ausgaben gebrütet. Und über ihn und Suzanna gegrübelt …

Zwischen ihnen lief es gar nicht gut. Beide vermieden es entschieden, das Thema anzuschneiden, weil sie so viel zu tun hatten. Aber sie gingen beinah wie Fremde miteinander um. Abends schliefen sie völlig erschöpft ein, ohne miteinander zu reden. Es war, als sei das Bett fünf Meilen breit. So hatte er sich das nicht vorgestellt. Der Umzug hierher hatte sie wieder zusammenschweißen, nicht weiter auseinander bringen sollen.

Er beschwichtigte sich mit dem Gedanken, dass die Spannung zwischen ihnen bestimmt nachlassen würde, sobald der Pub erst einmal eröffnet war, der Betrieb lief und sie wussten, wo sie standen.

Er holte sein altes TEAC-PortaStudio aus dem Flightcase. Es hatte ihn ein Vermögen gekostet. Er erinnerte sich noch gut, wie er als Siebzehnjähriger dafür sein Sparbuch bei der Postbank geplündert, sein Fahrrad verkauft und über die fehlenden 50 Pfund eine Abmachung mit seinem Vater getroffen hatte. Er überlegte, wie viele Stunden voller Hoffnungen und Träume er und seine Freunde in der Garage seiner Eltern wohl damit aufgenommen hatten, bevor sie ihren Vertrag unterschrieben und alles schief ging …

Doch darüber wollte er jetzt nicht weiter nachdenken, sonst konnte er das Ding gleich wieder einpacken. Kitty hatte so aufgeregt reagiert und er wollte ihren Enthusiasmus nicht seiner schlechten Erfahrungen wegen dämpfen. Er reinigte die Tonköpfe sorgfältig mit Q-Tips und Alkohol. Das alte Gerät war zwar inzwischen ein Sammlerstück, aber es funktionierte noch einwandfrei. Für den Preis, den er damals dafür bezahlt hatte, bekam man heute ein digitales 24-Spur-Aufnahmesystem mit allen Schikanen. Barney hatte sich zwar theoretisch in Musikzeitschriften über die neue Computertechnologie auf dem Laufenden gehalten, wusste aber, dass er in der Praxis damit verloren wäre. Außerdem mochte er die handfeste alte Aufnahmetechnik. Sie erschien ihm realer, puristischer. Er nahm das Klavier mit seinen zuverlässigen Shure-Mikrofonen ab, verpasste seinem Bass ein paar neue Saiten und schloss ihn an den Verstärker an.

Kitty kam in einer militärgrünen Latzhose im Tarnanzug-Look über einem Netzhemdchen und sang einfach drauflos. Sie war völlig ungezwungen. Es gab kein Herumreden, kein um-den-heißen-Brei-Herumschleichen. Sie sang, während Barney Pegel ausprobierte, Tasten drückte, Mikrofone verstellte, Regler verschob, bis er fand, dass er die richtige Raumwirkung getroffen hatte.

Ihre Stimme war nicht ausgebildet, aber unglaublich kräftig. Sie wusste genau, wie sie sie einsetzen musste – ein wahres Naturtalent. Sie probierten ein paar Jazz- und Blues-Klassiker, zu denen Barney auf dem Klavier improvisierte. Sie nahmen eine Version von Nina Simones Song *Don't Smoke in Bed* und von Etta James *I'd Rather Go Blind* auf. Es klang toll, aber Barney hasste Cover-Versionen. Das konnte schließlich jeder, der eine halbwegs gute Stimme und ein brauchbares Equipment besaß. Es bot ihm keine Herausforderung. Nachdem er nun gesehen hatte, was Kitty konnte, wollte er mehr daraus machen.

»Möchtest du einen Song schreiben?«

»Das habe ich noch nie gemacht.«

»Ich finde, wir sollten es versuchen.«

»Wie?«

»Indem wir es einfach machen. Wir überlegen uns einen Aufhänger. Ein Thema oder eine Textzeile, auf denen wir aufbauen. Einige der besten Songs sind innerhalb von zwei Minuten entstanden.«

Kitty schaute ihn unsicher an, war aber offenbar bereit, es zu versuchen.

»Ich brauche einen Anfang. Ich kann nicht so aus dem Nichts loslegen.«

»OK. Versuch es mal damit.«

Barney spielte ein paar Töne auf dem Klavier – eine einprägsame, ansprechende Melodie, die er schon länger im Hinterkopf gehabt hatte.

»Lass dir dazu was einfallen.«

Kitty nahm die Herausforderung an. Zehn Minuten saß sie mit gekreuzten Beinen auf der Fensterbank, trank ihr San-Miguel-Bier, kritzelte eifrig, strich ab und an etwas durch und seufzte. Endlich war sie zufrieden.

Der Text war ein bisschen naiv, hatte aber einen düsteren Beiklang. Gemeinsam setzten sie sich hin und passten den Text Barneys Melodie an. Kitty hörte hingerissen zu, als Barney ihr zeigte, wie man aus einer Grundidee etwas Besonderes machte, dass Auslassungen ebenso wichtig waren wie das Gesagte, wie der Song aufgebaut sein sollte und wie ein überraschendes Detail vor Klischees bewahren konnte.

Endlich waren sie so weit, dass sie das Stück aufnehmen konnten. In einem sanften Intro rankte ihre Stimme sich um die Klavierlinie und wiegte den Zuhörer in einem falschen Gefühl der Sicherheit, bis ohne Vorwarnung der Bass einsetzte, plötzlich und unerwartet wie ein abgewiesener Liebhaber, der aus dem Nichts mit einem Messer auftauchte. Die Musik schwoll schlagartig zu einem beängstigenden Crescendo an, der Text versprühte die beißende Schärfe einer erzürnten Frau, jede Silbe triefte vor Bosheit, unterlegt mit dem bedrohlichen Donnern des Klaviers. So plötzlich, wie er angefangen hatte, war der Malstrom vorüber wie ein Sommergewitter, leise Töne tänzelten an der Schwelle zum Bewusstsein und verhallten.

If today was yesterday
Tomorrow would never come
I would not let them steal
Another day from me
Another day
Day from me ...

Es klang fantastisch. Barney wusste, dass es gut war, denn beim Zuhören hatte man den Eindruck, es zu kennen. Der Song schlängelte sich geradewegs in die Seele. Und sein Instinkt trog nie.

»Jetzt kommt der langweilige Teil, fürchte ich. Ich muss es abmischen.«

Kitty war es offenbar zufrieden, zuzuhören, während er mit verschiedenen Sounds experimentierte. Kaum jemand wusste, wie mühsam Musikaufnahmen sein konnten: Hunderte Aufnahmen, gefolgt von stundenlangem Gefummel an Knöpfen und Reglern, um genau den richtigen Sound zu treffen. Barney liebte diese Arbeit. Er hatte eine klare Vorstellung davon, wie es sich anhören sollte, und es machte ihm Spaß, beharrlich darauf hinzuarbeiten.

Gegen acht Uhr abends hatte Barney eine Flasche Havana Club aufgemacht und bereits halb leer getrunken. Nun fiel ihm wieder ein, dass das Abmischen wesentlich einfacher wurde, wenn man betrunken war. Gegen neun Uhr ließ er sich von Kitty Zigaretten holen und rauchte das halbe Päckchen. Er hatte seit fünf Jahren nicht mehr geraucht. Aber es war ein verdammt gutes Gefühl. Er fand das alles wahnsinnig aufregend. Die kreative Energie durchströmte ihn, belebte seine Seele. Kitty saß geduldig dabei, hörte zu, stellte Fragen und wirkte nicht eine Minute gelangweilt.

Suzanna und ihre Mutter hatten eine Schüssel Orecchiette mit Brokkoli und Gorgonzola gegessen und schauten sich nun *Chocolat* auf Video an.

Suzanna war unglaublich entspannt. Der Abstand zum Pub brachte ihr die Anstrengungen und den Stress der letzten Wochen erst richtig zu Bewusstsein. Das ganze Leben im Umbruch, die Entscheidungen, die sie zu treffen hatten, die gespannte Erwartung, die Sorge, ob es ein Erfolg würde oder nicht. In der gemütlichen Wohnung ihrer Mutter konnte sie das alles vergessen. Sie konnte einfach sie selbst sein. Sie musste nicht so tun, als ob alles in Ordnung wäre, sich im Griff haben, immerfort lächeln. Sie wusste, wenn sie weinen oder schimpfen wollte, weil alles so ungerecht war, würde es ihre Mutter nicht stören. Und weil sie das wusste, verspürte sich gar nicht das Bedürfnis danach.

Iris nahm ihr behutsam das Weinglas aus der Hand und schüttelte sie wach. Suzanna konnte gerade lange genug die Augen offen halten, um in ihr früheres Schlafzimmer zu gehen, wo sie die Bettdecke bis unters Kinn zog und sofort wieder einschlief.

Iris betrachtete ihre schlafende Tochter. Irgendetwas stimmte nicht, das spürte sie. Suzanna hatte ihr aufgeregt geschildert, was sie alles geschafft hatten und wie gut die Generalprobe gelaufen war. Doch so lebhaft sie auch erzählte, wusste Iris mit dem Gespür einer Mutter doch, dass etwas fehlte.

In ihrem Inneren verspürte sie einen tiefen Schmerz. Mit der verzweifelten Frustration, die nur Eltern empfinden können, wünschte sie sich von ganzem Herzen, dass für Suzanna wieder alles in Ordnung käme. Und für Barney, den sie sehr mochte. Sie passten so gut zusammen. Iris, eine erklärte Atheistin, verfluchte Gott für das, was er den beiden angetan hatte. Auch wenn sie nicht an ihn glaubte, fühlte sie sich besser, wenn sie jemandem die Schuld geben konnte.

Gegen zwei Uhr morgens war Kitty auf dem alten Sofa eingeschlafen, das Marmite gewöhnlich als Bett diente. Barney schlich nach oben und holte ihr eine Bettdecke und ein paar Kissen herunter. Eines schob er ihr unter den Kopf, ohne dass sie sich rührte. Anschließend arbeitete er mit Kopfhörer weiter.

Die Aufnahmen und das Abmischen weckten Erinnerungen an alte Zeiten: mit der Band im Studio, halb besoffen, ein bisschen stoned, aufgekratzt; sie hatten diskutiert, durcheinander geredet, waren kreativ, hatten zusammengearbeitet, improvisiert, sich gestritten. Es war anstrengend, es zehrte an den Nerven, laugte aus, aber es gab nichts, rein gar nichts, was an das Hochgefühl am Ende heranreichte. Diese Erfahrung hatte all die Jahre tief vergraben in Barney geschlummert.

Vielleicht war es naiv, dass er im Stillen gehofft hatte, die gemeinsame Arbeit am Pub könnte ihnen einen ähnlichen Thrill verschaffen, ihm den Biss geben, den er so lange vermisst hatte. Aber er und Suzanna arbeiteten nicht zusammen. Sie erlebten die Hochs und

Tiefs nicht wirklich gemeinsam, nicht die Plackerei, den gegenseitigen Ansporn. Sie arbeiteten nebeneinander her und liefen sich nur gelegentlich über den Weg.

Erst als das erste fahle Licht durch das Fenster fiel, merkte er, dass es schon dämmerte. Seine Augen fühlten sich an, als seien sie voll heißem Sand, aber er war völlig aufgekratzt. Am liebsten hätte er Kitty geweckt, um seine Begeisterung mit ihr zu teilen, aber wahrscheinlich wäre sie nicht sonderlich begeistert, wenn er sie jetzt aus dem Schlaf riss. Außerdem sollte er selbst ein bisschen schlafen. Er schaute auf die Uhr: kurz nach vier. Wenn er sich drei Stunden hinlegte, würde er sich morgen halbwegs wie ein Mensch fühlen.

Er konnte allerdings nicht nach oben gehen und Kitty hier allein lassen. Außerdem roch das Schlafzimmer nach frischer Farbe. Also schlüpfte er neben ihr auf dem Sofa unter die Decke und schob sich das zweite Kissen unter den Kopf. Marmite, der in Kittys Kniebeuge geschlafen hatte, wechselte auf seinen Schoß. Barney schloss die Augen. Er sah sich drehende Spulen und hörte ein Gewirr von Tönen.

Innerhalb von fünf Minuten schlief er tief und fest.

Um halb sieben wachte er mit steifem Nacken auf. Er fror, da die Decke auf den Boden gerutscht war. Während er sich noch zu orientieren versuchte, wo er war und warum, kam Kitty mit Marmite zurück. Sie lächelte.

»Er musste mal ganz dringend, der Ärmste.«

Verwundert, Kitty zu sehen, setzte Barney sich auf. Doch dann fiel ihm ein, dass er bis zum Morgengrauen am Mischpult geackert hatte. Stöhnend bemerkte er die halb leere Flasche Havana Club.

»Ich brauche Tee.«

»Ich habe das Wasser schon aufgesetzt.« Kitty setzte sich zu ihm aufs Sofa und deckte ihn zu. »Bist du fertig geworden?«

Barney nickte.

»Möchtest du es hören?«

»Wenn du dich wieder menschlicher fühlst. Du siehst aus wie der Tod höchstpersönlich.«

»Vielen Dank!« Barney fuhr sich durch die Haare und verzog das Gesicht über den ungewohnten schalen Zigarettengeschmack im Mund. Er schob die Bettdecke fort und stand zögernd auf. Nicht schlecht, unter den Umständen.

Eine halbe Stunde später, nachdem Barney sich gewaschen und drei Tassen Tee getrunken hatte, spulte er das Band vom Vorabend zurück. Sie saßen beinah ehrfürchtig da, als er die Play-Taste drückte und der Raum von dem Song widerhallte, den sie zusammen geschaffen hatten. Zum ersten Mal hörte Barney ihn mit voller Lautstärke. Über Kopfhörer kam er nicht so zur Geltung.

Ihm wurde ein bisschen flau. Alles wäre wesentlich einfacher, wenn das Stück mittelmäßig geworden wäre. Das war es aber nicht. Es war verblüffend. Atemberaubend. Obwohl er unmöglich objektiv sein konnte, wusste er instinktiv, dass eine große Sache daraus werden konnte.

»Hättest du was dagegen, wenn ich es einem Bekannten schicke? Ich kenne da jemanden – vielleicht treibe ich ihn ja auf.«

Kitty nickte. »Klar.«

Barney wusste nicht recht, ob er sie warnen sollte, dass die Dinge jetzt zum letzten Mal ganz in ihrer Hand lagen. Wenn die Büchse der Pandora erst einmal geöffnet war, gab es kein Zurück mehr. Wollte sie alles, was folgen konnte? War sie stark genug? War es eine fantastische Chance oder ein Fluch?

Barney dachte daran, was es aus ihm gemacht hatte. Bis er Suzanna kennen gelernt hatte, hatte es seinen Glauben an die Menschheit zerstört. Seit nahezu zwanzig Jahren hatte er seine Kreativität aus Angst vor den Konsequenzen unterdrückt. Es hatte ihn zynisch und verbittert gemacht. Nicht äußerlich: Nach außen hin gab er sich herzlich, leutselig, offen. Aber tief im Inneren plagten ihn Ängste und Befürchtungen, die er niemandem zeigte. Unsicherheiten, die er gut verbarg.

Kitty war jung und schön und besaß die Stimme eines Engels, der den Teufel in sich hatte. Er war sich nicht sicher, ob er die Verantwortung dafür übernehmen wollte, ein Monster zu erschaffen. Andererseits konnte Barney den Gedanken nicht ertragen, dass ein Talent ungenutzt blieb. Er konnte den Gedanken nicht ertragen, dass Kitty sterben würde, ohne die Chance bekommen zu haben, ihre Gabe mit der Welt zu teilen und den Lohn dafür zu ernten.

Ein tiefes Gefühl für sie überkam ihn – es war weder sexuell noch väterlich, er wusste es nicht einzuordnen. Es war immer merkwürdig, mit jemandem kreativ zusammenzuarbeiten. Es war so intensiv, so persönlich – man kehrte sein Innerstes vor jemandem nach außen. Es war intimer als Sex.

Deshalb bat er Kitty, bevor sie ging, mit niemandem darüber zu reden.

»Suzanna hat es nicht so gern, wenn ich Musik mache. Sie findet, es bringt meine schlimmsten Seiten zum Vorschein.«

Das war eine haarsträubende Lüge. Seine Karriere

als Musiker war schon lange beendet gewesen, als er Suzanna kennen lernte. Aber Barney fühlte sich unsicher und unbehaglich wegen der vergangenen Nacht. Keine Frau würde es gut finden, wenn ihr Mann die Nacht mit einer Neunzehnjährigen verbrachte. Die Leute waren heutzutage so zynisch. Niemand würde glauben, dass zwei Menschen von Mitternacht bis zum Morgengrauen in ein- und demselben Raum sein konnten, ohne es miteinander zu treiben.

Barney steckte die Kassette mit der Aufnahme sorgfältig in die Hülle und schrieb »Hubschrauberlandeplatz« darauf. Da dieses Wort weder ihm noch sonst jemandem etwas sagte, würde es keine Aufmerksamkeit erregen.

Nach dem Sonntagsfrühstück war Suzanna klar, dass sie noch etwas zu erledigen hatte. Sie stieg in ihren Wagen und fuhr zum drei Meilen entfernten städtischen Friedhof, auf dem Oliver begraben lag. Unterwegs hielt sie an einem Blumengeschäft. Eigentlich fand sie die Geste albern und sinnlos, aber schließlich konnte sie sein Grab nicht besuchen, ohne etwas mitzunehmen. Sie entschied sich für Sonnenblumen: leuchtende, fröhliche Sonnenblumen, die in völligem Gegensatz zu ihren Gefühlen standen, aber etwas gleichermaßen Kindliches wie Männliches hatten. Sie drückte den Blumenstrauß an sich, als sie die breite Allee des Friedhofs entlangging. Für einen städtischen Friedhof war er recht ansprechend. Zudem war es ein sonniger Morgen. An einem grauen, bewölkten Tag wäre es hier trotz aller Bemühungen um eine freundlich wirkende Gestaltung unerträglich.

Sie kam zu Olivers Grab. Sie hatten lange über den Grabstein nachgedacht. Es gab eine erstaunliche Auswahl: Steine in Form von Teddybären oder kleinen Lokomotiven. Letzten Endes hatten sie sich für einen schlichten weißen Stein mit schwarzen Lettern entschieden: »Zum Gedenken an unseren geliebten Sohn ...« Eigentlich war es gleichgültig, welchen Stein sie wählten. Sie brauchten keinen Grabstein, um sich an ihn zu erinnern. Es war ein Ritual, ein Teil des Prozesses, den sie durchlaufen mussten.

Sie legte die Blumen ein bisschen befangen auf das Grab. Erstaunt stellte sie fest, das eine ganze Menge Leute auf dem Friedhof waren. Für viele war der sonntägliche Besuch am Grab eines Elternteils, eines Ehemanns oder einer Ehefrau wohl eine Art Tradition. Sie fragte sich, wie viele hier ihre Kinder besuchten und wie sie damit fertig wurden. Am liebsten hätte sie sie gefragt, wie lange es dauerte, bis der Schmerz nachließ.

Als sie sich wieder dem Grab zuwandte, fiel ihr etwas auf: Dieses Mal tat es irgendwie nicht mehr so weh. Sie war immer noch traurig, sicher, aber sie spürte nur eine kalte Beklemmung tief in ihrer Brust, nicht die erstickende Panik, die der Anblick seines Namens schwarz auf weiß und der erbärmlichen Daten, dieses erbärmlich kurzen Lebens sonst auslösten.

Plötzlich kam ihr ein Gedanke. Es war das erste Mal, dass sie Olivers Grab ohne Barney besuchte. Vielleicht lag darin der Schlüssel? Vielleicht erinnerte Barney sie zu stark an die Vergangenheit, an das, was sie zusammen erlebt und geschaffen hatten? Barney riss unwillkürlich immer wieder die riesige Wunde in ihr auf, auch wenn er sich hinterher alle erdenkliche Mühe gab, sie zu heilen.

Hatten sie überhaupt eine realistische Chance auf eine gemeinsame Zukunft? Sie liebte ihn natürlich, aber war diese Liebe stark genug, gegen die finsteren Schatten anzukämpfen, die überall lauerten? Vielleicht war ihre Beziehung nur noch Fassade? Würde sie immer mit sich ringen müssen, um sich über Wasser zu halten, weil sie wusste, dass es ihm gegenüber unfair wäre, unterzugehen? Würden sie je wieder zu der Liebe finden, die sie anfangs verbunden hatte, oder war sie für immer gezeichnet durch die tragischen Erinnerungen und das, was hätte sein können?

Der Besuch in Richmond hatte alles wieder ins rechte Licht gerückt. So vieles, was sie früher gequält hatte, war inzwischen überwunden. Der Ort weckte Erinnerungen an ihr gemeinsames Leben hier – zu ihrer Verwunderung mehr glückliche als traurige: An die berauschende Anfangszeit ihrer Liebe, als sie wie viele frisch Verliebte völlig lächerliche, verrückte Dinge getan hatten: Ein Picknick im Richmond Park bei strömendem Regen, der sie bis auf die Haut durchnässt hatte, und da sie wussten, dass kein vernünftiger Mensch sich draußen aufhielt, hatten sie sich anschließend im Schutz der Rhododendronbüsche geliebt. Beim Schlittschuhlaufen hatten sie sich zum Narren gemacht, weil sie hartnäckig Händchen gehalten und sich zaghaft am Rand entlang gehangelt hatten, während Teenager gekonnt um sie herumkurvten. In dem winzigen Garten hinter Barneys Haus hatten sie einen fantastischen Grillabend veranstaltet, um sich gegenseitig ihre Freunde vorzustellen, und als die Nachbarn sich über den Lärm beschwerten, hatten sie sie eingeladen mitzufeiern.

Sie hatten schöne Zeiten erlebt. Suzanna war frustriert, weil sie die damalige Stimmung nicht wieder aufleben lassen konnten.

Sie liebten sich noch immer.

Aber es war anders geworden.

Konnte es je wieder so werden wie früher?

Vielleicht sollte sie nicht wieder nach Honeycote zurückkehren? Sie könnte einfach hier bleiben, eine Weile bei ihrer Mutter wohnen und sich nach und nach ein neues Leben allein aufbauen. Ohne Barney könnte sie vielleicht ein anderer Mensch werden. Nicht Suzanna Blake, die Mutter, die einen schweren Verlust erlitten hatte, die tragische Figur und unvollkommene Frau. Und er hätte sie nicht länger als Klotz am Bein. Er würde bald eine Andere finden, die keinen emotionalen Ballast mit sich herumschleppte, die ihn zum Lachen bringen und seine braunen Augen funkeln machen würde. Genau dieses Funkeln in den Augen hatte sie anfangs zu ihm hingezogen. Das Funkeln in den Augen, das an jenem grauenhaften Tag erloschen war.

Doch dann sagte sie sich, dass es eine feige Flucht wäre. Sie hatten zu viel gemeinsam, um sich jetzt zu trennen. Sie erinnerte sich an die Broschüren und Therapeuten. Alle hatten dasselbe gesagt. Es braucht Zeit …

Achtzehn Monate, zwei Wochen und ein Tag. War das nicht lange genug?

17

Am Tag der Eröffnung wachten Barney und Suzanna gegen halb fünf Uhr morgens bei strahlendem Sonnenschein auf. Erschrocken fuhr Suzanna auf, griff nach der Liste, die neben ihrem Bett lag, und überlegte, was sie zuerst tun sollte. Barney nahm ihr die Liste aus der Hand und beruhigte sie.

»Bleib liegen und mach ein paar von den Atemübungen, die alle so anpreisen. Ich bringe dir eine Tasse Tee.«

Suzanna versuchte zu meditieren und sich einen Tropenstrand oder einen kühlen grünen Wald vorzustellen, aber sie sah nur Unmengen aufgebrachter Gäste herumlaufen und nach Essen verlangen. Barney kam mit einem Teetablett und einem winzigen Päckchen in Geschenkpapier wieder, das er ihr feierlich überreichte.

»Das soll uns Glück bringen und dir sagen, bis jetzt hast du dich gut geschlagen.«

Suzanna packte es aus. Es war ein winziges emailliertes Döschen in Form einer detailgetreuen Erdbeere.

Sie klatschte vor Freude in die Hände. Es war ein überaus passendes Geschenk, denn rund um Honeycote lag der Duft der Erdbeeren auf den Feldern in der Luft. Gestern hatte sie den ganzen Tag Törtchen für die erste Ernte gebacken. Mit spitzbübischem Grinsen zog sie ein Päckchen unter ihrem Kopfkissen hervor.

»Du weißt doch, dass man sagt, große Geister denken gleich.«

Barney packte es neugierig aus. Es war ebenfalls ein Emailledöschen, allerdings in Form eines winzigen Bündels Spargel, der das Vale of Evesham berühmt gemacht hatte. Verwundert über die Ähnlichkeit ihrer Geschenke schauten sie sich an.

»Schon komisch«, stellte Suzanna fest.

Aber sie stand beschwingt auf. Schließlich zeigte es nur, dass sie doch noch zusammen gehörten.

Gegen Mittag trafen Sybilla und Piers ein und stürzten Suzanna in noch größere Panik, aber sie versicherten ihr, dass sie unbedingt helfen wollten. Piers, der sich ausnahmsweise einmal einen Tag frei genommen hatte, was sie ihm hoch anrechneten, wirkte leidender und röter im Gesicht denn je. Sybilla sah fabelhaft aus, geradezu blühend in einem weiten Kaschmirpullover und einer Schwangerschaftshose aus Leder. Suzanna musste verstohlen grinsen. Nur Sybilla schaffte es, eine Umstandshose aus Leder aufzustöbern.

»Ich möchte eine ganz persönliche Führung. Sofort.«

Suzanna protestierte, sie habe noch Unmengen zu erledigen, doch Sybilla tat ihren Einwand mit der Begründung ab, dass sie ja nun zwei Helfer mehr habe und durchaus zehn Minuten erübrigen könne, um ihnen das Haus zu zeigen.

Barney und Suzanna hatten das Gebäude so weit als möglich für sich sprechen lassen. Der Schankraum hatte seine traditionelle Atmosphäre behalten, war aber wesentlich heller als vorher. Die Fliesen glänzten und bei den Deckenbalken war unter der schwarzen Beize helles Holz zum Vorschein gekommen. Die Wände waren in einem blassen Ockerton gestrichen, über der Theke hingen Hopfenbüschel und auf einer großen schwarzen Tafel waren kleine Snacks und offene Weine aufgelistet. Zwei abgenutzte Ledersofas standen sich an einem stabilen Couchtisch gegenüber, auf dem Tageszeitungen und aktuelle Zeitschriften ausgebreitet waren: *Horse and Hound*, *Country Life*, *Vogue* und *Elle*. Barney hoffte, die geeignete Klientel für ein zweites Frühstück anzulocken, zu dem sie guten Kaffee und verlockende Kuchen anbieten wollten: Mütter auf dem Heimweg von der Schule, Leute, die zu Hause arbeiteten und eine Pause machen wollten. Neben den üblichen Tischen und Stühlen und den Barhockern an der Theke gab es noch einige hochlehnige Bänke in diskreten Nischen für Gäste, die ungestört etwas trinken wollten.

Barney ging hinter die Theke und zapfte feierlich ein erstes Pint Bier für sich und Piers. Anschließend besichtigten sie den Speisesaal. Auch hier hatten sie Fliesen und Deckenbalken freigelegt, aber die Atmosphäre war insgesamt eindrucksvoller.

Suzanna musste zugeben, dass die Wirkung der Wände eher auf einem Glückstreffer als auf Planung beruhte. Sie hatte eine bestimmte Vorstellung im Kopf gehabt, aber keine Ahnung, wie sie praktisch umzusetzen war. Sie hatte von dem in Restaurants so beliebten traditionellen Rot abkommen wollen, das schon fast klischeehaft wirkte, mochte aber die warme, gemütliche Stimmung, die es vermittelte und die einen perfekten Hintergrund für Kerzenlicht und Intimität bildete. Schließlich hatte sie ein dunkles Korallenrot und eine matte Ölfarbe in einem intensiven Hummer- und einem Muschelton entdeckt, eine wunderbare Mischung aus dunklem Pink, Orange und Rot, die sorgfältig schichtweise übereinander aufgetragen wurde und genau die richtige Wirkung erzielte: lebendig im Sommer, gemütlich im Winter, ein ansprechender Farbton, der eigentlich schockieren hätte müssen, aber hervorragend passte.

An den Fenstern hingen schlichte Baumwollvorhänge mit breiten grau-weißen Streifen an kräftigen Holzstangen, die in Blätterknaufen mündeten. Die massiven rustikalen Holztische waren dunkel gebeizt und blank poliert. Die Stühle mit den Sprossenlehnen und geflochtenen Sitzen hatten sie weniger ihrer Optik als ihrer Bequemlichkeit wegen ausgesucht, da es wichtig war, dass die Gäste gern verweilten. Die großen Gläser passten zu den Tellern aus dickem weißem Porzellan und dem Bistrobesteck mit schwarzem Griff. Auf jedem Tisch stand eine untersetzte, eckige Metallvase mit Moos und cremeweißen Rosen, an deren Rändern sich das Korallenrot der Wände wiederfand.

An einer Wand stand ein riesiger Hackklotz, auf dem sie Desserts und Käseplatte anbieten wollten und wo nun bereits eine riesige eiserne Obstschale überquoll von Trauben, Äpfeln, Pfirsichen, Feigen und Orangen. Darüber hing ein Spiegel in geschnitztem Holzrahmen, in dem sich der ganze Raum widerspiegelte. Schmiedeeiserne Wandleuchter mit Bernsteintropfen verbreiteten ein warmes Licht, das sich über einen Dimmer heller oder dunkler stellen ließ. Zusätzlich standen auf allen Tischen und Fensterbänken dicke Kirchenkerzen.

Zwei große ungerahmte Gemälde hingen sich an den Schmalseiten des Raumes gegenüber: Eins zeigte eine üppige Platte mit Meeresfrüchten im Stil flämischer Stillleben und griff geschickt die Farbe der Wände auf, das andere war ein impressionistischer weiblicher Akt von einer Frau, die sich mit einem Weinglas in der Hand auf einer Chaiselongue räkelte. James hatte ihnen die Bilder bereitwillig aus seiner Galerie zur Verfügung gestellt. Sollte ein Gast eines der Bilder kaufen wollen, was durchaus nicht unwahrscheinlich war, würde James es durch ein anderes ersetzen.

Den krönenden Abschluss bildete ein rostiges Eisenschwein von der Größe einer Katze, das seinen Rüssel in die Luft reckte. Es stand an der Kasse und wartete auf Trinkgelder, die man in den Schlitz in seinem Rücken werfen konnte.

Alles war behaglich, wuchtig, rustikal, schlicht, elegant – eine Umgebung, die alle Sinne ansprach, ohne aufdringlich zu wirken. Denn wie Suzanna ihrem Personal eingetrichtert hatte, ging es in erster Linie um Entspannung und Genuss. Sie strebten keine exklusiven Auszeichnungen an, sondern lediglich den Ruf eines Lokals, in dem die Gäste ein bisschen aufwändiger essen konnten als zu Hause, aber sicher sein durften, dass man ihnen jeden Wunsch (im Rahmen der Vernunft) erfüllen würde, sei es, dass man ihnen die Reste für den Hund einpackte, ein Taxi bestellte oder einen Keks brachte, den sie in ihren Kaffee tunken konnten.

Sybilla seufzte zufrieden.

»Es ist himmlisch. Einfach perfekt. Ihr beide seid wirklich genial.«

Barney und Suzanna konnten sich ein Grinsen nicht verkneifen, wenn sie an das Chaos dachten, das noch vor drei Wochen hier geherrscht hatte. Damals hatte es den Anschein, als würde hier nie wieder Ordnung einkehren.

Anschließend zeigten sie ihren Gästen die Schlafzimmer, die angesichts des sparsamen Budgets ein wahres Wunder waren, wie Suzanna erklärte. Aber sie hatte sich in ihrem Einfallsreichtum selbst übertroffen.

Treppe, Korridor und sämtliche Gästezimmer waren mit Seegrasteppich ausgelegt, was den Eindruck von Geräumigkeit und Einheitlichkeit vermittelte. Die Wände waren in einem satten Milchweiß gestrichen, das das Licht reflektierte. In einer Stofffabrik hatte Suzanna Unmengen karierter auberginenfarbener Seide für lächerliche zwei Pfund pro Laufmeter entdeckt, die offenbar aus einer stornierten Bestellung für ein Hotel stammten. Es reichte gerade für faltenlose, bodenlange Vorhänge und eine Tagesdecke in jedem Zimmer. Um die Farbe aufzugreifen, waren Fenster- und Türrahmen, Sockelleisten, Vorhangstangen, Lampenfüße und Bilderrahmen, die sie als Restposten erstanden hatten, in einem dunkleren Pflaumenton gehalten. In einem Antiquariat hatte Suzanna einige Jahrbücher aus den fünfziger Jahren aufgestöbert, die Comicstrips herausgenommen, gerahmt und in einer Reihe an die Wand gehängt. Sie wirkten verblüffend nostalgisch und eigenwillig. In Second-hand-Läden hatte sie sämtliche annehmbar gut erhaltenen Taschenbücher gekauft, die sie finden konnte: Dick Francis, Agatha Christie und ein paar intellektuellere Bücher, die sie als geistige Nahrung auf die Gästezimmer verteilt hatte, um die fehlenden Fernsehgeräte wett zu machen, die sie sich noch nicht leisten konnten.

Sie waren sich einig gewesen, dass weiße Badezimmer das Beste waren. Für aufwändige Massageduschen waren die Mittel noch nicht vorhanden, aber sie hatten die schlichtesten Garnituren gewählt, die sie finden konnten. Stapelweise flauschige weiße Handtücher waren ein absolutes Muss. In hübschen Glasflaschen standen markenloses Schaumbad und Shampoo aus dem Supermarkt bereit und jedes Bad war mit einer Gummiente ausgestattet.

Im Laufe der Zeit wollten sie die Polyesterbettdecken durch Gänsedaunen und die Wäsche durch ägyptische Baumwolle ersetzen und Fernsehgeräte mit Satellitenempfang anschaffen. Doch schon jetzt waren die Schlafzimmer komfortabel, wirkten frisch, elegant und ein bisschen eigenwillig. Sie besaßen nicht gerade die minimalistische Ausstrahlung eines Anoushka-Hempel-Hotels, aber jeder, der für einen Seitensprung oder ein romantisches Wochenende in die Cotswolds kam, wäre zufrieden.

Sybilla klatschte begeistert in die Hände und selbst Piers, der nur selten seine Meinung äußerte – vor allem, weil er in Gegenwart seiner Frau kaum ein Wort dazwischen bekam – schüttelte Barney mit überschwänglichen Glückwünschen die Hand und küsste Suzanna auf die Wange.

Sybilla stellte ihre Reisetasche auf das Bett und rieb sich die Hände.

»So«, erklärte sie. »Und jetzt zeig mir, was ich machen soll. Ich kann mit allem umgehen, nur nicht mit roher Leber.«

Suzanna gab ihr eine große weiße Schürze und ließ sie aus Teig Verzierungen für die Minipasteten ausstechen, die sie als Kostproben für das Imbissangebot des Pubs vorbereitet hatte. Da sie das Speisenangebot im

Schankraum so schlicht wie möglich halten wollten, um sich auf das Restaurant konzentrieren zu können, hatte Suzanna sich verschiedene Aufläufe und Pasteten einfallen lassen, die bald eine begeisterte Anhängerschaft finden würden, wie sie hoffte. Aufläufe und Pasteten waren leicht vorzubereiten und zu servieren und allseits beliebt. Sie hatte sogar einen vegetarischen Auflauf mit dem Namen »Vale of Evesham« erfunden, der aus Erbsen, Spargel und rotem Brokkoli in einer Soße aus heimischem Blauschimmelkäse bestand.

Sie gab Sybilla die Ausstechförmchen – Fisch für die Fischpastete, Hähnchenköpfe für die Hühnchenpastete mit Spargel und Rinderhörner für das Rindfleisch in Honeycote Ale – und überließ sie ihrer Aufgabe, während sie sich daran machte, ihre Liste abzuarbeiten.

Als Suzanna sich gegen sechs Uhr abends von Sybilla Arme und Rücken mit einer schimmernden Body Lotion einreiben ließ, zitterte sie vor Aufregung. Sie war fest entschlossen, sich ihren Gästen heute Abend so schick wie möglich zu präsentieren, da es wahrscheinlich eine der wenigen Gelegenheiten war, die sich ihr bot. Von nun an war sie als Küchenchefin in weißer Kleidung und Gummiclogs an den Herd gefesselt. Sie hatte sich daher für ein blass blaues, fließendes Ghost-Kleid mit asymmetrischem Schnitt entschieden, zu dem sie Sandalen mit einem einzelnen geflochtenen Riemchen trug.

»Du siehst hinreißend aus«, seufzte Sybilla, die sich ebenfalls für ein Designerkleid von Ghost entschieden hatte, allerdings in Schwarz.

»Du auch«, gab Suzanna ihrer Freundin das Kompliment mit einem Kuss zurück. Es machte Spaß, sie bei sich zu haben. In letzter Zeit hatte sie die Gesellschaft anderer Frauen vermisst. Nicht dass sie so weit gegangen wäre, mit Sybilla über ihre Probleme zu reden, aber Vorfreude ließ sich besser mit Frauen teilen. Sie war in Partystimmung und nahm einen Schluck Champagner. Sybilla hatte darauf bestanden, eine Flasche zu öffnen, während sie sich fertig machte, um die Besonderheit dieses Anlasses zu betonen, auch wenn beide bisher noch kaum etwas davon getrunken hatten.

»Ich bin so nervös«, sagte Suzanna.

»Dazu hast du keinen Grund«, erklärte Sybilla. »Es wird ein Riesenerfolg. Piers ist ehrlich beeindruckt und ihn kann so schnell nichts beeindrucken, das versichere ich dir. Um wie viel Uhr geht es los?«

»Auf der Einladung stand sieben«, antwortete Suzanna mit einem Blick auf die Uhr. »Aber ich glaube kaum, dass vor neun jemand kommt. Falls überhaupt jemand kommt.«

Damit irrte sie sich gewaltig. Schon um zwanzig nach sieben musste Barney die Tür schließen, bis die ersten Gäste gingen.

Es war gedrängt voll. Ausnahmslos alle, die sie eingeladen hatten, waren gekommen, selbst der Vikar. Sämtliche früheren Stammgäste, alle Mitarbeiter der Brauerei, Leute, die Barney und Suzanna schon im Dorf gesehen hatten, darunter auch die schrullige Coral aus dem Postamt, und scharenweise Leute, die sie vom Geländejagdrennen kannten. Manche hatten sich schick gemacht, andere waren geradewegs von der Arbeit auf dem Feld oder im Büro gekommen. Manche waren eben erst aus dem Zug aus London gesprungen. Alle Altersgruppen von sechszehn bis sechzig waren vertreten. Und alle waren fest entschlossen, sich zu amüsieren.

Es gab Sekt, Pimms und natürlich Honeycote Ale vom Fass. Als Canapés wurden neben den Minipasteten Crostini mit Räucherlachs, Ziegenkäse oder luftgetrocknetem Schinken aus heimischer Produktion gereicht. Und hübsche flache Körbchen mit Wachteleiern, Spargel und winzigen neuen Frühkartoffeln, die man in Safransoße tauchen konnte. Zum Abschluss gab es Erdbeertörtchen. Suzanna hatte geplant, die Reste einzufrieren, aber wenn die Häppchen weiter so reißenden Absatz fanden, würde kein Krümel übrig bleiben.

Damien hatte der Versuchung nicht widerstehen können, zu der Eröffnung zu gehen. Für alle Bewohner von Honeycote Grove, die mit ihren dicken Brieftaschen offenkundig zur Zielgruppe gehörten, waren Hochglanzeinladungen eingetroffen. Er wollte die Gelegenheit nutzen, um sein geplantes Investitionsobjekt unter die Lupe zu nehmen. In den letzten Wochen hatte er mit der Geschäftsübergabe an Marco Dinari noch alle Hände voll zu tun gehabt, aber nun war er frei. Es war an der Zeit, sich auf seine nächste Eroberung zu konzentrieren.

Nun erlaubte er sich auch wieder, an Kelly zu denken. Er hatte sie vorübergehend aus seinen Gedanken verbannt, weil ihm klar gewesen war, dass er zu beschäftigt sein würde, um ihr seine ungeteilte Aufmerksamkeit zu widmen, und er diese Beziehung auf keinen Fall vermasseln wollte.

Ganz beiläufig bat er Rick, Kelly zu fragen, ob er auf ihr Angebot zurückkommen dürfe, ihm als Babysitter für Anastasia auszuhelfen. Auf dem gleichen

Weg bekam er die Antwort, dass sie sich darüber freuen würde.

»Sie kann ein bisschen Extrageld gut gebrauchen. Sie spart auf eine eigene Wohnung, weil sie es nicht mehr aushält, bei mir zu wohnen.«

Das entsprach der Wahrheit. Die arme Kelly schuftete den ganzen Tag in ihrem Schönheitssalon, und sobald sie nach Hause kam, erledigte sie die Hausarbeit, kochte ein ordentliches Essen für Rick und kümmerte sich um seine Wäsche, obwohl er ihr immer wieder versicherte, das sei nicht nötig. Sie war seiner Mum unglaublich ähnlich. Und sie wäre einfach ideal für Damien. Er machte sich gut als allein erziehender Vater, aber es war unverkennbar, dass er eine Frau im Haus brauchte. Wenn er in der Küche stand, wirkte er immer ein bisschen panisch. Und Honeycote Grove würde Kelly gefallen. Sie würde es blitzsauber halten.

Kelly freute sich tatsächlich auf das Babysitten. Sie kam um sechs aus dem Salon nach Hause, duschte und zog ein pinkfarbenes Fleece-Shirt und eine Jogginghose an. Ausnahmsweise föhnte sie ihr Haar nicht, sondern ließ es an der Luft trocknen und steckte es mit einem Schmetterlingsclip auf. Als sie Damien sah, wünschte sie unwillkürlich, sie hätte sich etwas mehr Mühe gegeben. Sie hatte vergessen, wie umwerfend er aussah. Nicht dass er sich für eine Frau wie sie interessieren würde. Außerdem konnte man zum Babysitten wohl kaum in Lurex und Stilettos aufkreuzen. Sollte er sie ruhig in ihrer schlechtesten Verfassung sehen, danach konnte es nur noch bergauf gehen.

Er war unglaublich höflich, zeigte ihr, wo alles war, sagte ihr, sie könne sich aus dem Kühlschrank nehmen, was sie wolle, und solle streng auf Anastasias Bettzeit achten.

»Ich komme nicht allzu spät nach Hause«, versprach er.

Er würde nicht lange bleiben, gerade lange genug, um sich einen Eindruck zu verschaffen. Er wollte sich auf keinen Fall verdächtig machen oder allzu sehr mit den Leuten anfreunden. Je besser man jemanden kannte, umso schwerer fiel es, ihn übers Ohr zu hauen.

Außerdem wollte er schnell wieder nach Hause, um sich mit Kelly zu unterhalten. Sie besser kennen zu lernen. Sich vielleicht sogar mit ihr zu verabreden. Allerdings war er nicht sicher, ob er dazu schon den Mut aufbringen würde.

Sybilla musste schon wieder aufs Klo. Das Baby drückte ihr auf die Blase.

Die Damentoiletten hatte Suzanna ebenfalls mit geringen Mitteln, aber mit umso mehr Einfallsreichtum und Liebe zum Detail herrichten lassen. Die Wände waren in einem bläulichen Lila gestrichen, das an Schmetterlingsflügel erinnerte. Die Lamellentüren der drei Kabinen waren lavendelfarben lackiert und hatten Glasknäufe. Stundenlang hatte Suzanna sich vergewissert, dass niemand durch die Schlitze linsen konnte, bis sie zufrieden festgestellt hatte, dass man schon ein echter Perverser sein musste, um auch nur einen Blick zu erhaschen. Über den Waschbecken, die in eine Marmorplatte aus Berties Altbaustoffhandel eingelassen waren, hing eine Reihe Boudoirspiegel im venezianischen Stil. Die Illusion von Luxus wurde unterstrichen von einer Vase mit frischen Fresien und einigen Flaschen mit Handlotion auf einem alten

Singer-Nähmaschinentischchen, das mit dem Rest der Marmorplatte abgedeckt war.

Sybilla bewunderte das Werk ihrer Freundin und ärgerte sich, weil Suzanna ein Händchen für geschmackvolle Einrichtungen besaß, ohne ein Vermögen auszugeben oder die Wirkung einer schlechten Heimwerkersendung zu erzielen. Schaudernd dachte sie an die Unsummen, die Piers für die Ausstattung ihres Hauses in Richmond bezahlt hatte, das dennoch keine besondere Atmosphäre entfaltete. Es wirkte immer zu gewollt. Es stand außer Zweifel, dass Suzanna einfach Talent besaß. Sybilla war mächtig stolz auf die Leistungen ihrer Freundin.

Trotzdem stimmte etwas nicht mit ihr. Sie spürte, dass Suzanna nervös war, und zwar nicht nur wegen der Eröffnung des Lokals. Wenn sie es nicht besser wüsste, könnte sie glatt auf die Idee kommen, sie habe Koks geschnupft. Aber Suzanna war eigentlich nicht der Typ dafür, und da sie es in London nie getan hatte, bezweifelte Sybilla, dass sie hier im tiefsten Gloucestershire damit angefangen hatte. Auf dem Land war man dieser Versuchung doch eher selten ausgesetzt – auch wenn die Regenbogenpresse sich in Andeutungen über derartige Freizeitvergnügungen der jungen Prinzen erging.

Sie wusch sich die Hände, prüfte im Spiegel, ob ihr Bauch im Laufe des Abends schon gewachsen war, frischte ihren Lippenstift auf und machte sich auf die Suche nach Piers, der sich blendend amüsierte. Er sprach sogar schon davon, sich in den Cotswolds ein Wochenendhaus zuzulegen. Als sie über den Korridor ging, erspähte sie am anderen Ende ein Pärchen. Sie blieb wie angewurzelt stehen, als sie erkannte, dass es Suzanna und Patrick waren. Sie standen eng beieinander. Sie schloss die Augen, weil sie nicht sehen wollte, was als Nächstes geschah.

Doch ihre Neugier behielt die Oberhand, und so öffnete sie die Augen einen Spalt breit und sah gerade noch, wie die beiden sich küssten. Es war kein richtiger Zungenkuss, aber auch kein harmloser Kuss auf die Wange.

»Na, junge Dame«, knurrte sie in sich hinein, »wir beide haben ein Wörtchen miteinander zu reden.«

Damien hatte über Rick von Mandy gehört, dass das Honeycote Arms sein Budget weit überzogen hatte. Das war eigentlich kaum überraschend, denn es galt als stehende Regel, dass Renovierungen immer teurer wurden und länger dauerten als geplant, so realistisch die Kalkulationen auch sein mochten. Aber das war nur gut so, denn je tiefer sie verschuldet waren, umso weniger musste er unternehmen, um sie fertig zu machen.

Zu seiner Verärgerung musste Damien feststellen, dass es nach Erfolg roch. Das Lokal war brechend voll. Na gut, die meisten kamen gern zu einer Eröffnung, wenn auch nur die geringste Chance auf Freibier bestand, aber er musste zugeben, dass die Stimmung ansteckend war. Der Pub wirkte elegant, aber keineswegs abschreckend, und sprach daher ein breites Publikum an. Das bestätigten die bunt gemischten Gäste: Jung und Alt, Modefreaks und Konservative, Reiche und Ärmere, Städter und Dörfler – sie alle fühlten sich offenbar durchaus wohl hier. Dieses Konzept war Damien völlig neu. Jedes seiner Lokale sprach eine ganz spezifische Zielgruppe an: entweder junge, trendige Städter oder lüsterne alte Geschäftsleute, und beiden Gruppen wusste er ihr Geld aus der Tasche zu locken.

Er nutzte den Abend, um unauffällig herumzuschnüffeln. Es waren so viele Leute im Lokal, es herrschte so viel Betrieb und es wurde so viel getrunken, dass niemand bemerkte, wie er sich ganz zufällig in die Küche verlief und sich rasch informierte, wer ihre Hauptlieferanten waren. Ein kurzer Anruf, um sie als säumige Zahler anzuschwärzen, würde ihnen sehr schnell den Kreditrahmen sperren. Und einige zusätzliche Bestellungen, verteilt über ein paar Monate, würden ihre offenen Rechnungen in die Höhe schnellen lassen. Ein Gast mit Salmonellen, der mit einer Anzeige drohte – das ließe sich bestimmt arrangieren. Gerüchte über Lebensmittelvergiftungen bedeuteten in der Gastronomie immer den Todesstoß.

Er musterte Barney und Suzanna, die sich unter die Gäste mischten und beide wie berauscht wirkten. Flüchtig konnte Damien sich eines Anflugs von schlechtem Gewissen nicht erwehren, was für ihn äußerst ungewöhnlich war. Er sagte sich, dass es in dieser Welt nun mal nach dem Motto jeder gegen jeden zuging und man nur mit schmutzigen Tricks bekam, was man wollte. Die Blakes waren naiv, wenn sie glaubten, es genüge, ein ordentliches Essen auf den Tisch zu bringen, serviert von ein paar hübschen Kellnerinnen. Dennoch fühlte er sich ein bisschen wie ein Rüpel, der anderen Kindern auf dem Spielplatz die Süßigkeiten abnahm. Wurde er etwa allmählich weich?

Er überlegte gerade, ob er den ganzen Plan fallen lassen sollte, als Patrick Liddiard sich an ihm vorbeidrängte und ihm beinah das Glas aus der Hand rempelte, ohne ihn auch nur eines Blickes zu würdigen. Damiens Entschlossenheit flackerte wieder auf. Du verdammter, arroganter Mistkerl, dachte er. Du sollst noch an mich denken, den Rest deines Lebens.

Er ging hinaus auf den Parkplatz, um mit seinem Handy einen Anruf zu erledigen. Hier herrschte das reinste Chaos: Alle hatten wild durcheinander geparkt. Wenn das Lokal erst ihm gehörte, würde er als Erstes einführen, dass die Autos von Parkwächtern abgestellt wurden. Und einen Limo-Service anbieten. Er ging über den knirschenden Kies in eine dunklere Ecke, abseits des Stimmengewirrs von drinnen.

»Pebbles? Hier Damien. Ich habe einen kleinen Job für dich. Ich habe überlegt, ob deine Jungs nicht Lust auf einen kleinen Ausflug aufs Land hätten ...«

Binnen Minuten war die Sache geritzt.

Suzanna atmete tief durch, um sich zu beruhigen. Sie sagte sich, ihre Nervosität rühre von der Eröffnung her – eine Art Lampenfieber. Dabei wusste sie nur zu gut, dass sie deswegen zwar ein bisschen angespannt war, die wirbelnden Feuerräder in ihrem Inneren aber nichts mit der Eröffnung zu tun hatten.

Es lag an Patrick.

Als sie ihn an diesem Abend hatte kommen sehen, hatte ihr Herz einen Freudensprung getan. Er sah umwerfend aus in seinem grauen Leinenanzug mit zarten himbeerroten Nadelstreifen. Sie hatte die Hände unter sein Jackett geschoben und um seine Taille gelegt und er hatte sie nicht daran gehindert. Eine solche Geste ließ sich nicht missverstehen. Sie war unverkennbar intim. Als ihre Lippen sich berührten, hatte das Gefühl sie plötzlich und unerwartet getroffen wie ein Schlag, ein Gefühl, das sie von vor langer Zeit noch in Erinnerung hatte. Beunruhigend war, dass es sich nicht um Lust im eigentlichen Sinne handelte. Es war etwas Tieferes, Subtileres.

Mist, dachte Suzanna. Jetzt fiel ihr wieder ein, was

es war. Es war das Gefühl, das sich einstellte, wenn man sich verliebte. Ein Gefühl, wie es manchmal wildfremde Menschen in den verborgensten Träumen auslösten. Das intensivste Gefühl, das es gab. Ein Gefühl, von dem man sich wünschte, es möge nie enden, das aber unweigerlich von kurzer Dauer war und durch Vertrautheit, Routine und Alltagspflichten verwässert wurde, wenn sich die erste Frische verlor.

Es war das Gefühl, das ihr in der vergangenen Woche an Olivers Grab eingefallen war. Das Gefühl, das sie unbedingt mit Barney wiederaufleben lassen wollte. Aber nun hatte es sich völlig unerwartet bei einem anderen eingestellt.

Sie ging für eine Weile nach draußen, um diese Erkenntnis zu verarbeiten. Die Tabakpflanzen, die Barney vor der Terrassentür gepflanzt hatten, verströmten ihren intensiven Duft in der Abendluft und ließen zusammen mit der Hitze und dem Duft des Lavendels eine leichte Übelkeit in ihr aufsteigen. Wie hatte das nur passieren können? Sie bemühte sich, logisch und rational darüber nachzudenken. Selbstverständlich liebte sie Barney noch, würde ihn immer lieben. Aber auf dem Friedhof war ihr klar geworden, dass sie mit ihm zusammen nie wieder zu ihrem eigentlichen Ich finden würde. Barney stand für die Bürde aus Schuld, Angst, Trauer und Verzweiflung.

Patrick dagegen, Patrick stand für Hoffnung …

Drinnen überlegte Patrick, dass er Suzanna vielleicht nicht auf den Mund hätte küssen sollen.

Er gehörte zu den Menschen, die gern und viel küssten. Ständig küsste er Leute: Freundinnen und Bekannte, Verwandte, Lucy, Sophie und Georgina. In den Kreisen, in denen er sich bewegte, war ein Kuss eine bedeutungslose Geste. Eine flüchtige Berührung von Mund zu Mund war keine große Sache.

Und warum machte er sich nun Gedanken darüber? Er sagte sich, der Kuss sei nur ein Symbol dafür gewesen, dass sie sich gegenseitig beglückwünschten. Es war einer jener verrückten Momente, in denen zwei Menschen, die hart miteinander gearbeitet hatten, sich näher kamen. Sie ... erkannten damit lediglich den Wert des anderen an.

Aber es hatte eine Idee zu lang gedauert. Und es war ganz eindeutig und unbestreitbar ein Kuss auf den Mund gewesen. Einer jener Küsse, aus denen unter anderen Umständen mehr hätte werden können. Er hatte gespürt, wie sie dahingeschmolzen war, worauf in seinem Kopf sämtliche Alarmglocken geschrillt hatten. Suzanna war zerbrechlich, angeschlagen, bedürftig. Er durfte ihr keine falschen Signale senden.

Ihm fiel auf, wie stark er sich in den letzten Monaten verändert hatte. Noch vor nicht allzu langer Zeit hätte er sich nichts gedacht bei einem Quicky mit einer Frau, die so einfach zu haben war. Doch die Unfähigkeit seines Vaters, der Versuchung zu widerstehen, hätte sie beinah die Brauerei gekostet. Das war ihm eine Lehre. Er würde nicht zulassen, dass etwas Ähnliches noch einmal passierte.

Eine Affäre mit Suzanna anzufangen würde Ärger bedeuten, nachdem sie so hart an der Renovierung gearbeitet hatten. Außerdem mochte er Barney. Er hatte nicht vor, die Frau eines anderen, den er aufrichtig respektierte, hinter dessen Rücken zu vernaschen.

Patrick grinste in sich hinein. Auf seine alten Tage wurde er tatsächlich anständig. Angesichts der Hypothek, die er bald aufnehmen wollte, und der Patenschaft für seinen Cousin lief er doch tatsächlich Gefahr, erwachsen zu werden.

Er machte sich auf die Suche nach Mandy. Sie sah fantastisch aus in ihrem schwarzen Kleid und den Schuhen mit den hohen Absätzen. Ihr langes Haar schimmerte seidig. Professionell wie immer unterhielt sie sich gerade mit dem Chefredakteur der Lokalzeitschrift der Grafschaft. Plötzlich meldete sich Patricks schlechtes Gewissen, weil sie in den letzten Wochen ein bisschen zu kurz gekommen war. Sie hatte kühlen Kopf bewahrt und war ihm aus dem Weg gegangen.

Nun schaute sie ihn seltsam an. Argwöhnisch? Vorwurfsvoll? Er war sich nicht sicher. Mist, sie hatte doch wohl nicht gesehen, dass er Suzanna geküsst hatte? Er hoffte, nicht. Auch wenn es eigentlich nichts bedeutet hatte.

Als Sybilla zum fünften Mal zur Toilette musste, lief ihr dort Suzanna über den Weg. »So, junge Dame!«

Suzanna schaute sie mit großen, harmlosen Augen an.

»Was?«

»Was ist mit dem jungen knackigen Kerlchen?«

»Von wem redest du?«

»Von Patrick.«

»Sybilla, er ist ein Kollege. Wir haben eng zusammengearbeitet …«

»Ein bisschen zu eng, wenn du mich fragst.«

»Ich bin verheiratet und er hat eine Freundin; außerdem hätte ich gar keine Zeit gehabt, ihn zu vögeln, selbst wenn ich es gewollt hätte, was natürlich nicht der Fall ist. Im Übrigen ist er zehn Jahre jünger als ich.«

»Wer hat denn was von vögeln gesagt?«

»Ich dachte, darauf hättest du angespielt.«

»Du hast also doch schon daran gedacht?«

»Nein!«

Suzanna hoffte, dass sie überzeugend klang. Sybilla richtete ihren perfekt manikürten Zeigefinger auf sie.

»Wenn du es mit Barney vermasselst, komm ja nicht angelaufen, um dich bei mir auszuheulen. Ich habe dich gewarnt.«

Das war das Problem mit Sybilla: Sie war erschreckend scharfsichtig. Aber sie war keine Hellseherin. Wenn sie ihr nach nur wenigen Stunden in Honeycote auf die Schliche gekommen war, würden andere auch nicht mehr allzu lange brauchen.

Wie ein Hund, der sich in einen Knochen verbissen hatte, drosch Sybilla weiter auf sie ein.

»Ich kenne dich zu gut. Du wirst nicht glücklich, wenn du wegläufst, Suzanna. Meine Güte, wann machst du endlich mal die Augen auf?« Suzanna wich vor Sybillas durchdringendem Blick zurück. »Du hast keine Ahnung, was ihr beiden, Barney und du, erreicht habt, oder? Es ist wirklich erstaunlich. Ihr beide habt das alles geschafft. Ihr habt das alles hier aufgebaut. Es ist fantastisch. Also bitte, bitte, verdirb jetzt nicht alles, nur weil du feige bist. Weil du den Kopf in den Sand steckst und glaubst, dich in einen *Jungen* zu verlieben, der zehn Jahre jünger ist als du« – das war gemein, aber sie musste gemein sein – »würde dir helfen, Ollie zu vergessen, und alles wäre wieder in Ordnung. Das stimmt nämlich nicht. Auf Dauer würde es alles nur noch viel schlimmer machen. Glaub mir.«

Sybilla machte, erstaunlich elegant für eine Frau in ihrem Zustand, auf ihren spitzen Absätzen kehrt, stolzierte hinaus und ließ Suzanna leicht geschockt zurück. Zuerst war sie wütend: Wie konnte Sybilla es wagen, so mit ihr zu reden und ihr solche Dinge zu unterstellen? Andererseits war ihr klar, dass jedes Wort der Wahrheit entsprach. Sybilla mochte oft eine oberflächliche, dumme Kuh sein, aber sie besaß einen untrügerischen Scharfblick und traf meist ins Schwarze.

Sie hatte Recht. Patrick war zehn Jahre jünger als sie. Außerdem hatte er eine Freundin und sie hatte einen Ehemann. Jeder Funke, den sie zwischen ihnen spüren oder sich einbilden mochte, entsprang lediglich der Fantasie einer emotional ungefestigten Frau, die allmählich in die Jahre kam. Was sollte er schon an ihr finden?

Mandy arbeitete sich wie ein echter Profi durch den Saal. Sie wollte allen beweisen, wie gut sie die PR-Arbeit beherrschte und dass sie sich besser als alle anderen darauf verstand, Journalisten, Redakteure und wichtige Leute mit ihrem Charme zu bezirzen. Es sollte ihnen allen noch Leid tun, wenn sie sich aus dem Staub machte ...

»Ein Kuss hat gar nichts zu bedeuten«, redete sie sich immer wieder ein. Mandy war gerade dabei gewesen, ihr Lipgloss aufzufrischen, als Suzannas schwangere Freundin aus London die Damentoilette verlassen hatte. Im Spiegel hatte sie Suzanna und Patrick gesehen, deren Lippen sich trafen, als sich die Tür hinter Sybilla schloss. Von da an hatten die beiden sich den ganzen Abend resolut gemieden, was für Mandy ein klarer Schuldbeweis war.

Obwohl sie innerlich kochte, hieß sie den Restaurantkritiker des *Eldenbury Advertiser* freundlich willkommen:

»Ich hoffe doch sehr, dass Sie eine Besprechung

über uns schreiben. Setzen Sie sich doch bitte mit mir in Verbindung, wenn Sie einen Tisch buchen möchten. Es sei denn, Sie kommen lieber incognito.«

Der lüsterne Blick des Kritikers verriet deutlich, dass er am liebsten mit Mandy essen würde. Mit einem verbindlichen Lächeln ging Mandy weiter, um den Vikar zu bezirzen.

Ginny wartete auf Keith, der ihr gerade etwas zu trinken holte, als ein Finger ihr langsam über die Wirbelsäule nach unten strich. Sie brauchte sich nicht erst umzudrehen, um zu wissen, wem er gehörte. Sie loderte auf wie ein ganzes Bündel Wunderkerzen und musste schlucken, als Bertie neckisch sein Gesicht an ihren Nacken schmiegte.

»Du siehst verdammt gut aus. Hier werden doch auch Zimmer vermietet, oder?«

Ginny bemühte sich vergebens um eine strenge Miene. Sie konnte ihr Strahlen nicht unterdrücken. Der Duft seines Eau de Cologne ließ, wie Gerüche es auf grausame Weise zu tun pflegen, die Erinnerung an den Kuss vor ihrer Haustür mit erschreckender Klarheit lebendig werden. Sie bemühte sich um einen leichten Ton, der jedoch spitzbübisch klang.

»Ich habe dich lange nicht gesehen.«

»Ich war in Frankreich. Ich fahre jedes Jahr für ein paar Wochen dahin. Zu den Pferderennen. Ein bisschen einkaufen. Ein bisschen verkaufen. Du weißt schon.«

Ja, dachte Ginny, ich kann es mir vorstellen. Er sah einfach göttlich aus mit seinem leicht verknitterten weißen Cricketoutfit und dem zerzausten Haar; als käme er geradewegs vom Spielfeld, was durchaus der Fall sein konnte. Bei Bertie wusste man das nie. Als eingefleischter Schauspieler war ihm zuzutrauen, dass er nur in dieser Aufmachung erschien, weil er genau wusste, dass er darin unwiderstehlich aussah.

»Was macht das Bügeln?«

Er verschlang die Canapés, als hätte er seit einer Woche nichts mehr gegessen.

»Dafür muss ich mich wirklich bei dir bedanken. Es läuft unglaublich gut.«

Er hielt verwundert inne.

»Du willst doch wohl nicht sagen, dass du das tatsächlich gemacht hast?«

»Sicher.«

Ginny war stolz. Wie erwartet verdiente sie ein paar hundert Pfund in der Woche und hatte noch genügend Freizeit übrig. Während sie sich die Frauensendung im Radio anhörte, konnte sie ohne weiteres 50 Pfund verdienen. Sie empfand es kaum als Arbeit.

»Na, da ist ja großartig. Ich habe nach meiner Reise bergeweise Wäsche. Ich bringe sie dir morgen vorbei.«

Er strahlte sie an, tätschelte ihr die Schulter und verschwand, um einen Freund zu begrüßen. Nachdem er gegangen war, fühlte Ginny sich, als habe man ihr die Luft herausgelassen. Eben noch hatte er mit ihr geflirtet und ihr eindeutige Angebote gemacht, und im nächsten Moment hatte er sie behandelt wie eine Dienstmagd. Seufzend stellte sie fest, dass sie zu alt war, um jedes Mal, wenn sie sich begegneten, mit dieser Achterbahn der Gefühle fertig zu werden.

Als Keith mit einem weiteren Glas Pimms kam, stieg eine Woge der Zuneigung in ihr auf. Keith war zuverlässig. Mit ihm gab es keine Achterbahnfahrten. Er war ... ungefährlich. Sie nippte an ihrem Drink, schaute sich um und ließ die Atmosphäre auf sich wirken. Es stand außer Zweifel, dass der Pub ein Riesenerfolg wurde. Sie war stolz, dass Kitty und Sasha die Stars des Abends waren. Ausnahmsweise spielten sie mit der Tatsache, dass sie eineiige Zwillinge waren. Sie hatten beide das Haar zu einem Zopf geflochten und wie einen Pferdeschwanz unten mit einer dicken schwarzen Schleife zusammengebunden. Dazu trugen sie schwarze Jeans, weiße Pumps und die schwarzen T-Shirts mit dem aufgedruckten weißen Schriftzug des Pubs auf der Brust, die Barney für das gesamte Personal hatte machen lassen. Um die Taille hatten sie sich eine schneeweiße, knöchellange Schürze gebunden. Gemäß den Regeln des Hauses trugen sie weder Schmuck noch Nagellack und nur ein ganz dezentes Make-up: einen Hauch Mascara und einen zart rosa Lipgloss auf ihren vollen Lippen. Den ganzen Abend arbeiteten sie unermüdlich, füllten Gläser, reichten Canapés herum, beantworteten Fragen, nahmen Reservierungen entgegen, riefen Jim, den Taxifahrer für Gäste, die den kostenlosen Getränken allzu ausgiebig zugesprochen hatten.

Es herrschte ein Lärm wie in einer Bar im Londoner West End an einem Freitagabend, nicht wie in einem Pub am Ende der Welt.

Ginny gratulierte Keith: »Du musst sehr erleichtert sein.«

»Ja, wahrhaftig«, gab er zu. »Es gab ein paar heikle Momente. Aber ich wusste, dass sie es schaffen. Ich habe ein großartiges Team. Und wo jetzt alles vorbei ist, werde ich mir eine Pause gönnen, denke ich. Ein langes Wochenende in Paris oder so?« Er schaute sie beinah an, als bitte er sie um Erlaubnis.

»Klingt herrlich«, murmelte Ginny. Sie war sich nicht sicher, was er meinte. Wollte er sie mitnehmen?

Gegen einen Wochenendausflug hätte sie nichts einzuwenden, nur wusste sie nicht recht, worauf sie sich damit einließe. Ein Wochenende in Paris bedeutete wahrscheinlich nicht, dass sie getrennte Schlafzimmer hätten und sich zu Frühstücksbrioches im Speisesaal des Hotels träfen. Wollte Keith andeuten, dass ihre Beziehung einen Schritt weiter gehen sollte? Aus unerfindlichen Gründen geriet sie in Panik und hielt es für das Einfachste, das Thema zu wechseln.

»Ich hoffe, die Nachbarn beschweren sich nicht über den Lärm.«

»Ich glaube kaum, dass es jeden Abend so zugeht wie heute. Außerdem dürfen sie sich nicht beklagen: Wenn das Lokal ein Erfolg wird, steigt der Wert ihrer Grundstücke. Und das ist scheinbar heutzutage alles, was die Leute interessiert.«

Offenbar machte es ihm nichts aus, dass sie seine Einladung eher lauwarm aufgenommen hatte. Ginny musste sich erst ganz klar sein, wo sie stand, bevor sie mit Sashas falscher Louis-Vuitton-Reisetasche auf dem Eurostar ins George V fuhr.

Kelly und Anastasia hatten einen herrlichen Mädchenabend zusammen. Kelly verwöhnte Anastasia mit einer richtigen Maniküre, lackierte ihr die Finger- und Zehennägel glitzernd silbern und steckte ihr das Haar zu einem Knoten auf. Anschließend brachte sie sie ins Bett und las ihr *Angelina Ballerina* vor.

Die Kleine schlang die Arme um ihren Hals und drückte sie fest an sich.

»Kommst du wieder?«

Kelly wollte nichts versprechen, was sie nicht halten konnte.

»Mal sehen.«

Sie blieb bei Anastasia sitzen, bis das Kind fest eingeschlafen war, und ging dann hinunter. Das Wohnzimmer war beeindruckend: ein riesiges, U-förmiges Ledersofa mit Stahlbeinen – ein bisschen zu minimalistisch für Kittys Geschmack, aber sehr bequem. Ein traumhaft flauschiger champagnerfarbener Teppich. Ein Flachbildschirm so groß wie ein Haus. Daneben auf einem Chromregal eine Reihe DVDs, alphabetisch geordnet. Kelly entschied sich für *Pretty Woman*, ihren unbestrittenen Lieblingsfilm. Sie drückte auf die Fernbedienung und erschrak, als sich statt des DVD-Players die Vorhänge in Bewegung setzten.

Da die High-tech-Ausstattung ihr einen Strich durch die Rechnung machte und sie nichts kaputt machen wollte, schaute sie sich nach Hinweisen auf Stars Mutter um, fand aber keine. Keine Fotos. Nichts, was einer Frau gehören könnte. Sie schnüffelte nicht herum, sie war nur neugierig. Rick hatte ihr eigentlich nichts über Damiens Privatleben erzählt. Aber Star war ja wohl kaum vom Himmel gefallen.

Als das Telefon klingelte, fuhr sie erschrocken auf. Sie hielt es für besser, abzunehmen – es konnte ja sein, dass Damien sie prüfen wollte.

»Hallo?«

Nach einer verdutzten Pause meldete sich am anderen Ende der Leitung eine heisere, leicht nuschelnde Stimme.

»Wer zum Teufel sind Sie?«

»Ich bin der Babysitter.«

»Ja, klar.« Ein zynisches Kichern war zu hören. »Na ja, das lässt die Dinge in einem interessanten Licht erscheinen. Sagen Sie ihm, dass ich angerufen habe, ja?«

Damit war das Gespräch beendet. Kelly legte nachdenklich den Hörer auf. Die Frau hatte keinen Namen genannt. Aber das brauchte sie wohl auch nicht. Kelly erkannte den verbitterten Ton einer Exfrau auf Anhieb.

Als Damien nach Hause kam, gab Kelly ihm eine Flasche Nagellackentferner.

»Ich habe Star die Nägel lackiert. Im Kindergarten mögen sie das wahrscheinlich nicht besonders. Hier, damit können Sie den Lack entfernen.« Sie grinste. »Ich nehme an, Sie haben keinen im Haus.«

»War sie brav?«

»Sehr. Sie ist ganz entzückend, Sie haben großes Glück.«

Damien war stolz. Und er war Kelly dankbar. Es war schön für Anastasia, eine Frau im Haus zu haben. Eine sanfte, liebevolle Frau, die sich für sie interessierte. Nicht so eine Hexe wie ihre Mutter.

»Möchten Sie etwas trinken, bevor Sie gehen?«

Kelly zögerte. Sie war fix und fertig. Und gleich am nächsten Morgen wartete eine ihrer anspruchsvollsten Kundinnen auf sie. Aber Damien schaute sie erwartungsvoll an. Offensichtlich wollte er noch etwas Gesellschaft und diese Gelegenheit durfte sie sich nicht entgehen lassen. Ihr war zwar klar, dass sie für ihn nur der Babysitter war, aber es waren schon merkwürdigere Dinge passiert. Man denke nur an *Pretty Woman*.

»Na gut. Ich trinke eine Tasse Tee.« Sie setzte sich auf einen Barhocker aus Chrom. »Wie war die Eröffnung?«

»Voll. Sieht aus, als ob es ein Erfolg würde.«

Kellys Miene verriet nichts. Und Damien zeigte ihr nicht, dass er von ihrer früheren Beziehung zu Patrick wusste. Er hatte gesehen, wie dieser Kerl das ganze Lob eingeheimst hatte. Egal. Bald hätte er eine Überraschung für sie.

Während sie zusammen Tee tranken, hörte Damien ihrem Geplauder über den Schönheitssalon zu, über ihre Angestellten, die sie mit ihrer Schlampigkeit zum Wahnsinn trieben, die Arbeit nicht so erledigten, wie sie es wollte, und einfach im Bett blieben, wenn sie einen Kater hatten. Damien bewunderte sie. Sie war ein Arbeitstier, was ihm Respekt abnötigte. Er versuchte, ihr für das Babysitten 30 Pfund zu geben, die sie nicht annehmen wollte. Selbst 20 Pfund seien noch zu viel.

»Schließlich hatte ich nicht gerade viel zu tun. Und es war schön, mal aus der Wohnung zu kommen.«

»Wenn Sie die Bezahlung nicht annehmen, kann ich Sie nicht wieder darum bitten.«

»Ich passe gern jederzeit wieder auf Star auf.«

Leider war Kelly die Einzige, mit der er gern ausgehen würde, dachte Damien. Aber er brachte noch nicht den Mut auf, sie um eine Verabredung zu bitten. Es war noch zu früh. Er würde sie noch ein paar Mal als Babysitterin engagieren, auch wenn er dann ein paar Stunden in seinem Wagen herumsitzen müsste. Wenn er nach Hause käme, würde er sich mit ihr unterhalten, um sie besser kennen zu lernen.

Als Damien Kelly zum Wagen brachte, drehte sie sich noch einmal um.

»Übrigens, jemand hat angerufen. Eine Frau. Sie hat ihren Namen nicht genannt.« Sie stockte. »Aber sie klang nicht sonderlich erfreut, dass ich da war.«

Damien lächelt sie beruhigend an.

»Ein Mann muss ja wohl auch mal unter Menschen kommen, oder?«

Er schloss Kellys Wagentür und drückte auf die Fernbedienung. Das Tor von Honeycote Grove öffnete sich und die Außenscheinwerfer gingen an. Als Kelly aus dem Tor bog, grinste sie in sich hinein. An einen solchen Lebensstil könnte sie sich problemlos gewöhnen.

Damien schaute ihr nach und wartete, bis das Tor sich geschlossen hatte. Verdammt. Wenn Nicole seine Telefonnummer kannte, würde sie nicht lange auf sich warten lassen. Er musste sehr vorsichtig sein. Sehr vorsichtig.

Nach der Party fuhr Keith Ginny nach Hause. Die Zwillinge halfen noch beim Aufräumen und würden später zu Fuß nach Hause gehen. Als echter Gentleman brachte er sie bis vor die Haustür.

»Vielleicht könnten wir das nächste Mal irgendwohin gehen, wo es ruhiger ist. Und wo wir uns richtig unterhalten können«, scherzte er.

»Das wäre schön.«

»Vielleicht am Freitagabend? Ich rufe dich an.«

»Wunderbar.«

Ginny überlegte, ob sie ihn zu einer Tasse Kaffee hereinbitten sollte, ließ es aber bleiben, weil das Haus nicht sonderlich aufgeräumt war. Eigentlich sollte ihr das gleichgültig sein, aber das war es nicht.

Keith beugte sich vor, um ihr einen Gutenachtkuss zu geben. Kaum merklich wandte sie den Kopf etwas zur Seite, sodass er ihren Mundwinkel erwischte. Sein Kuss dauerte einen Moment zu lang und anschließend sah er ihr prüfend in die Augen. Rasch wandte Ginny den Blick ab und trat lächelnd zurück.

»Dann gute Nacht.«

Keith gab sich alle Mühe, nicht gekränkt zu sein,

und hob mit einem tapferen Lächeln die Hand zum Abschied.

»Gute Nacht.«

Als Ginny ihm nachsah, biss sie sich auf die Lippen. Warum hatte sie sich von Keith nicht küssen lassen? Er war so nett und behandelte sie wie eine Prinzessin. Von Bertie hatte sie sich bereitwillig küssen lassen, dabei behandelte er sie wie eine Schlampe.

Genau das war das Problem: Bertie. Gerade als sie geglaubt hatte, sie hätte ihn sich aus dem Kopf geschlagen, war er wieder aufgetaucht und hatte sie völlig durcheinander gebracht. Hätte er ihr nicht den Kopf verdreht, hätte sie Keith bestimmt gern noch hereingebeten. Aber nun konnte sie nur an den warmen Finger denken, der an ihrem Rückgrat hinunterstrich.

Keith zu küssen kam einer Verpflichtung gleich. Dann müsste sie etwaige Avancen von Bertie entschieden zurückweisen. Nicht dass er ihr Avancen machen würde. Oder?

Ginny versuchte sich zusammenzureißen. Sie musste unbedingt dafür sorgen, dass sie nicht zu Hause war, wenn er seine Bügelwäsche brachte. Falls er seine Bügelwäsche überhaupt brachte. Was hatte er gesagt? Morgen? O Gott, sie konnte es nicht ertragen. Es war, als wäre sie wieder ein Teenager.

Es war schon nach halb zwei, als im Honeycote Arms wieder Ruhe einkehrte. Alles war gespült, poliert, weggeräumt und stand für die reguläre Inbetriebnahme am nächsten Morgen bereit. Sie hatten sich beim Personal bedankt, allen für ihren Einsatz ein paar Pfund mehr bezahlt und sie nach Hause geschickt. Barneys Eltern, Iris, Sybilla und Piers waren schon oben in ihren Zimmern verschwunden. Barney und Suzanna, die den ganzen Abend kaum etwas getrunken hatten, setzten sich bei einer Flasche Champagner zusammen und stießen auf ihren unglaublichen Erfolg an. Es war besser gelaufen, als sie es in ihren kühnsten Träumen erhofft hatten. Die Autos hatten die ganze Hauptstraße entlang geparkt. Im Pub hatten alle stehen müssen, so voll war es gewesen. Das Restaurant war für die nächsten drei Wochenenden ausgebucht.

»Wir haben es geschafft.«

»Ja.«

Strahlend stießen sie an und tranken aufeinander. Barney stellte sein Glas ab und schaute Suzanna in die Augen. Sie hielt seinem Blick stand und lächelte. Als er sie in die Arme nahm, schmiegte sie sich an ihn. Er küsste ihr Haar und führte sie nach oben.

Aber Suzanna konnte nicht. Sie konnte nicht mit Barney schlafen, während sie an Patrick dachte. Es kam ihr einfach zu schäbig vor. Sie versuchte, Patricks Bild aus ihren Gedanken zu verbannen und sich zu konzentrieren. Aber die Magie stellte sich nicht ein.

Barney spürte, wie sie sich unter ihm verkrampfte, spürte ihr Widerstreben, ja, nahezu ihren Ekel. Abrupt ließ er von ihr ab, setzte sich auf die Bettkante und legte den Kopf in die Hände.

»Was ist?«, fragte Suzanna verwundert.

»Wenn es für dich so eine Qual ist, dann lassen wir es«, sagte er zähneknirschend.

Er legte sich wieder ins Bett und zog die Decke über sich. Erschrocken versuchte Suzanna, die Decke fortzuziehen.

»Barney!«

Er drehte sich um und knurrte sie an: »Schon gut. Ich zwinge dich zu nichts, was du nicht willst.«

Suzanna empfand brennende Scham. Warum konnte sie nicht mit Barney schlafen? Es war nicht nur wegen Patrick. Sie hätte die Augen schließen und sich ihren Fantasien hingeben können. Das taten doch viele.

Schlagartig wurde ihr klar, dass sie Angst hatte; Angst, schwanger zu werden. Selbst wenn sie aufpassen würden, bestünde immer noch eine gewisse Chance. Und das könnte sie nicht ertragen: die Schuldgefühle, den Verrat an Ollie. Die Angst, die furchtbare, alles verzehrende Angst, dass es wieder passieren könnte.

Noch Stunden, nachdem Suzanna eingeschlafen war, lag Barney innerlich brodelnd vor Wut da. All die Hilfe, die er ihr gab, all die Liebe, Zeit, Geduld, Fürsorge ... Er war schließlich auch nur ein Mensch. Mein Gott, er war ein Mann. Wie lange sollte er denn noch ohne Sex auskommen? Er verstand ja, dass sie es als Qual empfand. Aber sie waren schließlich Mann und Frau. Er wollte mit ihr schlafen. Das war doch wohl nicht zu viel verlangt, oder doch? War er ein Ungeheuer, weil er Sex wollte? Es war 18 Monate her. Selbst nach Olivers Geburt hatten sie es schon nach drei Wochen wieder getrieben. Aber seit seinem Tod kein einziges Mal mehr. Sie war der reinste Eisschrank. Er war sich nicht mal mehr sicher, ob er überhaupt noch konnte. Ab und an, wenn er das Verlangen nicht mehr aushielt, verschaffte er sich selbst etwas Erleichterung, aber eigentlich mochte er das nicht. Im Grunde ging es weniger um Sex als um die Nähe zueinander, dieses wunderbare Zusammensein ...

Aber es sollte einfach nicht sein, verdammt.

Er konnte nicht fassen, dass es so weit mit ihnen gekommen war. Nach außen hin hatten sie sich ein neues Leben aufgebaut. Der Pub lief – er hielt das überschwängliche Lob, das sie heute Abend allseits geerntet hatten, nicht für hohles Geschwätz. Sie lebten in einem idyllischen Dorf mit freundlichen Nachbarn, hatten maßgeschneiderte Bekannte. Selbst Marmite war perfekt. Wieso klappte es zwischen ihnen beiden nicht?

Die Oberfläche war nichts als eine Fassade. Es kränkte ihn, dass Suzanna ihn offensichtlich so abstoßend fand. Er konnte sich nicht vorstellen, in einer Ehe ohne körperliche Liebe zu leben. Früher hatte die Sinnlichkeit einen wesentlichen Teil ihrer Beziehung ausgemacht. War er deshalb seicht?

Zumindest verhalf es ihm in einer Frage zu einer Entscheidung. Barney hatte die ganze Woche hin und her überlegt, ob er Kittys Demokassette einschicken sollte. Er hatte seinen früheren Manager ausfindig gemacht, der immer noch für dieselbe Firma arbeitete. Ein Anruf hatte genügt, um seine E-mail-Adresse herauszufinden. Er hatte die Aufnahme sogar auf seinen Computer überspielt, sodass er sie als Anhang verschicken konnte. Aber irgendetwas hatte ihn bisher zurückgehalten. Er war nicht sicher, ob er diese Büchse der Pandora überhaupt öffnen wollte.

Aber jetzt? Zum Teufel, jetzt war es ihm egal. Gleich morgen früh würde er Jez eine E-mail schicken.

18

Da Ginny nur zu gut wusste, dass sie jedes Mal, wenn das Telefon oder die Türglocke klingelte, aufschrecken würde, fuhr sie am nächsten Tag mit den Zwillingen nach Cheltenham, um etwas für das Baby Chelsea – oder Arsenal, wie Sasha sie hartnäckig nannte – zu kaufen. Es war merkwürdig, wie ihre Töchter angesichts kleiner Strampelanzüge und passender Mützchen für ihre Halbschwester in Verzückung gerieten. Diese Halbschwester war mit Ginny nicht verwandt. Sie bemühte sich redlich, sich nicht ausgeschlossen zu fühlen, als sich die Geschenke im Baby Monsoon stapelten: rosa Babyschühchen mit Rosenknospen, eine niedliche Angorajacke, ein mit Blumen besticktes T-Shirt, ein winziges Plüschhäschen, das ein Baby mit einer Hand packen konnte. Die Rechnung war umwerfend. Mindestens vier Körbe Bügelwäsche.

Zwei davon warteten, wie sie es befürchtet, erwartet, erhofft, erträumt hatte, unter dem Vordach vor ihrer Haustür, als sie nachmittags nach Hause kam. Auf einem Zettel stand in hastig gekritzelten, extrovertierten Buchstaben: »Bis dann. LG. B.«

Den Rest des Tages ignorierte sie die Körbe standhaft, weil ihr klar war, dass sie sich mit ihm in Verbindung setzen musste, sobald die Wäsche fertig wäre.

Nachdem die Zwillinge am Freitagmorgen zum College gefahren waren, fühlte Ginny sich ausgesprochen niedergeschlagen. Nachmittags wollte David die beiden abholen und mit nach Cheltenham nehmen, um ihnen das Baby zu zeigen. Sie sollten auch bei ihm übernachten. Sasha versicherte ihr zwar immer wieder, wenn das Baby ihrer Mutter nur im Entferntesten ähnlich sähe, müsse es das hässlichste Kind der Welt sein, aber Ginny wusste, dass sie schon ganz gespannt waren, und fühlte sich ausgeschlossener denn je.

Sie beschloss, Berties Bügelwäsche in Angriff zu nehmen. Wenn sie es noch länger hinausschob, lief sie Gefahr, als unprofessionell zu gelten. Schließlich brüstete sie sich, die Wäsche innerhalb von 48 Stunden fertig abzuliefern, und wollte bei Bertie auf keinen Fall den Eindruck hinterlassen, sie käme nicht zurecht. Schließlich könnte er sich als wertvoller Kunde erweisen. Allwöchentlich ein Korb Wäsche zu 20 Pfund war nicht zu verachten.

Dabei kam es ihr ein bisschen pervers vor, seine Wäsche zu machen. Obwohl sie es mit seiner Erlaubnis tat, hatte sie das Gefühl zu schnüffeln. Es war ein sinnliches Erlebnis. Seine Kleider waren aus schönen Stoffen, die sich herrlich anfühlten: feinste Baumwolle, Popeline und Seide. Sie ließen sich natürlich extrem schlecht bügeln. Aber Ginny machte die Arbeit Spaß, vor allem, als sie zu seinen Batist-Boxershorts unten im Korb vordrang. Es war äußerst aufwühlend, die Unterhosen eines Mannes professionell bügeln zu wollen, während die Fantasie sich ständig auszumalen versuchte, was in ihnen vorging. Aber Ginny vermutete, dass er sie gerade aus diesem Grund in den Korb gelegt hatte. Aus reiner Bosheit, weil er genau wusste, welche Wirkung sie auf sie hatten.

Sie sprühte sie ausgiebig mit Lavendelwasser ein und ließ das Bügeleisen über die Falten gleiten, bis sie so makellos glatt waren wie an dem Tag, als er sie gekauft hatte, und legte sie dann fein säuberlich gefaltet auf die übrige Wäsche.

Um zehn Uhr war sie fertig. Sie beschloss, sofort nach Dower House zu fahren und sie abzuliefern, um den Rest des Tages für sich zu haben. Sie redete sich ein, dass er ohnehin nicht zu Hause sein würde, zog das kornblumenblaue Sweatshirt an, das ihre Augenfarbe gut zur Geltung brachte, und stibitzte etwas von Sashas erdbeerrotem Lipgloss.

Bertie schreckte aus dem Schlaf auf, als Ginnys Shogun in seine Einfahrt bog. Mist! Sie brachte seine Bügelwäsche zurück. Er sprang aus dem Bett, zog ein Hemd und Jeans an und schaffte es, sich die Zähne zu putzen, bevor er die Haustür öffnete. Zum Glück war er ein Typ, dem es gut stand, unrasiert zu sein: Es ließ ihn sogar noch piratenhafter und attraktiver wirken. Dennoch ärgerte er sich über sich selbst. Eigentlich hatte er vorgehabt, das Haus ein bisschen in Ordnung zu bringen, bevor sie kam. Am Abend zuvor hatte er sich einen Nicolas-Cage-Film angesehen und war mit dem Entschluss ins Bett gegangen, früh aufzustehen, doch seine Vorhänge waren so schwer, dass kein Lichtstrahl in sein Schlafzimmer drang und er um halb elf immer noch tief und fest schlief.

Sie sah süß aus, wie sie quietschvergnügt dastand und ihren Mrs-Tiggywinkle-Korb an sich drückte. Ihr bonbonrosa Lippgloss ließ sie wie eine Zwölfjährige aussehen.

»Ich mache grade Kaffee. Komm und trink eine Tasse mit.« Sie protestierte, wie Bertie es erwartet hatte, aber er bestand darauf. Ohne zu wissen weshalb, kam er sich vor wie der böse Wolf im Märchen, der das arglose Mädchen ins Haus lockt.

Zu spät fiel ihm ein, dass sein Haus in grauenhafter Verfassung war. Er hatte es am Wochenende vor seiner Frankreichreise mit ein paar Freunden verwüstet. Nach seiner Rückkehr im Laufe der Woche war er zu müde gewesen, um aufzuräumen, und die letzten beiden Tage hatte er sich um die Lieferung der Waren gekümmert, die er während seiner Reise gekauft hatte. Eigentlich wollte er am kommenden Wochenende ein bisschen sauber machen. Zum Teufel mit der engstirnigen Mrs. Titcombe. Schließlich hatte niemand darum gebeten, *sie* auf dem Billardtisch vögeln zu dürfen. Er musste sich dringend um eine neue Putzfrau bemühen.

Er bemerkte, wie Ginny einen ausgestopften Hirschkopf in der Diele musterte. An einem Ende des Geweihs baumelte ein G-String. Hastig führte Bertie sie in die Küche, was allerdings ein Fehler war, wie er bald merkte. Rotwild in spärlichen Dessous war nichts im Vergleich zu der Verwahrlosung, die hier herrschte. Im gnadenlosen Sonnenlicht eines herrlichen Maivormittags wirkte die Küche wie aus einem besetzten Haus in Camden. Die Katzen strichen ausgehungert und mit zu Fragezeichen aufgerichteten Schwänzen über die Arbeitsplatte. Sämtliche Teller und Schüsseln, die sie finden konnten, hatten sie bereits sauber geleckt. Bertie suchte rasch eine Schachtel Trockenfutter und schüttete etwas auf den Boden.

Mein Gott, jetzt würde er sie nie mehr ins Bett kriegen. Bei dem Dreck verging einem jegliche Lust. Bertie sah, dass Ginny entsetzt war, sich aber alle Mühe gab, es nicht zu zeigen. »Kaffee?«, fragte er, wagte aber nicht, ihr in die Augen zu sehen. Niemand, der noch halbwegs bei Verstand war, würde aus einer Tasse trinken, die aus dieser Küche stammte, ohne sich vorher mindestens gegen Tetanus, Cholera und Hepatitis impfen zu lassen.

»Hier ist alles ein bisschen durcheinander, was?«, stellte er lahm fest. Sie suchte offenbar nach Worten.

»Ähm, ich habe schon Schlimmeres gesehen.«

»Wirklich?«, fragte er voller Hoffnung. Sie verkniff sich ein Lachen.

»Ja, als Gemeindeschwester in den Armenvierteln von Birmingham.«

Bertie war gekränkt.

»Ich war verreist. Und meine Putzfrau hat gekündigt – ich bin noch nicht dazu gekommen, mir eine neue zu suchen ...« Bertie verstummte. Es gab keine Entschuldigung. Er war einfach ein unglaubliches Ferkel. Er lächelte sie gewinnend an. »Du hättest nicht vielleicht Lust, mir zu helfen?«

Als sie ihn fassungslos anstarrte, machte er schnell einen Rückzieher.

»Ich meine nur, ob du mir vielleicht die richtige Richtung zeigen könntest. Ich habe keine Ahnung, wo ich anfangen soll.«

»Hier geht es doch nicht um Raumfahrttechnik.«

Er nahm ihre Hände und rieb mit den Daumen fest über ihre Knöchel, was sie ganz weich in den Knien werden ließ. Er lächelte sie flehend an.

»Vier Hände sind besser als zwei, oder? Und danach könnten wir was essen ...«

Ginny schmolz unwillkürlich dahin, obwohl sie genau wusste, dass er auf diese Weise immer seinen Willen bekam. Aber zum Teufel – was blieb ihr anderes übrig? Noch mehr Bügelwäsche? Ihr war völlig klar, dass sie heute Morgen in der Hoffnung hergekommen war, ihn zu treffen. Sie konnte ihm also seine Bitte kaum abschlagen.

»Na dann los«, grinste sie.

»Was?«

»Zeig mir, wo der Staubsauger steht.«

Erfreut führte er sie in den Wirtschaftsraum und zeigte ihr den Staubsauger, der schon im Haus war, so lange er denken konnte. Sobald man ihn einschaltete, machte er einen ohrenbetäubenden Lärm und der Stoffbeutel blähte sich auf. Ungläubig musterte Ginny das Gerät.

»Der gehört ins Museum. Hast du noch nie was von einem Dyson gehört?«

»Mrs. Titcombe hat sich nie beklagt.«

Die Suche nach Putzzeug förderte ein paar alte, stinkende Lappen, einen muffigen Mopp und eine halb leere Flasche Haushaltsreiniger zutage.

»Soll ich mal schnell in den Supermarkt fahren?«, schlug Bertie vor.

»Weißt du denn, was du holen sollst?«

Er wirkte unsicher. Ginny setzte sich an den Küchentisch und angelte einen alten Briefumschlag aus dem Müll. Bertie zog einen Kugelschreiber aus seinem Jackett, das über einer Stuhllehne hing. Sie schrieb ihm eine Liste, erklärte ihm, dass er eine Pfundmünze in eine seltsame Vorrichtung am Einkaufswagen stecken musste, um die Befestigungskette zu lösen und warnte ihn davor, sich an der Kasse in die kürzeste Schlange zu stellen, da sie Kunden mit weniger als zehn gekauften Teilen vorbehalten war und es einen Aufstand geben würde, falls er mehr in seinem Einkaufswagen hatte. Abschließend gab sie ihm ihre Kundenkarte, damit er die Rabattpunkte darauf verbuchen lassen konnte. Er wirkte ziemlich verwirrt, schien sich aber auf den Einkauf zu freuen.

Bertie fand den Supermarkt, parkte und holte sich nach Ginnys Anweisungen einen Einkaufswagen. Fasziniert kreuzte er durch die Gänge des Supermarkts und beobachtete entsetzt eine junge Frau, die mit ihrem von Gliedmaßen wimmelnden Einkaufswagen kämpfte: Neben einem Baby mit Rotznase saß ein wütend schreiendes Kleinkind, während ein Zwerg mit schmutzigem Gesicht hinten auf dem Wagen mitfuhr und alle bunten Packungen in Reichweite auf die bereits darin liegenden Einkäufe türmte, die aus Fertiggerichten, Backofen-Pommes-frites und Konserven bestanden. Bertie verfolgte gebannt, wie die Mutter dem Kleinkind einen Schnuller in den Mund stopfte, dem Dreijährigen einen Klaps auf den Hinterkopf gab, dem Baby die Nase putzte, sämtliche unerwünschten Waren aus dem Einkaufswagen angelte und es trotz alledem schaffte, ihren Wagen auf einer geraden Bahn durch die Gänge zu schieben, was Bertie nicht gelang. Er überlegte, dass dies wohl das wahre Leben sein müsse, dass dieser Alptraum für sie vermutlich nicht endete, wenn sie nach Hause kam, wo wahrscheinlich ein trotteliger Ehemann in fleckigem Unterhemd auf sie wartete und sie verprügelte, weil sie seinen Lottoschein vergessen hatte.

Endlich fand er den Gang mit den Reinigungsmitteln. Er musste an die Zeit denken, als seine Mutter noch lebte und er gern der Zugehfrau half. Sie hatte immer eine Dose Vim bei sich, die sie für Spülbecken, Fußböden, Toiletten und Arbeitsflächen benutzte. Nun sah er sich einer verwirrenden Auswahl an Produkten in allen erdenklichen Konzentrationen, Duftnoten und Verpackungen gegenüber: leicht zu fassen, leicht zu schütten, tropffrei, streifenfrei, nachfüllbar, aprilfrisch, zitronenfrisch, antibakteriell, desinfizierend, pilzhemmend, antiseptisch, kalklösend, schimmeltötend, kratzfrei – die Liste setzte sich endlos fort. Er ging mehrmals vor den Regalen auf und ab und zog schließlich sein Handy heraus, um Ginny anzurufen. Sie nahm atemlos den Hörer ab.

»Ich habe gerade die Betten abgezogen.«

Bertie schauderte bei dem Gedanken, was sie dabei alles entdeckt haben mochte, wandte sich dann aber der nächstliegenden Aufgabe zu.

»Ich bin völlig ratlos. Welche Duftnote sollen wir nehmen? Ich hätte, glaube ich, gern eine gewisse Kontinuität. Ich meine, soll ich es mit einer kräftigen Zitronenfrische versuchen? Oder mit einem Hauch Alpenwiese? Oder mit Fichtennadeln?«

»Eindeutig Zitrone. Alles andere riecht wie die Wäscheschublade einer alten Dame. Bleib bei Zitrusduft. Da kannst du nichts falsch machen.«

Bertie gefiel Ginnys entschiedene Art und ihre Sachkunde. Er schickte sich an, seinen Einkaufswagen zu füllen. Bald hatte er Putzmittel, Toilettenreiniger, Badreiniger, Backofenreiniger, Waschpulver, Weichspüler, Geschirrspülmittel, Möbelpolitur, Kühlschrankreiniger, Aufnehmer, Putzlappen, Staubtücher, Putzschwämme und ein seltsames Metallding, das wahre Wunder verhieß, einen neuen Mopp, einen Eimer und zwei Paar Gummihandschuhe. Während seiner Runde durch den Supermarkt klingelte drei Mal sein Handy. Einmal wegen Glühbirnen – drei matte zu 60 Watt, fünf Strahler zu 100 Watt. Einmal wegen Kerzen. Und wegen Klopapier, ein 12er-Pack Andrex, vierlagig.

Als Bertie an einer Theke vorbeikam, an der Grillhähnchen verkauft wurden, fiel ihm ein, dass er Ginny ein Mittagessen versprochen hatte, und so kaufte er ein Hähnchen, ein Baguette, ein Päckchen Rucola und ein paar Strauchtomaten. Bertie konnte zwar nicht kochen, aber nachdem er sich jahrelang aus dem Angebot von Feinkostgeschäften versorgt hatte, wusste er, was er kaufen musste. Wein brauchte er nicht mitzunehmen, davon hatte er mehr als genug im Keller.

Als er zurückkam, sortierte Ginny gerade im Wirtschaftsraum bergeweise Bettlaken, Kissenbezüge und Handtücher. Die erste Maschine Kochwäsche schaltete sie sofort ein, was sozusagen unterstellte, dass seine gesamte Wäsche von Krankheitserregern starrte, die es auszumerzen galt. Vermutlich entsprach das sogar den Tatsachen.

Das Haus roch nach frischer Luft, da alle Fenster offen standen und der schale Zigaretten- und Katzengeruch, der bisher vorgeherrscht hatte, allmählich schwand. Bertie sammelte pflichtschuldig sämtliche schmutzigen Gläser und Tassen ein, die im Haus verteilt herumstanden, leerte die Aschenbecher aus, hob Zeitungen und Zeitschriften auf und brachte die leeren Flaschen mit dem Wagen zum Altglascontainer. Auf dem Parkplatz neben der Pfadfinderhütte des Dorfes warf er sie einzeln in den Container und hörte genüsslich zu, wie sie zersplitterten. Der Vormittag hatte etwas überaus Therapeutisches.

Gegen drei Uhr Nachmittags erstrahlte das Haus in neuem Glanz. Durch die frisch geputzten Fenster strömte das Licht herein. Die meisten Vorhänge waren abgenommen und warteten gestapelt darauf, in die Reinigung gebracht zu werden. Draußen in der Sonne trockneten reihenweise Laken und Handtücher an der Leine.

Bertie bestand auf einer Pause, um etwas zu essen. Ginny warf ihm Leichtfertigkeit vor und zwang ihn, sämtliche Werbesendungen und ungeöffneten Briefe durchzusehen, die überall im Haus verstreut lagen, und gründlich auszumisten, bevor sie aufhören durften.

Anschließend öffnete er eine Flasche Puligny-Montrachet, während Ginny den Pembroke-Tisch in der Küche deckte. Erstaunt stellte Bertie fest, was für ein schönes Stück der Tisch war, und schämte sich, dass er ihn so lange unter Junggesellenmüll vergraben hatte. Mit seinem feinen Porzellan, den funkelnden Waterford-Gläsern und einer Vase mit den ersten Rosen aus dem Garten war Bertie plötzlich stolz auf sein Haus.

Er hatte es vernachlässigt, seit er Tor verloren hatte. Er war mit den schönen Möbeln aus dem großen Herrenhaus, die sein Vater ihm aufgedrängt hatte, völlig achtlos umgegangen. Er hätte ihren materiellen und ideellen Wert eigentlich besser kennen müssen als jeder andere, aber er benahm sich wie ein verwöhnter kleiner Junge, der seine Füße auf das Sofa legte und Kaffeetassen auf das Mahagoni stellte. Erst Ginny hatte ihn dazu gebracht, das alles zu würdigen. Keiner seiner Londoner Freunde gab auch nur einen Deut darum; sie alle waren an eine luxuriöse Umgebung gewöhnt und froh über jede Chance, über die Stränge schlagen zu können, ohne die Konsequenzen tragen zu müssen. Sie folgten mit Begeisterung dem Beispiel ihres Gastgebers und führten sich auf wie die Wilden, indem sie gewollt unbekümmert ihre Zigaretten in Untertellern ausdrückten. Denn Bertie servierte Tee immer in richtigen Tassen mit Untertassen. Etwas anderes besaß er gar nicht.

Ginny war froh, sich endlich setzen zu können, und merkte erstaunt, wie hungrig sie war, bis ihr einfiel, wie lange es schon her war, seit sie morgens ihre Schale Cornflakes gegessen hatte. Sie rupften das Hähnchen mit den Händen auseinander und rissen sich Stücke von dem Baguette ab, die sie mit ungesalzener Butter bestrichen und mit dicken Tomatenscheiben belegten. Ein schlichtes Essen, das aber nach der harten Arbeit fantastisch schmeckte. Bertie wunderte sich darüber, dass Ginny den Wein zu würdigen wusste, ihn über die Zunge rollen ließ und bis zum letzten Tropfen genoss. Er entkorkte die zweite Flasche, die er in weiser Voraussicht in den Kühlschrank gestellt hatte, und stellte gleich für alle Fälle eine weitere kalt.

Sie unterhielten sich ungezwungen und Ginny erzählte ihm, wie wohl sie sich in Honeycote fühlte und wie gut ihr Geschäft bereits lief. Bertie war entsetzt, als er hörte, dass sie sogar schon Aufträge abgelehnt hatte.

»Du solltest Heimarbeiterinnen beschäftigen. Das solltest du sowieso tun. Erhöhe die Preise und lass andere die Schwerarbeit tun. Streiche nur den Gewinn für dich ein.«

»Das kann ich nicht.«

»So mache ich das. Ich habe jemanden, der den Bauhof für mich leitet und die Plackerei erledigt. Ich tue nur, wozu ich Lust habe, ich kümmere mich um den Einkauf und so.«

»Bei dir klingt das so einfach.«

»Es ist einfach!«

Ginny schaute ihn skeptisch an. Er nahm ihre Hand.

»Ich glaube, du brauchst Urlaub.«

Sie protestierte, schließlich habe sie gerade erst angefangen.

»Das macht nichts. Du hast eine traumatische Zeit hinter dir. Du hast dir alle Mühe gegeben, allen außer dir das Leben leicht zu machen. Du hast es verdient, dich ein bisschen zu verwöhnen. Freunde von mir haben ein Haus in der Dordogne. Sie haben mich eingeladen. Es liegt direkt am Fluss, umgeben von Walnussbäumen.«

Ginny wusste nicht recht, wie weit die Einladung reichte und was sie dazu sagen sollte. Aber es war sehr schön, verhätschelt zu werden. Bertie füllte erneut ihr Glas und holte eine Schachtel Mohrenköpfe.

Um vier Uhr war Ginny eindeutig beschwipst und erinnerte sich mit Schrecken daran, dass sie abends mit Keith verabredet war. Sie konnte sich unmöglich heute mit ihm treffen! Was sollte er von ihr denken? Sie war kaum imstande, zwei vernünftige Worte herauszubringen.

Sie sollte ihn besser anrufen, bevor er einen Tisch reservierte oder ähnliches. Immer wieder sagte sie sich, dass es schließlich nur eine beiläufige Verabredung in der Art war: Wenn du nichts Besseres vorhast. Also, sie hatte etwas Besseres vor. Während Barney noch eine Flasche Wein holte, zog sie heimlich ihr Handy aus der Tasche.

Keith stöberte bei Austin Reed herum. Er hatte schon so lange keinen Anzug mehr getragen, dass er seine sämtlichen Krawatten langweilig und fantasielos fand, als er sie sich anschaute. Außerdem erinnerten sie ihn an die Anlässe, zu denen er sie in seinem früheren Leben getragen hatte. Er brauchte unbedingt eine neue Krawatte, die zu diesem Neuanfang passte.

Er sah dem heutigen Abend ungewöhnlich aufgeregt entgegen. Ursprünglich hatte er überlegt, mit Ginny im Honeycote Arms zu essen, um sich ein bisschen loyal zu zeigen, das Essen zu genießen und heimlich etwas Marktforschung zu betreiben. Ein Bekannter hatte ihm allerdings heute Morgen auf den Anrufbeantworter gesprochen und ihm in letzter Minute Karten für *Romeo und Julia* im Royal Ballett, Birmingham, angeboten. Er hatte gezögert, weil er nicht wusste, ob das Ginnys Welt war, hatte sich aber überlegt, dass es verrückt wäre, sich diese Gelegenheit entgehen zu lassen. Schließlich wollte er sie ja nicht zwingen, eine schwierige, düstere Oper oder ein weniger bekanntes Shakespeare-Stück abzusitzen. Das Ballett hatte begeisterte Kritiken erhalten und die Karten waren begehrt wie Goldstaub. Er fand, es war eine romantische, aber nicht allzu anmaßende Geste.

Ihm lag sehr daran, in diesem Stadium alles richtig zu machen. Er schaute auf die Uhr und beschloss, sie um vier anzurufen, um ihr Bescheid zu sagen. Dann hätte sie noch eine Stunde Zeit, sich fertig zu machen – er hielt Ginny nicht für eine Frau, die länger brauchen würde, was keine Kritik enthielt –, und er könnte sie gegen fünf abholen. So bliebe ihnen genug Zeit, nach Birmingham zu fahren und in einem Lokal, das er kannte, ein Glas Wein zu trinken und Tapas zu essen, um den größten Hunger bis zum Abendessen nach der Vorstellung zu stillen.

Gerade hatte er sich für eine marineblaue Seidenkrawatte mit dezenten gelben Punkten entschieden und sich in die Schlange an der Kasse eingereiht, als sein Handy klingelte. Es war Ginny. Sie hörte sich schrecklich an, heiser und erstickt.

»Es tut mir Leid. Mir ist hundeelend. Ich glaube, ich brüte irgendwas aus. Macht es dir was aus, wenn wir uns heute Abend nicht treffen? Ich möchte am liebsten ins Bett ...«

Keith schluckte schwer.

»Nein, natürlich nicht. Sieh zu, dass du wieder gesund wirst. Es macht wirklich nichts. Ich hatte nichts Besonderes vor.«

Es hatte keinen Sinn, ihr wegen ihrer Absage ein schlechtes Gewissen einzureden. Oder sich selbst zum Narren zu machen. Keith bemühte sich um Gelassenheit, aber die Enttäuschung schmeckte bitterer, als er in Erinnerung hatte, und so legte er die Krawatte niedergeschlagen zurück.

Auf der Straße kam er an einer Apotheke vorbei, die ihn auf eine Idee brachte. Er würde einen kleinen Genesungskorb für sie zusammenstellen – ein Erkältungsmittel, Energiedrinks, Erfrischungstücher, um sich die Stirn zu wischen, falls sie Fieber haben sollte. Sie hatte sich ziemlich erbärmlich angehört und es gab nichts Schlimmeres, als allein zu sein, wenn es einem schlecht ging. Auf dem Heimweg wollte er ihr den Korb bringen.

Ginny steckte das Handy in ihre Handtasche, stützte den Ellbogen auf den Tisch und legte den Kopf in die Hand. Ihr war klar, dass sie ordentlich angeheitert war, allerdings auf die angenehmste Weise. Sie wusste noch, was sie tat, fühlte sich aber völlig frei, als schwebe sie ungehemmt auf Wolken.

Bertie schaute sie mit gespieltem Ernst an.

»Du siehst müde aus.«

»Das bin ich.«

»Ich glaube, du brauchst eine Bertie-Spezialbehandlung.«

»Eine was?«

»Eine Massage. Um deine schmerzenden Muskeln zu entspannen.«

Ginny verschlug es die Sprache. Sie wusste: Das war der Moment, den sie sich in ihren Fantasien ausgemalt hatte, auch wenn sie es niemals eingestehen würde, nicht einmal sich selbst. Sie wusste, dass sie jetzt aufhören und um eine Tasse starken Tee bitten sollte, um wieder nüchtern zu werden.

Aber dann würde sie es wohl nie erfahren, oder?

Keith hielt vor Tinker's Barn, stieg mit dem Korb aus dem Wagen und ging an die Haustür. Er betätigte vorsichtig den Türklopfer. Er würde ihr nur den Korb geben und fragen, ob sie etwas brauchte. Es gab nichts Schlimmeres, als sich schlecht zu fühlen und etwas zu brauchen, was man sich selbst nicht holen konnte.

Nachdem er ein Weilchen gewartet hatte, klopfte er noch einmal etwas lauter. Nichts. Vielleicht schlief sie tief und fest und hörte ihn nicht. Nun ja, er wollte sie nicht stören. Er stellte den Korb unter das Vordach, schrieb auf die Rückseite einer Visitenkarte einen kurzen Gruß und steckte sie in den Korb.

Auf der Fahrt nach Hause beschloss er, Mandy und Patrick zu fragen, ob sie sich das Ballett ansehen wollten. Alleine hatte er keine Lust, nach Birmingham zu fahren.

Bertie forderte Ginny auf, sich im Wohnzimmer auf die Chaiselongue zu legen, und gab ihr ein Kissen. Der Kissenbezug kam frisch von der Leine. Sie vergrub ihr Gesicht darin, während er auf dem CD-Spieler Roxy Music auflegte.

»Zieh dein Shirt aus.«

»Was?«

»Wie soll ich dich denn sonst massieren? Stell dich nicht so an.«

»Das ist keine gute Idee.«

»Unsinn. Das ist rein therapeutisch. Ich massiere alle meine Freunde nach dem Skilaufen. Sie sagen nicht umsonst, ich hätte magische Hände.«

Gehorsam zog Ginny ihr Sweatshirt aus und legte sich wieder hin, so schnell sie konnte, damit er nichts sah. Als er ihren Büstenhalter öffnete, verkrampfte sie sich, sagte sich aber, sie solle nicht so prüde sein. Natürlich musste sie den BH ausziehen. So diskret, wie es nur ging, haspelte sie sich aus dem Ding und presste die Arme seitlich an den Körper, damit ihre Brust nicht vorwitzig hervorlugen konnte. So betrunken war sie nun auch wieder nicht.

Sie stöhnte, als er eiskalte Lotion auf ihren Rücken träufelte und sie mit langen, kräftigen Fingern einrieb. Offensichtlich wusste er genau, was er tat. Sie spürte, wie all die kleinen Knoten und Verspannungen in Rücken und Schultern, die sie sich beim Bügeln geholt hatte, sich allmählich auflösten. Sie schwebte auf einer Wolke aus Puligny-Montrachet und Bryan Ferrys süßem Gesäusel und war so entspannt, dass sie keine Einwände erhob, als seine Hände immer tiefer glitten, über ihr Kreuz hinaus nach unten, bis seine Finger sich in den Bund ihrer Jeans hakten und sie mit gekonntem Griff zusammen mit ihrem Slip auszog. Anfangs verkrampfte Ginny sich verlegen, doch da er nicht über ihre Cellulitis lachte und mit keinem Wort ihre Fettpölsterchen erwähnte, beruhigte sie sich. Er malte mit seinen Fingerspitzen zarte, prickelnde Muster auf ihre Pobacken. Sie schauderte vor Entzücken, wusste nie, was sie als Nächstes erwarten sollte, und gab sich dem Luxus dieser ungeteilten Aufmerksamkeit hin, einer Aufmerksamkeit, die sie nicht gewohnt war.

Schließlich glitten seine Hände zwischen ihre Oberschenkel und schoben ihre Beine auseinander. Vor Erregung musste Ginny schwer schlucken. In ihren Adern pochte es mittlerweile so heftig, dass sie meinte, er müsse ihren Puls hören können. Federleicht strich er über die Innenseiten ihrer Schenkel, glitt mit den Daumen an ihrer – zum Glück noch glatten – Bikinilinie entlang, bis sie vor Erwartung beinah geschrieen hätte. Sie sehnte sich danach, dass er sie – dort – berührte. Das Bedürfnis war drängender als alles, was sie bisher erlebt hatte. Sie wimmerte flehend.

Er drehte sie um und schaute ihr verschmitzt in die Augen. »Was? Was willst du?«

Sie konnte nicht sprechen, konnte es nicht sagen. Noch nie hatte sie sexuelle Wünsche geäußert. Was sollte sie sagen? Sie stöhnte. Ein Finger hatte leicht ihren Kitzler gestreift, kaum wahrnehmbar, so flüchtig, dass sie nicht einmal sicher war, ob er sie überhaupt berührt hatte, wären nicht diese Schockwellen durch ihren Körper geströmt. Er lachte aus Freude an ihrer Lust. Er ließ sich nicht bitten, hörte auf, sie zu necken, und sie gab sich hin.

Sie wusste gar nicht, worauf sie sich konzentrieren

sollte. Auf seine Finger in ihr. Oder auf seine Finger auf ihr. Er spielte auf ihr wie ein Geigenvirtuose: genau der richtige Druck hier, eine leichte Berührung da, eine Pause, eine quälende Pause, die nur die Lust steigerte, wenn er wieder anfing. Mitgerissen vom Strom ihrer Empfindungen fühlte sie sich, als sei sie ein anderer Mensch. Eine ägyptische Prinzessin, die von ihren Sklaven eingesalbt wurde; ein Ritterfräulein, das nicht mehr in Not, sondern mit ihrem Retter vereint war. Sie befand sich in einer eigenen Welt, in der sie im Mittelpunkt stand.

Mit David hatte Sex ihr stets Spaß gemacht. Es war immer ... nett gewesen; ja, das war wohl das treffende Wort. Sie hatte die Wärme und Nähe genossen. Und sie war immer zum Höhepunkt gekommen oder hatte es jedenfalls geglaubt. Zumindest hatte sie meist an einem gewissen Punkt ein warmes, fließendes Gefühl verspürt. Und selbst wenn sie geahnt haben sollte, dass es mehr gab, weil immerhin ein ganzer Wirtschaftszweig Millionen mit dem Streben nach der vermeintlichen Ekstase verdiente, hatte sie nie das Bedürfnis verspürt, es zu suchen.

Das hier war jedoch etwas völlig Anderes.

Plötzlich verschmolzen sämtliche Empfindungen in ihrer Brust, ihrem Schoß bis hin zu ihren Fingerspitzen zu einem Ganzen. Ein glühend heißer Strahl durchzuckte sie, sprengte sie in unzählige, winzige Teilchen und ersetzte das Blut in ihren Adern durch glitzernde Schneeflocken der Ekstase. Auf dem Höhepunkt der Intensität glaubte sie, es nicht mehr ertragen zu können und vor Lust sterben zu müssen. Tief im Innersten meinte sie, vielleicht schon im Himmel zu sein.

Bevor ihr Beben verebbte, spürte sie, wie Bertie in

sie hineinglitt. Mit langsamen, festen, sicheren Stößen fachte er ihre Erregung erneut an, tiefer, subtiler, weniger intensiv, aber immer noch himmlisch. Ihn in sich zu spüren, eröffnete ihr neue Dimensionen. Instinktiv schlang sie die Arme um ihn und zog ihn an sich, um mit ihm eins zu werden und ihre Gefühle mit ihm zu teilen, dabei wunderte sie sich, wie sie sich einem Menschen, den sie kaum kannte, so nah fühlen konnte.

Die Erkenntnis traf sie wie ein Blitz. Wenn David das bei Faith gesucht hatte, wenn sie ihm ein solches Erlebnis ermöglicht hatte, dann verstand sie ihn. Dafür würde man alles aufgeben. Wenn das Leben einen Sinn hatte, dann diesen, dachte Ginny, während sie nach Atem rang.

An diesem Abend war Damien bei seiner allwöchentlichen Besprechung mit seinen Geschäftsführern in der Bar in Cheltenham, als sein Handy klingelte. Es war Kelly, die auf Anastasia aufpasste. Er hatte vorgehabt, ihr eine Kleinigkeit zu kochen, wenn er nach Hause käme. Steak und Salat, etwas Einfaches, das nicht den Eindruck erweckte, als hätte er lange darüber nachgedacht, was er natürlich doch getan hatte.

»Was gibts?« In seinem Ton lag Panik, weil er wusste, dass Kelly ihn nur im Notfall anrufen würde.

»Am Tor ist eine Frau. Sie geht nicht weg – ständig klingelt sie.«

Damien pochte das Herz bis zum Hals.

»Ich komme sofort. Hängen Sie einfach den Hörer der Gegensprechanlage aus. Weiß sie, dass Star da ist?«

»Nein. Ich habe behauptet, ich sei die Putzfrau.«

»Gut gemacht.« Das gefiel ihm an Kelly. Sie besaß

Eigeninitiative und stellte nicht zu viele Fragen. Er stand auf und schaute seine Geschäftsführer an.

»Ich muss weg. Ich komme morgen vorbei. Falls es Probleme gibt, ruft mich an.«

Die beiden nickten. Sie waren anständige Burschen. Er bezahlte sie gut, weil er sie nicht verlieren wollte. Er konnte sich darauf verlassen, dass kein Penny aus der Kasse in ihre eigenen Taschen wanderte, weil er dafür sorgte, dass sein Ruf ihm vorauseilte. Ihnen war klar, dass er ihnen die Finger abhacken lassen würde, ohne vorher Fragen zu stellen.

Zurück nach Honeycote fuhr er mit Bleifuß. Die Frau am Tor war natürlich Nicole. Trotzdem wurde ihm mulmig, als er sie sah. Er dankte Gott, dass in der Zeit, die er für die Heimfahrt gebraucht hatte, niemand aus der Wohnanlage gekommen oder hineingefahren war. Sonst wäre es ihr bestimmt gelungen, sich mit Schmeicheleien Zugang zu verschaffen.

Er parkte vor dem Tor und steckte die Fernbedienung in die Tasche, um den Wagen später reinzusetzen. Sie lehnte an einem zerbeulten alten Ford Sierra mit andersfarbigen Kotflügeln und Schaffellbezügen auf den Sitzen. Damien roch einen aufdringlichen Airfreshener, der vergebens gegen den abgestandenen Zigarettengestank ankämpfte.

Ihr Begleiter saß auf dem Fahrersitz und streckte die Beine aus dem Wagen, offensichtlich bereit, beim ersten Anzeichen von Ärger herauszuspringen. Er war von undefinierbarem Alter, irgendwo zwischen 35 und 55, hatte narbige Haut, fettiges, nach hinten gekämmtes Haar und ein misstrauisches Fuchsgesicht. In jedem Ohr baumelte ein silberner Totenkopf an einem Ring. Damien erkannte in ihm sofort eine miese kleine Ratte, die für ein erbärmliches Trinkgeld alles tun würde. Das machte ihn potentiell gefährlich. Er musste aufpassen. Der Typ konnte eine Schusswaffe haben. Mit Sicherheit trug er ein Messer bei sich.

War sie so tief gesunken?

Hätte er nicht gewusst, dass es Nicole war, er hätte sie nicht erkannt. Mit Sicherheit hätte er sie keines zweiten Blickes gewürdigt. Wie hatte er sie je für schön halten können? Sie war mager, verbraucht und ihre Nase wirkte viel zu groß für ihre eingefallenen Wangen. Ihre Augen waren boshafte Schlitze – Augen, in denen er früher hatte versinken können. Er fand, sie sah aus wie das Bild der Hexe Baba Yaga in dem Märchenbuch, aus dem er Anastasia neulich Abend vorgelesen hatte.

Sie warf ihre Kippe auf den Boden. Er roch den billigen Tabak in ihrem Atem. Er hasste Rauchen. Sie schaute ihn feindselig an, als er näher kam.

»Du hast wohl gedacht, ich würde dich nicht finden. Aber so clever bist du auch wieder nicht.«

Ihr Begleiter grinste selbstzufrieden. Offensichtlich hatte er sie hergefahren. Damien zuckte die Achseln und lächelte gespielt unbekümmert.

»Das Einzige, was mich überrascht, ist, dass du mich nicht schon früher gefunden hast.«

Nicole verzog verärgert das Gesicht.

»Ich will Anastasia sehen.«

»Das geht nicht. Sie ist bei einer Freundin.« Nicole schaute ihn misstrauisch an, aber Damien hielt ihrem Blick stand. »Du kannst ja hier warten, bis sie nach Hause kommt, aber es könnte durchaus sein, dass man dir Beine macht. Wie du dir vorstellen kannst, haben die Bewohner von Honeycote für Penner nicht viel übrig.«

Sie warf einen spöttischen Blick auf sein Haus.

»Du hast es ja weit gebracht.«

»Das hättest du ebenfalls haben können, Nicole. Es lag ganz bei dir.«

Sie grinste höhnisch.

»Du wirst sie fallen lassen wie eine heiße Kartoffel, wenn du hörst, was ich dir zu sagen habe.«

»Und das wäre?«

In ihren Augen lag ein triumphierendes Funkeln, als sie ihm den Todesstoß versetzte. Zum ersten Mal zeigte sich in ihrem Gesicht eine gewisse Lebendigkeit.

»Sie ist nicht von dir.«

Damien lachte.

»Netter Versuch.«

»Wirklich nicht. Sie ist mir wie aus dem Gesicht geschnitten. Sie hat keinen einzigen Blutstropfen von dir im Leib.«

Damien gab sich alle Mühe, das Beben in seiner Stimme zu verbergen.

»Wir lassen einen Test machen.«

»Genau das wollte ich dir vorschlagen. Dann hast du den Beweis. Und dann werden wir ja sehen, was das Gericht dazu sagt.«

Damien fühlte sich, als habe sie ihm ohne Vorwarnung in den Magen geschlagen. Aber eine innere Stimme sagte ihm, dass er kühlen Kopf bewahren müsse. Sie wollte ihn reizen. Es war eine Falle. Sicher hielt sie eine versteckte Kamera für den Fall bereit, dass er zum ersten Schlag ausholen sollte. Als Beweis für den Richter.

»Dann hast du keine Argumente mehr. Kein Richter wird dir das Sorgerecht geben, wenn sie gar nicht deine Tochter ist.« Sie wedelte zum Abschied höhnisch mit ihren knochigen Fingern vor seiner Nase herum. »Wir hören voneinander.«

Damit sprang sie in den Sierra, der mit quietschenden Reifen anfuhr.

Damien schaffte es nicht bis zu seinem Wagen, bevor er sich übergeben musste. Er erbrach sich, bis sein Magen leer war. Besser er machte die Einfahrt sauber, bevor die anderen Bewohner die Sauerei bemerkten. Merkwürdig, dass man in Augenblicken größter Panik so praktisch denken konnte. Es zeigte ihm, wie weit es mit ihm gekommen war. In der Umgebung, in der er aufgewachsen war, achtete kein Mensch auf eine Lache von Erbrochenem.

Im Hippodrome in Birmingham lehnte Keith sich in seinem Sitz zurück und versuchte, sich zu entspannen und die Vorstellung zu genießen. Mandy hatte sich netterweise gleich erboten, mit ihm ins Ballett zu gehen. Offenbar hatte sie gemerkt, wie enttäuscht er über die Absage war, und meinte, es würde ihn auf andere Gedanken bringen. Allemal besser, als zu Hause zu sitzen und Trübsal zu blasen.

Romeo und Julia tanzten gerade die Balkonszene. Die Ballerina wirkte winzig. Ihre scheinbare Zerbrechlichkeit verleugnete die Kraft, die ihre anmutigen Bewegungen erforderten – Bewegungen, die über die körperlichen Fähigkeiten der meisten Menschen hinausging. Sie flatterte und tänzelte vor ihrem Geliebten umher.

Neben Keith saß Mandy mit tränenüberströmtem Gesicht. Die Liebe der beiden war so deutlich spürbar, so stark, leidenschaftlich und richtig, dass sie beinah mit Händen greifbar schien. Als die Liebenden sich küssten, barg Mandy das Gesicht in den Händen. Was für ein Luxus, sich so sicher zu sein. Sie selbst war völlig zerrissen und wusste nicht, was sie tun sollte.

Dieses unglückselige Liebespaar, das sich seiner Liebe so gewiss war, rieb Salz in ihre offenen Wunden.

Rick hatte ihr am frühen Abend eine SMS geschickt wegen des Surfausflugs am Wochenende. Sie hatte Patrick auf die Probe gestellt und ihn gefragt, ob sie heute zusammen ausgehen könnten. Er hatte nach kurzem Zögern nein gesagt. Er habe zu viel im Honeycote Arms zu tun.

Damit hatte er die Entscheidung für sie getroffen.

Als Bertie und Ginny hinterher schweißgebadet und eng umschlungen in seinem frisch bezogenen Bett lagen, küsste er ihre nackte Schulter und sagte: »Heirate mich.«

»Sei nicht albern«, antwortete Ginny spröde.

»Bitte. Du bist alles, was ich mir je gewünscht habe.«

»Was – eine Frau, die die Drecksarbeit für dich macht? Für dich putzt und mit dir vögelt, meinst du?«

Auch wenn es nur ein Spaß war, wollte er nicht, dass sie so etwas dachte.

»Nein. Bei dir fühle ich mich geborgen. Du gibst mir das Gefühl, immer da zu sein.«

»Das klingt, als wäre ich deine Mutter.«

Es trat Stille ein. Sie wusste es nicht. Sie konnte es nicht wissen, sonst hätte sie es nicht gesagt.

»So etwas habe ich mit meiner Mutter nie gemacht, das kann ich dir versichern.«

Bertie schlang den Arm um ihre Taille und zog sie an sich. Wohlig schmiegte sie sich an ihn; es war schön, einen anderen Körper zu spüren. »Da gibt es nur ein kleines Problem«, murmelte sie als Antwort auf seinen Heiratsantrag. »Eigentlich bin ich noch mit einem anderen verheiratet.«

Aber Bertie schnarchte schon leise. Bald darauf schlummerte auch Ginny auf einer wonnigen Wolke ein, Bildfetzen des Tages von Besen, Staubtüchern und überwältigenden Orgasmen vor Augen ...

Nach dem Ballett fuhr Keith mit Mandy zum Bank, einem riesigen Restaurant mit Glasfront, in dem reger Betrieb herrschte. Als der Wagen die Broad Street entlang fuhr, musste Mandy daran denken, dass es Rick hier gefallen würde. Wo man auch hinschaute, waren Leute in Partylaune. Es standen unzählige Bars und Clubs zur Auswahl: Wodkabars, irische Pubs, australische Kneipen, Retro-Bars, Salsa-Clubs. Musik drang auf die Straße. Vor einem Restaurant zeigte ein Feuerschlucker in grell buntem Kostüm seine Kunststücke. Mädchen in spärlicher Kleidung zogen in Grüppchen durch die Straßen, lachten, telefonierten auf ihren Handys und flirteten mit Fremden. All das lag Welten von Honeycote entfernt – obwohl es in nur einer Stunde Fahrt zu erreichen war. Rick hatte Recht: Sie hatte noch nicht einmal einen Bruchteil der Welt gesehen. Und das hier war erst Birmingham – wie ging es erst weiter weg zu?

Im Restaurant legte Keith seufzend seine Gabel beiseite.

»Mandy, Schatz – stimmt was nicht? Du scheinst mir gar nicht du selbst zu sein.«

Sie schaute auf ihren Teller. Die Seezunge in Zitronenbutter war hervorragend, aber sie hatte keinen Appetit. Nachdrücklich schüttelte sie den Kopf. So nachdrücklich, dass es unverkennbar gelogen war.

»Es geht mir gut. Ich bin nur ... müde.«

»Vielleicht brauchst du mal etwas Abwechslung.

Einen kleinen Urlaub. Geh doch ins Internet und buch dir was.«

Ihr Vater war so nett, so besorgt. Mandy hatte das Gefühl, gleich in Tränen auszubrechen. Keith nahm ihre Hand.

»Hey …«

»Ich bin so durcheinander, Dad.« Mehr konnte sie nicht sagen. Sie konnte sich ihm nicht anvertrauen. Er wäre schockiert.

»Hör einfach auf dein Herz, Schatz. Ich weiß, dass du das Richtige tust.« Er stockte. »Ich bin immer für dich da, das weißt du doch.«

Er vertraute ihr. Sie verdiente seine Besorgnis nicht. Er wäre wütend, wenn er wüsste, was sie vorhatte.

Auf der Rückfahrt fuhr Keith langsam an Tinker's Barn vorbei und fragte sich, wie es Ginny gehen mochte. Er warf einen Blick auf die Haustür und sah, dass der Korb immer noch unter dem Vordach stand. Sie lag sicher im Bett und hatte noch keinen Fuß vor die Tür gesetzt. Er machte sich Sorgen. Sie war wohl ernstlich krank. Vielleicht brauchte sie einen Arzt.

Dann kam ihm ein Gedanke, der ihm ganz und gar nicht gefiel.

Vielleicht hatte sie ihn gar nicht von zu Hause aus angerufen.

Keith trat aufs Gaspedal und versuchte, die nagende Demütigung unterhalb der Rippen zu ignorieren. Dieser Stich war wesentlich schlimmer als seine Enttäuschung, als Ginny ihm abgesagt hatte, weil ihr nicht gut sei. Nun wurde ihm klar, dass jemand ihn ausgestochen hatte, dass sie eine bessere Einladung hatte. Vermutlich war es zu optimistisch von ihm gewesen, anzunehmen, dass sich eine Beziehung zwischen ihnen entwickeln könnte. Ihm fiel sein kleiner Tagtraum ein: dass sie ein Paar waren und Gäste in das Keeper's Cottage einluden. Sie hätten zwar keine Dinnerpartys gegeben wie Lucy und Mickey – auf so viel Stil und Elan, wie sie besaßen, durfte er nicht hoffen –, aber er hätte es schön gefunden, Freunde und Bekannte regelmäßig einzuladen, die dann sagen würden: »Heute Abend sind wir bei Keith und Ginny« und die sich vielleicht sogar darauf gefreut hätten.

Dazu würde es wohl nicht kommen. Keith malte sich die Zukunft in düsteren Farben aus und beschloss, sich dieser Qual nicht länger auszusetzen. Widerstrebend überlegte er, ob er versuchen sollte, im Internet eine Partnerin zu finden. Eine Russin oder Thai – angeblich sahen sie es als ihre Lebensaufgabe an, einen Mann glücklich zu machen und von vorne bis hinten zu bedienen.

Das aber wollte er nicht. Er gehörte zu den Menschen, die lieber gaben als nahmen. Verdammt, dachte er. Wieso war er überhaupt bei ihr vorbei gefahren und hatte nachgesehen? Er könnte längst zu Hause sein und in seliger Unwissenheit schlafen.

Er schaute zu Mandy hinüber, die neben ihm auf dem Beifahrersitz döste. Sie war doch das Einzige, das zählte. Es spielte keine Rolle, wenn aus ihm und Ginny nichts würde, das Honeycote Arms sich als Katastrophe erwiese oder die ganze Brauerei zum Teufel ginge. So lange nur Mandy glücklich wäre. Er wünschte verzweifelt, er wüsste, was er tun konnte, um sie wieder zum Lachen zu bringen.

Noch nie hatte Damien derart gelitten. Diese Angst. Diese Ungewissheit. Wenn diese Hexe ihn leiden lassen wollte, so war es ihr gelungen. Kelly hatte er zu ihrer Verwunderung überstürzt nach Hause geschickt, weil er mit Nicoles schrecklicher Enthüllung allein sein wollte. Als Anastasia in ihrem Schlafanzug mit den kleinen rosa Sternchen bettfertig hereinkam, nahm er sie so fest in die Arme, dass sie protestierte.

Für einen Augenblick konnte er sich einreden, dass Nicole Unsinn redete. Im nächsten Moment wurde ihm zu seinem Schrecken klar, dass es durchaus die Wahrheit sein konnte. Wenn ein anderer Anastasia gezeugt hatte, war er sicher nicht so reich gewesen wie Damien. Anastasia war somit für Nicole die Eintrittskarte in das Leben, das sie sich so sehr gewünscht hatte. Erst jetzt, als sie mit ihren Verhandlungen am Ende waren, gab sie ihre Waffe aus der Hand, um ihm aus Bosheit wehzutun.

Als er seine Tochter an diesem Abend ins Bett brachte, analysierte er all ihre Züge und Gebärden und suchte vergeblich nach einer Ähnlichkeit zwischen sich und ihr. Körperlich sah sie Nicole sehr ähnlich, von Haar- und Augenfarbe bis hin zum Knochenbau: dunkle Locken, blasse Haut, schwarze Wimpern und Augen in der Farbe von Coca-Cola. Was ihre Persönlichkeit anging, war sie schlicht nur sie selbst. Sie konnte bestimmt und herrisch auftreten, wenn sie wollte, war aber an sich nicht anspruchsvoll. Sie bekam nie einen Wutanfall, wenn etwas nicht nach ihrem Willen ging, sondern war Vernunftgründen zugänglich. Sie machte lediglich ein Schmollmündchen. Sie war liebevoll, großzügig und fürsorglich: wenn sie meinte, er brauche eine Erfrischung, brachte sie ihm ungefragt ein randvolles Glas Saft und eine Hand voll Kekse. Stolz zeigte sie ihm alles, was sie im Kindergarten gemalt, gebastelt und gebacken hatte, jedes Bild, jede Figur, jeden klebrigen Kuchen.

Er wartete, bis sie fest schlief, bevor er sich in sein Arbeitszimmer begab. Es war penibel ordentlich, als habe noch nie jemand auch nur einen Fuß hineingesetzt, da Damien alles sorgfältig in verschiedenfarbigen Ordnern ablegte, die er in einem Aktenschrank mit Buchenfront aufbewahrte.

Er setzte sich mit pochendem Herzen an den Computer, schaltete ihn ein und schaute zu, wie der Bildschirmschoner vor ihm aufleuchtete. Er ging ins Internet und wählte seine bevorzugte Suchmaschine an. Unsicher lagen seine Hände auf der Tastatur. Er wusste nicht recht, was er eingeben sollte. Schließlich tippte er: »Vaterschaftstest«.

Das Suchergebnis brachte Hunderte möglicher Websites. Natürlich war er nicht der Erste, der sich vor dieses Dilemma gestellt sah. Trotzdem wunderte er sich, dass so viele Firmen eine Art Heim-DNA-Test für Männer anboten, die den Verdacht hegten, ihre Kinder könnten vom Milchmann stammen, oder sich mit Unterhaltsansprüchen für ein Kind konfrontiert sahen, das sie meinten, nicht gezeugt zu haben.

Er las sich alles gründlich durch. Das Verfahren war anscheinend recht einfach und schmerzlos: man brauchte nur mit einem Wattestäbchen eine Speichelprobe zu nehmen. Die einzige Komplikation war offenbar, dass das Testergebnis nicht ganz so zuverlässig war, wenn keine Speichelprobe der Mutter zur Verfügung stand. Damien konnte sich kaum vorstellen, dass Nicole bereitwillig den Mund aufmachen würde, damit er eine Speichelprobe nehmen konnte; außerdem wollte er sie auf keinen Fall auf sein Vorhaben aufmerksam machen.

Er klickte sich durch unzählige Websites, bis er eine fand, die einen effizienten, seriösen Eindruck machte und schnelle Testergebnisse verhieß. Der Test hätte zwar vor Gericht keine Beweiskraft, aber Damien ging es im Augenblick vor allem darum, sich Gewissheit zu verschaffen. Er bestellte das Testset online, gab seine Kreditkartendaten ein und bat um Expresszustellung. Das Set sollte ihm am nächsten Tag per Kurier zugestellt werden, die Ergebnisse dann innerhalb von zwei Werktagen. Sie musste seine Tochter sein. Womit hatte er das verdient?

Plötzlich fiel es ihm wie Schuppen von den Augen: Er hatte es tatsächlich verdient! Er hatte Profit aus der Ausbeutung von Frauen geschlagen, mein Gott! Was besagte das? Auge um Auge? Ihm Anastasia wegzunehmen war vielleicht die gerechte Strafe für all die armen Seelen, die er ins Verderben gestürzt hatte, für all die Sechzehnjährigen, die begierig die Chance ergriffen hatten, in seinen Clubs zu tanzen, nur um später die schreckliche, schäbige Wahrheit zu erkennen. Das war der Preis, den er zahlen musste.

Und selbst jetzt, wo er all das hinter sich gelassen hatte, benahm er sich nicht anständiger, sondern plante, das Honeycote Arms zu vernichten wie ein Schlägertyp, nur um es für sich zu haben. Nur um den großen Macker zu spielen.

Er bekam also seine wohlverdiente Strafe. Für wen hielt er sich denn eigentlich? Er mochte sich zwar einreden, er habe das alles hinter sich gelassen und sei geläutert, aber sein Vorhaben – die Sabotage, die feindliche Übernahme, der eitle Versuch, sich allen anderen als überlegen zu beweisen – war noch schändlicher als seine früheren Aktivitäten. Wie konnte er hoffen, den Menschen hier zu beweisen, dass er besser sei als sie, wo er in Wirklichkeit wahrscheinlich genau das war, wofür sie ihn schon die ganze Zeit hielten: ein kleiner Gauner und Ganove mit großen Komplexen.

Er redete sich ein, er tue es für Kelly, als Rache für die schäbige Behandlung, die sie und ihre Eltern von den Liddiards erfahren hatten. Aber was würde sie sagen, wenn sie die Wahrheit erfuhr? Es würde bei ihr nicht den geringsten Eindruck machen. Kelly war ein ehrlicher Mensch, der sich treu blieb. Sie war mit sich zufrieden. Sie brauchte sich nichts zu beweisen, nicht so wie er. Sie hatte auch nie das Bedürfnis nach Rache verspürt und hegte offenbar keinerlei Groll gegen Patrick oder seinen Vater. Wieso hielt Damien es also für nötig, sich einzumischen und ihnen einen Denkzettel zu verpassen? Weil Patrick ihn als Blödmann bezeichnet und über seinen Wagen die Nase gerümpft hatte? Vielleicht hatte Patrick ja gar nicht so Unrecht?

Warum fühlte er sich nicht wohl in seiner Haut? Warum verspürte er diesen unwiderstehlichen Drang, allen zu zeigen wie groß, clever und reich er war und dass er alle reinlegen konnte? Warum glaubte er eigentlich, die Menschen würden ihn besser leiden können oder akzeptieren, wenn er das Honeycote Arms besäße? Das würde nichts daran ändern, wie er unter der Oberfläche war: verbittert, zynisch, habgierig, unsicher, abgebrüht …

Nein!, dachte Damien. So wollte er nicht sein. Die Umstände mochten ihn dazu gemacht haben; die Karten, die das Leben ihm ausgeteilt hatte, die Behandlung, die er erfahren hatte. Aber so wollte er wirklich nicht sein. Er wünschte sich ein einfaches, glückliches Leben. Er wollte Anastasia ein guter Vater sein – er glaubte, ihr schon jetzt ein guter Vater zu sein, aber er wollte ihr auch ein Vater sein, auf den sie stolz sein konnte und der keine dunkle Vergangenheit, Geheimnisse oder Leichen im Keller hatte.

Außerdem wünschte er sich eine gesunde, glückliche, vertrauensvolle Beziehung, die Anastasia Geborgenheit gäbe.

Natürlich vorausgesetzt, dass sie seine Tochter war und er überhaupt noch eine Wahl hatte.

Damien war noch nie abergläubisch gewesen. Bisher hatte er nie darauf geachtet, nicht auf die Fugen zwischen den Bürgersteigplatten zu treten. Er ging unbekümmert unter Leitern hindurch und geriet nicht in Panik, wenn ihm ein Spiegel zerbrach. Er war fest überzeugt, dass jeder seines Glückes Schmied war. Aber jetzt wollte er keinerlei Risiken eingehen.

Er musste seiner bisherigen Lebensweise den Rücken kehren. Er musste wieder gutmachen, was er getan hatte, und alle bösen Absichten aufgeben. Er musste ein völlig neues Kapitel anfangen. Wenn er das täte, wäre Anastasia sein Kind. Er griff zum Telefon.

»Pebbles? Damien hier. Hör zu – dieser Auftrag, ich will, dass du deine Jungs zurückpfeifst. Vergiss, dass ich je was gesagt habe.«

Nach einer kurzen Pause war ein leises Pfeifen zu hören.

»Geht nicht, Mann. Der Auftrag ist schon raus.«

»Du kannst ihn aber doch bestimmt rückgängig machen?«

»Nein. Ich habe meinem Mann Bescheid gegeben. Er regelt das anonym. Damit man es nicht bis zu dir zurückverfolgen kann, verstehst du?«

»Es muss doch aber irgendeine Möglichkeit geben?«

»Du kennst die Spielregeln, Damien. Du solltest

keinen Auftrag geben, wenn du es dir dann doch anders überlegst.«

»Kannst du ihnen denn wenigstens sagen lassen, dass sie nicht so hart rangehen sollen? Keine Gewalt.«

»Wie gesagt, das liegt nicht mehr bei mir. Die Jungs haben ihr Geld schon gekriegt. Sie machen ihren Job, wie er ihnen aufgetragen wurde.«

Mit zitternden Händen legte Damien den Hörer auf. Das war das Problem, wenn man sich direkt an Leute wandte, von denen man wusste, dass sie ihre Arbeit zuverlässig erledigten. Sie folgten unbeirrt ihren Anweisungen. Mit Auftraggebern, die ihre Meinung änderten, hatten sie nichts am Hut.

19

Jeder, der Mandy beim Packen zugesehen hätte, würde sich wundern, weil sie nur Jeans, T-Shirts, Shorts, einen Badeanzug und zwei Bikinis einpackte, obwohl sie das Wochenende bei einer Schulfreundin in London verbringen wollte.

»Libby hat Geburtstag. Sie hat uns zu einem reinen Frauenwochenende eingeladen. Wir gehen einkaufen. Und ziehen durch die Clubs«, erklärte sie Patrick, der nichts dagegen hatte. Er war sogar erleichtert, da er sich schon gefragt hatte, wie er es anstellen sollte, während der Versteigerung freie Bahn zu haben.

»Ich habe heute Vormittag ohnehin eine Nachbesprechung mit Suzanna«, log er.

Wieder ein Beweis für sein schwindendes Interesse an ihr und seiner Besessenheit von Mrs. Blake. Zumindest redete Mandy sich das ein.

Keith war froh, dass sie sich offenbar selbst aus der trüben Stimmung des gestrigen Abends hatte befreien können. Sie brauchte Abwechslung, etwas Zeit für sich, ein bisschen Spaß. Vielleicht war es genau das Richtige, damit sie endlich aus sich herausging. Er setzte sie am Bahnhof Eldenbury ab, wo sie den Zug nach Paddington nehmen konnte, und drückte ihr ein paar hundert Pfund in die Hand.

»Amüsier dich gut. Kauf dir was Hübsches.« Mandy hatte es eigentlich nicht nötig, verwöhnt zu werden, doch Keith hatte aus seiner Ehe die Ansicht mitgenommen, dass Geld Frauen glücklich mache, und eingefleischte Ansichten waren schwer abzuschütteln.

Aber Mandy machte es nur ein schlechtes Gewissen. Sie wartete, bis sein Wagen verschwunden war, bevor sie sich eine Fahrkarte nach Evesham – in die entgegengesetzte Richtung von Paddington – kaufte und über die Fußgängerbrücke auf Gleis zwei ging. Sie drückte sich im Wartehäuschen herum und betete, dass ihr niemand über den Weg lief, der sie kannte. Als der Zug kam, stieg sie schnell ein und schaute ängstlich über die Schulter. Sie musste feststellen, dass Betrug ihr nicht lag. Sie war nur froh, dass nicht Patrick sie zum Bahnhof gebracht hatte, sonst hätte sie es nicht durchgezogen.

Es gefiel ihr nicht, dass sie ihn belog. Andererseits würde sie sich nicht fragen, ob das Leben nicht noch mehr zu bieten habe, wenn er ihr die Aufmerksamkeit geschenkt hätte, die sie zu verdienen meinte. Sie war verunsichert und aus der Bahn geworfen. Nicht nur wegen ihrer Beziehung zu Patrick, sondern wegen ihrer Zukunft. Es wäre nur allzu leicht, sich auf ein bequemes Leben in Honeycote einzurichten und vielleicht die nächste Mrs. Liddiard zu werden. Oberflächlich war das sehr idyllisch. Aber würde sie etwas verpassen, wenn sie sich für die einfache Lösung entschied?

Als der Zug in Evesbury hielt, sprang sie hinaus, zog eine Baseballkappe über die Augen, lief mit gesenktem Kopf auf den Parkplatz und schaute sich suchend um. Er war da, auf seinem Motorrad. Ihr Magen schlug einen Purzelbaum. Noch hatte er sie nicht gesehen. Noch konnte sie umkehren und mit dem nächsten Zug nach Hause fahren. Mit diesem Ausflug ging sie ein enormes Risiko ein und sie war es nicht gewohnt, gefährlich zu leben. Andererseits war der Sinn der ganzen Sache ja nur, sich einen Ruck zu geben und zu erfahren, was sie verpasste.

Mit pochendem Herzen ging sie entschieden über den Parkplatz auf ihn zu, und als er sie lässig mit einem Mundwinkel angrinste, wusste sie, dass sie sich richtig entschieden hatte. Sie setzte den Helm auf, den er ihr reichte, schwang sich auf den Soziussitz und schmiegte sich an ihn. Als das Motorrad röhrend vom Parkplatz auf die Hauptstraße bog und die Blicke der Passanten auf sich zog, machte Mandy sich schon keine Gedanken mehr darüber, dass man sie sehen könnte. Die Geschwindigkeit, Ricks körperliche Nähe und die Vorfreude auf das bevorstehende Wochenende gaben ihr einen unglaublichen Kick, der jeden Preis wert war.

Ginny wachte am nächsten Morgen mit rasenden Kopfschmerzen und brodelnden Schuldgefühlen auf. Bertie schlief wie ein Stein. Vorsichtig befreite sie sich von seinem besitzergreifenden Arm. Ihre Kleider waren nirgendwo zu sehen. Sie schlang sich verschämt ein Handtuch um und machte sich auf die Suche. Ihr BH und ihr Slip, die über der Lehne der Chaiselongue hingen, brachten sie auf die richtige Fährte. Sie erinnerte sich vage, dass sie dort gelegen hatte.

Hastig zog sie sich an, suchte ihre Autoschlüssel und bemühte sich, nicht darüber nachzudenken, dass sie sicher noch zu viel Alkohol im Blut hatte, um zu fahren. Bei der Suche nach ihren Kleidern war sie auf mindestens drei leere Weinflaschen gestoßen, aber das kümmerte sie jetzt nicht. Sie musste weg, zurück in ihr eigenes, friedliches, einsames Bett, wo eine gewisse Normalität herrschte. Sie nahm Hope auf den Arm, die sie kaum anzusehen wagte. Sie konnte dem Hündchen schließlich nicht erklären, warum es die Nacht über in Berties Waschküche eingesperrt war und zum Abendessen Katzenfutter bekommen hatte. Sie überlegte, ob sie Bertie eine Nachricht hinterlassen sollte, hatte aber keine Ahnung, was sie schreiben könnte. Danke für den fantastischen Sex?

Wie durch ein Wunder kam sie wohlbehalten nach Hause und ließ Hope aus dem Kofferraum. Ihre Beine trugen sie kaum bis an die Haustür. Schon während der Fahrt hatte sie mit ihren Puddingbeinen kaum die Kraft aufgebracht, die Pedale zu treten. Vor Schlafmangel war ihr schwindelig. Ein Glück, dass die Zwillinge bei David übernachteten. Sie hätte ihre Fragen nicht ertragen. Außerdem hätte sie ihnen nichts vormachen können. Ihr stand der hemmungslose Sex förmlich ins Gesicht geschrieben. Unbeholfen schob sie den Schlüssel ins Schloss und öffnete die Tür. Als sie in Haus stolperte, bemerkte sie, dass etwas unter dem Vordach stand. Es war ein kleiner Geschenkkorb mit Erkältungsmitteln und einer Karte: »Wünsche baldige Genesung. Keith.«

Mit zittrigen Händen nahm sie den Korb. Was hatte sie sich eigentlich gedacht, zum Teufel? Der netteste, freundlichste, fürsorglichste Mann, den sie je kennen gelernt hatte, machte ihr den Hof, ein Mann, der ihr die größte Achtung entgegenbrachte. Und sie dankte es ihm, indem sie eine leidenschaftliche Nacht mit dem unzuverlässigsten, untreuesten und unpassendsten Mann der ganzen Grafschaft, wahrscheinlich sogar des ganzen Landes verbrachte.

Nicht nur das, Keith wusste mittlerweile sicher schon, dass sie ihn gestern am Telefon belogen hatte, denn sie war offensichtlich nicht zu Hause gewesen, als er kam, um seinen Korb abzugeben.

Sie mochte gar nicht darüber nachdenken. Zuerst musste sie duschen, nein, baden, um ihren wunden Körper und ihr angeschlagenes Gewissen rein zu waschen. An den Hüften hatte sie blaue Flecken, wo sie mit Berties Beckenknochen kollidiert war. Überall war ihre Haut wund von seinen Bartstoppeln, an den Wangen, an den Innenseiten ihrer Schenkel ... Die Erinnerung ließ sie schaudern; am liebsten hätte sie alles verdrängt, gleichzeitig aber auch gern jeden Moment der Ekstase noch einmal durchlebt.

Sie schüttete eine halbe Flasche Badeöl in die Wanne und stieg in das sträflich heiße Wasser. Sie sehnte sich nur noch nach einem frischen Pyjama und ihrem Bett. Der Schlaf würde ihr helfen, ihren Qualen zu entrinnen – süßes, heilendes Vergessen, aus dem sie mit einer Antwort und einer Art Absolution zu erwachen hoffte.

War es eine Sünde? Sie hatte Keith schließlich kein Eheversprechen gegeben oder wie man das nannte. Sie waren nicht offiziell zusammen. Aber was hieß schon offiziell?

So sehr Ginny sich auch bemühte, konnte sie das, was sie getan hatte, nicht rechtfertigen. Wie sie es vor sich selbst auch drehen und wenden mochte, es war nicht sonderlich nett von ihr. Und bisher war Ginny immer nett gewesen.

Als der Heißwasservorrat aufgebraucht war und

das Badewasser kalt wurde, stieg sie aus ihrem Kokon und zog ihren Bademantel über, ihren rosa Frotteemantel, der schon zwölf Jahre alt war, den sie aber nicht wegwerfen konnte, weil er weit und kuschelig war und ihr ein Gefühl von Geborgenheit vermittelte.

Ein Klopfen an der Haustür ließ sie vor Schreck beinah aus der Haut fahren. Sie wollte niemanden sehen. Vielleicht war es Keith, der wissen wollte, wo sie gestern Abend gesteckt hatte – allerdings wusste sie, dass er sie nie danach fragen würde. Vielleicht war es Bertie …

Sie konnte sich nicht verstecken. Ihr Wagen stand draußen: Wer auch immer vor der Tür stehen mochte, wusste, dass sie zu Hause war und klopfte hartnäckig weiter. Sie warf einen flüchtigen Blick in den Spiegel, ohne sich in die Augen zu sehen, und lief nach unten.

Es war weder Keith noch Bertie. Es war David, mit verzweifelter Miene und einem wütend brüllenden Bündel im Arm.

»Ich habe gerade die Zwillinge zu ihrer Mittagsschicht in den Pub gefahren«, erklärte er. Ratlos hielt er das Baby hoch. »Ich weiß nicht, was ich machen soll. Sie nimmt das Fläschchen nicht.«

Das Leben war merkwürdig, dachte Ginny.

»Chelsea, nehme ich an«, sagte sie und trat beiseite, um die beiden herein zu lassen.

Innerhalb einer Viertelstunde gelang es ihr, eine gewisse Ordnung herzustellen. Sie hatte inzwischen erfahren, dass David versucht hatte, die eine Woche alte Chelsea mit kalter Milch direkt aus dem Kühlschrank zu füttern.

»Faith sagt, das muss sie lernen. Sie sagt, es gibt überhaupt keinen Grund, weshalb Babys ihr Fläschchen warm bekommen sollten. Das sei nur eine Frage der Gewöhnung.«

Faith machte unterdessen mit ihrer Mutter einen Einkaufsbummel, um neue Kleider zu kaufen. Für sich.

»Ihre Umstandskleider rührt sie nicht mehr an. Und in die Sachen aus der Zeit vor ihrer Schwangerschaft passt sie noch nicht wieder hinein«, erklärte David, der sich nun allein um sein Kind kümmern musste. Faith schien wohl zu glauben, da er bereits zwei gesunde Töchter groß gezogen habe, käme er allein zurecht. Er war jedoch völlig hilflos. Der Kindersitz war ihm ein Rätsel. Und den kombinierten Kinderwagen und Buggy hatte er nicht einmal versucht aufzuklappen. Die Tasche mit den Kindersachen zum Wechseln war voller Dinge, die er nicht identifizieren konnte.

Ginny wärmte das Fläschchen in einem Topf mit heißem Wasser an und nahm dann Chelsea auf den Schoß, während diese zufrieden daran saugte. Als sie zu David hinüberschaute, um sich mit ihm zu unterhalten, sah sie, dass er auf dem Sofa eingeschlafen war. Offenbar hatte er die ganze Nacht kein Auge zugetan, nachdem er tagsüber in der Praxis gearbeitet hatte. Das war ja wohl unfair, fand Ginny verärgert, fragte sich allerdings, wieso sie für ihn eintrat. Wie man sich bettet, so liegt man, und wenn er gar nicht erst dazu kam, sich hinzulegen, so war das wirklich sein Problem.

Sie legte sich das Baby an die Schulter, ging im Wohnzimmer auf und ab und rieb ihm den Rücken, bis es sein Bäuerchen gemacht hatte. Beinah kam es ihr vor, als habe sie das erst gestern bei ihren Töchtern getan. An Chelseas schlaffer Haltung erkannte sie, dass sie eingeschlafen war wie ihr Vater.

Patrick kam am Samstagmorgen frühzeitig ins Star and Garter Hotel. Die Versteigerung sollte um zwölf Uhr mittags anfangen – pünktlich, hatte es streng in der Ankündigung geheißen. Es kamen mehrere Immobilien unter den Hammer: einige Pferdekoppeln, ein Baugrundstück, ein Bungalow mit landwirtschaftlicher Nutzungsverpflichtung und einige umbaufähige Scheunen. Little Orwell Cottage kam als Letztes an die Reihe. Patrick bekam eine Bieternummer: 55. Er versuchte vergebens, darin ein Omen zu sehen.

Anschließend ging er in die Bar und holte sich etwas zu trinken. Nur ein halbes Pint. Er wollte sein Urteilsvermögen nicht aufs Spiel setzen. Ihm fiel James' Rat ein. James, der mehr Auktionen besucht hatte als jeder andere, den Patrick kannte, hatte gute Schnäppchen an Land gezogen und erfolgreiche Geschäfte dabei gemacht. Jedenfalls erfolgreich genug, um ihm diese Investition zu finanzieren. Er hatte Patrick eingeschärft, das Wichtigste sei, nicht emotional zu werden, die Sache als reines Geschäft zu betrachten, sich einen Höchstpreis zu setzen und ihn auf keinen Fall zu überschreiten. Auf keinen Fall.

Patrick war fest entschlossen, diesen Rat zu beherzigen. Sie hatten sich die wirtschaftliche Seite lange und eingehend überlegt: Selbst in erstklassig renoviertem Zustand wäre das Cottage zu klein, um jemals mehr als 200 000 Pfund zu bringen. Es war nicht ausbaufähig, da es an ein anderes Haus angebaut war und nur einen taschentuchgroßen Garten besaß. Patrick hatte sich daher ein Höchstgebot von 150 000 Pfund gesetzt. Er musste einfach hoffen und beten, dass außer ihm niemand sein Herz daran gehangt hatte.

James hatte ihm angeboten mitzukommen. Aber Patrick wollte nicht, dass sein Onkel ihm Händchen hielt. Er wollte es allein schaffen. Er suchte sich einen Platz, schaute zu, wie der Raum sich mit Menschen füllte, und vertrieb sich die Zeit damit, sich auszudenken, warum sie wohl hergekommen waren. Beim Auktionator mit seiner eulenhaften Brille lag der Grund ebenso auf der Hand wie bei seinen Gehilfen, die sich sofort mit gewichtiger Miene an den Papierkram machten. Drei Bauern, die aussahen, als hätte man sie vom Melken geholt, waren sicher neugierig auf die Preise, die die Scheunen erzielten, weil sie vielleicht den Verkauf ihrer ungenutzten Nebengebäude in Erwägung zogen. Der großspurig wirkende junge Bursche in Arbeitsschuhen und mit einem winzigen Handy in der Hand war vermutlich ein Bauunternehmer, der Geld in der Tasche hatte und nach günstigen Bauprojekten Ausschau hielt. Einige Anzugträger sahen nach Profis aus, die in Kundenauftrag mitbieten sollten.

Eine mausgraue Frau Ende zwanzig in marineblauem Pulli mit rundem Halsausschnitt, geblümtem Rock, obligatorischer Perlenkette und Haarband kam herein. Sie hatte das Exposé von Little Orwell Cottage in der Hand. Nervös nahm sie Platz und schaute sich im Saal um. Instinktiv wusste Patrick, dass sie seine Gegenspielerin war. Dass auch sie sich in Little Orwell Cottage verliebt hatte. Dass sie sich schon überlegt hatte, aus welchem Kunstgewerbestoff sie die Vorhänge für das Wohnzimmer machen wollte. Kurz darauf gesellte sich ein junger Mann in ihrem Alter mit rosigem Gesicht zu ihr. Der protzige Saphirring an ihrer linken Hand verriet Patrick, dass sie verlobt waren, bald heiraten wollten und Little Orwell wohl als erstes gemeinsames Heim auserkoren hatten.

Träumt ruhig weiter, dachte er. Sie sollten es nicht bekommen. Es gehörte ihm. Ihm und Mandy.

Als David nach einer halben Stunde aus dem Schlaf auffuhr, betrachtete Ginny gerade Chelsea mit einem recht merkwürdigen Blick.

»Ich habe mich gerade gefragt, ob du lieber einen Jungen bekommen hättest«, sagte sie.

David war entsetzt.

»Natürlich nicht! Wie scheußlich, so was zu sagen.«

Ginny zuckte die Achseln.

»Ich habe nur überlegt, ob du dir nicht schon immer heimlich einen Jungen gewünscht hast. Und ob du mich verlassen hast, weil ich dir keinen geben konnte.«

»Nein. Nein! Ich habe nie etwas anderes gewollt als die Mädchen.«

»Verstehe. Nur ich war nicht das, was du wolltest.«

Das schlechte Gewissen und die Müdigkeit machten Ginny gereizt und anfällig für Selbstmitleid. Wie konnte David es wagen, hier reinzuplatzen, ihr sein Kind der Liebe in den Arm zu drücken und einfach einzuschlafen?

»Das ist nicht fair ...«

»Wie bitte?« Ginny fand, dass sie jedes Recht hatte, entrüstet zu sein. »Ich glaube kaum, dass du weißt, was Fairness heißt. Ich finde, es war nicht sonderlich fair von dir, mich wegen einer Frau zu verlassen, die halb so alt ist wie ich. Obwohl das Einzige, was man mir vorwerfen kann, war, dass ich gekocht, geputzt, gebügelt, deine Töchter großgezogen, deine Ablage, die Buchführung und alle anfallenden Arbeiten in deiner Praxis erledigt habe, für die du dir zu fein warst ...«

»Du hast nie gesagt, dass du unglücklich warst.«

Ginny atmete tief durch.

»Das war ich auch nicht. Ich habe das alles ganz gern gemacht. Aber offensichtlich warst du unglücklich.«

David wirkte zutiefst beschämt.

»Nein, Ginny. Das war ich nicht. Rückblickend glaube ich, mir war ein bisschen langweilig. Und dann kam Faith und brachte wieder etwas Spannung in mein Leben. Gab mir einen Grund, in den Spiegel zu schauen. Ich weiß, das ist alles ziemlich oberflächlich ...«

»Sex. Es ging um Sex, stimmt's?«

Nach der Nacht mit Bertie verstand Ginny ihn. Sie erinnerte sich, wie sie auf dem Höhepunkt ihrer Ekstase gedacht hatte, das sei das einzig Wichtige im Leben. Es war ein unglaubliches, alles verzehrendes, allmächtiges Gefühl. Sie fragte sich, was passiert wäre, wenn nicht David Faith kennen gelernt hätte, sondern sie Bertie und sie ihm nicht hätte widerstehen können. Hätte sie dann David gesagt, es täte ihr Leid, aber ihre Ehe sei am Ende, weil sie sexuelle Befriedigung gefunden habe?

David unterbrach ihre Gedankengänge.

»Ich war nie unglücklich mit dir, Ginny. Ich habe dich geliebt. Ich liebe dich immer noch. Eigentlich ...« Er schluckte und verzog den Mund zu einem trockenen Grinsen. »Ich könnte es dir nicht verübeln, wenn du mit dem Küchenmesser auf mich losgehen würdest, aber ich würde es gern noch mal versuchen.«

Ginny schaute ihn fassungslos an.

»Sag mir nicht, dass du das ernst meinst. Sag mir nicht, dass du dir das gründlich überlegt hast.«

»Ich vermisse die Mädchen. Ich vermisse den Spaß, den wir alle zusammen hatten. Wenn sie zu mir kommen, sind sie immer so gehemmt; immer auf der Hut vor Faith.«

»Was ist mit Faith? Was hält sie davon?«

»Sie hat keine Rechte. Wir sind nicht verheiratet. Natürlich bekommt Chelsea Unterhalt. Und ich bezahle ihr den Anteil am Haus aus. Wir würden in Cheltenham leben, weil die Praxis ...«

»David, das kannst du mir nicht antun.«

»Denk darüber nach, Ginny. Wir können unser Leben wieder aufbauen. Besser als je zuvor. Da die Zwillinge jetzt im College sind, hast du frei. Du kannst tun, was du willst – du brauchst nicht die verdammte Wäsche anderer Leute zu bügeln.«

Er deutete mit einer abfälligen Geste auf die leeren Wäschekörbe.

»Ich bügele gern.«

»Mein Gott, du hast doch Grips im Kopf, Ginny. Benutze ihn doch mal.«

»Und was ist mit Chelsea? Wie sollen wir unser Leben wieder aufbauen mit einem Baby im Schlepptau?«

»Faith hat sie ganztags in der Kinderkrippe angemeldet, sobald sie sechs Wochen alt ist. Ich hätte sie nur an den Wochenenden. Oder jedes zweite Wochenende.«

Ginny hob die Augenbrauen. Sie kannte Frauen wie Faith. Sie würde jeden Vorwand nutzen, um Chelsea abzuschieben und sich aus dem Staub zu machen.

»Und wie hast du vor, sie auszubezahlen?«

David vermied es, in Ginnys Augen zu sehen.

»Du hast doch noch deinen Anteil am Haus, oder?«

Ginny war sprachlos. Er meinte es tatsächlich ernst. Dass er schon so gründlich darüber nachgedacht hatte! Plötzlich fühlte sie sich wie auf Wolken. Zu viel Bett, zu wenig Schlaf.

»Ich komme damit nicht klar, David.«

»Ginny ...«

Er kam mit ausgestreckten Armen auf sie zu. Mist. Er wollte sie küssen. Für einen Moment war es äußerst verlockend. In seine vertrauten Arme zu sinken. Schließlich hatte sie nie aufgehört, ihn zu lieben. Nicht offiziell. Nachdem er sie verlassen hatte, hatte sie sich angewöhnt, sich nichts daraus zu machen, aber sie hatte nicht einmal sich selbst wirklich davon überzeugen können.

Sie versuchte, sich ihr gemeinsames Leben auszumalen. Den Zwillingen würde es gefallen, in Cheltenham zu wohnen – sie würden beide in diesem Sommer das College in Evesham abschließen. Cheltenham war eine lebendige Stadt, wo es viel zu sehen und zu unternehmen gab. Wenn sie ihr Leben wieder mit vereinten Kräften regelten, wäre es wesentlich einfacher. Sie dachte an die Unterhosen, die oben in ihrem winzigen Badezimmer auf der Leine hingen und eine Ewigkeit brauchten, bis sie trockneten. In der Küche war kein Platz für einen Trockner und Ginny mochte sie nicht draußen auf die Wäschespinne hängen, die zu nah an der Straße stand. Die Vorstellung, dass Passanten ihre Unterwäsche inspizieren oder sogar klauen könnten, war ihr unangenehm.

Doch dann dachte sie sich – Moment mal! Sie hatte nicht die letzten Monate darum gekämpft, ein neues Leben für sich und die Zwillinge aufzubauen, nur um auf eine Laune von David hin zu kapitulieren. Sie hatten ein gemütliches neues Zuhause und viele neue Freunde gefunden und sich im Dorf gut eingelebt. Die Mädchen hatten einen Job, der ihnen offensichtlich

Spaß machte und in dem sie gut waren – selbst Sasha! Darüber hinaus hatte Ginny entdeckt, dass sie keineswegs die mausgraue Hausfrau war, für die sie sich gehalten hatte, sondern durchaus noch attraktiv, wie die vergangene Nacht hinreichend bewies.

Wie auf ein Stichwort klingelte das Telefon aufdringlich und forderte Beachtung. Nervös schnappte sie sich den Hörer und ging an das andere Ende des Zimmers, so weit wie möglich außer Hörweite von David. Als sie eine Stimme vernahm, kräftig und dunkel wie eine kolumbianische Kaffeebohne, geriet sie in Panik.

»Du bist einfach verschwunden. Ich wollte dir Frühstück bringen.«

»Ich kann jetzt nicht reden. Ich habe Besuch.«

Chelsea heulte wütend auf.

»Ich frage gar nicht erst«, sagte Bertie.

»Besser nicht«, bestätigte Ginny. Im Stillen dachte sie, gleich werde ich wach und alles ist wieder normal.

»Ich liebe dich.«

»Spiel nicht mit mir, Bertie«, antwortete sie eine Spur zu barsch. »Ich bin es leid, von anderen nur zu ihrem Vergnügen beliebig benutzt und wieder fallen gelassen zu werden.«

»Das glaubst du doch nicht im Ernst, oder?« Bertie klang gekränkt.

»Doch, wirklich«, antwortete sie. »Kannst du mir also bitte etwas Zeit lassen? Ich bin im Augenblick ein bisschen durcheinander ...«

»Soll das so was heißen wie: Ruf mich nicht an, ich rufe dich an?«

»Ja.« Damit legte sie auf.

»Du siehst ein bisschen ... aufgebracht aus.«

»Das war nur ein schwieriger Kunde«, versicherte sie ihm, was ja nicht ganz gelogen war. Aber ihre geröteten Wangen zeigten David, dass er nicht als Einziger im Rennen war.

Patrick schien es, als müsse er endlos warten, bis Little Orwell Cottage endlich unter den Hammer kam. Doch um zwanzig nach eins war es endlich so weit. Die Reihen im Saal hatten sich etwas gelichtet, aber die meisten waren geblieben. Patrick hoffte inständig, dass sie nur hier waren, weil sie nichts Besseres zu tun hatten, als zuzuschauen, wie andere ihr Geld ausgaben.

»Und nun kommen wir zu einem entzückenden Landarbeiter-Cottage, renovierungsbedürftig. Sehr attraktiv.« Der Auktionator schaute streng in die Runde, falls jemand anderer Ansicht sein sollte, und bat um Gebote. Es begann lebhaft, flaute aber ab, sobald 135 000 Pfund überschritten waren, bis schließlich nur noch Patrick, der junge Bauunternehmer und das mausgraue Mädchen mit ihrem rosigen Verlobten übrig waren.

Bei 140 000 stieg der Bauunternehmer aus, da er offensichtlich jede Hoffnung auf eine Gewinnspanne schwinden sah. Patrick bot weiter emotionslos und ungerührt mit und bemühte sich, nicht mit der Wimper zu zucken, wenn sich die Gebote um jeweils 1000 Pfund erhöhten. 148 000. 149 000.

Er war an der Reihe. Er hob seine Karte zu seinem letzten Gebot – 150 000 Pfund – und hoffte inständig, dass seine Gegenbieter sich dieselbe Obergrenze gesetzt hatten. Er vermutete es, denn Pinky wurde noch eine Spur rosiger und hatte kleine Schweißperlen auf der Stirn. Es sah nicht so aus, als wolle er weiter mitbieten.

Patrick beobachtete, wie die Maus bittend die Hand auf den Arm ihres Verlobten legte und ihn mit großen, klaren Augen anschaute. Pinky runzelte verärgert die Stirn, was zeigte, dass sie ihre Höchstgrenze erreicht hatten.

»Zum Ersten.« Der Auktionator schickte sich an, Patrick den Zuschlag zu geben, da keine weiteren Gebote kamen.

Die Maus flüsterte Pinky drängend ins Ohr. Patrick sah, dass sie ihm gleichzeitig den Ellbogen in die Rippen stieß. Pinky wirkte gequält. Auch er kannte offensichtlich die goldene Regel.

»Zum Zweiten ...«

Die Maus bedachte Pinky mit einem bitterbösen Blick. Da die Aussicht auf ihren Zorn offenbar eindeutig zu erschreckend war, hob Pinky trotzig seine Karte hoch.

»151 000. Geboten sind 151 000. Höre ich 152 000?« Der Auktionator genoss die Spannung und schaute sich im Saal um.

Verdammt, dachte Patrick. An diesem Punkt sollte er eigentlich mit Würde aussteigen. Aber dann dachte er: Was soll's? Wegen 2000 Pfund mehr? Er würde sich schwarz ärgern, wenn die Maus und Pinky das Haus für 151 000 Pfund bekämen. Er hob also kühl und lässig seine Karte mit zwei Fingern hoch, als sei die ganze Sache unsagbar langweilig.

Als der Auktionator sein Gebot bestätigte, schaute die Maus sich wütend um. Wieder stieß sie Pinky in die Rippen, der ihn gequält überbot. 153 000.

Na gut, dachte Patrick. Das bedeutete Krieg. Wenn er Little Orwell Cottage nicht haben konnte, würde er dafür sorgen, dass Pinky und die Maus es teuer bezahlen mussten. Er streckte die Beine aus, verschränkte die Arme und hob lustlos seine Karte, als habe er wahrhaftig Besseres zu tun.

Nachdem David gegangen war – Ginny hatte ihm noch geduldig gezeigt, wie er Chelsea im Kindersitz anschnallen musste – setzte sie sich seufzend auf das Sofa.

Was war eigentlich los mit ihr? Nicht weniger als drei Männer umwarben sie. Es war wirklich lachhaft. Wie um Himmels willen sollte sie sich entscheiden?

Musste sie sich denn entscheiden?

Je länger Ginny darüber nachdachte, umso klarer wurde ihr, dass sie nichts überstürzen wollte. Jedenfalls nicht den Schritt in eine ernsthafte Beziehung. Sie musste jetzt erst einmal wieder auf die Beine kommen, sich selbst finden und entscheiden, wer sie eigentlich war, bevor sie sich noch einmal auf eine feste Bindung einließ. Es hatte keinen Sinn, 20 Jahre für eine Ehe zu verschwenden, nur um sich in die nächste Beziehung zu stürzen, bevor sie die erste auch nur überwunden hatte und wusste, was sie eigentlich wollte.

Ihr schwirrte der Kopf. Wieso war das Leben so kompliziert? Weil es zu viele Möglichkeiten gab, deshalb. Im Fernsehen. Im Supermarkt. Menschen wie ihre Mutter hatten es einfacher gehabt. Na gut, das Leben mochte recht langweilig gewesen sein. Aber zumindest war es sicher und berechenbar. Ginny glaubte nicht, dass ihre Mutter je etwas Wichtigeres hatte entscheiden müssen als die Frage, ob sie zum Pudding eingemachte Pfirsiche oder Birnen reichen sollte. Es sprach nicht viel dafür, eine Frau der Jahrtausendwende zu sein. Für alles und jedes war sie selbst verantwortlich.

Sie würde sich jedenfalls nicht zu einer Entscheidung drängen lassen. Sie beschloss, dass sie an diesem Wochenende wirklich etwas Ruhe brauchte. Da es in letzter Zeit recht hektisch zugegangen war, freute sie sich auf ein paar gemütliche Tage zu Hause, an denen sie ohne Make-up herumhängen und vielleicht ein bisschen Zeit mit den Mädchen verbringen konnte. Sie könnten zum Beispiel zusammen ins Kino gehen.

Doch vorher musste sie noch etwas erledigen. Sie musste sich bei Keith entschuldigen. Er hatte es nicht verdient, so behandelt zu werden. Sie wählte seine Nummer und war als echter Feigling dankbar, als sein Anrufbeantworter ansprang.

»Keith, hier ist Ginny. Ich muss mich bei dir entschuldigen. Ich habe mich gestern abscheulich benommen. In Wahrheit war ich ziemlich down und hatte bei einem Freund etwas zu viel getrunken. Ich war der Ansicht, dass ich keine gute Gesellschaft abgegeben hätte. Aber es tut mir Leid, dass ich dich beschwindelt habe. Ach, und vielen Dank für den Korb – das war sehr lieb …«

Sie hoffte, dass sie ihn besänftigt hatte, zog ihren Schlafanzug an und ging ins Bett. Sie wusste, dass sie noch mindestens drei Stunden in Ruhe schlafen konnte, bis die Schicht der Zwillinge im Pub zu Ende ging.

Als sie die Schwindel erregende Abfahrt nach Woolacombe erreichten und Rick durch die Haarnadelkurven fuhr, klammerte Mandy sich noch fester an ihn. Sie brausten an einigen Hotels vorbei, deren Bauherren rundum Bestechungsgelder verteilt haben mussten, um für diese unansehnliche Architektur Genehmigungen zu bekommen. Als das Meer in Sicht kam, verschlug es ihr die Sprache: ein herrlich weißer

Strand mit schäumender Brandung. Da erst Mai und die Wettervorhersage schlecht war, hatten sich außer den üblichen unerschrockenen Surfern, die bei jedem Wetter kamen, kaum Leute eingefunden. Alle, die den Weg trotzdem auf sich genommen hatten, freuten sich diebisch, als strahlender Sonnenschein den Wetterbericht lügen strafte.

Sie folgten der Küstenstraße, die immer weiter hinauf führte und eine imposante Aussicht bot, bis sie die Einfahrt des Campingplatzes erreichten. Soweit Mandy sehen konnte, war es nur eine Wiese. In der Ferne stand ein Gebäude aus Leichtbetonplatten, in dem offenbar Waschräume und Toiletten untergebracht waren. Rick fand die Stelle, an der seine Freunde ihre Zelte bereits aufgebaut hatten, aber sie waren leer.

»Sie sind bestimmt schon am Strand. Lass uns das Zelt aufbauen, dann gehen wir auch ans Meer.«

Er packte die Satteltaschen aus und holte das Zelt aus seiner kleinen wurstförmigen Hülle. »Es ist ein Zwei-Mann-Zelt. Oder Ein-Mann-eine-Frau. Ohne Bad und Zentralheizung, fürchte ich. Es ist alles ziemlich primitiv, aber das macht nichts, weil wir nicht viel hier sein werden«, grinste er.

Mandy bemühte sich, nicht allzu eingehend darüber nachzudenken, dass sie eine ganze Nacht so dicht neben ihm verbringen musste; sie befolgte seine Anweisungen und trieb tapfer Heringe in den Boden. Sie konnte sich nicht entsinnen, je in einem Zelt geschlafen zu haben. Sie kannte nur Vier- oder Fünf-Sterne-Hotels, die ziemlich anonym waren und alle die gleichen flauschigen weißen Handtücher und Duschhauben bereitstellten. Es war eindeutig ein Wochenende der Novitäten.

Den Nachmittag verbrachten sie am Strand von

Croyde, dem Mekka der Surfer: kilometerlange Sandstrände und ein Meer, in dem sich unzählige Leute tummelten. Sie mieteten sich Surfbretter und Neoprenanzüge und tollten zwei Stunden in der Brandung herum. Rick zeigte ihr mit Engelsgeduld, wie sie den günstigsten Augenblick abpassen konnte, um auf einer Welle zu reiten. Noch nie hatte sie so viel gelacht. Noch nie hatte sie so viel Spaß gehabt, auch wenn sie den Dreh nicht ganz herausbekam.

Um fünf Uhr nachmittags war Mandy müde und verfroren. Sie ging an den Strand, trocknete sich ab, zog sich warme Kleider an und setzte sich in den Sand, die Arme um die Knie geschlungen, um zuzuschauen, wie Rick und seine Freunde ernsthaft surften. Über eine Stunde weidete sie sich am Anblick seines Körpers, während er auf den Wellen ritt wie ein Gott aus der griechischen Mythologie.

Allzu bald genossen sie mit seinen Freunden den Sonnenuntergang bei Bier und Zigaretten. Er stellte sie unzähligen Leuten vor, die sie alle begrüßten, als würden sie sich schon ihr Leben lang kennen.

Als die Sonne untergegangen war, zogen sie los, um in einem Pub Billard zu spielen und Bier und Tequila zu trinken. An Essen schien niemand zu denken, aber Mandy war das ganz recht. Sie hatte viel zu viel Adrenalin im Blut, um auch nur einen Bissen hinunterzubekommen. Der Tag war einfach herrlich gewesen, anregend und erholsam zugleich. Sie war an ihre körperlichen Grenzen gestoßen, aber es hatte sie unglaublich entspannt. Bis jetzt spürte sie die Sonnenwärme in ihren angenehm müden Knochen und schmeckte noch das Salz auf Lippen, Haut und Haaren.

Als die Kneipe schloss, gingen sie zurück zum Campingplatz. Mandy schlüpfte ins Zelt, legte sich auf ihren Schlafsack, die Arme hinter dem Kopf verschränkt, und wartete, bis Rick von der Toilette kam. Ihre Gedanken schweiften ziellos umher; vor ihren geschlossen Augen trieben Bilder dahin wie Wolken am Himmel. Entspannt war nicht das richtige Wort für ihren Zustand. Sie vermutete, das Bier und einige Züge an dem Joint, der herumgegangen war, trugen das ihre dazu bei. Sie hatte keinerlei Sorgen, nichts bedrückte sie. Den ganzen Tag hatte sie nicht einmal an Patrick gedacht. Sie war beinah eingenickt, als Rick kam und sie aufschreckte.

»Ist dir warm genug?«

Mandy nickte. Rick zog den Reißverschluss des Zeltes zu und kroch in seinen Schlafsack.

»Heute Nacht schläfst du bestimmt wie ein Stein. Bei der ganzen Seeluft.« Grinsend beugte er sich zu ihr herüber, um sie zu küssen. Sie schloss die Augen, bereit für seine vollen Lippen, doch sie streiften lediglich ihre Wange. Er strich ihr rau, aber fürsorglich über den Kopf und wandte sich ab.

»Nacht.« Er faltete sein Sweatshirt zu einem Kissen zusammen und legte sich schlafen.

Mandy war fassungslos. Das war alles? Waren sie wirklich nur Kumpel? Hatte er sie nur mit hergenommen, um ihr das Surfen beizubringen? War sie für ihn nur ein Mädchen, vor dem er angeben konnte? Hatte er nichts für sie übrig? Hatte er irgendwann erkannt, dass sie nicht sein Typ war? Hatte sie beim Surfen nicht schnell genug den Dreh heraus gehabt? War sie zu dick? Zu dünn? Zu langweilig? War er schwul? Erwartete er, dass sie den ersten Schritt machte? Oder hatte sie den Grund für diesen Ausflug missverstanden? Männer und Frauen konnten schließlich auch befreundet sein, ohne miteinander zu schlafen. Seine

Surferfreunde alberten alle miteinander herum, es gab zwar einige Pärchen, aber insgesamt herrschte zwischen allen die unkomplizierte, nicht sexuell gefärbte Kameraderie von Leuten, die einfach nur Spaß haben wollten.

War es also falsch, dass sie Sex mit ihm wollte? Ja, natürlich, denn sie hatte bereits eine feste Beziehung. Sie betrog Patrick. Aber für sie war dieses Wochenende ein Test. Nun nahm es jedoch eine unerwartete Wende. Sie hatte angenommen, dass es zwischen ihr und Rick der ganz natürliche nächste Schritt wäre, miteinander zu schlafen, wenn dem nichts im Wege stand. Mit dieser Erwartung war sie hergekommen.

Nun fühlte sie sich einsam und verlassen. Sie öffnete ihren Schlafsack und schlüpfte hinein. Das entspannte Gefühl von vorhin hatte sich verflüchtigt. Ihre Zweifel und Ängste kehrten zurück. Und ihr war kalt. Sie sehnte sich nach der Wärme des Körpers, der so quälend dicht neben ihr lag. Sie schlang die Arme um ihren Körper und schlief schließlich ein.

Vielleicht hätte es sie getröstet zu wissen, dass Rick neben ihr sich ebenfalls quälte. Er hatte gedacht, es würde ganz einfach. Er hatte gedacht, er könne sie ohne schlechtes Gewissen vögeln. Schließlich war er ein Meister des unverbindlichen Sex. Ein Mädchen hatte ihn einmal den »unverbindlichen Ricky« genannt.

Wieso zum Teufel konnte er es nicht durchziehen?

158000 Pfund. James würde ihn umbringen, weil er sich nicht an seinen Rat gehalten hatte. Aber Patrick war es egal. Was waren schon weitere 8000 Pfund, im Großen und Ganzen betrachtet? Er würde das Geld schon irgendwie auftreiben. Mit zitternden Händen unterschrieb er den Papierkram und fuhr in Hochstimmung nach Hause. Er erzählte niemandem von seinem Kauf. Mandy sollte es als Erste erfahren.

An diesem Abend konnte er vor Aufregung kaum schlafen. Er konnte es kaum abwarten, bis Mandy am nächsten Tag zurückkam. Er überlegte, ob er ihr eine SMS schicken sollte, zwang sich aber zur Geduld. Morgen Abend würde er mit ihr zu dem Häuschen fahren. Er versuchte, sich ihr Gesicht vorzustellen. Sie würde begeistert sein, das wusste er.

20

Am Sonntagmorgen wachte Mandy voller Entschlossenheit auf. Obwohl sie am Abend nur mit Mühe eingeschlafen war, hatten Sonne und Seeluft ihr einen erholsamen Schlaf beschert. Sie beschloss optimistisch, den heutigen Tag nach ihren Regeln zu gestalten. Sie kroch aus dem Zelt und ging zur Toilette. Dort angekommen, wünschte sie allerdings, sie hätte es gelassen. Der Campingplatz mochte zwar an einem idyllischen Fleckchen liegen, zeichnete sich aber nicht gerade durch seine sanitären Einrichtungen aus. Zudem hatten offenbar die meisten, die sie gestern Abend aufgesucht hatten, ihr Ziel verfehlt. Mit einiger Überwindung putzte sie sich am Waschbecken die Zähne und wusch sich das Gesicht mit kaltem Wasser, verzichtete aber auf die Dusche, die aussah, als könne man sich dort Warzen und alles Mögliche andere holen. Macht nichts, dachte sie. Sie hatte gestern so lange im Meer herumgetobt, dass sie nicht sonderlich schmutzig sein konnte. Anschließend erledigte sie einige Anrufe mit ihrem Handy. Um neun Uhr war sie fertig. Sie schlüpfte wieder ins Zelt und kitzelte Rick unter dem Kinn.

»Aufwachen, Schlafmütze.«

Benommen setzte er sich auf. Er sah umwerfend aus – seine Haut war von der Sonne bereits toffeebraun. Mandy wünschte inständig, er möge sich schnell etwas überziehen.

»Na los, komm. Heute geht es nach meinen Regeln. Wir gehen reiten.«

Seine Miene war die Mühe wert. Es war die perfekte Rache. Gestern war sie sich so linkisch vorgekommen, als würde sie nie Surfen lernen, während Rick auf den Wellen ritt, als gehörten sie ihm. Nun war sie an der Reihe. Sie hatte die Telefonnummer eines örtlichen Reitstalls erfragt und für sie beide einen Ritt durch die Dünen gebucht.

Der Reitstall war nicht weit entfernt, und schon bald waren sie mit Reitstiefeln und Sicherheitshelmen ausgestattet. Das junge Mädchen, das sie begleiten sollte, führte ihre Pferde heraus. Mandy bekam einen gut aussehenden Grauen mit zierlichen Beinen, der auf einen Ausritt brannte. Sie musste an Monkey denken. Keith hatte versprochen, ihm Heu und Wasser zu geben. Sie verspürte leichte Gewissensbisse, weil sie ihren Vater hinters Licht führte. Er hatte sich wohl nicht vorgestellt, dass sie sein Geld dafür ausgeben würde.

Ricks Pferd war eine große, gescheckte Stute mit blauen Glupschaugen und weißen Wimpern. Es war das unansehnlichste Pferd, das Mandy je gesehen hatte. Sie unterdrückte ein Kichern, als Rick das Tier entsetzt musterte. Das Mädchen vom Reitstall verteidigte das Pferd.

»Das ist Patsy. Nicht gefährlicher, als im Wohnzimmer auf dem Sofa zu sitzen. Und genauso gemütlich. Sie passt schon auf Sie auf.«

Rick wirkte skeptisch, kletterte aber auf den Steigblock und zog sich auf Patsys breiten Rücken. Ihre Begleiterin bestieg einen lebhaften Braunen und ritt voraus auf den Weg.

Mandy musste zugeben, dass Rick auf dem Pferd eine recht gute Figur machte. Nichts ließ jegliche Unterschiede stärker verblassen als ein Neuling auf einem Pferd; nichts verwandelte einen ansonsten geschmeidigen, graziösen Menschen eher in einen Sack Kartoffeln. Aber das Mädchen behielt Recht: Patsy war gemütlich wie ein Sofa, und selbst als sie in Trab fiel, kam Rick offenbar gut zurecht.

Als sie durch das Dorf ritten, war das Klappern der Hufe auf dem Asphalt das einzige Geräusch, das so früh an einem Sonntagmorgen zu hören war. Sogar die eifrigsten Surfer schliefen noch den Rausch des gestrigen Abends aus. Sie bogen von der Straße ab in die Dünen, wo der gemächliche Schritt der Pferde ihnen Gelegenheit gab, die atembraubende Schönheit der Umgebung zu genießen. Das hohe Gras raschelte leise in der Morgenbrise, die Pferde trotteten durch den Sand und in der Ferne leckte das Meer zögernd an der Küste.

Mandy schaute sehnsüchtig auf den Strand. Da ihre Begleiterin sah, dass sie eine erfahrene Reiterin war, gab sie nach und erlaubte ihr, auf dem nassen Sand zu ihrem Ausgangspunkt zurückzugaloppieren, während sie mit Rick in gemächlichem Tempo durch die Dünen ritt.

Als Mandy auf das Wasser zuhielt, spürte sie, wie sich die Muskeln des Pferdes unter ihr erwartungsvoll spannten. Es freute sich ebenso auf den scharfen Galopp wie sie. Sie hatte Schmetterlinge im Bauch und wusste, wenn sie den Hengst erst einmal laufen ließe, wäre er nicht mehr zu halten.

»Ruhig, Junge, ruhig.« Sie hielt ihn bewusst noch eine Weile im Zaum, ehe sie bereit war, ihn laufen zu lassen und mit ihm zu verschmelzen. Frustriert tänzelte er auf der Stelle, bis sie die Zügel fester packte und ihm mit den Fersen das Startsignal gab. Tief über seinen Nacken gebeugt, jagte sie über den ganzen Strand und genoss dieses Höchstmaß an Freiheit, dieses Höchstmaß an Partnerschaft. Besser als Sex, dachte Mandy trotzig.

Mit leuchtenden Augen kam sie in leichtem Trab zurück zu Rick, der sie mit neuem Respekt sah. Er vertraute den Wellen, verstand, wie sie funktionierten, und ritt gern auf ihnen. Niemals könnte er einer halben Tonne Muskeln und Sehnen vertrauen, die ihren eigenen Willen hatten. Aber Mandy fand offenbar nichts dabei.

Touché, dachte er voller Bewunderung, als er im Reitstall vom Pferd glitt und vor Schmerz zusammenzuckte, sobald seine Füße den Boden berührten.

Barney und Suzanna blieben am Sonntagmorgen im Bett, so lange es ging, und standen nur widerstrebend auf. Sie liefen beide auf Reserve. Der Erfolg des Eröffnungsabends hatte für einen stetigen Gästestrom am ersten Wochenende gesorgt. Das Restaurant war voll besetzt gewesen, ohne Reservierung war kein Tisch zu bekommen. Die Anspannung ließ sie durchhalten. Nach der Mittagsschicht an diesem Sonntag konnten sie sich erholen, denn sie hatten den Abend frei. Toby würde sich mit Melissa, einer der Kellnerinnen um den Pub kümmern; das Restaurant blieb geschlossen. Es sah allerdings nicht danach aus, als würden sie sich dann erschöpft, aber erleichtert in die Arme fallen und gegenseitig gratulieren. Beide waren gereizt und hatten ein schlechtes Gewissen wegen der kleinen Geheimnisse, die sie voreinander hüteten. Es dauerte nicht lange, bis sie sich wie übermüdete Kleinkinder wegen einiger Missgeschicke zankten, die am Abend zuvor im Restaurant passiert waren. Missgeschicke, die niemandem den Abend verdorben hatten, aber ausgebügelt werden mussten. Müde und verstockt, wie sie waren, wollte keiner von ihnen die Schuld auf sich nehmen.

»Ich stehe die ganze Zeit in der Küche. Ich weiß wirklich nicht, wieso ich dafür verantwortlich sein soll, dass eine Kellnerin den Unterschied zwischen Perlhuhn und Biohühnern nicht kennt.« Suzanna bedauerte ihren scharfen Ton, aber sie war ein Nervenbündel. Zum Mittagessen waren sie ausgebucht und die Herde hatten sich in den letzten Tagen reichlich launisch gezeigt.

Barney ballte frustriert die Fäuste.

»Suzanna, lange kann ich so nicht mehr weitermachen.«

»Ich auch nicht«, fuhr sie ihn an.

Barney legte den Kopf in die Hände und schaute nach einer Weile auf.

»Vielleicht war es ein Fehler. Vielleicht sind wir nicht dafür gemacht. Wir fühlen uns beide hundeelend.« Noch während Barney das sagte, wurde ihm klar, dass sie sich nicht wegen des Pubs elend fühlten, dem sie noch gar keine echte Chance gegeben hatten. Es war eben einfacher, die Schuld auf etwas anderes zu schieben, als die Probleme anzugehen, die unausgesprochen zwischen ihnen lauerten wie Haie in flachem Wasser. »Vielleicht sollten wir es einfach vergessen.«

»Ja. Vielleicht.« In ihrem Ton lag eine ruhige, wohl

überlegte Drohung, die Barney eiskalt ins Herz stach. Als sie aus dem Zimmer ging, schlug er wütend gegen die Wand.

Ihm platzte allmählich der Kragen. Wieso sollte er sich ständig opfern in der Hoffnung, dass ihre Ehe sich wieder kitten ließe? Er musste zuerst einmal an sich denken, sonst würde er mit nichts dastehen, wenn alles in die Brüche ging. Plötzlich empfand er eine überwältigende Traurigkeit. Eigentlich sollten sie sich gemeinsam freuen. Er und Suzanna sollten sich heute Abend leise aus dem Staub machen, um gemeinsam zu feiern. Er malte sich aus, wie sie den Fluss in Stratford entlangspazieren, gemütlich irgendwo zu Abend essen und anschließend zeitig ins Bett gehen würden, um sich müde und zufrieden zu lieben und die wohlverdiente Nachtruhe zu genießen.

Träum weiter, sagte er sich finster. Daraus wurde nichts. Bei ihnen kämpfte jeder für sich allein.

Mandy lag nachmittags am Strand und wünschte, der Tag ginge nie zu Ende.

Sie hatte sich im Bikini auf ihrem Handtuch ausgestreckt, die Träger ihres Oberteils von den Schultern gezogen und nach innen gesteckt in der Hoffnung, dass die Sonne die verräterischen weißen Streifen vom Vortag nachdunkeln würde. Ihr Tattoo hatte sie mit einer Sonnencreme mit Lichtschutzfaktor 50 eingerieben, wie man es ihr geraten hatte. Es gefiel ihr gut und hatte viel Bewunderung gefunden. Ihr fiel ein, dass Patrick es noch gar nicht gesehen hatte; bisher hatte sie es ihm also noch nicht erklären müssen. Sie hatten seit Tagen, nein, Wochen nicht mehr miteinander geschlafen. Was lediglich bewies, wie wenig er sich für sie interessierte.

Sie verbannte Patrick aus ihren Gedanken und versuchte sich zu erinnern, wann sie sich je so wohl gefühlt hatte. Völlig entspannt. Unbekümmert. Sie war so relaxed, dass sie nicht einmal daran dachte, dass dieser Traum bald vorbei sein würde.

Rick kam aus dem Wasser. Sie schaute zu, wie er mit dem Surfbrett unter dem Arm den Strand entlang kam. Er streckte sich im rechten Winkel zu ihr aus und legte seinen Kopf auf ihren Bauch, als sei er ein Kissen.

Mit geschlossenen Augen dösten sie in der Sonne, während rundum das lebendig lärmende Treiben weiterging: kreischendes Gelächter von Leuten, die den Rest des Wochenendes in vollen Zügen genossen. Fetzen von Crazytowns *Butterfly* wehten aus einem Ghettoblaster, den jemand mitgebracht hatte, über den Strand. Die schrille Lead-Gitarre jagte Mandy Schauer über den Rücken, der anzügliche Text schürte ihr Verlangen. Sie war aufgewühlt, Ricks Kopf auf ihrem Bauch ließ sie schmelzen ... Mehr als alles andere wünschte sie sich, er möge sich umdrehen und ihre Haut mit den Lippen streifen. Aber sie wusste, dass es aus unerfindlichen Gründen nicht passieren würde. Sie fragte sich, was ihn zurückhalten mochte. Sie war ziemlich sicher, dass er sie attraktiv fand; es gab Momente, in denen ihre Blicke sich trafen oder seine Hand länger als nötig auf ihrer lag und es eindeutig zwischen ihnen knisterte. Doch irgendetwas hielt ihn zurück. Sie fragte sich, ob er eine Freundin haben mochte, die er ihr verschwiegen hatte. Oder ob er schlechte Erfahrungen gemacht und sich geschworen hatte, sich von Frauen fern zu halten. Jedenfalls würde sie sich nicht so weit erniedrigen, den ersten Schritt zu tun. Sie konnte nur liegen bleiben und in

Fantasien schwelgen. Sie glaubte vor Frustration schreien zu müssen und vor Verlangen überzukochen, als er plötzlich aufsprang.

»Es ist Zeit zu gehen. Der Wetterbericht hat Regen angekündigt. Ich möchte nicht im Nassen Motorrad fahren.«

Verwundert schaute Mandy zum Himmel. Er war nach wie vor strahlend blau, kein Wölkchen war zu sehen.

Sie wusste nicht, dass Rick seine gesamte Selbstbeherrschung hatte aufbieten müssen, um sich nicht umzudrehen und Mandy zu küssen. Ihm war klar, dass er verloren wäre, sobald seine Lippen ihre Haut berührten. Er musste sie gehen lassen. Ohne ihr in die Augen zu sehen, sammelte er seine Sachen ein und machte sich auf den Weg, wütend auf sich selbst, weil er sie an sich herangelassen hatte.

Zum Glück herrschte im Restaurant unglaublich viel Betrieb für Sonntagmittag, denn so blieb weder Barney noch Suzanna viel Zeit, über ihren Streit zu grübeln.

Suzanna ließ nicht zu, dass ihre schlechte Laune sich auf das Kochen auswirkte; sie hatte sich schon immer völlig in ihre Arbeit vertiefen können. Sie waren nur zu dritt in der Küche: sie, Jonty und ein junger Mann, der gemeinsam mit Jonty den Catering-Kurs besucht hatte. Sie arbeiteten nach einer perfekt abgestimmten Choreographie und wussten instinktiv, was sie zu tun hatten, während sie sich zwei geschlagene Stunden am heißen Herd abrackerten. Es gab ein einfaches Menü: Gloucester-Old-Spot-Schweinebraten oder walisisches Lamm mit den traditionellen Beilagen. Suzanna war erleichtert, als sie endlich ein Gefühl für den Herd entwickelte und die Bratkartoffeln herrlich knusprig wurden. Sie flachsten viel herum und die beiden Männer bedachten sich hin und wieder mit freundschaftlichen Beschimpfungen. Suzanna gegenüber erlaubten sie sich derlei Dreistigkeiten jedoch nicht. Im Stillen waren sie sich einig, dass sie prima aussah, aber mit Respekt behandelt werden musste. Sie war zu ihnen ebenfalls höflich und sagte immer Bitte und Danke, was in einer Restaurantküche durchaus nicht üblich war. Sie hofften, dass es nicht nur eine vorübergehende Phase war.

Sobald der letzte Teller Rhabarberkuchen mit Vanillesoße die Küche verlassen hatte, lief Suzanna nach oben, zog ihre Arbeitskluft aus, stopfte sie in den Wäschekorb und schlüpfte in ihre Jeans, ohne vorher zu duschen. Wortlos lief sie an Barney vorbei, der sich alle Mühe gab, die Glückwünsche einiger angesäuselter Gäste zum Erfolg des Pubs mit bescheidener Miene anzunehmen. Sie sprang in den Jeep und raste los, ohne sich darum zu kümmern, dass sie hässliche Reifenspuren in dem frisch aufgeschütteten Cotswold-Kies auf dem Parkplatz hinterließ.

Ohne das Tempo zu verringern, zog sie ihr Handy aus der Tasche und tippte Patricks Nummer ein. Mit Höflichkeiten wie Hallo hielt sie sich gar nicht erst auf.

»Ich muss dich sehen.«

Patrick war in Little Orwell Cottage und bewunderte seine Neuerwerbung. Das Haus gehörte ihm offiziell noch gar nicht, aber er konnte nicht abwarten, bis die Formalitäten erledigt waren. Auf dem Schild vor dem Haus war noch nicht einmal der Aufkleber »Verkauft« angebracht. Trotzdem war er hergekommen, um eine Liste der notwendigen Arbeiten aufzustellen. Eine Liste, die beunruhigend lang und länger wurde.

»Ich schaue mir gerade ein Haus an«, sagte er Suzanna. »Für einen Freund. Komm und sieh es dir an.«

Er erklärte ihr den Weg.

»Ich bin in fünf Minuten da«, sagte sie.

Patrick war ein bisschen besorgt, weil sie sich anscheinend über etwas aufgeregt hatte, doch er war zu sehr in seine Umgebung vertieft, um lange darüber nachzudenken. Bestimmt würden er und Mandy hier glücklich werden. Gut, die letzten Wochen waren hart gewesen, weil er unter Stress gestanden hatte, aber nun sah es so aus, als ob der Pub langsam ins Laufen kam und er den Fuß vom Gas nehmen konnte. Der Sommer stand vor der Tür. Er malte sich aus, wie sie an schönen, sonnigen Abenden zufrieden Dielen abschliffen und Wände strichen, auf einer Decke im Garten Bier tranken und sich vielleicht liebten, während Vögel zwitscherten, Bienen summten und der Duft von Geißblatt herüber wehte.

Das Haus war ideal für sie. Und vielleicht eines Tages auch für ein Baby. Bisher waren Babys nicht in Patricks Zukunftsplänen vorgekommen, aber nun hatte er erlebt, wie die Vaterschaft seinen Onkel verändert hatte. Seit Henrys Geburt war James ein völlig anderer Mensch, der vor Stolz, Liebe und Zufriedenheit nur so strotzte. Patrick wollte dieses Stadium auf schnellstem Weg erreichen und nicht noch weitere 20 Jahre als Junggeselle mit lustvollem, aber bedeutungslosem Sex vertun.

Denn er liebte Mandy. Auch wenn er sich in den letzten Wochen als unleidlicher Knurrhahn gezeigt hatte. Sie war gerade rechtzeitig gekommen, um ihn vor sich selbst und einem Leben voller zynischer Affären und bedeutungsloser Tändeleien zu bewahren. Sie hatte ihn gelehrt, dass man einen Menschen respektieren und lieben konnte, ohne schwach und verletzlich zu werden. Vor allem aber hatte sie ihn gelehrt, sich zu entspannen, er selbst zu sein und sich und anderen nicht ständig etwas beweisen zu müssen.

In letzter Zeit hatte er sich allerdings nur selten eine Pause gegönnt, was übrigens auch auf Mandy zutraf. Zwischen ihnen hatte eine gespannte Atmosphäre geherrscht. Vielleicht gab dieses Wochenende, das sie getrennt verbrachten, ihnen den Freiraum, den sie brauchten, um fester zusammenzuwachsen. Vor ihnen lag eine strahlende Zukunft. Das Cottage würde ihr sicher die Sprache verschlagen. Patrick stellte sich vor, mit ihr herzufahren und ihr die Augen zuzuhalten, bis sie am Gartenor standen, und es ihr dann zu präsentieren ...

Suzanna, die wie ein Geist in der Tür auftauchte, riss ihn aus seinen Träumereien. Sie war blass und unter ihren großen, glasigen Augen lagen dunkle Schatten.

»Du siehst fix und fertig aus«, sagte Patrick besorgt.

»Bin ich auch. Ich war erst gegen zwei im Bett und habe eben für 35 Leute Mittagessen gemacht.«

Sie schaute sich um, fand aber keine Sitzgelegenheit. Sie setzte sich auf den Boden, lehnte sich an die Wand und legte verzweifelt den Kopf in die Hände.

»Ich kann so nicht weitermachen.«

Beunruhigt kniete Patrick sich neben sie und tätschelte ihr aufmunternd, wie er hoffte, die Schulter.

»Mit der Zeit geht es leichter. Wenn du erst mal Routine hast, kannst du ein bisschen mehr Arbeit an

Jonty delegieren. Wir können mehr Personal einstellen.«

»Das ist es nicht«, sagte Suzanna.

»Was denn dann?«

Ihr eindringlicher Blick schien sich in ihn hineinzubrennen.

»Ich glaube, ich bin dabei, mich in dich zu verlieben«, sagte sie.

Ach du Scheiße, dachte Patrick. Das hatte er nicht erwartet.

»Was?«

»Wenn ich mit dir zusammen bin, kann ich vergessen. Ich bin ein neuer Mensch. Alles scheint ... wieder einen Sinn zu haben. Ich habe versucht, so zu tun, als wäre nichts. Aber seit dem Eröffnungsabend ...«

Sie packte seinen Arm. Sie schauten sich in die Augen und eine Weile lang konnte er seinen Blick nicht von ihrem lösen. Als sie ihn an sich zog, wehrte er sich nicht. Sie schloss die Augen, ihre Lippen trafen sich zu einem hauchzarten, zögernden Kuss. Ein Gefühlswirbel schlang sich um Suzannas Herz und breitete sich in ihrem Körper aus. Es fühlte sich so richtig an. Sie kam sich vor wie Dornröschen, nach langem Schlaf zu neuem Leben erwacht, als eine köstliche, Leben spendende Wärme durch ihre Adern strömte.

Als ihre Reaktion leidenschaftlicher wurde, schrillten bei Patrick sämtliche Alarmglocken. Er verfluchte sich für seine Schwäche. Wieder einmal war er in eine seiner eigenen Fallen getappt. Eitel, wie er war, konnte er den Reizen einer schönen Frau und einer unverhohlenen Einladung nicht widerstehen. Aber das hier war kein harmloses, gestohlenes Küsschen, das sich beiseite schieben ließ wie so viele frühere Küsse. Er schob sie heftig von sich.

»Das ist nicht gut, Suzanna. Es geht nicht.«

Sie schaute ihn mit einer Entrüstung an, die unter anderen Umständen komisch gewirkt hätte.

»Scheiße, Patrick. Du bist meine Chance. Du hast es geschafft, dass ich mich wieder lebendig fühle. In den letzten anderthalb Jahren habe ich gelebt wie ein Zombie. Ich hätte ebenso gut tot sein können ...«

Er schaute sie scharf an und hoffte, dass sie nicht ernstlich drohen wollte. Verzweifelt suchte er nach einem Ausweg. Er hatte gemerkt, dass sich etwas zwischen ihnen entwickelte, aber er hätte nicht gedacht, dass es sich so schnell zuspitzen würde. Leider konnte er nicht leugnen, dass er sie attraktiv fand. Wäre Suzanna nicht in einer so labilen Verfassung, hätte er sicher einen kleinen Seitensprung mit ihr riskiert. Natürlich nicht, ohne sich vorher zu vergewissern, dass sie die Spielregeln kannte. Aber so war es schrecklich gefährlich.

»Suzanna, denk doch mal vernünftig darüber nach. Vielleicht ist es nicht verwunderlich, dass du so empfindest. Du hast eine schwere Zeit durchgemacht, und wir waren viel zusammen. Wir verstehen uns unglaublich gut. Unter anderen Umständen, vielleicht ... Ich meine, es ist ja nicht so, als ob ich dich nicht attraktiv fände, ganz im Gegenteil ...«

Meine Güte, dachte er. Hör auf zu labern und komm zur Sache.

»Du gehörst zu Barney.«

»Wirklich?« Sie schaute ihn traurig an. »Früher, ja. Aber ich glaube kaum, dass ich ihn noch glücklich mache.«

»Aber du liebst ihn noch, oder?«

»Natürlich. Aber nicht mehr ... so wie früher. Eher wie einen Freund, denke ich. Und ich möchte ihm nicht wehtun. Aber muss ich den Rest meines Lebens bei ihm bleiben und uns beide unglücklich machen? Wenn einer von uns beiden die Chance hat, glücklich zu werden, sollen wir sie dann nicht ergreifen?« Sie lachte bitter. »Ich meine, keiner von uns könnte unglücklicher sein, als wir es schon sind, was macht es also für einen Unterschied?«

»Moment mal. Wir reden hier nicht nur von euch.« Patricks aufwallende Wut ließ ihn einen schärferen Ton anschlagen. »Sieh die Sache mal im großen Zusammenhang. Da sind auch noch Mandy und ich …«

»Sie würde drüber wegkommen.« Suzanna war klar, dass sie barsch klang, aber sie war verzweifelt.

»Und dann gibt es noch einen nicht unerheblichen Nebeneffekt. Was würde aus dem Pub? Ihr könntet ihn nicht gemeinsam weiter führen. Und wir haben Unmengen Geld reingesteckt. Wir können nicht riskieren, dass alles den Bach runtergeht.«

Suzanna schaute ihn an.

»Verstehe«, sagte sie leise mit einem drohendem Unterton, der Patrick nichts Gutes verhieß. »Letzten Endes geht es also nur ums Geld, ja?«

Patrick atmete tief durch. Gut, sollte sie ihn ruhig für einen gewinnsüchtigen Mistkerl halten. Doch er wusste nur zu gut, dass es seine einzige Waffe war.

»Ja. Beim Honeycote Arms geht es auch um meinen Kopf. Wenn ich alles über den Haufen werfe, von Mandy ganz zu schweigen, steigt Keith Sherwyn aus. Das Risiko kann ich nicht eingehen. Das kann ich meiner Familie nicht antun.«

»Ich steige sowieso aus.«

»Das darfst du nicht. Du musst dafür sorgen, dass es läuft. Wir alle haben zu viel investiert. Du ebenso wie jeder andere. Wenn du gehst, ist auch für alle anderen der Ofen aus.«

»Dann sag mir nur, welchen Sinn das haben soll.« Sie funkelte ihn streitlustig an. »Selbst wenn wir 68 Michelinsterne kriegen würden und bis ins nächste Jahrtausend ausgebucht wären, würde es mich keinen Deut glücklicher machen.«

Patrick seufzte. Sie war unglaublich naiv. Wie sollte er ihr klar machen, dass er nur ein Trostpflaster war und ihren Schmerz nur vorübergehend lindern konnte? Ihre Wunden würden weiter schwären. Er würde sie niemals heilen können, weil er nicht nachvollziehen konnte, was sie durchgemacht hatte. Sicher, wenn er ihr nachgäbe, hätten sie anfangs Spaß miteinander. Sie hätten großartigen Sex, denn dafür sorgte Patrick immer. Aber er wusste, dass es nicht lange dauern würde, bis der Reiz des Neuen sich abnutzte und ihre Ängste und Befürchtungen wiederkämen. Ihre Beziehung besäße nicht genügend Tiefe, um das auszuhalten.

»Zwischen uns kann nichts laufen, Suzanna. Du klammerst dich an einen Strohhalm. Gut, du glaubst, mit mir würde es besser laufen – aber nur, weil ich neu für dich bin. Du kennst mich nicht.« Er grinste geringschätzig. »Du hast nur meine guten Seiten kennen gelernt.«

Sie wollte schon protestieren, dass alles möglich sei, aber er kam ihr zuvor und zielte direkt auf ihr Herz. »Ich kann dir auch gleich die Wahrheit sagen. Ich habe gestern dieses Haus gekauft. Wir werden hier leben, Mandy und ich. Ich will sie fragen, ob sie meine Frau wird ...«

Sie brach förmlich unter seinen Augen zusammen. Er konnte den Anblick nicht ertragen. Sie wirkte klein wie ein Kind. Sie schaute sich um und stellte sich vor, wie er und Mandy hier ihr Heim einrichteten, nahm er an. Sie lächelte schwach.

»Es ist schön. Ich bin sicher, ihr werdet hier sehr glücklich.«

»Es tut mir Leid.«

Das entsprach der Wahrheit. Er hielt sehr viel von Suzanna. Zwischen ihnen hätte gewiss etwas sein können. Aber auf den Trümmern des Lebens anderer ließ sich unmöglich eine Beziehung aufbauen. Sie brauchte Liebe und Patrick war fest überzeugt, dass der Einzige, der sie ihr zu geben vermochte, Barney war. Er setzte großes Vertrauen in Barney. Schade, dass Suzanna es nicht tat, sondern in einem Sumpf widerstreitender Gefühle versank.

»Ich gehe jetzt wohl besser«, sagte sie nüchtern.

Patrick wusste nicht recht, was er noch sagen sollte, um ihr zu helfen. Er umarmte sie so brüderlich, wie es nur ging, weil er nicht kalt erscheinen wollte.

»Hör zu«, sagte er. »Versuch es noch mal mit Barney. Das sage ich nicht nur wegen des Pubs. Ich sage es, weil ... ich unheimlich viel von dir halte, und weil ich glaube, dass du zu ihm gehörst. Wirklich.«

»Du weißt ja nicht, wie es ist«, murmelte sie.

Sie standen dicht beieinander, Stirn an Stirn, und Wärme strömte zwischen ihnen hin und her. Patrick nahm ihren Kopf in die Hände und rieb leicht mit den Daumen über ihre Schläfen.

»Es steckt hier drin«, sagte er sanft. »Du hast die Kraft hier drin. Du schaffst es. Ich weiß, dass du es kannst.«

Rick und Mandy gingen den Küstenweg entlang zurück. Am Rand der Klippen blieben sie einen Moment stehen, bevor sie durch das Törchen auf den Campingplatz bogen. Die allmählich sinkende Sonne verließ diesen Ort anscheinend ebenso ungern wie sie.

Mandy kam sich klein und machtlos vor. Unter ihnen brachen sich tosend die Wellen. Nur die Vögel waren frei von den Verlockungen der Felsen unter ihnen. Sie kreisten höhnisch schreiend über ihnen, unbeirrt von dem übermächtigen Drang zu springen, der Menschen angesichts eines Schwindel erregenden Abgrunds unweigerlich überkommt.

Mandy bemerkte, dass Rick sie mit seltsamer Miene anschaute.

»Was ist?«, fragte sie. »Was ist los?«

Er antwortete mit einem Kuss. Er schien eine Ewigkeit zu dauern und war doch nicht genug, nachdem sie so lange darauf gewartet hatte. Sie leckte das Salz von seinen Lippen, strich durch seine Locken, schmiegte sich an ihn. Ihr Zungen umschlangen sich, tänzelten, spielten, forschten in einer sehnsüchtigen Nachahmung des Liebesaktes, die Mandy ganz schwach machte. Wenn schon ein Kuss solche Gefühle bei ihr auslöste …

Abrupt riss Rick sich los und ging den Weg zurück. Mandy lief hinter ihm her.

»Was ist los?«

»Es ist Zeit, zu fahren. Ich möchte nur ungern mit dem Motorrad in die Dunkelheit geraten.«

»Eben war es noch der Regen.«

»Egal.«

Mandy zerrte verzweifelt an seinem Arm, damit er stehen blieb und ihr eine Erklärung gab.

»Rick, bitte. Ich verstehe das nicht …«

Er antwortete barsch: »Ich rühre nichts an, was mir nicht gehört. Du gehörst nicht zu mir. Du gehörst zu

Patrick.« Er grinste schief und bitter. »Nenn mich ruhig altmodisch, aber ich mag keine verbotenen Früchte.«

Kurz vor vier Uhr nachmittags waren sie wieder auf dem Campingplatz und packten das Zelt zusammen, wobei sie nur das Nötigste redeten. Als sie ihre Sachen auf das Motorrad schnallten, fielen die ersten dicken Regentropfen. Rick hatte Recht behalten. Er reichte Mandy eine Regenkombi zum Überziehen.

Die Heimreise war grässlich im Vergleich zu der erwartungsfrohen Hinfahrt. Mandy fühlte sich ausgelaugt von dem emotionalen Aufruhr und der körperlichen Anstrengung. Sie hatte das dringende Bedürfnis zu schlafen, was auf dem Soziussitz eines Motorrads schlicht unmöglich war. Daher kämpfte sie gegen den Schlaf an, hatte aber nur ihre Gedanken, um sich abzulenken. Jede Meile, die sie zurücklegten, brachte sie Entscheidungen näher, die sie nicht treffen wollte. Sie war völlig durcheinander.

Kurz hinter Bristol hielt Rick an einer Raststätte.

»Ich brauche einen Kaffee. Ich bin fix und fertig.«

Die Raststätte war ein Stück rauer Wirklichkeit. Das Licht war zu grell, und im Foyer hing Zigarettenqualm in der Luft. Spielautomaten ratterten, blinkten und quäkten. Schweigend reihten sie sich in die Schlange ein, um ihr Essen zu bezahlen, und schauten sich suchend nach einem Tisch ohne schmutzigem Geschirr und vollen Aschenbechern um.

Der Kaffee war so dünn und wässrig, dass er kaum etwas zu Ricks Belebung beitragen konnte. Mandy biss zweimal in ihr Sandwich mit Hühnchen und Salat und schob es beiseite: Es hatte zu lange im Kühlschrank gelegen, der Salat war braun an den Rändern.

Rick wirkte abwesend und weit weg. Er war nicht unfreundlich – er fragte, ob er ihr Sandwich essen dürfe, und bot ihr eine Rippe von seinem KitKat an –, aber es lag eine Mauer zwischen ihnen. Er kam ihr beinah vor wie ein Fremder. Der Zauber war verschwunden und sie konnte sich nicht dazu durchringen, ihn zu fragen …

Zu fragen, was wäre wenn …

Zu fragen, was wäre, wenn zwischen ihr Patrick Schluss wäre. Was dann?

21

Am späten Sonntagnachmittag hielt Bertie es nicht länger aus, auf das Klingeln des Telefons zu warten. Geduldig hatte er die *Sunday Times* von vorn bis hinten gelesen, aus seinem blitzsauberen Porzellan Kaffee getrunken, sich mittags ein Sandwich gemacht und eine Stunde in seiner Hängematte gelegen. Um halb vier war er kurz davor, durchzudrehen und fuhr nach Honeycote House, wo Lucy im Bikini auf einer Decke im Garten lag und an Sophie schrieb. Er legte sich neben sie.

»Du musst mir einen Gefallen tun.«

»Mmm?« Lucy konzentrierte sich auf ihren Brief und hörte nur halb zu.

»Ich möchte, dass du ein Tennismatch organisierst. Und Ginny einlädst.«

Lucy warf ihm einen amüsierten Blick zu.

»Und dich, nehme ich an?«

»Klar. Sonst hätte es ja keinen Sinn.« Er lächelte gewinnend. »Bitte, ja?«

»Bertie, auf unserem Tennisplatz kann man beim besten Willen nicht spielen. Man müsste erst Tausende reinstecken. Tausende, die wir zufällig nicht haben. So gern ich dir helfen würde …«

Lucy beugte den Kopf über das Papier und schrieb weiter. Bertie lag auf der Seite, den Kopf auf die Hand gestützt, und schaute ihr zu. Sie sah reizend aus, wenn sie nachdenklich an ihrem Stift kaute. Schlank und straff wie eine Zwanzigjährige und mit den Locken, die aus ihrem Haarband gerutscht waren, wirkte sie kaum halb so alt, als sie tatsächlich war.

Bertie hatte sich schon oft Gedanken über Lucy gemacht. War sie wirklich so ein Engel, wie es schien und wie man ihr nachsagte? Das hielt Bertie nicht für möglich. Er glaubte auch ihre Behauptung von neulich nicht, dass sie nie mit einem anderen als Mickey geschlafen hatte. Falls es stimmen sollte, wäre es ein Verbrechen, fand er. Außerdem hatte er so seinen Verdacht, was Lucy und James betraf. Er hatte die Blicke bemerkt, die sie gelegentlich tauschten, Blicke, die über die übliche Kameradschaft zwischen Schwager und Schwägerin hinausgingen. Ob sie wohl verführbar war? Spielerisch zupfte er am Verschluss ihres Bikinioberteils, bis er sich öffnete.

»Du kriegst Streifen.«

Lucy zuckte nicht mit der Wimper. Das Top bedeckte sie gerade noch, wenn auch nur knapp. Durch ihren mangelnden Widerstand ermutigt, ließ Bertie die Finger an ihrem Rückgrat entlang gleiten. Es war ein Augenblick voller Verheißung in der einschläfernden Nachmittagssonne. Er hielt den Atem an, während seine Fingerspitzen über ihre Haut tanzten. Ein verschmitztes Lächeln umspielte seinen Mund.

Berties Problem war, dass er kein Gewissen besaß. Vierzig Jahre lang war er ohne ausgekommen. Niemand hatte ihm je Vorhaltungen machen können.

Von seiner Mutter war er verwöhnt oder ignoriert, von seinem Vater nur ignoriert worden. In der Schule hatte er keinerlei Respekt vor der Autorität gezeigt. Er hatte immer nur für sich selbst gearbeitet. In seinem ganzen Leben hatte ihm niemand beigebracht, was richtig und falsch war. Auch wenn er sich nun in romantischen Vorstellungen von einem wonnevollen Leben mit Ginny erging, hätte er nichts dabei gefunden, Lucy in der Abgeschiedenheit ihres Gartens zu verführen. Das heißt, wenn sie auch nur das geringste Interesse daran gezeigt hätte. Denn Bertie war es nicht gewohnt, sich Frauen aufzudrängen, auch wenn sie seinen Avancen nicht allzu oft widerstanden.

Lucy war allerdings aus härterem Holz geschnitzt als die meisten. Inzwischen hatten seine Finger den Gummibund ihres Bikinihöschens erreicht.

»Bertie«, murmelte sie betont gelangweilt, »verpiss dich. Wenn du nicht weißt, was du mit deinen Händen anstellen sollst, dann geh und mach Tee.«

Gehorsam schlenderte Bertie in die Küche. Wer nicht wagt, der nicht gewinnt, dachte er.

Lucy schüttelte aufgebracht den Kopf und dankte Gott, dass Sophie sich Tausende Meilen weit weg befand und Georgina hoffentlich noch zu jung war, um Berties Aufmerksamkeit zu erregen. Er war unverbesserlich. Sie hoffte inständig, dass Ginny seinem Charme nicht erlegen war. So sehr Bertie auch an seine guten Absichten glauben mochte, würde es doch in Tränen enden.

Wider besseres Wissen und unter Missachtung seiner eigenen Regeln hatte Barney sich an diesem Nachmittag betrunken, sobald der Pub geschlossen war.

Angefangen hatte er mit einer Flasche Wein, die er mit Jonty trank. Dabei stellten sie weinselige philosophische Betrachtungen über die Minenfelder der Ehe an und waren sich einig, dass man als Mann einfach nicht gewinnen konnte. Jonty jammerte über Meggys hormonell bedingte Hysterie und ihre ständigen Beschwerden, er sei nie zu Hause, um ihr mit den Kindern zu helfen.

»Als ich noch Hufschmied war, hat sie sich beklagt, weil ich zu jeder Tages- und Nachtzeit unterwegs war, und jetzt beklagt sie sich, weil ich Koch bin. Ich kann doch nichts dafür, dass meine Arbeitszeit ungesellig ist – das sind nun mal die Zeiten, wann die Leute essen wollen!«

Im Stillen dachte Barney, dass er sich weniger Ärger einhandeln würde, wenn er nach der Arbeit sofort nach Hause ginge, statt sich zu betrinken, aber er sagte nichts. Er wusste, dass Jonty ein ziemlicher Draufgänger war, aber in einem Winkel seines Herzens konnte er ihm sein Dilemma nachfühlen. Manchmal wurde von Männern einfach zu viel verlangt, dann war die einzige Antwort ein Saufgelage mit den Kumpels. Das hatte das Brauereigewerbe seit Jahrhunderten in Gang gehalten.

Nachdem Jonty sich endlich losgeeist hatte, machte Barney unvernünftigerweise weiter. Er fand die Flasche Havana Club, die er während der Aufnahmen mit Kitty zur Hälfte getrunken hatte, und schenkte sich einen ordentlichen Schluck ein. Zusammen mit dem Wein, den er bereits getrunken hatte, bildete der Rum bald einen Schutzwall gegen die Erinnerung an seinen Streit mit Suzanna. Seinen Streit? Der Alkohol überzeugte ihn, dass es ihr verdammter Streit gewesen war. Er hatte keinen Streit gewollt, aber sie. Noch etwas, was Frauen gut konnten, wie er und Jonty einmütig festgestellt hatten.

Er schaltete seinen Computer ein, rief seine E-Mails ab und erstarrte. Nach der Zurückweisung am Eröffnungsabend hatte er gekränkt eine MP3-Datei des Songs mit Kitty an seinen früheren Manager geschickt. Er hatte sich gesagt, dass er wohl nie etwas von ihm hören würde, aber nun war schon eine Antwort von Jez da. Verdammt, damit hatte er nicht gerechnet. Seine Hand lag zögernd auf der Maus, bevor er »Öffnen« anklickte.

Zwanzig Minuten später trottete Barney in alkoholumnebelter Hochstimmung aus dem Pub. Er musste zu Kitty und ihr sagen, was passiert war. Jez hatte lediglich »Wow!« geantwortet und seine Handynummer angegeben. Barney hatte ihn angerufen, bevor er es sich anders überlegen konnte. Sie hatten sich kurz und sachlich unterhalten, wobei Barney sich alle Mühe gab, nüchtern zu klingen. Sie hatten sich für den nächsten Tag in Jez' Büro in Soho verabredet.

Er torkelte über die Hauptstraße zum Tinker's Barn und war froh, als er sah, dass Ginnys Wagen nicht vor dem Haus stand. Er mochte Ginny, aber er wollte Kitty allein sprechen, um ihr die aufregende Neuigkeit zu sagen. Diesen Augenblick wollte er mit niemandem sonst teilen. Es war ihr gemeinsamer Triumph. Er griff nach dem eisernen Ring an der Haustür, klopfte heftig und betete, dass sie zu Hause sein mochte. Wenn nicht, wusste er nicht, wohin er gehen sollte. Die Vorstellung, ins Honeycote Arms zurückzukehren, war ihm unerträglich.

Wie durch ein Wunder war sie da. Als sie an die Tür kam, war sie noch feucht vom Baden, hatte einen roten Seidenkimono an und ein Handtuch um das Haar geschlungen. Was immer sie ins Badewasser gegeben haben mochte, es roch köstlich wie im Süßigkeitenbeutel eines Kindes: nach Pfefferminz, Gummibärchen und Veilchenpastillen. Barney lehnte sich benebelt an den Türrahmen. Er war nicht sicher, wie er die Worte herausbringen sollte, die in seinem Kopf durcheinander wirbelten. Ob sie es wohl bis über seine Lippen schafften? Er grinste charmant, wie er hoffte, um seine Trunkenheit zu kaschieren.

»Wir haben was zu feiern …« Er taumelte über die Türschwelle. »Hast du was zum Anstoßen?«

»Findest du nicht, dass du schon genug intus hast?« Grinsend schaute sie zu, wie er zum Sofa stürzte.

»Genug gibt's nicht.«

Sie öffnete den Kühlschrank und fand eine halbe Flasche Weißwein. Nachdem sie zwei Gläser eingeschenkt hatte, ging sie zu Barney.

»Hier. Er ist wahrscheinlich grauenhaft – Mum kennt sich nicht sonderlich aus.«

»Macht nichts.«

Sie schob ihm ein Glas in die ausgestreckte Hand und nippte vorsichtig, während Barney seines in einem Zug herunterkippte.

»So, und was feiern wir?«

»Ich habe Jez geschickt, was wir gemacht haben. Er arbeitet für eine große Plattenfirma. Er war hin und weg. Er findet dich umwerfend …«

Sie setzte sich, um diese Neuigkeit zu verdauen, und schaute ihn fassungslos an. Sie begriff offensichtlich nicht, was er da sagte.

»Was?«

Barney merkte, dass er sich nicht sonderlich klar ausgedrückt hatte.

»Unser Demo. Das Band, das wir aufgenommen haben. Er hat es sich angehört und war begeistert.«

»Shit.« Ihre Augen waren groß wie Unterteller. »Ich fasse es nicht. Das ist ja unglaublich.« Sie stockte. »Und was heißt das jetzt genau?«

»Ich fahre morgen hin und treffe mich mit ihm. Mal sehen, was er sich so vorstellt. Wenn er so drauf abfährt, wird es anderen genauso gehen. Wir müssen ja nicht gleich mit Jez in die Kiste springen. Aber wir können an ihm mal die Resonanz testen.«

»Barney, das ist fantastisch.«

Sie schlang die Arme um ihn. Und küsste ihn. Nur ein Küsschen.

»Danke.«

Sie schaute ihn mit leuchtenden Augen an und küsste ihn noch einmal. Aber diesmal spürte er, wie sie sich an ihn schmiegte, ihre kleine Katzenzunge zwischen seine Lippen schob und ihre warmen Hände unter sein T-Shirt gleiten ließ. Der süße Duft ihrer warmen Haut bedrängte ihn, betörte ihn. Ein Stöhnen voller Verzweiflung, Hoffnungslosigkeit und unerwiderter Lust brach sich aus tiefster Seele Bahn. Ihre Finger streichelten seinen Nacken und er zuckte unter dieser intimen Berührung zusammen. Es war so lange her, seit ihn jemand berührt hatte, so lange, seit er etwas gespürt hatte, das auch nur im Entferntesten an Zuneigung erinnerte. Er schmiegte sich an sie, wollte seinen Gefühlen nicht mit Worten Ausdruck verleihen, wollte sich nur in ihrer Weichheit verlieren.

Er spürte ihre Brüste unter dem seidenen Morgenmantel. Zögernd legte er die Hand um ihre Brust und fühlte, wie ihre Brustwarze unter seiner Berührung hart wurde. Sie stöhnte vor Lust leise auf. Ohne ihren Kuss zu unterbrechen, zerrte sie am Gürtel ihres

Morgenmantels, bis er sich öffnete. Darunter trug sie nichts als einen winzigen Slip. Sie drängte ihn weiter, war überall mit ihren Lippen, öffnete die Schenkel, als sie ihn an sich zog, und grub ihm die Fingernägel in den Rücken.

Er war verloren. Es gab kein Zurück. Verwundert stellte er fest, dass nach so langer Zeit, vom Alkohol ganz zu schweigen, alles noch funktionierte. Der Sex war rasend leidenschaftlich. Ein Zuschauer hätte nicht zu entscheiden vermocht, wer verzweifelter war. Beide schienen völlig verloren in ihrer Lust, getrieben von ihrem Verlangen, sich des anderen kaum bewusst.

»Mein Gott«, stöhnte Barney, als ihn das längst vergessene Gefühl süßer denn je überkam. Sie setzte sich mit geröteten Wangen und mittlerweile trockenen Locken auf und sah aus wie eine präraffaelitische Nymphe mit strahlenden Augen.

»Wir sollten das nicht tun«, sagte Barney erschöpft und legte sich zurück.

»Wieso nicht?« Sie beugte sich über ihn, ihr Haar kitzelte seine Brust. »Ich finde, das haben wir uns nach der ganzen harten Arbeit verdient.«

Schnurrend wie ein Kätzchen rieb sie sich an ihm. Gott, war sie wild. Sie küsste seine Brust, ließ ihr Haar über seinen Körper streifen und arbeitete sich nach unten vor. Es hätte übermenschliche Kräfte erfordert, ihr zu widerstehen, sagte er sich. Ganz abgesehen von der Tatsache, dass er anderthalb Jahre keinen Sex gehabt hatte, könnte kein Mann auf der Welt ein solches Angebot ablehnen. Deshalb war er keineswegs schwach. Oder schlecht. Meine Güte ... Als sie ihn in den Mund nahm, geriet er innerlich in Panik. Das könnte peinlich werden. Doch schon nach unglaublich kurzer Zeit war er wieder bereit. Zufrieden mit ihrem Geschick, glitt sie an seinem Körper entlang nach oben und zog ihn auf sich.

Als er hemmungslos noch einmal in sie eindrang – wenn schon, denn schon –, fiel sein Blick auf ihren Slip, der neben ihm auf dem Boden lag: ein winziges, rosarotes Etwas mit der Aufschrift »Little Miss Naughty«.

Suzanna saß im Wagen auf dem Parkplatz mit Blick auf den Broadway Hill, bis die Sonne hinter dem Horizont verschwand.

Sie wusste, dass der Zeitpunkt für eine Entscheidung gekommen war, eine endgültige Entscheidung. Patricks Worte gingen ihr immer wieder durch den Kopf, und je länger sie darüber nachdachte, umso klarer wurde ihr, dass er Recht hatte. Er war für sie nur ein Schwarm, ein Strohhalm, an den sie sich geklammert hatte, weil sie zu feige war, den schwierigen Weg zu nehmen. Den richtigen Weg. Sie machte sich die nackten Tatsachen objektiv bewusst. Zwei Dinge lagen auf der Hand.

Oliver würde nicht zurückkommen, nie wieder, daran ließ sich nichts ändern.

Und sie und Barney hatten zu viel gemeinsam, um sich zu trennen.

Sie erinnerte sich an ihren ersten Morgen in Honeycote, als sie voller Hoffnung aufgewacht waren. Alles, was sie bisher erreicht hatten, übertraf ihre kühnsten Träume. Sie hatten den Termin eingehalten, ohne das Budget übermäßig zu überziehen. Das Honeycote Arms war schon nach drei Tagen ein uneingeschränkter Erfolg. Das Lob und die Glückwünsche, mit denen man sie überhäufte, bestätigten es ebenso wie die Reservierungen. Es war eine unglaubliche Leistung.

Ihr fiel der Pakt ein, den sie geschlossen hatten: das alles zum Andenken an Oliver zu machen, als Tribut an ihn. Hätte Ollie einen Tribut gewollt, der sie ihre Ehe kostete? Bestimmt nicht.

Sie schlang ihre Strickjacke fester um sich. Es war zwar nicht kalt, aber sie fröstelte. Sie hatte Angst. Es war an der Zeit, sich der einzigen Lösung zu stellen, die ihr und Barney blieb, wenn sie ihre Ehe retten wollten.

Sie musste noch ein Baby bekommen.

Tief drin hatte sie immer gewusst, dass ihr nichts anderes übrig blieb. Bisher hatte sie nur nicht die Kraft aufgebracht, dieser Tatsache ins Auge zu sehen. Selbst jetzt war sie nicht sicher, ob sie schon dazu bereit war. Aber zumindest konnte sie diese Möglichkeit nun in Betracht ziehen. Das war ihr bisher unmöglich gewesen. Die Wunden, die Schuldgefühle waren noch zu frisch gewesen.

Barney und sie hatten sich sinnlos abgestrampelt. Sie hatten fälschlicherweise geglaubt, das Honeycote Arms könne sie von ihrem Kummer ablenken. Sie hatten sich die ganze Zeit etwas vorgemacht, um der eigentlichen Lösung auszuweichen. Vermutlich war es unfair von ihr: Ein weiteres Kind zu kriegen war keine Entscheidung, die man leichtfertig treffen durfte. Sie musste zur rechten Zeit kommen. Bei manchen mochte das sofort sein, bei anderen nie. Aber nun war sie beinahe so weit.

Suzanna beschloss, sich noch drei Monate Zeit zu lassen. Drei Monate, um sich an den Gedanken zu gewöhnen und sich körperlich und emotional zu rüsten. Drei Monate, um sich zu entgiften, Alkohol und Zigaretten aufzugeben und Folsäure zu nehmen. Drei Monate, um ihren Erfolg im Honeycote Arms zu festigen und Jonty so weit anzulernen, dass er, wenn nötig, die Zügel in die Hand nehmen konnte.

Und drei Monate, um ihre Beziehung mit Barney wieder in Ordnung zu bringen.

Vielleicht sollten sie sich ein Häuschen kaufen. Die Vorstellung, auf Dauer über dem Lokal zu wohnen, gefiel ihr eigentlich nicht, außerdem war ein Pub nicht die geeignete Umgebung für ein Kind. An der Hauptstraße von Honeycote gab es jede Menge Lebkuchenhäuschen. Wenn sie ihr Haus in Twickenham verkauften, müssten sie sich eigentlich etwas Hübsches leisten können. Das Leben als berufstätige Mutter wäre zwar nicht einfach, aber sie hatten genug Leute, die ihnen helfen würden. Nicht zuletzt ihre Mutter Iris, die mit Sicherheit begeistert wäre. Iris hatte ihre Tochter zwar nie darauf angesprochen, aber Suzanna fand es unfair, ihr die Chance auf einen Enkel vorzuenthalten. Vielleicht wäre das sogar ein Anreiz für Iris, in ihre Nähe zu ziehen. Diese Aussicht erfüllte sie mit wohliger Wärme: ihre eigene kleine Familie in Honeycote, als Teil der Dorfgemeinschaft. Sie würden dazugehören. Die heimelige Atmosphäre, die sie in Honeycote House so stark empfunden hatte, bei sich zu Hause schaffen …

Die Sonne war untergegangen, als Suzanna den Motor startete. Dieses Mal zitterte sie nicht vor Angst, sondern vor Aufregung. Und sie stellte fest, dass sie keine Angst mehr hatte.

Barney hatte es plötzlich eilig, da er sich vage bewusst wurde, dass Kittys Mutter jederzeit hereinplatzen konnte. Selbst im Alkoholnebel war ihm klar, dass es nicht ratsam war, sich von ihr erwischen zu lassen. Hastig zog er sich an, beobachtet von lachenden Augen, die ihn in Panik versetzten.

»Wir hätten das nicht tun sollen.«

»Wieso nicht?« Sie wirkte schamlos und trotzig. Barney hoffte inständig, dass es nur ein Scherz von ihr war.

»Hör zu«, nuschelte er. »Du darfst es niemandem erzählen.«

»Natürlich nicht.«

»Niemandem. Nicht mal deiner Schwester.«

»Meiner Schwester bestimmt nicht. Sie wäre nur eifersüchtig.«

»Ich wollte die Situation nicht ausnutzen.«

Sie strich ihm zärtlich mit einem Finger über die Wange.

»Keine Sorge. Das hast du nicht. Ich bin alt genug, um zu wissen, was ich tue.« Sie küsste ihn beschwichtigend. »Wenn es dich beruhigt, ist es nie passiert.«

Barney lächelte sie dankbar an.

»Ich sage dir morgen Bescheid, wie es gelaufen ist. Es kann allerdings sein, dass wir auf einen geeigneten Moment warten müssen, um zu reden. Auf keinen Fall im Pub. Ich ... lasse von mir hören.« Das klang mehr als nötig nach einem Vorwand, aber ein leises Stimmchen in Barneys Hinterkopf sagte ihm, dass die Situation heikel werden könnte, und er wollte unbedingt jeden Ärger vermeiden.

Als er vom Tinker's Barn zum Honeycote Arms zurückging, wunderte er sich, dass er kein schlechtes Gewissen hatte. Nicht im Geringsten. Praktisch war er untreu gewesen. Sogar zweimal. Aber sein einziger Gedanke war, wieso er es nicht schon eher getan hatte.

Sasha schloss die Tür hinter ihm, lehnte sich dagegen und begann lauthals zu lachen. Sie konnte nicht fassen, dass Barney ihr geradewegs in die Falle gegangen war. Sie kicherte bei dem Gedanken, dass Kittys lupenreines Image nun besudelt war. Das würde sie lehren, immer so verdammt vernünftig zu sein und Sasha mit ihren puritanischen Vorhaltungen den Spaß zu verderben. Sie gluckste in sich hinein bei der Vorstellung, welches Chaos das auslösen würde.

Ihr Handy piepste. Eine SMS von Jonty. Er war im Pub. Ob sie ihn treffen wolle.

Hm, dachte sie. Zu einem Drink wollte er sie bestimmt nicht einladen. Er wurde ihr allmählich zu aufdringlich. Er musste lernen, sich an ihre Spielregeln zu halten, wenn er etwas von ihr wollte. Sie schickte ihm eine SMS zurück, sie wasche sich gerade die Haare. Was schließlich nicht gelogen war. Ihr Haar kräuselte sich nach dem Trocknen wie Kittys. Sie würde eine Ewigkeit brauchen, um diese unbändigen Locken glatt zu bekommen. Außerdem waren zwei Männer an einem Abend selbst für Sasha zu viel.

Keith holte Mandy am Bahnhof ab, wo Rick sie vorher abgesetzt hatte. Um keinen Verdacht zu erregen, musste sie wie bei der Hinfahrt auf dem Gleis warten, an dem der Zug aus London hielt. Täuschung war anstrengend, aber lange würde dieses Versteckspiel ohnehin nicht mehr dauern.

Im Wagen erzählte sie Keith nur in groben Zügen von ihrem Wochenende in London. Es war am besten, möglichst wenig zu sagen, wenn man log. Allzu ausführliche Erklärungen würden einen nur verraten.

»Übrigens, Patrick hat angerufen«, sagte Keith. »Er will vielleicht noch vorbeikommen, wenn du nicht zu spät zurück bist.«

»Ach ja?«

Leise Panik flackerte in Mandy auf. Sie war sich nicht sicher, ob sie schon zu dem bereit war, was sie ihm zu sagen hatte. Andererseits gab es dafür keinen günstigen Moment. Sie musste in den sauren Apfel beißen. Während die Landschaft vorbeiflog, schaute Mandy nach vorn und sagte sich immer wieder, dass sie ruhig bleiben und an den Lohn denken müsse.

Es war schon fast Sperrstunde, als Suzanna zum Honeycote Arms zurückfuhr. Ihr fiel auf, dass sie den Pub zum ersten Mal aus der Perspektive eines potentiellen Gastes sah. Sie musste zugeben, dass er ungemein einladend wirkte. Das cremeweiße Schild mit der schwarzen Schrift und dem subtilen Goldrand war diskret beleuchtet. Die Front des Parkplatzes war mit kräftigen, weißen Pollern abgegrenzt, zwischen denen schwarze Ketten hingen. Der Naturstein leuchtete warm im Licht der Strahler, die sich gerade eingeschaltet hatten. Rechts und links neben der Tür standen kegelförmige Büsche in Terracottatöpfen.

Sie bog langsamer auf den Parkplatz, als sie hinausgefahren war, und sah mit schlechtem Gewissen die Reifenspuren, die sie im Kies hinterlassen hatte. Morgen würde sie den Kies harken. Sie fuhr hinter das Haus und wunderte sich, dass kaum eine Parklücke zu finden war. Für einen Sonntagabend war es unglaublich voll.

Sie ging durch die Gastwirtschaft hinein. Toby und Melissa bedienten an der Theke. Das Publikum war gemischt: eine Gruppe junger Burschen, einige ältere Ehepaare, die aussahen, als kämen sie von einem Ausflug, zwei junge Männer, die den Rest des freien Abends genossen, bevor sie morgen wieder nach London zur Arbeit mussten. Jonty war ebenfalls da und saß mit einigen seiner Freunde zusammen. Er winkte Suzanna zu und kam herüber, bevor sie entwischen konnte.

»Die Leute fragen ständig, ob es nichts zu essen gibt. Wir müssen was anbieten, sonst lassen wir uns gutes Geld durch die Lappen gehen.«

Suzanna lächelte.

»Wenn es dir nichts ausmacht, an Sonntagabenden zu arbeiten.«

Jonty zuckte gutmütig die Achseln.

»Ist schließlich alles Geld, oder? Ich brauch so viel davon, wie ich kriegen kann, wenn Nummer drei kommt.« Er hoffte, damit Meggy zu besänftigen. Sie hatte nicht gerade begeistert reagiert, als er zum Abendessen nach Hause gekommen und anschließend gleich wieder verschwunden war. Chorprobe, hatte er ihr gesagt, allerdings nicht erwartet, dass sie ihm glaubte.

Suzanna ging zu Toby, um nach dem Rechten zu sehen. Er berichtete sichtlich erfreut vom lebhaften Geschäft. Sie war beschämt. Wie hatte sie nur so selbstsüchtig sein können? All diese Leute wollten, dass das Honeycote Arms ein Erfolg wurde, und waren stolz auf ihren Beitrag. Für wen hielt sie sich eigentlich, das alles aufs Spiel zu setzen, nur weil sie keine Courage hatte? Nun ja, das hatte sich jetzt geändert.

»Hast du Barney gesehen?«, fragte sie.

»Er ist am frühen Abend weggegangen und vor etwa einer halben Stunde zurückgekommen. Ich glaube, er ist oben«, antwortete Toby vorsichtig. Er hielt es für besser, nicht zu erwähnen, dass Barney schwer Schlagseite hatte.

Suzanna beschloss, sich auf der Damentoilette etwas frisch zu machen, bevor sie nach oben ging. Sie war nach der Mittagsschicht ohne jedes Make-up weggefahren und sah ziemlich ausgelaugt aus, wie sie nun merkte. Sie kämmte sich die Haare, legte Wimperntusche und Lipgloss auf und grinste ihr Spiegelbild an. Es war verrückt: Beinah machte es sie nervös, zu ihrem eigenen Mann hinauf zu gehen. Aber beim Gedanken an das, was sie ihm sagen wollte, verspürte sie Schmetterlinge im Bauch.

Sie wusste, dass er die Idee gut finden würde. Sie war sicher, dass er oft mit ihr darüber hatte sprechen wollen, sich aber zurückgehalten hatte, weil die Zeit noch nicht reif war. Sie erinnerte sich, dass er immer ein guter Vater gewesen war. Er hatte stets mit angepackt, ohne sich allzu aufdringlich als moderner Mann aufzuspielen. Er hatte Ollie gern gebadet und ihn ins Bett gebracht, wenn Suzanna abends einen Catering-Auftrag hatte.

Es würde sicher nicht einfach. Alle möglichen Gefühle würden wieder hochkommen. Zunächst einmal war es gar nicht so leicht, schwanger zu werden. Und dann spielten die Hormone verrückt. Außerdem war es nur natürlich, wenn sie überängstlich waren. Aber sie hatten einander. Sie würden es schaffen.

Sie ging durch die Bar und überlegte, ob sie eine Flasche Champagner mitnehmen sollte. Ja, beschloss sie. Ab morgen würde sie strikt auf Alkohol und Zigaretten verzichten, aber wenn es einen Grund zu feiern gab, dann diesen.

Berstend vor Stolz und Aufregung kam Patrick kurz nach halb elf ins Keeper's Cottage. Ihm war klar, dass es schon spät war, aber wenn Mandy und Keith seine Neuigkeiten hörten, würden sie ihn verstehen.

Er wartete in der Diele, als Mandy die Treppe herunter kam, um ihn zu begrüßen. Sie sah völlig verändert aus. Ihre Haut schimmerte goldbraun, ein paar Sommersprossen zierten ihre Nase. Ihr Haar war zu lockeren Zöpfen geflochten wie bei einer Indianerin. Sie trug Khakishorts und ein Hemdchen mit der Aufschrift CUBA auf der Brust. Barfuß, ohne Make-up. Patrick war verdutzt. Er hatte eigentlich erwartet, dass sie von ihrem Wochenende elegant wie aus einer Modezeitschrift zurückkommen würde, umgeben von Einkaufstüten. Er küsste sie.

»Du bist braun geworden.«

»Wir waren in Libbys Fitness-Studio. Da gibt es diese Turbo-Sonnenbänke.«

Patrick nickte und glaubte ihr nur zu gern.

»Hör zu, ich habe eine radikale Entscheidung getroffen, während du fort warst.«

»Ach ja?« Mandy bemühte sich um einen ruhigen Ton.

»Die letzten Monate waren ziemlich hart. Wir hatten nicht viel Zeit füreinander. Das hat mir klar gemacht, dass es vielleicht Zeit ist ...«

Er wusste nicht recht, wie er es sagen sollte, aber Mandy fiel ihm ins Wort.

»Etwas Abstand voneinander zu bekommen?«

»Was?«

Er schaute sie schockiert an. Mandy redete weiter:

»Schon gut. Das habe ich mir auch schon überlegt.«

Patrick war sprachlos. Mandy erklärte:

»Ich möchte für eine Weile fort. Weg von der Brauerei, vom Honeycote Arms und Dad und ...«

»Von mir?«, fragte Patrick ausdruckslos.

»Vielleicht nicht für immer«, sagte Mandy elend. »Aber im Augenblick weiß ich wirklich nicht richtig, was ich eigentlich will. Ich weiß nur, dass ich nicht glücklich bin.«

Patricks Blick wurde hart.

»Es tut mir Leid, dass es dir nicht gut genug ist. Es tut mir Leid, dass wir nicht genug Zeit hatten, dir die Aufmerksamkeit zu schenken, die du brauchst, aber wir hatten alle ziemlichen Stress.«

»Das ist es nicht.«

»Was ist es denn?«

Sie antwortete nicht. Sie konnte nicht. Er packte ihren Arm.

»Gibt es einen anderen?«

Sie zögerte, bevor sie log. Eigentlich war es nicht wirklich gelogen. Genau genommen gab es keinen anderen. Noch nicht.

»Nein ... natürlich nicht.«

Seine Finger gruben sich in ihr Fleisch. Mandy bekam Angst. Patrick konnte manchmal so grob werden. Nie zu ihr, aber bisher hatte sie auch noch nie versucht, mit ihm Schluss zu machen.

»Ich muss einfach ... herausfinden, wer ich bin.«

»Was?« Patrick schnaubte verächtlich, zu Recht. Mandy suchte verzweifelt nach den richtigen Worten, um ihre Lage zu erklären, nach einer Begründung, die nicht ganz so spleenig klang. Patrick hätte nie im Leben Verständnis für einen Selbstfindungstrip – vermutlich, weil seine Mutter ihn wie eine heiße Kartoffel fallen gelassen hatte, als er klein war, um sich dem Hippietrail nach Indien anzuschließen. Seitdem reagierte er misstrauisch auf alles, was auch nur im Entferntesten spirituell angehaucht war. Mandy versuchte ihm ihr Dilemma auf eine Weise zu erklären, mit der er etwas anfangen konnte.

»In Honeycote bin ich für jeden nur ein Anhängsel. Ich habe keine eigene Identität. Ich treffe keine eigenen Entscheidungen, jedenfalls nicht wirklich. Ich komme mir vor wie … ein Niemand. Ich möchte irgendwohin gehen, wo ich morgens aufwachen und selbst entscheiden kann, was passiert. Ich möchte … eine Wahl haben. Ich will wissen, wer ich eigentlich bin. Ich muss … meine Nische finden.«

Entsetzt merkte sie, dass sie genau dasselbe Wort wie ihre Mutter benutzt hatte. Patrick starrte sie an. Mit schlechtem Gewissen und dem sicheren Gefühl, dass er Spuren von Ricks Küssen auf ihrer Haut sehen könne, wich sie einen Schritt zurück. Er wusste Bescheid. Sie war sicher, dass er Bescheid wusste. Das war unmöglich. Oder? Tapfer erklärte sie weiter:

»Im letzten Jahr ist alles so schnell gegangen. Und alle sind anscheinend damit zufrieden, wo sie sind und was sie machen. Aber ich bin mir einfach nicht … sicher. Ich kann nichts dafür, dass ich so empfinde. Es tut mir Leid …«

Sie verstummte und schaute ihn Verständnis heischend an.

»So, und wohin willst du? Um diese magische Antwort zu finden?«

Mandy fiel erst jetzt auf, dass sie über die praktische Seite ihres Plans überhaupt noch nicht nachgedacht hatte.

»Das weiß ich noch nicht.«

Er nahm eine Strähne ihres Haares und rieb es zwischen den Fingern. Es war wie Stroh, ausgetrocknet von Sonne und Salzwasser. Er ließ die Strähne fallen, als sei sie vergiftet, und ging hinaus.

Neben der Haustür sah er Mandys Schuhe stehen. Irgendetwas bewog ihn, einen aufzuheben. Als Sand auf die Fußmatte rieselte, ging ihm durch den Kopf, dass es in South Kensington keinen Strand gegeben hatte, als er das letzte Mal dort war.

Suzanna schlich ins Schlafzimmer. Die Nachttischlampe brannte noch. Barney schlief tief und fest. Sie zog die Schuhe aus und setzte sich neben ihn auf das Bett.

»Barns? Bist du wach?«

Mühsam schlug er die Augen auf und schaute sie an, als sähe er sie gar nicht, ein kalter Blick wie von einem toten Fisch. Sie roch Alkohol in seinem Atem. Wein und etwas Stärkeres, das sie nicht erkannte.

»Verpiss dich«, sagte er und fiel wieder in trunkenen Schlaf.

Suzanna war schockiert. Sie konnte sich nicht erinnern, dass Barney je so etwas zu ihr gesagt hatte. Sie legte sich neben ihn, starrte an die Decke und wünschte mit aller Kraft, er möge zu sich kommen, seine Beschimpfung sei nur Teil eines albernen Traums gewesen, er möge sie anlächeln und in den Arm nehmen, damit sie sich an ihn schmiegen könnte.

Aber er tat es nicht.

Ihr Herz war bleischwer. Sie hatte es zu weit getrieben, zu oft zu viel von ihm verlangt. Über ihren Bedürfnissen hatte sie vergessen, dass auch er Bedürfnisse hatte. Nun war er unter der Belastung zusammengebrochen. Sie hatte ihn gebrochen.

Eine einzelne heiße Träne lief ihr über die Schläfe.

Es war zu spät. Sie war zu spät gekommen.

22

Am nächsten Morgen wartete Mandy, bis ihr Vater wie jeden Tag pünktlich um Viertel vor acht zur Arbeit gefahren war. Sie fuhr meist mindestens eine Stunde später als er los, daher fand er es nicht weiter merkwürdig, dass sie noch im Pyjama war, als sie mit ihm auf die Schnelle eine Tasse Kaffee trank. Sie erzählte ihm nicht, was am Abend zuvor zwischen ihr und Patrick vorgefallen war. Sie wollte erst ihre Pläne unter Dach und Fach bringen, bevor sie die Bombe platzen ließ. Sie wollte nicht, dass jemand sie ihr auszureden versuchte.

Sobald Keith gefahren war, zog sie Jeans und T-Shirt über, sprang in den Wagen und fuhr nach Eldenbury. Sie legte die Crazytown-CD auf, die sie am Tag vorher am Strand gehört hatte. Bei dem Gedanken an die himmlische Wärme, an Ricks Kopf auf ihrem Bauch, an ihre verruchten Gedanken überlief sie ein Schauer der Erregung. Jetzt würde er sie nehmen, wo sie frei von Patrick war. Sie wusste, dass er sie wollte. Und auch wenn sie Patrick gegenüber ein schlechtes Gewissen hatte, war der Reiz des Unbekannten stärker.

War sie egoistisch? Vielleicht. Aber das musste man sein, wenn man sein Leben nicht im Schlepptau eines anderen verbringen und nach seiner Pfeife tanzen wollte. Patrick würde es überleben. Er würde schon bald eine andere finden.

Sie parkte an der Hauptstraße und lief die Treppe zu Ricks Wohnung hinauf. Es roch nach Sesamöl vom Vortag aus dem chinesischen Schnellimbiss. Sie klopfte an die Tür und hüpfte vor Ungeduld auf und ab. Als Kelly schlaftrunken die Tür aufmachte, konnte Mandy ihre Enttäuschung nicht verbergen.

»Ist Rick da?«

Kelly öffnete die Tür ein Stück weiter.

»Du kommst besser rein.«

Mandy folgte ihr in die Küche, wo Kelly an die Spüle ging und den Wasserkocher füllte.

»Ist er noch im Bett?«

Kelly schaltete den Kocher ein und drehte sich zu Mandy um.

»Er ist weg.«

»Weg?« Mandy runzelte die Stirn. »Zur Arbeit, meinst du?«

Kelly seufzte unter der Last der Mitteilung, die sie zu machen hatte. »Mandy, er ist weg. Er hat gestern Abend seine sieben Sachen gepackt und ist heute Morgen mit dem Motorrad weggefahren.«

»Das kann nicht sein. Ich habe ihn doch gestern Abend noch gesehen.«

»Er war schon immer recht impulsiv. Ich weiß gar nicht, woher er das hat.«

»Impulsiv?« Mandy fand das nicht ganz treffend. »Er hat mir aber doch gar nichts gesagt. Kein Wort. Ich war das ganze Wochenende mit ihm zusammen und er hat kein Wort gesagt.«

»Das ist typisch Rick, fürchte ich.«

»Das verstehe ich nicht.«

Kelly schaute sie mitfühlend an.

»Fing es an, ein bisschen ... ernster zu werden zwischen euch?«

»Ja ... nein. Ich weiß nicht. Ich dachte, vielleicht ... deshalb bin ich hier. Um mit ihm zu reden.«

»Hör zu, das Problem bei Rick ist, dass in seinem Leben kein Platz für einen anderen Menschen ist. Er braucht seine Freiheit. Er macht sich immer aus dem Staub, wenn es anfängt, ernst zu werden. Glaub mir, ich habe oft genug hier gesessen und die Scherben aufgekehrt.«

Benommen setzte Mandy sich auf das Sofa und versuchte zu begreifen, was Kelly ihr gesagt hatte. Wahrscheinlich trug sie ziemlich dick auf und genoss jede Minute. In ihren Augen war es vermutlich die perfekte Rache dafür, dass Mandy ihr Patrick ausgespannt hatte. Obwohl Mandy gar nicht gewusst hatte, dass er in festen Händen war.

Sie glaubte die Wahrheit zu kennen. Rick hatte sich nicht aus dem Staub gemacht, um von ihr fort zu kommen, sondern weil er glaubte, sie könnten nicht zusammenkommen. Er hatte keine Ahnung, dass sie bereit war, Patrick für ihn aufzugeben. Und nun war es zu spät.

Sie saß immer noch völlig benommen da, als Kelly ihr eine Tasse Tee in die Hand drückte. Mandy nahm sie wortlos.

Rick war auf und davon. Weiß Gott wohin. Und sie hatte seinetwegen mit Patrick Schluss gemacht. In der Hoffnung, ihr Schicksal endlich in die eigenen Hände zu nehmen, hatte sie innerhalb von 24 Stunden ihr Leben in einen Trümmerhaufen verwandelt.

Rick fuhr durch Honeycote und genoss die entrüsteten Blicke, die seinem Motorrad folgten, als es durch die Postkartenidylle röhrte. Selbst mit viel Fantasie war hier kein Harley-Davidson-Terrain. Aber das machte nichts. Bald wäre er wieder in North Devon, wo man ihn bewundern und beneiden würde. Man hatte ihm am Wochenende einen Job angeboten: Er könnte Surfanzüge und -bretter vermieten und vielleicht ein bisschen Unterricht geben. Eigentlich hatte er nicht gedacht, dass er den Job wollte, aber nun sah es anders aus. Gestern am späten Abend hatte er angerufen: Wenn er wollte, konnte er sofort anfangen.

Zuerst musste er allerdings zu Damien und kündigen. Es tat ihm Leid. Damien war ein guter Boss, mehr als großzügig, und er hatte nicht allzu viel von ihm verlangt. Aber er konnte nicht mehr hier bleiben. Nach allem, was gestern passiert war, musste er weg.

Zum ersten Mal war Rick gefährlich nah dran, sich zu verlieben, und das gefiel ihm überhaupt nicht. Ihm war klar, wenn er sich mit Mandy einließe, würde es mit Tränen enden. Sie müsste zu viele Entscheidungen treffen und Opfer bringen, die sie später bereuen würde, und dazu wollte er sie nicht zwingen. Er hatte Kelly gestern Abend gefragt, ob sie ihn für feige hielt; sie hatte nein gesagt, er sei sehr edel, und eines Tages würde er schon noch das richtige Mädchen treffen, ohne dass es einen Haken gäbe.

Er machte sich Gedanken, ob er vielleicht allmählich weich wurde, weil Mandy ihm unter die Haut ging. Noch nie hatte er eine Frau so sehr begehrt wie in jenem Augenblick auf den Klippen. Liebe kam für Rick nicht in Frage. Das war nicht sein Stil. Welchen Sinn sollte das haben, wenn die ganze Angelegenheit letztendlich unweigerlich in Langeweile oder gebrochenen Herzen endete? Er bevorzugte leidenschaftliche Vollgas-Affären, lustvolle kleine Turbobegegnungen, die er überaus genoss, sich aber nie besonders zu Herzen nahm.

Wenn er Mandy erlegen wäre, hätte er vor allem nicht mit der Angst leben können, sie könnte eines Tages erfahren, dass die ganze Sache ursprünglich ein abgekartetes Spiel war. Dass er versucht hatte, sie Patrick auszuspannen, um sich an ihm zu rächen. Denn irgendwann würde die Wahrheit herauskommen, das hatte sie nach Ricks Erfahrung leider so an sich.

Er hatte gleich gestern Abend seine Sachen gepackt und war im Handumdrehen reisefertig – Rick belastete sich nicht mit Krempel. Kelly hatte ihm noch schnell seine Kleider vom Wochenende gewaschen und getrocknet. Bevor er fuhr, hatte er sie mit schlechtem Gewissen an sich gedrückt, weil er sie im Stich ließ, aber sie hatte ihm erklärt, er solle nicht albern sein, sie käme schon zurecht. Sie waren beide Menschen, die immer irgendwie zurechtkamen.

Als er in Honeycote Grove klingelte, meldete Damien sich barsch über die Gegensprechanlage.

»Hier ist Rick. Ich muss Sie sprechen.«

Das Tor schwang beinah widerstrebend auf und Rick fuhr die Zufahrt hinauf. Damien kam an die Haustür. Er sah furchtbar aus, als hätte er nicht geschlafen. Seine Kleider waren verknittert, was für ihn ungewöhnlich war. Sein Haar war ungewaschen. Aber etwas in seiner Haltung sagte: Frag nicht. Also stellte Rick keine Fragen. Er erklärte ihm lediglich, dass er nicht mehr für ihn arbeiten könne.

Damien schien es nicht zu stören, dass er kündigte. Es war beinah, als habe er ihn gar nicht verstanden. Das Einzige, worüber er sich Sorgen machte, war, dass

Rick mit niemandem darüber sprach, was sie über das Honeycote Arms und eine mögliche Übernahme geredet hatten.

Rick schaute ihn gekränkt an. Vertraulich hieß vertraulich, oder? Er hatte noch immer seinen Mund gehalten. Nur so erzählten einem die Leute etwas.

»Natürlich nicht. Das bleibt unter uns.«

Erleichtert und dankbar schälte Damien einige Geldscheine aus einem Bündel Banknoten und reichte Rick seinen ausstehenden Lohn.

»Es ist ein bisschen mehr. Trinken Sie einen auf mein Wohl, wenn Sie ankommen.«

»Prost.«

Erst als Rick wieder auf seinem Motorrad saß und sich das Bündel Geldscheine genauer anschaute, wurde ihm bewusst, wie wichtig Damien Diskretion offensichtlich war. Er fragte sich, was mit ihm los sein mochte. Er hatte wirklich gestresst ausgesehen. Fast schon schreckhaft. Achselzuckend steckte Rick das Geld ein. Vielleicht hatte er das ganze Wochenende durchgekokst oder so. Das war nicht sein Problem. Wenn er sich beeilte, könnte er um die Mittagszeit am Strand sein.

Barney hatte sich an diesem Morgen nach Kräften bemüht, die spektakulären Kopfschmerzen zu ignorieren, die nach Weißwein, Rum und Seitensprung praktisch unvermeidlich waren. Suzanna sagte er, er fahre nach London zu einem Weinhändler, es gebe Probleme mit ihrem Lieferanten. Es machte ihr anscheinend nichts aus. Sie wirkte gedämpft. Er hatte nicht mitbekommen, wann sie gestern Abend nach Hause gekommen war. Sie entschuldigte sich nicht für den gestrigen Streit, also tat er es auch nicht.

Er stieg in Eldenbury zusammen mit den Pendlern in den Zug. Der Waggon war voller Leute, die mit ihren Handys telefonierten, Verabredungen trafen, Notizen verglichen und ohne jede Rücksicht auf Vertraulichkeit Geschäfte, Firmenübernahmen und Kündigungen diskutierten. Da er sich dem Gedanken an Kaffee noch nicht gewachsen fühlte, legte er elend den Kopf zurück, der abwechselnd bleischwer war und vor Leichtigkeit abzuheben drohte. Mit geschlossenen Augen ließ er noch einmal die Höhepunkte des vergangenen Abends an sich vorüberziehen: Er und Kitty, er und Kitty und vielleicht schon heute Abend ein Plattenvertrag. Er und Kitty, ein Plattenvertrag und ein neues Leben ... War es das, was er wollte?

Ein Weilchen schwelgte er in Träumen von sechsstelligen Zahlen, einer Tournee und einem Hitalbum. Unmöglich war es nicht. Kitty war fantastisch und er hatte einen tollen Song geschrieben. Er dachte an das Chaos, das entstehen würde, falls sein Treffen mit Jez heute diesen Ausgang nehmen sollte. Was würde aus dem Pub? Was würde aus seinem Vertrag mit Honeycote Ales? Würden sie ihn verklagen? Er grinste. Und wenn schon. Schließlich wäre er ein Rockstar.

Was aus seiner Ehe würde, fragte er sich nicht. Darüber wollte er nicht nachdenken. Stattdessen flüchtete er sich in einen unruhigen Schlaf.

Als der Schaffner ihre baldige Ankunft in Paddington durchsagte, fuhr er erschrocken auf. Speichel tröpfelte ihm aus dem Mundwinkel. Rasch wischte er ihn fort. Auf dem Bahnhof kaufte er sich ein Päckchen extra starker Pfefferminzbonbons und eine Cola. Er suchte sich ein Taxi und bat den Fahrer, ihn an der Tottenham Court Road abzusetzen, damit er zu Fuß durch das Straßengewirr von Soho zu der Plattenfirma gehen konnte.

Er atmete tief durch. Nach der ewigen frischen Luft in Honeycote tat es gut, wieder einmal schmutzige Luft und Abgase einzuatmen. Es wirkte fast wie eine Droge. Er schlenderte durch die Gassen, vorbei an allen erdenklichen Spezialgeschäften: Da gab es Läden für Filmposter oder Vinylschallplatten, eine Spirituosenhandlung mit einem verblüffend vielfältigen Absinthsortiment, die üblichen Sexshops, die stolz ihre verwirrenden Produkte ausstellten, Sushibars mit Plastikmeeresfrüchten. Er war beinah überreizt von all diesen Bildern, die auf ihn einstürmten.

Um fünf vor elf erreichte er die Büros der Plattenfirma – uncool früh, aber es war ihm egal. Es hatte sich unverkennbar einiges verändert, seit er zuletzt hier war. Damals hatten an den schwarz-pink gestrichenen Wänden ausgefranste Poster gehangen und der Tresen am Empfang war übergequollen von leeren Red-Stripe-Dosen und vollen Aschenbechern. Heute hatte er das sichere Gefühl, dass jede brennende Zigarette hier missbilligende Blicke ernten würde. Die Empfangsdame wirkte elegant hinter ihrem geschwungenen Ahorntresen mit der hochmodernen Telefonanlage.

Jez kam persönlich herunter, um ihn zu begrüßen. Barney staunte über seine Verwandlung: Er hatte offensichtlich eine komplette Runderneuerung hinter sich. Statt seiner erschreckend schlechten Zähne von früher präsentierte er sich heute mit einer strahlenden Reihe perlweißer Porzellankronen. Verschwunden war auch der New-Romantic-Look, der bei Jez immer knapp daneben geraten war. Nun trug er einen gut geschnittenen Anzug über einem schwarzen T-Shirt. Das lange, im Nacken zusammengebundene Haar hatte er ebenfalls geopfert. Hätte er nicht sein ziemlich weibisches Kichern hören lassen, Barney hätte ihn nicht wiedererkannt.

Zur Begrüßung musste Barney übertrieben überschwängliches Rückenklopfen und Händeschütteln über sich ergehen lassen. Er hatte Jez immer für einen falschen Hund gehalten, aber er besaß einen gewissen dickfelligen Enthusiasmus und eine Verbissenheit, die ihn immer ans Ziel brachten. Gemeinsam gingen sie hinauf in sein Büro, das von seinem Erfolg zeugte: Plüschteppiche, ein riesiger Schreibtisch und rundherum lederne Sitzgarnituren. An den Wänden hingen Plattencover in verchromten Rahmen. Früher hatten sich bei Jez Demokassetten, Fanmagazine, Bettelbriefe und Vertragsentwürfe gestapelt. Heute war sein Schreibtisch makellos bis auf einen gespenstisch leeren Notizblock mit Stift.

Jez legte die Finger zu einem Spitzdach zusammen und schaute Barney gewichtig an.

»Ich kann dir sagen, dass ich echt aus dem Häuschen bin«, begann er. »Genau darauf habe ich gewartet. Alle reißen sich ein Bein aus, um die nächste Dido zu finden.« Er nahm eine Fernbedienung zur Hand. »Hören wirs uns mal an.«

Er schaltete die eingebaute Stereoanlage ein und spielte das Demo ab, das Barney ihm geschickt hatte. Kein Zweifel: Sie war so gut, dass es einem Schauer über den Rücken trieb, und auf den teuren Lautsprechern klang es fantastisch.

»So. Was denkst du, hätte die Kleine das Zeug dazu? Könnte sie damit umgehen?«

»Kann das überhaupt jemand?« Barney grinste ihn zynisch an. Jez nahm seinen Stift.

»Beschreib sie mal.«

»Hübsch – sehr sogar. Ungewöhnlich. Gute Figur. Wie … ein Kätzchen. Und ein bisschen eigenwillig. Sie hat ihren eigenen Stil. Romantisch. Sieht aus wie ein Kind, das sich verkleidet hat.«

»Nicht zu sehr wie Björk, hoffe ich. Keine Kleider aus toten Schwänen?«

Barney schüttelte den Kopf.

»Titten?«

Barney dachte an Kittys kleine, runde Brüste. Die perfekt in seine Hand passten. An ihre Brustwarzen, die unter seinen Lippen hart vor Begierde wurden …

»Keine Ahnung«, sagte er spröde.

Jez lachte dreckig. »Erzähl mir nicht, dass du sie nicht vögelst.«

Barney schaute ihn verärgert an. »Nein, tue ich nicht.« Er mochte mit ihr geschlafen haben, aber er *vögelte* sie nicht. Das war ein Unterschied.

»Ach ja, hab ich völlig vergessen. Du bist ja glücklich verheiratet.«

Bei Jez klang das, als ob es so etwas nicht gäbe.

»Also, erzähl mal, Barney. Was stellst du dir vor, wie du ins Bild passt?«

Barney war sofort auf der Hut. Ihm gefiel Jez' Ton nicht. Dieser Anflug von Hohn, bei dem es ihm immer in den Fingern juckte, ihm eine reinzuhauen. Es kam alles wieder hoch.

»Darüber habe ich noch gar nicht nachgedacht.«

»Denn eines sage ich dir gleich von Anfang an: Wenn wir mit der Kleinen einen Deal machen, wollen wir klare Verhältnisse. Eine Solokünstlerin. Kein junges Mädchen mit einem seibernden Vierzigjährigen als Anhängsel.«

Barney lehnte sich schockiert über Jez' Offenheit zurück.

»Du brauchst gar nicht beleidigt zu sein. Wir können einen Deal machen. Eine Vermittlungsprovision.«

Barney verschränkte die Arme.

»Und natürlich einen Plattenvertrag. Ich nehme an, das Stück hast du geschrieben? Es trägt unverkennbar deine Handschrift und es ist verdammt gut. Davon brauchen wir mehr. Aber mach dir keine falschen Hoffnungen auf ein Duo.«

Er musterte Barney geringschätzig von oben bis unten. Barney wünschte sich flüchtig, er hätte sich mehr Mühe mit seinem Äußeren gegeben und wäre nicht in Jeans und Wildlederjacke aufgekreuzt, aber er hatte keinen Verdacht erregen wollen, als er aus Honeycote wegfuhr. Jez schaute ihn an, als trage er Fahrradklammern und Socken in Sandalen.

»Du bist schließlich nicht gerade ein Idol, stimmt's? Wenn du in der Branche geblieben wärst, wäre das was anderes. Typen über 35 bringen es immer noch, wenn sie zu ihrer Zeit eine Legende waren. Wie ... New Order zum Beispiel. Du dagegen müsstest ganz von vorn anfangen, oder doch so gut wie. Es wäre, ehrlich gesagt, peinlich. Wenn ihr gemeinsam auf der Titelseite von *Top of the Pops* seid, werden alle denken, du wärst ihr Vater.«

»Ich hatte ganz vergessen, was für ein Arsch du bist.« Barney stand auf und hob sarkastisch die Hand zum Abschied. »Adios.«

Jez zuckte nicht mit der Wimper.

»Benimm dich nicht selbst wie ein Arsch, Barney. Ich habe das Demo. Was glaubst du wohl, wie lange ich brauche, um sie zu finden?« Jez grinste. »Eigentlich eine fantastische Idee: Ich lasse das an sämtliche Radiosender des Landes schicken. Wir starten eine landesweite Suche.« Er machte eine entsprechende

Handbewegung. »*Wo ist Kitty?* Das lassen wir überall plakatieren – in der U-Bahn, an jeder Bushaltestelle, vor jedem Club ... Sie wird berühmt, bevor sie überhaupt angefangen hat. Brillant. *Star Search* mal umgekehrt. Der Star ist schon geboren, wir müssen nur rauskriegen, wo er steckt ...«

Barney war übel. Jez hatte Recht. Es war eine glänzende Idee und er hatte sie ihm geradewegs in die Hände gespielt. Aber eines stand fest: Er wollte nichts mehr damit zu tun haben. Dieses Gefühl hatte er schon lange nicht mehr erlebt, diese Mischung aus Rage und Angst, das Gefühl, genau zu wissen, dass man ausgebeutet wurde, andererseits aber unbedingt seine Träume verwirklichen wollte. Träume, über die ein anderer Macht besaß.

Jez besaß immerhin den Anstand, zerknirscht auszusehen.

»Es tut mir Leid, Barney. Aber du kennst mich, ich nenne die Dinge beim Namen. Das habe ich immer getan. Deshalb bin ich immer noch hier.«

Damit hatte er Recht. Barney erinnerte sich noch, wie Jez zu ihm gekommen war und ihm gesagt hatte, dass die Tournee für ihn gestorben sei und die Band ohne ihn fahren würde. Er seufzte resigniert.

»Wenn du wirklich interessiert bist, rede ich mit ihr. Mal sehen, was sie will. Es liegt bei ihr.«

Jez brachte ihn hinunter an den Empfang. Als Barney durch die Rauchglastür gehen wollte, legte er ihm die Hand auf die Schulter.

»Eines wollte ich dir noch sagen, Barney. Ohne dich war die Band damals völlig aufgeschmissen. Ich muss zugeben, dass es der größte Fehler meiner Karriere war, sie ohne dich auf Tournee zu schicken. Aber das ist nun mal Rock and Roll, wie man so sagt.«

Sollte das ein Trost sein, fragte Barney sich, als er in das beklemmende Getümmel von Soho hinaustrat. Ein Getümmel, das ihm bei seiner Ankunft noch aufregend und belebend erschienen war, das ihn aber nun mit seinen Abgasen zu ersticken drohte und seine Kopfschmerzen verzehnfachte.

Nachdem Patrick den Vormittag in innerem Aufruhr verbracht hatte, ging er ins Honeycote Arms. Er musste raus aus der Brauerei: Wenn Elspeth ihm noch einen einzigen neugierigen Blick zuwarf, ihm auch nur eine weitere Tasse Kaffee brachte oder ihn noch einmal affektiert anlächelte, würde er sie umbringen. Außerdem wollte er Suzanna sehen. Ihm fiel sonst niemand ein, mit dem er hätte reden können, auch wenn es nicht einer gewissen Ironie entbehrte, dass sie die Einzige war, von der er sich Verständnis für die Qualen unerwiderter Liebe erhoffte. Er glaubte kaum, dass sie etwas dagegen hätte, wenn er sich bei ihr ausweinte. Schließlich hatten sie sich nicht als Feinde getrennt.

Suzanna war entsetzt über sein Aussehen. Er erzählte ihr ausdruckslos, dass Mandy mit ihm Schluss gemacht hatte, und war dankbar, als sie ihn in die Arme nahm und an sich drückte in einer festen, tröstenden Umarmung, die ihn beinah zum Weinen brachte.

»Komm. Du musst was essen.«

Suzanna holte ihnen beiden etwas Möhrensuppe mit knusprigen Brötchen aus der Küche. Sie setzten sich an einen Tisch, und Marmite saß zu ihren Füßen und hoffte auf einige Brosamen. Patrick bekam kaum einen Bissen hinunter. Ihm drehte sich der Magen um. Er legte verzagt den Löffel ab.

»Scheiße, Suzanna. Was soll ich denn jetzt machen?

Es war vermutlich mein Fehler. Ich bin einfach drauflosgestürmt, habe alles bis ins Detail geplant und einfach angenommen, dass Mandy es auch so wollte.«

Suzanna schüttelte amüsiert den Kopf.

»Es ist schon komisch, was? Wir scheinen alle etwas zu wollen, was wir nicht kriegen können.« In ihrem Lachen lag etwas Hysterisches.

»Ich bin froh, dass du darüber lachen kannst.« Patrick fand es weniger komisch.

»Entschuldige.« Sie legte die Hand auf seine. »Es tut mir wirklich Leid, Patrick.« Sie stockte. »Wenn es dir ein Trost ist: Ich glaube, für Barney und mich ist es zu spät. Ich glaube, ich habe es vermasselt.«

Eine Weile hingen beide ihren trüben Gedanken nach, bis Patrick grinsend aufsah.

»Wenn Barney dich rauswirft, habe ich noch ein Zimmer frei. Ich brauche einen Untermieter, um die Raten zu zahlen.«

Um dieses Problem hatte er sich noch nicht gekümmert. Ihm blieben nur ein paar Tage Zeit, das Geld aufzutreiben. Im Stillen hatte er gehofft, Keith würde ihm aushelfen, wenn er hörte, dass Patrick und Mandy sich verlobt hätten. Tja, das konnte er sich jetzt abschminken. Stattdessen würde er wohl zu seinen Verwandten kriechen müssen. Und vermutlich den Wagen verkaufen. Was für ein Schlamassel.

Die Tür zur Schankstube öffnete sich – sie hatten vergessen, sie abzuschließen. Zwei Männer kamen herein. Untersetzt, in Jeans und schwarzen Lederjacken. Nicht gerade das Stammpublikum des Honeycote Arms. Patrick stand auf.

»Es tut mir sehr Leid, aber wir haben geschlossen.«

Die Männer kamen schnurstracks an den Tisch.

»Wir öffnen erst um sechs wieder.«

Patrick verstummte. Irgendetwas stimmte nicht. Der Größere der beiden hob die Hände, als wolle er ihn zum Schweigen bringen.

»Wir wollen nichts trinken. Wir wollen Geld.«

Suzanna wunderte sich, wie ruhig sie blieb. Sie stand auf und schaute die beiden mit einem charmanten, aber bestimmten Lächeln an.

»Ich fürchte, das liegt alles im Safe. Wir kennen die Kombination nicht.«

Das entsprach der Wahrheit. Nur Barney kannte die Zahlen. Die Einnahmen des gesamten Wochenendes lagen im Tresor und warteten darauf, dass Barney sie zur Bank brachte.

»Erzählt uns keinen Scheiß.« Der Kleinere schaut Patrick an. »Du bist doch der Wirt. Du musst die Zahlen kennen.«

»Ich bin nicht der Wirt. Ich habe keine Ahnung ...«

»Dann hilft dir das hier vielleicht auf die Sprünge.«

Einer der beiden holte einen Baseballschläger hinter dem Rücken hervor und schwang ihn drohend. Statt Angst verspürte Suzanna nur Wut. Wie konnten die beiden es wagen, hier einfach so hereinzumarschieren?

»Hört mal, er ist nicht mein Mann. Er kennt die Kombination nicht. Wir kommen nicht an den Safe, o. k.? Also verpisst euch!«

»Und wo ist er? Dein Mann?«

»Das weiß ich nicht. In London. Er kommt nicht vor ... morgen zurück.«

»Dann rufst du ihn wohl besser mal an.«

Der Ganove griff über die Theke nach dem schnurlosen Telefon und reichte es Suzanna. Sein Blick zeigte, dass es ihm ernst war.

Mit zittrigen Händen tippte sie Barneys Handynummer ein. Bevor sie das Telefon an ihr Ohr halten konnte, packte eine Hand sie warnend am Handgelenk.

»Denk dran, mach keinen Unsinn. Versuch ja nicht, ihn zu warnen. Frag nur nach der Nummer.«

Etwas in seinen kalten Augen sagte Suzanna, dass nicht mit ihm zu spaßen war. Sie nickte wortlos, hielt sich das Telefon ans Ohr und lauschte dem Klingelzeichen.

Barney sprang aus dem Taxi und ging in den Bahnhof Paddington. Auf dem Fahrplan suchte er den nächsten Zug nach Eldenbury heraus. Gleis sechs. Mist, der Zug fuhr gleich ab. Er sah, dass die Schranke zum Bahnsteig sich schon schloss. Als er loslief, klingelte sein Handy. Er achtete nicht darauf, weil er den Zug nicht verpassen wollte. Er lief am Kontrolleur vorbei, ohne ihm seinen Fahrschein zu zeigen, und riss die Waggontür auf, als der letzte Pfeifton ertönte.

Suzanna legte kopfschüttelnd das Telefon weg.

»Er geht nicht ran. Wahrscheinlich ist er in einer Besprechung oder so.«

Der Ganove befahl aufgebracht:

»Dann versuch's noch mal, verdammt.«

Als Marmite den barschen Ton des Burschen hörte, kam er knurrend näher.

»Halt's Maul, Köter.«

Ein Fuß in einem riesigen Stiefel holte aus, trat zu und traf den kleinen Hund mitten auf die Brust, sodass er in hohem Bogen durch die Luft flog.

»Du Schwein!« Suzanna stürzte sich wütend auf den Mann.

»Mein Gott, Suzanna – setz dich hin!«

Patricks Warnung kam zu spät. Der Kerl packte sie an den Haaren, zerrte sie herum und nahm sie mit seinem kräftigen Arm vor seiner Brust in den Klammergriff. Sie schrie und strampelte.

»Lass sie los!«

Mit übermenschlicher Kraft stieß Patrick den Tisch fort und stürzte durch den Raum, um Suzanna zu beschützen, bis sein Kinn plötzlich auf etwas Kaltes, Hartes prallte. Der Baseballschläger. Es knirschte bedenklich. Das war meine Nase, dachte Patrick, als er rückwärts durch die Luft flog und sein Kopf auf die Steinfliesen krachte.

Barney sank erleichtert auf einen freien Sitz. Er zog sein Handy aus der Tasche, um nachzusehen, wer angerufen hatte. Es war die Nummer des Pubs. Er steckte das Telefon wieder ein. Wenn es wichtig war, würden sie noch einmal anrufen.

Nicht nur sein Kater war wie weggeblasen, sondern auch die gespannte Erwartung der Hinfahrt. Er fühlte sich völlig ausgelaugt. Er hatte den Bummelzug erwischt, in dem die Meilen sich endlos in die Länge zogen. Da ihm keine Zeit geblieben war, sich am Bahnhof eine Zeitung zu kaufen, hing er seinen Gedanken nach.

Es war idiotisch von ihm gewesen, auch nur eine Minute lang zu glauben, er könne wieder da anfangen, wo er vor Jahren aufgehört hatte. Dieses eine Gespräch, das kaum eine Stunde gedauert hatte, weckte die Erinnerung an all den Mist, der mit einer solchen Karriere verbunden war, an die ständige Unsicherheit und den ständigen Kampf, um seine Stellung in der Hackordnung. Danke Jez, dachte er, du hast mir einen Gefallen erwiesen.

Leider war das Leben, in das er zurückkehrte, auch nicht verlockender. Zum einen musste er Kitty unter die Augen treten. Er würde sehr behutsam vorgehen müssen, aber er war überzeugt, dass sie ihn verstehen würde. Sie hatten keine gemeinsam Zukunft. Schließlich gab es nur eine Frau, die er je geliebt hatte.

Suzanna. Ein alter Clash-Song fiel ihm ein: Sollte er bleiben oder gehen? Die Frage stellte sich natürlich nicht ernsthaft. Er würde Honeycote Ales nicht im Stich lassen. Aber er und Suzanna mussten Entscheidungen treffen.

Aus seiner Sicht hatten sie drei Möglichkeiten: Sie konnten so weitermachen wie bisher, nebeneinander her leben und sich gegenseitig langsam zerstören. Das würde aber letztlich in einer Katastrophe münden. Denn ein Pub lebte von der Ausstrahlung der Wirtsleute. Es würde nicht lange dauern, bis die Leute eine Kluft zwischen ihnen spürten, die die Atmosphäre vergiftete.

Sie könnten sich geschlagen geben und getrennte Wege gehen. Barney hatte allerdings das Gefühl, dass damit alle verlieren würden: Er, Suzanna, Honeycote Ales und alle anderen, die dazu beigetragen hatten, dass sie sich auf dem besten Weg zum Erfolg befanden.

Die dritte Möglichkeit war, sich zusammenzusetzen und gemeinsam einen Ausweg zu suchen. Über alles zu sprechen, aus praktischer und emotionaler Sicht – Vergangenheit, Gegenwart, Zukunft. Es wäre schmerzlich, aber sie konnten nicht davor weglaufen. Es war doch sicher einen Versuch wert? Und sie sollten nicht im Streit darüber reden, sondern in aller Ruhe und Gelassenheit. Die Minibar ratterte mit ein paar ziemlich unappetitlich aussehenden Dosen Bier vorbei. Flüchtig geriet Barney in Versuchung, ließ es dann aber bleiben.

Bei seiner letzten Aussprache mit Suzanna sollte er besser nüchtern sein.

Mandy saß in einem Reisebüro in Cheltenham und kaute ungeduldig an den Fingernägeln, während eine Angestellte im Computer endlos nach Flugverbindungen suchte und ihr schließlich einen Flugplan präsentierte, der sie mit verschiedenen Maschinen und Zwischenstopps hoffentlich bis Freitag nach Sydney bringen würde. Sie schob entschlossen ihre Kreditkarte über den Tisch.

Das hätte sie schon lange machen sollen. Sie hätte von Anfang an mit Sophie und Ned nach Australien fliegen sollen. Das hätte ihr und Patrick viel Leid erspart. Jetzt konnte sie nicht mehr zu ihm zurück; nicht nach allem, was sie ihm angetan hatte. Sie konnte nicht erwarten, dass er ihr verzieh.

Das hier sollte ein Neuanfang werden. Der Beginn eines eigenen Lebens. Sie würde sich von niemandem beeinflussen lassen, andere Länder kennen lernen, andere Menschen treffen, sich für Neues öffnen, etwas riskieren. Und wenn sie erst ein bisschen gelebt hätte, wäre sie vielleicht bereit zu entscheiden, wie der Rest ihres Leben verlaufen sollte.

Ihr Vater würde sie verstehen, davon war sie überzeugt. Sie war froh, dass sie ihn nun allein lassen konnte. Er hatte anscheinend viel für Ginny übrig. Mandy war ziemlich sicher, dass aus den beiden ein Paar wurde, und auf keinen Fall wollte sie, dass er sich durch sie als Anstandswauwau in seinem eigenen Haus gehemmt fühlte.

Barney fuhr mit dem Taxi vom Bahnhof nach Hause. Als es vor dem Honeycote Arms hielt, weckte der Fahrer ihn aus einem weiteren Nickerchen.

»Sieht aus, als ob da was passiert wäre.«

Sofort war Barney hellwach. Er sah drei Streifenwagen und einen Krankenwagen auf dem Parkplatz des Pubs stehen. Er sprang aus dem Taxi und lief zur Tür, ohne sich noch einmal umzusehen. Ein junger Polizist versperrte ihm den Weg.

»Was ist passiert?«

»Entschuldigung, Sir. Würden Sie mir bitte sagen, wer Sie sind?«

»Ich bin hier der Wirt. Wo ist meine Frau? Verdammt, wo ist meine Frau?«

Barney schob sich mit pochendem Herzen an dem Polizisten vorbei. Tische waren umgekippt, ein Stuhl zerbrochen. Er schaute sich hektisch um.

»Suzanna?«

»Barney!«

Gott sei Dank, sie war da. Sie saß an einem Tisch mit einem jungen Polizisten, der sie vernahm. Sie stand auf. Sie war so blass, dass ihre Sommersprossen sich auffallend abhoben. Der Polizist erklärte:

»Es gab einen Überfall. Leider ist der junge Mann nicht so glimpflich davongekommen. Er musste ins Krankenhaus. Gehirnerschütterung. Gebrochene Nase.«

»Wer? Toby?«

Der Polizist schaute in sein Notizbuch.

»Patrick Liddiard. Er müsste außer Gefahr sein. Und sie haben nichts gestohlen, Sir.«

»Das ist nicht so wichtig.« Barney ging zu Suzanna. »Ist mit dir alles in Ordnung?«

Sie nickte, wollte etwas sagen, fing aber plötzlich an zu zittern. Barneys Anblick ließ den Schock plötzlich zutage treten. Am liebsten hätte sie sich ihm in die Arme geworfen und seine Stärke gespürt, jene Stärke, die ihr durch so viel Leid geholfen hatte. Aber sie war zu weit gegangen, sie fürchtete, dass er nichts mehr für sie übrig hatte. Eine Weile standen sie einfach nur da und schauten sich an. Barney wandte sich an den Dienst habenden Polizisten.

»Muss das wirklich jetzt sein?«

»Es ist am besten, die Details aufzunehmen, so lange die Erinnerung noch frisch ist, Sir.«

»Könnte ich fünf Minuten mit meiner Frau allein sein? Ich möchte mich nur vergewissern, dass es ihr gut geht.«

»Gewiss, Sir.«

Sie gingen in den Speisesaal, der gespenstisch leer, aber schon für den Abend eingedeckt war. Barney betrachtete sie, als sähe er sie zum ersten Mal. Was in gewisser Weise auch den Tatsachen entsprach.

»Mein Gott«, sagte er gedehnt. »Es tut mir so Leid, dass ich nicht hier war. Es tut mir so Leid, dass ich nicht hier war, um dich zu beschützen.« Mit einem Mal wurden ihm die Knie weich: »Sie hätten dich umbringen können.«

»Schon gut. Ich bin o. k.«

Plötzlich überwältigte ihn das schlechte Gewissen. Schuldgefühle über das, was passiert war und hätte passieren können, während er auf seinem Egotrip war. Zu seinem Entsetzen liefen ihm Tränen über die Wangen. Er zog sie an sich und brachte vor Schluchzen kaum ein Wort heraus.

»Ich liebe dich. Das musst du wissen. Was immer mit uns auch geschieht, ich liebe dich.«

Suzanna biss die Zähne zusammen. Sie würde nicht weinen. Sie wollte für ihn stark sein, um an ihrem Entschluss festzuhalten. Mit Mühe raunte sie:

»Ich dachte ... ich dachte, du wärst vielleicht für immer gegangen. Ich dachte, ich hätte es zu weit getrieben. Du bist nicht ans Telefon gegangen ...«

»Ich dachte, du würdest mich nicht mehr lieben. Ich dachte, du hättest genug von mir.«

Suzanna schüttelte den Kopf.

»Barney, ich ...«

Sein Herz stockte. Sie wollte etwas sagen. Was? Wollte sie ihm sagen, dass es vorbei sei?

»Ich möchte noch ein Baby.«

Barney stand wie vom Donner gerührt da, unfähig, sich zu bewegen. Die Freude über das, was er gehört hatte, durchzuckte ihn wie ein Blitz. Suzanna schaute ihn ängstlich an.

»Barney?«

Zehn Minuten später wurden sie mitten in einer leidenschaftlichen Umarmung vom Räuspern eines Polizisten mit hochrotem Kopf unterbrochen.

»Entschuldigung. Ich wollte nur sehen, ob Sie bereit sind, die Vernehmung fortzusetzen, Miss. Und draußen fragt ein Taxifahrer nach seinem Lohn ...«

Mandy packte. Sie hatte sämtliche Sachen auf dem Bett ausgebreitet und überlegte verzweifelt, was sie in ihrem neuen Leben brauchen mochte. Sie packte einen cremeweißen Hosenanzug ein, den sie mit verschiedenen Accessoires und T-Shirts tragen konnte, falls sie sich entschließen sollte, eine Stelle anzunehmen. Der Rest waren lässige Sachen – ihre eleganten

Kleider ließ sie zurück. Eine Weile bewunderte sie die Designerstücke von Jasper Conran und French Collection, die sie im Laufe der Zeit angesammelt hatte. Am Strand würde sie die nicht brauchen.

Ihr Handy klingelte. Es war ihr Vater. Sie hatte den Vormittag in der Brauerei damit verbracht, ihren Papierkram zu ordnen und alles Nötige abzuheften, damit ihre Nachfolgerin es leicht finden konnte. Falls sie überhaupt einen Ersatz für sie einstellten. Vielleicht ging ja auch Elspeths Wunsch endlich in Erfüllung.

Sie nahm das Gespräch zögernd an.

»Mandy, Schatz. Wo bist du?«

Er klang aufgeregt.

»Zu Hause.« Sie stockte. Sie musste es ihm sagen, bevor sie fuhr. So feige war sie nun auch wieder nicht, außerdem war sie überzeugt, dass er sie verstehen würde. Hatte er nicht an dem Abend nach dem Ballet gesagt, sie solle auf ihr Herz hören? »Dad, ...«

Er schnitt ihr das Wort ab.

»Ich komme dich holen.«

»Was ist los?«

»Es ist wegen Patrick. Es hat einen Überfall auf den Pub gegeben. Er liegt im Krankenhaus. Ich bin in fünf Minuten da.«

Damit legte er auf. Mandy stand starr vor Schreck da, in ihrem Kopf überschlugen sich die Gedanken.

Sie musste heute Abend den letzten Zug von Eldenbury aus nehmen. Morgen früh sollte sie mit der ersten Maschine von Heathrow fliegen. Sie schaute auf die Uhr. Es war noch Zeit. Sie würde sich nur vergewissern, dass es Patrick gut ging, und dann losfahren.

Keith holte Mandy am Keeper's Cottage ab und fuhr mit ihr ins Krankenhaus Evesham. Unterwegs erklärte er ihr, was passiert war. Die Polizei hatte die Brauerei umgehend benachrichtigt. Offensichtlich wusste ihr Vater nicht, wie es zwischen ihr und Patrick stand. Sie erzählte es ihm nicht. Es war nicht der richtige Zeitpunkt.

Keith setzte sie vor dem Haupteingang ab und machte sich auf die Parkplatzsuche. Mandy erfragte Patricks Zimmernummer. Suzanna kam gerade heraus. Sie funkelte Mandy feindselig an.

»Du bist also doch gekommen?«

Mandy wusste nicht, was sie dazu sagen sollte. Suzanna redete weiter.

»Du hast ihm das Herz gebrochen, weißt du das?«

Mandy sträubten sich die Nackenhaare.

»Das müsste dich doch eigentlich freuen.«

»Wieso?«

»Das ist ja wohl genau das, was du gewollt hast, oder? Damit du ihn für dich haben kannst.« Mandy merkte, dass ihre Stimme vor Angst und Panik hysterisch klang. »An mir war er nicht mehr interessiert. Ich wette, er war froh, mich loszuwerden. Damit ihr beide zusammen sein könnt.«

Suzanna schaute sie entsetzt an.

»Mandy«, sagte sie sanft. »Ich glaube, das hast du falsch verstanden. Patrick hält unglaublich viel von dir.«

»Meist konnte er es kaum abwarten, mich loszusein. Dieses Wochenende war er jedenfalls ganz scharf darauf, mich von hinten zu sehen.«

»Hat er dir denn nicht erzählt, warum?«

Mandy blinzelte.

»Was meinst du?«

»Er hat ein Haus für euch gekauft. Er hat ein Haus für euch gekauft und wollte dich fragen, ob du seine Frau wirst.« Suzanna schaute Mandy streng an. »Aber du hast ihm ja gar keine Chance gegeben.«

Mandy sank matt auf den nächstbesten Stuhl.

»Ein Haus?«, fragte sie verständnislos.

»Es ist wunderschön. Er hat es mir gezeigt.« Suzanna setzte sich neben sie. »Mandy, wenn Patrick und ich in letzter Zeit häufig zusammen waren, dann nur, weil wir mussten. Zwischen uns ist nichts, das schwöre ich dir. Ich möchte nicht, dass du etwas überstürzt.«

»Natürlich nicht«, sagte Mandy und dachte im Stillen, dass es wohl kaum etwas Überstürzteres geben konnte, als einen einfachen Flug nach Australien zu buchen. »Ich wollte nur ... ein bisschen Zeit, um nachzudenken.«

»Das versteht er bestimmt. Die letzten Wochen waren für alle schwierig.«

Mandy ging in Patricks Zimmer. Sein kreidebleiches Gesicht, umrahmt vom schwarzblauen Haar, wirkte unglaublich jung. Er lag im Bett und schaute sie an wie ein geprügelter Hund, der nicht sicher war, ob er sich wieder einen Tritt einhandelte.

»Was machst du denn hier?«, fragte er schroff.

Sie nahm seine Hand und drückte sie.

»Ich wollte wissen, wie es dir geht ...«

Patrick schaute ein Weilchen aus dem Fenster.

»Wie sieht es denn aus?« Er stockte. »Die verdammten Kerle haben mir die Nase gebrochen.«

Mandy strich über sein gut geschnittenes Gesicht, die blau unterlaufenen Wangen, die geschwollenen Augen.

»Gestern Abend ... es tut mir Leid. Aber alles, was ich gesagt habe, ist wahr. Ich bin so durcheinander. Ich muss erst einiges für mich klar kriegen.«

»Ich wollte dich fragen, ob du mich heiratest.«

Mandy schaute auf ihre Fingernägel. Seit gestern hatte sie sie völlig abgekaut.

»Möchtest du das immer noch?«

»Das liegt bei dir. Das Angebot steht.«

Aus seinem Ton sprach verletzter Stolz. Es musste ihn viel Überwindung gekostet haben, das zu sagen. Wie hatte sie ihn nur so missverstehen können? Wie hatte sie glauben können, ihm liege nichts mehr an ihr? Es wäre so einfach, ja zu sagen …

Aber Mandy wusste, dass es falsch wäre. Dass es zwischen ihnen überhaupt so weit gekommen war, lag nicht zuletzt daran, dass sie nicht wusste, wer sie war und was sie wollte. Sie musste sich erst über sich selbst klarer werden, musste herausfinden, warum sie der Versuchung erlegen war, warum sie so frustriert und manchmal auch so unsicher war. Diese Antworten würde sie in Honeycote nicht finden. Sie atmete tief durch.

»Ich kann nicht ja sagen, Patrick. Ich kann nicht ja sagen, aber ich sage auch nicht nein. Ich gehe fort. Ich fliege nach Australien zu Sophie und Ned. Ich brauche etwas Abstand und Zeit.«

Patrick schloss die Augen. Die Schmerztabletten halfen nicht gegen den Schmerz in seinem Herzen. Mandy beugte sich vor und er roch ihr Parfüm.

»Wenn du warten kannst, nur ein Weilchen, dann gebe ich dir eine Antwort …«

Den ganzen Tag hatte Damien zu Hause gesessen. Er hatte Anastasia nicht in den Kindergarten geschickt. Er durfte sie nicht aus den Augen lassen, bis er Gewissheit hatte und etwas unternehmen konnte. Er hatte die Firma angerufen, um das Verfahren zu beschleunigen: Der DNA-Test war am Samstag per Kurier eingetroffen. Er hatte ihn heute Morgen per Kurier zurückgeschickt und sie hatten ihm versprochen, das Ergebnis innerhalb von 24 Stunden zu schicken. Es hatte ihn einiges gekostet, aber das war ihm egal. Er würde alles tun, nur um diese Qual zu verkürzen.

Unterdessen fühlte er sich wie die Katze auf dem heißen Blechdach. Was seine Angst noch verschlimmerte, war die Ungewissheit: Was würde Nicole als Nächstes tun? Als um sechs Uhr abends das Telefon klingelte, fuhr er beinah aus der Haut.

»Damien? Pebbles hier. Dein Auftrag ist erledigt. Es lief alles ein bisschen schief.«

»Was meinst du mit schief?«

»Ich weiß, du hast gesagt, keine Gewalt. Aber einer von denen hat es geschafft, einem Baseballschläger in die Quere zu kommen. Du weißt ja, wie so was läuft. Das kommt schon mal vor.«

Scheiße, dachte Damien. Scheiße, Scheiße, Scheiße.

»Sind sie o. k.?«

»Keine Ahnung. Es ist keiner dort geblieben, um nachzugucken. Verständlich. Ich wollte dir nur Bescheid sagen, dass die Sache erledigt ist. Nenn es ... Service.«

Er kicherte und legte auf.

Damien wurde übel. Was war er nur für ein Wichser, dass er sich einbildete, er könne sich mit seiner Schlägermentalität einfach nehmen, was er wollte? Er war ein Gauner, keinen Deut besser als Nicole mit ihren Intrigen und Manipulationen. Gut, er schwang nicht eigenhändig den Baseballschläger, aber wurde es dadurch nicht nur noch schlimmer? Die Burschen, die er auf Umwegen angeheuert hatte, brauchten vermutlich dringend Geld. Wahrscheinlich hatten sie keine andere Möglichkeit, ihren Lebensunterhalt zu verdienen. Er dagegen hatte alles und wollte noch mehr. Er war ein habgieriger Größenwahnsinniger mit der Moral einer Schlange.

Er hatte zwar allerlei gute Vorsätze gefasst, aber es war zu spät für ihn, sich zu ändern. Die Vergangenheit holte einen immer wieder ein, dachte Damien.

Der Brief sollte morgen eintreffen. Per Einschreiben. Und er wusste verdammt gut, welche Antwort er verdient hatte. Jetzt konnte er höchstens noch beten.

23

Am Dienstag Morgen wachte Sasha auf und wusste gleich, dass es einer der Tage war, an denen sie überhaupt nicht aufstehen wollte. Solche Tage hatte sie oft. Meist gelang es ihr, Ginny vorzumachen, sie habe Migräne oder ihre Periode, wobei sie die Ausreden abwechselte, um keinen Verdacht zu erregen. An manchen Tagen schien einfach alles sinnlos zu sein, und heute war einer davon.

Der gestrige Überfall auf das Honeycote Arms hatte sich schnell im Dorf herumgesprochen, obwohl die Brauerei sich verzweifelt bemühte, die Sache klein zu halten. Baseballschläger schwingende Räuber waren nicht gerade gut fürs Geschäft. Sasha machte sich keine allzu großen Sorgen wegen des Überfalls. So etwas war Teil des modernen Lebens.

Doch angesichts dieses Dramas fand sie es plötzlich nicht mehr lustig, was sie mit Barney angestellt hatte. Vor Scham war ihr ganz schlecht. Jedes Mal, wenn sie es zu verdrängen versuchte, sah sie wieder vor Augen, wie sie buchstäblich ihr Höschen hatte fallen lassen. Sie konnte Kitty nicht in die Augen sehen. Die liebenswürdige Kitty hatte ihr eben fürsorglich eine Tasse Tee ans Bett gebracht und sie hatte sich schlafend stellen müssen.

Sie fragte sich, was sie dazu trieb, ständig einen Kick zu suchen. Ständig Aufmerksamkeit erregen zu wollen. Als Kind hatten sich alle ereifert, wie ungezogen sie sei und was für ein Engel Kitty sei. Es war kein Wunder, dass sie so geworden war – praktisch eine sich selbst erfüllende Prophezeiung.

Außerdem lief das Leben in letzter Zeit einfach beschissen. Nachdem ihr Vater sich von Ginny getrennt hatte, war Sasha am Boden zerstört, obwohl sie so tat, als sei das keine große Sache, denn schließlich kamen heutzutage alle aus zerrütteten Familien. Sie hasste Faith aus tiefstem Herzen, weil sie den Platz ihrer Mutter eingenommen hatte. Schon öfter hatte sie sich ausgemalt, Faith die geschwungene Treppe hinunterzustoßen, die sie ihrem Vater abgequengelt hatte, und sie mitsamt dem Kuckucksei von Kind in ihrem dicken Bauch umzubringen. Seit Sasha Chelsea gesehen hatte, konnte sie nicht mehr ganz so skrupellos denken. Aber sie war immer noch eifersüchtig. Furchtbar eifersüchtig, weil dieses Balg, so niedlich es war, ihr die Aufmerksamkeit, Liebe und das Geld ihres Vaters stahl. »Warte nur«, hatte sie Chelsea einmal zugeflüstert, als sie das Baby auf dem Arm hatte, »warte nur, bis Daddy dich genauso leid wird wie mich, sobald ihm etwas Besseres über den Weg läuft.«

War es ein Wunder, dass es ihr Spaß machte, mit anderen Menschen zu spielen und ihr Leben auf den Kopf zu stellen? Allmählich merkte Sasha allerdings, dass es ihr nicht gut tat. Ihre Selbstachtung sank immer tiefer. Sie benahm sich grässlich gegenüber ihrer Mutter und Kitty. Sie führte Jonty Hobday an der

Nase herum, verhöhnte und verspottete ihn. Und was sie mit Barney angestellt hatte ...

Noch wusste er es nicht. Sie musste zu ihm gehen und es beichten. Trotz all ihrer Fehler hatte Sasha schon als Kind immer den Mut aufgebracht, für ihre Missetaten einzustehen.

Aber noch nicht gleich. Kitty war auf dem Weg zum College. Sie hatte also den ganzen Tag Zeit, sich zu überlegen, wie sie aus dieser Geschichte herauskommen konnte, ohne allzu schlecht dazustehen. Es war unwahrscheinlich, dass Barney versuchen würde, mit Kitty tagsüber Kontakt aufzunehmen; zumindest hoffte Sasha das.

Ginny kam besorgt herein.

»Sind es wieder deine Kopfschmerzen?«

Sasha nickte. Ginny setzte sich auf ihr Bett und legte ihr eine kühle, lindernde Hand auf die Stirn.

»Mum«, sagte sie kleinlaut, »hast du je was gemacht, wofür du dich geschämt hast? Etwas, was du wirklich bereut hast?«

Ginny dachte ein Weilchen nach, bevor sie antwortete.

»Ich habe vieles gemacht, wovon ich hinterher wünschte, ich hätte es nicht getan. Aber ich sehe nicht ein, welchen Sinn es haben sollte, etwas zu bereuen. Diese Dinge machen aus, wer du bist.«

Sasha dachte eine Weile darüber nach, bis sie merkte, dass ihr diese Worte kein Trost waren. Denn sie wollte nicht die sein, die sie war.

Kitty beschloss, auf dem Weg ins College im Pub vorbeizuschauen. Sie war entsetzt über den Überfall und wollte sich vergewissern, dass es Barney und Suzanna gut ging.

Sie fand Barney im Keller, wo er die Zapfanlage reinigte. Er fuhr erschrocken auf, als er sie sah. Kitty fand das nach einem Überfall nur verständlich.

»Kitty!«

»Ich bin nur gekommen, um nachzusehen, ob bei euch alles in Ordnung ist. Nach gestern. Es war schrecklich ...«

»Ehm ... ja. Es geht allen so weit gut. Nur Patrick ist ziemlich mitgenommen. Aber er müsste heute aus dem Krankenhaus entlassen werden.«

»Und Suzanna?«

»Sie schläft sich aus. Aber sie ist wohl O.K. Ähm ... Kitty?«

Kitty schaute Barney an. Er wirkte ... sie wusste es nicht recht zu deuten. Schuldbewusst? Ängstlich? Verlegen war er jedenfalls. Er wich bis an die Wand zurück, als wolle er von ihr fort.

»Barney, ich wollte dir nur sagen, du brauchst das Demo noch nicht wegzuschicken.«

»Was?«

Er schaute sie verständnislos an. Offenbar hatte er sein Versprechen völlig vergessen. Kitty kam sich vor wie eine Idiotin.

»Du hast doch gesagt, du wolltest es jemandem schicken. Jemandem, den du kennst. Aber es ist nicht wichtig. Noch nicht. Ich glaube, ich bin noch nicht so weit.«

Vorübergehend hatte Barney das Gefühl, als ob die Zeit stehen geblieben wäre, er in eine Parallelwelt geraten sei und die Wirklichkeit noch nicht wieder eingeholt hätte. Ihn beschlich eine furchtbare Erkenntnis, der er sich nicht stellen wollte ...

Kitty fuhr unbeirrt fort:

»Ich mache in den nächsten Monaten meine Prüfung. Mum dreht durch, wenn ich es dieses Mal wieder nicht schaffe. Und falls etwas aus der Sache wird, möchte ich bereit dafür sein. Ich möchte Zeit haben, Songs zu schreiben und mich voll und ganz darauf zu konzentrieren.«

Barney befiel eine leichte Übelkeit. Er musste einen Weg finden, Gewissheit zu bekommen.

»Ähm ... Kitty. Am Sonntag Abend hast du nicht hier gearbeitet, oder?« Er lächelte unsicher.

»Sonntag? Nein, Mum und ich waren im Kino.«

Sie schaute ihn verdutzt an. Barney hatte das Gefühl, ihr eine Erklärung geben zu müssen.

»Schon gut. Ich wollte die Lohnabrechnung machen und habe gemerkt, dass ich den Dienstplan nicht richtig ausgefüllt hatte.«

»Ach so.«

Barney versuchte sich zusammenzureißen und zumindest vorübergehend den Eindruck zu erwecken, als habe er alles im Griff.

»Mach dir keine Gedanken wegen des Demos. Ich halte es zurück. Ich – ähm – sehe dich dann im Laufe der Woche, ja? Danke, dass du vorbeigekommen bist.«

Er schickte sich an, weiter die Leitungen zu reinigen, und hoffte, dass sie den Wink verstand. Das tat sie auch.

Als sie fort war, lehnte Barney sich seufzend an die Kellerwand. Kitty hatte keine Ahnung – sie wusste nichts von seinem Treffen mit Jez, sie wusste nicht, wie begeistert er von ihrem Gesang war.

Das konnte nur eins bedeuten. Er hatte nicht mit ihr geschlafen. Er hatte mit Sasha geschlafen. Dieses gerissene kleine Luder. Wie dumm von ihm! Er hätte es merken müssen. Es hätte ihm gleich auffallen müssen, dass Kitty unmöglich die männermordende Raubkatze sein konnte, die seine Lage ausgenutzt hatte. Die ihn praktisch vergewaltigt hatte, wenn er es sich richtig überlegte.

Was sollte er jetzt machen? Sasha würde die Sache bestimmt nicht einfach auf sich beruhen lassen, sondern für ihre Zwecke ausnutzen. Wenn er je eine Frau kennen gelernt hatte, die es fertig bringen würde, aus verschmähter Liebe ein Haustier in ein Mittagessen zu verwandeln, so war sie es. Er stellte sich vor, wie sie in ihrem Zimmer saß, sich totlachte und den nächsten Coup plante.

Barney hätte sich am liebsten übergeben. Es hatte ihm schon genug Sorgen bereitet, das alles mit Kitty zu klären, und Kitty war vernünftig. Aber Sasha – Sasha war eine Besessene!

Mein Gott. Und das ausgerechnet jetzt, wo zwischen ihm und Suzanna alles geklärt war.

Dienstags war Kellys freier Tag. Meist verlief er ruhig. Sie brauchte einen Tag, um den Papierkram für den Schönheitssalon zu erledigen, Bestellungen aufzugeben und ein bisschen Zeit für sich zu haben. Sie musste nur kurz im Salon vorbeischauen und sich vergewissern, dass Eloise und Pam zurechtkamen, anschließend konnte sie tun und lassen, was sie wollte.

Rick hatte am Abend zuvor angerufen. Er war gut angekommen, wohnte bei einem Freund in Croyde, bis er ein eigenes Zimmer fand, und sollte am nächsten Tag mit der Arbeit anfangen. Sie dachte über das nach, was er ihr zum Schluss gesagt hatte. Er hatte ihr geraten, Damien anzurufen. Seiner Ansicht nach brauchte er ein bisschen Gesellschaft. Kelly war unsicher. Schließlich war sie nur sein Babysitter.

Sie hätte ihre Eltern in Ross-on-Wye besuchen können, aber das war nicht gerade die Gesellschaft, die sie suchte. Sie überlegte noch einen Moment und griff dann zum Telefon.

Damien nahm fast sofort ab. Er klang vorsichtig, angespannt.

»Damien? Hier ist Kelly.«

Die Erleichterung in seinem Ton war unverkennbar. »Kelly.«

Sie wusste nicht recht, was sie sagen sollte, aber sie überlegte nicht lange. Rick hatte Recht, sie hatte nichts zu verlieren.

»Ich rufe nur mal an … ich habe heute frei … und habe mir überlegt, ob … Sie Lust hätten, etwas zu unternehmen?«

»Können Sie herkommen?« Kelly war überrascht, dass seine Antwort so schnell kam. »Sie müssen etwas für mich tun.«

Barney war entsetzt, als Suzanna sich weigerte, im Bett zu bleiben, um sich von den traumatischen Erlebnissen des gestrigen Tages zu erholen. Der Arzt hatte recht besorgt reagiert, als Barney ihm diskret zu verstehen gegeben hatte, dass Suzannas seelische Verfassung zur Zeit etwas labil sei. Er hatte etwas von therapeutischer Hilfe, Opferbetreuung und posttraumatischem Stress gemurmelt und Barney gebeten, sich sofort mit ihm in Verbindung zu setzen, wenn er meinte, dass sie ein Schlafmittel brauche.

Aber Suzanna machte einen ungewöhnlich robusten Eindruck, schien bester Laune zu sein und bestand darauf, dass sie sich wohl genug für die Mittagsschicht fühle. Innerlich fluchte Barney. Er hatte sich darauf verlassen, dass sie noch mindestens den ganzen Nachmittag außer Gefecht gesetzt wäre und er das Chaos in seinem Leben in Ordnung bringen könnte.

Er wusste nicht, was er machen sollte. Ob er Sasha zur Rede stellen sollte. Oder ob er zu Suzanna gehen und ihr alles gestehen sollte. Sich alles von der Seele reden sollte.

Barney stöhnte verzweifelt. Es gab niemanden, den er um Rat hätte fragen können.

Als Damien Kelly die Tür öffnete, war er kreidebleich. Anastasia schaute sich *Ein Fall für die Borger* auf DVD an. Kelly fragte sich, ob sie wohl krank sei. Wieso war sie nicht im Kindergarten?

Er hielt einen Briefumschlag in der Hand und schob sie in die Küche, wo Anastasia ihn nicht hören konnte.

»Die Frau neulich Abend war meine Frau. Meine Exfrau. Nicole.«

Kelly nickte. Das hatte sie sich schon gedacht.

»Sie hat mir gesagt ... dass Anastasia nicht von mir ist. Ich habe einen Test machen lassen.«

Er hielt den Umschlag hoch.

»Einen Vaterschaftstest. Das Ergebnis ist hier drin. Sie haben es gerade per Motorradkurier geschickt.« Seine Miene war verzweifelt, seine Hände zitterten. »Ich schaffe es nicht, ihn zu öffnen.«

Kelly war entsetzt.

»Natürlich ist sie von Ihnen. Das sieht doch jeder.«

»Aber sie sieht Nicole so ähnlich.«

Kelly schüttelte nachdrücklich den Kopf. »Ich weiß, sie hat dunkles Haar und Sie sind blond. Aber sie hat so viel von Ihnen. Das sehe ich doch. Es ist unmöglich, dass sie nicht Ihr Kind ist.«

Damien drückte ihr den Umschlag in die Hand.

»Machen Sie ihn für mich auf? Sagen Sie mir, was drinsteht.«

Ohne auch nur einen Gedanken an die Konsequenzen der Information zu verschwenden, die sie ihm vielleicht übermitteln müsste, riss Kelly den Umschlag auf und zog ein Blatt mit vorgedrucktem Briefkopf heraus. Sie überflog den Inhalt und runzelte die Stirn.

»Ich glaube ...«

Sie musste sich vergewissern. Der Brief war so voller juristischer Fachausdrücke, vorsichtiger Formulierungen, Statistiken und Prozentzahlen, dass sie nicht sicher war, was er eigentlich besagte. Sie las ihn noch einmal durch.

Damien meinte, sein Herz müsse aufhören zu schlagen. Kelly schaute ihn an.

»Ich *glaube*, da steht, dass sie von Ihnen ist.«

Sie reichte ihm den Brief. Die Worte hüpften vor seinen Augen, als er sie zu entziffern versuchte.

Schließlich zerknüllte er das Blatt Papier. Er nahm Kelly in die Arme und drückte sie fest an sich. Gleich würde er losheulen, aber es war ihm egal.

Anastasia war seine Tochter. In dem Brief hieß es, die Wahrscheinlichkeit liege bei 99,9 Prozent, das genügte ihm. Heiße Tränen fielen auf Kellys Locken, aber es schien ihr nichts auszumachen. Sie legte den Arm um seinen Nacken und umarmte ihn fest und beschwichtigend. Sein Schluchzen ließ nach.

»Entschuldigung.«

»Schon gut. Ich kann gar nicht fassen, dass Ihre Frau Ihnen das angetan hat. Was für ein Biest.«

»Sie kennen Nicole nicht«, sagte Damien finster. Ihm fiel auf, dass auch er sie nie richtig gekannt hatte. In seinen schlimmsten Träumen hätte er nicht erwartet, dass sie so tief sinken konnte. Beim nächsten Mal musste er erheblich vorsichtiger sein, zumal er jetzt auch an Anastasia denken musste. Noch einen Fehler konnte er sich nicht leisten.

Allerdings glaubte er nicht, dass Kelly sich als Fehler erweisen würde. Es sei denn, sie wäre eine noch bessere Schauspielerin als Nicole. Doch die Zuneigung, die sie Anastasia entgegenbrachte, konnte unmöglich gespielt sein. Außerdem hatte Rick ihm in den letzten Wochen viel über seine Schwester erzählt: Damien wusste, dass sie perfektionistisch und häuslich war, niemandem lange böse sein konnte, nie einen Geburtstag vergaß, pünktlich ihre Videos in die Videothek zurückbrachte, nicht viel trank, weil sie sich auch ohne Alkohol gut zu amüsieren verstand, eine verantwortungsvolle Tochter und liebevolle Schwester war. Das alles sprach eindeutig für sie, fand er.

»Gehen Sie mit uns Mittagessen?«, fragte er unvermittelt. Er war es nicht gewohnt, seine Gefühle so offen zu zeigen.

»Gern. Aber vorher gehe ich wohl besser nach Hause und ziehe mich um.«

Damien musterte sie. Sie trug Jeans und ein pinkfarbenes, schulterfreies Sweatshirt. Sie sah hinreißend aus. Er dachte an Nicole, die sich sogleich in ein Prada- oder Patrick Cox-Outfit geworfen hätte. Früher wäre ihm das wichtig gewesen.

»Nein, tun Sie das nicht«, sagte er. »Sie sehen großartig aus.«

24

James parkte vor Dower House und ging durch die Vordertür hinein. Bertie schloss seine Haustür nie ab, bei ihm herrschte immer offenes Haus. Leute kamen und gingen, wie es ihnen gefiel. Es war unglaublich, dass noch niemand es ausgeräumt hatte.

Irgendetwas stimmte nicht. James schnupperte, als er in die Diele trat. Es roch nach ... Möbelpolitur. Auf dem Tisch in der Diele stand eine Vase mit frischen Blumen. Und der übliche Berg Stiefel und Schuhe fehlte, den man sonst erst beiseite treten musste. Er ging in die Küche und hörte aus dem Wohnzimmer Vivaldis »Vier Jahreszeiten«. Äußerst merkwürdig. Bertie hasste klassische Musik. Vivaldi war etwas zu populär für James' Geschmack, der häufig Radio 3 hörte und nur auf Classic FM schaltete, wenn es ihm zu schwer und wagnerianisch wurde. Aber Bertie wechselte immer zu Virgin Radio, wenn sie mal gemeinsam im Auto fuhren. Er stand normalerweise ausschließlich auf Oasis, die Rolling Stones und Crowded House. Hier war eindeutig etwas im Busch.

Vielleicht hatte Bertie das Haus vermietet, eine

Agentur beauftragt, es zu säubern, und beschlossen, es als Ferienhaus anzubieten. James war gekränkt. Er wusste, dass Bertie impulsiv war, aber hier ging es um eine weit reichende Entscheidung. Wenn er wieder nach Fulham gezogen war, hätte er ihm Bescheid sagen können.

Aber nein, er war bestimmt zu Hause. Sein Audi stand vor dem Haus. James schaute sich in der Küche um. Sie war makellos sauber. Eines stand fest. Er hatte sich entweder eine neue Putzfrau besorgt oder eine Frau angelacht.

»Kaffee?«

Er drehte sich um und sah Bertie in der Tür stehen. Er wirkte unglaublich frisch und sauber in dunkelrosa Polohemd und Khakihose. Die frisch gewaschenen Haare kräuselten sich über seinem Hemdkragen.

»Gern«, sagte James fasziniert. Er konnte sich nicht erinnern, dass Bertie ihm je Kaffee angeboten hätte. Wodka, ja. Champagner, ja. Einen Joint, ja. Er schaute zu, wie Bertie richtigen Filterkaffee aufschüttete, und bemerkte erstaunt, dass das Porzellan glänzte. Berties Tassen waren sonst immer fleckig.

»Was geht hier eigentlich vor?«

»Ich bin verliebt«, erklärte Bertie schlicht. »Ich muss nur Geduld haben und abwarten.«

»Worauf?«, fragte James zynisch. »Dass sie ihren Mann verlässt? Dass sie mit der Schule fertig wird?« In Berties Vergangenheit wimmelte es nur so von verheirateten Frauen und Schulmädchen.

»Nein. Bis sie merkt, dass sie mich liebt.«

»Ach.« Das war äußerst ungewöhnlich. Meist bemühte Bertie sich, seine Eroberungen loszuwerden – gewöhnlich kam er in die Cotswolds, um sich vor ihnen zu verstecken, bis ihre Liebesglut erkaltet war.

»Na komm schon, erzähle. Was ist dieses Mal so anders?«

»Sie hat mir klar gemacht, was für ein völliger Nichtsnutz ich bin. Sie gibt mir das Gefühl von – Geborgenheit. Bei ihr habe ich nicht das Bedürfnis wegzulaufen. Metaphorisch gesprochen, versteht sich.«

»Und wer ist dieser Engel in Frauengestalt?«

»Ginny Tait.«

James setzte behutsam seine Kaffeetasse ab.

»Du machst Witze.«

»Sie ist hinreißend. Wunderbar.«

»Mit Sicherheit kann sie Wunder wirken, wenn sie dich dazu gebracht hat, dein Leben so in Ordnung zu bringen. Aber sie ist viel zu alt für dich.«

»Ein paar Jährchen älter vielleicht. Aber das macht doch nichts. Nicht in unserem Alter.«

»Bertie, ihr beide habt nichts gemeinsam!«

»Woher willst du das wissen?«

»Hör schon auf. Sie dürfte sich kaum wohl fühlen in deinem verkoksten, champagnerbeduselten eingefleischten Junggesellenleben. Hast du mit ihr deine übliche Samstag-Abend-Tour durch sämtliche Bars in Fulham gemacht, die in fröhlichem Gruppenkotzen gipfelt? Möchte sie das Bad mit dir und ein paar engen Freunden teilen? Hat sie Spaß an einer guten Partie Strip-Billard?«

Bertie tat James' flüchtig hingeworfene Skizze seiner Eskapaden mit einer wegwerfenden Handbewegung ab.

»Na gut, ich habe früher schon mal ein bisschen über die Stränge geschlagen ...«

»Früher?« James schaute ihn skeptisch an. »Du wirst dich nie ändern. Da fällt einem doch gleich das Sprichwort von der Katze und dem Mausen ein. Der

Reiz, mit einer netten, anständigen Heiligen zusammen zu sein, wird sich bei der ersten Versuchung legen, die dir über den Weg läuft. Und was dann? Dann wird Mrs. Tait zu einem weiteren Opfer von Berties Jagd nach Befriedigung. Genau wie Tor.«

Bertie schaute ihn seltsam an. James redete weiter.

»Ginny ist verletzlich. Sie hat sich gerade erst wieder aufgerappelt, nachdem ihr Mann sie verlassen hat. Sie ist kein Spielzeug, weißt du.«

»Du legst dich ja mächtig ins Zeug, um sie zu beschützen.«

»Einer muss schließlich auf deine Opfer aufpassen. Wenn es um Frauen geht, bist du wie ein Vampir, Bertie.«

Bertie erwiderte nichts darauf. Er ging ans Fenster und schaute hinaus. Er bewunderte den Rasen, den er am Vorabend gemäht hatte. Makellose grüne Streifen. Es hatte etwas überaus Therapeutisches. Er wusste gar nicht, wieso er das nicht schon früher getan hatte.

Er drehte sich wieder zu James um.

»Du warst es, stimmt's?«

Sein Ton war ausdruckslos. James schaute ihn verständnislos an.

»Seit zehn Jahren frage ich mich, wer so gemein war, Tor das Album zu schicken. Ich dachte immer, es sei ein Mädchen gewesen, das nicht darüber wegkam, dass ich mit ihr Schluss gemacht habe.« Bertie schaute James schnaubend an. »Ich hätte es mir denken können. Eigentlich lag es auf der Hand, oder? Mein Trauzeuge. Der Einzige auf der Junggesellenparty, der nüchtern genug war, Fotos zu machen.«

James leugnete es nicht. Er nahm sich, ohne eine Miene zu verziehen, eine von Berties Zigaretten. Sonst rauchte er nur Zigarren, aber das hier war eine heikle Situation. Er blies eine dicke Rauchwolke in die Luft und erklärte:

»Das gleiche Gespräch hatte ich mit dir vor zehn Jahren, am Tag vor deiner Hochzeit, aber damals hast du mir nicht zugehört. Die ganze Sache war wie eine grässliche Soap-Oper, bei der man auf das absehbare Ende wartete. Ich habe dir einen *Gefallen* getan. Tor habe ich sicher einen Gefallen getan. Ich konnte schließlich nicht dasitzen und zusehen, wie du sie zerstörst, wie du sie heiratest und dann mit dem ersten Rock durchbrennst, der dir gefällt. Denn genau das hättest du getan …«

Bertie wollte protestieren, aber James hob abwehrend die Hände.

»Und was ist mit den Fotos, die nicht in dem Album waren? Das Tequila-Mädchen. Oder sollte ich besser sagen, die Mädchen? Das war selbst für dich ein Rekord.«

»Willst du etwa behaupten, du hättest noch nie eine gevögelt, die du nicht hättest vögeln sollen?«

»Nicht in der Woche vor meiner Hochzeit. Und ganz allgemein auch keine, deren Namen ich nicht wusste. Und deren beste Freundin.«

»Das hatte nichts zu bedeuten. Sie waren unwichtig!«

»Genau das meine ich, Bertie.« James sprach ruhig und geduldig. »Es ist die Tatsache, dass du nichts dabei findest. Ich fürchte, andere sehen das nicht so. Und bevor du das nicht begreifst …«

Bertie wusste, dass er dem nichts entgegenzuhalten hatte. Und dass James Recht hatte. Dass er damals genau das Richtige getan hatte. Bertie hatte immer den Absender jenes Albums dafür verantwortlich gemacht, die Beziehung zwischen ihm und Tor zerstört zu haben. In Wahrheit konnte er aber nur sich selbst die Schuld daran geben.

»Du hast wohl keine sonderlich hohe Meinung von mir.«

»Im Gegenteil, ich halte sehr viel von dir. Sehr viel.«

Bertie schaute James verständnislos an, der nur grinste.

»Ich glaube nicht, dass du einen guten Ehemann abgibst. Aber als Freund bist du ganz in Ordnung.« Er drückte seine Zigarette aus. »Eigentlich bin ich gekommen, um dich zu bitten, Henrys Pate zu werden.«

Bertie hätte nicht schockierter sein können, wenn James ihm einen Heiratsantrag gemacht hätte.

»Was? Nach allem, was du eben gesagt hast, willst du mir die Verantwortung für Henrys seelisches und moralisches Wohlergehen übertragen?«

»O nein. Dafür habe ich Patrick ausgesucht. Du sollst der ungezogene Pate sein. Derjenige, der ihm beibringt, wie es bei Glücksspielen zugeht, wie man mit Zwischengas schaltet, wie man Burgunder von Beaujolais unterscheidet …

Bertie grinste über das ganze Gesicht.

»Derjenige, der ihm die erste Pariser Nutte besorgt?«

James schauderte, rang sich aber ein Nicken ab.

»So in etwa.«

»Und was soll ich mit Ginny machen?«

James bemühte sich, es so nett zu sagen, wie er konnte.

»Mein Gott, Bertie. Such dir eine, die mit deinem Lebensstil fertig wird. Ganz gleich, wie romantisch du dir dein neues Leben ausmalst, du wirst dich nicht ändern. Jetzt nicht mehr.«

Damien ging mit Kelly und Anastasia in das Petit Blanc in Cheltenham. Im Postamt hatte er mitbekommen, wie Coral jedem, der es hören wollte, erzählte, dass Patrick durchkommen würde, und war erleichtert. Er war ziemlich sicher, dass die Ermittlungen der Polizei zu nichts führen würden. Er bestellte Champagner und fluchte innerlich, dass Rick ausgerechnet jetzt, wo er einen Fahrer gebraucht hätte, nicht mehr da war.

Das Mittagessen war wunderbar. Der Sekt ließ Kellys Augen leuchten, während sie ihm von sich erzählte. Von ihren Plänen, den Schönheitssalon zu vergrößern und sich eine richtige Wohnung zu suchen.

»Und Sie? Was haben Sie vor?«

Er dachte an seine finstere Vergangenheit. An die üblen Machenschaften der letzten Wochen, in die er – ohne Kellys Wissen – ihren Bruder mit hineingezogen hatte. Wie durch ein Wunder war er ungestraft davongekommen. Jetzt hatte er eine Chance, es wieder gutzumachen und ein neues Leben anzufangen. Die Habgier abzulegen und sich auf etwas anderes zu konzentrieren.

Auf Liebe, beschloss er. Auf die Liebe zu seiner Tochter, von der er nun wusste, dass sie tatsächlich von ihm stammte. Und vielleicht …

»Ich möchte nichts überstürzen«, sagte er leise.

Sasha hatte das Gefühl, eine Ewigkeit warten zu müssen, bis Barney endlich zur Toilette ging. Sie kam aus ihrem Versteck, schlüpfte hinter ihm auf die Herrentoilette, schloss die Tür ab und betete, dass in den nächsten fünf Minuten kein Gast kommen mochte.

Erschrocken schaute er mitten im Pinkeln auf.

»Verflucht noch mal, Sasha! Was machst du denn hier?«

»Ich muss mit dir reden.«

So schnell er konnte, zog er seinen Reißverschluss hoch. Ein Blick in sein Gesicht zeigte Sasha, dass es nicht die Zeit für Geständnisse war. Sie konnte von Glück reden, wenn sie hier lebendig herauskäme. Er fuhr sie mit kalter Wut an:

»Mein Gott, Sasha – warum? Es war wirklich mies, so was zu tun.«

Sie rieb sich die Augen, um nicht zu weinen.

»Ich weiß. Ich weiß. Es ist nur – ich hatte eine beschissene Zeit hinter mir. Dad ist mit dieser rothaarigen Hexe abgehauen – um mich kümmert er sich gar nicht mehr. Mum lässt sich von allen heiratsfähigen Junggesellen in Gloucestershire den Hof machen und hat auch keine Zeit für mich. Alle finden, dass Kitty verdammt wunderbar ist und singt wie ein Engel. Und Jonty macht sich nichts aus mir – der will doch nur sein Ding reinkriegen, weil seine Frau was in der Röhre hat und ihm den Sex verweigert –«

Schuldbewusst schlug sie sich die Hand auf den Mund.

»Oh je. Das darfst du ja gar nicht wissen. Streich das einfach aus deinem Kopf, ja?«

Barney tat die Bemerkung mit einer Handbewegung ab.

»All das gibt dir noch lange nicht das Recht, so was zu tun.«

»Ich weiß.« Sasha kam ein Geistesblitz. »Aber es ist der einzige Vorteil, den man als Zwilling hat. Sein Leben lang wird man verglichen und verwechselt. Es ist verdammt nervig. Und als du aufgetaucht bist und mich für Kitty gehalten hast, konnte ich einfach nicht widerstehen ...«

Barney schüttelte fassungslos den Kopf. Sasha stemmte die Hände in die Hüften.

»Und jetzt warte mal. Du bist auch nicht ganz unschuldig; schließlich hast du vermeintlich meine Schwester gebumst. Und du bist verheiratet. Ich bin frei und kann machen, was ich will. Ich hab vielleicht unter Vorspiegelung falscher Tatsachen mit dir geschlafen, aber ich war nicht untreu.«

Barney geriet in Panik. Sie hatte durchaus nicht Unrecht. Er hielt es für besser, nicht länger auf der Sache herumzureiten. Letztlich hatte er mehr zu verlieren als sie.

»O.K. Hör zu. Wir machen einen Deal. Keiner von uns beiden steht sonderlich gut da, wenn die Sache rauskommt. Es ist also nie passiert.«

Sasha legte den Kopf schief und überlegte. Dann grinste sie.

»Nur wenn du zugibst, dass es dir Spaß gemacht hat.«

Barney tat, als wolle er sie erwürgen. Lachend stieß sie ihn fort.

Plötzlich klopfte es wütend an der verschlossenen Toilettentür. Sasha wurde ernst. Sie schob ihr Gesicht dicht an seines.

»O.K. Es ist nie passiert.«

Damit machte sie auf dem Absatz kehrt, entriegelte die Tür und verschwand blitzschnell.

Barney folgte ihr ziemlich verlegen und entschuldigte sich mit einem Achselzucken bei dem Gast, der verwundert vor der Tür wartete.

Als Sasha über die Hauptstraße nach Hause ging, dachte sie wie schon so oft in ihrem Leben, dass alles so ungerecht sei. Traurig fragte sie sich, ob sie je einen Mann wie Barney finden würde: einen Süßen, Knuffeligen, der sich ab und an zu ein bisschen Verruchtheit verleiten ließe, aber immer für sie da wäre. Jemanden, der im Grunde seines Herzens ein guter Mensch war. Man wurde gut oder schlecht geboren, und Sasha war fest überzeugt, dass sie schlecht war. Und das machte das Leben unheimlich anstrengend. Ständig musste man sich aus einer Patsche befreien, in die man sich durch seine eigene Bosheit manövriert hatte. Es war eine unablässige Übung in Schadensbegrenzung. Wie viel einfacher wäre es doch, wenn sie als Kitty geboren wäre …

Sasha warf den Kopf in den Nacken und sagte sich, es wäre unendlich langweilig, ein braves Mädchen zu sein. Sie beschloss, per Anhalter nach Evesham zu fahren und sich zuzudröhnen. Ihr Kumpel Midge hatte Stoff, von dem er behauptete, es sei der totale Trip. Genau das brauchte sie jetzt, um die letzten Tage zu vergessen.

An diesem Abend hatte Ginny es sich auf dem Sofa mit einem Roman gemütlich gemacht, den sie schon seit einer Ewigkeit lesen wollte. Sie genoss die Ruhe und ein Glas Wein. Kitty war bei der Arbeit und Sasha war ausgegangen. Sie fühlte sich gut erholt nach einem herrlichen Wochenende, an dem sie absolut nichts getan hatte, außer sich zu entspannen.

Um Viertel nach neun klingelte das Telefon. Ginny hasste es, wenn das Telefon so spät noch klingelte. Früher hatte das bedeutet, dass Leute mit einem Abszess in der Notaufnahme saßen. Heute bedeutete es Ärger.

Sie hatte Recht. Sasha war am anderen Ende, sie klang ungewöhnlich kleinlaut. Sehr weit weg.

»Mum. Sie haben mich hops genommen. Du musst auf die Polizeistation Evesham kommen.«

Allem Anschein nach hatte sie mit einer ganzen Clique in einem Café gesessen, als die Polizei eine Razzia machte. Ginny bemühte sich nach Kräften, ruhig zu klingen, als sie Sashas verängstigte Stimme hörte. So hatte sie ihre Tochter noch nie erlebt. Was hatte das zu bedeuten? Gefängnis? Strafprozess? Würde man sie über Nacht einsperren? Ginny hatte keine Ahnung. Sie wusste nicht, was zu tun war und wie man mit der Polizei umgehen musste. Wen konnte sie anrufen?

David auf keinen Fall. Er würde ausrasten und alles nur noch schlimmer machen. Er besaß nicht die geringste Toleranz gegenüber Drogen, das wusste Ginny. Sie selbst konnte Drogen zwar auch nicht gutheißen, war aber realistisch. Experimente gehörten zum Erwachsenwerden. Daher hatte sie dafür gesorgt, dass die Zwillinge gut informiert waren, und ihnen ein paar warnende Geschichten aus ihrer Zeit als Lernschwester erzählt, als manch einer wegen Drogenmissbrauchs in der Notaufnahme gelandet war.

Flüchtig dachte sie an Bertie, aber sie war nicht überzeugt, ob er in einer solchen Situation den nötigen Ernst aufbrächte. Sie hatte zwar keinen Beweis dafür, war aber sicher, dass er in dieser Hinsicht kein unbeschriebenes Blatt war.

Keith. Sie würde Keith anrufen. Er wusste sicher genau, was zu tun war.

Keith war wunderbar, er nahm sofort alles in die Hand. Zehn Minuten später hielt sein Land Cruiser vor ihrer Tür.

»Steig ein«, befahl er ruhig und bestimmt. Auf der Fahrt nach Evesham erledigte er mit seinem Handy einige Anrufe, bis er den gewünschten Anwalt aufgetrieben hatte. Ginny saß eingeschüchtert daneben, während er Fragen stellte, sich die Antworten anhörte und den Anwalt bat, sich für den Fall bereit zu halten, dass sie ihn brauchten.

Mit Ginny im Schlepptau marschierte er in die Polizeistation und verlangte den Dienststellenleiter zu sprechen. Er ließ sich nicht im Geringsten einschüchtern, wogegen Ginny wusste, dass sie in ihrer demütigen Ergebenheit wahrscheinlich die ganze Schuld für die Vergehen ihrer Tochter auf sich genommen hätte.

Es stellte sich schon bald heraus, dass die Polizei bei Sasha nichts gefunden hatte und sie nicht dort behalten würde. Sie kam bemerkenswert kleinlaut heraus. Keith packte sie entschlossen am Nacken, bevor sie auf die Idee kommen konnte, mit ihren Freunden abzuziehen, die ebenfalls frei gelassen wurden.

»So, Fräulein. Ab in den Wagen.«

Ginny saß stumm daneben, als er unverfroren ein ernstes Wörtchen mit Sasha redete.

»Ich begreife nicht, wie du deiner Mutter das antun kannst. Du denkst nur an dich. Ist dir eigentlich klar, welche Folgen das haben kann? Du hast Glück, dass du mit einer Warnung davongekommen bist. Mit einer Vorstrafe würdest du es im Leben nicht weit bringen, das versichere ich dir.« Er bedachte sie mit einem Blick, der zeigte, wie ernst es ihm war. »Du hast Glück, dass ich dich nicht aus dem Honeycote Arms werfe. Ich dulde keine Drogenabhängigen unter meinem Personal.«

Sasha verhielt sich erstaunlich still und machte einen angemessen zerknirschten Eindruck. Ginny konnte sich nicht erinnern, dass je ein Mensch so mit ihr gesprochen hätte.

Keith fuhr sie nach Honeycote zurück, ohne dass jemand auch nur zu mucksen wagte. Sobald sie die Wärme und Geborgenheit von Tinker's Barn erreicht hatten, verwandelte er sich schlagartig vom fiesen Bullen zum freundlichen Bullen.

»So«, sagte er. »Ich glaube, nach dieser Geschichte können wir alle eine kleine Stärkung vertragen. Ich hole uns etwas beim Chinesen.«

Ginny war froh, dass sie den Rest des Abends nicht allein mit Sasha verbringen und sich fragen musste, wo sie versagt hatte. Sie wusste zwar, dass sie eine gute Mutter war und die Mädchen ganz gut erzogen hatte. Aber es war nur natürlich, sich selbst die Schuld zu geben, wenn sie Dummheiten machten. Was wäre wenn? Hätte ich doch nur? Ich hätte sollen. Ich hätte nicht dürfen. Zum Glück hatte Sashas Eskapade keine schwer wiegenden Folgen gehabt. Besser sie auf der Polizeistation als im Krankenhaus aufzulesen. Vielleicht hatte sie ihre Lektion gelernt.

Sasha schlich nach oben, um sich umzuziehen, während Ginny den Tisch deckte. Sie holte Schüsselchen, Essstäbchen, Sojasoße und Papierservietten und zündete Teelichter an, um ein bisschen Atmosphäre zu schaffen.

Sasha kam statt in ihrer üblichen schrillen Aufmachung in Jeans und grauer Strickjacke herunter. Mutter und Tochter schauten sich an und wussten nicht recht, was sie sagen sollten.

»Es tut mir Leid, Mum«, krächzte Sasha und warf sich ihrer Mutter in die Arme. »Es tut mir Leid, dass ich so eine blöde Kuh bin. Nichts mache ich richtig. Ich wette, du hasst mich!«

»Schatz, natürlich nicht!« Ginny drückte ihre Tochter fest an sich. Keith's Predigt war offensichtlich angekommen. »Ich wünschte nur, du würdest ein bisschen mehr nachdenken, das ist alles.«

»Wünschst du dir nicht, ich wäre ein bisschen mehr wie Kitty?«

»Nein, das tue ich nicht«, erklärte Ginny nachdrücklich. »Das wäre ... langweilig.« Sie hoffte, dass es Kitty gegenüber nicht unloyal war, so etwas zu sagen, aber Sasha brauchte offensichtlich ein wenig Aufmunterung. Die beiden weinten und lachten abwechselnd, als Keith mit dem chinesischen Essen zurückkam, gefolgt von Kitty, deren Schicht im Pub zu Ende war.

Nach allem, was passiert war, verlief das Abendessen erstaunlich vergnüglich. Nach einigen Gläsern Wein entspannten sich alle. Sasha wurde wieder ganz die alte, aber statt die Aufmerksamkeit durch Frechheit auf sich zu ziehen, war sie wirklich amüsant. Sie wirkte beinah glücklich, fand Ginny, und fragte sich, wieso.

Als sie sich umsah, meinte sie, die Antwort zu kennen. Sie waren zwar nur zu viert, aber es wirkte, als seien sie eine Familie, die zusammen beim Essen saß, erzählte, Spaß hatte. Sie beobachtete, wie Keith darauf bestand, dass Sasha die letzte Frühlingsrolle nahm, und Sasha darauf beharrte, sie mit ihm zu teilen.

Es war schon fast Mitternacht, als Keith widerstrebend erklärte, er müsse gehen. Ginny brachte ihn an die Tür. Ohne dass sie es gemerkt hatte, waren Kitty und Sasha diskret verschwunden.

»Vielen Dank für diesen Abend. Ich weiß gar nicht, was ich ohne dich gemacht hätte.«

Er lächelte.

»Kein Problem. Es hat mir Spaß gemacht. Sonst

hätte ich mich nur in Selbstmitleid gesuhlt. Mandy ist heute Morgen nach Australien geflogen. Es wird seltsam sein ohne sie.«

Impulsiv stellte Ginny sich auf die Zehenspitzen und küsste ihn. Voll auf den Mund. Ein Kuss voller Verheißung. Sie grinste ihn spitzbübisch an.

»Ich würde dich ja bitten, zu bleiben, aber ich fürchte, Sasha braucht mich heute Abend.«

Keith brauchte ein Weilchen, um sich zu erholen und zu begreifen, was sie gerade gesagt hatte.

»Nein. Du hast völlig Recht.«

»Aber wenn du im Laufe der Woche nichts Besseres vor hast ... könnten wir vielleicht zusammen ausgehen?«

Er strahlte über das ganze Gesicht. Ginny dachte, was für ein nettes Gesicht, so vertrauenerweckend; ein Gesicht, das sie mit der Zeit lieben könnte.

Als er zu seinem Wagen ging, wäre Keith vor Glück am liebsten in die Luft gesprungen und hätte die Hacken zusammen geschlagen. Er hielt es allerdings für unklug, es tatsächlich zu tun. Im Geiste vollführte er auf der ganzen Heimfahrt Freudentänze.

Nach der Arbeit ging Barney an diesem Abend in die Küche, um seine Frau zu holen. Er hatte eine gekühlte Flasche Weißwein und zwei Gläser bei sich. Sie putzte gerade die Arbeitsflächen.

»Komm. Das hat Zeit bis Morgen.«

»Ich bin fast fertig. Ich will keinen Schmutz hinterlassen.«

Was Suzanna für schmutzig hielt, war für die meisten Leute blitzsauber. Barney nahm sie fest an der Hand und führte sie nach oben ins Schlafzimmer, wo er zwei Gläser Wein einschenkte.

»Ich glaube, wir müssen über alles reden«, sagte er entschlossen. »Aber bevor wir anfangen, möchte ich dir sagen, dass ich dich liebe. Und bewundere. Und respektiere. Mehr als alles auf der Welt.«

Suzanna schaute ihn an. Nachdenklich trank sie einen Schluck Wein. Er war so groß. So lieb. So stark. Und so ...

Abrupt stellte sie ihr Glas ab. Sie ging zu ihm und nahm ihm sein Glas aus der Hand. Dann beugte sie sich vor und küsste ihn. Gierig. Leidenschaftlich. Barney blieb nicht einmal Zeit, verblüfft zu sein. Er reagierte ebenso leidenschaftlich. Im Nu flogen ihre Kleider zu Boden. Warme Haut traf warme Haut. Lippen, Zungen, Finger verloren sich in Zärtlichkeiten, die in beiden das wilde Verlangen schürten, zu zeigen, dass ihre Liebe stärker war als ihr Kummer. Die Angst schmolz dahin, als sie zusammenkamen, um die dunklen Geister zu verjagen, die sie zu zerstören gedroht hatten.

Hinterher setzte Suzanna sich mit zerzaustem Haar, schweißnasser Haut und strahlenden Augen auf.

»Meine Güte«, hauchte sie, überwältigt von der wonnigen Woge, die über sie hinweggespült war. »Das war besser als je zuvor.«

Die Geister waren verschwunden.

25

Es war ein brütend heißer Augusttag; einer jener Tage, an denen alle sagten, niemand würde mehr ins Ausland fahren, wenn man sich darauf verlassen könnte, dass das Wetter in England immer so wäre. Alle, die Blumenampeln oder Kästen bepflanzt hatten, fluchten, weil sie so viel Zeit auf das Gießen verwenden mussten. Manche hatten es einfach aufgegeben.

Selbst die Blumenarrangements in der kleinen Kirche von Honeycote ließen aus Protest die Köpfe hängen. Caroline war vor Nervosität völlig aufgelöst und drohte wütend, der Floristin den beträchtlichen Scheck sperren zu lassen, weil sie ihnen alles andere als frische Blumen geliefert habe, aber James beruhigte sie. Dieser Hitze konnte nichts standhalten. Henry tat sein Bestes und sah hinreißend aus in dem Taufkleidchen der Liddiards. Da schon Patrick es getragen hatte und vor ihm bereits James und Mickey, war die Seide vergilbt und an einigen Stellen sogar durchgeschlissen. Lucy hatte die Risse sorgfältig mit winzigen Stichen geflickt, da Caroline noch nie eine Nadel auch nur eingefädelt hatte und beide sich einig waren, dass es viel schöner sei, sein Kind in einem Erbstück taufen zu lassen, als Geld für eine rüschenbesetzte weiße Scheußlichkeit auszugeben.

Auf Anweisung des Vikars stand Patrick auf und ging nach vorn. Die Karte mit dem aufgedruckten Text, die man ihm gegeben hatte, bebte leicht in seiner Hand. Bertie stellte sich neben ihn. In seinem weißen Leinenanzug sah er wie immer aus wie ein Lebemann, aber irgendwie gesünder als sonst und weniger, als habe er die Nacht in einer Opiumhöhle verbracht. Seine Freundin Erica war ebenfalls in der Kirche; eine kühle Blondine à la Greta Scacchi in einem fließenden teebraunen Seidenkleid mit unzähligen Silberreifen an beiden Armen und perlenbesetzten Schuhen. Sie war eine Weiße aus Zimbabwe, die nach England geflohen war, als die Lage im Wildreservat ihrer Eltern heikel wurde. Bertie war sie mehr als gewachsen. Alles, was er anstellen konnte, war nichts im Vergleich zu dem, was sie mit ihren 24 Jahren bereits erlebt hatte. Sie besaß eine eigene Firma, die Reitersafaris in weniger von politischen Unruhen heimgesuchte afrikanische Länder veranstaltete. Sie konnte ein angreifendes Rhinozeros aus 50 Schritt Entfernung erschießen, Wildpferde zureiten, ein Flugzeug fliegen. Bertie schüchterte sie nicht im Geringsten ein; vielmehr stand er voll und ganz unter ihrer Knute. Er betete sie an und kam anscheinend endlich zur Ruhe.

Sie wurden alle langsam erwachsen, fand Patrick. Der arme Henry. Er hatte alles noch vor sich: die ganzen Minenfelder, die das Leben bereit halten konnte. Er musste grinsen. Henry würde es schon schaffen. Er hatte schließlich Patrick und Bertie, die auf ihn aufpassten. Da konnte gar nichts schief gehen.

Er dachte an die E-Mail, die er heute Morgen von

Mandy bekommen hatte. Sie freute sich unbändig darauf, ihn wiederzusehen, schrieb sie. Sie zählte die Tage. Patrick tastete nach dem Ticket in seiner Tasche, das Keith ihm gestern gegeben hatte. Ein Flugticket nach Australien – hin und retour, wie Keith in scherzhaft strengem Ton hinzugefügt hatte. Es war eine Belohnung für seine harte Arbeit. Seit der Eröffnung im Mai hatten sich die Gewinne des Pubs allmonatlich verdoppelt und es sah so aus, als ob sie weiter steigen würden.

Patrick hoffte wider jede Vernunft, dass er am Ende dieses lang ersehnten Urlaubs Mandy mit nach Hause bringen würde. Die entscheidenden Worte waren *nach Hause*: Den ganzen Sommer hatte er kaum etwas anderes getan, als nach der Arbeit im Pub zum Little Orwell Cottage zu fahren, das mittlerweile beinah einen Artikel in *House and Garden* verdiente. Er konnte es gar nicht abwarten, Mandy das Haus zu zeigen, damit sie ihm ihren Stempel aufdrückte. Patrick wusste, dass er gute Arbeit geleistet hatte, aber er wollte eines Tages mit dem Gefühl aufwachen, dass es ihr gemeinsames Zuhause war und nicht nur seins.

Im Honeycote Arms beendeten Damien, Kelly und Anastasia eben ihr Mittagessen. Anastasia kratzte den letzten Rest ihres hausgemachten Vanilleeises auf, das zu ihrer Begeisterung mit sternförmigen Mürbeplätzchen serviert wurde. Damien und Kelly saßen beim Kaffee, umringt von Zetteln mit Berechnungen.

Damien war im Begriff, Barton Court, ein Herrenhaus in der Nachbarschaft, zu kaufen. Es gehörte offenbar dem Mann, der Kellys Schönheitssalon finanziell unterstützt hatte und nun mit seiner Frau in Portugal lebte. Er wollte das alte Haus loswerden, um seine sonnenverwöhnten Immobilienanlagen aufzustocken. Das angrenzende Gartencenter war bereits verkauft. Barton Court eignete sich hervorragend für das Projekt, das Damien und Kelly vorschwebte.

Ein Wellnesscenter. Ein absolut erstklassiges, unverschämt luxuriöses, verschwenderisches Wellnesscenter, wo man sich von Kopf bis Fuß in Seetang wickeln oder mit dem heißen Stein behandeln lassen konnte. Neben Ayurveda-Massagen oder Thalassotherapie wollten sie natürlich alle möglichen Schönheitsbehandlungen anbieten, die den Alterungsprozess aufhalten sollten und sich zunehmender Beliebtheit erfreuten. Die Geschäftsführung würde Kelly übernehmen. Sie hatte ihren Salon in Eldenbury bereits mit ordentlichem Gewinn verkauft. Und obwohl es für Damien noch nicht ganz die Erfüllung seiner Träume war, stellte es doch einen Schritt in diese Richtung dar. Außerdem dämpfte die Zufriedenheit seinen Ehrgeiz.

Er dachte über die letzten Monate und seine Verwandlung nach. Da er sich an seinen Entschluss gehalten hatte, sich selbst treu zu bleiben und nicht mehr sein zu wollen, was er nicht war oder was die Leute seiner Ansicht nach von ihm erwarteten, fühlte er sich inzwischen wesentlich wohler in seiner Haut. Man akzeptierte ihn. Mit Carol vom Postamt, die ihn anfangs so ruppig behandelt hatte, nannte er sich inzwischen beim Vornamen. Sie hob ihm sogar jeden Tag eine *Mail* auf. Er und Kelly hatten gemeinsam das Abschlusskonzert in Anastasias Schule besucht und sich ungezwungen unter die anderen Eltern gemischt. Emilys Eltern hatten sie zum Grillen eingeladen. Damien hatte Dom Perignon mitgenommen, weil er ihn gern trank und es ihn nicht mehr kümmerte, was andere dachten. Darauf war er nicht mehr angewiesen.

Wahre Liebe hieß, nichts beweisen zu müssen …

Es hatte allerdings eine Wolke am Horizont gegeben. Eine Wolke, die bei genauem Hinschauen einen Silberstreif hatte, auch wenn Damien Nicole nie den Tod gewünscht hätte.

Sie hatte eine Überdosis genommen. Einer ihrer Brüder hatte ihn angerufen. Barry war der Beste aus einer Familie von Taugenichtsen. Er hatte nicht nur den Ernst der Lage erkannt, sondern auch geahnt, dass von all ihren unzuverlässigen Verwandten Damien der Einzige war, dem es gelingen würde, Ordnung in das Chaos zu bringen.

Er traf 20 Minuten zu spät im Krankenhaus in Bristol ein. Er überwand sich, ihren leblosen Körper anzusehen, und war schockiert. Hatte er schon beim letzten Zusammentreffen gedacht, dass sie schlecht aussah, so war es nun noch zehn Mal schlimmer. »Heroin«, erklärte Barry ihm verbittert, und Damien fragte nur nach dem Grund. Barry machte ihm keinen Vorwurf, zuckte lediglich die Achseln und sagte, so könne es der ganzen Familie gehen. Diesen Weg beschritten viele, die am gottverlassenen Ende von Bristol lebten, umgeben von Abschaum und Gesindel, das andere nur zu gern mit sich in den Abgrund riss.

»Ich konnte nichts tun, um ihr zu helfen«, sagte Damien verzweifelt. »Sie wollte nichts davon wissen.«

»Das weiß ich«, sagte Barry. »Nicole wollte immer nur fliehen. Sie hätte wissen müssen, dass Heroin kein Ausweg ist.« Er legte Damien die Hand auf die Schulter. Es war eine nicht unbedingt liebevolle, aber doch anerkennende Geste. »Du warst ihre einzige Chance. Ich weiß nicht, warum sie es vermasselt hat.«

»Ich auch nicht«, sagte Damien, dem plötzlich übel wurde. Hatte es einen Punkt gegeben, an dem er hätte durchgreifen müssen? Ihr mehr Beachtung hätte schenken müssen? Mehr Mitgefühl? Weniger Mitgefühl? Nein – er erinnerte sich an die Nächte, in denen er sich das Gehirn zermartert hatte, wie er sie glücklich machen könnte. Sie war verdorben. Im tiefsten Inneren vergiftet. Er hoffte inständig, dass Anastasia nichts von den Genen geerbt hatte, die nur innere Unrast brachten, eine ewige Suche nach etwas, was nie eintreten konnte, eine Suche, die letztlich zur Selbstzerstörung führte.

Um dem entgegenzuwirken, konnte er seiner Tochter nur Liebe, Charakterstärke und Selbstachtung geben, um sie zu befähigen, das Leben zu genießen, wie es war, statt zu glauben, die Befriedigung läge immer um die nächste Ecke. Es war eine große Verantwortung, eine erschreckende Aufgabe, und nachdem Damien bei Nicole versagt hatte, verließ ihn zuweilen das Selbstvertrauen. Er glaubte allerdings, dass er es mit Kelly an seiner Seite schaffen müsste. Sie war ungewöhnlich. Sie behandelte Anastasie wie eine richtige Persönlichkeit, hatte Zeit für sie, interessierte sich für sie, brachte unglaublich viel Geduld auf – verwöhnte sie aber nie, sondern war streng, was Tischmanieren und Schlafenszeiten anging.

Sie wäre eine fantastische Stiefmutter, dachte Damien im Stillen, als er nun sah, wie sie Anastasia beibrachte, den Löffel ordentlich auf ihren Teller zu legen, wenn sie fertig gegessen hatte, und sich den Mund mit der Serviette abzuwischen.

Und eines Tages wäre sie vielleicht auch eine gute Mutter.

Suzanna traf in der Küche die letzten Vorbereitungen für die Taufgesellschaft. Jonty hatte sich um die Mittagsgäste gekümmert, damit sie freie Hand hatte. Es war unglaublich heiß in der Küche, eine Kombination aus der Gluthitze des Augustnachmittags und den Herden, die über zwei Stunden auf Hochtouren gelaufen waren. Suzanna sehnte sich nach einer kalten Dusche und einem Mittagsschlaf, aber das kam nicht in Frage. Sie füllte ein Glas mit eisgekühltem Wasser und hielt es sich eine Weile an die Stirn, bevor sie trank.

Außer Gurkenschnittchen und winzigen Scones mit Konfitüre und Sahne hatte sie Hunderte Küchlein gebacken, mit pastellfarbener Glasur und Henrys Initialen – HJL – versehen, eine Liebesmüh, die sie sich schwor, nie wieder auf sich zu nehmen. Für niemanden.

Das Prunkstück war die Torte. Sie hatte einen riesigen, quadratischen Schokoladenkuchen gemacht, sorgfältig mit weißem Zuckerguss überzogen und rundherum mit winzigen Häschen aus Zuckerguss versehen, die sich von grünem Gras und vereinzelten Blumen abhoben. Da die Details sorgfältig ausgearbeitet waren, hielt er sich gerade noch auf der richtigen Seite des guten Geschmacks.

Zufrieden, dass ihr Werk gelungen war, deckte sie es mit einem feuchten Küchentuch ab, damit es nicht austrocknete, bevor sie es auf einem Silbertablett hinaustrug. Sie warf noch einmal einen prüfenden Blick auf die angerichteten Platten. Alles schien in der Gluthitze leicht vor ihren Augen zu verschwimmen.

Sie öffnete ein Fenster, was aber nichts nützte. Draußen war es genauso heiß. Zwei Kellnerinnen kamen herein, um die Platten zu holen und herumzureichen. Suzanna deutete auf die Scones und die Schnittchen und lief auf die Toilette.

Kitty und Sasha gaben ihrem Make-up den letzten Schliff und kabbelten sich um Lidschatten und Lipgloss. Ihre kurzen pinkfarbenen Samtkleider brachten die Sonnenbräune gut zur Geltung, die sie zum Entsetzen der Passanten in dem winzigen Garten hinter Tinker's Barn oben ohne perfektioniert hatten.

Sie sollten zu Henry Liddiards Taufe draußen auf der Terrasse singen, begleitet von Barney auf einem lächerlich großen, eigens für diesen Anlass gemieteten Flügel. Irgendwann war Sasha eingefallen, dass sie eigentlich ebenso gut singen müsste wie Kitty, da sie eineiige Zwillinge waren. Sie hatte es nur noch nie ausprobiert. Eines Abends hatten sie es nach einer Flasche Martini unter viel Gelächter versucht und zu ihrer Verwunderung festgestellt, dass sie mit ihren Stimmen harmonieren oder ein Duell ausführen konnten, was erstaunliche Ergebnisse erzielte.

Und so wurde Double Trouble geboren. Mit Barneys Hilfe hatten sie eine Demo-CD produziert und innerhalb weniger Wochen Engagements für Hochzeiten und Partys bekommen. Außerdem sangen sie regelmäßig am Sonntag Abend im Pub und erwiesen sich als echter Publikumsmagnet. Meist brachten sie bekannte Jazz-Klassiker, aber auch aktuellere Songs, denen sie ihre persönliche Note verliehen, und wechselten dabei mühelos von romantischen Balladen zu Cover-Versionen wilderer Stücke.

In Kürze sollte Barneys Bekannter aus London

kommen, um sie sich anzuhören. Er hatte dafür gesorgt, dass sie es sich lange und gründlich überlegten, bevor er mit Jez Kontakt aufnahm, und er nahm kein Blatt vor den Mund, als er ihnen schilderte, was auf sie zukommen konnte. Nach ausführlichen Gesprächen waren sie zu dem Schluss gekommen, dass niemand sie dazu bringen könnte, etwas zu tun, das sie nicht wollten, und dass es einen Versuch wert sei.

Ginny hatte sie die ganze Zeit unterstützt. Ginny, die vor einer Woche ganz schüchtern zu ihnen gekommen war, um ihnen einen Vorschlag zu machen. Ihr Mietvertrag lief in einem Monat aus, erklärte sie. Sie könnten ihn natürlich verlängern. Aber Keith habe sie gefragt, ob sie bei ihm einziehen wollten. In seinem Haus sei Platz genug für die beiden Mädchen, die mehr als willkommen seien. Aber wenn sie nicht wollten, wenn ihnen die Vorstellung zuwider wäre, würden sie natürlich alle in Tinker's Barn bleiben. Es liege ganz bei ihnen ...

In der nächsten Woche wollten sie umziehen.

Barney bat alle nach draußen zu einem Toast. Er hatte im letzten Monat unermüdlich daran gearbeitet, die Gestaltung des Gartens dem Inneren des Lokals anzupassen, und obwohl sein Werk noch nicht ganz ausgereift war, sah es schon herrlich aus: Töpfe mit weißen Geranien und Margeriten zwischen Lavendel und Tabak, die er schon früher gepflanzt hatte. Ein Knöterich rankte sich bereits zögernd am Mauerwerk hoch. Cremeweiße Sonnenschirme und Markisen schützten die Gäste vor der gleißenden Sonne. Wo er auch hinschaute, überall schlenderten schöne Menschen in Seide und Leinen umher. Selbst Henry sah mit seinem roten Lockenkopf und der sommersprossigen Nase aus, als habe ein Castingteam das ganze Land monatelang nach dem perfekten Baby abgesucht. Der Champagner floss in Strömen: Sicher würden alle es später bereuen, aber vorerst sprach man ihm reichlich zu.

Als es Zeit für den Kuchen und die Ansprachen war, stellten sich alle erwartungsvoll im Kreis auf. Barney setzte sich an den Flügel und schlug die Noten einer Serenade an Henry auf. Während Kitty und Sasha *My Baby's Got Blue Eyes* sangen, brannten selbst den zynischsten Gästen Tränen in den Augen. Es stand außer Zweifel: Die Mädchen waren fantastisch.

Als die letzten Töne verklungen waren und alle sich die Augen mit dem Taschentuch tupften, brachte Suzanna den Kuchen heraus und alle klatschten bei seinem Anblick spontan Beifall. Nur James' schnelles Reaktionsvermögen verhinderte ein Unglück, als er Suzanna schwanken sah. Als geborener Gentleman fing er nicht den Kuchen, sondern Suzanna auf, die ohnmächtig zu Boden sank.

Zehn Minuten später kam sie in ihrem Schlafzimmer zu sich. Ein Ventilator umwehte sie mit köstlich kühler Luft. Barney saß auf dem Bett und schaute sie besorgt an.

»Der Arzt ist schon unterwegs.«

Sie rang sich ein Lächeln ab.

»Das ist nicht nötig«, sagte sie. »Ich weiß genau, was mit mir los ist.«

Sie setzte sich mühsam auf. Barney war beunruhigt.

»Zu *unserer* Taufe lasse ich das Catering von jemand anderem machen«, sagte sie trotzig.

Damit legte sie sich zurück und schlief ein.

Danksagung

Mein besonderer Dank gilt Matt Batham
von der Batham's Brewery,
der mir einen Einblick in die Führung
eines Dorfgasthofs gewährt hat.